宋代詩學通論

周裕鍇 ◎ 著

上海古籍出版社

图书在版编目（CIP）数据

宋代诗学通论／周裕锴著. -- 上海：上海古籍出版社，2025.5. -- ISBN 978-7-5732-1528-4
Ⅰ. I207.2
中国国家版本馆 CIP 数据核字第 20251SD488 号

宋代诗学通论

周裕锴 著

上海古籍出版社出版发行

（上海市闵行区号景路 159 弄 1-5 号 A 座 5F　邮政编码 201101）

（1）网址：www.guji.com.cn
（2）E-mail：guji1@guji.com.cn
（3）易文网网址：www.ewen.co

常熟人民印刷有限公司印刷

开本 635×965　1/16　印张 32　插页 5　字数 431,000
2025 年 5 月第 2 版　2025 年 5 月第 1 次印刷
印数：1—2,100
ISBN 978-7-5732-1528-4
Ⅰ·3907　定价：138.00 元
如有质量问题，请与承印公司联系

目 录

引言 ... 1

甲编　诗道篇

第一章　本质阐释：道与艺的对立互补 ... 3
　一、宇宙的逻辑同构：诗者天之义 ... 4
　二、审美的语言形式：诗者文之精 ... 10
　三、人格的真实显现：诗者心之声 ... 14
　四、道德的纯粹附庸：诗者道之馀 ... 20

第二章　功能探讨：从治世的药石到娱心的丝竹 ... 27
　一、政治关怀：教化与讽谏 ... 28
　二、道德规范：明道与见性 ... 38
　三、心理平衡：自持与自适 ... 49

第三章　意识指向：深广的思虑与优越的慧性 ... 64
　一、民胞物与的忧患意识 ... 65
　二、不囿于物的内省态度 ... 73
　三、月印万川的理性精神 ... 79
　四、游心翰墨的人文旨趣 ... 89

乙编　诗法篇

第一章　阅历与体验："闭门觅句非诗法，只是征行自有诗" ... 101
　一、社会的玉成：穷而后工 ... 102

二、自然的馈赠：江山之助　　108
第二章　学养与识见："万卷须窥藏室,一尘莫点灵台"　117
　　一、治心养气：品行的涵养　　119
　　二、博极群书：学理的储积　　126
　　三、遍考前作：艺术的熏陶　　135
第三章　师古与创新："出入众作,自成一家"　142
　　一、通与变：艺术传统的认同与超越　　143
　　二、铁与金：陈言俗语的点化与活用　　152
　　三、胎与骨：诗意原型的因袭与转易　　161
第四章　规则与自由："拾遗句中有眼,彭泽意在无弦"　174
　　一、句法："行布俭期近,飞扬子建亲"　　175
　　二、捷法："冲口出常言,法度去前轨"　　184
　　三、活法："人入江西社,诗参活句禅"　　191
　　四、无法："学诗须透脱,信手自孤高"　　203

丙编　诗格篇

第一章　艺术质素的辨析　215
　　一、当行本色：审美特征的强调　　216
　　二、出位之思：媒体界限的超越　　226
第二章　审美范畴的传释　244
　　一、格：品位和力量的标准　　244
　　二、韵：深沉而简远的境界　　252
　　三、味：微妙而隽永的美感　　264
　　四、趣：机智与理性的魅力　　274
第三章　理想风格的追求　281
　　一、雄健和雅健　　282
　　二、古淡和平淡　　289
　　三、老成和老格　　300

丁编　诗思篇

第一章　构思："其身与竹化,无穷出清新" … 311
　　一、静观与活观 … 313
　　二、冥想与感兴 … 320
　　三、精思与妙悟 … 328
第二章　表达："风吹春空云,顷刻多态度" … 335
　　一、自然："万斛泉源"与"一江春水" … 336
　　二、精妙："意与言会"与"写物之功" … 343
　　三、浑成："天球不琢"与"气象混沌" … 351
　　四、含蓄："兴托深远"与"命意曲折" … 360
第三章　欣赏："参时且柏树,悟罢岂桃花" … 371
　　一、悬解：透彻的领悟 … 372
　　二、活参：能动的解读 … 379
　　三、亲证：实践的印可 … 387

戊编　诗艺篇

第一章　结构的张力 … 397
　　一、章法：对立冲突的辩证结构 … 399
　　二、句式：逻辑的引进与打破 … 408
　　三、对偶：语境的远距异质原则 … 415
第二章　语词的活力 … 425
　　一、造语：语词的陌生化效力 … 426
　　二、下字：意象的力的式样呈示 … 436
　　三、用事：典故的多重美感内涵 … 446
第三章　声律的魅力 … 459
　　一、拗律：反心理预期的声律脉动 … 460
　　二、险韵：因难见巧的智力竞技 … 465

结语 474

后记 478

再版后记 480

重版后记 483

参考书目 485

引 言

作为古老的诗歌大国,中国有一条源远流长的诗歌理论之河。不言而喻,这条河是随着时代发展而演变的,其上游、中游、下游各有其不同的形态。依照现代文化人类学的观点,诗歌是人类普遍心灵逻辑的转换物,因而它与人类文明的形态息息相关。而诗歌理论(诗学)作为诗歌创作的思想指导和经验总结,也必然渗透着一种文化精神。当前提倡中西文学比较的学者,已注意到东西方两种异质文化的差异,并主张跨文化的(Cross Cultural)研究。事实上文化既是一种空间的存在,也是一种时间的存在。就中国古代而言,两个相邻的朝代唐和宋之间实际上表现出相当大的文化差异,以至于有学者提出"唐型文化"和"宋型文化"的概念。诗歌理论既与文化相关,那么在"唐型文化"和"宋型文化"背景下产生的诗学,其理论趣尚必然不同。换言之,当我们从事比较诗学研究的时候,不仅要考虑到空间轴上东西文化的异质,而且应注意到时间轴上唐宋文化的异型。

陈寅恪先生曾指出:"华夏民族之文化,历数千年之演进,造极于赵宋之世。"(《金明馆丛稿二编》,第 245 页)相对于唐文化,宋文化在精神文明方面更胜一筹,并显示出知识型、思辨型、人文型等鲜明特点。然而长期以来,人们习惯于用一种文化眼光,即以唐文化为标准的文化眼光来审视中国传统文化,因而在惊叹唐文化以赫赫武功为背景的恢弘气度之时,往往忽视了积贫积弱的宋王朝在文化上的博大精深,并由此在诗学上极力推崇才气发扬的盛唐气象,而多少不满于思虑深沉的两宋理趣。这种以感情取代理智的态度,由文化而至文学,从而在中国古典诗歌的研究上形成两个误区:一是以唐诗为审美标准来衡量取舍宋诗或宋代诗学;二是无视唐宋诗学的差异,以唐诗精神代替整个中国诗学精神。

古典文学界向来流传着唐诗、宋词、元曲各为"一代之文学"的传统观念,后来又有"宋人多数不懂形象思维,一反唐人规律,所以味同嚼蜡"的权威论断。因此,除了少数专业研究者外,宋诗在现代普通读者、甚至某些专治古典文学的学者眼中,简直就是寒伧的老学究。在宋诗选本中,最能体现宋诗风貌的作品常常漏收,充斥其间的往往是唐诗的宋代翻版。在宋诗学研究方面,只有《沧浪诗话》、《石林诗话》、《岁寒堂诗话》等几本宋人诗话受到青睐,其原因恰恰在于这些诗话能站在唐诗学立场上尖锐地批评宋诗。宋诗几乎成为衬托唐诗的高明、证实唐诗的优越的反面教材。在此风潮影响下,一部才华横溢的研究中国诗歌美学的著作,竟直接从钟嵘、司空图跳到前后七子、王夫之,近乎不承认宋代有诗歌美学存在。作为一部叙述中国诗歌的"美学理论史和美的艺术史"的著作,它好比一条只有上、下游而没有中游的河流一样令人匪夷所思。事实上,在中国文论研究方面,有关"意境"、"神韵"、"兴趣"等唐诗学范畴的论著早已汗牛充栋,而致力于探讨宋诗学"句法"、"气格"、"理趣"等范畴的论著仍寥若晨星。

古典文学界的学术偏见在比较文学界更成为一种学术盲点。正如外国人习惯用"唐人"来统称中国人一样,从事中西比较诗学宏观研究的学者也习惯于把唐诗等同于中国古典诗歌。如所谓中国古典诗和英美意象派诗的比较,实际上谈的是唐诗和意象派;又如所谓"典型"与"意境"、"崇高"与"雄浑"等中西诗学范畴的比较,中方范畴全基于唐诗学精神。有位学者撰写了一部缜密精到的中英诗艺比较研究的著作,其有关中国诗艺部分的例证却全是唐人作品,而未选取更契合新批评派艺术原则的宋代诗歌。诚然,唐诗的成就足以代表中国诗歌与任何西方国家的诗歌媲美,但中国诗歌的成就却绝非唐诗所能限制。黑夜里所有的猫总是一样的颜色,这种无视唐宋诗学差异的认识盲点,对于学术研究来说,毕竟是一种遗憾。

走出误区,我们面对的是宋诗学这片波澜壮阔的河面。它既汇聚着传统的精髓,又折射着现代的光辉;它从唐诗学的印象感受、激情想象的氛围中走出来,以其哲学、政治、历史、宗教与文学相结合的诗性智慧,"与山石曲折,随物赋形,尽水之变"(苏轼《书蒲永升画后》),呈现出丰富的文化内涵和清晰的理论形态。李笠翁尝云:"天地之间有一种文字,即有一种文字之法脉准绳载之于书。"(《闲情偶寄》)对于宋人来说,这句话不妨反过来。相对于唐诗,宋诗更是一种在诗学理论,尤其是"句法"理论自觉指导下的实践。正是宋诗人的诗性智慧,促成了宋诗品格的诞生。最好的例证是,欧阳修、梅尧臣、王安石、苏轼、黄庭坚、陈师道、吕本中、陆游、杨万里、刘克庄等人,既是两宋诗坛的领袖,又是天才的诗歌理论家。换言之,宋代诗学基本理论原则的确立者,同时也是宋诗艺术风格的创造者,学者兼诗人是宋代诗论家的一大特色。正因如此,宋代的文化精神在宋诗学中得到更鲜明、更自觉、更集中的体现。

一张巨大的文化之网,决定了宋代士人的基本心态,也决定了宋诗学的理论范畴及宋诗的审美特征。宋诗学的每一个命题,都与宋型文化有千丝万缕的联系。以哲学而言,宋代理学的出现,把中国古代哲学思辨能力提高到一个新阶段,宋诗学尚"理"观念的形成,显然与此有关;又理学讲求正心诚意的功夫,宋诗学中"明道见性"、"治心养气"、"思无邪"、"真味发溢"诸观点的提出,亦本之于此。以政治而言,宋王朝奉行重文轻武的政策,文人政治地位相对优越,因而普遍具有强烈的使命感,自尊、自重、自信,以挺立士风为己任,表现于宋诗学,就是"教化与讽谏"意识的抬头,崇尚"雅健",提倡"气格"。同时,科举制度的完善,吸引士人从边疆马上回到翰墨书斋,由此而造成宋诗学的人文旨趣和书卷精神。以历史而言,宋代国力屡弱,边患频仍,文人的政治使命感在宋诗学中自然转化为一种忧患意识。以宗教而言,禅宗的流行影响一代士风,改变了宋人的思维方式,从而在宋诗学中出现了一系列"活法"、"熟参"、"妙悟"的新概念。至于中国传统诗学中最具民族特色的平淡美诗观的最终确立,更是宋文化中儒、释、道生命哲学与宋诗人心灵合一的产物。

这张文化之网也织就了宋诗学内部体系的经纬。文化整合的观念贯穿于宋诗学的本体论、功能论(诗道)、修养论(诗法)、风格论(诗格)、创作论、鉴赏论(诗思)与技巧论(诗艺)等各个层面。《宣和画谱·道释叙论》云:"志于道,据于德,依于仁,游于艺。艺也者,虽志道之士所不能忘,然特游之而已。画亦艺也,进乎妙,则不知艺之为道,道之为艺。此梓庆之削镰,轮扁之斫轮,昔人亦有所取焉。"宋诗学也基本遵循这一思路,坚持以道贯艺或以艺观道。于是在宋人诗论中,随处可见不同概念的相通融合,不同命题的联系牵涉,甚至对立范畴的互补转化,诸如"诗画一律"、"诗文相生"、"学诗如学道"、"意新语工"、"以故为新、以俗为雅"、"夺胎换骨"、"点铁成金"、"格高韵胜"、"语峻体健"之类的口号,以及"熟参"与"妙悟"、"句法"与"活法"、"精妙"与"自然"、"雅健"与"平淡"、"文之精"与"道之馀"之类的讨论,无不如此。真所谓"诗中有道,道中有诗",自由创造源于传统法则,艺术直觉契于道德理性,哲学沉思依于审美观照,诗学境界邻于人文理想。这是一个何等深邃而缜密的诗学网络啊! 宋诗论的每一个命题都可在其中得到合理的阐释。

然而,两宋跨时三百二十年,其间社会环境变化甚大,文化风潮亦颇有迁移,至于诗歌更是门户林立,流派纷呈,沿袭而新变,独创而回归,言辞之丛脞,议论之驳杂,不一而足。要想全面论述两宋诗学的内容,其困难自不待言。本书之所以号称"宋代诗学通论",正是试图从理论范畴的角度横向剖析宋诗学的各个层面,而有意放弃了一般中国文学批评史所常用的以人为纲或以史为纲的形式。这固然出于打破中国古代文论研究传统写作模式的考虑,也因为本人的学力还无法达到从历史的叙述清晰地展示理论逻辑的水平。虽然本书尽可能在同一论题下显现宋诗学的历史进程,以论为纲,以史为纬,但更多的章节是把宋诗学看作宋型文化的折光而整体论述的,史的精神几乎全隐沦于论的形式之中。其结果是理论体系的建构以历史的割裂为代价,流动之河被鲁莽的主观之网拦腰截断。事实上,本书已不敢僭称"诗学通论",倘若这张粗网能打捞起宋诗论家那些睿智的诗性碎片,给新时代的人们奉上一些"诗人玉屑",我也就聊以自慰了。

甲 编

诗 道 篇

第一章　本质阐释：道与艺的对立互补

"何故谓之诗?"几乎从生民有诗之始,哲人们就不断探讨这一问题。古今中外,关于诗歌的定义不啻百种。《尚书·虞书·舜典》中的"诗言志"是中国古人关于诗歌定义的最早回答。降至六朝,陆机《文赋》在《诗·大序》"吟咏情性"的基础上提出"诗缘情"的新观念。从此,国人说诗,便以"言志"和"缘情"为两大基石,并隐然有"言志"与"缘情"的分流。然而,这两个定义与诗产生的作用有关,还算不上最直接地阐释诗歌的本质,即回答"何故谓之诗"的问题。

宋诗学是沿着中国传统诗学的理论脉络展开的,因此多有祖述传统诗学定义之处;但宋诗学又是在宋代文化的特殊背景下发生的,因此对传统诗学定义多有引申、补充、偏离或超越。宋代虽缺少六朝《文心雕龙》、《诗品》那样体大思精的理论专著,但众多的诗人和哲人却站在各自的立场上思考,从不同的角度、不同的层次给诗下了五花八门的定义,而这些定义的总体思辨内容显然比前人更多地接触到诗的本质。概括宋人对诗的认识,略有四端:一是从宇宙本体论出发,认为诗是天地元气的体现;二是从艺术本质着眼,认为诗是文章精华的结晶;三是从心理角度来讨论,认为诗是人格精神的显现;四是从哲学角度来考虑,认为诗是伦理道德的馀绪。这四端构成宋诗学一切理论的根本源泉,它们交叉缠结,环环滋生,对立互补,相反相成,不仅显示出宋诗学中重道与重艺两派的对抗和交流,而且决定了宋诗之所以异于唐诗的主要创作倾向。

一、宇宙的逻辑同构：诗者天之义

中国的诗学精神乃与哲学精神相通。中国哲学中有一非常重要的命题，这就是"天人合一"。儒、释、道各家学说中都有此思想。其实，这个哲学命题乃根源于中国人的综合思维模式，即把人与大自然、社会现象与自然现象普遍相联系的思维方式①。

根据这一思维方式，中国古人很早就将"天文"与"人文"相类比②，并逐渐发展为一种自然与文学多重对应的形而上观念。刘勰《文心雕龙·原道》代表了这种看法：

> 文之为德也大矣，与天地并生者，何哉？夫玄黄色杂，方圆体分。日月叠璧，以垂丽天之象；山川焕绮，以铺理地之形，此盖道之文也。仰观吐曜，俯察含章，高卑定位，故两仪既生矣。惟人参之，性灵所钟，是谓三才。为五行之秀，实天地之心。心生而言立，言立而文明，自然之道也。

他由自然天道观推导出宇宙秩序和人类心灵之间、心灵与语言之间、语言与文学之间多重对应的理论，把文学之"文"和自然现象之"文"合二为一。不过，刘勰所谓的"五行之秀，天地之心"，多少还带有汉儒"天人感应"的谶纬色彩，很容易使我们想起《诗纬含神雾》中"诗者，天地之心"的神秘说法。

因而，这种形而上观念，在六朝的诗学中很易转化为一种"物感"理论，刘勰、钟嵘论诗，有"人禀七情，应物斯感，感物吟志，莫非自然"（《文心雕龙·明诗》），"气之动物，物之感人，故摇荡性情，形诸舞咏"（《诗品序》）的见解，侧重于大自然对诗人的感发。

到了宋代，"天人合一"这一哲学命题，经过理学家几代人的反复

---

① 参见季羡林《天人合一新解》，载《传统文化与现代化》1993年创刊号。
② 如《易·贲·象传》："观乎天文，以察时变；观乎人文，以化成天下。"

探讨,早已脱下汉儒"天人感应"的神学外衣,而成为宋儒对人与自然界相统一的自觉认识。张载(1020—1077)认为:"因明致诚,因诚致明,故天人合一,致学而可以成圣,得天而未始遗人。"(《正蒙·乾称》)程颢(1032—1085)则指出:"天人本无二,不必言合。"(《程氏遗书》卷六)程颐(1033—1107)更主张"天道"就是"人道"(《程氏遗书》卷一八),将宇宙规律与伦理秩序统一起来。尽管诸儒的观点不尽相同,但在肯定人与自然合一方面却完全一致。在这种哲学精神的氛围下,自然与文学相对应的形而上观念得到进一步的肯定和发挥。

宋人基于这种形而上观念,对诗的本质提出了新的阐释,将其上升到宇宙本体论的高度。这最主要表现为,宋人普遍把诗视为天地元气的体现,与自然天道同构。北宋中叶的宋祁(998—1061)认为:

> 诗为天地蕴,予常意藏混茫中,若有区所。人之才者,往能取之。(《宋景文集拾遗》卷一五《淮海丛编集序》)

南宋初的张元幹(1091—?)认为:

> 文章(包括诗)名世,自有渊源,殆与天地元气同流,可以斡旋造化。(《芦川归来集》卷九《亦乐居士集序》)

南宋末的赵孟坚(1199—?)也指出:

> 诗者,英气之发见于人者也。鄙夫猥徒定无诗,高人韵士有诗,名臣巨公皆有诗。感遇事物,英英气概,形而成诗,亦犹天有英气,景星庆云;地有英气,朱草紫芝是也。(《彝斋文编》卷三《孙雪窗诗序》)

这样,"天文"与"人文"的对应通过"元气"、"英气"而建立起来。南宋遗民刘辰翁(1232—1297)则以自然界的松声为喻,表达了同样的观念:

声皆出于自然,为籁而有小有大,若近若远,或离或合,高下变态,磅礴恣肆者,未有若夫松之为声也。夫其为声也,疏疏密密多多,少亦若多。其徐徐而来也,如解亦如袭,大如惊沛,如决勃,如变色,汹乎如浙江之潮,而未尝绝也;混乎其昆阳之战,追奔偪北,而不知其所止也;隐乎其天瓢之既吸,而阿香之已远也。其负重而休也耶?其再解再合,而胜者败者皆不可知耶?宛兮而似啸,颓兮其欲醉,微而语,振而舞,有偃者、轧者、沓者、骞者,柔且缦者,如笙镛者,裂万鼓而馀乌乌者。……使天地间人才似此,则老成峻茂,文武威风,皆当充塞宇宙。诗而似此,则天矣。……欲知其诗者,求之松声,欲知松声者,求之风;风,天也。非松非风,故又发天义。(《须溪集》卷六《松声诗序》)

"天之义"既是宋人对诗的本质的认识,也是宋人诗歌创作的主要追求目标。诗与松、与风、与天的关系,在宋人心目中并非仅仅是神秘的象征或文学的譬喻,而是一种逻辑的同构,建立在具有共同的形而上之道的元气的基础上。这和宋儒的"理气说"属于同一思维方式的产物,朱熹(1130—1200)曾指出:"天地之间,有理有气。理也者,形而上之道也,生物之本也;气也者,形而下之器也,生物之具也。"(《晦庵先生朱文公文集》卷五八《答黄道夫》)所以宋代批评家一方面强调"文以气为主",另一方面又主张"文以理为主"[1]。这样,宋人作诗往往在吟咏情性、即气存于中而发于外的同时,具有一种表现"天之义"的自觉,尽管这自觉的延伸在不同身份的诗人那里有着方向的不同。

北宋著名的政治家兼文学家范仲淹(989—1052)在《唐异诗序》中这样阐释诗的本质和作用:

---

[1] 如卫宗武《秋声集》卷五《赵帅幹在莒吟集序》云:"文以气为主,诗亦然。诗者,所以发越情思而播于声歌者也。是气也,不抑则不张,不激则不扬,惟夫颠顿困阻、沉陑郁积,而其中所存英华果锐不与о俱靡,则奋而为辞,琦玮卓绝,复出寻俗,而足以传远。"又如黄庭坚《豫章黄先生文集》卷一九《与王观复书三首》之一云:"好作奇语,自是文章病,但当以理为主,理得而辞顺,文章自然出群拔萃。"

> 诗之为意也，范围乎一气，出入乎万物，卷舒变化，其体甚大。故夫喜焉如春，悲焉如秋，徘徊如云，峥嵘如山，高乎如日星，远乎如神仙，森如武库，铿如乐府，羽翰乎教化之声，献酬乎仁义之醇，上以德于君，下以风于民，不然，何以动天地而感鬼神哉！（《范文正集》卷六）

在他看来，所谓诗，从本体上来说，是天地之间的一种元气；因而从功能上而言，应是天人之间的同步感应，即诗之为意，应和诗人所处的自然环境与社会环境密切联系。既然如此，作诗就应该顺天地之理，"与时消息"，方"不失其正"。范仲淹据此原理，在《唐异诗序》中进一步针对当时社会上"非穷途而悲，非乱世而怨，华车有寒苦之述，白社有骄奢之语"的现象大加挞伐。这使我们很容易联想起刘勰曾批评过的"志深轩冕，而泛咏皋壤；心缠几务，而虚述人外"（《文心雕龙·情采》）的创作倾向。不过，刘氏批评的是"为文而造情"的伪隐士文学，而范氏批评的是"吟咏性情而不顾其分，风赋比兴而不观其时"的伪寒士文学，即晚唐五代以来"悲哀为主，风流不归"的苦吟卑弱诗风。在这里，"诗之意"、"天之气"表现为一种召唤诗人的时代精神。史称"一时士大夫矫厉尚风节，自仲淹倡之"（《宋史·范仲淹传》），这和他"与时消息"的诗道观是相通的。

从北宋中叶开始，道学家逐渐将诗视为"闲言语"，古文家亦站在"载道"的立场将诗看作"文章之末事"，因此，醉心于诗的人们只有从本体论的角度证明诗与天地之气同构，似乎才能拿到作诗和论诗的营业执照。如梅尧臣（1002—1060）在《续金针诗格序》里就为作诗进行了一番辩白：

> 且诗之道虽小，然用意之深，可与天地参功，鬼神争奥。（《格致丛书》）

梅氏的时代是要求文学为政治服务的时代。在正统儒者的眼里，诗除非有关政治教化,否则难与明道致用的古文相提并论。只要看看梅氏同时的石介(1005—1045)批评杨亿"穷妍极态,缀风月,弄花草"的激烈言词①,就可以明白短于古文的梅尧臣为诗争得"与天地参功,鬼神争奥"的地位的良苦用心。梅氏的态度是矛盾的,一方面他是政教诗论的提倡者,另一方面他又是诗法诗艺的探寻者。作为前者,他承认诗与文相比,其"道"为小;作为后者,他注意到诗"用意之深"与天地奥秘规律相通之处,以此来探索诗之"玄理",抉出"诗之骨髓",倾向于把诗学纳入宇宙观的框架来探讨艺术美的本原。于是,"天人合一"的诗道观在诗人那里表现为以艺术构通天人的思想。如欧阳修(1007—1072)赞赏严维诗"野塘春水慢,花坞夕阳迟"两句诗"天人之意,相与融怡",能"与造化争巧"②。诗不仅能融合天人,与自然比美,同时,诗法也可以与天理相通。受江西诗派影响的张元幹正是从这一视角来阐述诗的艺术规律的:

　　文章(此指诗)盖自造化窟中来,元气融结胸次,古今谓之活法。所以血脉贯穿,首尾俱应,如常山蛇势;又如风行水上,自然成文。(《芦川归来集》卷九《跋苏诏君赠王道士诗后》)

诗既为天地元气之融结,则应当同天地间的一切现象一样,有其自然之理。诗歌的艺术规律正是自然之理的体现,它应是有机的,而非僵化死板的。古人之所以有许多观察自然现象而悟艺的故事,正源于这种认识。因此,南宋大诗人陆游(1125—1210)感叹道:"诗者果可谓之小技乎?学不通天人,行不能无愧于俯仰,果可以言诗乎?"(《渭南文集》卷一三《答陆伯政上舍书》)作诗的一个重要前提,就是要"学通天人",即对人与自然普遍关系的透彻了解。可见,诗之"小技"中,实已

---

① 见《徂徕石先生全集》卷五《怪说中》。
② 见《欧阳文忠公文集》卷一三〇《温庭筠严维诗》。又同卷《郊岛诗穷》一文称严维这两句诗写出"春物融怡,人情和畅"。又其《六一诗话》引梅尧臣赞严维诗"天容时态,融和骀荡","如在目前"。

包容着有关天人的"大道"。

政治家的"与时消息",诗人的"与造化争巧",在理学家那里变为"潜天潜地细工夫"①。张载、二程、朱熹等人都有合天人的主张,既然天、地、人只是一道,那么,诗歌作为人类精神的产品,也就应该与天地同道。所以,理学家一方面贬低诗歌,另一方面又承认诗歌是体道的工具,连接人天关系的桥梁:

> 诗者人之志,非诗志莫传。人和心尽见,天与意相连。(邵雍《伊川击壤集》卷一八《谈诗吟》)

> 万物静观皆自得,四时佳兴与人同。道通天地有形外,思入风云变态中。(《二程全书·文集》卷三程颢《秋日偶成》)

换言之,理学家在价值论的范畴认为作诗"妨道",而在本体论的范畴却又承认作诗"合道"。

无论如何,"天人合一"的思想为诗人强调诗歌的价值提供了理论依据,诗人因此而顺理成章地抛弃"诗之道虽小"的传统定义,理直气壮地提出"诗之为道也亦已大矣"的命题②。南宋遗民谢枋得(1226—1289)在《与刘秀岩论诗》中把这一命题发挥得淋漓尽致:

> 诗于道最大,与宇宙气数相关。人之气成声,声之精为言。言已有音律,言而成文,尤其精者也。凡人一言,皆有吉凶,况诗乎?诗又文之精者也。(《叠山集》卷五)

这是宋人诗歌本质论的一个圆满总结。其推论的逻辑是:人为万物之灵,气又是人之精,气成声,言为声之精,文为言之精,而诗又为文之精,可见诗乃天地中精华之精华,所以与宇宙气数相关,于道最大。这

---

① 如真德秀《西山先生真文忠公文集》卷一《闲吟》云:"闲中意趣定何如,静把陈编自卷舒。希圣希贤真事业,潜天潜地细工夫。"可与程颢《秋日偶成》对读。
② 见《全宋文》卷一〇四五杨蟠《刻王荆公百家诗选序》。

一推论的前提见于前引赵孟坚天、地、人"英气"相通的说法,即植根于"天人合一"的思想,而其关于诗是人类精神产品中最有价值的产品的结论,则是理学家不会苟同的。

尽管如此,理学还是向诗学作了让步,宋末元初理学家金履祥(1232—1303)编纂的《濂洛风雅》,可视为让步的凭证。不过,诗学的胜利也付出了代价,因为诗的本质既与宇宙气数相关,所以宋人作诗便不自觉有了通究天人、符合天道的种种考虑。尽管诗人可以根据此观点论证艺术风格多样化的必然性,论证诗人不平之鸣的合理性等等,但宋人更多地倾向于诗情与天理的合一,而宋诗学主理不主情之趋向的形成,其源实出于这种诗道观。

二、审美的语言形式:诗者文之精

与西方的宗教精神、自然科学精神相对而言,中国哲学的思想传统体现为一种人文精神,即以人道、人生、人性、人格为本位的知识意向与价值意向。诗学的精神更以人为核心。因此,宋人"天人合一"的诗道观,必然合乎逻辑地推导出"诗又文之精者也"的结论,推论过程已见前所引谢枋得的一段话。而谢氏同时代的马廷鸾(1222—1289)以更简练的语言表达了类似的意思:"夫诗,天地间一灵物也。故曰:'乾坤有清气,散入诗人脾。'"(《碧梧玩芳集》卷一五《题周公谨蜡屐集后》)可见,宋人关于诗的语言艺术本质的认识,是建立在人格化的自然本体观之上的,这和西方诗学纯粹从语言角度解释诗的本质大为不同。

当然,这并不意味着宋人始终把诗学局限在形而上的天人之道的范畴。事实上,不少诗人在探讨"诗者文之精"这一命题时,已从审美的语言形式的角度认识到诗的艺术本质。北宋西昆体诗人杨亿(974—1020)指出:

> 以为诗者,妙万物而为言也。赋颂之作,皆其绪馀耳。于是

收视反听,研精覃思。起居饮食之际,不废咏歌;门庭藩溷之间,悉施刀笔。鸟兽草木之情状,风云霜露之变态,登山临水之怨慕,游童下里之歌谣。事有万殊,悉财成于心匠;体迨三变,遂吻合于天倪。(《武夷新集》卷七《温州聂从事永嘉集序》)

诗歌必须以语言作为沟通心灵与宇宙的桥梁,使"心匠"最终合于"天倪"。从观察万物,冥心构思,到语言锤炼,最终形成"妙万物而为言"的艺术形式,这就是诗。

杨亿同时代的诗人赵湘(959—994)给诗下的定义,则多少涉及到诗人的天赋问题:

诗者,文之精气,古圣人持之摄天下邪心,非细故也。由是天惜其气,不与常人。虽在圣门中,犹有偏者。故文人未必皆诗。游、夏,文学人也,仲尼以为始可与言者,与夏而不与游。游不预焉,则于文而偏者不疑矣。(《南阳集》卷四《王象支使甬上诗集序》)

如果说文是天地元气的体现的话,那么诗则是文的精气的结晶。在赵湘看来,这种精气非常人所能得到,不仅"鄙夫猥徒"无诗,而且"名臣巨公"未必能诗,甚至"文人未必皆诗"。在孔子学生中,子游、子夏皆号文学人,但孔子认为只有子夏"始可与言诗",可见子游偏于文而不知诗。诚然,"天惜其气"的说法过于神秘,不过,"文人未必皆诗"的看法却颇有见地。宋代普遍的文学观念是,把诗视为文章的末事,以为文人能兼诗,而诗人不能兼文。赵湘之说,开了南宋后期严羽、刘克庄等人反对学者之诗、文人之诗,提倡别材别趣、诗人之诗的先声。

诗之所以要求特殊的禀赋,就在于诗作为一门独特的语言艺术,比散文更精妙玄微,难于掌握。宋人对此深有体会,请看下面几段话:

登文章之篆固难矣,诗于其中,抑又难哉!刘梦得曰:"心之精微,发而为文;文之神妙,咏而为诗。"司空表圣亦云:"文之难而诗尤难。"又尝喻以"饮食不可无盐梅,而其美常在咸酸之外"。之二说者,前辈有取焉。古者教士以四术,教子于过庭,皆以诗为首。(周必大《文忠集》卷五四《杉溪居士文集序》)

夫诗之传,非以能多也,以能精也。精者不可多,唐诗数百家,精者才十数人。就十数人中,选其精者才数十篇而已。……盖艺之难精者,文也;文之难精者,诗也。(《石屏诗集》卷首赵汝腾《石屏诗序》)

诗比他文最难工,非功专气全者,不能名家。余观他人诗及以身验之,良然。(刘克庄《后村先生大全集》卷九九《黄恺诗题跋》)

虽然,"文之难而诗之尤难"这样的慨叹已见于晚唐司空图的《与李生论诗书》,但宋人不仅从创作主体的角度,而且从诗歌体裁的角度来讨论这个问题。如南宋李洪(1129—?)指出,"诗于文章为一体,必欲律严而意远",要求"模写物状,吟咏情性",并能创造出"象外之象,景外之景"(《芸庵类稿》卷六《橛株诗序》)。的确,诗的创作要考虑格律运用、意象选择、情景设置、章法安排诸因素,使之成为和谐优美的艺术整体,以"律严"为前提,以"意远"为旨归。这显然是文学创作中要求最高,难度最大的体裁。正如法国诗人瓦莱里(Paul Valéry)所说:"散文是行走的,诗是舞蹈的。"[1]诗必须根据语言音律的规则来运行。

北宋政治家、史学家司马光(1019—1086)或许是最早最完整地提出"诗为文之精"这一定义的人。尽管唐人刘禹锡已说过"心之精微,发而为文;文之神妙,咏而为诗"的话头[2],但不如司马光那样清楚明白地从语言角度直契诗的艺术本质:

文章之精者,尽在于诗。观人文者,观其诗,斯知其才之远近

---

[1] 见《英国百科全书》(Encyclopedia Britannica)第14卷,第600—601页,1973—1974年版。
[2] 《全唐文》卷六〇五刘禹锡《唐故尚书主客员外郎卢公集序》。

矣。(《传家集》卷六九《冯亚诗集序》)

在心为志,发口为言,言之美者为文,文之美者为诗。(同上《赵朝议文稿集序》)

扬子《法言》曰:"言,心声也;书,心画也。"声、画之美者,无如文。文之精者,无如诗。诗者,志之所之也。然则,观其诗,其人之心可见矣。(同上《薛密学田诗集序》)

诗既是抒情的(心、志),又是审美的(精、美);既是听觉的、音乐的(言、声)艺术,又是视觉的、造型的(书、画)艺术;既具有韵律,又富于文彩;既供吟哦讽诵,又可赏心悦目;它与文同源,却在语言艺术形式的精美上超过文。上述三段话,可以说最简练精确地概括出诗别于文的本质特征。

值得注意的是,作为史学家,司马光并不以诗著称,但他却反复称扬"文章之精者,尽在于诗"。这固可看出他服善推美的开阔胸襟,同时也说明诗的审美价值已为宋人所普遍承认。与司马光同时的欧阳修曾说:"文章如精金美玉,市有定价。"[1]其实"文章"二字由"诗"来代替更为确切,因为诗比文更具有形式之美,更要求艺术技巧,因而更具有超功利的审美价值。所谓"市有定价",并非指随实用需要而上下波动的价格,而是指"非人之口舌所能定其贵贱"的绝对价值。真正的诗歌禀承着天地间的清气,凝聚着诗人的性灵,荟萃着艺术的精华,诚如陆游所说:"好诗如灵丹,不杂膻荤肠。"(《剑南诗稿》卷一九《夜坐示桑甥十韵》)它在艺术追求中实现了对世俗生活的超越。因此,当南宋江湖诗派中有人真将诗稿拿到市上标价出售时[2],这颗灵丹也就变成了狗皮膏药,失去了通灵的光彩。

---

[1] 《苏轼文集》卷四九《与谢民师推官书》云:"欧阳文忠公言,文章如精金美玉,市有定价,非人所能以口舌定贵贱也。"欧阳修在《苏氏文集序》中尝言:"斯文,金玉也。"以金玉喻文。但本篇所引之语,不见于《欧阳文忠公文集》,当是记欧氏之言谈。又苏轼《答毛滂书》云:"文章如金玉,各有定价。"又《答刘沔都曹书》云:"文章如金玉珠贝,未易鄙弃。"

[2] 如戴复古《石屏诗集》卷一《市舶提举管仲登饮于万贡堂有诗》云:"七十老翁头雪白,落在江湖卖诗册。"

从审美角度出发,将诗置于有实用性倾向的明道致用的"文"之上,这是"诗为文之精"这一定义最有价值之处。宋诗人多依此命题为专业作诗的行为辩护,并由此出发探寻诗的艺术规律和技巧。如李洪在《檞林集序》中承认,诗"其难如是,前辈用心之专,终身不以为易","言诗者必以李、杜为宗,岂非专于所长乃能名家耶"!宋末舒岳祥(1236—?)在《刘士元诗序》中指出:"诗贵成,成贵专。……诗者,言之最精也,而可以不专者,能之乎?"(《阆风集》卷一〇)宋代诗歌之所以没有沦为"语录讲义之押韵者",实有赖于这种认识的支撑和抵抗。宋代诗话之所以有那么多谈诗法诗病的内容,实为这种认识的具体体现。

司马光关于诗的定义,很容易使我们联想到十八世纪英国诗人柯勒律治(S. T. Coleridge)的两个著名公式:散文=安排得最好的语词,诗=安排得最好的最好的语词。(prose = words in the best order, poetry = the best words in the best order.)[①]这个晚于司马光七百多年的异国诗人,仿佛是前面所引司马光第二段话的拙劣翻译者,他的公式译出了"言"(words)、"美"(best order)、"文"(prose)、"诗"(poetry),但漏掉了"心"(mind)和"志"(idea, willing, emotion etc.)。而他漏掉的恰恰是中国诗歌最重要的特征(因为中国诗歌本质上是抒情诗lyric),同时也是宋代诗学以至整个中国诗学最为关心的问题之一。

三、人格的真实显现:诗者心之声

其实,司马光定义的前半段"在心为志,发口为言"已有很古老的历史,自《诗大序》申说"在心为志,发言为诗"以来,几乎成为历代批评家说诗的口头禅。不过,古人说心志,言性情,表面上似乎谈的都是抒情诗的概念,而实际上"这鸭头不是那丫头",其间颇有时代的差异,流派的区别。所以,弄清宋诗学中情志的内涵,"心之声"的意向,是解

---

① 见《英国百科全书》(*Encyclopedia Britannica*)第14卷,第600—601页,1973—1974年版。

开唐宋诗差异的一把重要钥匙。

"诗言志"是中国很古老的传统,这"志"虽说是诗人内心的心理活动,但在先秦两汉的诗学中,主要指怀抱、志向,所言多为人生之"大道",有关政治教化;或为人生之义理,包括入世和出世两端。所以,"诗言志"无非是通过作诗表现诗人的政治意识和伦理意识。直到陆机提出"诗缘情而绮靡",诗人才于"言志"之外另有了新目标,可言哀乐之心绪,抒一己之私情。并且从陆机的时代开始,"体物"与"缘情"在诗里通力合作,造就了六朝诗歌"绮靡"的作风。六朝人论诗,少用"言志"这一词组,而多用"吟咏情性"来替代①。唐人虽把六朝诗的绮丽柔靡改造为清新爽朗,但其创作意向大体上仍走的是"缘情"、"体物"之路。唐诗中最常见的主题是宫怨、闺愁、别恨、家园之恋、迁谪之泣、征戍之悲②。其间虽也有白居易等人谈及"言志",如白氏在《与元九书》中说:"谓之讽谕诗,兼济之志也;谓之闲适诗,独善之义也。"但未足以形成时代思潮。同时只要看看《白氏长庆集》中还专有"感伤"一类诗歌,就知道即使是在白居易那里,"言志"和"缘情"也是平分秋色。何况据白氏声称,时人所爱的都是《长恨歌》、《琵琶行》一类的言情诗。至于晚唐五代,就更是"悲哀为主,风流不归","言志"的传统几乎响绝音沉。

宋诗学以北宋中叶开始的儒学复古思潮为其背景,所谓诗文革新运动,其意义不只是一般的文艺复兴,而是一场深刻的文化复兴运动。这场运动的口号,不仅要"文起八代之衰",更要"道济天下之溺"。因此,宋诗学必然会选择先秦两汉儒家诗学"言志"的传统,从六朝唐"缘情"之"溺"中走出来。赵孟坚关于诗的一个简短定义,可代表宋人对"志"的理解:

---

① 参见《朱自清古典文学论文集》上册《诗言志辨》,上海古籍出版社,1981年版。
② 钟嵘《诗品序》云:"至于楚臣去境,汉妾辞宫;或骨横朔野,魂逐飞蓬;或负戈外戍,杀气雄边;塞客衣单,孀闺泪尽;或士有解佩出朝,一去忘返;女有扬蛾入宠,再盼倾国:凡斯种种,感荡心灵,非陈诗何以展其义? 非长歌何以骋其情?"颇可借用来概括唐诗的主题。又严羽《沧浪诗话·诗评》云:"唐人好诗,多是征戍、迁谪、行旅、离别之作,往往能感动激发人意。"

> 诗非一艺也,德之章,心之声也。其寓之篇什,随体赋格,亦犹水之随地赋形。然其有浅有深,有小有大。概虽不同,要之同主忠厚而同归于正。(《彝斋文编》卷三《赵竹潭诗集序》)

这里,诗作为心灵的声音,与德性的显现是一回事。"志"就是一种"同主忠厚而同归于正"的规范化的情感。典型的宋诗是作为唐诗的反题出现的,仿佛遵循着钟摆运动的原理,在唐诗激情的放纵之后,宋诗学自然地回复到有着政治伦理意味的"言志"传统一边。宋初诗人徐铉(917—992)论诗就已有这种倾向:

> 人之所以灵者,情也;情之所以通者,言也。或情之深思之远,郁积乎中不可以言尽者,则发为诗。诗之贵于时久矣。虽复观风之政阙,遒人之职废,文质异体,正变殊途。然而精诚中感,靡由于外奖;英华挺发,必自于天成。以此观其人,察其俗,思过半矣。(《徐骑省集》卷一八《萧庶子诗序》)

这里虽大谈"情"的问题,但毕竟与"缘情"说有别,只要把这段话与钟嵘《诗品序》所谓"吟咏情性"相对读,便可一目了然。通过诗中之情而观人心风俗,显然和"言志"说本于一个传统。宋人论诗,虽也主张"吟咏情性",但常常有"发乎情止乎礼义"的限制,自觉抑制激情,无论是忧悲还是愉快,最后都须"同主忠厚而同归于正"。至于邵雍(1011—1077)这样的理学家诗人,竟至认为"情之溺人也甚于水"(《伊川击壤集序》)。因此,宋人所谓"情",多半指一种平和的心情,如宋末大诗人文天祥(1236—1283)所言:"诗所以发性情之和也。"(《文山先生全集》卷九《罗主簿一鹗诗序》)而更多的宋诗人直接打出"言志"的旗号,终宋之世,比比皆是:

> 古人云:诗者,志之所之也。故君子有志于道,无位于时,不得伸于事业,乃发而为诗咏。(徐铉《徐骑省集》卷二三《邓生

诗序》）

　　何故谓之诗？诗者言其志。既用言成章，遂道心中事。（邵雍《伊川击壤集》卷一一《论诗吟》）

　　言志乃诗人之本意，咏物特诗人之馀事。（张戒《岁寒堂诗话》卷上）

　　《大序》曰："诗者，志之所之也。"由是而言，诗以述志，志外无诗。（刘宰《漫塘文集》卷二四《书修江刘君诗后》）

　　作诗，所以言志也；赋诗，亦以观志也。（王柏《鲁斋集》卷二《赋诗辨》）

对于诗的本质的认识，宋代诗学基本上没有超越此范围。这种认识当然和六朝、唐诗的"缘情"倾向迥异，但也非汉儒"言志"说的简单回归。宋代士人不仅是作为一个政治阶层或一个文学集团，而更重要的是作为一个文化群体登上中国历史舞台的，内心深处有一种维系中国正统文化的使命感，有一种"大厉名节，振作士风"的自觉意识。因此，宋人所言之"志"，已不仅是指"兼济之志"——有关政治抱负或教化讽谏，也不只是"独善之义"——归隐之趣，而是超越于出世和入世的一种道德实体、思想人格，即士之所以成为士的一种内在精神。关于这一点，我将在下一章里详细论及。

　　宋人说诗，除了提倡"温柔敦厚"的诗教外，更有对孔子论《诗》的"思无邪"一语的发明。《论语·为政》："《诗》三百，一言以蔽之，曰：思无邪。"《论语集解》包咸注只释"无邪"，以"思"为语辞。宋人却普遍理解为无邪思。南宋理学家吕祖谦（1137—1181）的《吕氏家塾读诗记》卷一引程氏曰："思无邪，诚也。"又引谢氏（良佐）曰："其（指《诗》）为言率皆乐而不淫，忧而不困，怨而不怒，哀而不愁……其与忧愁思虑之作，孰能优游不迫也？孔子所以有取焉。作诗者如此，读诗者其可以邪心读之乎！"其后，濂洛门人多祖述此说。吕祖谦以为"作诗之人所思皆无邪"，朱熹觉得这样论《诗》太牵强，不合乎事实，以为不如说"彼虽以有邪之思作之，而我以无邪之思读之，则彼自状其丑者,乃所以为吾警惧惩创之资"(《晦庵先生朱文公文集》卷七〇《读吕氏诗记桑中篇》)。后来理学家王柏(1197—1274)所谓"夫歌咏者发于天机之自然,而人心不可饰于仓卒之一语,是皆可以观其志之所向"(《鲁斋集》卷二《赋诗辨》),大抵也是诗思为诚之意。

理学家之外的士人亦多持此说,如与二程同时的黄裳(1044—1130)就指出:

> 诗之所自根于心,本于情。性有所感,志有所适,然后著于色,形于声,乃至舞蹈而后已,乌有人伪与其间哉?圣人以"思无邪"断《诗》三百篇,所谓无邪者,谓其思诚耳。诗由思诚而作,则声音舞蹈之间,特诚之所寓焉。故其用大,明足以动天地,幽足以感鬼神,上足以事君,内足以事父,虽至衰世,其泽犹在。野甿闺妇,羁臣贱妾,类能道其志,其情有节,其言有序,岂苟以为文哉!(《演山集》卷二一《乐府诗集序》)

这段话可以和程、谢、吕、朱之说相互发明。可见,"思无邪"在宋儒那里可引申出两种解释:一以"无邪"为正,即所思皆合于忠厚之旨;一以"无邪"为诚,即所思皆真诚而不虚伪,不在于心之所思的邪正与否。这虽然是论《诗》的原则,实际上也可延伸到一般诗歌作品:以"无邪"的原则作诗,就可以"动天地,感鬼神";以"无邪"的原则读诗,就可以"观风俗,知厚薄"。

颇具异端色彩的天才诗人苏轼(1037—1101)在《思无邪斋铭》序中提出一个悖论:"夫有思皆邪也,无思则土木也。"(《苏轼文集》卷一九)这个悖论涉及到宋诗学关注的一个重要问题,即如何做到有思而无邪,如何使诗中所言之志既诚且正。苏轼的后学、江西诗派诗人韩驹(?—1135)对此作了回答。据范季随(南宋初人)《陵阳先生室中语》记载:

> 仆尝论为诗之要。公(韩驹)曰:诗言志,当先正其心志,心

志正,则道德仁义之语、高雅淳厚之义自具。《三百篇》中有美有刺,所谓"思无邪"也。先具此质,却论工拙。(魏庆之《诗人玉屑》卷一三"陵阳发明思无邪之义")

这也是江西诗派甚至两宋诗人普遍的看法。于是,"正心诚意"(或曰"治心养气")的工夫自然成为解决诗人"思无邪"的根本措施,从而诗人的情感活动、审美心理都被纳入道德修养的范畴。

然而,和汉儒的诗论传统比较起来,"思无邪"说毕竟前进了一步。首先,它反对虚伪矫情的文学,提倡自然与真诚的创作态度,主张于平易处见出天然,合于天理,以为"内蔽于徇己,而失诗之理;外蔽于玩物,而丧诗之志"(《演山集》卷二一《乐府诗集序》),诗的真正价值就在于诗人真情的自然坦露,诗意的澄明显现。其次,由于它肯定诗人真实感情(即"诚")的价值,这就使"缘情"之作在逻辑上有存在的合理性,不仅"道德仁义之语,高雅淳厚之义"受到礼赞尊崇,而且闾巷小夫、幽闺女子吟咏情性之作也可登大雅之堂,甚至士大夫起居饮食之际、门庭藩溷之间的率意咏歌,也都不失"无邪"之义。当然,由于宋代士大夫普遍具有强烈的道德自律意识,因而即使是偶尔"缘情",也不会走得太远,至于感情世界里的那份"艳情"(或曰"邪思"),就干脆放进没有"言志"传统的"诗馀"——词里去了。其三,根据"思无邪"的原则,作为"德之章、心之声"的诗是与诗人的品格襟抱相统一的,因此,宋人评诗,不重才情禀赋,而重德行学养,相信诗中的人格"必有不能掩者",而不相信"心画心声总失真"。如罗大经(1226年前后在世)评诗人胸次说:

李太白云:"划却君山好,平铺湘水流。"杜子美云:"斫却月中桂,清光应更多。"二公所以为诗人冠冕者,胸襟阔大故也。此皆自然流出,不假安排。(《鹤林玉露》乙编卷三"诗人胸次")

这种依据"思无邪"的原则来评诗的方式,在宋代非常典型。

四、道德的纯粹附庸：诗者道之馀

照理说，诗既与天道相通，又是文章的精华，并且所言之志又皆"无邪"，理所应当受到宋人的高度尊崇才是。然而，在相当多宋人的心目中或口头上，诗只不过是"学道之馀"的"末事"、"小伎"，就连很多辞章之士在为诗辩护时都承认"诗之道虽小"的前提，如前引梅尧臣的《续金针诗格序》。

这种"诗为道之馀"的观念显然是宋代儒学全面复兴、政治意识和伦理意识空前强化的产物。"为洛学者皆崇性理而抑艺文"[1]，这种倾向在程颐那里被推向极端，下面这段著名的对话可看出他对一切文章丽辞的态度：

> 问：作文害道否？
>
> 曰：害也。凡为文不专意则不工，若专意则志局于此，又安能与天地同其大也？《书》云："玩物丧志。"为文亦玩物也。……古之学者，惟务养情性，其他则不学。今为文者，专务章句，悦人耳目；既务悦人，非俳优而何？……
>
> 或问：诗可学否？
>
> 曰：既学时须是用功方合诗人格，既用功，甚妨事。古人诗云："吟成五个字，用破一生心。"又谓："可惜一生心，用在五字上。"此言甚当。……某素不作诗，亦非是禁止不作，但不欲为此闲言语。且如今言能诗无如杜甫，如云："穿花蛱蝶深深见，点水蜻蜓款款飞。"如此闲言语道出做甚？某所以不尝作诗。（《二程语录》卷一一）

程颐这段否定艺文的"名言"采用了擒贼先擒王的高明手段。首先，正

---

[1] 语见刘克庄《后村先生大全集》卷一〇六《跋黄孝迈长短句》。

当一批文学家打着"文以明道"的旗号在诗文领域有所作为之时,程颐提出"作文害道"的命题,强调"道"与"文"(词章)的对立冲突,便从根本上否定了文章"明道"的可能性。至于无"明道"传统的诗就更无存在的必要。其次,正当杜甫的诗在北宋中叶后被诗坛尊为典范之时,程颐有意拈出杜的体物诗"穿花蛱蝶深深见"两句为例,以偏概全,证明杜诗亦不过是闲言语,其他诗人更等而下之。推倒杜甫,也就从根本上否定了作诗的必要性。

如果从哲学家与文学家分工的角度提出"作文害道"的命题,还情有可原,但程颐完全否定文学独立的审美价值,把诗文视为"玩物"、"俳优"所为或"闲言语",这就暴露出他的偏见和无知。且不说孔子曾有过"言以足志,文以足言","言之无文,行而不远"的古训①,就是程颐崇奉的"思无邪"的《诗》三百篇里,也有大量可称为"闲言语"的体物之句。这种对待《诗》和诗的不同态度,更显出他的势利和荒谬。程颐的观点似乎渊源于邵雍,邵雍在《答宁秀才求诗吟》中表示:

>　　林下闲言语,何须要许多。几乎《三百首》,足以备吟哦。(《伊川击壤集》卷一六)

他平生作诗上千首,老而不倦,却要自相矛盾地批评几句"闲言语",以划清自己和"玩物丧志"者的界限。

这种重道轻文、崇道抑诗的观念成为濂洛学派的传统,就连理学家中最富有艺术情趣的朱熹,也一再强调这样的观点:

>　　今人不去讲义理,只去学诗文,已落第二义。(《晦庵诗说》)
>　　近世诸公作诗费工夫,要何用?元祐时有无限事合理会,诸公却尽日唱和而已。今言诗不必作,且道恐分了为学工夫。然到极处,当自知作诗果无益。(同上)

---

① 《左传》襄公二十五年:"仲尼曰:'《志》有之:"言以足志,文以足言。"不言,谁知其志?言之无文,行而不远。'"

至于欧阳守道(1209—1273)这样的纯儒,更是亦步亦趋地祖述程颐的话头:

> 大抵作诗足以病学。《书》曰:"玩物丧志。"先儒犹以记诵之学为玩物,诗非玩物之尤者乎! 诗如《三百篇》,不能不可作也。后之号称诗人者,穷思极致于一草一木,争奇竞巧于一韵一字,此何所益,而耗费精神,虚老岁月,谓不为学之病,可乎? ……诚一意于学,则诗无作,何损也。(《巽斋文集》卷一二《送谌自求归建昌序》)

综括理学家否定作诗的理由,大约都集中在这两点上:其一,作诗无益。因为诗中涉及的自然现象和人生感受,尤其是所谓"风花雪月"、"丽辞藻绘",有很多与理学家追求的"修身、齐家、治国、平天下"的道德功用无直接的关系,所以可概称为无足轻重的"闲言语"。其二,作诗妨道。既然诗是文之精,比文尤难,必须讲求艺术技巧,那么,作诗就得"用功","穷思极致",费精力,花时间,这就耽误了道德修养的实践工夫。

然而,从理论上讲,诗既是天地元气的体现,诗道与天道就应相通,那么学诗与学道就并不冲突。同时,既然理学家承认"道外无物",那么就应该是"诗中有道,道中有诗",由艺足以进乎道,由艺亦可以观乎道。事实上,理学家自己就往往言行不一,一方面声称作诗"无益"、"妨事"、"害道"、"病学",另一方面却时时技痒难熬,遇事遇物免不了要吟上几句。例如前引程颐语录,程氏在宣称"某素不作诗"、"某所以不尝作诗"之后,接下来就引证自己《寄谢王子真》诗一首[①]。邵雍则在《首尾吟》诗中一再说明:"尧夫非是爱吟诗,诗是尧夫得意时。"(《伊川击壤集》卷二〇)理学家自身的创作无疑为诗人提供了以子之

[①] 《二程语录》卷一一程颐自道其《寄谢王子真》诗云:"至诚通化药通神,远寄衰翁济病身。我亦有丹君信否? 用时还解寿斯民。"当然,这或许并不算作诗,只是"语录讲义之押韵者"而已。

矛、攻子之盾的机会,正如江湖派诗人刘克庄(1187—1269)所说:

> 嘲弄风月,污人行止,此论之行已久。近世贵理学而贱诗,间有篇咏,率是语录讲义之押韵者耳。然康节(邵雍)、明道(程颢)于风月花柳未尝不赏好,不害其为大儒。恕斋吴公深于理学者,其诗皆关系伦纪教化,而高风远韵,尤于佳风月、好山水,大放厥辞,清拔骏壮。(《后村先生大全集》卷一一一《恕斋诗存稿跋》)

理学与诗,并非势不两立,风月花柳何妨伦纪教化,篇章吟咏自见高风远韵,又何必贵理学而贱诗呢?刘氏之论,既为嘲弄风月的诗人找到借口,也为性好吟咏的理学家提供了台阶。

朱熹等人似乎也意识到艺术取消论的荒谬性,便提出两种新观点对程颐之说进行补充和改造,试图在一定程度上调和作诗与学道之间的矛盾。

一是提倡"真味发溢"。程颐曾说:"圣人亦摅发胸中所蕴,自成文耳。所谓有德者必有言也。"(《二程语录》卷一一)朱熹把这一观点由圣人推广及一般诗人,他指出:

> 作诗间以数句适怀亦不妨,但不用多作,盖便是陷溺尔。当其不应事时,平淡自摄,岂不胜如思量诗句?至如真味发溢,又却与寻常好吟者不同。(《晦庵诗说》)

"真味"是充实而淡泊的胸怀,是具有古道真理的情味,"发溢"就是充盈后的自然流露,不费力气,不需雕琢。作诗成为学道有得的体现,由此而言,自然是"诗道不相妨"。其实,邵雍所谓"兴来如宿构,未始用雕镌"(《伊川击壤集》卷一八《谈诗吟》),朱熹再传弟子真德秀(1178—1235)所谓"馀事作诗人,毋颛馁句工"(《西山先生真文忠公文集》卷一《送王子文宰昭武》),都是这个意思。王柏为《朱子诗选》

作跋语时说得最圆通：

> 先生道德学问，为百世宗师，平生所著述，以幸学者，不为不多，而学道者不必求之诗可也。然道亦何往而不寓。今片言只字，虽出于试笔脱口之下，皆足以见其精微之蕴、正大之情。（《鲁斋集》卷五《朱子诗选跋》）

这虽是为朱熹作诗辩护，虽仍把诗看作道德学问之馀，但以"道亦何往而不寓"来论证作诗的合法性，毕竟是对"玩物"、"闲言语"等定义的修正。

二是标榜"学者之诗"。所谓"学"是相对于"文"（文章）而言，即博学，这里特指儒学。"学者"就是理学家，即《宋史》归入《道学传》和《儒林传》的那些士人。这个观点是朱熹同时代的张栻（1133—1180）提出来的。据元盛如梓《庶斋老学丛谈》卷中上记载：

> 有以诗集呈南轩先生（张栻）。先生曰："诗人之诗也，可惜不禁咀嚼。"或问其故，曰："非学者之诗。学者诗，读著似质，却有无限滋味，涵泳愈久，愈觉深长。"

所谓"学者之诗"是指蕴含着微言大义的哲理诗，缺乏文彩与才情，却富有耐人寻味的义理。"学者之诗"的概念合理地解释了理学家作诗的现象，它不仅把理学和诗统一起来，并且划清了与悦人耳目的"诗人之诗"的界限，从而既解决了理学和诗之间的矛盾，又坚持了为道为学的原则。

"真味发溢"和"学者之诗"虽取消了作诗的禁令，但从根本上仍轻视甚至排斥诗的艺术性和形式美，朱熹反对律诗[①]，张栻欣赏"读著

[①] 如《晦庵先生朱文公文集》卷三九《答杨宋卿》云："至于格律之精粗，用韵、属对、比事、遣辞之善否，今以魏晋以前诸贤之作考之，盖未有用意于其间者，而况于古诗之流乎？近世作者，乃始留情于此，故诗有工拙之论，而葩藻之词胜，言志之功隐矣。"又卷六四《答巩仲至（四）》云："至律诗出，而后诗之与法始皆大变，以至今日，益巧益密，而无复古人之风矣。"

似质"的诗,都可看出这种倾向。不过,理学家们的意见并非对诗人完全无益,"闲言语"的告诫使诗人时时警惕误入单纯体物的歧途,"玩物丧志"的箴言使诗人时时注意回避雕章琢句的陷阱。至于"真味发溢"和"学者之诗"的说法,更能在宋诗人津津乐道的"无意于文"和"文人之诗"的命题中找到它们的影子。事实上,理学家的观点并未真正构成取消诗歌的危险,反而在某种程度上为诗歌的发展提供了深厚的哲学底蕴和伦理底蕴。

"诗为道之馀"的观念挟着北宋以来儒学复兴的威风,在宋代士人中很有市场。宋人尊崇的两位文学典范杜甫和韩愈分别说过"文章一小伎"和"馀事作诗人"两句话[①],这在杜、韩或许是牢骚话或客套语,但在宋代的儒学背景下却被士人奉为金科玉律。宋诗人不需要去倾听道学先生的教诲,便可在自己崇敬的大师诗集里接受这种观念。因此,不仅理学门徒邢恕(苏轼同时人)为邵雍作《伊川击壤集后序》时这样说:"其发为文章者,盖特先生之遗馀;至其形于咏歌,声而成诗者,则又其文章之馀。"就连文学色彩甚浓的苏门中人都主动承认这一点,如苏轼评价文学家兼书画家文同(1018—1079)说:"与可之文,其德之糟粕;与可之诗,其文之毫末。"(《苏轼文集》卷二一《文与可画墨竹屏风赞》)苏轼门人晁补之(1053—1110)说得更直截了当:"文学,古人之馀事。……至于诗,又文学之馀事。"(《鸡肋集》卷三四《海陵集序》)甚至以诗名家的江西诗派领袖黄庭坚(1045—1105)在谆谆告诫后学作诗门径之后,都忘不了补上一句:"小诗,文章之末,何足甚工。"(《宋黄文节公全集·别集》卷一一《论作诗文》)直到宋末文天祥还这样认为:"文章一小伎,诗又小伎之游戏者。"(《文山先生全集》卷一〇《跋萧敬夫诗稿》)其间虽有陆游这样的诗坛大家慷慨提出过"诗者果可谓之小技乎"的质问,但他自身就表示过并不甘心只做一个诗人,他为前辈诗人曾几(1084—1166)作墓志铭也说:"公治经学道之馀,发于文章,雅正纯粹,而诗尤工。"(《渭南文集》卷三二《曾文清公

[①] 分别见杜甫诗《贻华阳柳少府》、韩愈诗《和席八十二韵》。

墓志铭》)可见出诗在他心目中仍只是"小道"。

以上种种表白并不意味着宋代诗人否定诗的价值或轻视诗的作用,而只是说明对于诗人来说,还有比诗"艺"更深刻、更有价值、更值得追求的东西,即"道"、"德"、"仁"等理想的人生境界。

最后需要指出的是,"诗为文之末"是"诗为道之馀"观念的延伸。表面看来,它是"诗为文之精"针锋相对的反题,其实二者并不矛盾。如果以审美功能为标准,诗当然是"文之精者"、"文之美者";而以载道功能为标准,诗又只能算是"文之馀事"、"文之毫末"。在承认诗为学道馀事的前提下,艺术上不妨求精求美;在篇章吟咏之间,始终不忘道德的显现。这两个命题实际上是交相制约、二元互补的关系。诗从道那里获得博大充实的精神,道也可从诗那里获得陶冶人心的妙用。此外,诗为"心之声"的定义,要求诗中之道化为诗人的灵魂和襟抱,这样就反对枯燥的道德说教,同时也规定了诗中之道的内省性质。而诗为"天之义"的定义,则启发诗人用理性的眼光去发现天人之间、自然与人文之间的普遍联系。宋人对诗的本质的定位,是宋代哲学思潮影响于文学的结果,也是理学与诗学相互协调渗透的产物。而正是宋诗人对诗的本质的独特理解,使宋诗开出了迥异于六朝诗和唐诗的新境界。

第二章　功能探讨：从治世的药石到娱心的丝竹

　　诗之为体(本质)与诗之为用(作用)总是顺理成章地相互关联的。如果我们承认诗是人类高级精神活动之一,就免不了要追寻诗的存在意义以及诗对于人类社会的作用和目的。这是诗学史上一个古老而富有争议的问题。

　　中国和西方诗学史对此问题的认识几乎可以概括为一个辩证法,其中正题和反题就是贺拉斯(Horace)所说的"甜美"(dulce)和"有用"(utile),即诗是甜美而有用的①。尽管宋人已认识到诗为"文之精"的审美价值,对诗的形式技巧有广泛的研究,但在回答诗之为用这一问题时,却是作为晚唐五代诗"甜美"的反题而出现的。如陆游评价李贺诗"如百家锦衲,五色炫耀,光夺眼目,使人不敢熟视,求其补于用,无有也"②,王埜(？—1260)指责学晚唐诗者,虽"致思婉巧,起人耳目,然终乏实用"③,都着眼于"有用"。这样,宋诗学就不可避免地围绕着传统儒家的政教诗论展开申说。不过,由于宋代士人普遍具有"为天地立心,为生民立道,为去圣继绝学,为万世开太平"的强烈使命感④,因而关于诗之为用的认识,已非汉儒的政教说所能拘囿,不仅蕴含着复兴重建儒家文化的时代精神,而且显示出士大夫对人生存在困境的自觉超越。

---

① 参见韦勒克、沃伦《文学理论》第三章《文学的作用》,刘象愚等译,三联书店,1984年版。
② 见范晞文《对床夜语》卷二引陆游语。
③ 见戴复古《石屏诗集》卷首王埜《跋式之诗卷后》。
④ 见《全宋文》卷一三〇五张载《论说十七首》,又见《张子语录》卷中。

宋人论诗之为用,从静态角度看,大约可分为三个层面:其一为政治功能,包括由上而下的"教化"与由下而上的"讽谏";其二为道德功能,包括体悟形上义理的"明道"与表现人格精神的"见性";其三为心理功能,包括化激动为平和的"自持"与化悲怨为旷达的"自适"。用曹彦约(1157—1228)概括的话来说,就是"为儒道立正理,为国是立公论,为贤士大夫立壮志,为山林立逸气"(《昌谷集》卷一七《跋壶山诗集》)。从动态角度看,宋人对诗歌功能的认识,大致经历了由政治层面渐向道德心理层面的倾斜。北宋诗歌复古运动的政治关怀,在理学家那里化为道德规范和义理阐发,在江西诗派那里化为人格陶养甚至美学追求,在四灵、江湖诗派那里更蜕变为"甜美"的愉悦。下面试就这几个层面的内涵及其消长规律详细申说。

一、政治关怀:教化与讽谏

汉儒阐释《诗经》,最大特点就是发明教化讽谏之义,提出美刺比兴之说,改造《诗经》原典为政治性谏书,所谓"上以风化下,下以风刺上。主文而谲谏,言之者无罪,闻之者足以戒"(《诗大序》)。虽然汉儒之说对《诗经》的原始意义有所曲解,但其中包蕴着的对政治的深切关怀,实植根于先秦以来士大夫治世抱负的思想传统中,并成为后世诗学的重要精神之一。

教化与讽谏的传统在汉代以后或隐或显,与时代的治乱颇有关系。在六朝的衰世、晚唐五代的乱世,这一传统几乎响绝音沉。其原因或许正如宋人陈师道(1052—1101)所说:

> 孔子曰:"莫我知也夫。"又曰:"诗可以怨。"……而不怨有二焉:东邻之子,西邻之父不爱也,人虽褊心,莫以为意,谓之路人。夫妇之恩穷,君臣之义尽,然后为路人,路人则不怨。责全于君子,小人则不责也,谓其不足责也;致怨于明主,昏主则不怨也,谓其不足怨也。(《后山集》卷一一《颜长道诗序》)

教化与讽谏也是如此,它与明君贤臣的政治理想相关,与封建君臣的政治契约相关,对于那些理想已破灭、契约已撕毁的君昏臣阍、兵荒马乱的社会来说,它已丧失了任何意义。诗由"有用"而转向"甜美",常常是末世不祥的征兆。因此,就这一点而言,宋诗学中教化讽谏意识的抬头,正是宋王朝政治的昌明、文化的复兴的必然结果。

宋朝的建立,首先是要解决自中晚唐至五代的二百年中最麻烦的两个大问题:一个是藩镇称雄,兵将跋扈,政局扰乱,民不聊生;另一个是胡化冲击汉化,社会风气败坏,价值标准颠倒①。前一个问题,经过宋初君主太祖、太宗的不断努力,制定了一系列的明智政策,如集中兵权、重用文人、不抑兼并等等,较快地得到了解决。而后一个问题,却冰冻三尺,非一日之寒。安史之乱,与五胡十六国相同,实为"戎狄之乱华"。中晚唐时期,河北三镇已成化外之区。五代时期,有三个王朝(后唐李氏、后晋石氏、后汉刘氏)的君主是沙陀族人,沙陀族的势力统治了中原。在这二百年中,先秦以来的儒家文化大受冲击,道德标准改变,价值观念颠倒,忠孝节义之风荡然无存。宋初统治者振兴文教,提倡儒学,但一时风气难以扭转。如宋初薛居正(912—981)监修《五代史》,对于卖国求荣的石敬瑭、桑维翰,毫无骨气的冯道大加赞誉,就是这种视寡廉鲜耻为当然的一代士风的反映。因此,宋代的有识之士均以复兴儒学为己任,以挺立士风为目的。如何以儒家文化来匡正五代浇漓之风,乃是哲学、史学与文学所共同关心的问题,宋诗学中的教化讽谏意识正是时代要求的产物。

宋初的诗人已开始注意到这一点,如徐铉(917—992)在《成氏诗集序》中指出:

> 诗之旨远矣,诗之用大矣。先王所以通政教、察风俗,故有采诗之官、陈诗之职,物情上达,王泽下流。及斯道之不行也,犹足以吟咏性情、黼藻其身,非苟而已矣。(《徐骑省集》卷一八)

---

① 参见缪钺《宋代文化浅议》,载《国际宋代文化研讨会论文集》,四川大学出版社,1991年版。

这段话阐述了诗歌的两种功能：即通政教、察风俗的政治功能和吟咏性情、黼藻其身的心理功能。而后者往往是"斯道不行"的乱世的产物，有偏重"甜美"的倾向。徐铉显然已意识到诗在治世和乱世中"有用"与"甜美"消长的规律，不过，由于他刚从乱世中走过来，不免对"吟咏性情、黼藻其身"的诗还抱有相当的理解。值得玩味的是，徐铉的论说不仅揭开了宋诗学重教化讽谏的序幕，而且为尚自持自适的诗观埋下伏笔。

王禹偁（954—1001）的诗观代表了宋诗学发展的必然走向，与徐铉稍有不同。他的前期诗歌明确表示了对白居易"吟玩情性"的闲适诗和唱酬诗的称颂（见《小畜集》卷一三《酬安秘丞见赠长歌》），而后期则不满于晚唐五代的诗风，认为"文自咸通后，流散不复雅；因仍历五代，秉笔多艳冶"（同上卷四《五哀诗》），逐渐意识到入宋以来士风未曾根本改变："咸通以来，斯文不竞，革弊复古，宜其有闻。国家乘五代之末，接千岁之统，创业守文，垂三十载，圣人之化成矣，君子之儒兴矣。然而服勤古道，钻仰经旨，造次颠沛，不违仁义，拳拳然以立言为己任，盖亦鲜矣。"（同上卷一九《送孙何序》）王禹偁转向学白氏讽谕诗，并进一步转向学杜甫诗，正是日益注意到诗的社会功用，"拳拳然以立言为己任"，不满足于仅仅"吟咏情性、黼藻其身"。

参加过杨亿等人西昆酬唱的诗人张咏（946—1015）更鲜明地提倡诗歌的政治功用，他在《许昌诗集序》中指出：

> 文章之兴，惟深于诗者，古所难哉！以其不沿行事之迹，酌行事之得失，疏通物理，宣导下情，直而婉，微而显，一联一句，感悟人心，使仁者劝而不仁者惧，彰是救过，抑又何多？可谓擅造化之心目，发典籍之英华者也。洎诗人失正，采诗官废，淫词嫚唱，半成谑谈，后世作者，虽欲立言存教，直以业成无用，故留意者鲜有。如山僧逸民，终老耽玩，搜难抉奇，时得佳句，斯乃正始之音，翻为处士之一艺尔。又若才卑不能起语，思拙困于兴象，兴咏违于事情，讽颂生于喜怒，以此较之，果无用也。其中

浅劣之尤者,体盗人意,用为己功,衔气扬声,毫无愧耻。呜呼！风雅道丧若是之甚与？(《乖崖集》卷八)

这里虽也描述了"有用"与"甜美"随世消长的现象,但已无徐铉对"黼藻其身"的赞同,而表现出恢复风雅之道、正始之音的强烈愿望。张咏所蔑视的"处士之一艺",指的是宋真宗时期诗坛流行的"晚唐体"(或曰"贾岛格"),其代表人物是魏野(960—1019)、林逋(957—1028)、九僧等人,也就是范仲淹所批评的"非穷途而悲,非乱世而怨"的伪寒士文学。它消解了诗歌的教化功用,与宋朝士人群体承担的政治使命和文化使命是格格不入的。

最有趣的现象是,宋代的和尚也受到儒学复兴思潮的感染,开始站在儒家的立场上论诗。最典型的是释智圆(976—1022),他在《钱塘闻聪师诗集序》中倡言诗之道为"善善恶恶",以为"厚人伦,移风俗者,莫大于诗教",并批判"风雅道熄"以来的"变其声,耦其字"的华而不实之诗。又在《松江重祐和李白姑熟十咏序》中申明诗之道本于《三百篇》,其功能在于"正君臣,明父子,辨得丧,示邪正而已",违背诗道者,"但务嘲咏风月,写状山水,拘忌声律,绮靡字句,于《三百篇》之道无乃荡尽哉"！其《远上人湖居诗序》更是完全以子夏"主文而谲谏"的诗教为旨归①。智圆生活在真宗朝,其诗论与当时流行的"铺锦列绣,刻羽引商"的西昆诗人的审美倾向②,以及"搜难抉奇,困于兴象"的晚唐体的创作倾向,形成鲜明的对照。智圆属佛教天台宗,而其表现却有似于复兴儒家诗学传统的得力干将,使得同时代的儒者都相形见绌。

宋人对"甜美"的形式主义诗歌的抨击,在仁宗时期达到高潮,这恰恰是与北宋中叶的儒学复古运动同步的。这一时期,士大夫的主体

---

① 所引释智圆之文,均见《全宋文》卷三一〇。
② 语见杨亿《武夷新集》卷七《广平公唱和集序》。又如同卷《群公饯集贤钱侍郎知大名府诗序》云:"奇彩彪炳,清词藻缛。"《送致政朱侍郎归江陵唱和诗序》云:"藻绣纷敷,琳琅焜耀。"又《西昆酬唱集序》云:"雕章丽句,脍炙人口。"均主张词藻华美。

价值已得到确认,秦汉以来"士贱君肆"的现象有所扭转①,士大夫已不再只是儒家经义的阐释者,而同时成为儒家思想和政治主张的实践者。这反映在北宋诗论中,便是政治意识的空前浓厚。且不说政治领袖欧阳修、王安石(1021—1086)大力提倡"明道致用"、"有补于世"②,就是一生潦倒的诗人梅尧臣也以教化讽谏为己任。他有两首诗,可视为北宋诗歌复古运动的纲领性主张。《答裴送序意》诗云:

> 我于诗言岂徒尔,因事激风成小篇。辞虽浅陋颇刻苦,未到二雅未忍捐。安取唐季二三子,区区物象磨穷年。(《宛陵先生集》卷二五)

又《答韩三子华韩五持国韩六玉汝见赠述诗》诗云:

> 圣人于诗言,曾不专其中。因事有所激,因物兴以通。自下而磨上,是之谓《国风》。《雅》章及《颂》篇,刺美亦道同。不独识鸟兽,而为文字工。屈原作《离骚》,自哀其志穷,愤世嫉邪意,寄在草木虫。迩来道颇丧,有作皆言空。烟云写形象,葩卉咏青红。人事极谀诌,引古称辨雄。经营惟切偶,荣利因被蒙。遂使世上人,只曰一艺充。以巧比戏弈,以声喻鸣桐。嗟嗟一何陋,甘用无言终。(同上卷二七)

这两首诗的精神都在于标榜诗歌的刺美之"道",即雅颂风骚的传统,反对"唐季"、"迩来"的摹写物象、经营切偶之"艺"。和张咏一样,梅尧臣也力图以"有用"的正始之音、风雅之道来取代"无用"的处士之一艺,只是他更强调诗歌批判现实的作用,如其诗《寄滁州欧阳永叔》

---

① 《苏轼文集》卷一四《张文定公墓志铭》云:"秦汉以来,士贱君肆。区区仆臣,以得为喜。功利之趋,谤毁是逃。我观其身,夏畦之劳。纷纭丛脞,千载一律。帝闵下俗,异人乃出。是生我公,龙章凤姿。翔于千仞,世挽留之。浩然直前,有碍则止。放为江河,汇为沼沚。穆穆三圣(仁宗、英宗、神宗),如天如渊。前席惟谊,见黜必冠。"
② 参见《欧阳文忠公文集》卷六六《与张秀才第二书》、《临川先生文集》卷七七《上人书》。

云:"直辞鬼胆惧,微文奸魄悲。不书儿女书,不作风月诗。唯存先王法,好丑无使疑。"(同上卷二六)从梅尧臣的诗中,我们可看出北宋诗歌复古运动的诗人最关心的是两个问题:一是如何用诗歌"因事激风"的精神来反映现实,改造"所作皆言空"的诗风;二是如何用诗歌"自下磨上"的美刺传统来干预现实,改造"人事极谀谄"的士风。在此思想指导下,北宋庆历前后,欧阳修、梅尧臣、苏舜钦(1008—1048)等人写了大量的针砭时弊的政治诗,表现出强烈的政治责任感,著名的如欧阳修的《食糟民》、梅尧臣的《汝坟贫女》、苏舜钦的《庆州败》等等。"平生事笔砚,自可娱文章。开口揽时事,论议争煌煌"(《欧阳文忠公文集》卷二《镇阳读书》),这不仅是欧阳修的自白,实可看作北宋中叶诗坛创作倾向的真实写照。

相对说来,欧、梅等人较重视诗的讽谏,即针砭时弊的作用,而邵雍等理学家更关心诗的教化,即纲纪人伦的作用。邵雍排比诗的功能云:

> 可以辨庶政,可以齐黎民;可以述祖考,可以训子孙;可以尊万乘,可以严三军;可以进讽谏,可以扬功勋;可以移风俗,可以厚人伦;可以美教化,可以和疏亲;可以正夫妇,可以明君臣;可以赞天地,可以感鬼神。(《伊川击壤集》卷一八《诗史吟》)

虽也提及"讽谏",但重点是"移风俗"、"厚人伦",强调儒家的伦理纲常,恢复唐季以来久已失范的传统道德标准。从某种意义上来说,教化是宋代诗学中更富有特色的内容,因为它已超越了白居易倡言的"文章合为时而著,歌诗合为事而作"(《与元九书》)的政治层面,不局限于一时一事,而具有文化层面的深沉历史意识。诚如王柏所说:"以约其情性之正,以范其风俗之美,此王化之所由基。"(《鲁斋集》卷四《雅歌序》)唐季以来的改朝换代的悲剧,不仅在于政治的失误,更在于道德的失范,这是宋人体会最深的历史教训,范仲淹、欧阳修等人之所以号召挺立士风,也有见于此。

北宋中叶教化讽谏诗论的强化和流行,带来两个后果,一是以文为诗的泛滥,二是诗歌卷入政治漩涡。

以文为诗的目的主要是从表现手法上满足"有用"的原则,以便鲜明地表达诗人的主观意图和创作倾向。诗人有时甚至有意对抗"甜美"之诗。叶梦得(1077—1148)《石林诗话》卷上称欧阳修作诗,"始矫昆体,专以气格为主,故其言多平易疏畅,律诗意所到处,虽语有不伦,亦不复问";又同书卷中称王安石"少以意气自许,故诗语惟其所向,不复更为涵蓄"。至于邵雍《伊川击壤集》中之诗,更近于"语录讲义之押韵者"①。以文为诗之风的形成,固然有艺术上追求新变的原因,但更主要是将"言志"之诗向"明道致用"之文靠拢的结果。正如苏轼在《凫绎先生诗集叙》中所说:

> 先生之诗文,皆有为而作,精悍确苦,言必中当世之过,凿凿乎如五谷必可以疗饥,断断乎如药石必可以伐病。其游谈以为高,枝词以为观美者,先生无一言焉。(《苏轼文集》卷一〇)

这里有三点值得注意:其一,要求诗与文"皆有为而作";其二,"有为"的指向是"言必中当世之过",讽谏以至议政;其三,要求"无一言"纯粹为了"观美"。为了强调诗的政治功能而不惜牺牲其审美价值。这是苏轼的早期观点,它实际上代表了北宋中叶儒学复古运动对诗文功能的普遍看法。宋人为后人所诟病的"以议论为诗"的习气,实与这种政教诗论有相当的关系。

由于诗人强调"言必中当世之过",诗歌进一步由针砭时弊、干预现实成为政治斗争的工具,卷进政治斗争的漩涡,诗祸亦由此肇端。最典型的是苏轼作《吴中田妇叹》、《山村五绝》等诗讥刺新法,最终导

---

① 刘克庄《后村先生大全集》卷一一一《跋恕斋诗存稿》称理学家诗如"语录讲义之押韵者",邵雍诗最能当此评。

致历史上有名的"乌台诗案"①。这次著名的文字狱当然是党派斗争的产物,但也从侧面说明作诗者和解诗者对诗的政治功能的理解是一致的。讽谏一旦越界成为讥刺讪谤,言之者也就有罪了。宋代的文字狱出现于仁宗庆历之后②,与政教诗论的强化正好同步,这决非偶然。

　　城门失火,殃及池鱼。这种从政治角度解诗的原理进一步祸及非政治诗。如元祐四年(1089)的蔡确"车盖亭诗案",是当时执政的旧党为打击熙宁变法的新党而制造的文字狱。蔡确曾为新党宰相,元祐初被旧党弹劾,出知陈州,次年徙安州。蔡在安州,曾游车盖亭,赋诗十章。知汉阳军吴处厚为诗作笺注,上章朝廷,以为皆涉讥讪。旧党范祖禹、刘安世辈连上章乞正蔡确罪。蔡贬新州而死③。其实,蔡确的《游车盖亭》诗"殊有闲适自在之意"④,还不同于苏轼蒙罪的那些有政治倾向的诗。吴处厚笺注蔡诗,真可谓捕风捉影,肆意诬陷。

　　这种借穿凿诗文打击异己之风愈演愈烈,著名的有北宋的"政和文忌"⑤,南宋的"江湖诗祸"⑥。无怪乎南宋洪迈(1123—1202)不胜感慨地说:

　　　　唐人歌诗,其于先世及当时事,直辞咏寄,略无避隐。至宫禁嬖昵,非外间应知者,皆反复极言,而上之人不以为罪。……今之

---

① 苏轼反对王安石新法,后通判杭州,知密州、徐州、湖州,以诗托讽,言者摭其诗语以为讪谤,逮赴台狱。乌台即御史台。蜀人朋九万辑录其全案文卷,题曰《乌台诗案》。
② 庆历五年(1045)保守派为打击范仲淹等改革派而制造了石介和王益柔两次文字狱。参见《宋史纪事本末·庆历党议》。
③ 事见《宋史·蔡确传》。
④ 见魏庆之《诗人玉屑》卷一〇引胡仔《苕溪渔隐丛话》评《车盖亭绝句》语。
⑤ 洪迈《容斋三笔》卷一四"政和文忌"云:"蔡京颛国……士子程文一言一字稍涉疑忌,必暗黜之。"又周密《齐东野语》卷一六《诗道泰否》云:"政和中,大臣有不能诗者,因建言,诗为元祐学术,不可行。时李彦章为中丞,承望风旨,遂上章论渊明、李、杜而下皆贬之,因诋黄、张、晁、秦等,请为科禁。何清源至修入令式,诸士庶习诗赋者杖一百。"诗祸之酷烈于此可见。
⑥ 《齐东野语》卷一六《诗道泰否》云:"宝庆间,李知孝为言官,与曾极景建有隙,每欲寻衅以报之。适极有春诗云:'九十日春晴景少,百千年事乱时多。'刊之《江湖集》中。因复改刘子翚《汴京纪事》一联为极诗云:'秋雨梧桐皇子宅,春风杨柳相公桥。'初,刘云:'夜月池台王傅宅,春风杨柳太师桥。'今所改句,以为指巴陵及史丞相。及刘潜夫《黄巢战场》诗云:'未必朱三能跋扈,都缘郑五欠经纶。'遂皆指为讪谤,押归听读。同时被累者,如敖陶孙、周文璞、赵师秀,及刊诗陈起,皆不得免焉。于是江湖以诗为讳者两年。"

诗人不敢尔也。(《容斋续笔》卷二《唐诗无避忌》)

当统治者意识到诗歌是一种政治斗争工具之时,讽谏就需要非常小心地在法度允许的范围内进行。唐人的幸运在于"上之人不以为罪",而宋人的不幸就在于一再提醒"上之人"注意诗歌的政治威力。由极端强调诗的讽谏功能到不敢直辞寄咏时事,这是宋人所始料未及的。

诗的讽谏功能出自比兴手法,自身本来就含有"寄托遥深"与"穿凿附会"的内在悖反,阐释的差距与恶意的诬陷相结合,为文字狱的出现提供了可能。吴处厚笺注蔡确诗,即属此例。同时,"讽谏"又极易情绪化为"讥诮",与"温柔敦厚"的诗教也有内在的矛盾。苏轼诗讽刺新法,即属此例。因而,这两起"诗祸"不仅使相当多的士大夫产生全身避祸的心理,而且导致他们对诗的讽谏这一层政治功能的普遍失望。苏门弟子对此教训感受尤深,如黄庭坚告诫子侄:"东坡文章妙天下,其短处在好骂,慎勿袭其轨也。"(《豫章黄先生文集》卷一九《答洪驹父书》)陈师道教导后生:"苏诗始学刘禹锡,故多怨刺,不可不慎也。"(《后山诗话》)晁补之也将苏轼对"言必中当世之过"的推崇,改造为对"文章不犯世故锋"(《鸡肋集》卷一二《复用前韵呈刑部杜丈君章》)、"藏锋避世故"(同上卷四《饮酒二十首同苏翰林先生次韵追和陶渊明》之十一)的称赞。不仅苏门如此,而且北宋末年一时作诗者也"以兴近乎讪也,故不敢作,而诗之一义废矣"(李颀《古今诗话》)。直至南宋,还有人说"东坡诗只是讥诮朝廷,殊无温厚气",不如"《诗经》之婉而多讽"(史绳祖《学斋占毕》卷一)。其实,经过"乌台诗案"的苏轼,关于诗的作用已有新的认识,如其《王定国诗集叙》云:

太史公论《诗》,以为"《国风》好色而不淫,《小雅》怨诽而不乱"。以余观之,是特识变风、变雅耳,乌睹《诗》之正乎?昔先王之泽衰,然后变风发乎情,虽衰而未竭,是以犹止于礼义,以为贤于无所止者而已。若夫发于性止于忠孝者,其诗岂可同日而语哉!古今诗人众矣,而杜子美为首,岂非以其流落饥寒,终身不

用,而一饭未尝忘君也欤?(《苏轼文集》卷一〇)

这里对"发于情"的怨诽的检讨,实质上包含着对诗的讽谏作用的反思,而重新发现《诗》之"正",即"发于性止于忠孝"的伦理精神。

然而,儒家传统诗论提出"诗可以怨",要求诗对社会发挥讽谕怨刺的作用,正如陈师道所说,除非"君臣之义尽",否则"人臣之罪莫大于不怨",因为"不怨则忘其君",换言之,忘记了士大夫的政治责任感。那么,怎样才能克服"正"和"怨"之间的矛盾,获得一种持衡状态呢?陈师道提出一种"仁不至于不怨,义不至于多怨"的作诗原则(见《颜长道诗序》),要求"怨"的出发点是忠爱的"仁","怨"的范围程度是适度的"义"。在宋人的诗论中,随处可见类似的对"怨"一词的严格规范:

> 士有抱青云之器,而陆沉林皋之下,与麋鹿同群,与草木共尽,独托于无用之空言,以为千岁不朽之计。谓其怨邪?则其言仁义之泽也。谓其不怨邪?则又伤己不见其人。然则其言不怨之怨也。(《豫章黄先生文集》卷一六《胡宗元诗集序》)
>
> 喜不至渎,怨不至乱,谏不至讦,怒不至绝,此诗之大略也。(《山谷内集诗注》卷首许尹《黄陈诗集注序》)
>
> 《三百篇》所载,多贱臣羁客幽忧无聊之辞,而遭逸畏祸者之作,皆悲不失正,怨不至怒,刺讥其时而非诽也。盖其得于诗也深,故能安于无可奈何,而为致命遂志之君子。(陈造《江湖长翁集》卷三一《跋郭元迈北中诗卷后》)

宋人更关心的是"怨"中所体现出来的符合君臣之义的伦理意识,而非仅仅着眼于刺世嫉邪的政治功能。由于"怨"必须以道德规范为前提,这就限制了它对现实的积极干预作用,而多少成为一种表现"未尝忘君"的摆设。事实上,从乌台诗案之后,宋人普遍对诗的讽谏功能产生出一种幻灭感,诗学开始由外在的政治关怀向内在的道德自省转移,不仅讽谏为"约其情性之正"的教化所取代,而且教化本身也由外在的干预变为内在的自律。

二、道德规范:明道与见性

就诗的作用而言,江西诗派与理学家的观点极为相近,这就是"明道"与"见性",即把诗看作涵养道德、吟咏性情的工具。用程颐的话来说,就是"兴于诗者,吟咏性情、涵畅道德之中而歆动之,有'吾与点也'之气象"(《程氏外书》卷三)。

不少论者已正确指出欧阳修论"道"与理学家论"道"的区别,前者为经世致用之道,后者为正心诚意之道。其实,这两者实为一体之二面,本不可分。前者属实践理性范畴,后者属道德理性范畴。后者可外化为前者,积极入世,干预现实,所谓"皇路当清夷,含和吐明庭。时穷节乃见,一一垂丹青"(《文山先生全集》卷一四《正气歌》),将一腔仁义忠厚之心肠化作慷慨激烈之举动。前者也可内敛为后者,安贫乐道,淡泊自甘,所谓"独立流俗中,如山不可堙"(谢逸《溪堂集》卷二《集西塔寺怀亡友汪信民》),或是"浮云时世改,孤月此心明"(《苏轼诗集》卷四五《次韵江晦叔二首》),将一腔经邦济世之襟抱化为悠然自得之了悟。欧阳修之"道",其实已含正心诚意的一面,如他在《答祖择之书》中云:"心定则道纯,道纯则充于中者实;中充实则发为文者辉光。"(《欧阳文忠公文集》卷六八)与理学家论"道"的精神亦有相通之处。这就是宋代儒家的"内圣外王"。所以,当诗的政治功能因诗祸频仍、文网森严而趋于幻灭之时,诗的"明道"与"见性"的道德功能自然就升到首位,由欧阳修、苏轼到黄庭坚与江西诗派的文学传统也就自然有向理学靠拢的趋势[1]。

黄庭坚在《书王知载朐山杂咏后》一文中明确提出对诗的功能的新认识:

---

[1] 参见马积高《江西诗派与理学》,载《文学遗产》1987年第2期。

> 诗者,人之性情也,非强谏争于廷,怨忿诟于道,怒邻骂坐之为也。其人忠信笃敬,抱道而居,与时乖逢,遇物悲喜,同床而不察,并世而不闻。情之所不能堪,因发于呻吟调笑之声,胸次释然,而闻者亦有所劝勉。比律吕而可歌,列干羽而可舞,是诗之美也。其发为讪谤侵陵,引颈以承戈,披襟而受矢,以快一朝之忿者,人皆以为诗之祸,是失诗之旨,非诗之过也。(《豫章黄先生文集》卷二六)

愤世嫉邪之情化为忠信笃敬之性,讽谏美刺之道化为温柔敦厚之旨。这段话可视为江西诗派的作诗纲领,它标志着宋诗学由指陈时弊、干预现实转向"约其情性之正"的道德完善。

二程的弟子杨时(1053—1135)有两段语录可以和黄庭坚的言说相对读:

> 为文要有温柔敦厚之气,对人主语言及章疏文字,温柔敦厚尤不可无。如子瞻(苏轼)诗多于讥玩,殊无恻怛爱君之意。……君子之所养,要令暴慢邪僻之气不设于身体。(《龟山先生语录》卷一)

> 作诗不知风雅之意,不可以作诗。诗尚谲谏,唯言之者无罪,闻之者足以戒,乃为有补。若谏而涉于毁谤,闻者怒之,何补之有?观苏东坡诗,只是讥诮朝廷,殊无温柔敦厚之气,以此人故得而罪之。若伯淳(程颢)诗,则闻之者自然感动矣。因举伯淳和温公诸人禊饮诗云:"未须愁日暮,天际乍轻阴。"又泛舟诗云:"只恐风花一片飞。"何其温厚也。(同上卷二)

其旨归在于提倡"温厚",反对"讥诮",与黄庭坚批评"强谏争于庭,怨忿诟于道,怒邻骂坐之为"的观点如出一辙。"兴"的刺美作用被理学家改换为"吟咏性情、涵畅道德之中而歆动之"。杨时虽也承认"诗尚谲谏",但着眼点已在"自然感动",诗的批判现实的"谏诤"精神实已抛弃。考察黄、杨二人的诗论,其中均有对"得而罪之"、"引颈以承戈,披襟而受矢"的戒惧,足见"乌台诗案"在宋代诗人心中留下多么浓重的阴影。不过,尽管面临着"斯道之不行"的处境,黄、杨也并未完全回归到"吟咏性情、黼藻其身"之路。所谓"抱道而居",所谓"恻怛爱君",仍然坚守着诗的道德立场。当然,黄庭坚的诗论与杨时还是有所区别,这表现为前者尚保存着诗学本位,强调"比律吕而可歌,列干羽而可舞"的诗美,而后者则纯粹坚持道德本位,把诗局限于社会伦理范围中。

关于诗歌"明道"与"见性"的功能,南宋理学家真德秀在《文章正宗纲目·诗赋》中有极好的说明:

> 或曰:此编以明义理为主,后世之诗,其有之乎?曰:三百五篇之诗,其正言义理者盖无几,而讽咏之间,悠然得其性情之正,即所谓义理也。后世之作,虽未可同日而语,然其间兴寄高远,读之使人忘宠辱,去系吝,翛然有自得之趣。……其为性情心术之助,反有过于他文者。盖不必专言性命,而后为关于义理也。

所谓"义理",即指"性情之正",因此,诗的陶养人格的功能(见性)与表现道德理性的功能(明道)是一致的。需要指出的是,提倡诗的"明道"、"见性"作用,并非江西诗派与理学家的门户私见,而是两宋士大夫的共识。那么,在宋人眼中,"性情之正"到底有什么内涵,到底以什么为尺度呢?这可以从他们对具体作家作品的去取褒贬上略见一斑。

宋人论诗,取《雅》、《颂》而不取《风》、《骚》,或是取《诗经》而不取《楚辞》。宋初杨亿首开此论:

> 若乃《国风》之作,骚人之辞,风刺之所生,忧思之所积,犹防决川泄,流荡而忘返;弦急柱促,掩抑而不平。今观聂君之诗,恬愉优柔,无有怨谤,吟咏情性,宣导王泽,其所谓越《风》、《骚》而追二《雅》,若西汉《中和》、《乐职》之作者乎!(《武夷新集》卷七

《温州聂从事云堂集序》)

所以崇二《雅》抑《风》、《骚》,乃在于不满"风刺"、"忧思"之作,而以"吟咏情性,宣导王泽"为其旨归。如果说杨亿的论调中蕴含着歌功颂德的趣尚,具有某种形式主义倾向的话,那么,石介则是站在反西昆体的形式主义的立场上与杨亿的观点暗合。因为石介的著名檄文《怪说中》在痛骂杨亿的同时,倡言的儒家经典也是"《诗》则有大小《雅》、《周颂》、《商颂》、《鲁颂》",而不提《国风》,更不用说《离骚》。其所持的品评标准,显然与杨亿相近。

仁宗朝以"提纲振纪"而闻名的谏官余靖(1000—1064)将此论申述得更清楚明白:

> 古今言诗者,二《雅》而降,骚人之作,号为雄杰。仆常患灵均负才矜己,一不得用于时,则忧愁恚憝,不能自裕其意,取讥通人,才虽美而趣不足尚。(《武溪集》卷三《曾太博临川十二诗序》)

宋人大抵是以"性情之偏"来批评屈原。司马光著《资治通鉴》,不载《离骚》,据南宋费衮(1192年前后在世)分析,乃是因为"温公(司马光)之取人,必考其终始大节",而屈原"行吟恚怼,形于色词,扬己露才,班固讥其怨刺。所著《离骚》,皆幽忧愤叹之作,非一饭忘君之谊,盖不可以训也"(《梁谿漫志》卷五"《通鉴》不载《离骚》")。欧阳修虽强调诗的政治功能,但在以道德性情评诗时,也持同样的看法:"可笑灵均楚泽畔,《离骚》憔悴愁独醒。"(《欧阳文忠公文集》卷三《啼鸟》)

宋人尽管也有仿《离骚》之作,但在理论上都承认"《风》、《雅》之变,始有《离骚》"(张元幹《芦川归来集》卷九《跋苏诏君楚语后》);"《风》、《雅》、《颂》为文章之正,至屈原《离骚》,兼文章正变而言之"(王铚《雪溪集》卷一《题洛神赋图诗·序》)。这"正"不光是指文体的正统,更是指性情的正常。所以黄庭坚虽然称赞友人作诗"其兴托高远,则附于《国风》;其忿世疾邪,则附于《楚辞》",但他同时也认为

《诗经》与《楚辞》有高下之分：

> 夫寒暑相推，草木与荣衰焉。庆荣而吊衰，其鸣皆若有谓，候虫是也。不得其平则声若雷霆，涧水是也。寂寞无声，以宫商考之，则动而中律，金石丝竹是也。维金石丝竹之声，《国风》、《雅》、《颂》之言似之。涧水之声，楚人之言似之。至于候虫之声，则末世诗人之言似之。（《胡宗元诗集序》）①

他把历代之诗分为三个档次：一种是《国风》、《雅》、《颂》的和谐之声，一种是楚《骚》的不平之鸣，一种是末世诗人喜荣怨衰的缘情之作。"动而中律"的金石丝竹之声，以其"无邪"之思而成为诗美的极致。

这种对诗歌"性情之正"的进一步要求，就是在大小《雅》之间划出界限，如南宋洪咨夔（1176—1236）就认为：

> 因念《诗》亡而《离骚》作，《骚》之愤世疾邪，盖出于《小雅》之变。后世之诗又以出于《骚》为近《雅》。时触乎所感，事拂乎所遇，托物引兴，以寄永忾，纤馀窈眇，激扬顿挫，有不尽之思，而诗工矣。然皆变《小雅》流风之遗也，知《大雅》广哉熙熙乎之体，几何人哉！（《平斋文集》卷一〇《懒窟诗稿序》）

这里对《大雅》精神的呼唤，使我们想起前面所引苏轼《王定国诗集叙》中对司马迁的批评，"是特识变《风》、变《雅》耳，乌睹诗之正"，而这"正"就是指《大雅》中那种符合义理的"发于性止于忠孝"的伦理精神。

然而，《诗经》作为儒家经典只具有理论上的规范意义，而不可能成为实际上的仿效对象。因此，宋代诗坛对东汉以来的五七言诗人经

---

① 《四部丛刊》本《豫章黄先生文集》卷十六页 21AB 与 22AB 错简，故引文中"鸣皆若有所谓"以下，皆为《胡宗元诗集序》中语，而非《毕宪父诗集序》中语。

过几番选择,最后接受杜甫和陶渊明作为榜样①。

宋人对杜甫的尊崇,除了艺术上的考虑之外,主要出于对杜甫伟大人格的欣赏。杜诗的思想价值都被纳入儒家的道德伦理框架,被视为"明道"、"见性"的典范。在宋人的心目中,杜诗的道德意义主要有以下几点:

其一,忠君忧国的精神。这种精神虽也出自强烈的政治关怀,但它并不因君臣契约的毁弃、讽谏功能的幻灭而有分毫衰减。换言之,杜甫的政治责任感已内化为一种自觉的道德意识。王安石的《杜甫画像》称赞杜甫:"瘦妻僵前子仆后,攘攘盗贼森戈矛。吟哦当此时,不废朝廷忧。"(《临川先生文集》卷九)苏轼的《王定国诗集叙》敬佩杜甫"流落饥寒,终身不用,而一饭未尝忘君"(《苏轼文集》卷一〇)。黄庭坚的《老杜浣花溪图引》也说:"中原未得平安报,醉里眉攒万国愁。"(《山谷外集诗注》卷一六)又称杜甫"流落颠沛,未尝一日不在本朝"(《潘子真诗话》引)。这些评价都着眼于杜甫位卑处难而不忘忧国的伟大人格。

其二,温柔敦厚的性格。司马光云:"古人为诗,贵于意在言外,使人思而得之,故言之者无罪,闻之者足以戒也。近世诗人,惟杜子美最得诗人之体。"(《温公续诗话》)魏泰(1082年前后在世)云:"予观老杜《潭州》诗云:'岸花飞送客,樯燕语留人。'与前篇同。意丧乱之际,人无乐善喜士之心,至于一将一迎,曾不若岸花樯燕也。诗主优柔感讽,不在逞豪放而致怒张也。"(《临汉隐居诗话》)如果杜诗中有不合"优柔感讽"原则之处,同样会受到宋人批评。黄庭坚的外甥洪炎(1107年前后在世)编辑《豫章黄先生退听堂录》,就在序中说:"若察察言如老杜《新安》、《石壕》、《潼关》、《花门》之什,白公《秦中吟》、《乐游园》、《紫阁村》诗,则几于骂矣,失诗之本旨也。"(见《宋黄文节公全集》卷首)杜甫诗直言敢谏、补察时政的思想价值被一笔抹煞。由此可见,黄庭坚之所以特别欣赏杜甫夔州后诗,并将杜甫两川夔峡诸

---

① 参见程杰《从陶杜诗的典范意义看宋诗的审美意识》,载《文学评论》1990年第2期。

诗名之为"大雅"①,就因为杜甫晚年诗渐由外在的政治意识内敛为符合儒家伦理道德的人格意识,在精神上与《大雅》接轨。

其三,雄阔浩大的胸襟。唐庚(1070—1120)指出:"过岳阳楼观杜子美诗,不过四十字尔,气象闳放,涵蓄深远,殆与洞庭争雄,所谓富哉言乎者。太白、退之辈率为大篇,极其笔力,终不逮也。"(《唐子西文录》)这种闳放的气象来自生命中一股至大至刚的浩然之气,来自儒家以天下为己任的弘毅抱负。杜甫《赴奉先县咏怀五百字》诗云:"杜陵有布衣,老大意转拙。许身一何愚,窃比稷与契。"宋人认为,这首诗是"老杜心迹论","其心术祈向,自是稷、契等人"(蔡梦弼《杜工部草堂诗话》卷一引《庚溪诗说》)。正因有此弘毅抱负,杜甫才不以个人的穷达进退为意,而高出其他诗人。正如宋人所说:"孟东野一不第,而有'出门即有碍,谁谓天地宽'之语,若无所容其身者。老杜虽落魄不偶,而气常自若。如'纳纳乾坤大',何其壮哉!"(蔡正孙《诗林广记》前集卷七)也正因有此弘毅抱负,杜诗才能化凄凉为雄壮。正如罗大经所理解的那样:"或问杜陵诗云'日月笼中鸟,乾坤水上萍',何也?余曰:此自叹之词耳。盖拘束以度日月,若鸟在笼中;漂泛于乾坤间,若萍浮水上。本是形容凄凉之意,乃翻作壮丽之语。"(《鹤林玉露》丙编卷一《笼鸟水萍》)

其四,体道见性的慧思。所谓体道,是指诗中体现出"天人合一"的义理。张九成(1092—1159)说杜诗"水流心不竞,云在意俱迟"两句,"与物初无间断,气更浑沦"(《横浦心传录》)。罗大经也这样解释杜诗:"杜少陵绝句云:'迟日江山丽,春风花草香。泥融飞燕子,沙暖睡鸳鸯。'或谓此与儿童之属对何以异。余曰:不然。上二句见两间莫非生意,下二句见万物莫不适性。于此而涵泳之,体认之,岂不足以感发吾心之真乐乎!"(《鹤林玉露》乙编卷二《春风花草》)显然,杜甫这种将一己生命与宇宙万物打成一片的诗情,已得到理学家的认可。所谓见性,是指诗中显示出的对素朴本心、具足自性的证悟。南宋韩

---

① 见《豫章黄先生文集》卷一七《大雅堂记》。

元吉(1118—1187)读杜诗即有此看法:"世之人盖有闻钟磬之声,而自得其良心,以进于道者,非钟磬使然也。……杜子美《游龙门寺》诗:'欲觉闻晨钟,令人发深省。'子美平生学道,岂至此而后悟哉?特以示禅宗一观而已。是于吾儒实有之,学者昧而不察也。"(《南涧甲乙稿》卷一六《深省斋记》)以禅宗的心性证悟通于儒家的内省功夫。理学家中的心学一派,对此更津津乐道,如包恢(1182—1268)认为杜诗"愿闻第一义,回向心地初"两句,"虽未免杂于异端,而其志亦高于人几等矣"(《敝帚稿略》卷二《答曾子华论诗》)。陈善(1147 年前后在世)则认为这两句诗"可谓深入理窟,晋宋以来诗人无此句也。'心地初'乃庄子所谓'游心于淡,合气于漠'之义"(《扪虱新话》下集卷一《杜诗高妙》),更通禅于庄。宋人对禅宗的证悟方式颇有会心,以诗开示心性境界,是宋诗的重要特征。以杜诗证心性,不过是挟天子以令诸侯罢了。

以上四点就是宋人心目中杜诗"性情之正"的表现。它与杜诗内容的实际意义之间虽存在着"阐释差距",但从中正显示出宋人对诗的道德功能的重视。在宋人看来,杜诗与其说是"诗史",不如说是"诗圣"[1]。所谓"圣",既有"集大成"的意思,更指诗中体现出来的"性情之正"。这"正"不只是君臣伦理关系的规范化,还包括人与世界、人与文明、人与自身关系的和谐。这是一种更深刻的道德理性,非《大雅》的温柔敦厚所能概括。宋人也许曲解了杜甫,但在某种意义上说,宋人真正发现了杜甫,创造了杜甫。

杜甫取代韩愈成为宋人诗学的典范,并不仅在于艺术的高明,更在于道德上的优越。杜诗的精神已非韩愈的儒学道统所能局限,而是具有符合人类普遍追求的道德意义。比如韩愈的《元和圣德诗》,从政治功能上看,歌颂平叛战争的胜利,在维护国家统一、安定团结方面自

---

[1] 唐孟棨《本事诗》云:"杜逢禄山之难,流离陇蜀,毕陈于诗,推见至隐,殆无遗事,故当时号为'诗史'。"宋秦观《淮海集》卷二二《韩愈论》:"孟子曰:'孔子,圣之时者也。孔子之谓集大成。'呜呼! 杜氏、韩氏亦集诗文之大成者欤?"隐然以杜甫为"诗圣"。又杨万里《诚斋集》卷七九《江西宗派诗序》称杜诗为"有待而未尝有待者,圣于诗者"。

有其一定意义;但从道德功能上看,诗中对杀戮俘虏,尤其是杀戮妇孺的血腥场面的淋漓刻画,实在是歌颂残忍,赞美暴力,有乖人道主义精神。宋人对此颇致不满,苏辙(1039—1112)尖锐指责道:

> 韩退之作《元和圣德诗》,言刘闢之死曰:"宛宛弱子,赤立伛偻。牵头曳足,先断腰膂。次及其徒,体骸撑拄。末乃取闢,骇汗如泻。挥刀纷纭,争切脍脯。"此李斯颂秦所不忍言,而退之自谓无愧于《雅》、《颂》,何其陋也!(《栾城第三集》卷八《诗病五事》)

从欧阳修的推崇韩诗到苏辙的讥诮韩诗,可见出宋人已将诗的道德功能放到政治功能之上。

宋人对陶渊明的欣赏,则主要着眼于顺应大化、抱素守真的"明道"与悠然自得、无适不可的"见性"。前者是一种了悟天道的人生智慧,后者是一种优雅自在的生命情调。杜诗虽然为处理人与社会、人与自然的伦理关系作出了表率,却没有超越人生存在的痛苦境状。作为"进亦忧,退亦忧"(范仲淹《岳阳楼记》),"百忧感其心,万事劳其形"(欧阳修《秋声赋》)的宋代士大夫,需要寻找一个能安顿人生、超脱痛苦的精神榜样,而陶渊明正是理想的人选。

宋人视陶诗为"悟道"、"知道"或"睹道"的典型,以为陶诗颇有切合义理之处。而对于陶诗中之"道",宋人却有儒、释、道三家的解释。如许顗(1111年前后在世)云:

> 陶彭泽《归去来辞》云:"既自以心为形役,奚惆怅而独悲?"是此老悟道处。若人能用此两句,出处有馀裕也。(《彦周诗话》)

出处之道,虽为儒、道两家所共喻,但许顗拈出"以心为形役"的概念,可见他认为渊明所悟乃道家之"道"。又如葛胜仲(1072—1144)云:

> 北窗下凉风,何处无之,何人不遇？至心与景会,遂能背伪合真,自致于羲皇上者,独渊明而已。其诗云:"蕤宾五月中,清朝起南飔,不驶亦不迟,飘飘吹我衣。"《归来引》亦云:"风飘飘而吹衣。"意渊明进御寇乘风之理,因以睹道也。至若树木交阴,时鸟变声,辄欣然有喜,岂在物耶？声尘种种,皆道所寓,惟渊明领此。(《丹阳集》卷八《书渊明集后三首》之二)

这里是用道、释的观念来印证陶诗。列御寇乘风之理,乃庄子无所待之义;声尘寓道之说,乃观音圆通之法。而无所待、圆通之"道",实为一种绝对自由的人生境界,悟得此道,人生的困顿坎壈也就无所谓了。由此宋人又悟出陶诗中的委运乘化之道,葛立方(？—1164)指出:

> 东坡拈出陶渊明谈理之诗,前后有三:一曰"采菊东篱下,悠然见南山";二曰"笑傲东轩下,聊复得此生";三曰"客养千金躯,临化消其宝",皆以为知道之言。(《韵语阳秋》卷三)

这"道"字,实际上是指顺应自然、了悟生死之理的人生观。罗大经也认为:"渊明诗云'形迹凭化往,灵府长独闲',说得更好。……果能行此,则静亦静,动亦静,虽过化存神之妙,不外是矣。谓渊明不知道,可乎？"(《鹤林玉露》乙编卷一《废心用形》)在过往大化中能找到自己心灵的止息点,这也可通于理学家的心性修养功夫。

正因如此,宋代的理学家也如诗人一样对陶诗表示格外的顶礼膜拜。其理由诚如真德秀所说:

> 予闻近世之评诗者曰:渊明之辞甚高,而其指则出于庄老;康节(邵雍)之辞若卑,而其指则原于六经。以余观之,渊明之学,正自经术中来,故形之于诗,有不可掩。荣木之忧,逝川之叹也;贫士之咏,箪瓢之乐也。《饮酒》末章曰:"羲农去我久,举世少复真。汲汲鲁中叟,弥缝使其淳。"渊明之智及此,是岂玄虚之士所

可望邪？(《西山真文忠公文集》卷三六《跋黄瀛甫拟陶诗》)

事实上,陶诗中确实也有《论语》中那种时间流逝之叹和固穷守道之乐,契于儒家经典。魏了翁(1178—1237)也认为陶诗的"以物观物,而不牵于物;吟咏情性,而不累于情",符合理学的精神(《鹤山先生大全文集》卷五二《费元甫注陶靖节诗序》)。由此可见,陶诗中虽有老庄之道,但因其可与理学相发明,所以也称得上"性情之正",其旨趣可归于儒家经术,属儒家人生哲学的范畴。

陶渊明更为宋人所普遍欣赏的是一切任其自然的生活态度。苏轼首先揭示出其意义:

> 孔子不取微生高,孟子不取於陵仲子,恶其不情也。陶渊明欲仕则仕,不以求之为嫌;欲隐则隐,不以去之为高;饥则扣门而乞食,饱则鸡黍以迎客。古今贤之,贵其真也。(《苕溪渔隐丛话》前集卷三引)

这种自然真率,是宋人最高的人格理想。以此为标准,出处仕隐之间的对峙消失了,人生的自由境界不在于隐逸的生活方式,而在于通达的生活态度,不在于外在行为的狂放,而在于内在心灵的超脱。苏轼标榜的"真"近似于德国哲学家海德格尔所说的"纯真"(the Pure),它也是道德意义上的"善"(Kindness),有了它,人类就可以"诗意地栖居在大地上"[①]。这率性的"真",使陶诗充满了"悠然自得之趣"(魏了翁《费元甫注陶靖节诗序》),在世俗生活中也随处可见诗化的高情逸韵。如《饮酒》中"结庐在人境,而无车马喧。问君何能尔,心远地自偏"四句诗,被王安石称为"奇绝不可得之语",以为"由诗人以来,无此句也"[②],正是"诗意地栖居"的典型。又如苏轼由"采菊东篱下,悠

[①] 参见孙周兴选编《海德格尔选集》上卷第二编《……人诗意地栖居……》,孙周兴译,上海三联书店1996年版。
[②] 见《苕溪渔隐丛话》前集卷三引《遁斋闲览》引王安石语。

然见南山"的"见"字的辨析,抉出陶诗"趣闲而意远"的情韵,其佳处亦在于忘怀得失的诗意化心态①。这就是融真、善、美为一体的"道",不仅诗化生活、乐化生活,而且符合自然天道、社会伦理,也就是真德秀所说:"讽咏之间,悠然得其性情之正,即所谓义理也。"(《文章正宗纲目·诗赋》)

从"正"的要求出发,宋人对李白那种托寓酒色的叛逆性格、李贺光怪陆离的鬼神世界、韩愈的"不平则鸣"、孟郊穷愁的哀怨、贾岛寒俭的苦吟都时致不满。宋人之所以用道德理性对诗的情感内容严加规范,就因为他们始终认定,诗最重要的功能之一,就是要使人与自然、社会保持一种理智的和谐的联系,就是要缔造出一种具有大恕孔悲的仁者情怀、高雅得体的义者风范、自然超逸的达者智慧的理想人格。

三、心理平衡:自持与自适

当宋人大谈"性情"、"义理"之时,实际上已涉及到诗歌调剂个人情感的心理功能。对于宋人来说,诗不只是治世的药石、卫道的工具,更是娱心的丝竹。

按照近代心理学的观点,情感抑郁在心里不得发泄,最容易酿成性格的乖僻和精神的失常。而诗的功能就在于松懈我们(既包括作者也包括读者)被压抑的情感,所谓情感的表现就是从情感中解脱②。中国古人很早就从这个角度来认识诗的作用,宋代之前就有两种非常流行的说法:"诗可以怨"和"不平则鸣"。钱钟书先生曾从比较文学的角度对这两种观点作了非常精彩的评述③。

"诗可以怨"的说法,见于《论语·阳货》:"诗可以兴,可以观,可以群,可以怨。""兴"、"观"、"群"大致讲的是诗的政治和道德功能,而"怨"后人却至少有两种理解:一种是政治上的怨刺,略同于讽谏,有

---
① 见晁补之《鸡肋集》卷三三《题陶渊明诗后》引苏轼语。
② 参见韦勒克、沃伦《文学理论》第三章《文学的作用》,刘象愚等译,三联书店,1984年版。
③ 钱钟书《七缀集·诗可以怨》,上海古籍出版社,1985年版。

关君臣之义，如陈师道说："致怨于明主，昏主则不怨也，谓其不足怨也。"（《颜长道诗序》）一种是情感上的宣泄，忧思郁积于中，怨忿发之于外，如陆游所言："盖人之情，悲愤积于中而无言，始发为诗，不然，无诗矣。"（《渭南文集》卷一五《澹斋居士诗序》）一个人潦倒愁闷，痛苦愤怒，全靠"诗可以怨"而获得排遣、慰藉或补偿。钟嵘《诗品序》说得好："使穷贱易安，幽居靡闷，莫尚于诗矣。"自楚骚以降，"诗可以怨"的心理方面的功能日益为人们所重视，并形成一个与之相关的重要概念，即苦痛比快乐更能产生诗歌，好诗主要是不愉快、烦恼或穷愁的表现和发泄。所谓"《诗》三百篇，大抵贤圣发愤之所为作也"（《史记·太史公自序》），所谓"凡斯种种，感荡心灵，非陈诗何以展其义？非长歌何以骋其情"（《诗品序》），都强调诗的宣泄悲愤的作用。这是汉魏六朝的重要诗学潮流。

"不平则鸣"的说法，见于韩愈的《送孟东野序》："大凡物不得其平则鸣。……人之于言也亦然，有不得已者而后言，其歌也有思，其哭也有怀。凡出乎口而为声者，其皆有弗平者乎！"这里的"不平"，是指激动的感情，比"怨"字义广，既指愤郁，也包括欢乐。韩愈在《送高闲上人序》中说："喜怒窘穷，忧悲愉佚，怨恨思慕，酣醉无聊，不平有动于心，必于草书焉发之。"可见，"忧悲"既是"不平"，"愉佚"也是"有动"，均为情绪的波动。所以，"不平则鸣"无非是说通过文学创作释放被压抑的各种情绪。《送孟东野序》结尾说得很清楚，得志而"鸣国家之盛"，失意而"自鸣其不幸"。就孟郊而言，"出门即有碍，谁谓天地宽"的哀吟与"春风得意马蹄疾，一日看尽长安花"的欢歌都是"不平之鸣"①。当然，这一观点在传释过程中逐渐走形，"不平"往往被看作"牢骚"或"怨愤"的代名词。这是隋唐五代的重要诗学潮流。

无论是"怨"还是"不平"，都处于一种激情状态。因此，诗中表现"怨"或"不平"，不仅可以宣泄情感，还有可能相反地激起情感，打破心理的平衡，导致狂放怒张而不能自持，或是陷入悲哀伤感而不能自

---

① 此为孟郊诗《赠别崔纯亮》和《登第》中句，宋人讥郊多集矢于此，以为"进退得失，盖亦常事，而东野器宇不宏，至于如此，何其鄙也"。参见《诗林广记》前集卷七。

拔。这在中国文学史上有案可查。

自汉魏以来,"发愤所为"与"不平之鸣"的观点广为人们所接受,情绪的感动成为诗最重要的特征,激情的发泄成为诗最重要的功能。并且这感动和发泄又因汉魏以来个体生命意识的觉醒而带有强烈的感伤色彩,从《古诗十九首》到乐府《悲歌行》、《行路难》,长歌当哭乃是最常见的抒情方式。从建安七子的慷慨悲凉,到初唐四杰的少年忧伤,从南朝乐歌的清辞怨曲,到晚唐士子的穷愁苦吟,大抵走的是"愤"或"怨"的一路。宣泄的结果,虽也有性情卒归于正的例子,但更多的是心理的变态,被压抑的情感仍未松懈,反而出现性格的畸形和精神的失常。至少在中国古人眼里,诗人多有"行为偏僻性乖张"的倾向,"文人无行"多半与情绪的褊狭偏激有关。

同时,由于把情绪的感动尤其是痛苦的发泄视为好诗的唯一标准,因而导致了"为文而造情"的伪伤感文学的泛滥。特别是自晚唐五代以来,"悲哀为主,风流不归",直至宋初,诗坛仍充斥着"非穷途而悲,非乱世而怨"的奇怪现象。显然,对诗的心理功能的这种狭隘认识,把中国诗引上了滥情主义的道路,并多少造成中国诗内容题材的陈陈相因。离愁别恨,宫怨闺情,忧谗畏讥,伤春悲秋,啼饥号寒,愤世嫉邪,成为中国古典诗歌一个个固定的抒情模式。

于是,出于诗学内部自身新变的要求,也出于宋代社会政治和道德的要求,宋人对"诗可以怨"和"不平则鸣"的流行说法提出尖锐的挑战,对诗的心理功能作了根本的修正,以理性的控持取代激情的宣泄,以智慧的愉悦取代痴迷的痛苦。就作者而言,"行笔因调性,成诗为写心。诗扬心造化,笔发性园林"(邵雍《伊川击壤集》卷一七《无苦吟》);从读者来说,"读之使人忘宠辱,去系吝,翛然有自得之趣"(真德秀《文章正宗纲目·诗赋》)。这样,宋人虽也主张"吟咏情性",但要求情性符合义理,主张诗的心理功能与道德功能相结合,便与汉魏六朝、隋唐五代的诗论有很大的不同。

宋人首先对"不平则鸣"作了改造。中国先秦以来的心理学一贯认为:人"性"的原始状态是平静的,不论什么情感都是"性"暂时失去了本来的平静。韩愈的弟子李翱说：情者，性之动。水泪于沙，而清者浑；性动于情，而善者恶。(《复性书》上篇)这与韩愈的"不平则鸣"显然大异其趣。在李翱看来，"不平有动于心"的状态，只能使清者浑、善者恶，有悖于人性的修养。宋儒大都接受了这种思想，如邵雍就认为："性公而明，情偏而暗。"(《皇极经世·观物外篇》一〇)又云："情之溺人也甚于水。"(《伊川击壤集序》)程颐也主张："湛然平静如镜者，水之性也。及遇沙石或地势不平，便有湍激；或风行其上，便为波涛汹涌，此岂水之性也哉？"(《河南程氏遗书》卷一八《伊川先生语四》)诚然，韩愈和李翱的讨论，一属诗学范畴，一属哲学范畴，仿佛水米无干。然而，由于宋诗学的理论基础更多地建立在理性的哲学而非感性的诗学之上，因此，李翱的思想在宋诗学中便自然演化为与韩愈"不平则鸣"针锋相对的命题——"置心平易始知诗"(王柏《鲁斋集》卷五《跋邵絜矩诗》引张载语)。

　　宋诗人虽不像理学家那样视"情"为洪水猛兽，但对诗歌发泄激情的说法亦颇有微词。如苏轼就直接反驳韩愈：

　　退之论草书，万事未尝屏。忧愁不平气，一寓笔所骋。颇怪浮屠人，视身如丘井。颓然寄淡泊，谁与发豪猛？细思乃不然，真巧非幻影。欲令诗语妙，无厌空且静。(《苏轼诗集》卷一七《送参寥师》)

这是针对韩愈《送高闲上人序》中的观点提出的质疑，在苏轼看来，艺术创作不应是激情的驰骋，而应是激情的消解，好诗与其说是出自豪猛的不平之气，不如说是生于淡泊的空静之心。洪迈更直接指责"不平则鸣"的说法：

　　韩文公《送孟东野序》云："物不得其平则鸣。"然其文云："在唐虞时，咎陶、禹其善鸣者，而假之以鸣。夔假于《韶》以鸣"，"伊尹鸣殷，周公鸣周。"又云："天将和其声，而使鸣国家之盛。"然则非所谓不得其平也。(《容斋随笔》卷四"送孟东野序")

洪迈虽然对"不得其平"理解得太狭窄,把它和"发愤"混淆,但他举韩文"天将和其声"为例,真可谓以子之矛,攻子之盾。因为"和"与"平"义近,与"不平"恰恰相反。

如果说苏轼的"空静"说是站在佛教立场的话,那么,洪迈却完全依儒家正统思想来立论。"和"字来自儒家经典《礼记·中庸》的说法:"喜怒哀乐之未发,谓之中;发而皆中节,谓之和。中也者,天下之大本也。和也者,天下之达道也。"宋代哲学重新发现《中庸》,这段话正是其基本思想之一,宋诗学的精神也有得于此。黄庭坚在《书王知载朐山杂咏后》一文中曾提出有关诗歌功能的见解,其中"其人忠信笃敬,抱道而居,与时乖逢,遇物悲喜,同床而不察,并世而不闻"几句,就是所谓"喜怒哀乐之未发"。接下来"情之所不能堪,因发于呻吟调笑之声,胸次释然,而闻者亦有所劝勉,比律吕而可歌,列干羽而可舞"几句,就是所谓"发而皆中节"。显然,诗歌疏泄个人"胸次"、使之"释然"于怀的心理功能,是在"中和"的状态下完成的,这是一种理性的化解,而非情绪的迸发。所以宋人不仅批评韩愈的观点:"退之亦隘人,强言不平鸣。"(陆游《剑南诗稿》卷三《蟠龙瀑布》)而且捎带指责韩愈自身的创作心态:"始终愤世嫉邪,类非平时雍容徐缓等语。"(魏了翁《鹤山先生大全文集》卷一〇一《韩愈不及孟子论》)

作为对"不平之鸣"的反驳和补救,宋人提出"自持"的新观点。传统儒家诗论有"诗者,持也"的说法,是专指《诗经》的功能[①],宋人把它推广到一般诗歌创作中。所谓"持",从伦理上看,是要保持诗中情感的正当和规范;从心理上看,是要保持诗中情绪的平静与温和。一言以蔽之,"持"的重要功能就是情绪的理性化。北宋诗人陈襄(1017—1080)认为:

---

① 如《诗纬·含神雾》云:"诗者,持也。在于敦厚之教,自持其心,讽刺之道,可以扶持邦家也。"兼言其道德和政治功能。

> 诗之言,志也,持也。志之所至,言以持之。诗者,君子之所以持其志也。善作诗者,以先务求其志,持其志以养其气。志至焉,气次焉,气志俱至焉,而后五性诚,固而不反,外物至,无所动于其心。虽时有感触、忧悲、愉怿、舞蹈、咏叹之来,必处乎五者之间,无所不得正,夫然后可以求为诗也。(《古灵集》卷一八《同年会宴诗序》)

诗之作并非出于情感的"不平",而是基于"无所动于其心"。这是宋儒的典型看法,如楼钥(1137—1213)论诗文主张"心平气和","喜怒哀乐之未发,与夫平旦之气,顾岂有一毫不平"(《攻媿集》卷六六《答綦君更生论文书》);朱熹提倡所谓的"平淡自摄"(《晦庵诗说》),"自摄"就是"自持"。这与唐儒之代表孔颖达在《毛诗正义》里所谈诗"所以舒心志愤懑"、"感物而动"、"言悦豫之志"、"忧愁之志"相较,显然形同胡越。从对诗的传统定义的不同解释中,我们可看出唐宋诗学走向的分途。

苏轼曾形象地比喻过自己的心态:"我心空无物,斯文何足关。君看古井水,万象自往还。"(《苏轼诗集》卷三一《书王定国所藏王晋卿画著色山二首》之一)在心灵平静的水面上,一切喧嚣和激动化为乌有。于是,在宋人眼里,"寂寞无声"、"动而中律"的金石丝竹的"中和"之声(《国风》、《雅》、《颂》)取代"不得其平"、"则声若雷霆"的涧水的不平之鸣(《楚辞》)成为诗美的极致(黄庭坚《胡宗元诗集序》)。就连宋代最富有激情的诗人陆游都承认:

> 若遭变遇谗,流离困悴,自道其不得志,是亦志也。然感激悲伤,忧时闵己,托情寓物,使人读之,至于太息流涕,固难矣。至于安时处顺,超然事外,不矜不挫,不诬不怼,发为文辞,冲澹简远,读之者遗声利,冥得丧,如见东郭顺子,悠然意消,岂不又难哉!(《渭南文集》卷一五《曾裘父诗集序》)

陆游虽也赞同不平则鸣的合理性,以为"是亦志也",但他显然旨在说明"安时处顺"比"感激悲伤"更能产生好诗,"悠然意消"比"太息流涕"对作者和读者的人格修养与心理健康更有好处。诗的心理功能就在于"遗声利,冥得丧",使人进入超功利的审美境界。这样的境界是平和淡泊的,而非激动浓烈的,它来自理智的自持,而非感情的自纵。正如陆游《闲趣》诗所云:"心平诗淡泊。"(《剑南诗稿》卷六七)这样,诗歌"虽曰吟咏情性,曾何累于性情哉"(邵雍《伊川击壤集序》)!

如果说宋人强调诗的自持功能主要是针对"不平则鸣"而发的话,那么他们关于诗贵"自适"的观点则是为了修正"诗可以怨"及相关的概念。宋人普遍对人生有深刻的理性认识,欣赏悠然自得的生命情调,不满悲哀怨愤的感伤倾向,力图克服六朝以来流行诗坛的滥情主义风潮。

宋初诗坛仍处于五代"悲哀为主"的阴云的笼罩下。如宰相寇准(961—1023)"富贵之时,所作皆凄楚愁怨"(见释文莹《湘山野录》卷上)。这种荣华的身世与愁苦的诗风之间的矛盾,说明他仍深受唐人"愁思之声要眇"观念的影响。从北宋中叶开始,几乎与政治革新、诗文革新运动同步,宋人对"穷苦之言"的态度大为改变。寇准那种"华车有寒苦之述"的"不病而呻"的现象,招致范仲淹的严厉批评(见《唐异诗序》)。这时,因受强烈的政治意识的影响,宋人大多不是在穷愁中倚借诗的抚慰,而是努力在政治上寻求诗的价值。欧阳修的《梅圣俞诗集序》有段话最值得注意:

> 予闻世谓诗人少达而多穷,夫岂然哉?盖世所传诗者,多出于古穷人之辞也。凡士之蕴其所有而不得施于世者,多喜自放于山巅水涯。外见虫鱼、草木、风云、鸟兽之状类,往往探其奇怪。内有忧思感愤之郁积,其兴于怨刺,以道羁臣寡妇之所叹,而写人情之难言,盖愈穷则愈工。然则非诗之能穷人,殆穷者而后工也。……若使其幸得用于朝廷,作为《雅》、《颂》,以歌咏大宋之功德,荐之清庙,而追商、周、鲁《颂》之作者,岂不伟欤?奈何使其

老不得志，而为穷者之诗，乃徒发于虫鱼物类、羁愁感叹之言？（《欧阳文忠公文集》卷四二）

这篇文章虽脱胎于韩愈《送孟东野序》，却表现出宋人特有的一些新观念：第一，对"诗人少达而多穷"的说法提出异议。这是因为宋诗人政治地位明显高于唐诗人，所以特别于此辩驳。后来刘克庄也认为，古诗"大率达而在上者之作"，"谓穷乃工诗，自唐始"（《后村先生大全集》卷九四《王子文诗序》）。达者自有不同于穷者的心态，对诗的功能的要求也自然有别。第二，对"穷"字的理解与韩愈不同，韩指的是"穷饿其身，思愁其心肠"的个人生活状况，属经济范畴；欧指的是"士蕴其所有而不得施于世"的政治抱负无法实现的处境，属政治范畴。第三，对"穷者之诗"、"羁愁感叹之言"极为惋惜甚至轻视，与韩愈在《荆潭唱和诗序》中以"羁旅草野"之文为极致的认识恰巧相反。此外，推崇《雅》、《颂》也隐含不取《离骚》幽忧愤叹的趣尚。因此，如若不是断章取义的话，欧氏"诗穷而后工"的说法与"不平则鸣"或"发愤作诗"有相当的差异。

欧氏的观点虽带有明显的政治色彩，但他不满"羁愁感叹"的态度，却对宋诗学的反伤感主义思潮有深远的影响。就欧氏本人的创作而言，也"专以快意为主"（见张戒《岁寒堂诗话》卷上），有意识改变"古穷人之辞"。在理学家诗里，对"穷苦之言"的抛弃多从道德和心理层面考虑，诗的作用成了"所乐乐吾乐，乐而安有淫"（邵雍《无苦吟》），不再是宣泄忧思，释放郁闷。特别是"乌台诗案"之后，诗的讽谏功能趋于幻灭，宋诗人更把诗当作化解痛苦、安顿人生的灵丹妙药。于是，宋诗学中又有了比"自持"更为睿智的"自适"之说。

所谓"自适"，就是化悲怨为旷达。欧阳修不同意"诗人少达而多穷"的说法，是有现实依据的。只不过宋诗人的"达"不光指官运亨通，更包括一种人生态度。宋诗人的政治地位虽因宋王朝重文轻武的政策而普遍比唐诗人有所提高，但仍饱受人生忧患。只要翻翻宋诗人小传：贬谪、遭谤、落第、辞官、党锢、诗祸、下狱种种，比之前代，并不逊色。因此,宋诗多达者之词而少穷者之词,不仅是诗人位居显达,更主要是身穷而心达。比如唐人孟郊诗云:"出门即有碍,谁谓天地宽?"宋人诗却云:"地才容膝可,天似处心宽。"(见姚勉《雪坡舍人集》卷三七《黄端可诗序》引黄氏《窄室》诗句)通达的人生态度突破物理空间的限制,而获得无限广阔、无限自由的心理空间。

在宋诗学里,"羁愁感叹"的减少,并非以内心忧愤的郁积为代价,而是以人生之智慧去化解,诗的宣泄功能转化为愉悦功能。诗人不再是焦虑的精神变态者,而是明心见性、自我实现的精神解脱者。宋人作诗以"自适",可以从以下三方面来理解。

其一,化劳心的苦吟为娱心的闲吟。唐人孟郊、贾岛、李贺辈好苦吟,成为宋诗学攻击的主要对象。"苦"有二义:一是诗中情感的苦涩,二是创作过程的艰苦。如此作诗,不但起不到疏泄感情的作用,反而增加愁思的郁积,呕心沥血,陷入自己编织的情感罗网不能自拔。苏轼批评孟郊:"诗从肺腑出,出辄愁肺腑。有如黄河鱼,出膏以自煮。"(《苏轼诗集》卷一六《读孟郊诗二首》之二)这无疑是对身心的摧残,与诗的"使穷贱易安,幽居靡闷"的心理功能相左。宋诗人在批判"苦吟"的同时,提倡自适的"闲吟"。这方面,邵雍的作诗态度极为典型,其《伊川击壤集》中,竟有直接以《无苦吟》、《闲吟》为题的诗。如后者云:"忽忽闲拈笔,时时乐性灵。何尝无对景,未始便忘情。句会飘然得,诗因偶尔成。天机难状处,一点自分明。"诗中表现的情感是"闲"、"乐",而诗的创作过程是"飘然得"、"偶尔成",是"天机难状",与"苦吟"恰恰相反。南宋诗人姚勉(1216—1262)说得更明白:

> 诗贵工乎?雕肝琢胃,钩章棘语,竦肩如寒,攒眉如愁,鸣吻如蛩,侧头如鹤,数髭断而字安,片心归而句得,若是可乎?曰:未也。李长吉阿婆谓呕出心乃已。然则诗何贵?曰:贵适。康节(邵雍)之诗曰:"尧夫非是爱吟诗,诗是尧夫得意时。"诗非爱吟也,得意则诗耳。尧夫之诗不适乎?……蓬莱妙音,逸出人间宫羽之外;风水相遭之文章,善雕镂组织者终莫及也。适之为诗妙

矣哉!(《雪坡舍人集》卷三七《适斋诗稿序》)

"贵适"正是对"苦吟"的反拨。邵雍在《首尾吟》中自称作诗是其"得意时"、"可爱时"、"自笑时"、"乐事时"、"自喜时"、"自在时"、"自得时"等等,与郊、岛的穷愁心境大异其趣。不仅邵雍这样的理学家,而且苏轼这样入狱遭贬的诗人也赞同"文以达吾心,画以适吾意而已"的观点(《苏轼文集》卷七〇《书朱象先画后》)。岂但文与画,诗的作用亦如此,所以苏轼读孟郊诗后会发出"何苦将两耳,听此寒虫号"的感慨(《读孟郊诗二首》之一)。南宋牟巘(1227—1311)的看法在宋代很有代表性:

> 诗直耳目玩耳。自昔诗人往往以之钎心掏胃,甚至欲呕其心。而少陵亦有"良工心独苦"之语。夫愁劳其心以娱耳目,如膏自煎,盖可叹。而世且竞为之,悲鸣两吻不肯止,岂所苦未易夺所乐耶!俞君好问日以吟哦为事,吾意其未免昔人之所患苦,而君方夷然以笑曰:"吾将以是娱吾心。"阅其帙,佳句层出,不务为深刻噍杀,自有意度,读之犹能使人喜,岂不足陶写性情哉!必有得之心而非耳目所能与者。(《牟氏陵阳集》卷一二《俞好问诗稿序》)

诗的愉悦作用不仅在于"娱耳目",更在于"娱心";不仅要能"陶写性情",而且要求"读之犹能使人喜"。

其二,化钟情的酸楚为乐易的闲暇。韩愈在《荆潭唱和诗序》里称赞两位写诗的大官僚能"与韦布里闾憔悴专一之士较其毫厘分寸",即恭维他们居然能写出穷书生一样的诗。这种恭维在宋代多半会变成指责和嘲笑。如释文莹(1060年前后在世)就认为,宰相寇准富贵时作诗皆凄楚愁怨,以致成为他后来贬海康的"憔悴奔窜"之兆。于是文莹指出:"余尝谓深于诗者,尽欲慕骚人清悲怨感以主其格,语意清切、脱洒孤迈则无。殊不知清极则志飘,感深则气谢。"(《湘山野录》卷上)如果说文莹是从"诗谶"的角度对悲怨之情自觉抵制的话,那么张耒(1054—1114)批评秦观(1049—1100)则出于对"不病而呻"的反感:"世之文章多出于穷人,故后之为文者喜为穷人之词。秦子无忧而为忧者之词,殆出此耶?"(《张右史文集》卷五一《送秦观从苏杭州为学序》)同样,那个慕秦观之为人的陆游曾作《春愁曲》,也遭到其诗友范成大(1126—1193)的嘲讽:"诗人多事惹闲情,闭门自造愁如许。"(《范石湖集》卷一七《陆务观作春愁曲悲甚作诗反之》)且不说这种为文造情的呻吟,就连发自肺腑的酸楚之声在宋人那里也得不到多少欣赏和同情。《蔡宽夫诗话》一则云:

> 子厚(柳宗元)之贬,其忧悲憔悴之叹,发于诗者,特为酸楚。闵己伤志,固君子所不免。然亦何至是,卒以愤死,未为达理也。

所以,在宋人眼里,"少游(秦观)钟情,故诗酸楚"终不如"鲁直(黄庭坚)学道,其诗闲暇"(李颀《古今诗话》)。前者被目为"女郎诗"或"似小词"而不登大雅之堂,后者却成为风行宋诗坛百多年的江西诗派的不祧之祖。而学道的"闲暇"正是化解悲情的极好良方。如洪咨夔所说:

> 其见于诗,凡骚人感慨不平之气,愤郁无聊之情,一无有陶写,性分惟淡然乐易之归。江山之平远,风月之清明,草木鱼鸟之幽闲自适,皆其神气之功,德符之充也。(《平斋文集》卷一〇《懒窟诗稿序》)

这种以"淡然乐易"解脱"感慨愤郁"的心理疗法,宋人论述极多,兹不赘述。

其三,化执迷的怨怒为戏谑的调侃。学术界已有人论及宋诗的谐趣[①]。从诗的心理功能来看,宋诗中谐趣的风行正在于力图通过自我

---

① 见韩经太《论宋诗谐趣》,载《中国社会科学》1993 年第 3 期。

调谐来解脱人生存在的困境。包括诗在内的所有艺术方式本来就具有某种游戏的意味,然而在中国,却很少有人正面承认或欣赏诗的游戏功能。韩愈好戏谑,遭到友人张籍义正辞严的抨击,斥之为"驳杂无实之说",以为"是戏人也,是玩人也,非示人以义之道也"(见《全唐文》卷六八四张籍《上韩昌黎第二书》)。而这种作风在宋代却大受称赞,欧阳修在《六一诗话》中就称赞韩愈诗"其资谈笑,助谐谑,叙人情,状物态,一寓于诗,而曲尽其妙",并在《礼部唱和诗序》中为自己与同僚倡和之诗"时发于奇怪,杂以诙嘲笑谑"作辩护道:

> 夫君子之博取于人者,虽滑稽鄙俚,犹或不遗,而况于诗乎?古者《诗》三百篇,其言无所不有,惟其肆而不放,乐而不流,以卒归乎正,此所以为贵也。(《欧阳文忠公文集》卷四三)

在他看来,"戏人"、"玩人"的"诙嘲笑谑"之作并不违《诗经》之"道",只要"卒归于正",诗是可以"肆"且"乐"的。宋人的诙谐每取于此,其指向显然是以轻松的乐去取代沉重的悲。黄庭坚的《书王知载朐山杂咏后》就是从这个角度来理解诗的功用:"情之所不能堪,因发于呻吟调笑之声,胸次释然,而闻者亦有所劝勉。"情感的释放,不必通过争谏怨刺,而只需"呻吟调笑"。不必执著,不必认真,襟怀洒脱,自我调侃,人生的缺憾自然会化为愉悦的美感。苏轼称黄庭坚"以真实相出游戏法"(《苏轼文集》卷六九《跋鲁直为王晋卿小书尔雅》),正可用来指他善用戏谑方式破除人生拘执的特殊智慧。宋人的谐趣诗,甚至包括部分所谓的"文字游戏"——禽言诗、药名诗、八音歌、辘轳体等等,都有此功用。仕途通达时,谐谑作为一种智力优越、学识渊博的显示,娱己且玩人;仕途坎坷时,谐谑又可作为淡化悲苦、抚慰伤痕的灵药,自嘲且自悦。据朱彧(1110年前后在世)《萍洲可谈》卷二记载:

> (东坡)绍圣初贬惠州,再窜儋耳。元符末放还,与子过乘月自琼州渡海而北,风静波平,东坡扣舷而歌。……余在南海逢东

坡北归,气貌不衰,笑语滑稽无穷。视面多土色,厣耳不润泽。别去数月,仅及阳羡而卒。东坡固有以处忧患,但瘴雾之毒非所能堪尔。

处忧患而能笑语滑稽无穷,这是何等豪迈潇洒的胸怀!苏轼在惠州时曾点化韩愈、柳宗元诗句为"系滟岂无罗带水,割愁还有剑铓山"一联,而将韩、柳贬谪之愁闷化为幽默之"险浑"①。苏轼,还有黄庭坚每每于困顿坎壈之际而"无一毫憔悴陨获之态"(《鹤山先生大全文集》卷五三《黄太史文集序》),实有得于谐谑的功用。到南宋杨万里(1127—1206)那里,"因物斯感"的伤春悲秋更为嘲山川、嘲风月的风趣调侃所代替,"年年花月无闲日,处处山川怕见君"(姜夔《白石道人诗集》卷下《送朝天续集归诚斋时在金陵》),"不笑不足以为诚斋之诗"(吴之振《宋诗钞·江湖诗钞序》),将日常勾惹闲愁的风物改造为生动活泼的诗材,这种游戏其间的超脱,更凸显了诗歌愉悦人生的功能。在此时代精神的熏染下,就连学晚唐贾岛、姚合的四灵诗人,也在诗律"合于唐人"的同时,扬弃了晚唐诗的悲哀情调,如翁卷(1203年前后在世)《春日和刘明远韵》:"知分贫堪乐。"徐玑(1162—1214)《次韵刘明远移家二首》之一:"自以闲为乐,何嫌贫尚存。"经济状况类于孟郊、贾岛,然而以贫为乐,与郊、岛的以穷为愁固不可同日而语。

显然,宋人所强调的"自持"和"自适"的心理功能,在很大程度上是针对唐人的"不平"和"怨"而发的。唐人以为作诗"平者难为工,奇者易以动"②,而宋人却称赏"词平则真力见,音淡则古意完"(王柏《鲁斋集》卷五《跋邵絜矩诗》)。唐人以为作诗"欢愉之词难工,而穷苦之言易好"(韩愈《荆潭唱和诗序》),而宋人却相信乐易之诗"句会飘然得,诗因偶尔成"(邵雍《闲吟》),穷苦之言反倒穷神费力而难工。与此相联系,宋人的欣赏心理也随之表现为"翛然有自得之趣",不同于

---

① 参见《石林诗话》卷上。案:韩愈《送桂州严大夫》云:"江作青罗带,山如碧玉篸。"柳宗元《与浩初上人同看山寄京华亲故》云:"海畔尖山似剑铓,秋来处处割愁肠。"皆岭南诗。
② 楼钥《答綦君更生论文书》中语,以为此是唐之"文人习气",唐之诗人习气亦如此。

唐人"和平之音淡薄,而愁思之声要眇"的体验。

人们常说唐诗以情韵胜,宋诗以理趣胜,可以说,宋诗"尚理趣"的特点,正导源于宋人对诗歌心理功能的新认识。宋人既强调"自持",必然以规范的、智性的"理"为宗旨;既强调"自适",必然以愉悦的、诗意的"趣"为归宿。事实上,"理"与"趣"二者在宋诗人那里常常密不可分,闲暇之情,源于学道,乐易之辞,出于达理。从思想渊源来看,"自持"的观点受到儒家的中庸思想、道家的虚静学说以及佛家的心性观念的综合影响,正如苏轼在《十八大阿罗汉颂》中所言:"尊者所游,物之初耶。闻之于佛,及吾子思。名不用处,是未发时。"①心地处于物之初,喜怒哀乐未发之时,只是平常无事,心无系累。有了这种修养功夫,自然会保持心理的平衡,免于疯狂与畸形。"自适"的观点则主要有得于儒家所谓"孔颜乐处"之说②,它在理学家的鼓吹下已成为宋代士大夫安身立命的基本原则。正如朱熹在《教思堂作示诸同志》诗中所言:"咏归同与点,坐忘庶希颜。"③把"富贵不能淫,贫贱不能屈"的人格精神化为悠然自得的生命情调。有了这种修养功夫,自然能解除压抑,自我实现。可以说,"自持"的意义在于性情的规范化,而"自适"的意义在于人生的诗意化。

值得指出的,当诗的"有用"主要在于"自适"、"娱心"之时,离"甜美"的那一端也就不远了。尽管南宋江湖诗人戴复古(1167—1248)指责"锦囊言语虽奇绝,不是人间有用诗"(《石屏诗集》卷七《……论诗十绝……》之五),但事实上却是"近日不闻秋鹤唳,乱蝉无数噪斜阳"(同上之六),他的那些江湖社友多已抛弃"飘零忧国杜陵老,感寓伤

---

① 见《苏轼文集》卷二〇。"物之初"为《庄子·田子方》中语;"不用处"为临济义玄禅师语:"佛法无用功处,只是平常无事,屙屎送尿,着衣吃饭,困来即卧。""未发时"为《礼记·中庸》中语。
② 《论语·雍也》:"子曰:'贤哉回也!一箪食,一瓢饮,在陋巷,人不堪其忧,回也不改其乐。贤哉,回也!'"又《论语·述而》:"子曰:'饭蔬食,饮水,曲肱而枕之,乐亦在其中矣。不义而富且贵,于我如浮云。'"宋儒每致意于此,如《西山真文忠公文集》卷一《题黄氏贫乐斋》云:"濂洛相传无别法,孔颜乐处要精求。"此亦为宋诗学重要精神。
③ 见《晦庵先生朱文公文集》卷二,此诗上句典出《论语·先进》:"曰:'莫春者,春服既成,冠者五六人,童子六七人,浴乎沂,风乎舞雩,咏而归。'夫子喟然叹曰:'吾与点也。'"下句典出《庄子·大宗师》:"颜回曰:'堕肢体,黜聪明,离形去知,同于大通,此谓坐忘。'"

时陈子昂"(同上之六)的精神,醉心于浮声切响的"唐律"之中。换言之,"自适"虽然也是诗之用,但它关心的毕竟是"吟咏性情、黼藻其身",因而极易让吟风弄月的诗人找到逃避现实的借口。

从崇尚"有用"到倾心"甜美",从鄙薄晚唐到追摹晚唐,宋诗学仿佛完成了一次宿命的循环。每当"斯道之不行"、诗的政治功能因文网森严而幻灭之时,便会有所谓"形式主义"的诗派出现,如"乌台诗案"后的江西诗派,"江湖诗祸"后的江湖诗派,便会有"文章不犯世故锋"或"有口不须谈世事"之类的言论出现①。然而,纵观宋诗学的历史进程,"甜美"毕竟是迫不得已的选择。在宋诗人眼中,从来就没有西方诗学中"纯诗"(Pure Poetry)的概念,"甜美"也总是以"有用"为前提。杜甫不仅在江西诗派那里得到无上的推崇,在江湖诗派(如戴复古等人)那里也得到相当的尊重。这充分说明宋诗人选择杜甫,是基于这样的认识:诗是"甜美"的,更是"有用"的。宋朝出现大批的爱国诗人,以杜甫的忠义精神相感召,都与他们对诗的作用的认识分不开。

---

① 前句见晁补之《复用前韵呈刑部杜丈君章》,后句见翁卷《行药作》。

第三章　意识指向：深广的思虑与优越的慧性

作为一种理论抽象的"宋诗"概念,似乎真具有某种超越时代的艺术素质,即为论者所公认的与"唐音"相对的"宋调"。如果孤立地看这种素质,可以说有的唐诗下开"宋调",有的宋诗嗣响"唐音";甚至可以说"一集之内,一生之中,少年才气发扬,遂为唐体;晚节思虑深沉,乃染宋调"[①]。然而,任何文学创作的艺术风格,毕竟是时代的产物,即所谓"文变染乎世情","歌谣文理,与世推移"(《文心雕龙·时序》)。诗歌风格的演变,归根结底受制于时代的文化背景与社会心理的变迁,而诗人的审美意识和创作心理则是"文理"与"世情"之中介。因此,"唐音"和"宋调"艺术素质的差异,乃在于唐宋诗学的意识指向的不同。

所谓意识指向,是指诗的艺术素质中体现出来的诗人的审美意识和创作心理的倾向性。它不仅是个人经历、性格的反映,也是社会审美心理的表现,或社会文化意识的积淀。宋代文化精神在制约宋诗的意识指向方面发挥了巨大影响,使得宋诗人在理论上和实践上都鲜明地体现出立异于唐诗的自觉。约略说来,宋诗学的意识指向异于唐诗之处在以下四点:一是忠君体国的忧患意识,二是明心见性的内省态度,三是睿智静穆的理性精神,四是典雅高尚的人文旨趣。这四点与宋人对诗的本质和作用的认识相关,而更直接地将诗学观念熔铸为"宋调"的艺术素质。

---

① 见钱钟书《谈艺录》第 4 页,中华书局,1984 年版。

一、民胞物与的忧患意识

倘若只依文明的发达程度来衡量,宋代无疑是中国封建文化最光辉的时期,因为不仅"华夏民族之文化,历数千载之演进,而造极于赵宋之世"①,而且在宋代,"中国的文化是世界上最光辉的"②。然而,遗憾的是,人类历史上无论中外都有过野蛮征服文明的先例,日耳曼"蛮族"的入侵导致西罗马帝国的覆亡,匈奴的叛乱造成西晋的崩溃及五胡十六国的割据。在中古时期,历史只垂青于强大的武力,"文治"需依赖于"武功"得以完成。因此,若依版图与武功为衡量标准,宋代又是中国历史上统一王朝中最孱弱的朝代,不仅无法与其前的汉、唐相提并论,就是与其后的元、明、清比较,也显然相形见绌。从北宋建国起,就受到北方契丹族(辽)的威胁,以后又历经党项(西夏)、女真(金)、蒙古(元)等的长期侵凌,从"澶渊之盟"、"隆兴和议"到"临安乞降";从"白沟移向江淮去"③,到"来孙却见九州同"④;从燕、云十六州的放弃,南宋的偏安,到蒙古灭宋,两宋三百多年,在妥协忍让、苟且偷生中度过了一个屈辱的时代。

宋王朝文官政治的推行,极大地提高了士大夫的自尊心和责任感。宋代儒学的复兴,则极大地振奋了士大夫负重致远的弘毅抱负。因此,积贫积弱的国力与繁荣发达的文化之间形成的巨大反差,使得宋人维护华夏正统文化的历史使命感比任何朝代的士人都显得更为强烈。时代的病态造成宋人忧患意识的流行和深化:"居庙堂之高,则忧其民;处江湖之远,则忧其君。是进亦忧,退亦忧。然则何时而乐耶?其必曰:先天下之忧而忧,后天下之乐而乐乎!"(范仲淹《岳阳楼记》)这不光是范仲淹个人的襟抱,而可以视为两宋有识之士的共同心

---

① 见陈寅恪《金明馆丛稿二编》第 245 页,上海古籍出版社,1980 年版。
② 见《泰晤士世界历史地图集》第 127 页,转引自许总《宋诗史》第 15 页,重庆出版社,1992 年版。
③ 见刘因《静修集》卷一五《白沟》。案:白沟是宋、辽界河,在今河北。
④ 见林景熙《霁山文集》卷三《书陆放翁诗卷后》。案:"九州同"是指蒙古统一中国。

声。宋诗中慨叹国耻国难的作品几乎与宋王朝的建立同时出现,每次民族的灾难在宋诗中都能找到对应的作品:西夏入侵导致庆历诗风政治意识的强化,中原陆沉引起南渡诸公爱国激情的喷发,临安陷落触动志士遗民黍离哀思的回响。

宋诗人处于外患威胁的时代,社稷之忧时时盘结于心,这样,忧患意识就成为宋诗重要的意识指向之一。我在前面曾说过,宋人欣赏乐易而不满悲哀,似乎与此忧患意识自相矛盾。然而,宋人反对的悲哀怨愤,乃是个人性的一己之穷愁,此处所言忧患意识,乃是民族性的天下之忧,九州悲歌与秋虫孤吟,自有天渊之别①。"少陵有句皆忧国,陶令无诗不说归"(周紫芝《太仓稊米集》卷一〇《乱后并得陶杜二集》),这两句诗集中体现了宋人心目中陶、杜诗的思想价值取向,对待个人的生活,不妨超脱潇洒,"不以物喜,不以己悲"(《岳阳楼记》);关系民族的命运,却难免感慨忧思,"风雨愁人夜,草茅忧国心"(戴复古《石屏诗集》卷三《闻边事》)。

宋诗学中的忧患意识不仅源于传统儒学对政治的深切关怀,也出自新儒学"民胞物与"的仁爱精神。张载在其名作《西铭》中声称:"故天地之塞,吾其体;天地之帅,吾其性。民吾同胞,物吾与也。"(《张横渠集》卷一)以万民为同胞,以万物为同类,从而与之休戚相关。这种深厚的人道主义精神是宋诗人忧患意识形成的最深层动因。就主题内容而言,宋诗学中的忧患意识主要表现在以下三方面:

第一,恤民。宋诗人作为文官政治的体现者,普遍对社会现实和平民生活表示强烈的关注,即所谓"居庙堂之高,则忧其民"。这种"忧"不仅表现为对民间疾苦的深切同情,往往还连带着对自身尸位素餐的沉痛自责。如宋初王禹偁的《对雪》,前面写民间疾苦,后面写自身反省,流露出真切的忧民情怀。在王诗里,明显可看出杜甫、白居易恤民之诗的影响。这一传统在庆历前后进一步发扬光大,在理论上更为自觉。如梅尧臣的《田家语》前的自序云:

---

① 见《欧阳文忠公文集》卷五《太白戏圣俞》:"山头婆娑弄明月,九域尘土悲人寰。……下看区区郊与岛,萤飞露湿吟秋草。"

庚辰诏书,凡民三丁籍一。……主司欲以多媚上,急责郡吏,郡吏畏不敢辩,遂以属县令。互搜民口,虽老幼不得免。上下愁怨,天雨淫淫,岂助圣上抚育之意耶?因录田家之言,次为文,以俟采诗者云。(《宛陵先生集》卷七)

在欧阳修的《赠杜默》诗中,这种忧民精神更表现为整顿乾坤的强烈愿望:

京东聚群盗,河北点新兵。饥荒与愁苦,道路日以盈。子盍引其吭,发声通下情。上闻天子聪,次使宰相听。何必九包禽,始能瑞尧庭。(《欧阳文忠公文集》卷一)

这里对民间灾难的急切关注,不同于传统反映现实之诗那种诗人身处乱世与民间的切身体验和自然揭露,而是体现出参政者"通下情"、"瑞尧庭"的施政意识,和梅尧臣所谓"俟采诗者"的意思相通。在梅尧臣、苏舜钦、欧阳修的诗集中,都可找到不少反映现实、体恤民情的作品。这一传统在宋诗发展进程中一直得到保留,即使是在政治意识相对淡化的北宋后期,关心民瘼之作也未随讽谏之作的禁绝而销声匿迹,晚年的苏轼仍写下《荔枝叹》这样的名作,黄庭坚也在大量诗歌中表达了"民病我亦病"的仁恕精神[1]。此外,如张耒、秦观、陈师道、张舜民(1034?—1101?)等人,也有不少悯农诗传世[2]。

从黄庭坚到江西诗派,再到南宋的范成大、杨万里、陆游,直至戴复古、刘克庄,忧民之心如薪火相传,代代不绝。黄庭坚题画菜说:"不可使士大夫不知此味,不可使天下之民有此色。"(《宋黄文节公全集》别集卷六《题画菜》)这段话在江西派诗人汪革(1071—1110)那里,引

---

[1] 见《山谷外集诗注》卷一一《己未过太湖僧寺得宗汝为书寄山蘈白酒长韵寄答》。参见同书卷一〇《上大蒙笼》、《劳坑入前城》、《丙辰仍宿清泉寺》等等。
[2] 如《张右史文集》卷一六《和晁应之悯农》、卷一九《田家三首》,《淮海集》卷二《田居四首》,《后山集》卷一《田家》、卷三《呜呼行》,《画墁集》卷一《打麦》等等。

申为"人常咬得菜根,则百事可做"的格言(吕本中《东莱吕紫微师友杂志》引汪革语),在南宋理学家真德秀那里,更成为士大夫的座右铭:"百姓不可一日有此色,士大夫不可一日不知此味。"(罗大经《鹤林玉露》甲编卷二《论菜》引)这种尝菜根的精神是宋诗学中忧患意识的最形象的体现。

值得注意的是,宋诗中不少反映生民疾苦的作品都与边患有关。如王禹偁的《对雪》,"因思河朔民,输税供边鄙","又思边塞兵,荷戈御胡骑"(《小畜集》卷四);王安石的《河北民》,"家家养子学耕织,输与官家事夷狄"(《王荆文公诗笺注》卷二一),表现出对契丹侵凌的忧愤。梅尧臣的《汝坟贫女》,为"再点弓手"而作(《宛陵先生集》卷七);苏舜钦的《吴越大旱》,其背景为"是时西贼羌,凶焰日炽剧"(《苏舜钦集》卷二),反映了西夏入侵给百姓带来的痛苦。而到了南宋,对北方沦陷区遗民的同情和关注又成为很多爱国诗人笔下的重要主题。

第二,忧国。在外患深重的时代,恤民的情怀必然会集中转化为对国事的忧虑。欧阳修在《班班林间鸠寄内》中反复表明自己的态度:

> 我意不在春,所忧空自咄。一官诚易了,报国何时毕。……孤忠一许国,家事岂复恤。横身当众怒,见者旁可慄。(《欧阳文忠公文集》卷二)

这种"报国"、"许国"之志,是宋诗人重要的思想价值取向,而"忧"与"愤"是其最鲜明的特点。有时这种志向表现为对华夏文化命运的深切关注,如欧阳修的《日本刀歌》,从宝刀联想到日本文化本源于中国,保存着在中国已被焚毁的"先王大典",然而,此时却是"严令不许传中国",导致"举世无人识古文"的文化断裂的严峻局面(《欧阳文忠公文集》卷五四)。诗的实质已非对具体文物的外流而感到惋惜,而是对华夏正统文化的惨遭毁弃而"感激流涕"。苏舜钦的《感兴》同样从文化角度表达了忧国情怀,诗中对宋仁宗的礼仪形式与辽国为伍的现象痛心疾首:"惜哉共俭德,乃为侈所蛊。痛乎神圣姿,遂与夷为侣。苍生何其愚,瞻叹走旁午。贱子私自嗟,伤时泪如雨。"(《苏舜钦集》卷一)这种维护华夏文化的忧患意识在南宋陆游那里表现得更为充分,他的很多爱国主义诗篇,都展示出挚爱汉民族文化风俗的感情[①]。

有时这种志向表现为对国耻国难的如焚忧心,这在西夏、金、元入侵造成民族危机和灾难的重要关头表现得尤为强烈。苏舜钦、陈与义(1090—1139)、陆游、文天祥的诗歌是突出的代表,在他们的诗中,随时可见忧愤、感激、流涕一类的字眼。如苏舜钦的诗句"有客论时事,相看各惨然。……何人同国耻,馀愤落樽前"(《苏舜钦集》卷六《有客》),"予生虽儒家,气欲吞逆羯。斯时不见用,感叹肠胃热"(同上卷二《吾闻》),"思得壮士翻白日,光照万里销我之沉忧"(同上卷一《大雾》)等等。他称赏杜甫诗"豪迈哀顿"(同上卷一三《题杜子美别集后》),不光是对杜诗艺术风格的认识,还应包括对其许国抱负和忧患意识的发现。在陈与义的后期作品中,也有大量这样的诗句:"慷慨赋诗还自恨,徘徊舒啸却生哀。灭胡猛士今安有? 非复当年单父台"(《陈与义集》卷二七《雨中再赋海山楼诗》),"忧世力不逮,有泪盈衣襟"(同上卷一四《次舞阳》),"小儒五载忧国泪,杖藜今日溪水侧"(同上卷二七《同范直愚单履游浯溪》)等等。他在颠沛流离中与杜诗产生了共鸣,深刻反省"但恨平生意,轻了少陵诗"(同上卷一七《正月十二日自房州城遇虏至……》),并认识到"要必识苏、黄之所不为,然后可以涉老杜之涯涘"(《简斋诗外集》晦斋《简斋诗集引》引)。陆游的忧国之情更为强烈,一部《剑南诗稿》中,以《书愤》为题的诗就有若干首,大多表露了"塞上长城空自许,镜中衰鬓已先斑"的报国无门的悲愤[②]。所以,宋末遗民林景熙(1242—1310)将陆游诗与杜甫相比,"意在寤寐不忘中原,与拜鹃心事悲惋实同"(《霁山文集》卷五《王修

---

① 如《剑南诗稿》卷四八《追忆征西幕中旧事》之四云:"关辅遗民意可伤,蜡封三寸绢书黄。亦知房法如秦酷,列圣恩深不忍忘。"又卷一二《五月十一日夜且半梦从大驾亲征尽复汉唐故地……》云:"冈峦极目汉山川,文书初用淳熙年。……凉州女儿满高楼,梳头已学京都样。"蜡丸、文书、服饰都是文化风俗的体现。
② 见《剑南诗稿》卷一七《书愤》。同题诗又见卷一八、二七、三五等。此外又有《书叹》、《书感》、《书志》、《书怀》、《书意》之类诗题若干首,多表达忧国之情。

竹诗集序》）。可以说，志在收复的忧患意识已熔铸进陆游的灵魂和生命。文天祥也如此，他的诗"故家不可复，故国已成丘。对此重回首，汪然涕泗流"（《文山先生全集》卷一四《还狱》），"耳想杜鹃心事苦，眼看胡马泪痕多"（同上《读杜诗》）等等，忧愤之情更转为沉痛的故国之思。以对民族命运的关注为契机，文天祥与杜甫结下了不解之缘，他有不少仿杜之作，又有集杜诗二百首，甚至认为"凡吾意所欲言者，子美先为代言之，日玩之不置，但觉为吾诗，忘其为子美诗也"（同上卷一六《集杜诗·自序》）。

其实，即使在相对承平的北宋中后期，"先天下之忧而忧"的有识之士已从忧国的角度来肯定杜诗的价值：

> 文物皇唐盛，诗家老杜豪。雅音还正始，感兴出《离骚》。……世乱多群盗，天遥隔九皋。途穷伤白发，行在窘青袍。忧国论时事，司功去谏曹。（张方平《乐全集》卷二《读杜工部诗》）
>
> 吾观少陵诗，为与元气侔。力能排天斡九地，壮颜毅色不可求。……瘦妻僵前子仆后，攘攘盗贼森戈矛。吟哦当此时，不废朝廷忧。常愿天子圣，大臣各伊周。宁令吾庐独破受冻死，不忍四海寒飕飕。（《临川先生文集》卷九《杜甫画像》）
>
> 子美自比稷与契，人未必许也。然其诗云："舜举十六相，身尊道益高。秦时用商鞅，法令如牛毛。"此自是契、稷辈人口中语也。（《苏轼文集》卷六七《评子美诗》）
>
> 愿闻解鞍脱兜鍪，老儒不用千户侯。中原未得平安报，醉里眉攒万国愁。（《山谷外集诗注》卷一六《老杜浣花溪图引》）

从北宋中叶开始，终宋一代，以杜诗的忧国精神为主旋律，众多的诗人加入了大合唱。宋诗宗杜形成强大的传统，其间虽有诚斋体、四灵诗学晚唐的别调出现，但杜诗传统总是一次次顽强复归。这充分说明了宋诗学的意识指向与杜诗忧国精神的沟通与共振。

第三,忠君。在中国封建社会中,君王总是国家的象征。因此,古人的忧国往往与忠君密不可分,宋人也不例外。不过,在宋代,皇权有所削弱,以宰相为首的在朝士大夫的集体权力有所加重①。宋代臣僚所上奏疏,其中讥弹时政,批评君王,有时非常尖锐。文字狱多由宰相所制造②,君王相对倒还较开明。所以,宋人的忠君意识就不能简单理解为效忠封建专制君主,而更多地带有维系汉民族国家完整的意味,这在民族矛盾尖锐的社会背景下,自有其正面的意义。我们注意到,宋人特别欣赏杜诗"一饭不忘君"的精神,这句话的发明权可归苏轼,而其精神却是宋诗人的共识:

老杜虽在流落颠沛,未尝一日不在本朝。故善陈时事,句律精深,超古作者,忠义之气,感发而然。(《潘子真诗话》引黄庭坚语)

子美之诗,凡千四百四十馀篇,其忠义气节,羁旅艰难,悲愤无聊,一见于诗。(李纲《梁谿集》卷一三八《重校正杜子美集序》)

汉唐间以诗鸣者多矣,独杜子美得诗人比兴之旨,虽困踬流离而不忘君,故其辞章慨然有志士仁人之大节,非止模写物象风容色泽而已。(同上卷一七《湖海集》序)

工部之诗,真有参造化之妙,别是一种肺肝,兼备众体,间见层出,不可端倪,忠义感慨,忧世愤激,一饭不忘君,此其所以为诗人冠冕。(楼钥《攻媿集》卷六六《答杜仲高旆书》)

从某种意义上来说,"不忘君"即是忧国的具体体现,"一饭不忘君"也就是把关怀国家命运的忧患意识渗透到日常思维中去了。

每一时代总是根据自己的需要来理解接受文化遗产的。宋人取杜甫的忠君思想,在两宋外患频仍的特殊背景下,起到了维系民族文

---

① 见王瑞来《论宋代相权》,载《历史研究》1985年第2期。
② 如王珪之于"乌台诗案",蔡京之于"政和文忌",史弥远之于"江湖诗祸"等。

化、挺立民族精神的积极作用,"故靖康之变,志士投袂,起而勤王,临难不屈,所在有之。及宋之亡,忠节相望,班班可考,匡直辅翼之功,盖非一日之积也"(《宋史·忠义传序》)。联系到北宋中叶后形成的"学诗者非子美不道,虽武夫、女子皆知尊异之"(《蔡宽夫诗话》)的盛况,便可知道宋诗学弘扬杜诗忠义精神在御侮斗争中的特殊意义。

值得注意的是,宋诗中的忧患意识并非只以感激忧愤的形式表现出来,有时也蕴含于轻快、昂扬甚至谐谑之中。如黄庭坚在元祐二年(1087)为宋朝擒获叛乱的吐蕃首领鬼章写下的祝捷诗篇:

汉家飞将用庙谋,复我匹夫匹妇仇。真成折箠禽胡月,不是黄榆牧马秋。幄中已断匈奴臂,军前可饮月氏头。愿见呼韩朝渭上,诸将不用万户侯。(《山谷内集诗注》卷八《和游景叔月报三捷》)

这是黄庭坚平生第一首快诗,情调高昂,欢欣鼓舞,洋溢着强烈的民族自豪感。"不用万户侯"之句,表达了诗人系天下忧乐于怀、不以个人得失为意的胸襟。又如南渡诗人曾几的一首喜雨诗云:

一夕骄阳转作霖,梦回凉冷润衣襟。不愁屋漏床床湿,且喜溪流岸岸深。千里稻花应秀色,五更桐叶最佳音。无田似我犹欣舞,何况田间望岁心。(《茶山集》卷五《苏秀道中自七月二十五日夜大雨三日秋苗以苏喜而有作》)

这里,屋漏床湿的个人的"愁"为旱溪水深的民众之"喜"所取代,秋雨梧桐的愁苦之意转化为田间望岁的欣舞之情。这和宋诗学化解悲愁的功能是一致的,然而,这转愁为喜的过程,不正是受诗人忧国忧民的意识指向所决定的么?宋诗中谐谑之作,特别是禽言诗,也往往是通过游戏轻松的形式表达出同样深沉的忧民情怀:

昨夜南山雨，西溪不可渡。溪边布谷儿，劝我脱破裤。不辞脱裤溪水寒，水中照见催租瘢。(《苏轼诗集》卷二〇《五禽言》之二)

南村北村雨一犁，新妇饷姑翁哺儿。田中啼鸟自四时，催人脱裤著新衣。著新替旧亦不恶，去年租重无裤著。(《山谷内集诗注》卷一《戏和答禽语》)

仿禽言而反映生民疾苦，乃是宋诗中一个重要传统①。所以，宋人的"自适"、"娱心"之说，并未使宋诗流为轻薄浮浅的调笑，而常常是在外表的轻松幽默后面，透露出一丝苦涩和悲怆，展示出一种"民吾同胞、物吾同与"的博大襟怀。

二、不囿于物的内省态度

宋代理学心性修养的方法和禅学自性具足的观点，造就出宋诗学重内轻外、明心见性的意识指向。《礼记·中庸》的重新发现，使儒家外在化的"道"，内在化为一种心性境界。二程、朱熹一派，已相当注重"向里面省察"的细密工夫(见《朱子语类》卷一三九)。陆九渊(1139—1193)心学一派，更公开声称"宇宙便是吾心，吾心即是宇宙"(《象山先生全集》卷二二《杂说》)。两宋的禅学虽有"文字禅"的倾向②，但仍强调"自性"、"心"的作用，认为人的自由的实现全取决于"自性"，不假外求，外部的感性现象不过是"心"的幻影。宋诗学在此时代哲学思潮的包裹下，自然带上了反求于内、证悟心性的鲜明倾向。

与唐诗相比，"宋调"可称得上内省型的诗歌③。唐诗人注意借用

---

① 参见张高评《宋诗之传承与开拓》中篇《宋代禽言诗之传承与开拓》，台湾文史哲出版社，1990年版。
② 如释惠洪的文集取名《石门文字禅》。参见拙作《文字禅与宋代诗学》，载《国际宋代文化研讨会论文集》，四川大学出版社，1991年版。
③ 参见拙作《中国古典诗歌的三种审美范型》，载《学术月刊》1989年第9期。拙文将"选体"称为"物感型"，"唐音"称为"直觉型"，"宋调"称为"内省型"。

物象来表现情感,追求诗的"象外之象,景外之景"(《司空表圣文集》卷三《与极浦书》),因此他们虽说"心迁境迁,心旷境旷,物无定心,心无定象"(《全唐文》卷五二〇梁肃《心印铭》),但其诗歌意境理论毕竟还注意心与物的相互制约,"搜求于象,心入于境,神会于物,因心而得"(王昌龄《诗格》),从而倡导一种情景交融的表现方式。而宋诗人更注重内心的体验,进一步抛开客体世界,追求内心世界的自我完善。在心物二元关系上,更强调主体意识的决定作用。他们或从儒学角度来论证:

> 诗自志出者也,不反求于志,而徒外求于诗,犹表邪而求其影之正也。奚可得哉?(包恢《敝帚稿略》卷二《答曾子华论诗》)
> 至道在心,奚必远求?人心自善,自正,自无邪,自广大,自神明,自无所不通。(杨简《慈湖遗书》卷一《诗解序》)

或从禅学的角度来阐发:

> 盖知妙明真心,不关诸象。(葛立方《韵语阳秋》卷一二)
> 超凡入圣,只在心念间,不外求也。(张元幹《芦川归来集》卷九《跋山谷诗稿》)

诗作为心灵世界本体自足的一种存在,不再受外在物象的制约。诗人所要做的只是明心见性,"使方寸之中无一字世俗言语意思"(《晦庵先生朱文公文集》卷六四《答巩仲至》之四)。

宋人论诗,特别注重一个"意"字,这个"意"是观念性、精神性的东西,包括主体的感觉、情绪、意志、观念、认知等等精神性内容,是诗人向内省察的结果。如果说六朝之诗是"穷情写物",唐诗是"假象见意",那么宋诗则是"意足不求颜色似"。如果说六朝诗是情志依附于感官经验,唐诗是心灵贯注于直觉形象,那么宋诗则是意念超越于物质世界。在宋人对六朝诗、唐诗的批评中,可以明显看出宋诗学重主体意识的鲜明倾向。如张戒(1135年前后在世)指出：

> 建安、陶、阮以前诗，专以言志；潘、陆以后诗，专以咏物。……言志乃诗人之本意，咏物特诗人之馀事。(《岁寒堂诗话》卷上)

叶適(1150—1223)也指出：

> 夫争妍斗巧，极外物之变态，唐人所长也；反求于内，不足以定其志之所止，唐人所短也。(《水心文集》卷一二《王木叔诗序》)

重"志"而轻"物"，重"内"而轻"外"，的确是宋诗与六朝诗、唐诗的重要差异之一。这"志"不是喜怒哀乐的感情，而更多的是灌注着人格精神的道德、艺术或哲学的观念。在心为"志"，发而为诗，便成为"意"。所以，传统的"言志"在宋诗学中往往被"写意"所替代。

无论是"言志"还是"写意"，总之，宋诗进一步由物质世界退回到心灵世界。这是一个内在自足的世界，"心"是至高无上的主宰，足以抵御任何物质世界对感官的刺激。宋庠(996—1066)评友人之诗说：

> 凡人之情，必假物以充其欲。是以欢心出于金匏，厚味发于盐梅，目得朱蓝之采则留，神遇椒兰之馨则悦。苟一不备，则其好慊然。若君之于诗，不金匏而欢，靡盐梅而味，去朱蓝而采，摈兰芷而馨。足乎中而不囿于物，可谓得其理矣。(《全宋文》卷四三〇宋庠《尚书工部郎中太原王君诗序》)

这是何等自由的心灵世界啊！它已摆脱感性对外界物质的依赖，自身创造着欢心、厚味、色彩和馨香。"不囿于物"四字，可谓宋诗人内省精神的重要写照,它不同于六朝的"应物斯感"[①],也不同于唐代的"诗情缘境发"[②],而是接近于佛教的"心造万物"之说,只是这"心"是一种内在充实的精神。宋末元初的方回(1227—1306?)对此观点有极好的发挥:

> (陶渊明)其诗曰:"结庐在人境,而无车马喧。"有问其所以然者,则答之曰:"心远地自偏。"吾尝即其诗而味之,东篱之下,南山之前,采菊徜徉,真意悠然,玩山气之将夕,与飞鸟以俱还,人何以异于我,而我何以异于人哉?……顾我之境与人同,而我之所以为境,则存乎方寸之间,与人有不同焉者耳。……心即境也,治其境而不于其心,则迹与人境远,而心未尝不近;治其心而不于其境,则迹与人境近,而心未尝不远。(《桐江集》卷二《心境记》)

由重视"心"的主导作用而进一步推导出"心即境"的结论。这种以主观的"心"代替客观的"境"、"物"的观念,在宋诗学中极为普遍。如包恢在主张"反求于志"的同时,就极力反对"倚物,倚闻见,倚议论",认为这样不能"卓然自主";提倡"静坐而不倚闻见议论","不徒倚外物"(《敝帚稿略》卷二《与留通判书》)。

由于强调"心"的自主性,宋诗表现的重心显然由物质世界的美感经验转到内心世界的心理经验上来。典型的"宋调"常常是情(意识)压倒景(物象)成为诗歌的主要成分。在宋诗中,人生的各种经验和意志被揭示得纤毫毕现:

> 人生到处知何似?应似飞鸿踏雪泥。泥上偶然留指爪,鸿飞那复计东西。(《苏轼诗集》卷三《和子由渑池怀旧》)
>
> 管城子无食肉相,孔方兄有绝交书。文章功用不经世,何异

[①] 语见《文心雕龙·明诗》。又《诗品序》:"气之动物,物之感人,故摇荡性情,形诸舞咏。"
[②] 语见《全唐诗》卷八一五皎然《秋日遥和卢使君游何山寺宿敭上人房论涅槃经义》。又《全唐文》卷五九九刘禹锡《望赋》:"境自外兮感从中。"

丝窠缀露珠。(《山谷内集诗注》卷六《戏呈孔毅父》)

书当快意读易尽,客有可人期不来。世事相违每如此,好怀百岁几回开。(《后山集》卷八《绝句四首》之四)

这些心理经验的描写有时甚至完全不借助于客观物象。特别是在江西诗派诗中,颇有"四十字(五律)无一字风花雪月"(方回《瀛奎律髓》卷二四陈师道《别刘郎》评语)、"四十字无一字带景者"(同上卷二五黄庭坚《次韵答高子勉》评语)。

即使是涉及现实或历史的题材,宋诗也常常有意避开对事物外形的刻画。比如同为描写美女,王安石的《明妃曲》不是像曹植的《美女篇》那样堆砌铺陈容貌服饰,也不像李白的《玉阶怨》那样渲染人物活动的场景氛围,他懂得"意态由来画不成"的道理,因而着重于对明妃内在气质、内心世界的开拓。欧阳修、司马光诸公和《明妃曲》,也都注重表达主体的政治观念和伦理观念。再如描写音乐的诗,唐人如李颀的《听董大弹胡笳兼寄语弄房给事》、韩愈的《听颖师弹琴》、李贺的《李凭箜篌引》、白居易的《琵琶行》,都用大量篇幅来描绘、渲染、摹状音乐的声音以及音乐唤起的错觉、通感、情绪,审美感觉始终处于中心。而宋人如苏轼的《舟中听大人弹琴》、《听僧昭素琴》,黄庭坚的《听宋宗儒摘阮歌》、《听崇德君鼓琴》等等,对音乐本身或音乐声唤起的感觉不太感兴趣,更关心的是音乐性质的雅俗问题,音乐对诗人自身心灵的陶冶,关心音乐唤起的人生经验及至演奏者本人的经历、教养、情趣等等。正如欧阳修自己所承认,他对音乐的看法是:"弹虽在指声在意,听不以耳而以心。"(《欧阳文忠公文集》卷四《赠无为军李道士二首》之一)题画诗也是如此,唐人如杜甫往往先勾勒出画中景物的大体轮廓,然后由画中景物联想到现实世界或感情世界。而苏轼和黄庭坚却对画中的形象极少注意,常借题画阐发自己的艺术观念或对其他事物的看法。总之,不仅纯粹感官经验不再是宋诗人注意的中心,而且形象的直觉也退居次要地位,自我意识的表达成为诗歌的首要内容。

同时,由于强调"心"的自主性,宋诗人主张"诗贵不随物而尽"

(陈知柔《休斋诗话》),自觉将"心"与"物"划分开来,刻意消解唐诗情景交融的平衡结构。这样,宋诗学内省的意识指向便与其化解悲哀的心理功能统一起来。于是,唐诗的缘境生哀一变而为宋诗的"处心不著"或"心无系累"。王应麟(1223—1296)在《困学纪闻》卷一八就指出这种倾向:

> 张文饶曰:"处心不可著,著则偏。……"愚谓邵子诗:"夏去休言暑,冬来始讲寒。"则心不著矣。

"处心不著"是一种内省工夫,不粘著,不牵挂,淡泊通脱,如意自在,哀乐不关其意,寒暑难加于心。正如葛立方所说:

> 人之悲喜虽本于心,然亦生于境。心无系累则对境不变,悲喜何从而入乎?渊明见林木交荫,禽鸟变声,则欢然有喜,人以为达道,余谓尚未免著于境者。(《韵语阳秋》卷一六)

在宋人的眼里,陶渊明见林木交荫,禽鸟变声,而欣然有喜,尚未超出"应物斯感"的范畴,心未免著于境,终不如他的"心远地自偏"更具有超越物质世界的独立性。强调"心"对"物"的超越和独立,是宋代理学和禅学的共同精神,也是宋诗人的通识。王应麟指出:

> "更无柳絮随风起,惟有葵花向日倾",见司马公之心;"浮云世事改,孤月此心明",见东坡公之心。(《困学纪闻》卷一八)

其实,还可加一句:"'世态已更千变尽,心源不受一尘侵',见黄山谷之心。"①这"心"就是内省的心性境界,一种充实自觉的人格,不为外界的风、云、尘所摇荡、遮蔽和侵染。这样,情与景在宋诗里往往处于

---

① 黄诗见《山谷外集诗注》卷六《次韵盖郎中率郭郎中休官二首》之二。

分离甚至对立的状态,或是"渭城柳色关何事,自是离人作许悲"(《山谷外集诗注》卷一五《题阳关图二首》之二),人悲而物无情;或是"我自只如常日醉,满川风月替人愁"(同上卷一四《夜发分宁寄杜涧叟》),物愁而人无意,总是心物悖反。当然,宋诗中仍不乏情景交融的结构,但这种心物悖反无疑具有更典型的"宋调"素质,在化解悲情方面尤其如此。

"尽日寻春不见春,芒鞋踏遍陇头云。归来笑撚梅花嗅,春在枝头已十分。"这是宋代一位尼姑的悟道诗(见《鹤林玉露》丙编卷六"道不远人"),既喻禅理,亦通于儒道、诗学。好一个"归来",不正是反求于内么?好一个"春在枝头",不正是自性具足、道不远人、诗心即境的形象说明么?宋诗学就这样和理学、禅学手携手地返回人自身内心世界既封闭又自由的壶中天地。

三、月印万川的理性精神

按照德国哲学家黑格尔(Hegel)的艺术分类,诗歌属于浪漫型艺术。在浪漫型艺术里,无限的心灵发现有限的物质不能完满地表现自己,于是就从物质世界退回它本身:

> 艺术(浪漫型艺术)的对象就是自由的具体的心灵生活,它应该作为心灵生活向心灵的内在世界显现出来。[①]

诗歌是最高的浪漫型艺术,比绘画、音乐更多地脱离物质的束缚,反求于内的倾向尤为突出。中国古代诗学所谓"言志"、"缘情"之说,都接触到诗歌的这一特点。因而,"唐音"与"宋调"在反求于内方面,其意识指向更主要表现为程度的不同,并非实质的区别。宋诗中意识压倒物象、情景分离、心物悖反的倾向,只是相对于唐诗才显示出来。

---

① 《美学》第一卷第101页,朱光潜译,人民文学出版社,1958年版。

不过,虽同为心灵的显现,而"心"却因文化背景的不同而各具特色。唐诗人之心多为激情与想象,宋诗人之心多为理智与思索。如果说唐诗人的心灵世界是一条动荡的河流,那么宋诗人的壶中天地却是一片静穆的土壤。面对同样的景物,唐人与宋人的心灵走向大异其趣。如同为咏柳,唐人贺知章的诗是:"碧玉妆成一树高,万条垂下绿丝绦。不知细叶谁裁出?二月春风似剪刀。"(《全唐诗》卷一一二贺知章《咏柳》)通过丰富的联想刻画出春柳的感性形象,并表达出热爱春天的感情。而宋人曾巩(1019—1083)的诗却说:"乱条犹未变初黄,倚得东风势便狂。解把飞花蒙日月,不知天地有清霜。"(《元丰类稿》卷七《咏柳》)以冷峻的笔触揭示出柳这一形象中所具有的哲理内涵。所以,后人评价说,"唐人诗主言情","宋人诗主言理"(杨慎《升庵诗话》)。宋人自己也承认:"本朝人尚理而病于意兴,唐人尚意兴而理在其中。"(严羽《沧浪诗话·诗评》)

宋诗的理性精神是时代风尚的产物。早在宋初,宋太祖问宰相赵普曰:"天下何物最大?"赵普答曰:"道理最大。"(沈括《梦溪续笔谈》)这句话可以说就播下了宋代士人理性文化心态的种子。自此以后,科举策论之登场,儒学思想之复兴,政治意识之强化,理学派别之出现,更使这理性的种子发芽、长叶、开花、结果,形成宋人根深蒂固的理性思维特征。政治家讲事理,哲学家讲天理、性理,佛教徒讲禅理,文学家讲文理,举凡一切人文领域,莫不以道理贯穿其中。诗人无法超越时代的理性文化心态的制约,出于对诗的政治和道德功能的要求,宋诗人不得不做政治方略和伦理问题的思辨;出于对诗的心理功能的要求,宋诗人愈来愈自觉深入细腻的哲理思索和人生体验。这一切都使宋诗人逐渐形成冷静、理智、形而上的思维习惯。不光是理学家能从"野色更无山隔断,天光直与水相通"句中悟出"道理透彻处"(张九成《横浦心传录》卷上),也不光是禅和子能从蝇钻窗纸的现象中悟出"忽然撞着来时路,始觉平生被眼瞒"的禅理(惠洪《林间录》卷下载白云守端禅师偈),就是一般诗人,也往往以理性的眼光去看待世界——无论是物质世界还是心灵世界,由格物而入,由悟道而出,由感兴而入，由思辨而出：

> 莫言下岭便无难，赚得行人错喜欢。政入万山圈子里，一山放出一山拦。(《诚斋集》卷三五《过松源晨炊漆公店》之五)

就连宋代最提倡感兴、接近自然的诗人杨万里，也常常在用形象述说着哲理，显露出智心思考的痕迹。

在诗歌理论方面，宋人于传统诗学的"志"、"情"、"象"、"境"之外，特别拈出"理"这一重要概念，公开打出了"尚理"的旗帜，以"理"字作为创作的指南和批评的标尺。像下面这样的论述在宋人的著述中随处可见：

> 故学文(此包括诗)之端，急于明理。夫不知为文者，无所复道；如知文而不务理，求文之工，世未尝有是也。(《张右史文集》卷五八《答李推官书》)
>
> 善说诗者固不患其变，而患其不合理，理苟在焉，虽其变无害也。(李石《方舟集》卷一〇《何南仲分类杜诗叙》)
>
> 理与情者，志所寓也。苟通矣，辞为可略。(《韵语阳秋》卷首徐林序)
>
> 观古人文词者，必先质其事而揆之以理。言与事乖，事与理违，则虽记言之史，如《书》之《武成》，或谓不可尽信；质于事而合，揆之理而然，则虽闾巷之谈，童稚之谣，或足传信于后世，而况文士之词章哉！(同上卷首沈洵序)
>
> 古诗主乎理，而石屏自理中得；古诗尚乎志，而石屏自志中来；古诗贵乎真，而石屏自真中发。(《石屏诗集》卷首包恢序)

他们认为"理"(内容正确)应先于"工"(文词优美)，"理"(规律)应制约着"变"(变化)，"理"(理智)应定其"志"(心灵)，"理"(真理)应检验着"事"(记事)。在宋诗论中，"理"字常被摆在评诗的首要地位，倘若违理,连李白、杜甫这样的大诗人都免不了受讥弹。不过,宋诗人谈"理"亦有家数的不同,派别的区分,因而,宋诗学中的理性精神的表现也各种各样,总括起来,大致有以下几点:

其一,天理。理学家评诗,多带这种眼光。所谓"天理",是指宇宙的哲学精神,既包括本体论的实有,又包括宇宙论的创生活动,万物一体,皆有此理,生生不息,无所不在。天理与性命相贯通,所以人能够在静观万物之中,契悟一己生命与宇宙生命的同一性。如程颢所云:"放这身来,都在万物中一例看,大小大快活!"(《河南程氏遗书》卷二上)这样,理学家的悟道证道方式便颇有几分诗化的意味,同时,理学家说诗作诗也就自然倾向于天理的显现。如程颢欣赏石曼卿(石延年,994—1041)的诗句"乐意相关禽对语,生香不断树交花",认为"形容得浩然之气"(《河南程氏外书》时氏本《拾遗》)[①],就因为诗中传达出一种"天行健"的哲理,一种万物欣欣向荣的宇宙生命意识。又如朱熹学道有入,得句云:"等闲识得东风面,万紫千红总是春。"(《晦庵先生朱文公文集》卷二《春日》)借诗明理,无非喻示天理无处不在,全花是春,千江一月,一切现象界皆有"义理"(即黑格尔所言 Idee)贯注其中。南宋吴子良(1197—?)评叶適诗,全以"义理"为标准,在宋诗学中最为典型:

> 水心诗早已精严,晚尤高远。古调好为七言八句,语不多而味甚长。其间与少陵争衡者非一,而义理尤过之。难以全篇概举,姑举其近体成联者:"花传春色枝枝到,雨递秋声点点分",此分量不同,周匝无际也;"江当阔处水新涨,春到极头花倍添",此地位已到,功力倍进也;"万卉有情风暖后,一筇无伴月明边",此惠和夷清气象也;"包容花竹春留巷,谢遣蒲荷雪满涯",此阳舒阴惨规模也;"隔垣孤响度,别井暗泉通",此感通处无限断也;"举世声中动,浮生昏带来",此真实处非安排也;"峙岩桥畔船辞柁,

---

[①] 转引自钱钟书《谈艺录》第 228 页。

冷水观边花发枝",此往而复来也;"有儿有女后应好,同穴同时今奈何",此哀而不伤也;"此日深探应彻底,他时直上自摩空",此高下本一体,特有等级也;"蓍蔡羲前识,箫韶舜后音",此古今同一机,初无起止也。所谓关于义理者如此,虽少陵未必能追攀。(《荆溪林下偶谈》卷四"水心诗")

吴子良曾登叶适之门,对叶氏的学术当有会心之处。这些诗句的解释,恐怕很难说是牵强附会。因为叶适诗同一联中以"春色"和"秋声"对举,显然非感兴之作,其喻理的倾向是很容易看出来的。又如杜甫有诗云:"雨来山不改,晴罢峡如新。"(《雨晴》)朱熹用其上句意作诗一首:"瓮牖前头翠作屏,晚来相对静仪刑。浮云一任闲舒卷,万古青山只么青。"理学家胡宏(1106—1162)用杜下句意唱和一首:"幽人偏爱青山好,为是青山青不老。山中云出雨乾坤,洗出一番青更好。"杜诗"只是写物",而两位宋人"则以喻道"(见《鹤林玉露》乙编卷六"雨晴诗")。由雨晴的山体契悟永恒而且日新的形而上的天道,对于诗人来说,这"天道"已具有道德实体的意义,与人的性命相通。可以说"智者乐水,仁者乐山"的古训,在相当多的宋诗人那里成为自觉的理性观察与思考。

其二,事理。包括伦理规范、历史规律、政治准则和生活常识等等。宋代是一个哲学的时代,也是一个伦理的时代。由于注重立身行事,出处大节,宋人总是用道德理性随时规范着自己的举动,将特立豪杰之气敛为谦谦君子之风,甚至认为:"真正大英雄人,却从战战兢兢、临深履薄处做将出来。"(《鹤林玉露》丙编卷一"真正英雄")所以宋人特别注意道德理性对诗歌内容的严格制约,而李白这样具有浪漫情怀、叛逆性格的诗人,难免遭致宋人的不满。如苏辙指出:

李白诗类其为人,骏发豪放,华而不实,好事喜名,不知义理之所在也。语用兵,则先登陷阵不以为难;语游侠,则白昼杀人不以为非:此岂其诚能也哉!……汉高帝归丰沛作歌曰:"大风起兮云飞扬,威加海内兮归故乡,安得猛士兮守四方?"高帝岂以文字高世者哉?帝王之度固然,发于其中而不自知也。白诗反之曰:"但歌大风云飞扬,安用猛士守四方。"其不识理如此。(《栾城第三集》卷八《诗病五事》)

此处的"义理"是指宋代士大夫眼中为人处世所应遵循的基本原则,不矜不伐,不骄不吝,一切归于性情之正,而李白的"骏发豪放",不过是无忌惮、无顾藉者之"气"而已。以此为评诗标准,就连最推崇李白的苏轼,也不得不承认:"李太白,狂士也。"(《苏轼文集》卷一一《李太白碑阴记》)

宋诗的意识指向还表现为对历史题材的理性审视。咏史诗兴起于中晚唐,但大多是以历史兴亡的咏叹而出现,其间虽亦有不少议论之作,以冷峻的理性来探触历史,却往往显得幼稚而浅陋,未能揭示出历史的规律,至少宋人的看法是如此。正如费衮所说:

诗人咏史最难,须要在作史者不到处别生眼目。正如断案,不为胥吏所欺,一两语中,须能说出本情,使后人看之,便是一篇史赞,此非具眼者不能。自唐以来,本朝诗人最工为之。如张安道题歌风台,荆公咏范增、张良、扬雄,东坡题醉眠亭、雪溪乘兴、四明狂客,荆轲等诗,皆其见处高远,以大议论发之于诗。……至如世所传胡曾(晚唐诗人)咏史诗一编,只是史语上转耳,初无见处也。(《梁溪漫志》卷七"诗人咏史")

与"本朝诗人"比较起来,不仅胡曾这样的三流作家咏史"无见处",就是杜牧这类名家的名作也不免"好异而叛于理"(胡仔《苕溪渔隐丛话》前集卷一五)。在宋人的咏史诗里,咏叹的情调渐为议论的逻辑所取代,连杜牧《赤壁》诗里"东风不与周郎便,铜雀春深锁二乔"两句用调侃口吻表达的怆痛,也被宋人从历史理性的角度去批评:"孙氏霸业,系此一战,社稷存亡,生灵涂炭都不问,只恐捉了二乔,可见措大不识好恶！"（许颛《彦周诗话》）可以说，宋人之所以自认为本朝诗人作咏史诗有"具眼"，就因为他们不是从感情角度、而是从理性角度来认识历史的，并因此而具备一种穿透表象而洞见规律的史学眼光。

宋人对"事理"的重视，还体现为一种政治眼光。如欧阳修在其《再和明妃曲》中生发出"耳目所见尚如此，安能万里制夷狄"的政治性议论（《欧阳文忠公文集》卷八）；又如他的《唐崇徽公主手痕和韩内翰》，感叹"玉颜自古为身累，肉食何人与国谋"（同上卷一三），将一个不幸女性的故事，纳入政治理性的领域。宋人评李、杜诗优劣，也往往以政治识见为标准，如苏辙认为"永王将窃据江淮，白起而从之不疑，遂以放死。今观其诗，固然"；而"杜甫有好义之心，白所不及也"（《栾城第三集》卷八《诗病五事》）。朱熹也说"李白见永王璘反，便从臾之，诗人没头脑至于如此。杜子美以稷、契自许，未知做得与否，然子美却高，其救房琯亦正"（《鹤林玉露》丙编卷六"李杜"引朱熹语）。这虽是评人，却也包括评诗，就识"事理"而言，李不如杜。

其三，物理。虽然宋人主张"反求于内"，"不徒倚外物"，但事实上他们并未完全抛开客观物象，只不过他们关心的不在于物形（如六朝诗），也不在于物情（如唐诗），而在于物理，即客观事物的特性规律以及其中蕴含的哲理性内涵。邵雍的《诗画吟》说得好："诗画善状物，长于运丹诚；丹诚入秀句，万物无遁情。"（《伊川击壤集》卷一八）这里所说的"情"实际上是指"情理"。换言之，"诗中有画"就是要表现万物之理。

苏轼论画，有"常形"、"常理"之说，以为"人禽宫室器用皆有常形，至于山石竹木，水波烟云，虽无常形，而有常理"。"常形"易辨，"常理"难求，而"常理"是关系到艺术品生命的最重要的因素，"若常理之不当，则举废之矣"，所以画家对"常理"不可不谨（《苏轼文集》卷一一《净因院画记》）。这番议论，其实也代表了宋人论诗的观点。纵览宋诗话中，对"常理之不当"的批评比比皆是：

诗人贪求好句，而理有不通，亦语病也。如"袖中谏草朝天去,头上宫花侍宴归",诚为佳句矣,但进谏必以章疏,无直用稿草之理。唐人有云:"姑苏台下寒山寺,半夜钟声到客船。"说者亦云,句则佳矣,其如三更不是打钟时。(欧阳修《六一诗话》)

(王)祈尝谓东坡云:"有竹诗两句,最为得意。"因诵曰:"叶垂千口剑,干耸万条枪。"坡曰:"好则极好,则是十条竹竿,一个叶儿也。"(《王直方诗话》)

唐自四月一日,寝庙荐樱桃后,颁赐百官,各有差。……退之诗:"香随翠笼擎初重,色映银盘泻未停。"……樱桃初无香,退之言香,亦是语病。(《苕溪渔隐丛话》后集卷九)

张仲达咏鹭鸶诗云:"沧海最深处,鲈鱼衔得归。"张文宝曰:"佳则佳矣,争奈鹭鸶觜脚太长也。"(魏庆之《诗人玉屑》卷一一"碍理"引《荆湖近事》)

与此相对应的是对"求物之妙"的提倡与对"写物之工"的欣赏。因而,宋诗人观察世界时总显出智心思考的痕迹,物质世界的神秘感和意象语言的浑融感,都在宋诗中消失了,一切都是清晰、平静而理智的。

此外,客观事物在宋诗中扮演的角色常常是表现哲理的中介,宋人感兴趣的不是物象本身,而是它暗寓的宇宙人生的哲理。比如下列这些名作:

百啭千声随意移,山花红紫树高低。始知锁向金笼听,不及林间自在啼。(《欧阳文忠公文集》卷一一《画眉鸟》)

飞来山上千寻塔,闻说鸡鸣见日升。不畏浮云遮望眼,自缘身在最高层。(《临川先生文集》卷三四《登飞来峰》)

横看成岭侧成峰,远近高低各不同。不识庐山真面目,只缘身在此山中。(《苏轼诗集》卷二三《题西林壁》)

半亩方塘一鉴开,天光云影共徘徊。问渠哪得清如许?为有源头活水来。(《晦庵先生朱文公文集》卷二《观书有感》)

林中画眉,庐山峰岭,千寻高塔,半亩方塘,这些客观物象,并非作者纯感觉经验捕捉到的表象,也非情感外射而熔铸成的物我冥契的意象,而是为表现某种哲理而通过知性选择的形象,从中能明显看出诗人的知性推理过程。

其四,文理。由于宋人总是苦心孤诣地想让读者品尝出诗中之"理",因而特别注意"意脉"的畅通和"语序"的日常化。魏了翁有一段话说出了义理和文理的关系:

> 理明义精,则肆笔脱口之馀,文从字顺,不烦绳削而合。彼月锻季炼于词章而不知进焉者,特秋虫之吟,朝菌之媚耳。(《鹤山先生大全文集》卷六二《跋康节诗》)

也就是说,为了凸显"义理",诗歌的语言必然会走向"文从字顺"。如前面所举欧、王、苏、朱四首名作,其中"始知"与"不及"、"不畏"与"自缘"、"不识"与"只缘"、"问渠"与"为有"之间,语序都有很强的因果关系,上下句意脉相连。宋诗中这类语式非常多,不可遍举[1]。在宋人的诗论里,也随处可见对文理的讨论,如胡仔(1147年前后在世)评论苏轼《寄吴德仁兼简陈季常》诗,"此一篇诗意,本末次序,有伦有理,可谓精致矣"(《苕溪渔隐丛话》前集卷三八)。又苏辙评论《大雅·绵》九章,以为"如连山断岭,虽相去绝远,而气象联络,观者知其脉理之为一也"(《栾城集》三集卷八《诗病五事》)。就是以生新瘦硬诗风著称的黄庭坚,也这样认为:

> 好作奇语,自是文章病,但当以理为主,理得而辞顺,文章自然出群拔萃。观杜子美到夔州后诗,韩退之自潮州还朝后文章,皆不烦绳削而自合矣。(《豫章黄先生文集》卷一九《与王观复书三首》之一)

---

[1] 参见葛兆光《从宋诗到白话诗》,载《文学评论》1990年第4期。

一样主张"辞顺",以表现义理为旨归。所以,当有人称赞黄庭坚的"桃李春风一杯酒,江湖夜雨十年灯"句以为极至之时,他自己却认为"此犹砌合",另一首"石吾甚爱之,勿使牛砺角,牛砺角尚可,牛斗残我竹",才称得上极至(吕本中《童蒙诗训》)。显然,黄庭坚不满意唐诗那种意象叠加式(砌合)的句法,而欣赏散文式的有推理过程的句法。可见,所谓"以文为诗"不仅是宋人面对唐诗艺术力求新变的要求,而且也是理性内容对诗歌语言形式的必然选择。

南宋中后期,颇有一批诗人倡言唐律,对宋诗言理的倾向痛加针砭,如严羽(约1190—1248)《沧浪诗话·诗辩》云:"诗有别趣,非关理也。"又云:"本朝人尚理而病于意兴。"又如刘克庄《竹溪诗序》云:"本朝则文人多诗人少。……要皆经义策论之有韵者耳,非诗也。"(《后村先生大全集》卷九四)不过,严羽大约是站在陆九渊心学的立场反对濂洛学派的性理,并未抛弃理性精神,所以在"非关理也"之后又补上一句:"然非多读书,多穷理,则不能极其至。"而刘克庄对风月山水与伦理教化的关系亦颇有认识(《后村先生大全集》卷九四《跋恕斋诗存稿》)。此外,姜夔(1155—1221)的《白石道人诗说》虽反对浅露的议论,却在"四高妙"中特别列上"理高妙"一条。江湖诗派中人亦有不满于唐诗寡理害道者,包恢评戴复古之诗时说:"理备于经,经明则理明。尝闻有语石屏,以本朝诗不及唐者,石屏谓:'不然,本朝诗出于经。'此人所未识,而石屏独心知之,故其为诗正大醇雅,多与理契。"(《石屏诗集》卷首包恢序)

理性精神无疑使宋诗更深刻,更冷静,更细腻,也更机智:虽褪去了感性的魅力,却焕发出智慧的光芒;虽损失了部分形象的美感,却增添了更多的文化内涵——哲学、政治、历史、伦理、宗教、艺术等内容。然而,理性精神也常使宋人作诗或评诗迂腐不堪。苏轼这样的艺术天才不免有"两手欲遮瓶里雀,四条深怕井中蛇"之类的句子(见《苏轼诗集》卷二一《三朵花》),意尽句中,言外索然[①]。诗中说理固然会有

[①] 参见钱钟书《谈艺录》第223页引沈德潜《息影斋诗抄序》及《说诗晬语》卷下。

"味同嚼蜡"之病,而有时持理评诗也难免焚琴煮鹤,大煞风景,如沈括(1030—1094)《梦溪笔谈》评杜甫《古柏行》"霜皮溜雨四十围,黛色参天二千尺"之句,以为四十围是七尺,而长二千尺,"无乃太细长"。而黄朝英(1101年前后在世)《缃素杂记》则以古代尺律为据,以为四十围是百二十尺,与长二千尺正相配①。如此将艺术作品绳之以数学计算,完全置诗的形象思维特征于不顾,真可谓胶柱鼓瑟,令人啼笑皆非。

四、游心翰墨的人文旨趣

宋王朝重文轻武的用人政策,造成了整个社会重文轻武的时代风气。宋人的兴趣显然从沙场建功转向科举成名,从军中马上转向翰墨书斋。在宋诗里,很难再听到盛唐人那种"宁为百夫长,胜作一书生"(杨炯《从军行》)、"功名只向马上取,真是英雄一丈夫"(岑参《送李副使赴碛西官军》)的慷慨歌声,而往往在沉寂的夜色中不时发现"烧叶炉中无宿火,读书窗下有残灯"(魏野《东观集》卷四《晨兴》)、"孤村到晓犹灯火,知有人家夜读书"(晁冲之《晁具茨先生诗集》卷一二《夜行》)的动人景象。读书成为宋代社会最重要的社会价值取向。与此相联系,宋人把更多的注意力转向以读书、著书为中心的精神文化的创造、欣赏和研究上来。人文活动占据了宋代士人的大部分日常生活,评书题画,听琴对弈,焚香煮茗,玩碑弄帖,吟诗作对,谈禅论道,几乎寄托着一代士人的全部生命。

就精神文化的创造而言,宋人中的全才、通才作家甚多。如欧阳修既是文学家,又是史学家、金石学家,司马光在文学、史学和哲学等领域有建树,苏舜钦是诗人、古文家兼书法家,王安石兼擅诗、文,精通

---

① 见胡仔《苕溪渔隐丛话》前集卷八引沈括《梦溪笔谈》、黄朝英《缃素杂记》语。又引《迂斋闲览》云:"沈内翰讥'黛色参天二千尺'之句,以谓四十围配二千尺为太细长。不知子美之意但言其色而已,犹言其翠色苍然,仰视高远,有至于二千尺而几于参天也。……善论诗者,正不应尔。"又引范温《潜溪诗眼》云:"此激昂之语,不如此,则不见柏之大也。"可见宋人对此类胶柱鼓瑟的以理绳诗亦有不满。

经学、禅学，文同（1018—1079）的诗、文、楚辞、书法、绘画皆有很高造诣。苏门四学士中，秦观善诗、词、文，黄庭坚善诗、词、书法，晁补之善诗、词、绘画，张耒善诗、文。这方面以苏轼最为典型，在诗、词、文、书法、绘画等领域都有突出成就。宋人对多方面的才能，也有自觉的要求，如陈师道《后山诗话》载世语云："苏明允不能诗，欧阳永叔不能赋，曾子固短于韵语，黄鲁直短于散语。"就含有对这些作家不能兼擅的遗憾。

就精神文化的欣赏而言，宋人的兴味也远远超过唐人。比如文同于宅中特建一墨君堂，专门收集古人书画，悬之于壁，朝夕玩赏①；欧阳修晚年以《集古录》一千卷、藏书一万卷、琴一张、棋一局、酒一壶，加一己处于其间，号为六一居士②；赵明诚（1081—1129）、李清照（1084—？）两夫妇品鉴金石书画，赌酒、烹茶、赛诗③；苏轼耽美石④，黄庭坚爱香茗⑤，都是这种兴味的显著表现。最有代表性的是元祐年间的"西园雅集"，苏轼、苏辙、黄庭坚、秦观、张耒、晁补之、米芾（1051—1107）、李公麟（1049—1106）等十六人集会驸马王诜的西园，李公麟为画《西园雅集图》，后来米芾、郑天民、杨士奇皆为作记。"夫从容太平之盛致，盖有旷数十世而不一见者，其可为盛也已"（杨士奇《东里续集》卷一《西园雅集图记》）。集会者皆为杰出的文学家、艺术家，其玩赏兴味，文采风流，越过晋代的金谷、兰亭之会。正如王国维所说："汉唐元明时人之于古器物，绝不能有宋人之兴味，故宋人于金石书画之学乃陵跨百代。近世金石之学复兴，然于著录考订皆本宋人成法，而

---

① 参见文同《丹渊集》卷五《墨君堂》，《苏轼文集》卷一一《墨君堂记》。
② 参见《欧阳文忠公文集》卷四四《六一居士传》。
③ 参见《李清照集校注》卷三《金石录后序》。
④ 王士禛《秦蜀驿程后记》卷上引《霏雪录》："或曰：坡平生爱奇石，常取文登弹子涡石，以诗遗垂慈堂老人；齐齐安江石，作《怪石供》，以遗佛印；又从程德孺得仇池石，以高丽大铜盆盛之；湖口李正臣蓄异石，九峰玲珑，坡欲以百金置之，名之曰'壶中九华'，赋诗云：'念我仇池太孤绝，百金归买小玲珑。'又有石芝、沉香石。"又记："集中别有醉道士石、怪石、石斛诗，皆以坡传耳。"
⑤ 《朱子语类》卷一三〇云："富郑公初甚欲见山谷，及一见便不喜，语人曰：'将谓黄某如何，元来只是分武宁一茶客。'"笔者曾粗略统计，《山谷诗内集》、《外集》、《别集诗注》中茶的意象出现80多次，另有咏茶词10多首。参见拙作《论黄庭坚诗歌的艺术特征》，载《四川大学学报丛刊》第28辑《研究生论文选刊》。

于宋人多方面之兴味反有所不逮,故谓金石学为有宋一代之学,无不可也。"(《王国维遗书》第五册《静庵文集续编·宋代之金石学》)这种鉴赏之兴味当然不止于金石,而是包括一切人文对象。

由对精神文化的欣赏,进而发展为整理研究。金石方面,有欧阳修的《集古录》、赵明诚的《金石录》等;书画方面有米芾的《书史》、《画史》,郭熙(1080年前后在世)的《林泉高致》以及《宣和画谱》等等;文房器物方面,出现了苏易简(958—996)的《文房四谱》、晁贯之(1110年前后在世)的《墨经》、唐询(1005—1064)的《砚录》等一大批谱录著作。与此相关的品评各种文学艺术及工艺产品的题跋,也由名不见经传的小品蔚为文坛大国①。

书卷的熏染,艺术的陶冶,学术的浸淫,使宋人处于一种极浓郁的人文氛围之中,意识指向也随之从自然世界、外在事功转向人文领域。宋人醉心的不再是"虏酒千钟不醉人,胡儿十岁能骑马"的浪漫生活(见《全唐诗》卷二一四高适《营州歌》),而是"矮纸斜行闲作草,晴窗细乳戏分茶"的雅致情趣(陆游《剑南诗稿》卷一七《临安春雨初霁》)。南宋赵希鹄(1231年前后在世)《洞天清禄集序》揭橥出宋人这种玩赏人文对象的特有心态:

> 唐张彦远作《闲居受用》,至首载斋阁应用,而旁及醖醯脯羞之属。……谁谓君子受用如斯而已乎?……殊不知吾辈自有乐地。悦目初不在色,盈耳初不在声。尝见前辈诸老先生多蓄法书、名画、古琴、旧砚,良以是也。明窗净几,罗列布置,篆香居中,佳客玉立相映。时取古文妙迹以观,鸟篆蜗书,奇峰远水,摩娑钟鼎,亲见商周。端砚涌岩泉,焦桐鸣玉佩,不知人世所谓受用清福,孰有逾此者乎?是境也,阆苑瑶池未必是过。②

---

① 据我国传统图书分类,题跋属子部艺术类,盛行于宋以后。据《中国丛书综录》,今存最早的题跋专集是欧阳修的《六一题跋》,此后著名的有《东坡题跋》、《山谷题跋》、《广川画跋》、《放翁题跋》、《益公题跋》、《攻媿题跋》等等,几乎集有题跋,人有题跋。
② 《洞天清禄集》分古琴辨、古砚辨、古钟鼎彝器辨、怪石辨等十章。最能体现宋人对人文物象玩赏研究的兴趣。

不羡声色犬马,醉心书画古玩,这种以丰富的人文世界作为精神享受的文化心理,显然与唐人如张彦远辈追求物质享受的文化心理大异其趣。这种异趣也导致唐、宋诗意识指向的本质分野。当今有学者概括宋诗的精神是"对象世界的人文化"①,此言极为准确有理。换言之,宋诗人感兴趣的是对象世界的人文内容。

首先,人文意象在宋诗中上升到突出的地位。所谓人文意象主要是指琴、棋、书、画、纸、笔、墨、砚、金石古玩、服饰器物、园林亭馆等等人类智力活动的文明产物。宋诗多取材于文化生活,因而这类意象特别丰富。在欧阳修、梅尧臣的诗中,已可看出对人文意象的关注,在苏轼和黄庭坚等人典型的"宋调"里,人文意象更取代自然意象而占压倒优势。苏轼的《凤翔八观》所咏石刻、绘画、雕塑、建筑、陵墓等等(见《苏轼诗集》卷三),全是人文对象;他的那些数量繁多的唱酬诗,多半涉及的是人文生活。黄庭坚的诗中,书册、翰墨、茶茗之类的意象,也占有极大的比重②。比如题画诗,杜甫算是唐人中写得最多的,但未超过二十首,而宋诗人单是苏、黄二人就写了二百多首。宋人孙绍远(1177年前后在世)编《声画集》八卷,所录题画诗绝大部分是宋人作品。特别是元祐时期,以苏轼为首的一大批文人会聚京师,馆阁酬唱,试院题诗,人文色彩甚浓的意象更是充卷盈帙。即使到了南宋后期,在"捐书以为诗"的江湖诗人那里,以琴棋诗酒而事干谒的现象也极为普遍③,与晚唐贾岛、姚合诸人搜奇于自然意象的苦吟仍有不同。总之,在宋诗中,对人文世界的表现已取代唐诗的征戍迁谪、宫怨闺愁以及吟风弄月、伤春悲秋而成为最重要的主题。

其次,自然意象在宋诗中具有人文化的倾向,也就是说,自然意象因受宋诗人接受心态的制约而转化为人文意象。由于长期沉醉于书斋翰墨之间,宋人的审美心理逐渐形成一种定势,即对人文意象表现

---

① 参见胡晓明《中国诗学之精神》第五章第三节,江西人民出版社,1992年版。
② 据拙作《论黄庭坚诗歌的艺术特征》一文统计,黄诗中的人文意象出现频率为:书册120次、翰墨53次、茶82次。
③ 如方岳《秋崖集》卷七《旧传有客谒一士夫题其刺云琴棋诗酒客因与谈笑戏成此诗》即描写此现象。

出超乎寻常的敏感,以至于面对自然物象,老是联想起文艺作品或是其他人文产品。宋诗中最常见的现象之一是把自然山水比作图画。当然,盛唐李白、杜甫已有言山水如画的诗句①,但属偶一为之,同时的王维、孟浩然,稍后的韦应物、柳宗元等山水诗人均无这样的比喻,到中晚唐山水如画的比喻才较多出现在诗里②。可见,晚唐诗已有自然景物人文化的趋势。不过,直到宋代绘画发展到顶峰且广泛普及之时,"江山如画"的说法才不仅是口头禅,而且灌注着强烈的人文旨趣。这方面,以画家文同的诗歌最富有代表性。文同面对风景常说如画:

客路逢江国,人家占画图。(《丹渊集》卷五《江上主人》)

野外景入画,坐中欢可书。(同上卷六《秋尽日陪诸友登白佛阁》)

村落晴如画,桑林昼起烟。(同上卷九《什邡道中》)

高松漏疏月,落影如画地。(同上卷一一《新晴山月》)

见山楼迥倚晴虚,看展终南百幅图。(同上卷一三《寄永兴吴龙图给事》之二)

但他对自然风景这幅"图画"的品察,已远较唐人深入细腻,注意到其晴姿夜态以及给人的愉悦。又如下面这些诗句:

曲榭红蕖影上,圆庵绿篆阴中。门外何人曾画?故来写作屏风。(同上卷一六《郡斋水阁闲书·北岸》)

万岭郁丛丛,盘云气势雄。纵横谁画笔?屈折自屏风。(同上卷一八《稠桑见荆山》)

---

① 如李白《上皇西巡南京歌十首》之二:"九天开出一成都,万户千门入画图。"《秋登宣城谢朓北楼》:"江山如画里,山晚望晴空。"杜甫《返照》:"荻岸如秋水,松门似画图。"《即事》:"飞阁卷帘图画里,虚无只少对潇湘。"

② 此处采用日本大阪大学浅见洋二先生《闺房中的山水及潇湘——晚唐五代词中的风景与绘画》(收入浅见洋二著《距离与想象——中国诗学的唐宋转型》,上海古籍出版社,2005年)中的观点。

这已不同于比喻,而是直接将自然风景本身视为主动供人观赏的画屏。于是,在宋诗中,"天然图画"的概念进一步取代了"江山如画"的概念,"天开图画即江山"(《豫章黄先生文集》卷二三《王厚颂》之二)、"山围宴坐画图出"(《山谷内集诗注》卷一六《题胡逸老致虚庵》)之类的句子随处可见,说明在宋人眼里,自然意象已完全等同于人文意象。值得注意的是,文同常常把眼前景物比拟成某位画家的笔法甚至某件具体作品:

峰峦李成似,涧谷范宽能。(《丹渊集》卷一七《长举》)
君如要识营丘画,请看东头第五重。(同上卷一七《长举驿楼》)
独坐水轩人不到,满林如挂《暝禽图》。(同上卷一六《晚雪湖上寄景孺》)

如果我们知道文同有"试品斋中画"的强烈嗜好的话(同上卷一七《李坚甫净居杂题,十三首·画斋》),特别是知道他曾品鉴过一幅《暝禽图》的话(同上卷一四《提刑司勋示及暝禽图作诗咏之》),就对他这种自然景物的艺术性玩赏不会感到意外了。事实上,正是醉心书画玩赏的文化心理,造就了宋诗人将自然艺术化的新眼光。因而,文同式的比拟,在宋诗里很常见。在他之前,有林逋的"忆得江南曾看着,巨然名画在屏风"(《林和靖先生诗集》卷三《乘公桥作》);在他之后,有李弥逊(1085—1153)的"独绕辋川图画里,醉扶白叟杖青藜"(《筠溪集》卷一五《云门道中晚步》),陆游的"峰顶夕阳烟际水,分明六幅巨然山"(《剑南诗稿》卷八四《湖上晚望》)等等,甚至成为宋代写景诗的惯技。正如杨万里《诚斋诗话》所说:

杜《蜀山水图》云:"沱水流中座,岷山赴北堂。白波吹粉壁,青嶂插雕梁。"此以画为真也。曾吉父云:"断崖韦偃树,小雨郭熙山。"此以真为画也。

可以说，"以画为真"是以杜甫为代表的唐人题画诗的习惯，而"以真为画"则是以曾幾（吉父）为代表的宋人山水诗的套路①。宋人不光"以真为画"，而且以真为诗、为文、为书法、为篆刻、为棋局等等。试看下面这些诗句：

> 阴沉画轴林间寺，零落棋枰莳上田。（林逋《林和靖先生诗集》卷二《孤山寺端上人房写望》）
>
> 秋田沟垄如棋局，晚岫峰峦若画屏。（文同《丹渊集》卷八《闲居院上方晚景》）
>
> 沙水眇相合，扁舟在图屏。啄草鸟雀踪，篆字遗踪横。（曾巩《元丰类稿》卷二《雪咏》）
>
> 江形篆平沙，分派回劲笔。（黄庭坚《山谷外集诗注》卷八《发舒州向皖口道中作寄李德叟》）
>
> 断墙着雨蜗成字，老屋无僧燕作家。（陈师道《后山诗注》卷一〇《春怀示邻里》）
>
> 疑此江头有佳句，为君寻取却茫茫。（唐庚《眉山唐先生文集》卷二二《春日郊外》）
>
> 有逢即画元非笔，所见皆诗本不言。（洪炎《西渡集》卷上《四月二十三日晚同太冲表之公实野步》）
>
> 可钓可耕《盘谷序》，堪诗堪画《辋川图》。（曹庭栋辑《宋百家诗存》卷三七杨公远《野趣有声画·初夏旅中》）
>
> 田中科斗古文字，柳下春锄新画图。（同上《回溪道中》）

宋诗人与自然的关系往往是通过文艺作品或其他人文产品建立起来

---

① 如洪迈《容斋随笔》卷一六"真假皆妄"云："江山登临之美，泉石赏玩之胜，世间佳境也，观者必曰'如画'。故有'江山如画'、'天开图画即江山'、'身在画图中'之语。至于丹青之妙，好事君子嗟叹之不足者，则又以'逼真'目之。如老杜'人间又见真乘黄'、'时危安得真致此'、'悄然坐我天姥下'、'斯须九重真龙出'、'凭轩忽若无丹青'、'高堂见生鹘'、'直讶松杉冷，兼疑菱荇香'之句是也，以真为假，以假为真。"宋人多言如画，唐人多言逼真。参见《朱自清古典文学论文集》上册《论逼真与如画》，上海古籍出版社，1981年版。

的,真可谓书斋小世界,世界大书斋。于是,宋人举目望去,无非都是前人作品中的境界:"渊明已黄壤,诗语馀奇趣。我行田野间,举目辄相遇。"(陈渊《默堂先生文集》卷五《越州道中杂诗十三首》之八)看到桃花流水就想起"武陵源"[1],细雨骑驴就想起诗人的故事[2]。这固然如钱钟书所指责的那样,"对文艺作品的敏感只造成了对现实事物的盲点"[3],但另一方面,这种敏感也使得原始存在的自然变为人文化的自然,从而更具有丰厚的历史内涵和审美价值。

再次,拟人化的修辞手法在宋诗中的广泛运用,也是自然物象人文化的一种重要体现。南宋吴沆(1116—1172)指出:黄庭坚"以物为人一体最可法"(《环溪诗话》卷中)。如"残暑已俶装,好风方来归"(《山谷内集诗注》卷四《和邢惇夫秋怀十首》之一),"苦雨已解严,诸峰来献状"(同上卷一九《胜业寺悦亭》)之类的句子,在黄氏诗集中可挑出很多。以至《演雅》一篇(同上卷一),全部以物为人,借动物世界勾勒出人世间的众生相。黄诗最鲜明的特点是,常常将拟人与用典结合起来,而典故本身显然是带有浓郁的人文色彩的语言形象,如咏竹"程婴杵臼立孤难,伯夷叔齐采薇瘦"(同上卷一三《寄题荣州祖元大师此君轩》),又如咏花木嫁接"雍也本犁子,仲由元鄙人。升堂与入室,只在一挥斤"(《山谷外集诗注》卷三《和师厚接花》),分别使用《史记》与《论语》中的典故。这种"以物为人"的手法在宋诗中普遍存在,如王安石的"一水护田将绿绕,两山排闼送青来"(《临川先生文集》卷二九《书湖阴先生壁二首》之一),苏轼的"青山偃蹇如高人,常时不肯入官府"(《苏轼诗集》卷七《越州张中舍寿乐堂》)等等,都属此类。这种手法在南宋诗人杨万里笔下更发展为一种拟人主义,自然物之间的关系被赋予世态人情,"天女似怜山骨瘦,为缝雾縠作春衫"(《诚斋集》卷一六《岭云》),"小姑小年嫁彭郎,大姑不嫁空自媚"(同

---

[1] 如洪炎《西渡集》卷上《四月二十三日晚同太冲表之公实野步》诗云:"花边流水武陵源。"参见钱钟书《宋诗选注》第6—7页,人民文学出版社,1979年版。
[2] 如陆游《剑南诗稿》卷三《剑门道中遇微雨》诗云:"此身合是诗人未?细雨骑驴入剑门。"参见《宋诗选注》第199页注。
[3] 语见《宋诗选注》第19页。

上卷三五《大孤山》），这与唐代以王维为代表的拟物主义诗歌大异其趣①。杨万里也许是宋代最激进的师法自然的诗人，但其诗的意识指向仍带有鲜明的人文化特征。换言之，杨万里诗中人化的自然，归根结底是宋代弥漫朝野的人文旨趣的产物。

此外，宋诗中的自然意象多带有人文性的象征意义。比如唐人爱牡丹，主要着眼于牡丹的感性美，诗也着眼于感官经验的描写。宋人之诗却普遍爱写梅、竹，其注重的是对淡雅风韵的体味或是高尚品格的赞赏，另如爱菊、爱莲，也都着眼于此。由于人文旨趣的强烈外射，这些自然物不仅是人格的象征，简直就是人物的化身。这化身不是赳赳武夫，而是谦谦君子，明显凸现出宋代的文化特征。

宋诗学的意识指向，表现为那一特定历史时期的文化精神与社会心理的积淀，并且逻辑地制约着宋人对诗的本质、作用的认识。忧患意识强化着诗"言志"的传统以及诗的教化讽谏功能，内省态度深化着诗的明心见性的道德功能，人文旨趣丰富着诗的自适的心理功能，而理性精神既关乎"天理"的探讨、"事理"的议论，又涉及人性的规范、心理的平衡。这一切，铸成了深沉、内向、睿智而不乏情趣的"宋调"。忧患意识的流行，既迸涌出激昂慷慨的爱国激情，又内敛为"欲说还休"的苦涩自嘲；内省态度的倡导，既表现为主体意识的独立与自由，又造成心灵世界的自足与封闭；理性精神的张扬，既显示出人性的完美与智慧的深邃，又丧失了浪漫的风采与感性的魅力；人文旨趣的风靡，既发露为对物质世界的文明创造，又龟缩为对古人古董的迷信盲从，既体现为对自然物象的艺术把握，又形成观察事物的褊狭和隔膜。于是，在宋诗中，我们很难再听到盛唐那种高亢昂扬的青春歌笑和英雄号角，却也很难听到晚唐那种穷愁酸涩的寒蝉之声和秋虫之鸣，入耳的都是"动而中律"的"金石丝竹之声"——中和平正的钟磬、廉贞清亮的琴瑟以及幽雅深沉的笙箫。

---

① 参见萧驰《中国诗歌美学》第七章第三节，北京大学出版社，1986年版。

乙 编

诗 法 篇

第一章　阅历与体验："闭门觅句非诗法，只是征行自有诗"

　　诗歌是一种社会性的实践，它以语言这一社会创造物作为自己的媒介，并且直接或间接地"再现"生活，包括社会现实、自然世界和个人的内心世界。由于一个诗人不可避免地要表现他的生活体验和生活观念，因此，他的阅历的广狭与修养的深浅便对其创作有至关重要的意义。正如陆游所说："汝果欲学诗，工夫在诗外。"①

　　所谓"诗外工夫"，包括外在客观阅历和内在主观修养。虽然宋诗学有"反求于内"的倾向，但事实上从来就没有过完全和世界隔绝的诗人；虽然宋诗人爱用各种方式点窜前人诗句，但事实上从来就没有忘记用诗歌反映真实世界和对真实世界的体验。在大多数宋诗人看来，外在阅历与内在修养有如一体之两面，相辅相成。如苏轼提出"阅世走人间"与"观身卧云岭"相结合的方法来指导诗歌创作（《苏轼诗集》卷一七《送参寥师》）；苏辙论"养气"，着眼于"求天下奇闻壮观"（《栾城集》卷二二《上枢密韩太尉书》）；陆游提倡"务重其身而养其气"（《渭南文集》卷一三《上辛给事书》），"身"即身体力行，"气"即内在修养，二者不可偏废。所以，尽管"宋调"属于内省型诗歌，但这并不妨碍宋代存在着"体验诗学"②。因为在宋人眼中，个体内在之气与宇宙之元气原本是相通的，诗歌本身与社会现象、自然现象之间也有同构

---

① 《剑南诗稿》卷七八《示子遹》。清人潘德舆《养一斋诗话》卷一称此两句"可以扫尽一切诗话"。
② 见美国汉学家乔纳森·蔡夫斯（Jonathan Chaves）的论文《"闭门觅句非诗法"：宋代的体验诗学》，载《中国文学》（CLEAR）第4卷第2期。参见拙译，载《古典文学知识》1989年第4期。

关系。这样,宋诗学必然顺理成章地视现实体验为诗歌创作的重要途径。宋代的"体验诗学"大致可以概括为两个主题:一是"穷而后工",强调社会经历对诗人的玉成;二是"江山之助",重视自然世界对诗人的激发。换言之,社会与自然从两方面丰富着诗人的内心世界,涵养着诗人的生命元气。

一、社会的玉成:穷而后工

无论是司马迁的"发愤著书"还是韩愈的"不平则鸣"都未能得到宋人的呼应,因为这两个命题都含有发牢骚之意,与宋人的中和诗论相左。而导源于这两个命题的"诗穷而后工"之说,却得到宋人的广泛认同。显然,"诗穷而后工"与宋人关于诗的心理功能的认识并不矛盾,可以为中和诗论所容纳。那么,这一命题主要内容是什么呢?宋人是从什么角度来接受和阐释这一命题的呢?

这一命题见于甲编第二章已引用过的欧阳修《梅圣俞诗集序》中的一段话:"非诗之能穷人,殆穷者而后工也。"它不仅揭示出古代诗人创作道路的共同发展规律,即真正优秀的作品总是出现于诗人屡经生活的磨难之后,而且总结出个人的阅历遭遇("蕴其所有而不得施于世")与诗歌的情感内涵("忧思感愤之郁积")之间的因果关系。正如我在前面已指出的那样,欧阳修所说的"穷"是指一种政治处境,而非"穷饿其身"的经济状况,因此,"忧思感愤之郁积"往往表现为深沉的忧患意识,而非穷酸的牢骚不平。陆游的《澹斋居士诗序》就是从政治上的遭遇来理解"穷而后工"的:

> 苏武、李陵、陶潜、谢灵运、杜甫、李白,激于不能自已,故其诗为百代法。国朝林逋、魏野以布衣死,梅尧臣、石延年弃不用,苏舜钦、黄庭坚以废绌死。近时江西名家者,例以党籍禁锢,乃有才名。盖诗之兴本如是。(《渭南文集》卷一五)

所举诗人中,没有穷极潦倒、啼饥号寒的孟郊、贾岛,可以看出不仅所谓的"穷"是政治性的,而且"工"也符合性情之"正"。

更多的宋诗人从社会阅历的角度来理解"诗穷而后工"。他们普遍认为,命运的不幸使得诗人有可能更广泛地接触社会生活,扩大观察的视野,并更深刻地体验到现实人生的底蕴。抗金名相李纲(1083—1140)的说法有一定的代表性:

> 欧阳文忠公有言,非诗能穷人,殆穷而后工,信哉! 士达则寓意于功名,穷则潜心于文翰。故诗必待穷而后工者,其用志专,其造理深,其历世故、险阻艰难无不备尝故也。自唐以来,卓然以诗鸣于时,如李、杜、韩、柳、孟郊、浩然、李商隐、司空图之流,类多穷于世者,或放浪于林薮之间,或漂没于干戈之际,或迁谪而得江山之助,或闲适而尽天地事物之变,冥搜精炼,抉摘杳微,一章一句,至谓能泣鬼神而夺造化者,其为功亦勤矣。(《梁溪集》卷一三八《五峰居士文集序》)

一方面,"穷于世者"往往将压抑的情绪全部寄寓于诗歌,以诗歌作为痛苦人生的镇痛剂,因而能在诗艺上精益求精;另一方面,"穷于世者"相对退到社会的下层,对人生世相有更深刻的体察,对天地事物有更透彻的认识,从而写出符合人情物理、引起读者共鸣的优秀作品。诗歌既超越现实又不离开现实,心灵世界也总是体现着现实世界的投影和折光。真正伟大的作品,很难产生于高坐庙堂或养尊处优的生活。命运之"穷"正是在这个意义上向诗人伸出了幸运之手,使之流芳百世。

杜甫和陈与义的创作道路常被宋诗人标举为"穷而后工"的典型。如苏轼在评论杜诗的艺术成就时,特别强调动乱的社会状况、困顿的个人遭遇对诗人的玉成,"诗人例穷苦,天意遣奔逃",正是动荡漂泊的生活经历与"微官似马曹"的政治地位,造就了杜甫的"巨笔屠龙手",使他"名与谪仙高"(《苏轼诗集》卷六《次韵张安道读杜诗》)。又如程珌(1164—1242)评价杜甫说：

> 盖少陵少年献赋，固自不凡，加以往来梓潼山谷，凡十馀年，涉患深，行道熟，则其所养可知矣。人谓诗人穷而后工，工何足言哉！人而至于穷，则于道益深耳。(《洺水集》卷八《曹少监诗序》)

这里对欧阳修的原意作了进一步的发挥，"穷"不仅有益于诗，而且有益于"道"。外在阅历的丰富可使内在的修养深厚，"涉患深"关系到"行道熟"。于是，"穷而后工"的命题由诗艺提升到诗道的层面，并进一步抛弃了"发愤著书"和"不平则鸣"的精神，而纳入了"明道见性"的诗学框架。这样，穷者之诗就不应是"吊月之蛩之吟，吸露之蝉之嘶"的小"工"(姚勉《雪坡舍人集》卷三七《彭仲珍吟稿序》)，而应是"镌镵物象三千首，照耀乾坤四百春"的大巧(《王令集》卷一一《读老杜诗集》)。

颠沛流离的生活成全了杜甫，也成全了陈与义。宋人大多从这一角度来评价陈与义诗的成就：

> 参政简斋陈公，少在洛下，已称诗俊。南渡以后，身履百罹，而诗益高，遂以名天下。(《增广笺注简斋诗集》卷首楼钥《简斋诗笺叙》)

> 及简斋出，始以老杜为诗。《墨梅》之类，尚是少作。建炎以后，避地湖峤，行路万里，诗益奇壮。(刘克庄《后村诗话》前集卷二)

> 自陈、黄之后，诗人无逾陈简斋。其诗繇简古而发秾纤，值靖康之乱，崎岖流落，感时恨别，颇有一饭不忘君之意。(罗大经《鹤林玉露》甲编卷六"简斋诗")

宋人意识到，诗人的成就不仅是个人遭遇的产物，而且与整个社会大环境相关。"穷"的含义不只是个人性的,更是时代性的,具有社会的普遍意义。正如杜甫生活在"尘暗人亡鹿,溟翻帝斩鳌"的安史之乱的背景下一样,陈与义也经历了天翻地覆的靖康之乱,他的遭遇与乱后千百万人民的遭遇相同,因此他诗中反映的现实世界是历史的真实写照,他诗中表露的心灵世界是人民的共同心声。不过,宋人更强调的是,"身履百罹"的坎坷生活与"行路万里"的丰富阅历才使得诗人的诗"益高"、"益奇壮"。也就是说,诗人的经历对诗歌的优劣高下有至关重要的制约作用。

与此相联系,宋诗人普遍接受了"文章老更成"的观点,欣赏杜甫夔州后诗、韩愈潮州后文、苏轼南迁后诗、黄庭坚黔戎后诗等等。除去审美趣味不论,其中很重要的一点,就是诗人晚年的阅历更加丰富,更能洞达人情物理,因此更能创作出艺术成熟、内蕴深厚的精品。在宋人眼里,诗与其说是才气的发露,不如说是学识的体现,他们常常鄙视"少作",甚至亲自焚烧自己的"少作"①,都能说明这一点。而学识除了来自书本之外,最主要的就是社会现实生活。陆游曾在一首诗里形象地描绘了生活对自己的启示:

> 我昔学诗未有得,残馀未免从人乞。力孱气馁心自知,妄取虚名有惭色。四十从戎驻南郑,酣宴军中夜连日。打毬筑场一千步,阅马列厩三万匹。华灯纵博声满楼,宝钗艳舞光照席。琵琶弦急冰雹乱,羯鼓手匀风雨疾。诗家三昧忽见前,屈贾在眼元历历。天机云锦用在我,剪裁妙处非刀尺。世间才杰固不乏,秋毫未合天地隔。放翁老死何足论,《广陵散》绝还堪惜!(《剑南诗稿》卷二五《九月一日夜读诗稿有感走笔作歌》)

丰富多彩的现实生活是医治"力孱气馁"的良方,是悟得"诗家三昧"的前提。当然,陆游罗列的还只是现实生活中比较表面的现象,但他

---

① 如杨万里焚少作千馀篇,见《诚斋集》卷八〇《诚斋江湖集序》。

毕竟认识到艺术创作须自实际生活中来,"天机云锦"产生于诗人真切的生活体验之中,从而最终跳出了前人作品的窠臼。

"穷而后工"还有一种解释,近于韩愈《荆潭唱和诗序》中的"欢愉之辞难工,而穷苦之言易好"之说。如姚勉在《彭仲珍吟稿序》中就直接引申韩愈的观点,并认为:"夫诗者,吊月之蛩之吟,吸露之蝉之嘶也。故惟穷者而后工,非燠绮缯而饫膏粱者所能也。"(《雪坡舍人集》卷三七)这里的"穷者"已有经济贫穷的含义。不过,姚勉主张诗"贵适",因而"穷者"之诗不一定要发"穷苦之言",仍可以因"闲适而尽天地事物之变",发为清新之吟。刘克庄也指出:"诗非达官显人所能为。纵使为之,不过能道富贵人语。世以王岐公诗为'至宝丹',晏元献不免有'腰金'、'枕玉'之句,绳以诗家之法,谓之俗可也。故诗必天地畸人,山林退士,然后有标致;必空乏拂乱,必流离颠沛,然后有感触;又必与其类锻炼追琢然后工。"(《后村先生大全集》卷一〇九《跋章仲山诗》)这里的"穷"与"达"指贫与富的经济状况,而非指愁与适的心理状态。道富贵之语谓之"俗",言清贫之志谓之"工"。所谓"绳以诗家之法",标准有三点:一是有"标致",即一种闲适的人生境界;二是有"感触",即一种真切的人生体验;三是有"锻炼",即一种执着的艺术追求。而这三点都与"穷者"的政治遭遇与生活阅历有关。

刘克庄曾有句"古诗大率达而在上者之作也"的判断,但这与其"诗非达官显人所能为"的说法并不矛盾,因为他在那个判断后紧接着说明:

  谓穷乃工诗,自唐始,而李、杜为尤穷而最工者。然甫旧谏官,白亦词臣,岂必皆窭主□人饥饿而鸣哉?(《后村先生大全集》卷九四《王子文诗序》)

"达而在上者"是就其政治上的地位及责任而言,"达官显人"是就其生活上的富贵荣华而言。也就是说,如果诗中表现的是个人经济状况,腰金枕玉的炫耀固然俗不可耐,啼饥号寒的发泄同样令人生厌;如果诗中表现的是世教义理、国计民生,则"穷"固然能增其标致,"达"亦无伤其价值。这样,"穷"对诗人的意义,就不在于能唤起哀怨的感情,而在于能加深人生的体验。因此,即使姚勉、刘克庄等人借鉴了韩愈的观点,"穷而后工"与"穷苦之言易好"之间也决不能画等号。

此外,宋代还有人从天命角度解释"穷而后工"的现象,把"穷"看成是造物主对优秀诗人的奖赏或惩罚。前者是对欧阳修观点的引申,视不幸的遭遇为上天的恩赐,如刘辰翁评杜诗云:

> 若子美在开元,则及见丽人,友八仙;在乾元,则扈从还京,归鞭左掖,其间惟陷鄜数月。后来流落,田园花柳亦与杜曲无异。若石壕、新安之睹记,彭衙、桔柏之崎岖,则意者造物托之子美,以此人间之不免,而又适有能言者,载而传之万年,是岂不亦有数哉?(《须溪集》卷六《连伯正诗序》)

苏轼所谓"诗人例穷苦,天意遣奔逃"也是此意,以为造物主有意安排诗人经历人间难免之不幸,使他发之于诗,传之万年。这种说法或许带有宋人调侃的意味,即将人生的缺憾化解为艺术的慰藉。后者是对欧阳修原意的误读,"穷而后工"被倒置为"工而后穷"。比如江西派后期诗人赵蕃(1143—1229)的理解和发挥:

> 诗老作诗穷欲死,序诗乃得欧阳氏。序言人穷诗乃工,此语不疑如信史。少陵流落白也窜,郊岛摧埋终不起。是知造物恶镌镵,故遣饥寒被其体。(《乾道稿》卷上《近乏笔托二张求之于市殊不堪也作长句以资一笑》)

然而,这种观点与其说是欧氏观点的延伸,不如说是宋祁之论的嗣响。因为欧阳修强调"非诗之能穷人,殆穷而后工也",我怀疑就是针对同时代的宋祁而发的。宋祁认为,诗蕴藏于天地之间,有才之人可以获得,"然造物者吝之,其取之无限,则辄穷踬其命,而佛戾所为"(《宋景文集拾遗》卷一五《淮海丛编集序》)。此即所谓"诗能穷人",赵蕃所云"是知造物恶镌镵,故遣饥寒被其体"与之如出一辙。这种说法倘若不是激愤或戏谑的反语的话,那么未免带有太多的神秘和宿命的色彩,而且犯了倒因为果的常识错误。

"穷而后工"之说最有价值之处在于对生活与创作关系的深刻揭示。事实上,当诗人处于颠沛流离之际或穷蹙山林之时,不光能饱尝人世艰辛,深入了解社会,而且能饱览山川风物,真切体味大自然之美。李纲所谓"放浪于林壑之间","迁谪而得江山之助",就是穷者以不幸的生活为代价换来的另一精神上的特权。

二、自然的馈赠:江山之助

如果说"穷而后工"主要是指社会阅历对诗歌创作的影响的话,那么,"江山之助"则主要是指大自然对人格的陶冶和诗情的激发。后一命题的出现远比前一命题古老,早在刘勰《文心雕龙·物色》中就有过这样的表述:"然屈平所以能洞监风骚之情者,抑亦江山之助乎?"在唐代,这种说法更为流行,最著名的例子是,张说"既谪岳州,而诗益凄婉,人谓得江山助云"(《新唐书·张说传》)。显然,这一命题与六朝至唐的"应物斯感"的创作理论相关,因为刘勰在上引的同一篇文章中反复申说"物色之动,心亦摇焉","情以物迁,辞以情发","诗人感物"等观点,使我们有理由相信"江山之助"就是"物感说"的副产品。

在宋诗学中,"物感说"虽因受"反求于内"的意识指向的影响而渐趋式微,但"江山之助"却作为重要的"诗外工夫"仍被时时提及。换言之,"物感说"倾向于视物质世界为诗歌创作的唯一源泉,这是主张"不囿于物"的宋人所无法接受的;而"江山之助"则倾向于视物质世界为滋补内在修养的重要营养品,与宋人"治心养气"的目的是完全一致的。

作为"诗外工夫","江山之助"在宋人眼中有三方面的重要意义:一是增长学识经验,二是陶冶人格性灵,三是启迪诗思诗艺。

就增长学识经验而言,行万里路相当于读万卷书,凡"山川之秀美,风俗之朴陋,贤人君子之遗迹"(《苏轼诗集》卷一〇《南行前集序》),杂然陈于目前,人文的、自然的、社会的知识无不具备。所以,醉心于书册的宋人却从不废弃山川的游览,并常常将读书与游历相提并论,视为创作取得成就的必要条件。吴子良评戴复古的诗就持此观点:

> 石屏戴式之以诗鸣海内馀四十年,所搜猎点勘,自周汉至今大编短什、诡刻秘文、遗事廑说,凡可资以为诗者,何啻数百千家。所游历登览,东吴浙,西襄汉,北淮南越,凡乔岳巨浸、灵洞珍苑,空迥绝特之观,荒怪古僻之踪,可以拓诗之景、助诗之奇者,周遭何啻数千万里。……是故其诗清苦而不困于瘦,丰融而不拿于俗,豪健而不役于粗,闳放而不流于漫,古淡而不死于枯,工巧而不露于斫。闻而争传,读而亟赏者,何啻数百千篇。……岂非其搜揽于古今者博耶? 岂非其陶写于山水者奇耶?(《石屏诗集》卷首吴子良《石屏诗后集序》)

这里的"搜猎点勘"与"游历登览"的作用相同,都在于助诗之"奇博"。自然山川就是一本巨大的书,其景观形胜、风物出产,对于诗人增加见识、拓宽诗材大有裨益。明白这一点,我们就懂得为何"搜猎奇书,穿穴异闻"的黄庭坚也会说出"江山为助笔纵横"的话头①。

就陶冶人格性灵而言,宋人相信自然山川中有一种与人性同构的灵气,因而,游历山川可以吸纳自然界瑰奇壮丽之气与幽深玄渺之趣,使人格得以升华,使人性得以净化。苏辙的"养气说"就是在这个意义上提出来的。孟子有句名言:"我善养吾浩然之气。"(《孟子·公孙丑上》)苏辙赞同这一观点,但却有意识地将它与客观阅历尤其是游历登览结合起来。他以司马迁为例说,"太史公行天下,周览四海名山大

---

① 刘克庄《后村先生大全集》卷九五《江西诗派·黄山谷》称黄庭坚"搜猎奇书,穿穴异闻",而《山谷内集诗注》卷一〇《忆邢惇夫》云:"诗到随州更老成,江山为助笔纵横。"

川,与燕赵间豪俊交游,故其文疏荡,颇有奇气"。于是他意识到,逼仄的生活环境与陈旧的百氏之书,都不足以激发他的志气,所以"决然舍去,求天下奇闻壮观,以知天地之广大。过秦、汉之故都,恣观终南、嵩、华之高,北顾黄河之奔流,慨然想见古之豪杰。至京师,仰观天子宫阙之壮,与仓廪府库城池苑囿之富且大也,而后知天下之巨丽"(《栾城集》卷二二《上枢密韩太尉书》)。这次游览的过程,显然就是一次"养气"的过程,诗人不仅开阔了视野,更重要的是拓宽了胸襟,在名山大川之中经受了一次崇高壮伟的精神陶冶,从而由"天下之巨丽"激发起以天下为己任的志气。

这种江山对人格的陶冶,可以用美学上的"移情现象"(empathy)来解释。儒家所谓"知者乐水,仁者乐山"(《论语·雍也》),一方面是知(智)者、仁者把自己的情感外射到水和山之上;另一方面,水的流动活泼与山的静穆高峻也容易使人感受到知者的机敏与仁者的庄严,在观山水时观者会不知不觉地吸收山水的情趣性格于一身。当然,不只是"知"与"仁",山水还会赐予诗人许多灵秀之气,或豪逸,或清婉,由人格到风格,由人品到诗品。诚如葛胜仲所说:

> 昔司马迁历游郡邑,故文增秀杰之气;张燕公得江山之助,故诗极凄惋之美。先生以使事行天下几半,名山峻壑,瑰伟卓绝之观,无所不历。今其诗粹清而气壮,平淡而趣深,亦岂胜游之助耶?(《丹阳集》卷八《中散兄诗集序》)

"气壮"与"趣深"均从名山峻壑中获得,江山之助,功莫大焉! 在这一点上,玩味书册与周览山川的意义也是相同的,即黄彻(1140年前后在世)所谓"书史蓄胸中,而气味入于冠裾;山川历目前,而英灵助于文字"(《碧溪诗话》卷八),都在于精神气质的涵养。"江山之助"与"养气说"的结合,是宋人的一大发明,它既赋予神秘唯心的"养气"以客观实践的内涵,又将外境阅历的作用提升到建构诗人主体人格的高度。

就启迪诗思诗艺而言,自然山水的色彩、线条、体积以及结构、气势、韵律可以培养诗人的审美感受力,可以激发诗人的灵感和想象。宋人注意到了这一点,比如刘克庄在《跋方元吉诗》中说:"又周游天下,南辕湘粤,北辙汴燕,纵览祝融、扶胥、太行、黄河,故挥毫之际,如有神助。"(《后村先生大全集》卷一〇八)所谓"神助",就是一种灵感状态。周必大(1126—1206)论述山川与诗艺的关系时说得更明确:

> 杜少陵、刘梦得诗自夔州后顿异前作,世皆言文人流落不偶乃刻意著述,而不知巫峡峻峰激流之势,有以助之也。山谷自戎徙黔,身行夔路,故词章翰墨日益超妙。(《庐陵周益国文忠公集·省斋文稿》卷一七《跋黄鲁直蜀中诗词》)

这里有意回避"穷而后工"(即所谓"流落不偶乃刻意著述")的问题,而着重强调山水之"势"对诗人的启悟。宋人向来将诗视为造化的产物,元气的结晶,因而相信山水的势态与诗歌的结构之间有一种玄秘的对应关系,并且诗人在对山水的感悟中会不自觉地表现出这种对应关系。换言之,山水的势态影响诗人的审美心理,并转化为相应的诗歌风格。于是,宋人进一步发现了诗人因所处地域的变异而诗歌"顿异前作"的现象。这事实上已涉及到不同类型的自然美会给诗歌创作风格带来不同影响的问题。韩元吉指出:

> 楚之地,富于东南,其山川之清淑,草木之英秀,文人才士,遇而有感,足以发其情致,而动其精思。故言语辄妙,可以歌咏而流行,岂特楚人之风哉!亦山川之气或使然也。(《南涧甲乙稿》卷一四《张安国诗集序》)

楚人之诗多情致精思,与楚地山川草木的清淑英秀之气分不开。这种看法应该说是有根据的。因为文学的发生总离不开一定的环境,包括社会环境和自然环境,特别是自然环境,不仅可为文学(尤其是诗歌)提供题材,而且还以自身的形式美影响作品的内在结构——意象与情感相一致的结构。宋人常将自然意象视为人文意象,因而山水的形式美对诗歌风格的影响尤为直接。

必须指出的是,在看待诗人与自然世界的关系方面,宋诗学中明显存在着两种倾向:一种是以黄庭坚为代表的观点,虽然也偶尔谈及"江山之助"的话题,但常常是作为"博极群书"的附庸顺便提及,无论是谈论次数和强调程度都赶不上后者。另一种是以杨万里为代表的观点,极力强调诗源于人对外界的体验,主张亲近大自然,从中获取灵感和诗材,反对闭居书斋。或者可以这样说,一种倾向于提倡从书本中"补假",另一种倾向于提倡从自然中"直寻"①。

杨万里无疑是宋代最激进的诗人,在重视书卷涵养、内心体验的宋诗学体系中,他的观点多少显得有点惊世骇俗。比如他这首名诗云:

> 山思江情不负伊,雨姿晴态总成奇。闭门觅句非诗法,只是征行自有诗。(《诚斋集》卷二六《下横山滩头望金华山》之二)

他总结出"闭门"与"征行"两种对立的作诗方式:一种人把世界关闭在外,闭门家中,伏案惨淡经营;另一种人则走进世界,向那"自然而来"的诗敞开自己的胸怀。

杨万里所说的第一种作诗方式是指陈师道的作诗方式。"闭门觅句"四字直接引用了黄庭坚对陈师道的评价。黄庭坚晚年曾写过两句诗:"闭门觅句陈无己,对客挥毫秦少游。"(《山谷内集诗注》卷一四《病起荆江亭即事十首》之八)显然,黄诗的本意是对好友陈与秦的两种创作方式表示同等的赞赏:无论是幽居于书斋之中觅句,还是处于众目睽睽之下挥毫,都可以作出好诗。况且,陈师道的闭门苦吟还是以"登览得句"为前提,他的"以被蒙首"的"吟榻"方式,只是一种作诗

---

① 钟嵘《诗品序》称"观古今胜语,多非补假,皆由直寻"。此借用其语。

的怪癖,并不意味着脱离现实①。事实上,他的诗集中还可看到《寓目》、《触目》、《野望》一类的诗题②。

杨万里对"闭门觅句"的创作方式的批评,表达出他对陈师道本人以及赞赏该方式的黄庭坚的不满。如果说这种批评多少对"闭门觅句"的原意有所误解的话,那么他对第二种作诗方式的无上推崇却肯定带有偏见。强调走向外部世界的重要性,提倡诗歌反映对真实世界的体验,这无疑是正确的,但杨万里把"征行"作诗视为唯一的创作方式,把游历山川所体验到的自然美视为唯一的创作源泉,显然又走向了另一个极端。在杨万里眼中,"江山"不光可"助"作诗,而且"江山"几乎就是诗的全部生命,离开了"山思江情"、"雨姿晴态"也就没有了诗歌。类似的表述在他的诗集中随处可见:

起来聊觅句,句在眼中山。(《诚斋集》卷二《和昌英主簿叔社雨》)

郊行聊著眼,兴到漫成诗。(同上《春晚往永和》)

此行诗句何须觅,满路春光总是题。(同上卷五《送文黼叔主簿之官松溪》)

诗人元自懒,物色故相撩。(同上《春日六绝句》之三)

城里哦诗枉断髭,山中物物是诗题。(同上卷二〇《寒食雨中同舍约游天竺得十六绝句呈陆务观》之九)

诗人长怨没诗材,天遣斜风细雨来。(同上卷二九《瓦店雨作》之三)

江山拾得风光好,杖屦皈来句子新。(同上卷三〇《送马庄父游金陵》)

江天万景无拘管,乞与诗人塞满船。(同上卷三五《江雨》

---

① 《后山诗注补笺》卷首引叶梦得语:"世言陈无己每登览得句,即急归,卧一榻,以被蒙首,恶闻人声。谓之吟榻。家人知之,即猫犬皆逐去,婴儿稚子,亦抱寄邻家。徐待诗成,乃敢复常。"
② 见《后山诗注》卷六、卷一一。

之三）

不是风烟好，何缘句子新。（同上《过池阳舟中望九华山》）

诗人的诗兴、诗材、诗题，无一不是来自"征行"所见的江山、风雨、春光、物色。在这里，没有对前人作品的模仿，也没有闭居书斋的苦吟，只需要"郊行著眼"或"杖屦皈来"，自然美景便可随手"拾得"，新诗丽句便可"兴到漫成"。

杨万里的诗论可以说是六朝"物感说"的回归甚至强化，在江西诗派"点铁成金"与"夺胎换骨"诗学理论盛行的背景下，明显带有一种异端色彩。而杨氏自己也声明，他是在突破江西诗派的束缚后走上师法自然之路的：

> 予之诗始学江西诸君子，既又学后山五字律，既又学半山老人七字绝句，晚乃学绝句于唐人，学之愈力，作之愈寡。……戊戌三朝，时节赐告，少公事。是日即作诗，忽若有寤，于是辞谢唐人及王、陈、江西诸君子皆不敢学，而后欣如也。……自此每过午，吏散庭空，即携一便面，步后园，登古城，采撷杞菊，攀翻花竹，万象毕来，献予诗材，盖麾之不去，前者未雠，而后者已迫，涣然未觉作诗之难也。（《诚斋集》卷八〇《诚斋荆溪集序》）

本来，在宋诗学的体系中，"书史蓄胸中"与"山川历目前"二者并不矛盾，都是创作的重要条件，激发于前人作品的诗歌也可以和激发于自然的诗歌并行不悖。"点铁成金"的黄庭坚仍承认"江山为助"，"闭门觅句"的陈师道也不妨"登览得句"。不过，在北宋的"元祐体"以及演化出来的"江西宗派"那里，"资书以为诗"的现象的确相当严重。有些诗人在祖述黄、陈之时，把用典的一面推向极端，完全忽视了对真实世界体验的必要性。因此，杨万里"只是征行自有诗"的偏激，便带有一种矫枉必须过正的意图。其意义在于强调诗最终源于对外界的真实体验，恢复耳目观感的天真状态，彻底刮掉古书蒙在眼睛和心灵上的那层膜。这种观点在宋诗学中是充满朝气并颇为可取的。

然而,杨万里关于体验诗学的论述毕竟显得太狭隘。首先,宋人得"江山之助"一般有这样几个途径:一是壮游,如苏辙"求天下奇闻壮观";二是为宦,如苏轼"身行万里半天下"(《苏轼诗集》卷六《龟山》);三是迁谪,如黄庭坚"自戎徙黔,身行夔路";四是避难,如陈与义"避地湖峤,行路万里"。而杨万里理解的"征行",最多指壮游与为宦,这就决定了他对江山的态度是玩赏而非寄慨,是观感的趣味而非心灵的共振。其次,宋人得"江山之助"的含义并不局限于自然美,也包括人文的、社会的内容;"征行"所体验的并非只是"山思江情"、"雨姿晴态",也包括风土民情、人生世相和文化遗迹等等。杨万里关心的只是游历山川所体验到的自然美,这就决定了他的诗虽然聪明风趣,却缺少沉郁深厚的底蕴与沁人心脾的力量。再次,杨万里过分强调即目所见的直寻,排斥静坐书斋的冥想与内心体验,也未免有使诗歌变成单纯的"摄影之快镜"的倾向①。事实上,优秀的诗歌并非只出于"直寻",也可以源于"补假",毕竟作诗不同于照相。正如遗民诗人刘辰翁所说:

> 陆放翁诗万首,今日入关,明日出塞,渡河践华,皆如昔人,想见狼居胥、伊吾北。有志无时,载驰载驱,寐语出狂,徒以资今人马上之一笑,然今人马上万里复少此。(《须溪集》卷六《长沙李氏诗序》)

诗人的奇情幻想,又岂是"马上万里"的摄影快镜所能拘限。显然,陆游诗中的入关出塞,"补假"于汉唐昔人光辉的历史和诗篇,"补假"于瘩瘵不忘收复失地的爱国情结。正因如此,"梦语出狂"亦有胜"马上万里"之处。

相对而言,陆游的立论要平实得多,在宋诗学中也更有代表性。

---

① 参见钱钟书《谈艺录》第118页评诚斋诗。

如下面这首诗：

> 法不孤生自古同，痴人乃欲镂虚空。君诗妙处吾能识，正在山程水驿中。（《剑南诗稿》卷五〇《题庐陵萧彦毓秀才诗卷后》之二）

这也是谈客观体验的重要性，但将"只是"换成了"正在"，就少了很多偏激，而且"山程水驿"中的"妙处"也决非自然美所能范围。"法不孤生"句脱胎于禅学"心不孤起，托境方生"的说法（见圭峰宗密《禅源诸诠集都序》上之二），宋人对此多表赞同，如刘宰（1166—1239）指出：

> 诗贵乎工，然非身更此境，不能为此语。杜子美久于羁旅，故语多凄切；韩退之洊游宾幕，故语多严整；陶元亮志在田园，故语多闲旷。（《漫塘文集》卷二四《书沈少白诗稿后》）

这个观点的进一步推导，就是"非身更此境，不能知此语"，宋人读诗，讲求"亲证"，亲自体验诗中所写之"境"，就是这个意思（参见本书丁编第三章第二节）。而这"境"字，显然包括自然与社会两方面的内容。

严格说来，宋代的"体验诗学"并没有多少超越前代的理论贡献，也远不如六朝的"物感说"倾向鲜明，我的讨论主要是为了说明两点：其一，即使是重书卷、重内省的宋诗人也从未忽视现实体验对于诗歌的重要性，因而不能给内省型的"宋调"加上"脱离现实"、"唯心主义"等恶谥。其二，在大多数宋人那里，现实体验只是"诗外工夫"之一种，与读书求学、明道见性异曲同工，因而"宋调"中的客观世界往往是心灵内省的对象并具有人文化的色彩。

第二章　学养与识见:"万卷须窥藏室,一尘莫点灵台"

由于宋人对外在阅历的重视,多着眼于"益道"、"养气"、"助诗"的方面,而非视之为诗歌创作的真正源泉,因此,宋诗学虽兼顾外在阅历和内在修养,但对前者的强调远不如对后者的强调来得响亮和持久。除了杨万里等少数有意恢复唐诗感物传统的诗人外,宋诗学的主流无疑是倾向于内省的、书卷的和人文的。在多数宋人眼中,诗的产生与其说是来自客观外界的感发,不如说是出于诗人内在素质的自然流露,即所谓"真味发溢"(朱熹语)。而诗人的内在素质,无非包括"趋向之高下"(道德素养)、"学问之精粗"(学术涵养)、"器识之贤否"(艺术修养)等三方面[①]。

在评价具体作家作品时,宋代批评家虽也承认内在素质与天赋有关,但涉及"真味发溢"的问题时,他们宁愿相信后天的学养才具有决定性的作用。这与他们关于诗的本质的认识相关,既然诗为"心之声",因而诗品即人品的体现;既然诗为"道之馀",那么诗人就应是道德高尚的人;既然诗为"天之义",那么诗人就应学究天人,穷极事理;既然诗为"文之精",那么诗人就应具备高度的艺术鉴赏和创造能力。从另一个角度看,这也是宋诗意识指向对诗人内在素质提出的必然要求,忧怀国事,安顿心灵,丰富智慧,拓展情趣,无一不来自后天的学养。

[①] 语见黄裳《演山集》卷二一《章安诗集序》,其意以为"趋向"、"学问"、"器识"均见于诗歌,莫可隐遁。

尽管早在六朝诗学中就出现了关于诗人修养的论述①,但事实上在相当长的时期内并未引起人们的足够重视,理论上有"立身先须谨慎,文章且须放荡"的双重标准②,实践上有"心画心声总失真,文章宁复见为人"的人格分裂③。文学的自觉与独立,同时也导致某种程度上的与道德学问的乖离,南朝宋范晔撰《后汉书》,于《儒林列传》之外另列《文苑列传》,就体现了这种时代倾向。六朝至五代"甜美"诗风的泛滥,都与此文道分离的诗学观大有干系。宋人继承中唐韩愈开示的"文以载道"的传统,进而发展为"文道合一"的新观念,所以文苑传统颇有向儒林传统靠拢的趋势。而儒林传统又派生出理学传统,成为宋学的一大特色。这样,宋代士人一般立足于儒林,分别向文苑或理学(《宋史》称为"道学")发展,甚至集儒林、文苑与理学为一身④。宋诗学受此时代精神的影响,便自觉将道德(理学)、学术(儒林)的修养与艺术(文苑)修养结合起来,并将前二者"诗外工夫"置之于后者"诗内工夫"之上。而且从诗学发展史看,只是到了宋代,诗人修养论才成为一股强大的时代思潮。

宋人关于诗人内在修养的论述可分为三个方面:一是道德层面的治心养气,二是学术层面的博极群书,三是艺术层面的研味前作。这些内容前代诗学亦已涉及,但分散零碎如吉光片羽,而在宋代,却成了诗苑的老生常谈,无论是冠冕堂皇的应酬语,还是真心诚意的老实话,总之,它们都鲜明地体现了文苑、儒林、理学三大传统相互渗透并相互制约的时代精神折光。

---

① 如刘勰《文心雕龙·神思》云:"积学以储宝,酌理以富才,研阅以穷照,驯致以怿辞。"又《养气》云:"学业在勤,功庸弗怠。"又《体性》云:"八体屡迁,功以学成。"但此时期诗学的总倾向是重天赋,轻学力,重艺术,轻道德。如曹丕《典论·论文》云:"气之轻浊有体,不可力强而致。"《文心雕龙·体性》云:"才力居中,肇自血气。"其言修养亦多在艺术学习方面。
② 语见《全梁文》卷——简文帝萧纲《诫当阳公大心书》。萧纲又云:"立身之道,与文章异。"
③ 见元好问《遗山先生文集》卷一一《论诗三十首》之六。
④ 如苏轼兼有儒林、文苑传统,论道植根儒林,论文继承文苑;黄庭坚论道近理学,劝学近儒林,谈艺则文苑;《宋史·儒林传》中真德秀是理学家,而杨万里则是大诗人。故诗学与理学,虽有相拒斥之处,但更多是相契合。

一、治心养气：品行的涵养

金人元好问（1190—1257）曾对人品与文品的矛盾感到困惑："高情千古《闲居赋》，争信安仁拜路尘。"（《遗山先生文集》卷一一《论诗三十首》之六）其实，在克罗齐（Croce）派美学家看来，这并不足为奇。艺术的活动出于直觉，道德的活动出于意志；一为超实用的，一为实用的，二者实不相谋①。潘岳望尘而拜的卑劣行为，不妨害他写出高情远韵的作品。所以，六朝批评家普遍视"文人无行"为当然或必然，如魏文帝曹丕说："古今文人类不护细行。"（《与吴质书》）刘勰在《文心雕龙·程器》篇里更一口气列举一二十个有"疵"的文士：

> 相如窃妻而受金，扬雄嗜酒而少算，敬通之不循廉隅，杜笃之请求无厌，班固谄窦以作威，马融党梁而黩货，文举傲诞以速诛，正平狂憨以致戮，仲宣轻脆以躁竞，孔璋傯恫以粗疏，丁仪贪婪以乞货，路粹餔餟而无耻，潘岳诡譸于愍怀，陆机倾仄于贾郭，傅玄刚隘而詈台，孙楚狠愎而讼府，诸有此类，并文士之瑕累。

而这些有"疵"的文士中，如建安七子孔融（文举）、王粲（仲宣）等，其诗文"并志深而笔长，故梗概而多气"《文心雕龙·时序》，是颇受刘勰推崇的。就此而言，人品与文品似无必然联系。

但从另一方面说，言为心声，文如其人，特别是诗歌，以言志缘情为主，由于诗歌语言总会表达思想感情，而思想感情总会体现品格气质，所以人品与文品尤其是诗品又有某种内在联系。隋代学者王通指责六朝诗文，正是基于这种看法，《文中子·事君》云：

> 子谓文士之行可见：谢灵运，小人哉，其文傲，君子则谨；沈

---

① 参见克罗齐《美学原理》第六章《认识的活动与实践的活动》，朱光潜译，外国文学出版社，1983年版。

> 休文,小人哉,其文冶,君子则典;鲍照、江淹,古之狷者也,其文急以怨;吴筠、孔珪,古之狂者也,其文怪以怒;谢庄、王融,古之纤人者,其文碎;徐陵、庾信,古之夸人也,其文诞。或问孝绰兄弟。子曰:鄙人也,其文淫。或问湘东王兄弟。子曰:贪人也,其文繁。谢朓,浅人也,其文捷;江总,诡人也,其文虚。皆古之不利人也。

王通将六朝作家及其作品不分青红皂白地一棒子打倒,这种观点当然显得简单片面,但他把六朝形式主义倾向严重的诗风文风与"文人无行"的现象联系起来,还是有一定见地。因为中国诗学的"言志"传统,是"情动于中而形于言",直觉与意志、艺术的冲动与道德的冲动很难划分清楚。"立身谨慎"而"文章放荡"或"立身放荡"而"文章谨慎"的双重人格,毕竟是一种变态,古往今来的伟大作品也很少出自卑鄙小人之手。"文人无行"是道德沦丧的社会孕育出的畸形儿,并不能由此推出"文人可以无行"的必然规律。

"玉蕴石而山木茂,珠居渊而岸草荣,皆物理自然,虽欲掩之,不可得也"(司马光《传家集》卷六九《赵朝议文稿集序》),诗品与人品的关系也如此,这是宋人的普遍看法。如果说王通是站在儒家正统立场从反面贬斥否定无行文人之作的话,那么宋诗人则是站在文苑和儒林甚至理学相结合的立场,从正面强调道德修养对于诗歌创作的必要性。

宋初文人多由五代入宋,沾染了不少晚唐进士集团轻浮的作风,翻一翻《宋史·文苑传》之一、之二的记载,便可知道这一时期的文人多属旧式无行文人,高者犹不拘小节,负才倨傲,卑者更是苛刻鄙吝,佻薄夸诞,狷躁务进,嗜酒贪财。宋初诗风卑弱,实为此鄙薄士风之体现。宋诗学要提升诗歌的价值,便必须首先着眼于士风的改造。所以,宋诗学中对主体人格修养的强烈召唤,就不是一般装腔作势的道德训导,而是具有现实的针对性和强烈的时代感。

在宋代儒学复兴所建立的道统中,孟子和韩愈被推举到相当显著的地位,这固然与二人排斥异端、维护正统的战斗姿态有关,同时也因为二人的学说中都有崇扬人格力量、强调主体修养的重要观点,如孟子的"我善养吾浩然之气"与韩愈的"仁义之人,其言蔼如也"[1],能引起宋代士人的普遍共鸣。李纲所言最为详明,其《道乡邹公文集序》云:

> 文章以气为主,如山川之有烟云,草木之有英华,非渊源根柢所蓄深厚,岂易致邪?士之养气刚大,塞乎天壤,忘利害而外生死,胸中超然,则发为文章,自其胸襟流出,虽与日月争光可也。孟轲以是著书,屈原以是作《离骚经》,与夫小辨曲说、缔章绘句以祈悦耳目者,固不可同年而语矣。唐韩愈文章号为第一,务去陈言,不蹈袭以为工,要之操履坚正,以养气为之本。……进谏陈谋,屡挫不屈,皇皇仁义,至老不衰,宜乎高文大笔,佐佑六经,粹然一出于正,使学者仰之如泰山北斗也。(《梁溪集》卷一三八)

这段话阐发宋代文学的一个突出命题,即崇扬一种刚健有力、忘怀得丧、坚贞不屈的人格力量,其核心来自孟子的"养气说",韩愈是文苑实践的例证,屈原则以其忠贞之气作旁证。

孟子"养气说"的意义在于,把社会伦理提升为道德本体,提高心的主体地位,所以不仅从二程、张载到朱熹、陆九渊等理学家尊崇其说,大谈心性和修养,而且文苑中人从欧阳修、王安石、苏轼、黄庭坚到陆游、杨万里也视之为不二法门。换言之,不仅儒学的排异端需要"修其本以胜之"(《欧阳文忠公文集》卷一七《本论上》),而且文学的反浮靡卑弱也需通过作者的人格修养来完成:"心定则道纯,道纯则充于中者实,中充实则发为文者辉光。"(同上卷六八《答祖择之书》)在这一点上,理学家和文学家的看法如出一辙。如理学家吕祖谦云:

> 治言而不治气,虽有正礼大义,反为忿怒所败,不足以解纷,而失和气,岂不甚可惜哉!(盛如梓《庶斋老学丛谈》卷中上引)

---

[1] 见《孟子·公孙丑上》、《昌黎先生集》卷一六《答李翊书》。

诗人赵蕃亦言：

> 学诗如学道,先须养其气。植苗无它术,务在除荒秽。滔滔江汉流,源从滥觞至。要作千里行,无为半途滞。(《淳熙稿》卷四《论诗寄硕父》五首之三)

社会伦理(正礼大义)的实现有赖于"治气",正如诗歌创作的完成须基于"养气"一样。

宋人论道德修养也有一个发展变化过程。在庆历前后,道德修养趋于与外在政事相联系,表现为"以直言谠论倡于朝",而且焦点集中于文道关系,即载道之古文作者的修养问题,还未直接推广到言志之诗人。直到熙宁以后,道德修养才进一步转向心性证悟,且在诗学中成为最重要的论题。而黄庭坚正是将理学的心性修养工夫移植于诗学的关键人物。黄庭坚是苏轼的门人,又是李常(1027—1090)的外甥,范祖禹(1041—1098)的学生,在《宋元学案》中,他的名字分别列于《蜀学略》(即苏学)、《范吕诸儒学案》、《华阳学案》三处,而李常、范祖禹均在思想上与理学家比较接近。可以说,黄庭坚既接受了欧阳修到苏轼的文学传统,又受到理学家较深的影响。在道德修养方面,他的观点有时简直就像是理学家的语录在诗学上的翻版,试看这些言论：

> 吾友周寿元翁(周敦颐之子)纯孝动金石,清节不朽,虽与日月争光可也。其言语文章,发明妙慧,非为作使之合,盖其中心纯粹而生光耳。(《豫章黄先生文集》卷三〇《跋周元翁龙眠居士大悲赞》)
>
> 龟父笔力可扛鼎,它日不无文章垂世。要须尽心于克己,不见人物臧否,全用其辉光以照本心。(同上《书旧诗与洪龟父跋其后》)
>
> 治经之法,不独玩其文章,谈说义理而已。一言一句,皆以养

心治性,事亲处兄弟之间,接物在朋友之际,得失忧乐,一考之于书,然后尝古人之糟粕而知味矣。(同上卷二五《书赠韩琼秀才》)

古之人正心诚意,而游于万物之表,故六经我之陈迹也,山林冠冕吾又何择焉!(同上卷二六《跋元圣庚清水岩记》)

所言"中心纯粹"、"以照本心"、"养心治性"、"正心诚意"等等,显然较欧、苏提倡"知古明道,而后履之以身,施之于事"与力斥"士知求道而不务学"的传统更倾向于把"道"内在化为一种心性境界①,更接近于理学家的道德心性一元论的哲学,同时也更少党派色彩而更具形而上的普遍意义。所以,他不仅深为苏门同侪所佩服,而且博得理学家的普遍喝彩,如晁补之称他"于治心养气,能为人所不为,故用于读书,为文字致思高远,亦似其为人"(《鸡肋集》卷三三《书鲁直题高求父扬清亭诗后》);朱熹也说他是"孝友行、瑰玮文、笃敬人",并称"观其赞周茂叔'光风霁月',非杀有学问,不能见此四字;非杀有功夫,亦不能说出此四字"②,评价甚高。

正是因为黄庭坚的诗论在宋代具有广泛的代表性和包容性,所以在他身边能形成一个江西诗派就绝非偶然,而且江西诗派能风靡宋代诗坛一百多年也绝非偶然。纵观江西诗派中人的言行,无不将道义琢磨、气节培养放在首位,以之勉人且自勉:

夫才者,德之用也。德成于心,而后才为用;才尽于身,而后物为用。(陈师道《后山集》卷一一《颜长道诗序》)

古人所以治心养气,事父母,畜妻子,推而达之天下国家,无非道也。吾之所学,固如是也。(谢逸《溪堂集》卷七《送汪信民序》)

---

① 参见《欧阳文忠公文集》卷六六《与张秀才第二书》、《苏轼文集》卷六四《日喻》。欧、苏论道较重其实践功用,与理学家有别。
② 见《宋元学案》卷一九《范吕诸儒学案》引。

>   有道之士胸中过人,落笔便造妙处。彼浅陋之人,雕琢肺肝,不过仅然嘲风弄月而已。(李錞《李希声诗话》)
>
>   欲波澜之阔,须令规模宏放,以涵养吾气而后可。规模既大,波澜自阔,少加治择,功已倍于古矣。(曾幾《茶山集拾遗·东莱先生诗集后序》引吕本中语)

在他们的作品中,粪土功名、鄙弃流俗是最常见的主题。他们的行为也表现出崇尚气节、淡泊自甘的人格修养,陈师道不肯穿权贵赵挺之所赠之衣,徐俯(?—1140)敢在张邦昌作儿皇帝时呼"昌奴",饶节(1065—1129)与宰相曾布议论不合而毅然辞去,谢逸(1068—1113)与谢薖(1074—1115)兄弟甘愿老死布衣,不以歧路进身①,其高风亮节都可圈可点。江西诗派中人大多数和理学家有瓜葛②,因而具有一种"学诗如学道"的自觉③,诗学与理学的形而上本体在心性根源上统一起来。这种诗学观已由一家一派弥漫到整个宋诗坛,成为时代之公论,不仅崇元祐之学的费衮认为"诗作豪语,当视其所养"(《梁溪漫志》卷七"诗作豪语"),而且不满苏、黄的张戒也承认"诗文字画,大抵从胸臆中出"(《岁寒堂诗话》卷上);不仅江西派传人赵蕃主张"作诗匪雕琢,气质先忠厚"(《淳熙稿》卷一《挽宋柳州绶》),而且江湖派领袖刘克庄也同意"养气益充,下语益妙"(《后村先生大全集》卷九四《刘圻父诗序》);不仅爱国诗人陆游指出"心之所养发而为言,言之所发比而成文"(《渭南文集》卷一三《上辛给事书》),而且自然诗人杨万

---

① 参见罗大经《鹤林玉露》丙编卷四"志士死饥寒"、王明清《挥麈后录》卷八"高宗擢用徐师川"、晁公武《郡斋读书志》卷一九别集类下"饶德操集一卷"、刘克庄《后村先生大全集》卷九五《江西诗派·二谢》。
② 如陈师道与理学家邹浩为友,徐俯是理学家杨时的学生,谢逸、汪革、饶节等均为理学家吕希哲的门人,吕本中、赵蕃等人亦研究理学。参见马积高《江西诗派与理学》,载《文学遗产》1987年第2期。
③ 《山谷外集诗注》卷一五《赠陈师道》:"陈侯学诗如学道。"《王直方诗话》:"潘邠老云:陈三所谓'学诗如学仙,时至骨自换',此语为得之。然余见山谷有'学诗如学道'之句,陈三所得,岂其苗裔耶?"史容注山谷诗引《张良传》云"乃学道欲轻举",以为"学道即学仙也"。然据后来诗人传释,"道"乃有道德之义,如葛立方《韵语阳秋》卷二云:"鲁直谓后山'学诗如学道',此岂寻常雕章绘句者可拟哉?"又如前引赵蕃《论诗寄硕父五首》之三亦云:"学诗如学道,先须养其气。"

里也认为"古之君子道充乎其中,必思施乎其外"(《诚斋集》卷八三《江西续诗派二曾居士诗集序》);至于理学家朱熹、魏了翁、真德秀等人的诗论,更有以道德修养取代艺术修养的倾向。

  在宋人看来,以"治心养气"为本,诗歌的各项功能都得以更全面地实现。如江西派诗人洪炎称赞黄庭坚作诗:"其发源以治心修性为宗本,放而至于远声利,薄轩冕;极其致,忧国爱民,忠义之气,蔼然见于笔墨之外。"(见《宋黄文节公全集》卷首洪炎《豫章黄先生退听堂录序》)指出"治心修性"与心灵的安顿、政治的关怀以及道德的弘扬等诗歌功能的关系。宋诗的种种意识指向,也与此修养工夫密切相关,倡言忠节,高扬心灵,崇尚理性,重视人本,都是"治心养气"的结果。更重要的是,中国传统诗学中所谓"志"或"情",经此修养而提纯结晶为充实的道德本体;同时,中国传统儒学的社会伦理精神,经此修养也内化为一种纯真至善的人格。以这种道德本体、内在人格为根本,"情志"与"义理"在诗中便自然会交融默契,浑然一体。只要诗人具备这样的道德本体和内在人格,则"情"固然可以随心所"发"而最终"止乎礼义",即"志"也非教化之志向、治世之抱负所能范围,日用常行、应事接物之间,闲居独处、呻吟调笑之际,无不见"道"。题材不再受限制,也不再是评判诗歌价值的标准,丑可以为美,俗可以为雅。比如江西派诗人大多沉沦下僚,诗中内容也多为个人性的日常生活,但由于注重人格的自我完善,因而诗风清淡雅健,决无晚唐五代的浮靡卑琐。换言之,江西派对晚唐五代诗的超越,主要不在于题材之改造,而在于格调之提升。江西派之于韩孟诗派也是如此,二者在语言形式上都有尚奇峭的倾向,但精神实质却完全不同。韩孟派诗人大多热衷于功名利禄,心胸狭隘而偏激,所以诗中常有污秽丑恶的描写;而江西诗人大多淡于名利、贫贱自守,因而清奇古怪的意象中颇有雅洁通脱的韵味。

  "士之致远,先器识而后文艺"[①],这句唐人提出的口号,在宋代才

---

① 唐刘肃《大唐新语》卷七引裴行俭语。

普遍得以实现。在宋代诗论里,很难再听到"文人无行"的指责,随处可见的是"恶可以词人目之也"一类的赞扬①。宋诗人中很少有无行的文人,苏舜钦、梅尧臣、欧阳修、王安石、苏轼、黄庭坚、陈师道、陈与义、吕本中(1084—1145)、曾幾、陆游、杨万里、范成大、戴复古、文天祥等大诗人,非但以诗享誉于当代,其人品之高尚亦足为后人的楷模。于是,人品与诗品在纯真至善的层次上统一起来,"心画心声总失真"的矫情文学,在宋代再找不到多少实例。虽然对宋诗的评价远不能"一言以蔽之曰:思无邪",但宋诗学在提升诗的精神价值方面,的确做出了积极的努力。

二、博极群书:学理的储积

王国维在《宋代之金石学》一文中曾指出:"宋代学术,方面最多,进步亦最著。"(《王国维遗书》第五册《静庵文集续编》)其中最重要的一点,乃在于书籍印刷的进步。活版印刷术的发明,雕版印刷术的普及,官刻、坊刻、家刻的刊行方式,使得异书古籍广泛流传,新著奇文纷纷问世,以书籍为载体的人智活动亦向多方面拓展和创新,以至于从某种意义上来说,宋代是封建社会中一次知识爆炸的时代。而这知识已不再为六朝以来的门阀士族所垄断,琅琅书声不光来自通都大邑的朱门甲第,而更常闻于市井乡村的蓬荜寒门。"万卷藏书宜子弟"(《山谷外集诗注》卷二《郭明甫作西斋于颍尾请予赋诗二首》之一),已成为宋代的普遍社会心理。"读书破万卷"已非少数学人的自我标榜,实为宋代整个士人阶层的真实写照。还有科举的竞争,吸引莘莘学子十年寒窗苦读。这一切造就了宋人以博学相尚的时代风气。

知识的爆炸使得任何一个文化领域的创造都变得艰难,学术根柢成为拓展与创新的首要前提。"旧学商量加邃密,新知培养转深沉"(《晦庵先生朱文公文集》卷四《鹅湖寺和陆子寿》),就是被清人目为

---

① 参见魏了翁《鹤山先生大全文集》卷五三《黄太史文集序》,又如苏轼评文与可诗画亦持此观点,参见本书甲编第一章第四节。

空疏的宋代理学,实际上也是"以格物致知为先,明善诚身为要"(《宋史·道学传序》),对学术表示相当的重视。诗学处于如此时代风气之下,又焉能有所例外,正如陆游所说:

> 诗岂易言哉!一书之不见,一物之不识,一理之不穷,皆有憾焉!(《渭南文集》卷三九《何君墓表》)

这显然是从学术的角度、从学者的立场对诗歌创作提出的要求。因而诗人要想争到诗坛的地位,赢得读者的欢迎,便不得不具备深厚的学识修养。而这修养虽也可通过行万里路而获得,但宋人更相信读万卷书的奇效,赵蕃认为:"江山真末助,学问本深基。"(《淳熙稿》卷一二《读旧诗作》)可代表大多数宋诗人的观点,即读万卷书为根本,行万里路为枝末。

从历史渊源来看,宋士人以博学相尚的风气,植根于中国古代的儒林传统。早在《史记》里,就设有《儒林列传》,张守节《正义》引姚承云:"儒谓博士,为儒雅之林,综理古文,宣明旧艺,咸劝儒者,以成王化者也。"可见这一传统以儒学化成为其标帜,以博古通今为其特点,以治理群书为其任务。这一传统在汉在唐,衍而为经学,在宋代,则衍而为理学,并进一步扩大地盘,颇有吞并诗学之势。所以,宋人无论是耽思于哲学义理,还是醉心于诗艺句法,都以博览群书为其首要前提。就理学家而言,读书的意义一在于穷理格物,二在于开拓心胸。就诗人而言,读书的意义更为重要广泛,宋人于此,所论极多,撮其大要,约有四端:

首先在于探本穷源。宋人所谓"本"、"源",不是指现实生活,而是指儒学的经义。宋人以"道"作为文化精神承传的纽带,所以特别讲求学术的渊源,而"道"最早载于古代圣贤所撰的经书,因此,治经乃是为学的最基本工夫。宋诗学既与儒林传统心心相印,于是也主张于经典文本中汲取诗学滋养。黄庭坚论诗,极重治经一途,视之为作诗的"渊源"、"根本"和"关捩":

词笔纵横,极见日新之效。更须治经,深其渊源,乃可到古人耳。(《豫章黄先生文集》卷一九《答洪驹父书三首》之三)

诗政欲如此作,其未至者,探经术未深,读老杜、李白、韩退之诗不熟耳。(同上卷一九《与徐师川书四首》之一)

须精治一经,知古人关捩子,然后所见书传,知其旨趣,观世故在吾术内。……文章乃其粉泽,要须探其根本,本固则世故之风雨不能漂摇。(《宋黄文节公全集》正集卷一九《与徐甥师川》之二)

窃观足下天资超迈……若刻意于德义经术,所至当不止此耳。(《豫章黄先生文集》卷一九《答李几仲书》)

他认为经学给人的益处不仅在文章义理,更在于陶冶人的情操,树立人的信仰,使之符合儒家的道义原则,"以此心术作为文章,无不如意,何况翰墨与世俗之事哉"(同上卷二五《书赠韩琼秀才》)!这样,治经的意义已超越学术的承传,而成为一种基本价值的认同与延续。宋人多会心于此,不光是江西诗派以此为不传之秘,强调"自古词林枝叶,皆从根柢中来"(曾幾《茶山集》卷七《李商叟秀才求斋名于王元渤以养源名之求诗》之一),其他诗人或诗派亦多有类似的看法,如朱熹之父朱松(1097—1143)就认为"学诗者必探赜六经,以浚其源"(《韦斋集》卷九《上赵漕书》),理学家包恢也指出,"理备于经,经明则理明",就连学唐诗的江湖诗人戴复古也这样评价,"本朝诗出于经",因而不同意"本朝诗不及唐"的说法①。

宋诗学重视儒家经典文本的倾向,乃在于对先秦理性精神的默契与共鸣,楚汉的浪漫、魏晋的伤感、盛唐的激情均非宋人的为诗之本。徐度称陈师道"学甚博而精,尤好经术,非如唐之诸子,作诗之外,他无所知也"②,一语道破宋诗人内在修养异于唐诗人之处。在宋人眼里,

---

① 见《石屏诗集》卷首包恢序并所引戴复古语。
② 见《却扫编》卷中。宋人因此而不满唐诗人"陋于闻道"(苏辙语),如朱松《上赵漕书》云:"自诗人以来,莫盛于唐,读其诗者,皆粲然可喜,而考其平生,鲜有轨于大道而厌足人意者。其甚者,曾与间阎儿童之见无以异。"此乃未探赜六经之故。

深于经术,便能知诗之所向,定志之所止,如致远者有三月之粮、指南之车。宋诗学要重振儒学传统,超越晚唐五代,治经探本理应是其必由之路。

其二在于储知蓄理。宋诗学与宋理学属于同一文化心理结构的产物,读书治学既为理学入道的功夫,也为诗学进境的功夫。理学家讲求格物致知,诗人也认为"非多读书,多穷理,则不能极其至"(《沧浪诗话·诗辩》)。读的范围愈广,知识愈丰富,审辨愈精当,见解愈高明。刘勰在《文心雕龙·神思》篇里,早就提出关于艺术想象的必要条件:"积学以储宝,酌理以富才,研阅以穷照,驯致以怿辞。"又说:"博见为匮乏之粮。"强调知识的积累和事理的研究的重要性。这一观点在宋诗学里得到进一步发挥和强化,并把"积学"、"酌理"、"研阅"、"博见"进一步局限于书本之内。如黄庭坚指出:

> 王观复作书,语似沈存中,它日或当类其文。然存中博极群书,至于左氏《春秋传》、班固《汉书》取之,左右逢其原,真笃学之士也。观复下笔不凡,但恐读书少耳。(《豫章黄先生文集》卷二六《题王观复所作文后》)

他认为只有像沈括那样掌握大量的书本知识,写起文章来才能旁征博引,左右逢源,从而出语不凡。作诗也如此。小篇短制,一联半句,或许可以凭借一时灵感冲动和直觉体验,而长篇巨制,却必须凭依学识的渊博与思理的深刻。正如楼钥所说:

> 诗之众体,惟大篇为难,非积学不可为,而又非积学所能到。必其胸中浩浩,包括千载,笔力宏放,间见层出,如淮阴用兵,多多益办。变化舒卷,不可端倪,而后为不可及。(《攻媿集》卷五二《雪巢诗集序》)

宋调的代表诗人,如欧、王、苏、黄皆擅大篇,纵横捭阖,博辩无碍,的确与其学问宏富、见识高远的学者修养分不开。所以,就连江湖诗人方岳(1198—1262)也为"世之学晚唐者不必读书"的现象感到痛心疾首(《秋崖小稿》卷四三《跋赵兄诗卷》)。同派诗人刘克庄也发觉"捐书以为诗失之野"的弊病。以为"晚唐体益下,去古益远"(《后村先生大全集》卷九六《韩隐君诗序》)。在他看来,晚唐体"小家数不过点对风月花鸟,脱换前人别情闺思,以为天下之美在是。然力量轻,边幅窘,万人一律"。真正富有独创性的诗人,应是"以胸中万卷,融化为诗,于古今治乱,南北离合,世道否泰,君子小人胜负之际,皆考验而施衮斧焉"(同上卷九七《听蛙诗序》)。无疑,正是通过读书治学,诗人才扩充了眼界,丰富了知识,储备了题材,艺术想象得以在更广阔的时空中自由驰骋,"如万斛泉源,不择地皆可出"(《苏轼文集》卷六六《自评文》),再也没有"才吟五字句,又白几茎髭"的窘困和劳苦①。

其三在于培养气质。宋诗学极重人格境界,而宋人心目中理想的人格境界是"腹有诗书气自华"(《苏轼诗集》卷五《和董传留别》),所以宋人论及诗人的人格涵养,往往以读书求学相号召。在宋代,功名与读书之间,已非如唐人那样紧紧联结,读书成为一种超功利的精神受用。黄庭坚教人"更屏声色裘马,使胸中有数百卷书,便当不愧文与可矣"(《豫章黄先生文集》卷二七《题宗室大年永年画》),可见读书能使人屏弃物质嗜欲,使人的品格得以净化升华,进入超功利的境界。所谓"胸中有万卷书,笔下无一点俗气"(同上卷二六《书刘景文诗后》),"万卷须窥藏室,一尘莫点灵台"(《茶山集》卷七《李商叟秀才求斋名于王元渤以养源名之求诗》)。诗人就这样在书卷中得到陶养,在与古圣先贤的对话中获得一种精神力量,从而超越世俗的诱惑和烦恼。这种无尘俗气的高雅气质,对于诗歌创作来说必不可少,因为艺术创造的过程主要是非功利的,必须排除物质欲念的干扰。这样,读书便通过诗人气质的改变与诗美的创造联结起来,正如苏轼所说:"读

---

① 语见晚唐诗人方干《赠喻凫》。又方干《贻钱塘县路明府》云:"吟成五字句,用破一生心。"裴说《寄曹松》云:"莫怪苦吟迟,诗成鬓亦丝。"曹松《崇义里言怀》云:"平生五字句,一夕满头丝。"卢延让《苦吟》云:"吟安一个字,捻断数茎须。"均见出晚唐诗人写作之窘困和劳苦。

破万卷诗愈美。"(《苏轼诗集》卷六《送任伋通判黄州兼寄其兄孜》)

同时,由于宋诗学极重人文旨趣,因而特别强调诗人的学术涵养,即一种学者的气质。李清照批评秦观"专主情致而少故实,譬如贫家美女,虽极妍丽丰逸,而终乏富贵态"(《苕溪渔隐丛话》后集卷三三引李《词论》)。"富贵态"是指学富五车的人文资质,有此资质,便可以高掩前古,挺立当世。如罗大经所指出:

> 凡作文章,须要胸中有万卷书为之根柢,自然雄浑有筋骨,精明有气魄,深醇有意味,可以追古作者。(《鹤林玉露》丙编卷六"文章性理")

有此资质,便可在人文化的对象世界中大显身手。

其四在于积累诗材。宋诗学既以人文世界为其表现对象,便不得不依赖于传统的人文资源,从中摄取题材、语言、意象等等作诗的材料,而读书则是积累诗材的重要途径。通过读书,可以熟悉典故,丰富词汇,用黄庭坚的比喻来说,就是"长袖善舞,多钱善贾"(《豫章黄先生文集》卷一九《与王观复书》)。很难想象一个语言贫乏、知识单薄的人能成为诗坛大师,尤其在一个知识爆炸的时代,在一个尊重学术的时代。所以,宋诗人力倡读书的最真实的想法乃在于"资书以为诗",虽然也说些冠冕堂皇的"精神有养"的话头。事实上,苏轼批评孟浩然之诗"韵高而才短,如造内法酒手,而无材料"(《后山诗话》引苏语),就是指孟诗缺乏经典故事,虽有高情远韵,却难免才疏学浅,无厚度。宋人对诗僧祖可(1102年前后在世)的批评也指出这一点:

> 僧祖可……作诗多佳句,如《怀兰江》云"怀人更作梦千里,归思欲迷云一滩",《赠端师》云"窗间一榻篆烟碧,门外四山秋叶红"等句,皆清新可喜。然读书不多,故变态少。观其体格,亦不过烟云、草树、山水、鸥鸟而已。(《韵语阳秋》卷四)

读书不多的结果，只能在常见的自然意象中寻诗材，无法表现丰富多彩的人文世界，这自然会被学养深厚的宋诗人讥为"少变态"。

"词意高胜，要从学问中来尔"（《宋黄文节公全集·别集》卷一一《论作诗文》），黄庭坚这句话落到实处，或许就是指读古书于其"佳句善字皆当经心，略知其某处可用，则下笔时源源而来矣"（同上《正集》卷一九《答曹荀龙》）。换言之，要使"词意高胜"，就必须精熟古书中的各种语言材料，因为他据自己的经验推断："自作语最难，老杜作诗，退之作文，无一字无来处。盖后人读书少，故谓韩、杜自作此语耳。"（《豫章黄先生文集》卷一九《答洪驹父书三首》之三）杜、韩未必如此，但黄氏作诗却的确有"无一字无来处"的倾向。诚如许尹所言："其用事深密，杂以儒佛，虞初稗官之说，隽永鸿宝之书，牢笼渔猎，取诸左右。"（《山谷内集诗注》卷首许尹《黄陈诗集注序》）苏轼也介绍过相似的经验："不如默诵千万首，左抽右取谈笑足。"（《苏轼诗集》卷二二《次韵孔毅父集古人句见赠五首》之四）作诗成了一种矜才斗学的语言知识竞赛，博闻强记成了诗人必备的基本素质。这并非苏、黄个人的癖好，实为宋诗坛的一时风尚。比如唐庚就这样教人：

> 凡作诗，平居须收拾诗材以备用。退之作《范阳卢殷墓铭》云："于书无所不读，然止用资以为诗。"是也。（《唐子西文录》）
>
> 《诗》疏不可不阅，诗材最多，其载谚语，如"络纬鸣，懒妇惊"之类，尤宜入诗用。（同上）

被李清照批评"少故实"的秦观，也常常苦于自己读书善忘，干脆"取经传子史事之可为文用者，得若干条，勒为若干卷，题曰《精骑集》"（《淮海后集》卷六《精骑集序》），以古人之陈言为"精骑三千"，当作出奇制胜的法宝。而据吴子良声称，那个"自谓幼孤失学，胸中无千百字书"的戴复古，其实也曾"搜猎点勘自周、汉至今大编短什、诡刻秘文、遗事廋说，凡可资以为诗者，何啻数百千家"（《石屏诗集》卷首吴子良《石屏诗后集序》）。从古人各种著作里收集作诗的材料和词句，本不失为一种积累知识、丰富语言的手段,但在宋人那里,登山的手杖变成了日用的拐杖,再也抛不下,不仅黄庭坚"离《庄子》、《世说》一步不得"(沈作喆《寓简》卷八),苏轼也有"除却书本子,则更无诗"的倾向(王夫之《船山遗书》卷六四《夕堂永日绪论》内编评苏、黄),"资书以为诗"最终成为"以才学为诗",这是醉心于人文活动、智力产品的宋诗的必然归宿。

宋人所谓"才学"一词,实有二义,一为偏义复词,特指"学",即学问、学力;一为并列复词,指"才"与"学",即天才与学力、禀赋与修养。宋人意识到,诗歌比其他任何文学形式都有赖于作者的天赋才能,所以他们认为:

> 盖格有高下,才有分限,不可强力至也。……乃知天禀自然,有不能易者。(蔡絛《西清诗话》)
> 文章有以天才胜,有以人力胜。出于人者,可勉也;出于天者,不可强也。(《于湖居士文集》卷首谢尧仁《张于湖先生集序》)

基于这种认识,有的批评家对"资书以为诗"的作用提出质疑,以为虽有"硕师鸿儒,宗主斯文,而于诗无分者",其原因就在于"以书为本,以事为料",而缺乏诗人的灵根慧性(见《后村先生大全集》卷一〇六《跋何谦诗》)。不过,宋人虽承认天才,承认禀赋,但更强调后天学养的重要性。因为虽然胸藏万卷不一定能造就天才,但天才却有赖于胸藏万卷,比如李白与苏轼,被宋人划入"以天才胜"一类[1],但李白有"五岁诵六甲,十岁观百家","常横经籍诗书,制作不倦"的自白[2],苏轼的书卷之富更为世人所公认,可见,天赋只是一种潜能,须得借后天的学力才能实现。所以,在"才"与"学"的天平上,宋诗学的砝码主要放在"学"的一边。周必大的观点算是最公允的:

---

[1] 如谢尧仁《张于湖先生集序》、杨万里《诚斋集》卷七九《江西宗派诗序》等均持此观点。
[2] 参见《全唐文》卷三四八李白《上安州裴长史书》。

> 文章有天分,有人力,而诗为甚。才高者语新,气和者韵胜,此天分也;学广则理畅,时习则句熟,此人力也。二者全则工,偏则不工。(《庐陵周益国文忠公集》卷五二《杨谨仲诗集序》)

于"才"、"学"二者均不偏废。但当世人称赞杨万里作诗是"天生辩才,得大自在"时,周必大却极力强调杨氏是"由志学至从心,上规赓载之歌,刻意《风》、《雅》、《颂》之什,下逮左氏、庄、骚、秦、汉、魏、晋、南北朝、隋、唐以及本朝,凡名人杰作,无不推求其词源,择用其句法,五十年之间,岁锻月炼,朝思夕维,然后大悟大彻,笔端有口,句中有眼,夫岂一日之功哉"(同上卷九《跋杨廷秀石人峰长篇》)!最终还是以积学为诗的基本功夫。刘克庄的观点与此相似,他虽同意作诗有时也需天分,"或以人力为之,虽勉而不近矣",但同时又指出:

> 然有天资,欠学力,一联半句偶合则有之,至于贯穿千古,包括万象,则非学有所不能。(《后村先生大全集》卷一〇六《跋赵孟侒诗》)

事实上,钟嵘《诗品序》里所举的有"自然英旨"的"古今胜语",也多为一联半句;前举诗僧祖可的佳句也可证明,有天资而读书少,最终是少变态,难以贯穿千古,包括万象,大诗人与小诗人的区别或许就在于此。

宋诗重学轻才的倾向,在苏、黄等人元祐诗风的影响下推向极端,如彭乘(1086年前后在世)认为赵师民"诗笔秀丽",是因为"有学而益有才"(《续墨客挥犀》卷一"赵龙图善为诗句")。费衮则干脆提出:"作诗当以学,不当以才。"(《梁溪漫志》卷七"作诗当以学")将学问置于诗人的艺术才能之上。这样,诗学中"才"与"学"这一并列复词,便转为"才学"这一偏义复词。以才学为诗的结果,自然表现为对"学者之诗"的推崇。而这种由天分向学力的转型,是与宋诗学自觉回归儒林传统分不开的。

三、遍考前作：艺术的熏陶

宋诗学与理学虽为同一文化精神所孕育，颇多共通之处，但各自特质仍有很大差别。理学重在心性的反省体察，物理的探究证悟，而诗学重在韵味的整体把握，语句的纯熟运用。因此，对于理学家来说，只需"格物致知"、"明善诚身"即可，有德者不必有言，博学者何必精诗。而作为一个诗人，却必须将"诗外工夫"与"诗内工夫"结合起来，将道德学问熔铸为人格风神，并通过独特的意象、格律、结构、语词表现出来。诗人所必备的内在素质，除了有道德有学问外，还得有吟骨有慧心，即所谓艺术鉴赏和创造的能力。而这一点，必须靠研味前人作品来培养造就，或曰"悟入必自工夫中来"（吕本中《童蒙诗训》）。

晋陆机指出："游文章之林府，嘉丽藻之彬彬。"（《文赋》）宋人对此艺术修养途径深有认识。有人问欧阳修写作的秘诀，他回答说："无他术，唯勤读书而多为之，自工。"（《苕溪渔隐丛话》前集卷二九引）勤读书具体到作诗上，就是"须多诵古今人诗"（《欧阳文忠公文集》卷一三〇《作诗须多诵古今诗》）。"多诵"的意义不仅在于"窥陈编以盗窃"（韩愈《进学解》），而且更在于提高诗人的艺术修养，为开拓诗坛领域的远征积蓄粮草。如吕本中云："遍考前作，自然度越流辈。"（《童蒙诗训》）

诗歌作为一门独特的语言艺术，不仅有文字、音韵、格律的限制，还有意境、趣味、格调的要求，"遍考前作"的作用略有三点：一是获得关于媒介的知识，二是熟悉传达的技巧，三是提高审美趣味。

首先，诗以语言文字为媒介，如何利用语言文字来表达情感、意念等等，前人已蓄积起很多经验和成绩，并形成了很多专门的规则和学问，如对仗、押韵、句法等等，都属于媒介的知识。这些知识因前人的经典作品的展示而得以约定俗成，成为作诗必须遵循的起码规则。所以，学诗的第一步就是要熟读前人的大量作品，黄庭坚曾就此而告诫后学：

> 所送新诗皆兴寄高远，但语生硬不谐律吕，或词气不逮初造意时，此病亦只是读书未精博耳。长袖善舞，多钱善贾，不虚语也。南阳刘勰尝论文章之难云："意翻空而易奇，文征实而难工。"此语亦是。（《豫章黄先生文集》卷一九《与王观复书三首》之一）

一个诗人必须熟悉有关诗歌语言格律的一切知识，因为翻空的神思归根结底还得以征实的语言为媒介，才能传达给读者。显然，"语生硬不谐律吕"的毛病，就在于对诗歌媒介知识的生疏，缺乏一个诗人应有的基本功——对语法、词汇、音律的掌握。针对这种病因，黄庭坚开出的药方是"读书精博"。读什么书呢？主要是读历代著名诗人的作品，尤其是要读杜甫到夔州后古律诗①。如果作诗"雕琢功多"，便可由读杜诗而"得句法简易"，"更无斧凿痕"（《与王观复书三首》之一）；如果作诗"用字时有未安处"，便可以杜诗为标准，"置一字如关门之键"（《豫章黄先生文集》卷二六《跋高子勉诗》）。在宋诗话中，随处可见关于前人作品的字音字义的辨析、押韵对偶的评说或句法语序的讨论，都足以说明宋人的诗歌媒介知识主要是通过"读书精博"获得的。

其次，诗歌创作必须掌握一定的传达技巧，如命意造句、谋篇布局、使典用事、修辞炼字等等。这些技巧由历代诗人的艰辛创造积累而成，因此要使这些技巧化为己有，就得模仿前人的作品。模仿的前提，首先是潜心研究，弄清每篇的命意布局、造句用语、务求透懂，然后是熟读成诵，体味其中的神理气韵、声音节奏，将技巧化为直觉。黄庭坚对此有一套完整的理论。据他自称，这理论是受苏轼的启发："往年尝请问东坡先生作文章之法，东坡云：'但熟读《礼记·檀弓》，当得之。'"（《与王观复书三首》之一）不过，苏轼到底语焉不详，因而黄庭坚根据自己的经验，推而广之，提出详细的阅读方法，即根据不同的文体来选择不同的典范作品，体味并模仿其写作技巧：

---

① 参见《豫章黄先生文集》卷一九《与王观复书三首》之一、之二等。

然作赋须要以宋玉、贾谊、相如、子云为师,略依仿其步骤,乃有古风。(《宋黄文节公全集·正集》卷一九《王立之承奉直方》)
　　若欲作楚词,追配古人,直须熟读《楚词》,观古人用意曲折处,讲学之,然后下笔。(同上《外集》卷二一《与王立之》)
　　观复乐府长短句清丽不凡,今时士大夫及之者鲜矣。然须熟读元献、景文笔墨,使语意浑厚,乃尽之。(同上卷二三《书王观复乐府》)

所谓"步骤"、"用意曲折处",无非是布置结构的技巧。作诗更须如此,诗要写得好,只有读古人的作品,反之,则未至佳境,或未中规矩:

　　所寄诗文……意所主张甚近古人,但其波澜枝叶不若古人耳。意亦是读建安作者之诗与渊明、子美所作未入神尔。(《豫章黄先生文集》卷一九《与王庠周彦书》)
　　予友生王观复作诗,有古人态度……但未能从容中玉佩之音,左准绳、右规矩尔。意者读书未破万卷,观古人之文章,未能尽得其规摹,及所总览笼络,但知玩其山龙黼黻成章耶?(同上卷二六《跋书柳子厚诗》)
　　学老杜诗……要须读得通贯,因人讲之。(《宋黄文节公全集·外集》卷二一《与赵伯充》)

读古人诗,不仅要"精熟",更要求"入神";不仅要摹仿外在的技巧,更要探究"古人用心处",对其艺术技巧的作用心领神会;不仅只熟读一二大家数,更需要"遍考前作"。吕本中进一步申说黄庭坚的观点:"《楚词》、杜、黄,固法度所在,然不若遍考精取,悉为吾用,则姿态横出,不窘一律矣。"[1]其结果是各种艺术手法的融会贯通,信手拈来,头头是道。

---

[1] 见《苕溪渔隐丛话》前集卷四九引吕本中《与曾吉甫论诗第一帖》。

其三，一个诗人需要具备高度的审美能力，人们常说"眼高手低"，其实，真正的眼高未必就手低，但眼低却敢肯定手不高。宋人意识到这一点，所以于"道"于"学"之外，特重一"识"字。范温（1100年前后在世）《潜溪诗眼》祖述黄庭坚之说，以为"学者要先以识为主，如禅家所谓正法眼者"。这"识"其实就相当于审美鉴赏力和创造力。从正面来说，是指对诗歌内在审美特性的领悟，所谓"识有馀者，无往而不韵也"（《潜溪诗眼》）；从反面来说，是指对诗歌中低级趣味的识别，所谓"更能识诗家病，方是我眼中人"（《山谷内集诗注》卷一六《荆南签判向和卿用予六言见惠次韵奉酬四首》之三）。而"识"的获得，"正法眼"的具备，最佳途径就是对前人作品的广泛涉猎和潜心研读。

正如借禅宗的"识"与"正法眼"来比喻审美鉴赏力一样，宋人也常用禅宗术语"参"来比喻对前人艺术经验的学习借鉴。一是"遍参"，指学习参究的广度。玄沙师备禅师从雪峰义存禅师问道，雪峰曰："备头陀何不遍参去？"（《五灯会元》卷七）指示其多方参究丛林禅法。诗人以比喻对前人诗歌的广泛学习和师承，江西派诗人韩驹《赠赵伯鱼》诗云：

> 学诗当如初学禅，未悟且遍参诸方。一朝悟罢正法眼，信手拈出皆成章。（《陵阳先生诗》卷一）

这种说法并不神秘，学诗者作品读得愈多，种类愈复杂，风格愈纷歧，比较的资料愈丰富，透视愈正确，鉴别力也就愈可靠，审美意识也就愈高明，表达能力也随之愈纯熟。显然，对于初学者来说，"遍参诸方"是渡向艺术创造的自由彼岸必不可少的船。

二是"熟参"，指学习参究的深度。大慧宗杲禅师（1089—1163）教人参究公案说："时时提撕话头，提来提去，生处自熟，熟处自生矣。"（《大慧语录》卷二九《答黄知县》）诗人借此比喻对前人作品的朝夕讽咏，反复研读，悉心体会。不仅江西诗派中贯穿着这种"熟参"精神，如黄庭坚多次劝人"熟读"、"熟观"杜甫等人之作，吕本中亦认

为"只熟便是精妙处"(《紫微诗话》),而且从江西诗派中分裂出来的陆游、杨万里也有同样主张,陆游指出:

> 文章要法,在得古作者之意。意既深远,非用力精到,则不能造也。前辈于《左氏传》、《太史公书》、韩文、杜诗,皆熟读暗诵,虽支枕据鞍间,与对卷无异。久之,乃能超然自得。(《渭南文集》卷一五《杨梦锡集句杜诗序》)

杨万里则既"参"过庾信、阴铿、王安石、黄、陈诸君子、晚唐人等"诸方",更有"半山绝句当朝餐"的自供①,"遍参"而且"熟参"。在这一点上,甚至连痛诋江西诗派的严羽也完全继承了江西诗派的衣钵,他在《沧浪诗话·诗辩》中号召诗人"熟参"历代诗人作品,开出一长串名单:

> 试取汉、魏之诗而熟参之,次取晋、宋之诗而熟参之,次取南北朝之诗而熟参之,次取沈、宋、王、杨、卢、骆、陈拾遗之诗而熟参之,次取开元、天宝诸家之诗而熟参之,次独取李、杜二公之诗而熟参之,又取大历十才子之诗而熟参之,又取元和之诗而熟参之,又尽取晚唐诸家之诗而熟参之,又取本朝苏、黄以下诸家之诗而熟参之,其真是非自有不能隐者。

要求在"熟参"百家的基础上,培养出能辨别"真是非"的高度审美鉴赏力。除此之外,他还提出学诗的"向上一路",即以最优秀的作品为范本,反复玩味,领会其艺术精神:

> 先须熟读《楚辞》,朝夕讽咏,以之为本,及读古诗十九首、乐府四篇,李陵、苏武、汉、魏五言,皆须熟读,即以李、杜二集枕

---

① 参见《诚斋集》卷七《书王右丞诗后》、卷八《读唐人及半山诗》、卷三一《读诗》、卷三五《答徐子材谈绝句》、卷三八《送分宁主簿罗宏材秩满入京》等。

藉观之，如今人之治经，然后博取盛唐名家，酝酿胸中，久之自然悟入。

"熟参"百家，不择美恶，在于比较、鉴别，能识别"下劣诗魔"；熟读《楚辞》等，专择上乘佳作，在于学习、摹仿，能使学诗"不失正路"。无论如何，严羽虽口口声声号称"顿门"，但他指出的"向上一路"却是需要经过长期参究的"渐门"。

值得指出的是，宋人的研味前作不仅是为了继承诗学的遗产，循着古人的道路前进，而且也为了弄清古人所未经行之处。同安禅师有诗云："丈夫皆有冲天志，不向如来行处行。"（《景德传灯录》卷二九）但假如根本不知道如来行过哪条路，岂非冥行索摸，不免与如来"暗合"，到头来还是跳不出如来手心。因此，熟读古人作品与其说是为了与古人同，不如说是为了与古人异，黄庭坚深识"渊明、退之诗，句法分明，卓然异众"（吕本中《童蒙诗训》），已有独辟蹊径的感悟；吕本中所谓"学古人文字，须得其短处"（同上），更有超越前人的胆识。换言之，只有在"遍考前作"的基础上，才能发现有待开垦的处女地，或有待翻耕的庄稼地。所以，"熟参"的结果，其实培养出两种诗人，一种人如苏、黄，近乎"不向如来行处行"，其"用韵下字用故事处，亦古所未到"，"出新意于法度，表前贤所未到"，"下语未尝似前人"（同上）；另一种人如严羽，如来的路他仍然要走，因为那是"最上乘"的"向上一路"，他所警惕的只是"不向邪魔行处行"，这样，下劣诗魔固然不会充其肺腑，丈夫之志却也难以冲天了。他批评苏、黄处在此，不如苏、黄处亦在此。

宋诗学中的"识"接近于审美意识或广义的美感的含义，不同于一般的学术知识。"识"的焕发来自感受体验，而非推演解析或博闻强记。宋人读古诗，讲究"涵养"、"熟味"、"涵泳"、"玩味"（吕本中语）或是"朝夕讽咏"、"酝酿胸中"（严羽语），就是指审美的感受和体验。通过对诗歌范本的讽咏玩味，使其声音节奏沉入筋骨里去，使其神理气韵沉入心灵里去。从低标准来看，这种讽咏玩味可在喉舌筋肉上留下痕迹,通过所谓"内模仿"(innerimitation)[①],久之形成一种习惯性的筋肉活动,从而对诗的气脉是否畅通、音律是否和谐深有体会。人们常说"熟读唐诗三百首,不会作诗也会吟",就是这个道理。这种匠人似的筋肉技巧培养是学诗者必不可少的。从高标准来看,这种讽咏玩味可达到对诗歌审美特性和艺术创作规律的透彻理解,或是对某种审美理想、审美趣味的会心领悟,而这种理解和领悟是非概念非分析的"妙悟",即一种直觉式的智慧。

正是在研味前作的艺术修养方面,宋诗学显示出迥异于宋理学的文苑本色。尽管宋人普遍认为诗歌是诗人内在素质的自然流露,是"真味发溢",但对"真味"的理解却存在着巨大分歧。在理学家眼中,诗人在智能结构上与一般人没有差别,造就诗人和造就思想家可以遵循同一条路,如朱熹说:"古之君子,德足以求其志,必出于高明纯一之地。其于诗固不学而能之。"(《晦庵先生朱文公文集》卷三九《答杨宋卿》)他们所谓的"真味"就是特指道德,如魏了翁说:"古之为文,皆以德盛仁熟流于既溢之馀,故虽肆笔脱口而动中音节。"(《鹤山先生大全文集》卷六二《跋胡复半塈诗稿》)有德者必有言,得道者必能诗,以为诗学与理学可有共同的思维模式。而在诗论家的眼中,诗人的智能结构却有异于常人的特殊性,所以"有硕师鸿儒,宗主斯文,而于诗无分者"(《后村先生大全集》卷一〇六《跋何谦诗》),这特殊性就在于,诗人不仅需要有道德、有学问,还得有"识",一种审美掌握世界的能力。而且诗人的道德学问需表现为人格精神,并转化为审美趣味。这样,诗人的"真味发溢"就不同于理学家的枯燥说教,而是自得天成的盎然诗意。正因大力提倡"熟参"有"识",宋诗才冲出语录讲义之押韵者的重围,为诗坛文苑留下种种别具风神的寒梅秋菊。

[①] 此处借用德国美学家谷鲁斯(K. Groos)的说法,以为"内模仿"是带筋肉活动的美感经验。参见《朱光潜美学文集》第一卷《文艺心理学》第四章,上海文艺出版社1982年版;又见朱光潜《西方美学史》下卷第616页,人民文学出版社1979年版。

第三章　师古与创新："出入众作,自成一家"

宋人既重人文精神,势必对传统人文资源分外垂青,因而特别强调对古典作品的尊崇与摹仿,特别醉心于对前人诗歌材料(语词、意义、结构等)的借鉴与袭用。而唐人留下的诗歌遗产,正为宋人提供了一座取之不尽、用之不竭的人文资源宝库,这样,学习与仿效唐诗,几乎成为宋人一代风气。不仅宋诗话中可找出大量宋人袭用唐诗的批评实例,而且宋诗的所有流派都以唐人为效法的榜样也早是宋人供认和文学史公认的事实[1]。正因如此,人们常把宋诗看成是唐代大师作品的反响,仿佛宋诗人真在影响之忧虑的阴云下苦心吟作。

然而,宋人以其重理性的精神,素来善于思考,决不盲从,不仅在学术上以疑古与创新为其特点,在诗学上也必期于自成一家,不甘心在唐人的宝库里坐享其成。这就决定宋诗对唐诗的继承,是一种批判的继承。独创的呼声贯穿于宋诗学的始终,正是宋人意欲超越传统、别开生面的体现。事实上,宋人的实践也证明了这一点,宋诗的特色迥异于唐诗,也同样是宋人供认和文学史公认的事实。正因如此,人们常把宋诗变唐之处看作是走火入魔,"不懂形象思维",仿佛宋诗由于不合唐诗的标准而丧失其审美价值。

"宋人生唐后,开辟真难为"(蒋士铨《忠雅堂诗集》卷一三《辨

---

[1] 如宋初王禹偁、李昉等人学白居易,寇准、林逋、魏野、九僧等人学贾岛、姚合,西昆派学李商隐;庆历间苏舜钦、梅尧臣、欧阳修学韩愈、孟郊,王安石学杜甫、晚唐绝句,苏轼学陶渊明、李白、杜甫,张耒学白居易,黄庭坚与江西诗派学杜甫;南宋杨万里学晚唐绝句,四灵派学贾岛、姚合,江湖诗派学唐律等等。参见梁昆《宋诗派别论》"宗主"部分,商务印书馆,1938年版。

诗》)。宋人的困境既来自唐诗艺术高峰提出的挑战,也来自后人两重标准的苛求:反对摹仿唐诗,又不满异于唐诗。对于宋人来说,必须在继承与创新之间寻找一个最佳权衡点。模仿唐人,"不似则失其所以为诗,似则失其所以为我"(顾炎武《日知录》卷二一"诗体代降"),完全不似唐诗,则可能因其违背诗歌艺术规律而不成其为诗;完全似唐诗,则可能因其丧失诗歌的艺术个性而不足以为诗。那么,宋人究竟是用一种什么姿态来应对唐诗的挑战呢?究竟要通过一条什么途径来走出困境,"开辟"出一片新天地呢?对于这一问题的回答,宋人的论述主要集中在三个方面:一是在艺术手法上,提倡转益多师,别裁创获;二是在语言材料上,提倡利用陈言,点铁成金;三是在意义结构上,提倡消化遗产,夺胎换骨。其总体精神在于推陈出新,在借鉴传统人文资源的基础上进行创造,在对前人作品的点化、变异、翻案的过程中,显示出思想之自由与智力之优越。

一、通与变:艺术传统的认同与超越

任何一门艺术都涉及到模仿与创造、继承与革新的关系问题。中国诗歌艺术源远流长,传统悠久,如何处理二者的关系,尤为历代诗学所关注。《文心雕龙·通变》云:"文律运周,日新其业。变则其久,通则不乏。趋时必果,乘机无怯。望今制奇,参古定法。"所谓"通",是指包蕴在丰富的文学遗产之中的普遍艺术规则,参究古制,借鉴前人,创作时才能左右逢源而不匮乏;所谓"变",是指符合时代审美需求的新颖独创的艺术个性,出奇制胜,日新月异,才能保持长久的艺术生命力。唐皎然的《诗式》将此概括为"复"与"变"的辩证关系,要求"复"中有"变"(变化发展),"变"中有"复"(继承借鉴)。宋诗学论述二者的关系,就"大判断"而言,似未超出《文心雕龙》的范围,然而在"小结裹"方面却颇有发明。同时,由于宋人既以人文世界为对象,必与文化遗产发生千丝万缕的联系,难于一空依傍,自铸伟词;又因宋人以变革唐风为自觉意识,必欲"不向如来行处行",也不甘于模仿蹈袭,从人乞讨,故而宋诗学中

"通"与"变"、"参"(模仿)与"悟"(创造)、思古之情与求新之念,往往互相错综,对立互补,体现出宋人特有的文化心理结构,带有鲜明的时代特色。

首先,有宋三百年中,人们论诗作诗,均不离"学古"二字。《蔡宽夫诗话》评宋初诗风云:

> 国初沿袭五代之馀,士大夫皆宗白乐天诗,故王黄州主盟一时。祥符、天禧之间,杨文公、刘中山、钱思公专喜李义山,故昆体之作,翕然一变,而文公尤酷嗜唐彦谦诗,至亲书以自随。景祐、庆历后,天下知尚古文,于是李太白、韦苏州诸人,始杂见于世。杜子美最为晚出,三十年来学诗者,非子美不道,虽武夫女子皆知尊异之,李太白而下殆莫与抗。

严羽《沧浪诗话·诗辩》亦云:

> 国初之诗,尚沿袭唐人,王黄州学白乐天,杨文公、刘中山学李商隐,盛文肃学韦苏州,欧阳公学韩退之古诗,梅圣俞学唐人平淡处。至东坡、山谷始自出己意以为诗,唐人之风变矣。山谷用功尤为深刻,其后法席盛行,海内称为江西宗派。近世赵紫芝、翁灵舒辈,独喜贾岛、姚合之诗,稍稍复就清苦之风。江湖诗人多效其体,一时自谓之唐宗。

岂但宋初诗风沿袭唐人,南宋的四灵、江湖诗派亦以唐人为宗。黄庭坚与江西诗派虽变唐风,但其诗歌理论却以学杜相号召,以"遍参诸方"为学诗的不二法门。纵观江西派的几部诗话,如《洪驹父诗话》、《王直方诗话》、《陵阳先生室中语》、《李希声诗话》、《潜溪诗眼》、《童蒙诗训》等等,无不贯穿着学古的精神。黄庭坚告诫后学:"学者若不见古人用意处,但得其皮毛,所以去之更远。"(《潜溪诗眼》引黄语)被江西诗派视为求得"真识"的重要途径。除了诗歌流派以外,几位独树一帜的大诗人,也无一不从师古入手。如王安石曾"尽假唐人诗集,博观而约取,晚年始尽深婉不迫之趣"(叶梦得《石林诗话》卷中);苏轼教人熟读《国风》、《离骚》①,早年作诗多有取于唐人李、杜,晚年学陶渊明,作《和陶诗》百馀首;杨万里也是在"参透"了唐人、王安石、陈师道、江西诗派的多种艺术手法之后,才于作诗之道欣然有悟②。

不过,宋人的学古决非泥古崇古,对待古人作品,他们大抵是遵循杜甫"别裁伪体亲风雅,转益多师是汝师"的原则③:一是批判扬弃,去伪存真;二是广泛学习,融通众长。就"别裁伪体"而言,宋诗人主张"学古人文字,须得其短处"(吕本中《童蒙诗训》),晚唐诗歌的格卑,孟郊、贾岛的穷窘,固然为宋人所鄙视(四灵学贾岛,得其野逸清瘦,而弃其悲愁憔悴)④,李白与韩愈也不免"陋于闻道"之讥⑤。学屈原,取其愤世疾邪之气,不满其牢骚悲哀之情;学柳宗元,取其"温丽靖深"⑥,不满其"忧悲酸楚"⑦。所以,宋诗虽学唐,却在很多方面扬弃了唐诗的审美趣味,变激情为理性,化伤感为乐易,从而恢复了《风》、《雅》的"言志"传统。关于这一点,可参见本书甲编第二章的论述。就"转益多师"而言,宋诗人最终选择了杜甫为仿效的典范,正在于杜诗兼取众妙、集诗大成的主张及实践。宋代有个性的诗人、有成就的诗派、有见识的诗话,都自觉诗歌必须"转益多师",如吕本中言"学诗须熟看老杜、苏、黄,亦先见体式,然后遍考他诗,自然工夫度越他人"(《童蒙诗训》)。朱熹亦言"须先识得古今体制,雅俗向背,仍更洗涤得尽胃肠间夙生荤血脂膏"(《晦庵先生朱文公文集》卷六四《答巩仲至》之四)。严羽指出:"博取盛唐名家,酝酿胸中,久之自然悟入。"

---

① 参见陈善《扪虱新话》上集卷三"论苏黄文字"云:"东坡常教学者,但熟读《毛诗·国风》与《离骚》,曲折尽在是矣。"
② 《诚斋集》卷八〇《诚斋荆溪集序》云:"于是辞谢唐人及王、陈、江西诸君子,皆不敢学,而后欣如也。"
③ 见杜甫《戏为六绝句》之六。
④ 楼钥《答綦君更生论文书》云:"若孟郊、贾岛之诗,穷而益工者,悲忧憔悴之言,虽能感切,不近于哀以思者乎?"苏轼《祭柳子玉文》中所谓"郊寒岛瘦"的评语,亦含鄙夷意。四灵学贾岛而弃其悲愁,可参见本书甲编第二章第三节引翁卷、徐玑诗。
⑤ 参见苏辙《栾城第三集》卷八《诗病五事》。
⑥ 参见《苏轼文集》卷六七《评韩柳诗》。
⑦ 参见本书甲编第二章第三节引《蔡宽夫诗话》评柳宗元语。

(《沧浪诗话·诗辩》)刘辰翁更直接阐释杜甫观点,以勉学人:"盖谓后人不及前人者,以递相祖述日趋日下也。必也区别裁正浮伪之体,而上亲《风》、《雅》,则诸公之上转益多师,而女师端在是矣。"(《须溪集》卷六《语罗履泰》)宋人津津乐道的"遍考前作"、"遍参诸方"、"饱参"、"博取"等等,既是为了培养艺术鉴赏力,提高艺术修养,同时也是为了荟萃优长,究极流变,广泛吸取文学遗产中的精华。

宋诗学中的学古思潮包含着对诗歌普遍艺术规则的认同,前人作品是承传此规则的纽带,正如六经是承传儒家文化精神的纽带一样,所以宋人在治学上重视治经,而在诗学上讲求"师友渊源",尤其是江西诗派有识于此,试看下面数则评论:

> 潘邠老蚤得诗律于东坡,盖天下奇才也。予因邠老故识二何,二何尝从吾友陈无己学问,此其渊源深远矣。(《豫章黄先生文集》卷二〇《书倦壳轩诗后》)
>
> 陈履常正字……其作诗渊源,得老杜句法,今之诗人,不能当也。(同上卷一九《答王子飞书》)
>
> 词源久矣多歧路,句法相传共一家。(吕本中《东莱先生诗集》卷一三《次韵吉甫见寄新句》)
>
> 老杜诗家初祖,涪翁句法曹溪。尚论渊源师友,他时派列江西。(曾幾《茶山集》卷七《李商叟秀才求斋名于王元渤以养源名之求诗》之二)
>
> (曾幾)诗尤工,以杜甫、黄庭坚为宗,推而上之,繇黄初、建安以极于《离骚》、《雅》、《颂》、虞夏之际。(陆游《渭南文集》卷三二《曾文清公墓志铭》)

吕本中作《江西宗派图》,方回倡"一祖三宗"之说①,都出于这种艺术

---

① 方回《瀛奎律髓》卷二六变体类陈与义《清明》诗评语云:"古今诗人当以老杜、山谷、后山、简斋四家为一祖三宗,馀可预备飨者有数焉。"又同书卷一六节序类陈与义《道中寒食二首》评语云:"以老杜为祖,老杜同时诸人皆可伯仲。宋以后,山谷一也,后山二也,简斋为三,吕居仁为四,曾茶山为五,其他与茶山伯仲亦有之,此诗之正派也。馀者皆傍支别流,得斯文之一体者也。"由"渊源"意识又生出"派别"意识。

承传的"渊源"意识。其实,这种"渊源"意识自江西诗派强调后,已风靡整个南宋诗坛,陆游为吕本中诗集作序,就以河江之源为喻,力主学诗有源有委①;江湖诗人赵以夫(1189—1256)为戴复古诗集作序,亦认为杜甫诗发源于其祖审言,戴复古诗既本其父东皋子,又远学杜甫,故其诗渊源有自②。这类言论,宋人文集、诗话中,例子甚多,不胜枚举。这种"渊源"意识既与宋人重儒学统绪、人文资源的文化心理相关,也与他们对诗歌创作过程中模仿与继承的重要性的认识分不开。

其次,求新变、期自立也是宋诗学中的重要论题,而且宋人对此的强调往往在学古之上。因为转益多师只是手段,自成一家才是目的,认同传统只是手段,超越传统才是目的。宋人的"饱参"、"博取"只是为配备更强大的人力物力,以开拓唐诗已有的版图,以接受唐诗提出的挑战,因而着眼点不在复古,而在创新。宋代诗论中随处可见"自成一家"的主张,正可见出宋人学古的最后归宿。

  东坡尝谓余曰:"凡造语,贵成就,成就则方能自名一家。"(李之仪《姑溪居士文集》卷四〇《跋吴思道诗》之一)

  宋子京《笔记》云:"文章必自名一家,然后可以传不朽。若体规画圆,准方作矩,终为人之臣仆。古人讥屋下架屋,信然。陆机曰:'谢朝花于已披,启夕秀于未振。'韩愈曰:'惟陈言之务去。'此乃为文之要。"苕溪渔隐曰:"学诗亦然,若循习陈言,规摹旧作,不能变化,自出新意,亦何以名家?鲁直诗云:'随人作计终后人。'又云:'文章最忌随人后。'诚至论也。"(《苕溪渔隐丛话》前集卷四九)

  老杜诗云:"诗清立意新。"最是作诗用力处,盖不可循习陈

---

① 《渭南文集》卷一四《吕居仁集序》云:"天下大川,莫如河江,其源皆来自蛮夷荒忽辽绝之域,累数万里而后至中国,以注于海。……古之学者,盖亦若是,惟其上探虞羲、唐、虞以来,有源有委,不以远绝,不以难止,故能卓然布之天下后世而无愧。凡古之言者皆莫不然。"
② 参见《石屏诗集》卷首赵以夫《石屏诗后集序》。

言,只规摹旧作也。……近世人学老杜多矣,左规右矩,不能稍出新意,终成屋下架屋,无所取长。独鲁直下语,未尝似前人而卒与之合,此为善学。(吕本中《童蒙诗训》)

宋祁申论"自名一家",苏轼标榜"贵成就",胡仔要求"自出新意",都在于强调诗歌的创造性和开拓性。黄庭坚、吕本中从反面立说,反对"随人作计"、"循习陈言"、"规摹旧作",其意也在于超越传统,自立门户。值得注意的是江西诗派,尽管该派学古的呼声甚嚣尘上,但同时代人和后人对他们的赞扬或指责却在于变唐而非肖唐。如胡仔就认为"豫章(黄庭坚)自出机杼,别成一家,清新奇巧,是其所长"(《苕溪渔隐丛话》前集卷四九);元好问则批评其"古雅难将子美亲,精纯全失义山真"(《遗山先生文集》卷一一《论诗三十首》之二十八)。无论是褒是贬,总之以为不类唐人之诗。就诗派内部来说,虽然"渊源"大致相同,但各家自有面目,所谓"高子勉不似二谢,二谢不似三洪,三洪不似徐师川,师川不似陈后山,而况似山谷乎"(《诚斋集》卷七九《江西宗派诗序》)?

江河有渊源,也有流变,文学的发展过程亦如此。理学家张载《横渠易说·乾卦》云:"变,言其著;化,言其渐。"又《系辞上》云:"变则化,由粗入精也;化而裁之谓之变,以著显微也。"文学家秦观著《变化论》,更详尽地论证了变化发展的观点(《淮海集》卷二三)。宋人论诗,对此也颇有会心,例如主张"见古人用意处"的黄庭坚也一再强调"要当于古人不到处留意,乃能声出众上"(蔡絛《西清诗话》)。陈师道称赞黄氏"得法于杜少陵,其学少陵而不为者也"(《后山集》卷九《答秦觏书》),"得法"谓其渊源,"不为"谓其流变。宋诗学中主张推陈出新的"流变"意识,既与理学思想契合,也与禅宗精神相通。"渊源"意识有如禅宗之心灯相传,代代不绝;"流变"意识有如自得之悟,不以衣钵为意,所谓"丈夫皆有冲天志,不向如来行处行"。吴可(1120年前后在世)《学诗诗》云:"跳出少陵窠臼外,丈夫志气本冲天。"(《诗人玉屑》卷一引)正有得于禅宗精神。

不仅苏、黄及其追随者们有意独辟蹊径,与唐诗抗衡,而力主"自出机杼",而且自觉回归唐诗传统的姜夔、杨万里、戴复古等南宋诗人,也同样具有强烈的"流变"意识:

> 一家之语,自有一家之风味。如乐之二十四调,各有韵声,乃是归宿处。模仿者语虽似之,韵亦无矣。鸡林其可欺哉?(姜夔《白石道人诗说》)
>
> 传派传宗我替羞,作家各自一风流。黄陈篱下休安脚,陶谢行前更出头。(《诚斋集》卷二六《跋徐恭仲省幹近诗》之三)
>
> 意匠如神变化生,笔端有力任纵横。须教自我胸中出,切忌随人脚后行。(《石屏诗集》卷七《……论诗十绝……》之四)

这些观点显然与前面所举苏、黄的论述精神相通,表明了宋人的共识。诚如袁说友(1140—1204)评杨万里诗所云:"诗以变成雅,骚以变达意。变其权者徒,中有至当义。"(《东塘集》卷一《题杨诚斋南海集二首》之二)而杨万里也自称"变"是其创作的基本原则和成功的主要秘诀,所谓"每变每进"(《诚斋集》卷八〇《诚斋南海诗集序》)。

有此创新自立的志气,宋人面对唐诗这座艺术丰碑,便不只是谦卑的景仰和盲目的崇拜,而是有了独树一帜的自信,"人所易言,我寡言之,人所难言,我易言之,自不俗"(姜夔《白石道人诗说》),作诗自觉立异于唐人。无论是山水诗、咏物诗、题画诗,还是咏史诗、叙事诗,宋人都大变唐人的风格——贵说理、重思辨、主议论、尚批判、好品题。这固然与时代的哲学思潮、文化走向、时代运会有关系,但也是宋人有意识超越唐诗传统的结果。

其三,师古与创新在宋诗学里与其说是一对反题,不如说是一个深刻的合题。正如江河之源之流,原本是有机地联系在一起的。在宋人心目中,继承传统的广度与开创成就的高度成正比,最伟大的诗人不是天马行空的天才,而是兼容众长的大师。宋人推崇杜甫,往往着眼于此。如宋祁认为:

> 唐兴，诗人承陈、隋风流，浮靡相矜。至宋之问、沈佺期等，研揣声音，浮切不差，而号律诗，竞相袭沿。逮开元间，稍裁以雅正，然恃华者质反，好丽者壮违，人得一概，皆自名所长。至甫，浑涵汪茫，千汇万状，兼古今而有之。它人不足，甫乃厌馀，残膏剩馥，沾丐后人多矣。(《新唐书·杜甫传赞》)

秦观亦指出：

> 杜子美之于诗，实积众家之长，适当其时而已。昔苏武、李陵之诗，长于高妙；曹植、刘公幹之诗，长于豪逸；陶潜、阮籍之诗，长于冲澹；谢灵运、鲍照之诗，长于峻洁；徐陵、庾信之诗，长于藻丽。于是杜子美者，穷高妙之格，极豪逸之气，包冲澹之趣，兼峻洁之姿，备藻丽之态，而诸家之作所不及焉。然不集诸家之长，杜氏亦不能独至于斯也。(《淮海集》卷二二《韩愈论》)

宋人所树立的本朝诗歌艺术的典范，也具有同样的特点，如吕本中就这样认为：

> 自古以来，语文章之妙，广备众体，出奇无穷者，唯东坡一人；极风雅之变，尽比兴之体，包括众作，本以新意者，唯豫章一人。此二者当永以为法。(《童蒙诗训》)

苏、黄之所以被当作永远效法的榜样，就在于转益多师与自成一家完美地结合在一起。就苏、黄二人比较而言，黄庭坚尤其具有典范意义，吕本中称他"抑扬反覆，尽兼众体"(《苕溪渔隐丛话》前集卷四八引吕本中《宗派图序》)，陆九渊称他"包含欲无外，搜抉欲无秘，体制通古今，思致极幽眇"(《象山先生全集》卷七《与程帅》)，是指其集大成；胡仔称他"自出机杼，别成一家，清新奇巧"，以为"若言'抑扬反复，尽兼众体'则非"(《苕溪渔隐丛话》前集卷四八),只推许其出新意。其实,两者实为一体之二面,"尽比兴之体"中已包孕着"极风雅之变"的可能,"尽兼众体"中已显示出"别成一家"的特色。因为宋人论诗重学力,重识见,一联半句的名章警策不足以名家,韵高才短的即目直寻不足以惊世,只有体制通古今的艺术大师才有可能在与唐人的竞技中赢得筹码,才有可能在诗歌的创造中"出奇无穷"。

刘克庄对黄庭坚的评价说得最圆通:

  豫章稍后出,会粹百家句律之长,究极历代体制之变,搜猎奇书,穿穴异闻,作为古律,自成一家;虽只字半句不轻出,遂为本朝诗家宗祖,在禅学中比得达摩,不易之论也。(《后村先生大全集》卷九五《江西诗派·黄山谷》)①

刘克庄是江湖诗派中人,这段话应属平心之论。他视黄庭坚为"本朝诗家宗祖",而非江西诗派领袖,就因为黄氏身上集中体现了宋代诗学对遗产的继承和改造,对传统的认同和超越。

严羽的《沧浪诗话》无疑是宋诗话中的杰作,但在对待前人作品的问题上,却抛弃了宋诗学求新变的精神。严羽指出的"向上一路",无非是"以汉魏晋盛唐为师,不作开元天宝以下人物",以复古为其宗旨。这是严羽诗论的致命伤,且谬种流传,遗患明人。试比较宋人与明人学古的差别,姜夔说:"不求与古人合而不能不合,不求与古人异而不能不异。"(《白石道人诗集》自序之二)这里的精神是贵自得,诗如果出于自得,纵然与古人偶同,也不算雷同;即便与古人相异,也不算标新立异。而明李梦阳却说:"曹、刘、阮、陆、李、杜能用之而不能异,能异之而不能不同。"(《空同子集》卷六二《再与何氏书》)其意思是模仿古人,寸步不遗,不仅主观上"不能异",客观上也"不能不同"。李氏

---

① 此段文字《四部丛刊》初编本《后村先生大全集》有阙漏、讹误,另据蔡正孙《诗林广记》后集卷五(《四库全书》本)、马端临《文献通考》卷二四四(清浙江书局本)、明郭子章《豫章诗话》卷四(明万历刻本)校正。

的观点虽显得极端,但在前后七子的诗论中有一定的代表性。所以清人黄宗羲指出:"天下皆知宗唐诗,余以为善学唐者唯宋。"(《黄梨洲文集·姜山启彭山诗稿序》)明人鄙薄宋诗,以为学唐而不似[①],而明诗之所以不如宋诗,亦在于此。晚明的公安派高度评价宋诗的新变精神,但对宋人荟萃百家的"渊源"意识则有所未喻,故而不复有宋诗渊蓄云萃的文化素养和厚重学力,最终流为空疏浅薄的叫嚣调笑。

二、铁与金:陈言俗语的点化与活用

中国古典诗歌成熟得太早,在盛唐就已进入黄金时期,臻于完美。面对唐诗艺术的顶峰,人们难免产生好诗已被做尽的错觉。产生这种错觉还有个原因,即唐诗极盛难继所出现的诗歌艺术定型化和老化的趋势。早在中唐,就有人指出这种趋势:"辞不出于《风》、《雅》,思不越于《离骚》,模写古人,何足贵也。"(李德裕《李文饶文集·外集》卷三《论文章》)到了宋代,这种现象更为严重,仿佛"世间所有好句,古人皆已道之"(陈善《扪虱新话》上集卷三"韩文杜诗无一字无来处")。古典诗歌的老化主要表现在两方面:一是语词的沿袭,意象的重复,即所谓"辞不出于《风》、《雅》";二是构思的沿袭,意境的重复,即所谓"思不越于《离骚》"。宋初诗人沿袭晚唐五代,就是这种老化趋势的极好证明。

北宋中叶儒学的复兴,士风的挺立,文化的全面繁荣,也给诗人带来了超迈前古的自信。由梅尧臣提出、欧阳修转述的"意新语工,得前人所未道者"的观点[②],正体现了新一代宋诗人对思想之新、语言之妙的追求。同时,随着知识爆炸形成的以博学相尚的时代风气,也使得"意新语工"带着浓郁的古典人文的味道。换言之,宋诗人既主新变,当然不会满足于沿袭和重复,但宋诗人又重渊源,当然也难于回避前

---

① 例如何景明《何氏集》卷二六《读精华录》:"山谷诗,自宋以来论者皆谓似杜子美,固余所未喻也。"
② 见欧阳修《六一诗话》。

人的语词和构思。因此,这对立二元的有机结合,便只能有一种方式,即"以故为新",也包括"以俗为雅",把陈旧的、平庸的、熟滥的"辞"与"思"改造为新鲜的、高雅的、陌生的"语"与"意"。事实上,"以故为新,以俗为雅"的概念正是由主张"意新语工"的梅尧臣提出来的,其后几个富有独创性的诗人苏轼、黄庭坚、陈师道、杨万里等,都祖述或提倡过这个观点①。从某种意义上来说,宋诗由沿袭走向新变,正以此八字为起点;宋诗的一切独创成就、本色特点,都与此八字分不开。

"以故为新、以俗为雅"的概念义界甚广,涉及意义、形象、题材、词汇、典故等等。为了论述方便,姑且将宋人的有关言论分为"语"(语言材料)和"意"(意义结构)两端,下面试分别而言之。

先看看陈言俗语的改造利用。

诗歌是一门语言艺术,它的材料就是语言。而任何一种语言系统都有巨大的稳固性,诗歌语言也不例外。诗人生活在特定的语言环境中,要表达任何审美意识,都不得不运用约定俗成的语言,即广义的"陈言",因为从理论上讲,前人从未使用过的崭新语言是无法进行交流的,正如韩驹所说:"目前景物,自古及今,不知凡经几人道。今人下笔,要不蹈袭,故有终篇无一字可解者。盖欲新而反不可晓耳。"②所以力主"陈言务去"的韩愈,也有"无一字无来处"的嫌疑③。而中国古代诗人尊崇典范,爱从经典文本中摄取作诗的语言材料。又中国古诗多用意象语言,这种意象语言具有较强的象喻性,如柳喻送别、草喻离愁等。诗人常借助于习惯联想,由意象引出某种固定情绪,导致意象的递相沿袭。经典文本语言和意象语言可称为狭义的"陈言"。甚至

---

① 陈师道《后山诗话》云:"闽士有好诗者,不用闽语常谈。写投梅圣俞,答书曰:'子诗诚工,但未能以故为新,以俗为雅尔。'"后山转述此语,其意亦以"陈语常谈"可为好诗。又《苏轼文集》卷六七《题柳子厚诗》之二云:"诗须要有为而作,用事当以故为新,以俗为雅。好奇务新,乃诗之病。"又《山谷内集诗注》卷一二《再次韵〈杨明叔〉》序云:"盖以俗为雅,以故为新,百战百胜,如孙吴之兵;棘端可以破镞,如甘蝇飞卫之射。此诗人之雄也。"又《诚斋诗话》云:"用古人句律,而不用其句意,以故为新,夺胎换骨。"又云:"有用法家吏文语为诗句者,所谓以俗为雅。"
② 《诗人玉屑》卷八引《陵阳先生室中语》。
③ 如《豫章黄先生文集》卷一九《答洪驹父书》、《扪虱新话》上集卷三都持此看法。

有时表现为陈词滥调:"连篇累牍,不出月露之形;积案盈箱,唯是风云之状。"(《隋书·李谔传》载谔《上隋高祖革文华书》)从语言角度看,诗歌早在隋代就已是"陈言"充斥,经历盛中唐之后,诗坛仿佛更难找到一块未开垦的处女地。"自铸伟词"的努力,诚然令人敬佩,但结果却往往"暗合孙吴",跳不出如来的掌心,晚唐诗人的苦吟之路已宣告这种努力的破产。向民歌学习吧,而民间创作无论古今中外都不自觉遵循着"现成思路"的原则,递相沿袭的现象更为严重,南朝乐府民歌的语言就显得千篇一律,大同小异。

宋诗人生活在一个无法回避陈言的时代。据《陈辅之诗话》记载:

> 荆公尝言:"世间好语言,已被老杜道尽;世间俗言语,已被乐天道尽。"(《苕溪渔隐丛话》前集卷一四引)

王安石的慨叹道出了宋人的心声,而从中已隐然可见出一种超越前人的新思路,即在前人已道尽的"好语言"、"俗言语"中花样翻新。"陈言"非但无法回避,也不必回避,甚至可以利用,因为"陈言"也是人文资源、文学传统的有机部分,是宋诗学创新的必要前提。黄庭坚提出的"点铁成金"之说可视为对王安石慨叹的应答:

> 自作语最难,老杜作诗,退之作文,无一字无来处。盖后人读书少,故谓韩、杜自作此语耳。古之能为文章者,真能陶冶万物,虽取古人之陈言入于翰墨,如灵丹一粒,点铁成金也。(《豫章黄先生文集》卷一九《答洪驹父书三首》之三)

这段颇受后人讥评的话诚然有"剽窃之术"的嫌疑,但在宋代的诗坛背景下却有相当的合理性。因为受整个文化背景的限制,新的生活方式和新的语言系统还没有出现,所以新的诗歌语言也没有产生的可能,"自作语最难"的遗憾,其实包含着宋人对诗歌语言老化现象的深刻反省。杜诗和韩文的经验在于,用"陶冶万物"的神思去驱遣陈言,仍然能做到变态百出。杜诗"无一字无来处"的说法当然值得商榷,但黄庭坚却并非信口开河,他自有从杜诗中寻来的依据:"杜子美云:'读书破万卷,下笔如有神。'此作诗之器也。"(《山谷老人刀笔》卷一五《答徐甥师川》)宋人千家注杜的现象就是黄氏这种说法的印证。从表面上看,黄氏对杜甫有误解,但从"真能陶冶万物"一段话来看,精神上又和杜甫的创作实践有相通之处。"铁"变为"金"的关键不在于陈言本身,而在于"陶冶万物"的"灵丹",即诗人富有独创性的审美意识。有此"灵丹",不但客观物象("万物")可以被熔铸为审美意象,即便是前人陈旧的语言("铁")也可以被冶炼成新鲜的富有表现力的语言("金")。

"点铁成金"的说法来自禅宗典籍。它原是道教炼丹术,但禅师们却常用来譬喻凡俗人的顿悟成佛,如《景德传灯录》卷一八灵照禅师:"灵丹一粒,点铁成金。至理一言,点凡成圣。"又《五灯会元》卷七翠岩令参禅师:"还丹一粒,点铁成金。至理一言,转凡成圣。"黄庭坚则借用来比喻诗文创作中对旧语言材料的改造提炼,化腐朽为神奇。黄氏的借用使我们有理由相信这个术语贯穿着禅宗"参活句"的精神。禅宗认为,语言是僵死的,而佛性是鲜活的,即紫柏和尚所说的"鱼活而筌死"——"意活而言死"。用僵死的语言来固定鲜活的"意",当然会感到语言的局限性,感到语言的老化;反过来以鲜活的"意"驱遣僵死的语言,随心所欲安排组合,变化万方,不执一隅,那么,"陈言"也会在新的意境中充满创造力,这就是所谓"得活(意)而用死(言),则死者皆活"(明释真可《紫柏尊者全集》卷一五《跋苏长公大悲阁记》)。

那么,"点铁成金"在诗歌创作过程中究竟是怎样实现的呢?对此阐述得最具体的是杨万里的《诚斋诗话》中的一段话:

> 诗家用古人语,而不用其意,最为妙法。如山谷《猩猩毛笔》是也。猩猩喜著屐,故用阮孚事。其毛作笔,用之抄书,故用惠施事。二事皆借人事以咏物,初非猩猩毛笔事也。《左传》云:"深山大泽,实生龙蛇。"而山谷《中秋月》诗云:"寒藤老木被光景,深

山大泽皆龙蛇。"《周礼·考工记》云:"车人盖圆以象天,轸方以象地。"而山谷云:"大夫要宏毅,天地为盖轸。"《孟子》云:"《武成》取二三策。"而山谷称东坡云:"平生五车书,未吐二三策。"

"点铁成金"的前提是,"用古人语,而不用其意",也就是说,利用成语典故或袭用前人诗句,必须在意义上与原典文本的意义有相当大的距离。比如黄庭坚《和答钱穆父咏猩猩毛笔》中"平生几两屐,身后五车书"之句,"平生"二字出《论语》,"身后"二字出《晋书·张翰传》,"几两屐"典出《晋书·阮孚传》,"五车书"语出《庄子》。这些"古人语"在意义上和黄氏描写的对象无关,正如杨万里所说,"皆借人事以咏物,初非猩猩毛笔事也"。显然,由于这些陈言与原典文本意义相脱离,因而成为独立的富有表现力的语言形象,从而获得全新的审美效果。同样,黄庭坚咏月诗中的"深山大泽皆龙蛇",乃是比喻月光下寒藤老木之影,与《左传》原典美女生祸胎之意完全不同,而这句陈言的袭用,传达出一种令人震惊的新奇怪诞之美。所以,这种"取古人之陈言入于翰墨",就不是蹈袭,而是改造,甚至创造。

除了成语典故之外,黄庭坚还不时袭用前人诗句。有时是点化前人诗句,如《病起荆江亭即事十首》之一:"近人积水无鸥鹭,时有归牛浮鼻过。"任渊注云:"《北梦琐言》陈咏诗曰:'隔岸水牛浮鼻渡,傍溪沙鸟点头行。'此本陋句,一经妙手,神彩顿异。山谷此句当有所指,或云:运判陈举颇以为憾,其后遂有宜州之行。"(《山谷内集诗注》卷一四)陈咏原诗是一般的景句,黄庭坚化用其语,以"归牛"与"鸥鹭"对举,似指眼前无佳侣,而唯有俗物,便使旧句具有隐喻的性质。有时甚至照搬前人诗句入己诗,如《次韵杨明叔见饯十首》之八:"皮毛剥落尽,惟有真实在。"全用寒山子"有树先林生"一诗结尾两句。寒山子诗用《涅槃经》之意,以喻离迷情,绝虚妄,穷极真如之源。而黄诗这两句乃是"益厌俗文密而意疏"(《山谷内集诗注》卷一四),以喻士人修养应去华返朴。虽然形式上与旧句全同,但其意义已焕然一新。宋人对这种点化和袭用抱有相当的理解和赞赏,叶梦得《石林诗话》卷上认为,王维点化李嘉祐诗"水田飞白鹭,夏木啭黄鹂"为"漠漠水田飞白鹭,阴阴夏木啭黄鹂","如李光弼将郭子仪军,一号令之,精彩数倍"。葛立方《韵语阳秋》卷一亦同意这个观点。在宋人看来,点化和全句袭用都算不上生吞活剥,沿用前人旧"军"(陈句),换之以自己的"号令"(构思),非但无剽窃之嫌,简直就是精彩的发明。

或许借用西方现代诗歌批评的两个术语更能说明"点铁成金"的价值,一是新批评派的"语境"(context),二是符号学的"互文"(intertext)。按照英国批评家瑞恰慈(I. A. Richards)的定义,"语境"是用来表示与文本中的词"同时复现的事件的名称"。他指出:文词意义在作品中变动不居,意义的确定是文词使用的具体语言环境复杂的相互作用的结果。一个词是从过去曾发生的一连串复现事件的组合中获得其意义的,那是词使用的全部历史留下的痕迹。同时,词义又是受具体使用时的具体环境(包括上下文、风格、情理、习俗等)制约的,"当一个词用在一首诗里,它应当是在特殊语境中被具体化了的全部有关历史的总结"[1]。如果依据这种语境理论来审视"点铁成金",我们就会发现,一首诗中的"陈言"既包容了丰富的历史内涵,又因上下文的制约而具有特殊的意义。值得指出的是,后人视"点铁成金"为剽窃之术,往往是将陈言的袭用与全诗的语境割裂开来,只指责其形式的沿袭,而不管其内涵的丰厚与意义的转换,攻其一点,不及其余。其实,任何语词都是在上下文的关系中才取得意义,相同的语词在不同的语境里各有不同的意义,因而陈言在新的语境里完全可能获得比原典精彩数倍的效果。英国现代诗人艾略特(T. S. Eliot)的名诗《荒原》,其中大量引用各种经典中的成句,涉及五种语言的文本,极"点铁成金"之致,但这仍不妨人们将其视为富有独创性的杰作。

按照符号学的观点,由于一篇作品里的符号与未在作品里出现的其他符号相关联,所以任何作品的本文都与别的本文互相交织,或者

---

[1] 语境理论见于瑞恰慈的《修辞哲学》(*The Philosophy of Rhetoric*) 1936年版。参见赵毅衡《新批评——一种独特的形式主义文论》第124—125页,中国社会科学出版社,1986年版。按:context 亦译为"上下文"。

如朱丽娅·克利斯蒂瓦（Julia Kristeva）在《符号学：意义分析研究》一书中所说："任何作品的本文都是像许多引文的镶嵌品那样构成的，任何本文都是其他本文的吸收和转化。"所以，没有任何本文是真正独创的，所有的本文（text）都必然是"互文"（intertext）[1]。正是在这个意义上，中国诗坛最富有独创性的两个文学家杜甫和韩愈也难免"无一字无来处"。根据互文性概念，诗人把前人辞句嵌进自己的作品，在与之形成差异时显出自己的价值，仍可化腐朽为神奇。

应该说，宋人对旧材料与新语境、互文性与独创性的关系有极深刻的认识，集句诗就是把"点铁成金"推向极端的尝试。集句诗的产生发展，正好与宋人对语言困境的认识以及对意新语工的追求同步，蔡絛《西清诗话》指出：

> 集句自国初有之，未盛也，至石曼卿，人物开敏，以文为戏，然后大著。……至元丰间，王荆公益工于此。

石延年，字曼卿，为欧、梅的朋友，庆历前后诗坛革新的健将，所谓"以文为戏"，亦包含着"以故为新"的尝试。至于王安石好为集句诗，自然与他"好语言"被老杜道尽的慨叹有关。集句诗既是一种才学竞赛，也可看作语言实验，即完全彻底的陈言能否组合成可以表达诗人自己思想感情的新诗。宋末文天祥对此作了回答，集杜诗二百首，"但觉为吾诗，忘其为子美诗也"（《文山先生全集》卷一六《集杜诗序》）。遗憾的是，至今的所有文学史著作还没有一部承认集句诗具有的独立的意义，包括"以故为新"的意义。

黄庭坚的"点铁成金"之说还有一种不同的阐释，据《西清诗话》记载：

> 王君玉谓人曰："诗家不妨间用俗语，尤见工夫。雪止未消

---

[1] 参见张隆溪《二十世纪西方文论述评》第158—159页，三联书店，1986年版。

者,俗谓之待伴。尝有雪诗:'待伴不禁鸳瓦冷,羞明常怯玉钩斜。'待伴、羞明皆俗语,而采拾入句,了无痕颣,此点瓦砾为黄金手也。"

以"点铁成金"为善用俗语。这是语言上的"以俗为雅",即置俚俗之词于典雅的语境里,使其脱离街谈巷议的语境而获得典雅的审美效果。从广义来说,这也是一种"以故为新",因为宋人采用俗语,常常是有出处的,如"待伴"即"待泮",已见于中唐韦应物《酬韩质舟行阻冻》诗:"待泮岂所能。"正如钱钟书先生评价杨万里所说:"他只肯挑选牌子老、来头大的口语,晋唐以来诗人文人用过的——至少是正史、小说、禅宗语录里载着的——口语。"[①]所以,语言上的"以俗为雅"也可当作陈言的袭用和改造来讨论。

宋人的诗歌创作中袭用陈言的现象大抵可分为两类:一种是消极的、无意识的暗合,如赵师秀(1204年前后在世)《送真玉堂》诗云:"每于言事际,便作去朝心。"用唐人林宽《送惠补阙》诗中语。黄升(1240年前后在世)《玉林诗话》认为赵氏"盖读唐诗既多,下笔自然相似,非蹈袭也"。邵博(?—1158)也指出:"古今诗人,多以记境熟语或相类……岂相剽窃者邪?"[②]宋诗话于此常作辩护,其原因乃出于对蹈袭剽窃的批评的敏感,换言之,这也是宋人力求出新的心态的曲折反映。另一种是积极的、有意识的点化,不仅化腐朽为神奇,使陈言俗语得以改造提升,而且发挥陈言俗语特有的语言潜能,使诗歌获得比"自作语"更丰富的审美意蕴。如王安石《书湖阴先生壁》中"一水护田将绿绕,两山排闼送青来"两句,其中"护田"、"排闼"都是汉朝人语,作者有意取为对偶,就在达意的同时给人一种精巧典雅之美,"排闼"与"推门"的意思相同,但"推门"却缺少"排闼"那种深厚绵邈的韵

[①] 《宋诗选注》第178页,人民文学出版社,1979年版。
[②] 《邵氏闻见后录》卷一八。又叶梦得《石林诗话》卷中云:"读古人诗多,意所喜处,诵忆之久,往往不觉误用为己语。"亦是此意。下文所论结构原型的承袭,亦即此"记境熟"而形成的心理模式的表现。

味。这是因为陈言之中负载着丰厚的历史文化内涵,是一种浓缩了复杂的意义和情感信息的符号,能在诗中起到以少胜多的作用。同时,陈言作为人文资源、文学传统的有机部分,特别合富有人文旨趣的宋诗人的胃口。无论是"非蹈袭也"的辩白,还是"精彩数倍"的赞叹,实际上都是宋人不甘向前人——尤其是唐人——认输的倔强呼声。

"取古人之陈言入于翰墨"的事实在创作实践和理论主张两方面都不始于黄庭坚,甚至不始于宋人。吴开(1109年前后在世)《优古堂诗话》中举了大量早于宋人的袭用陈言的先例,可作证明。理论上,陆机《文赋》提出"或袭故而弥新",皎然《诗式》提出"偷语"之说,韩愈《进学解》自称"窥陈编以盗窃",都主张借用前人陈言。但总体来看,唐以前,人们对语言老化的现象似乎毫不介怀;唐人虽感受到了,而大抵赞同韩愈"惟陈言之务去"或"惟古于词必己出,降而不能乃剽贼"的观点①,中唐以后险怪苦吟诗风的流行即与此有关。语言上,"以故为新"的观点在北宋中叶后才形成一股强大的思潮。邵博关于韩愈与王安石作诗态度的比较很能说明问题:

> 王荆公以"力去陈言夸末俗,可怜无补费精神",薄韩退之矣。然"喜深将策试,惊密仰檐窥";又"气严当酒暖,洒急听窗知",皆退之雪诗也。荆公咏雪则云:"借问火城将策试,何如云屋听窗知。"全用退之句也。去古人陈言以为非,用古人陈言乃为是邪?②

王安石对"力去陈言"的韩愈颇为不满,从中可见出宋人"用古人陈言乃为是"的普遍看法。黄庭坚则从表扬的角度不动声色地拆解了韩愈的立论基础,认定韩愈"无一字无来处",以子之矛,攻子之盾,"惟陈

---

① 韩愈语见《进学解》、《南阳樊绍述墓志铭》。
② 《邵氏闻见后录》卷一八。前引韩驹"盖欲新而反不可晓耳"的看法,亦有"去古人陈言以为非"的倾向。前举《后山诗话》引梅尧臣"以故为新、以俗为雅"语,亦是不满闽士作诗"不用陈语常谈"。

言之务去"的观点也就不攻自破。不过,尽管宋人不同意"务去陈言"的偏激,但并未背弃韩愈力求创新的精神。清人叶燮《原诗》就认为"宋之苏、梅、欧、苏、王、黄,皆愈为之发其端,可谓极盛"。然而由"陈言务去"到"以故为新",一为简单否定,一为辩证扬弃;前者日趋导致尖新纤巧之格局,后者日渐转出雄深雅健之境界;前者易囿于个人所见而钻牛角尖,后者则因博采众长而出奇无穷。就这一点而言,"点铁成金"的理论价值当不在"陈言务去"之下。

三、胎与骨:诗意原型的因袭与转易

如果说"点铁成金"是对"辞不出于《风》、《雅》"的应战,"夺胎换骨"则是对"思不越于《离骚》"的回答。一般说来,在诗歌创作中,构思的沿袭和意境的重复是较陈言的借用更令人尴尬的事情,因为后者尚可做到"意新",前者则似乎只有一条"语工"之路可走。然而,诗歌要在构思和意境上完全"不犯前人"也并非易事。正如罗大经所说:"景意所触,自有偶然而同者。盖自开辟以至于今,只是如此风花雪月,只是如此人情物态。"(《鹤林玉露》乙编卷三"诗犯古人")在基本相同的自然环境和社会环境下生活的人们必有许多共同的经验,而无数同一类型的经验在心理上留下的残迹即所谓"原型"(archetype)①。

"原型"作为同一民族集体无意识(collective unconsciousness)的内容,较之陈言更难以回避,越是采用自然冲动态度进行创作的诗人,越难拒绝异己意志的原型所强加的思想和意象②。现代学者常认为中国古代文人对民间文学的改造,无异于慢慢绞杀了民间创作。其实,如果把历代民歌集中起来看,其构思内容雷同之处较文人作品更多。因为同一民族的集体无意识总是客观存在的,诗歌的意义总是以一种顽强的"原型"形态代代相传,自然天真的民歌尤易成为"原型"的奴

---

① 此处借用瑞士心理学家荣格(C. G. Jung)的"原型"概念。参见荣格《论分析心理学与诗歌的关系》,《心理学与文学》第120页,冯川译,三联书店,1987年版。
② 同上第111页。

隶。对于力求"意新语工"的宋人来说,与其不自觉地堕入前人诗意原型的罗网,不如有意识地将此罗网化为可以正穿翻著的衣袜。"夺胎换骨"之说的提出、流布、引申和推广,集中体现了宋人的"原型"意识。

"夺胎换骨"是宋人的一条颇有影响的理论,最早见于惠洪(1071—1128)《冷斋夜话》卷一的记载:

> 山谷云:"诗意无穷,而人之才有限。以有限之才,追无穷之意,虽渊明、少陵不得工也。"然不易其意而造其语,谓之换骨法;窥入其意而形容之,谓之夺胎法。①

"夺胎换骨"本是道教术语,指夺别人的胎而转生,换去俗骨而成仙骨。惠洪借用来比喻作诗师法前人而不露痕迹,并另有创新。"夺胎"与"换骨"是两个不同的概念,前者是"窥入其意而形容之",即透彻领会前人的构思而用自己的语言去演绎发挥,追求意境的深化与思想的开掘。如同《诗宪》所说:"夺胎者,因人之意,触类而长之。"后者是"不易其意而造其语",即借鉴前人的构思而换用自己的语言去表达,"胎"为前人之"胎"(意),"骨"则自己之"骨"(语),《诗宪》所谓:"换骨者,意同而语异也。"

值得指出的是,这个合成术语的原始意义究竟该作何理解,学术界至今仍歧说纷纭,语焉不详。美国汉学家刘若愚(James J. Y. Liu)认为,"换骨"指使用不同的字句模仿意境;"脱胎"指模仿字句以表现稍微不同的意境。换言之,前者是旧酒装新瓶,后者是新酒装旧瓶②。即使按刘教授引用的版本"夺"作"脱"、"窥入"作"规模"(即模仿)来理

---

① 王楙《野老纪闻》、吴曾《能改斋漫录》卷一〇引此段文字,"窥入"作"规模";《诗宪》、郎瑛《七修类稿》卷二八引此作"规摹"。学界均将"夺胎换骨"视为黄庭坚的观点。笔者认为,"山谷云"的内容,应该始于"诗意无穷",迄于"虽渊明、少陵不得工也"。以下"换骨法"、"夺胎法"都是由惠洪自己提出的。换言之,"换骨夺胎法"的首创者应是惠洪。参见笔者《惠洪与换骨夺胎法——一桩文学批评史公案的重判》,《文学遗产》2003年第6期。
② 见刘若愚《中国诗歌艺术》,芝加哥大学出版社,1962年版,第78页。

解,以上对"脱胎"的解释仍不符合原意,因为"规模其意"决非"模仿字句"。其后的美国学者里克特(A. A. Rickett)承袭此观点而稍作演绎,以为"夺胎"意指用普通的形式、甚至前人的诗句来表达更深一层的、或与原诗不同的意思(旧瓶装新酒);"换骨"则是指用不同的词语表达相类似的意思(新瓶装旧酒)①。美国学者蔡夫斯(Jonathan Chaves)也同意此说②。国内学者意识到"夺胎换骨"与古人诗意的袭取有关,不同于"取古人之陈言"的"点铁成金",但敏泽只用"从古人的诗意中"堂皇地剽窃之类的批判代替了解释③,莫砺锋虽区分了"点铁成金"主要指师前人之辞,"夺胎换骨"主要指师前人之意,而对"胎"与"骨"仍无确切细致的说明④。

我认为,问题的关键在于对"夺胎"二字词源义及隐喻义的理解。"胎"字很容易使我们联想到英文中 conception 一词的双重词义:胚胎与概念。惠洪的隐喻,与此颇为契合,仿佛正建立在 Conception 的双重词义的联系上,"胎"就是诗中的"意"(概念)。"夺胎"在道教典籍中则可能有两种解释,一是夺他人之胎而转生,二是脱去自己的凡胎以成仙(这种解释"夺"一般作"脱")。而据惠洪"窥入其意而形容之"的说法,"胎"显然为前人之"胎"而非己之凡胎;"窥入"(或"规模")也只能作窥窃、袭取,甚至盗取、夺取讲,而绝无"脱去"、"脱换"之义。所以,"夺胎"的隐喻义应是夺取前人的诗意而转生出自己的诗意,而转生是通过自己语言的演绎发挥("形容之")来完成的。既然"胎"就是"意",那么,"换骨"中的"不易其意"即保留前人之诗胎,"造其语"即换去前人的凡骨(陈言)而生出自己的仙骨(新语)。这样,"夺胎"与"换骨"的原始意义便都是模仿前人诗意而点化之,只是有"复形容之"与"别造其语"的走向不同而已⑤。二者显然都应称作

---
① 见 A. A. 里克特《法则和直觉:黄庭坚的诗论》,原载《中国的文学研究——从孔子到梁启超》,普林斯顿大学出版社,1978 年版。参见《文艺理论研究》1983 年第 2 期莫砺锋译文。
② 见蔡夫斯《闭门觅句非诗法:宋代的体验诗学》引里克特论点。蔡文参见乙编第一章"体验诗学"注。
③ 见敏泽《中国文学理论批评史》,上册第 522 页,人民文学出版社,1981 年版。
④ 见莫砺锋《黄庭坚夺胎换骨辨》,载《中国社会科学》1983 年第 5 期。
⑤ 参见郎瑛《七修类稿》卷二八对"夺胎换骨"的解释。

"新瓶装旧酒",与"用古人语而不用其意"的"点铁成金"——或曰"旧瓶装新酒"——正好形成鲜明的对照。

至于"夺胎"与"换骨"的具体区别,宋诗话中有不少实例分析。这两个概念的转述者惠洪就同时在《冷斋夜话》卷一中例示:

> 如郑谷《十日菊》曰:"自缘今日人心别,未必秋香一夜衰。"此意甚佳,而病在气不长。西汉文章雄深雅健者,其气长故也。……所以荆公菊诗曰:"千花万卉雕零后,始见闲人把一枝。"东坡则曰:"万事到头终是梦,休休休。明日黄花蝶也愁。"……凡此之类,皆换骨法也。……乐天诗:"临风杪秋树,对酒长年身。醉貌如霜叶,虽红不是春。"东坡南中诗云:"儿童误喜朱颜在,一笑那知是酒红。"凡此之类,皆夺胎法也。

然而,惠洪所举之例似乎刚好张冠李戴,王安石、苏轼仿郑谷之诗意而改造其气,正是"窥入其意而形容之";苏轼改变白居易之辞,正是"不易其意而造其语"①。较正确理解惠洪原义的是下列两则诗话:

> 晋宋间,沃州山帛道猷诗曰:"连峰数千里,修林带平津。茅茨隐不见,鸡鸣知有人。"后秦少游诗云:"菰蒲深处疑无地,忽有人家笑语声。"僧道潜号参寥,有云:"隔林仿佛闻机杼,知有人家在翠微。"其源乃出于道猷,而更加锻炼,亦可谓善夺胎者也。(陈岩肖《庚溪诗话》卷下)
>
> 旧说载王禹玉久在翰苑,曾有诗云:"晨光未动晓骖催,又向坛头饮社杯。自笑治聋终不是,明年强健更重来。"或曰:"古人之诗有此意乎?"仆曰:"白乐天为忠州刺史,九日题涂溪云:'蕃草席铺枫岸叶,竹枝歌送菊花杯。明年尚作南宾守,或值重阳更一来。'亦此意也。但古人作诗,必有所拟,谓之神仙换骨法,然非深

---

① 参见同上。郎瑛以为"山谷之言自是,而觉范(惠洪)引证则非矣。盖东坡变乐天之辞,正是换骨"。

于此道者,亦不能也。"(马永卿《懒真子》卷二"作诗换骨法")

上则秦观、参寥(1080年前后在世)模仿道猷诗意,但"更加锻炼",亦即"形容之",故谓"善夺胎"。下则王珪(1019—1085)用白居易诗意,但全换自己的语言,故谓"神仙换骨法"。

不过,由于"夺胎"与"换骨"都是在仿效前人诗意的基础上寻求新的语言表现手法,借鉴前人的构思而出之以自己的艺术技巧,内在精神相通,因而这两者在宋诗话中常被人们混为一谈,不是例示颠倒,就是不作区别,统称连用。基于此,以下的讨论亦将两者视为一体。

"夺胎换骨"的提出,意味着宋人"原型"意识的觉醒,当代学者胡晓明称之为"意义原型之自觉",亦即对不同诗作所表现的意味、义理、思想、情调之某种共通性的自觉①。这种概括相当准确深刻。"原型"的抉发在惠洪以后成为宋诗学的一种普遍兴趣,正好与"夺胎换骨"的流传同步。需要指出的是,尽管"诗胎"可称为"同一类型的经验"在若干诗中相联系的诗意,但宋人的实际讨论却可分为意义原型与结构原型两种。

所谓意义原型,虽接近于荣格(C. G. Jung)所说的集体无意识的内容,但宋人并未将其视为一种与生俱来的心理模式,一种通过遗传获得的直觉形式,而是看作在相同环境的影响下同一类型经验的产物,所谓"只是如此风花雪月,只是如此人情物态","物有同然之理,人有同然之见"②。换言之,宋人眼中诗意的原型,不是荣格所谓大脑结构固有性质的产物,而是后天的相似环境中所产生的文化心理结构。如许顗《彦周诗话》云:

"燕燕于飞,差池其羽。之子于归,远送于野。瞻望弗及,泣涕如雨!"此真可泣鬼神矣。张子野长短句云:"眼力不知人,远上

---

① 见胡晓明《中国诗学之精神》第151页,江西人民出版社,1991年版。
② 金王若虚《滹南诗话》卷三虽斥"夺胎换骨"、"点铁成金"为"剽窃之黠者",但也承认"物有同然之理,人有同然之见,语意之间,岂容全不见犯哉"?

溪桥去。"东坡送子由诗云:"登高回首坡垅隔,惟见乌帽出复没。"皆远绍其意。

许顗所举三首诗都有一种离人渐远、伤情难堪的相同体验,这就是意义原型。意义原型超越于体裁和句式之上,如这三首诗,分属四言、长短句和七言,但并不妨碍它们之间的诗意有一种共通性。

所谓结构原型,是指若干首诗中同一类型构句模式——宋人所说的句法。句法不光指语词的排列组合,而是相当于诗歌中一切具有美学效果因素的结构(structure),是一种有意味的形式(significant form)。宋诗话对此结构原型有特别的兴趣,如范晞文(1279年前后在世)《对床夜语》卷三云:

"风定花犹落,鸟鸣山更幽。"前辈谓上句置静意于动中,下句置动意于静中,是犹作意为之也。刘长卿"片云生断壁,万壑遍疏钟",其体与前同,然初无所觉,咀嚼既久,乃得其意。

必须指出,"风定"两句和"片云"两句的共同点并不在意义的相似,所谓"各为人对大自然生命形态之共通的体验"①,而在于内在的结构的一致性,即所谓"体与前同"。片云动而断壁静,万壑静而疏钟动,其结构亦是"上句置静意于动中,下句置动意于静中"。这种结构原型更典型的是诗句之间节奏律动和语序意脉的共通性,如吴开《优古堂诗话》所说:"顾况喜白乐天《送友人原上草》诗:'野火烧不尽,春风吹又生。'乃是李太白瀑布诗'海风吹不断,江月照还空'意。"两首诗的共同点在于上下句的所有语序意脉及其互补结构所形成的张力(tension)完全一致。这就是所谓"体"、"势"或"句法"等内在模式的"原型"。一般说来,结构原型存在于体裁相同的诗句之中。这种原型

---

① 胡晓明《中国诗学之精神》第152页评语。案:若依此评语,则"原型"之疆域无边无际,凡属风花雪月类的诗句,均可称为"人对大自然生命形态之共通的体验"。范晞文之意初不如此,乃是谈意象的组合方式,即所谓"体"。

当然也基于同一类型的经验,只是将先天遗传、环境影响换为技巧训练和阅读培养,即所谓"记境熟"而形成的心理模式。

宋诗学对原型的普遍兴趣通过大量的探究词句袭用的先例而表现出来。《优古堂诗话》把这种兴趣推向一种极端的迷恋,其书"大旨在明诗家用字炼句相承变化之由。虽无心暗合,不必皆有意相师,然换骨夺胎,作者原有是法,亦未始不资触发也"①。吴开追寻诗句原型的热情,固然显示出宋人特有的于殊相中发现共相的理性眼光以及炫耀学识渊博的学者心理,同时也暴露出宋人自觉地将"无心暗合"的集体无意识的原型转变为"有意相师"的个体有意识的"换骨夺胎"的倾向。所以,宋诗学中的原型实为自觉的理性的模式,宋诗学对原型的探讨目的在于诗意的"以故为新"。

宋人所论"夺胎换骨",从横向看,包括两种类型,其一为意义原型的点化,即唐人所谓"偷意"②,如曾季貍(1147年前后在世)《艇斋诗话》云:

> 山谷咏明皇时事云:"扶风乔木夏阴合,斜谷铃声秋夜深。人到愁来无处会,不关情处亦伤心。"全用乐天诗意。乐天云:"峡猿亦无意,陇水复何情?为到愁人耳,皆为断肠声。"此所谓夺胎换骨者是也。

两首诗都传达出无情景物触人愁思的相同经验,但黄庭坚用白居易诗既换成自己的语言和意象,又进一步渲染"乔木夏阴"、"铃声秋夜"的意境和气氛,开掘出"不关情处亦伤心"更深痛的情感。意义原型的点化,宋诗话一般称为"用××诗意",而在体裁或结构上往往变化前人。

---

① 丁福保辑《历代诗话续编》目录抄录《优古堂诗话》提要。
② 唐皎然《诗式》有诗家三偷的说法,"偷语"类似"点铁成金","偷意"、"偷势"略同"夺胎换骨"。其举"偷意诗例"曰:"如沈佺期《酬苏味道》诗:'小池残暑退,高树早凉归。'取柳恽《从武帝登景阳楼》诗:'太液沧波起,长杨高树秋。'"

其二为结构原型的点化,类似于唐人所谓"偷势"①。"势"作为诗歌意脉语序、节奏律动而形成的张力过于玄虚,富于理性精神的宋人常以可落实到词句的排列组合上的"句法"来代替。用杨万里的话来说,就是"用古人句律,而不用其句意,以故为新,夺胎换骨"(《诚斋诗话》)。如下列诗话所示:

> 杜子美有《存殁》绝句二首云:"席谦不见近弹棋,毕曜仍传旧小诗。玉局他年无限笑,白杨今日几人悲。""郑公粉绘随长夜,曹霸丹青已白头。天下何曾有山水,人间不解重骅骝。"每篇一存一殁。盖席谦、曹霸存,毕、郑殁也。黄鲁直《荆江亭即事》十首其一云:"闭门觅句陈无己,对客挥毫秦少游。正字不知温饱未?西风吹泪古藤州。"乃用此体。时少游殁而无己存也。(洪迈《容斋续笔》卷二"存殁绝句")

> 《西清诗话》记周邦彦《祝寿》诗:"化行《禹贡》山川外,人在周公礼乐中。"予以为此乃模写东坡《刁景纯藏春坞》诗"年抛造物甄陶外,春在先生杖屦中"是也。(吴开《优古堂诗话》)

前一则黄庭坚袭用杜诗一存一殁对举的结构,宋人有时也将结构称为"体",可参见前引《对床夜语》关于"片云"句"体与前同"的评语。后一则周邦彦(1056—1121)袭用的实际上是一种语序结构,或称"句律"。这种结构原型的点化,无关意义和语词的模仿,相对较能表现新的内容、构造新的意境,所以皎然《诗式》虽痛骂"偷语最为钝贼","偷意事虽可罔,情不可原",却对"偷势"格外青睐,称之为"才巧意精,若无朕迹,盖诗人偷狐白裘于阃域中之手。吾示赏俊,从其漏网"。宋人所谓"得××句法",往往表示一种登堂入室的喜悦,也在于这种原型点化所包含的创新意义。

---

① 唐皎然《诗式》"偷势诗例"曰:"如王昌龄《独游》诗:'手携双鲤鱼,目送千里雁。悟彼飞有适,嗟此罹忧患。'取嵇康《送秀才入军》诗:'目送归鸿,手挥五弦。俯仰自得,游心泰玄。'"二诗情感虽不同,但结构方式却相同。

从纵向看,宋人的"夺胎换骨"可分为三个层次。一是意义和结构的因袭,缺乏自己的创造,虽改头换面,却弄巧成拙。如《王直方诗话》云:

> 梁简文云:"早知半路应相失,不若从来本独飞。"李义山云:"无事父渠更相失,不及从来莫作双。"而近时乐府亦云:"早知今日长相忆,不及从来莫作双。"递相踵袭,以最为诗之大患。①

这种"句意相袭"的情况在江西诗派的末流中较为普遍,已违背了惠洪的原义,正如朱㬎所云:"今人皆拆洗诗耳,何夺胎换骨之有!"(《诗宪》)这种因袭是对"夺胎换骨"的误解和亵渎。

二是前人诗意的深化和转化。葛立方《韵语阳秋》卷二云:"诗家有换骨法,谓用古意而点化之,使加工也。"这种点化可分为两类:第一种在不改变原有诗意的情况下,运用语言技巧,使原型意义获得一种警醒而生新的审美效果,"虽有所袭,语益工"②。如葛立方所示:

> 刘禹锡云:"遥望洞庭湖翠水,白银盘里一青螺。"山谷点化之,则云:"可惜不当湖水面,银山堆里看青山。"③

刘诗描写的是静态的洞庭湖,"白银盘"比喻"翠水"似有语病,黄诗袭用其白水青山的原型意义,但以"银山"取代"白银盘"便别有一番水

---

① 又《王直方诗话》云:"东坡作《藏春坞》诗有云:'年抛造化甄陶外,春在先生杖屦中。'而秦少游作俞充哀词乃云:'风生使者旌旄上,春在将军俎豆中。'余以为依仿太甚。"此为结构之因袭。
② 蔡梦弼《杜工部草堂诗话》卷一引山谷黄鲁直《诗话》语。宋人多持此观点,如《诗人玉屑》卷八引《隐居录》:"诗恶蹈袭古人之意,亦有袭而愈工,若出于己者。"
③ 《韵语阳秋》卷二。葛立方以此为"用古之意而点化之,使加工也"的"换骨法"典型。亦有结构原型的点化而"使加工"的现象。如《诗人玉屑》卷八引《渔隐丛话》:"东坡送人守嘉州古诗,其中云:'峨眉山月半轮秋,影入平羌江水流。谪仙此语谁解道,请君见月时登楼。'上两句全是李谪仙诗,故继之以'谪仙此语谁解道,请君见月时登楼'之句。此格本出于李谪仙。其诗云:'解道澄江净如练,令人还忆谢玄晖。'盖'澄江净如练'即玄晖全句也。后人袭用此格,愈变愈工。"

涌山叠的雄壮气势,语益工而境益妙。第二种是在继承原作意义的基础上加以改造、转化、提升,所谓"窥入其意而形容之"。这种点化往往是以中晚唐诗人的作品为对象,显示出宋人立异于唐诗的自觉以及超越唐诗的自信。如前举《冷斋夜话》引王安石点化郑谷《十日菊》诗,郑原作"病在气不长",王作"始见闲人把一枝"较原作雍容闲雅许多。又如吴曾(1154年前后在世)《能改斋漫录》云:

郑谷《蜀中海棠》诗二首,前一首云:"秾艳最宜新着雨,妖娆全在欲开时。"……欧公以郑诗为格卑。近世陈去非尝用郑意赋海棠云:"海棠默默要诗催,日暮紫绵无数开。欲识此花奇绝处,明朝有雨试重来。"虽本郑意,便觉才力相去不侔矣。(《苕溪渔隐丛话》后集卷二二引《复斋漫录》)

陈与义的点化,便在于诗格的提升。同为赋菊花、赋海棠,所表现的人格精神则大不同。宋诗变唐格,这种原型意义的"化俗为雅"、"化卑为健"实为重要内容之一。

三是前人诗意的否定和翻转,窥入前人之"诗胎",反其意而言之,黄庭坚借用王梵志诗称之为"翻著袜法"[1],杨万里《诚斋诗话》称之为"翻案法",严有翼《艺苑雌黄》称之为"反用故事法"。著名的宋诗人如欧阳修、王安石、苏轼、黄庭坚、杨万里都是翻案的能手。以苏轼为例,《诚斋诗话》云:

孔子、程子相见倾盖,邹阳云:"倾盖如故。"孙俸与东坡不相识,乃以诗寄坡,坡和云:"与君盖亦不须倾。"刘宽责吏,以蒲为鞭,宽厚至矣。东坡诗云:"有鞭不使安用蒲。"老杜有诗云:"忽忆往时秋井塌,古人白骨生青苔,如何不饮令心哀。"东坡则云:

---

[1] 见《豫章黄先生文集》卷三〇《书梵志翻著袜诗》。又陈善《扪虱新话》下集卷一"作文观文之法":"知梵志翻著袜法,则可以作文;知九方皋相马法,则可以观人文章。"

"何须更待秋井塌,见人白骨方衔杯。"此皆翻案法也①。

就前人的构思翻过来重写,采用否定语势,转换出新的境界,由"倾盖"到"不须倾",由"以蒲为鞭"到"安用蒲",都表现出一种有意立异并超越前人的竞技感,表现出矜才斗学、游戏三昧的聪明和幽默。这种"翻案法"既是宋代思想自由的一种体现,也与禅宗精神的影响有关。禅宗否定外在的权威,突出本心的地位,以起"疑情"为参禅的基本条件,以唱反调为顿悟的重要标志,"即心即佛"可翻作"非心非佛","时时勤拂拭,莫使惹尘埃"可翻作"本来无一物,何处著尘埃",破关斩壁,转凡入圣,大抵都有点"翻案"的精神。禅宗起疑情、唱反调一般都以一则公案、一个话头或一首偈颂为对象,这就启示宋诗人以前人作品为对象,从中翻出自己的新见解、新意境、新风格来。所以方回认为,六祖慧能翻神秀偈,"后之善为诗者,皆祖此意,谓为翻案法"(《桐江集》卷一《名僧诗话序》)。

"翻案法"较之"点化"更能见出识见之高卓与思想之自由。"翻案"虽主要采用否定语势,但同一诗意原型,却可引发不同指向的诗意翻新,换言之,翻案是多向的,而非单向的,这就给宋人发挥个人见解、展现艺术个性提供了广阔的天地。以禅宗的翻案为例:

> 庞居士偈云:"有男不婚,有女不嫁。大家团圞头,共说无生话。"后有杨无知翻之云:"男大须婚,女大须嫁。讨甚闲功夫,更说无生话。"海印复翻之云:"我无男婚,亦无女嫁。困来便打眠,管甚无生话。"……尤西堂《艮斋杂说》有三首云:"……木意须婚,石女须嫁。夜半吼泥牛,解说无生话。"(梁章钜《浪迹丛谈》卷一〇)

---

① 又王安石、黄庭坚亦善用此翻案法。《苕溪渔隐丛话》后集卷四:"太白云:'解道澄江静如练,令人还忆谢玄晖。'至鲁直则云:'凭谁说与谢玄晖,休道澄江静如练。'王文海云:'鸟鸣山更幽。'至介甫则云:'茅檐相对坐终日,一鸟不鸣山更幽。'皆反其意而用之,盖不欲沿袭之耳。"

否定之否定,翻案之翻案,生生不息,新新不已。宋诗中这种多向翻案的事例相当多,著名的如王昭君的题材,本是历代诗人表达"遭逢不偶"的意义原型,石崇、杜甫、白居易等人之诗都着眼于此。宋人所咏,则向多角度转换,欧阳修"耳目所及尚如此,万里安能制夷狄",翻个人之恩怨为国家之忧患;曾巩"延寿尔能私好恶,令人不自保妍媸。丹青有迹尚如此,何况无形论是非",由丹青的妍蚩翻出人事的是非;司马光"目前美丑良易知,咫尺掖庭犹可欺。君不见白头萧太傅,被谗仰药更无疑",由画图的欺瞒翻出政治的谗毁;王安石"意态由来画不成,当时枉杀毛延寿",翻出新的艺术见解,"君不见咫尺长门闭阿娇,人生失意无南北",翻"出汉宫"的悲剧为"入汉宫"的悲剧,如此等等,不一而足①。翻案的结果,意义更深刻、更新颖,使前人的意义原型得到扩大、转移和升华,所谓踵事增华,变本加厉,"诗胎"因此而由胚芽长成枝繁叶茂的大树。

从宏观的角度看,整个宋诗(或曰"宋调")就是一次对唐诗的大翻案,化激情为理性,化悲哀为旷达,原型出自唐人,境界却崭然有别,无论是咏史、咏物、题画,还是送别、怀乡、迁谪,宋诗都表现出与唐诗完全不同的面貌。宋代最富独创性的诗人恰巧是"以故为新"的积极倡导者,这使我们不得不重新估价"夺胎换骨"之说的价值。正如瑞士学者沃尔夫冈·凯塞尔(Wolfgang Kayser)所说:"当一位作家不是自己创造他作品的内容而向外面去告借,这并不是缺少独创性的标志。"②因为自觉发现前人诗意的原型,去改造它、超越它,或许比完全否认这些原型更能显示思想的独创与自由。

在宋诗学中,"点铁成金"和"夺胎换骨"的原义由于传释而走形,以至于人们常把二者看作一回事。这是因为思想与语言存在着同一性,语言的点化和意义的点化有时难以截然分开。无论如何,这二者都统一在"以故为新"的旗帜下,都是宋人在唐诗艺术丰碑的压力下穷

---

① 分别参见《欧阳文忠公文集》卷八《再和明妃曲》,《元丰类稿》卷四《明妃曲二首》,《温国文正司马公文集》卷三《和王介甫明妃曲》,《临川先生文集》卷四《明妃曲二首》。
② 凯塞尔《语言的艺术作品》第 59 页,陈铨译,上海译文出版社,1984 年版。

极思变的产物。由"因袭"而走向"转易",由"点化"而走向"翻案",最终达到"意新语工"的独创境界。倘若将"点铁成金"、"夺胎换骨"看作宋人对故与新关系的辩证认识,而非只视为两条具体的诗法,那么,它们显然与宋人的渊源与流变、师古与创新、承传与开拓的精神完全相通,其价值也应得到重新的评价。就连因力主"夺胎换骨"、"点铁成金"而饱受讥弹的江西诗派,在诗坛上也能自成一派,前人批评江西诗派亦无责其优孟衣冠者,反而冠之以生涩槎枒之谥,可见其决非教人剽窃之术。至于它们的流弊,前人多有清算,此处也就不再饶舌了。

第四章　规则与自由:"拾遗句中有眼,彭泽意在无弦"

规则与自由,艺术王国一对古老而永恒的范畴。多少人曾在它面前困惑迷惘,进退两难,循规蹈矩者不免平庸窘狭之讥,从心所欲者难避狂怪粗疏之失。如何恰当处理艺术创作中的规律与自由的关系,历来是中国美学史上的重要课题。从陆机《文赋》所谓"虽离方而遁圆,期穷形而尽相",到皎然《诗式》所云"放意须险,定句须难,虽取由我衷,而得若神表";从刘勰"至神而后阐其妙,至变而后通其数"的"神思"(《文心雕龙·神思》),到司空图"近而不浮,远而不尽"的"韵味"(《与李生论诗书》),人们一直在寻找着"从心所欲"与"不逾矩"之间的临界点。从格律层次(方圆)到形象层次(形相),从主体世界(我衷)到客体世界(神表),从意象层次(象)到语言层次(句),从技巧尺度(精)到审美尺度(妙),人们对规则与自由的关系进行了广泛的探讨思索。而作为对这一重要课题的全面而深刻的回答,宋诗学的相关理论无疑具有特别突出的意义。

宋人关于规则与自由的讨论是宋诗学网络中一个重要的环节。宋人的思古之情,必导致对法则的尊崇;而其创新之念,必引起对自由的向往,如刘勰论"通变"所言,"望今制奇,参古定法"。由规摹到奇变,是宋诗学的第一个走向。宋人要超越唐人,必导致对技巧的重视,种种诗法应运而生;但因唐人的技巧实已登峰造极,要真正超越唐人,须得否定种种对技巧的追求,返璞归真,即所谓"皮毛剥落尽,惟有真实在"。由人工到自然,是宋诗学的第二个走向。宋人既以诗为文之精,必然重视诗的形式格律,致力于诗艺探讨;但宋人又以诗为道之馀,必然置义理的阐发与人格的显现于一切形式格律之上,不以诗艺为意,即所谓"一觞一咏悠然若无意于工拙"。由有意为诗到无意为诗,是宋诗学的第三个走向。无论是单个诗人理论的逻辑发展,还是整个宋诗学理论的历史行迹,都显示出这种趋势。在宋诗学由法入妙的过程中,禅宗由参及悟的思维模式起了明显的启示作用,而儒家与道家由技进道的观念则发挥了潜在影响。

由于师承渊源和个性气质的差异,宋诗人对规则与自由的强调也各有侧重:或主张从法度入手而最终获得自由,或主张自由放纵而不违法度;天才型作家的"妙理"不同于工艺型作家的"绳墨",理学家的"天机自动"有别于诗人的"信笔成章"。于是便有"句法"、"捷法"、"活法"以致"无法"等诸多概念的错综纠缠,承传演变。而探讨这些概念之间的关系及演变过程,对于了解宋代诗风和创作思想的一系列巨大变化都具有重要参考价值。

一、句法:"行布俨期近,飞扬子建亲"

宋代诗坛由崇韩到崇杜的转移,大约发生在熙宁、元丰年间,转变风气的人物首推王安石,辅之以王的政敌司马光、张方平(1007—1091)、苏轼兄弟等等。虽然这时期的诗人仍主要着眼于杜甫"不忍四海赤子寒飕飕"、"一饭不忘君"的忧国忧民精神,但杜诗"简牍仪型"、"层台结构"的艺术形式已开始受到重视①。特别是王安石,注意到杜甫律诗"绪密而思深"的特点,将其推尊为"光掩前人而后来无继"的艺术范式②。他本人的诗歌创作也开始"用法甚严",一改早年"诗语惟其所向,不复更为涵蓄"的作风③。

宋人对杜诗艺术技巧的倾慕因黄庭坚"句法"之学的倡导而达到

---

① 《苏轼诗集》卷六《次韵张安道读杜诗》云:"简牍仪型在,儿童篆刻劳。"《栾城集》卷三《和张安道读杜集》云:"天骥精神稳,层台结构牢。"
② 见《苕溪渔隐丛话》前集卷六引《遯斋闲览》载王安石语。
③ 见叶梦得《石林诗话》卷中。又据李之仪《姑溪居士后集》卷一五《杂题跋》载:"王舒王解字云:'诗,从言从寺。寺者,法度之所在也。'"亦可见王安石论诗重法度的倾向。

顶峰。黄庭坚对杜甫喜爱和尊崇的原因在一定程度上是出于时代风气和家学渊源的影响,他的父亲、岳父和师长都是学习杜诗的,他从前辈那里领会到杜诗的"高雅大体"和句法技巧①。但最主要的还是因黄庭坚本人的气质和杜甫有类似之处,即杨万里所说的如"灵均之乘桂舟,驾玉车","有待而未尝有待者,圣于诗者"(《诚斋集》卷七九《江西宗派诗序》)。作为缺乏天赋的浪漫主义精神的诗人,黄庭坚像杜甫一样,主张通过严格的诗律句法的训练而逐渐达到高度自然的境界。在他的诗歌中,关于诗律句法的字眼随处可见,如下列诗句:

寄我五字诗,句法窥鲍谢。(《山谷外集诗注》卷一〇《寄陈适用》)

传得黄州新句法,老夫端欲把降幡。(《山谷内集诗注》卷一七《次韵文潜立春日三绝句》之三)

句法俊逸清新,词源广大精神。(同上卷一六《再用前韵赠子勉四首》之三)

诗来清吹拂衣巾,句法词锋觉有神。(同上卷一三《次韵奉答文少激纪赠二首》之一)

李侯诗律严且清,诸生赓载笔纵横。(同上《再次韵兼简履中南玉三首》之一)

秋来入诗律,陶谢不枝梧。(同上卷四《和邢惇夫秋怀十首》之九)

无人知句法,秋月自澄江。(同上《奉答谢公定与荣子邕论狄元规孙少述诗长韵》)

句法提一律,坚城受我降。(同上卷五《子瞻诗句妙一世乃云

---

① 《后山诗话》云:"唐人不学杜诗,惟唐彦谦与今黄亚夫庶、谢师厚景初学之。鲁直,黄之子,谢之婿也。其于二父,犹子美之于审言也。"《王直方诗话》云:"山谷对余言,谢师厚七言绝类老杜,但人少知之耳。如'倒着衣裳迎户外,尽呼儿女拜灯前',编之杜集无愧也。"《潜溪诗眼》云:"山谷常言,少时曾诵薛能诗云:'青春背我堂堂去,白发欺人故故生。'孙莘老问云:'此何人诗?'对曰:'老杜。'莘老云:'杜诗不如此。'后山语传师云:'庭坚因莘老之言,遂晓老杜诗高雅大体。'"莘老即孙觉,亦为庭坚岳父。

效庭坚体……》)

任渊注黄诗,很注意黄氏诗论与杜甫的关系,在上述后三例诗中,分别以杜甫的"诗律群公问,儒门旧史长"、"佳句法如何"、"觅句新知律"三句诗来作注①。的确,黄庭坚的艺术观与杜甫有许多共同点。杜甫关于诗律的话虽少而零碎,但他毕竟是唐代诗人中首先提到诗律句法的,他本人的创作实践也提供了重视诗法的榜样。黄庭坚喜欢杜诗的一条重要理由,就是因它"句律精深"(见《潘子真诗话》),"虽数十百韵,格律益严谨,盖操制诗家法度如此"(见蔡絛《西清诗话》)。

然而,尽管杜甫较注意诗法格律等形式规范,但真正把"句法"作为诗歌创作的中心问题予以强调的却是黄庭坚。换言之,黄庭坚大大发展并强化了杜甫有关"诗律细"的理论,把"句法"二字看作诗歌最重要的因素。他认为学杜诗的关键,就是要从学杜诗的"句法"入手,告诫后学"请读老杜诗,精其句法"(《山谷老人刀笔》卷四《与孙克秀才》),"作省题诗,尤当用老杜句法"(同上卷一《与洪驹父书》),称赞陈师道"其作诗渊源,得老杜句法,今之诗人不能当也"(《豫章黄先生文集》卷一九《答王子飞书》)。所谓"句法",含义甚广,既指诗的语言风格,又指具体的语法、结构、格律的运用技巧,而其精神,则在于对诗的法度规则与变化范围的探讨。

自黄庭坚拈出"句法"二字后,江西派诗人纷纷响应风从,列入《江西宗派图》中的诗人几乎无人不谈"句法",如陈师道云:"杜之诗法出审言,句法出庾信。"(《后山诗话》)韩驹云:"点检转工新句法。"(《陵阳先生诗集》卷三《次韵侯思孺将至黄州见简》)徐俯云:"作诗回头一句最为难道,如山谷诗所谓'忽思钟陵江十里'之类是也。他人岂如此,尤见句法安壮。"(语见吕本中《童蒙诗训》)李彭(1100年前后在世)云:"句法不复阴梁州。"(《日涉园集》卷五《演上人以权诗示余归其卷演师系以长句》)洪朋(1065—1102)云:"笔力挟雷霆,句法佩

---

① 所引杜诗分别见《承沈八丈东美除膳部员外阻雨未遂驰贺奉寄此诗》、《寄高三十五书记》、《又示宗武》。

琼玖。"(《洪龟父集》卷上《送谢无逸还临川》)洪刍(1066—?)云:"山谷父亚夫诗自有句法。"(《洪驹父诗话》)谢薖云:"句法窥李杜。"(《竹友集》卷四《寄饶次守》)善权(1102年前后在世)云:"取意裁成句法。"(《声画集》卷一善权《奉题王性之所藏李伯时画渊明三首》)祖可云:"句法窥唐杜。"(周孚《蠹斋铅刀编》卷一〇《题后山集后次可正平韵》引祖可诗)王直方(1069—1109)云:"庭坚之诗竟从谢公得句法。"(《王直方诗话》)其馀受黄庭坚影响的范温、潘淳(1100年前后在世)、惠洪等人,也在其诗话中探讨各种句法,如范温《潜溪诗眼》谓"句法之学,自是一家工夫。"《潘子真诗话》称潘大临"得句法于东坡"。惠洪《冷斋夜话》论"象外句"、"句中眼",《天厨禁脔》论"换字对句法"、"换骨句法"等,都可见出其倾向。南渡诗人张元幹回忆早年学诗时的情形说:

往在豫章,问句法于东湖先生徐师川。是时洪刍驹父、弟炎玉父、苏坚伯固、子庠养直、潘淳子真、吕本中居仁、汪藻彦章、向子䛵伯恭,为同社诗酒之乐。予既冠矣,亦获攘臂其间。大观庚寅辛卯岁也。(《芦川归来集》卷九《苏养直诗帖跋尾六篇》)

庚寅、辛卯岁即大观四年(1110)和政和元年(1111),正是吕本中作《宗派图》的大致时间,其中徐、洪为图中之人,其馀诸人亦可算诗派外围成员。此处所言"同社诗酒之乐",可视为江西诗派的一次结社,即"江西诗社"。从张元幹的自述中可看出,"句法"在江西派诗学中占有十分突出的位置。可以说,"句法"二字是黄庭坚从杜甫那里申请得来的专利权,也是辨别一个诗人是否属于江西诗派的重要"身份证"之一。

关于黄庭坚和江西诗派诸公总结发明的各种具体句法技巧的内涵,我将于后面诗艺篇详细论及,此处只讨论其重视规律技巧、强调智性工夫的精神。黄庭坚的"句法"之学,其实包容了从严守法度到自由创造的全过程,大致可分为三个阶段:

（一）稍入绳墨阶段

黄庭坚的创作论是建立在遵循法度的基础上的,他认为"百工之技亦无有不法而成者",因此,"始学诗,要须每作一篇,辄须立一大意,长篇须曲折三致焉,乃为成章耳"(《宋黄文节公全集·别集》卷一一《论作诗文》),即先必须讲求谋篇布局等基本艺术规范。而要掌握这些艺术规范,就得先"规摹古人",严格进行"句法"训练。

诗歌艺术实际上是一种语言的安排组合艺术,而其安排组合具有很强的规则性。特别是中国古典诗歌,近体律绝受句数、字数、押韵、平仄、对仗的制约固不待言,古体诗也得考虑布置、脉络、曲折等诸多法度。学诗的第一步,就得对此规则性有充分的把握。黄庭坚讲句法诗律、绳墨规矩,便大多是针对初学者而发的。这些初学者,有的诗文"雕琢功多"、"语生硬不谐律吕,或词气不逮初造意时";有的"用字时有未安处",都是因为缺乏一个诗人应有的基本功——对格律句法的掌握,违背了作诗应遵循的规则。所以,他谆谆告诫学诗者,"好作奇语,自是文章病",作诗文"须少入绳墨乃佳",须"从容中玉佩之音,左准绳右规矩"①。

"少入绳墨"的途径就是学杜。黄庭坚在《次韵高子勉十首》之二中说:"行布佺期近。"(《山谷内集诗注》卷一六)可谓学杜的一大关键。任渊注:"行布字本出释氏,而山谷论书画数用之。按释氏言华严之旨曰:'行布则教相施设,圆融乃理性即用。'《楞伽经》曰:'名身与句身及字身差别。'解者曰:'名者是次第行列,句者是次第安布。'"②"行布"移植到诗学中,是指诗歌语言意象的调度安排,或曰诗人审美意识的秩序化和规范化。范温的《潜溪诗眼》对"行布佺期近"一语深有会心,指出:"老杜律诗布置法度,全学沈佺期,更推广集大成耳。"可见"行布"句即杜甫作诗之法,亦即范温记山谷言"文章必谨布

---

① 参见《豫章黄先生文集》卷一九《与王观复书》、《答洪驹父书》,卷二六《跋书柳子厚诗》等。
② 《豫章黄先生文集》卷二七《题明皇真妃图》云:"故人物虽有佳处,而行布无韵,此画之沉疴也。"即任渊所谓用以论书画之例。

置"。范温进一步发挥黄庭坚之旨,举杜甫《赠韦见素》诗作例,详尽分析,得出结论说:

> (此诗)布置最得正体,如官府甲第,厅堂房室,各有定处,不可乱也。……盖变体如行云流水,初无定质,出于精微,夺乎天造,不可以形器求矣。然要之以正体为本,自然法度行乎其间。譬如用兵,奇正相生,初若不知正而径出于奇,则纷然无复纲纪,终于败乱而已矣。①

这里提出"正体"与"变体"的概念,"正体"诗似乎是一种程式,如建筑设计一般有精密的构思和刻板的结构,语言材料通过装配固定在适当的位置上。这显然缺乏"变体"那种挥洒自如的自由创造精神。范温虽认识到这一点,但仍主张"以正体为本",因为在他看来,初学者必先知正体,注意"法度"、"纲纪",至于"变体",已是另一境界的要求,属于无法仿效的天才创作。值得注意的是,范温用"行云流水,初无定质"来形容"变体",这正是苏轼论创作的话头。范温选择"正体"而非"变体",正可见出宋诗人宗黄者远比宗苏者为多的原因。毕竟天才是难以追步的,有如陈师道所说:"学诗当以子美为师,有规矩故可学。退之于诗,本无解处,以才高而好尔。渊明不为诗,写其胸中之妙尔。学杜不成,不失为工。无韩之才与陶之妙,而学其诗,终为乐天尔。"(《后山诗话》)黄庭坚所云:"学老杜诗,所谓刻鹄不成尚类鹜。"(《山谷老人刀笔》卷四《与赵伯充》)亦含此意。按照黄氏遵循法度的精神去学杜,即使当不了第一流诗人,也可以避免"浅近"、"败乱"之讥。这无疑是一条稳妥而切实可行的学诗途径。然而,富有独创意识的黄庭坚显然不甘心停留于此,入"正"的目的是为了出"奇",正如"以故"而在于"为新"一样。掌握"行布"规则之后,诗人就应该进入——

---

① 美国学者 A. A. 里克特(Rickett)在《法则和直觉:黄庭坚的诗论》一文中(见《文艺理论研究》1983 年第 2 期),误将范温此段分析归属于黄庭坚。特此说明。

（二）变化出奇阶段

黄庭坚的"句法"并非只是如范温所理解的"各有定处不可乱"的刻板结构。在《次韵高子勉》诗中，"行布佺期近"的下联是"飞扬子建亲"，这是黄氏学杜的另一大关键。子建即曹植，杜甫有诗云："文章曹植波澜阔。"而"波澜"一词在杜甫另一首诗中也曾出现："毫发无遗恨，波澜独老成。"宋人旧注："曲尽物理，故无遗恨；才思浩瀚，故如波澜；兼词意壮健，故又言老成也。"赵彦材注云："学者如悟此两句，便会作好诗矣。一篇既好，其中才有一字一句不佳，虽如毫发之小，则心自慊慊有恨矣。……波澜，言词源之浩瀚；既有波澜，而又老成，则不徒为泛滥矣。"[1]据此，则"波澜"是指才思或词源的纵横捭阖。黄庭坚《与王庠周彦书》云："所寄诗文……甚近古人，但其波澜枝叶不若古人耳。意亦是读建安作者之诗与渊明、子美所作，未入神尔。"以"波澜"与"建安作者"（包括曹植）挂钩，正是有得于杜甫的诗学观。所以，"飞扬子建亲"就是主张作诗如曹植一样波澜变化。事实上，宋诗人所理解的"波澜"都是汪洋恣肆、变化出奇之意，如陈师道称杜诗如"三江五湖，平漫千里，因风石而奇"（《后山诗话》）；姜夔主张作诗应"波澜开阖，如在江湖中，一波未平，一波已作。……出入变化，不可纪极"（《白石道人诗说》）；吕本中《与曾吉甫论诗第二帖》在强调"规摹既大，波澜自阔"之后，即以曹植《七哀诗》为例，称其"宏大深远，非复作诗者所能及"（见《苕溪渔隐丛话》前集卷四九），更可以为"飞扬子建亲"一句作注脚。

据上述分析，"句法"之学实包括行布规则与飞扬变化两方面内容。黄庭坚喜欢杜诗的另一条重要理由，就是因它"渊蓄云萃，变态百出"（见《西清诗话》），或曰"波澜"、"飞扬"。黄庭坚学杜的侧重点在于大力提倡学杜夔州后的作品[2]，而杜甫晚年诗在艺术上的一个显著

---

[1] 两首杜诗及宋人旧注分别见《九家集注杜诗》卷一五《追酬故高蜀州人日见寄》、卷一七《敬赠郑谏议十韵》。

[2] 参见《豫章黄先生文集》卷一六《刻杜子美巴蜀诗序》、卷一七《大雅堂记》、卷一九《与王观复书》之一之二等。

特点是,由规范美走向变化美,由"晚节渐于诗律细"而至"老去诗篇浑漫与"①,由细致而严格的诗律训练而达到随心所欲地支配词句格律。正如朱熹所说:"杜诗初年甚精细,晚年横逆不可当,只意到处便押一个韵。"(《晦庵诗说》)黄庭坚学杜夔州后诗,正在于求得规矩中的变化。这从黄氏的创作实践中可得到证明。

由此出发,黄庭坚认识了李白的价值:"余评李白诗,如黄帝张乐于洞庭之野,无首无尾,不主故常,非墨工槃人所可拟议。……盖所谓不烦绳削而自合者欤?"(《豫章黄先生文集》卷二六《题李白诗草后》)不仅生倾慕之心,且又有仿效之意,将李白的诗艺落实为句法。他勉励后学高荷(字子勉)作诗取法乎上说:"句法俊逸清新,词源广大精神。建安才六七子,开元数两三人。"(《再用前韵赠子勉四首》其三)"词源"句即杜甫所谓"文章曹植波澜阔"之意。"俊逸清新"四字正是指李白诗法,所谓"清新庾开府,俊逸鲍参军"②。可见,"句法"论不只是规范美与变化美的统一,已有指向天才的自由创造的因素。关于这一点,黄庭坚有一段很形象的比喻:

> 至于推之使高,如泰山之崇崛,如垂天之云;作之使雄壮,如沧江八月之涛,海运吞舟之鱼,又不可守绳墨令俭陋也。(《豫章黄先生文集》卷一九《答洪驹父书三首》之三)

于是,在黄庭坚心目中,几位文学巨匠——无论是以天才胜的陶渊明、李白,还是以学力胜的杜甫、韩愈——都在"不烦绳削而自合"的层次上统一起来了③。这样,变化出奇的"变体"实际上又可作区别,一种是故意求奇,"宁拙毋巧,宁朴毋华,宁粗毋弱,宁僻毋俗"(《后山诗

---

① 杜甫诗"晚节渐于诗律细"见《遣闷戏呈路十九曹长》,"老去诗篇浑漫与"见《江上值水如海势聊短述》。
② 见杜甫诗《春日忆李白》。
③ 评陶渊明语见《豫章黄先生文集》卷二六《题意可诗后》,评李白语见前引《题李白诗草后》,评杜、韩语见《与王观复书》之一:"观杜子美到夔州后诗,韩退之自潮州还朝后文章,皆不烦绳削而自合。"

话》);另一种是无意于工拙的本色呈现。而黄庭坚"句法"学的最高祈向显然是后者。

(三)无意于文阶段

杜甫晚年诗歌的变态百出不仅显示出他自由操纵各种有规则的表现方式的能力,而且也意味着这种能力已进入一种不睹其迹的艺术直觉状态。用黄庭坚的话来说,就是"子美诗妙处,乃在无意为文"。不过,这种"妙处"还是"广之以《国风》、《雅》、《颂》,深之以《离骚》、《九歌》"而获得的①。而在这点上,陶渊明似乎较杜甫更胜一筹,不仅仅是艺术能力方面达到出神入化的自由境界,而且是在生命人格上挣脱尘世规范和智性制约,进入"无所用智"的原始真朴状态。

循着"无意为文"的思路发展,黄庭坚对杜甫的倾慕便不可避免地进而成为对陶渊明的倾慕。他有两句诗表明了对杜、陶的看法:

拾遗句中有眼,彭泽意在无弦。(《山谷内集诗注》卷一六《赠高子勉四首》之四)

这两句本无所轩轾,只是提供二人不同诗法的对照。"句中有眼"的精神,可借用黄氏论书法之语参照发明:"用笔不知擒纵,故字中无笔耳;字中有笔,如禅家句中有眼,非深解宗趣,岂易言哉?"②笔之擒纵如诗之开阖,"句中有眼"即有如"丛林活句"。然而,这毕竟只是艺术形式层面的相对自由,与"意在无弦"的主体精神层面的绝对自由似还稍隔一层。黄庭坚下面这几段话可以证明我的推测:

宁律不谐,而不使句弱;用字不工,不使语俗,此庾开府之所长也。然有意于为诗也。至于渊明,则所谓不烦绳削而自合者。虽然,巧于斧斤者,多疑其拙;窘于检括者,辄病其放。孔子曰:

---

① 见《大雅堂记》。
② 《豫章黄先生文集》卷二九《自评元祐间字》。又同上卷二八《跋法帖》、《题绛本法帖》均言"字中有笔,如禅家句中有眼"。

"宁武子,其智可及也,其愚不可及也。"渊明之拙与放,岂可为不知者道哉?(《豫章黄先生文集》卷二六《题意可诗后》)

谢康乐、庾义城之于诗,炉锤之功不遗力也。然陶彭泽之墙数仞,谢、庾未能窥者,何哉?盖二子有意于俗人赞毁其工拙,渊明直寄焉耳。(《山谷题跋》卷七《论诗》)

血气方刚时,读此诗如嚼枯木。及绵历世事,如决定无所用智,每观此篇,如渴饮水,如欲寐得啜茗,如饥啖汤饼,今人亦有能同味者乎?但恐嚼不破耳。(同上《书陶渊明诗后寄王吉老》)

这里已超越了纯形式的界限而在精神因素的基础上评价诗歌。"宁律不谐"的声律解构,"用字不工"的逻辑解构,尽管可出奇制胜,但仍未摆脱"有意于为诗"、"有意于俗人赞毁其工拙"的羁绊。只有通过"无所用智"的智性消解,"不烦绳削"的直觉表现,才可能真正获得充分乃至绝对的创造自由。在这一层次上,黄庭坚显然受到庄禅思想的启示,领悟到艺术创造的真谛:"参禅而知无功之功,学道而知至道不烦。"(《豫章黄先生文集》卷二七《题赵公佑画》)

遗憾的是,黄庭坚的后学大多未领会到这一点。从他"今人亦有能同味者乎"的慨叹中,已流露出一种智者的孤独。曲高自然和寡,缺乏天分的人宁愿选择他"稍入绳墨"的忠告。也有一帮好奇者,专学黄氏变体,广立名目,反而失去他"不烦绳削"的初衷。同时,黄庭坚本人也未真正达到消解智性的直觉状态,他的创作极境仍然是有意为诗的产物,即所谓"法度森严,卒造平淡"(见王庭珪《卢溪文集》卷四八《跋刘伯山诗》)。

二、捷法:"冲口出常言,法度去前轨"

宋诗人的心灵早已为理性与智慧所占据,要真正做到"无所用智"谈何容易。陶诗的自由境界,不在于艺术上的出神入化难以仿效,而在于精神上的古朴纯真难以企及,"其智可及也,其愚不可及也"。所

以苏轼亦有黄庭坚一样的慨叹,其《书黄子思诗集后》云:

> 苏、李之天成,曹、刘之自得,陶、谢之超然,盖亦至矣。而李太白、杜子美以英玮绝世之姿,凌跨百代,古今诗人尽废;然魏晋以来高风绝尘,亦少衰矣。(《苏轼文集》卷六七)

文学技巧的发展积累,既赋予主体艺术表现的能力,又剥夺了主体一空依傍的审美自由。所以,越是接近于文学发展的原点,主体将获得越多的审美自由,这就是"高风绝尘"的境界。这样,宋人要超越唐人,便有两条路可走:一是"智"之路,在技巧上精益求精,踵事增华;二是"愚"之路,在心灵上返朴归真,无意于诗。苏轼对陶诗的推崇,便意欲走第二条路。然而,生活在宋代文化背景下的诗人已不可能有陶渊明的心态和气质,魏晋的"高风绝尘"如东去的逝水已不可复得。因此,学习陶渊明便只能接受其"无意为诗"的精神,在智性的精神形态和形式法则之间寻求新的统一方式,以达到新的"天成"、"自得"、"超然"的境界。

禅宗"无住"、"无念"、"无缚"的思维方式给苏轼的创作以极大的启示。他提倡的"捷法"便体现了禅宗随机应变、纵横自在的通脱精神。据周紫芝(1082—?)《竹坡诗话》记载:

> 有明上人者,作诗甚艰,求捷法于东坡,作两颂以与之。其一云:"字字觅奇险,节节累枝叶。咬嚼三十年,转更无交涉。"其一云:"冲口出常言,法度法前轨。人言非妙处,妙处在于是。"

明上人显然属于那种诗思蹇涩的苦吟诗僧,试图从苏轼这里讨教作诗的"捷法",殊不知此"捷法"本来是禅家自身的"秘密藏"。苏轼答之以偈颂禅语,无非要他反求诸身,自悟"捷法"便是"无法"。这两则诗颂鲜明地体现了苏轼不拘成法、放纵个性的观点。也就是说,所谓"捷法",并没有事先规定的格式,也没有标新立异的念头,完全根据表达审美意识的需要来自由挥洒,如无心出岫的行云,顺势而下的流水,不粘滞于外物,不拘泥于定法,不执著于题旨,不束缚于世情俗见,有"兴来"的冲动,有"倏忽"的敏捷,有个性灵感的自然流露——"信手"、"意造"①。不仅在捕捉或表现非理性的直觉表象时是如此,即便是在说理辩难的理性思辨中也随心所欲,八面翻滚。

这种"捷法"的运用,往往最能表现诗人的独创性,它的"妙处"就在于自然和真诚,在于对前人"法度"的超越。正因如此,所以苏轼认为,真正的好诗不须觅奇猎险,雕章琢句,而应该是"新诗如弹丸"、"好诗冲口谁能择"、"人言此语出天然"或"信手拈得俱天成"②。这种观点显然不同于黄庭坚的"文章必谨布置"、"行布伫期近"之论,与杜甫的"为人性僻耽佳句,语不惊人死不休"的态度也迥然有别,而比较接近李白的"清水出芙蓉,天然去雕饰"③。杨万里就把苏轼与李白归为一类,属于"子列子之御风","无待者神于诗者"的天才诗人(《江西宗派诗序》)。

在中国美学史上,很少有人像苏轼那样主张自由奔放、快捷挥洒的观点。从世界观来看,苏轼向来有兼济天下之志,决不愿做闭门觅句的诗人或规形摹影的画匠,各门艺术在他的手中,大抵是抒发情感的媒介,或是寄寓哲理的工具。同时,他又受庄禅思想的影响,轻生死,齐万物,蔑视功名,超脱尘世。因此,即使在失意时,他也"何妨吟啸且徐行",不以得失为累。思想上的豪放达观直接影响他的艺术理论,这就是尊重个性,崇尚自然,不拘规矩,反对雕琢。以天成自得为标准,他不满"儿童篆刻劳"的作品④,不满"寒虫号"式的苦吟⑤,甚至对自己尊崇的韩愈也略有微词。据张耒《明道杂志》记载:"子瞻说读

---

① 如《苏轼诗集》卷六《石苍舒醉墨堂》云:"兴来一挥百纸尽,骏马倏忽踏九州。我书意造本无法,点画信手烦推求。"此虽言书法,实亦通于诗歌。
② 分别参见《苏轼诗集》卷二六《次韵王定国谢韩子华过饮》、卷一九《重寄孙侔》、卷一二《李行中秀才醉眠亭》、卷二二《次韵孔毅父集古人句见赠》。
③ 分别见杜甫《江上值水如海势聊短述》、李白《经乱离后天恩流夜郎忆旧游书怀赠江夏韦太守良宰》。
④ 见《次韵张安道读杜诗》。
⑤ 见《苏轼诗集》卷一六《读孟郊诗二首》。

吏部古诗,凡七言者则觉上六字为韵设,五言则上四字为韵设……不若老杜语……无牵强之迹。"批评韩愈的理由在于,韩诗为了韵脚而牺牲了语言的流畅自然,为了艺术形式而牺牲了精神内容的自由表达。

在此创作思想的指导下,苏轼作诗不是像一般宋人那样去苦苦追求"意与言会",而是在偶然随意的思维状态下去获取意与言的天机自合。因此,尽管他继承了韩愈的以文为诗的作风,但决无韩愈的牵强佶屈,而是自由畅达,奔放明快。正如赵翼所说:"其尤不可及者,天生健笔一枝,爽如哀梨,快如并剪,有必达之隐,无难显之情。"(《瓯北诗话》卷五)尽管他的诗中有典故,有学问,也有理语,但他常常能得心应手地自由驱遣,"直涉理路而有挥洒自如之妙,遂不以理路病之"①,所谓"事理之障,障他不得"②。这里面既有聪明绝顶的天才因素在内,也和他深契禅宗"唯心任运"的思维方式分不开。正因如此,苏轼诗虽有缺乏含蕴、率意粗疏之病,却决没有钩章棘句的怪诞奇险。他的诗风尽管与他向往的魏晋"高风绝尘"尚有距离,但在直抒性灵、天然自得方面却有相通之处。

我们知道,诗人的审美意识包括主体的审美感情和反映客体的审美认识两部分,因而,苏轼的崇尚自然不仅有"意造无法"的一面,还有"随物赋形"的一面,前者要求毫无虚矫之态而达到情真,后者要求毫无刻镂之迹而达到境真。所以"捷法"也就不光是直抒胸臆,还得迅速捕捉灵感,直抉事物的神髓,所谓"作诗火急追亡逋,清景一失后难摹"(《苏轼诗集》卷七《腊日游孤山访惠勤惠思二僧》)。以他的《六月二十七日望湖楼醉书五绝》之一为例:

  黑云翻墨未遮山,白雨跳珠乱入船。卷地风来忽吹散,望湖楼下水如天。(《苏轼诗集》卷七)

寥寥四句,一句一景,写出夏日一场风雨变幻的全过程,好似信手拈

---

① 见纪昀批点《苏文忠公诗集》卷一七《送参寥师》评语。
② 见明释真可《紫柏尊者全集》卷一五《跋苏长公集》。

来,却字字准确生动,这就是"捷法"的妙用。可见,"捷法"并非提倡随心所欲的东涂西抹,而是主张在掌握艺术规律和物之妙理基础上的信笔挥洒。

苏轼有另一句名言:"出新意于法度之中,寄妙理于豪放之外。"①可视为对"捷法"的补充或界定。"新意"是指富有个性和独创性的审美意识,"法度"是指基本的艺术法则和规律,"妙理"是指客体具有的普遍性和规律性的审美特征,"豪放"是指一种自由创造的态度。根据这句名言来理解,苏轼提倡的行云流水、万斛泉源式的写作方法,就绝不是"满地黄流乱注",而是在创造中不违法度,在自由中表现规律。只不过苏轼心目中的法度已超越了格律层次和形象层次("常言"和"常形"),而进入审美对象的本质和规律的层次("常理")。

"常理"也可理解为抽象的内在的艺术规则。任何奇思幻想、豪放新意要转化为供欣赏的艺术品,都得受媒介的限制,遵循一定的审美习惯和艺术规则,表现为文学形式,就得遵循语法、逻辑、修辞、文体的规则,表现为绘画形式,就得服从线条、色调、构图等造型原则,这样才不至于被讥为"鬼画符"。苏轼在艺术实践中认识到这一点,因此在强调"意造"的同时,非常重视度数和法度的问题。他曾以酿酒、烹调来比喻美的创造:

> 古之为方者,未尝遗数也。能者即数以得妙,不能者循数以得其略。其出一也,有能有不能,而精粗见焉。人见其二也,则求精于数外,而弃迹以逐妙。曰:我知酒、食之所以美也。而略其分齐,舍其度数,以为不在是也,而一以意造,则其不为人之所呕弃者寡矣。(《苏轼文集》卷一二《盐官大悲阁记》)

这一段论述相当精彩。度数,一切事物的分寸感,能者在掌握分寸感

---

① 见《苏轼文集》卷七〇《书吴道子画后》、《跋吴道子地狱变相》。

的基础上获得事物的精髓,不能者只知分寸感而未得真正的妙处。但倘若为了追求神妙而抛弃起码的分寸感,"求精于数外,弃迹以逐妙",一味凭自己主观尺度去"意造",那么,为酒食,则其不为人之所呕弃者寡矣;为艺术,则其不为人之所厌恶者寡矣。这使我们想起恩格斯的一段话:"自由不在于幻想中摆脱自然规律而独立,而在于认识这些规律,从而能够有计划地使自然规律为一定的目的服务。这无论对外部自然界的规律,或对支配人本身的肉体存在和精神存在的规律来说,都是一样的。"①这样,我们就不难理解为什么苏轼之文"初无布置"②,却能够做到"词理精确"③;也不难理解为什么他对杜默式的豪气、卢仝式的狂怪那么深恶痛绝④;更不难理解他对扬雄"好为艰深之词,以文浅易之说"的嘲笑⑤,以及对北宋文坛上"求深者或至于迂,务奇者怪僻而不可读"的弊病的全面批评⑥。因为这些有意追求狂放粗豪、奇怪迂涩、拟古或翻新的文风和诗风,尽管有时显示出"纵心所欲"的自由,表现出"词必己出"的创新,但由于违背了人们的语言习惯、思维规律及审美趣味,违背了人之常情、物之常理,事实上把文学引上歧路。

所以,尽管苏诗以"新"著称,但他本人却认为"好奇务新,乃诗之病"(《苏轼文集》卷六七《题柳子厚诗二首》)。在他的心目中,"出新意"固然重要,而"寄妙理"更是首要原则。即使是由内情充盈而自然流溢出的新和奇,仍然要以暗合"法度"为准。苏轼的姻亲王禹锡喜写诗,作《贺知县喜雨》诗云:"打叶雨拳随手去,吹凉风口逐人来。"自以为得意。苏轼批评他说:"十六郎作诗,怎得如此不入规矩。"(见《王

---

① 《反杜林论》第一编第十一章,《马克思恩格斯选集》第三卷第 153 页。
② 《朱子语类》卷一三九云:"(苏文)只是据他一直恁地说将去,初无布置。……方其说起头时,自未知后面说甚么在。……如退之、南丰之文,却是布置。"
③ 《苏轼文集》卷六六《书子由超然台赋后》云:"子由之文,词理精确,有不及吾;而体气高妙,吾所不及。"
④ 同上卷六八《评杜默诗》云:"吾观杜默豪气,正是京东学究饮私酒食瘴死牛肉饱后所发者也。作诗狂怪,至卢仝、马异极矣。若更求奇,便作杜默。"
⑤ 同上卷四九《与谢民师推官书》云:"辞至于能达,则文不可胜用矣。扬雄好为艰深之词,以文浅易之说,若正言之,则人人知之矣。"
⑥ 同上《谢欧阳内翰书》。

直方诗话》)所谓"不入规矩",当指"雨拳"、"风口"的比拟不伦不类,有违艺术形象塑造的原理。王祈作竹诗,有"叶垂千口剑,干耸万条枪"之句,为苏轼所嘲笑(同上),亦是"不入规矩"的缘故。苏轼诚然是个自然写意论者,但他始终坚持这样的辩证观点:"浩然听笔之所之,而不失法度,乃为得之。"(《苏轼文集》卷六九《书所作字后》)

在苏轼的艺术理论中,"法度"一词有两个层次的含义:一是指"句法"、"文法"、"笔法"等形式规范及技巧要求;二是指艺术的深层规则,一种审美尺度。对于前者,可以"去前轨","变古法";对于后者,必须遵循,有"新意"也得出于"法度"之中。可见,苏轼突破的只是表层的艺术形式法则,而真正的"法度"——内在的艺术规律他向来都是遵循的。因此,他的诗歌在豪放的同时,也不乏诉尽衷肠、曲尽妙理之作。诚如范温所言:"夫惟曲尽法度,而妙在法度之外,其韵自远。近时学高韵胜者,唯老坡。"(《潜溪诗眼》)于是,"无意为诗"的精神,便在宋代诗学背景上找到一种自由与规则相统一的新方式——"捷法"。苏轼对吴道子画的评价"觉来落笔不经意,神妙独到秋毫颠"(《苏轼诗集》卷一六《仆曩于长安陈汉卿家见吴道子画佛……》),实可视为夫子自道,在不经意的直觉状态中,创造出神迈高妙的艺术境界。

必须指出的是,苏轼的"捷法"有其深厚的艺术修养作后盾。苏轼向来主张道艺双进,认为"有道而不艺,则物虽形于心,不形于手"(《苏轼文集》卷七〇《书李伯时山庄图后》),通过长期的艺术实践,才能熟练地掌握艺术创作的规律性,做到"了然于手"。就此而言,他与黄庭坚乃至江西诗派的看法大致是相同的,即由技而进道,由法而入妙。与此相联系,他表现出文苑中人的本色,对艺术创作的内部规律特别重视。正因如此,他虽向往陶诗"高风绝尘"的境界,但事实上不可能真正做到"无所用智",消解智性,摒弃技巧,而只能借禅宗"唯心任运"的思维方式,化智性为艺术直觉,化技巧为游戏三昧,获得精神意趣的相对自由。

尽管苏轼的弟弟苏辙发挥其自由与规则相统一的观点,称赏"纵横放肆,出于法度之外,循法者不逮其精,有纵心不逾矩之妙"(《栾城后集》卷二一《汝州龙兴寺修吴画殿记》),然而,张耒的诗论和创作似被时人看作更能得苏轼"捷法"说的真传①。他在《贺方回乐府序》中的一段名言单向发挥了"冲口出常言"的精神,公开提倡任情直吐、率易便成的创作态度:

  文章之于人,有满心而发,肆口而成,不待思虑而工,不待雕琢而丽者,皆天理之自然,而性情之至道也。(《张右史文集》卷五一)

在放纵天性方面比苏轼走得更远。然而,张耒所说的"肆口而成"也有其重要的审美尺度,这就是"理"。他指出:"江河淮海之水,理达之文也,不求奇而奇至矣。激沟渎而求水之奇,此无见于理,而欲以言语句读为奇之文也。"(同上卷五八《答李推官书》)这里的比喻与苏轼的观点如出一辙,即所谓"大略如行云流水,初无定质,但常行于所当行,常止于所不可不止,文理自然,姿态横生"(《与谢民师推官书》)。换言之,一方面无所顾忌地表现主体的情感意念,行于所当行;另一方面恰如其分地契合客体的自然之理,止于所不可不止。这里抛弃的是人为的、传统的或外在的格律、模式、技巧等,是种种着意出奇的章法句式。

  然而从实践意义上看,苏、张提倡的创作态度和方法,是对一个天才或文学巨匠的要求,没有足够的艺术修养和天分的人,要想按照"捷法"去创作,往往容易"画虎不成反类犬"。所以宋人一再称"其论甚高",不敢追步,好苏诗之人多,而学苏诗之人少。

三、活法:"人入江西社,诗参活句禅"

  儒家讲究法度和规矩,道家否定人为的绳墨,而佛禅则以无法为

---

① 如黄庭坚《次韵文潜立春日三绝句》之二云:"传得黄州新句法,老夫端欲把降幡。"任渊注曰:"黄州句法,亦谓东坡。"称张耒传得苏轼句法。

法,追求顿悟。就上文所论,无论是"捷法"说还是"句法"说,都融合了儒、道、佛有关法度的思想。大抵苏轼立足庄禅而辅以儒学,以率性为基点,以自然为旨归,以法度为标尺。"捷法"之捷,有得于禅家思维方式的随机性,所谓"机锋不可触,千偈如翻水"、"掣电机锋不容拟"[1],纵横自在,不可端倪。而其"去前轨"的观点,又很容易令人联想起庄子所谓"待钩绳规矩而正者,是削其性者也;待绳约胶漆而固者,是侵其德者也"的说法(《庄子·骈拇》)。黄庭坚则是立足儒门而辅以庄禅,以法度为基点,以变化为途径,以直觉为至境。师法杜甫可见出其儒学色彩,"句法"中的"活句"可发现与庄禅的关系,他的名句"覆却万方无准,安排一字有神",据任渊注:"言不为物役,诗思乃凝于神也。《庄子》曰:'视舟之覆,犹其车却也。覆却万方陈乎前,而不得入其舍。'"(《山谷内集诗注》卷一六《荆南签判向和卿用予六言见惠次韵奉酬四首》之三)其实,此乃化用《庄子》以形容句法的变化无常,也与禅宗破弃拘执、不主故常的思想有关。此外,黄氏推崇陶渊明"无所用智",更是有得于庄子。

　　由于苏、黄融合儒、道、佛思想的方式不同,因而论述诗歌创作中规律与自由的关系也在倾向上有别。苏轼的态度是,从自由出发而不违法度,顺应心灵的感受,驰骋智慧的机趣,遵循自然的极则,"如风吹水,自成文理"。黄庭坚的态度是,从法度出发而最终获得自由,通过严格的训练,熟悉前人的技巧,掌握新变的规律,"法度森严,卒造平淡"。但苏、黄的差别,只是相对而言,二者实有很多共同的思想因子,只是强调的侧重点各有不同而已。事实上,黄庭坚的诗学指向与苏轼无意为文的自然境界如出一辙,既讲"句中有眼",复言"意在无弦";苏轼的诗学也并非不要法度,而只是主体因有道有艺而获得创作自由后对规矩法度的一种超越。

　　本来,苏、黄的诗法有异曲同工之处,都在于打破思维的僵局和语

---

[1] 语见《苏轼诗集》卷二六《金山妙高台》、卷二四《次韵王定国南迁回见寄》。禅家口舌机锋,贵在迅捷,《汾阳无德禅师语录》卷下《识机锋》云:"疾焰过风用更难,扬眉瞬目隔千山。奔流度刃犹成滞,拟之如何更得全?"

言的桎梏,但因二人创作心理分属两种不同的类型,苏以天才胜,黄以人力胜,所以在实际创作中表现出迥异的风格:"苏、黄之别,犹丈夫、女子之应接。丈夫见宾客,信步出将去;如女子,则非涂泽不可。"(林光朝《艾轩集》卷五《读韩柳苏黄集》)北宋末学苏和学黄的诗人也俨然分为两派,"师坡者萃于浙右,师谷者萃于江右"(吴垧《五总志》),"一种则波澜富而句律疏,一种则锻炼精而情性远"(刘克庄《后村诗话》前集卷二),"学苏者,乃指黄为强;而附黄者,亦谓苏为肆"(《简斋诗外集》卷首晦斋《简斋诗集引》)。学苏者因相信天机自动而往往流于粗疏率易,如张耒"一笔写去,重意重字皆不问"①。学黄者却因注重句法锻炼而常常显得拘谨生涩,如陈师道就免不了"拆东补西裳作带"②。崇宁、大观年间,吕本中作《江西宗派图》,更明确标志着苏、黄的分途。

然而,这两种创作倾向的极端发展带来的弊病越来越明显,引起诗坛有识之士的不安。江西派诗人王直方早就意识到:"圆熟多失之平易,老硬多失之干枯。不失于二者之间,可与古之作者并驱矣。"(《王直方诗话》)大抵苏轼贵圆熟,欣赏"中有清圆句,铜丸飞柘弹"③。黄、陈尚老硬,主张"宁拙毋巧,宁朴毋华,宁粗毋弱,宁僻毋俗"④。王直方的观点代表了部分江西派诗人试图调合苏、黄的愿望。稍后的江西诗派外围成员陈与义也认为,苏、黄"大抵同出老杜,而自成一家,如李广、程不识之治军,龙伯高、杜季良之行己,不可一概诘也"(晦斋《简斋诗集引》)。换言之,苏、黄诗学虽有"初无布置"与"必谨布置"的区别,却只是同源而异流,最终应殊途而同归。

---
① 语见《朱子语类》卷一四〇。张耒诗如《自海至楚途次寄马全玉》:"萧萧晚雨向风斜,村远荒凉三四家。野色连云迷稼穑,秋声催晓起兼葭。愁如夜月长随客,身似飞鸿不记家。极目相望何处是,海天无际落残霞。"这首七律诗不仅颈联两句意相重复,而且首联与颈联同以"家"字为韵。
② 语见《后山诗注》卷三《次韵苏公西湖徙鱼》,此实为陈师道诗思窘涩的自供状。参见钱钟书《宋诗选注》第 116 页。
③ 见《苏轼诗集》卷三四《新渡寺席上次赵景贶陈履常韵送欧阳叔弼》。又卷二六《次韵王定国谢韩子华过饮》云:"新诗如弹丸。"
④ 《后山诗话》。又叶梦得《石林燕语》卷八载:"苏子瞻尝称陈师道诗云:凡诗须做到众人不爱、可恶处方为工。今君诗,不惟可恶,却可慕,不惟可慕,却可妒。"

吕本中的"活法"说正典型地体现了南北宋之际苏、黄创作思想的合流。如果说他的"少作"《江西宗派图》有标榜门户之嫌的话,那么晚年提出的"活法"却是不刊之公论,全面地概括了以苏、黄为代表的宋诗学精神。"活法"说的完整表述,见于绍兴三年(1133)吕本中所作《夏均父集序》:

> 学诗当识活法。所谓活法者,规矩备具,而能出于规矩之外;变化不测,而亦不背于规矩也。是道也,盖有定法而无定法,无定法而有定法。知是者,则可以与语活法矣。谢玄晖有言,"好诗转圆美如弹丸",此真活法也。近世惟豫章黄公,首变前作之弊,而后学者知所趣向,毕精尽知,左规右矩,庶几至于变化不测。(《后村先生大全集》卷九五《江西诗派·吕紫微》引)

这里因为是为江西派诗人夏倪(均父)作序,所以仍以黄庭坚相标榜,但"活法"的实质已接受了苏轼诗论的遗传基因。"好诗流转圆美如弹丸"实即苏轼"新诗如弹丸"、"铜丸飞柘弹"的圭臬[1],吕本中以此为"活法",显然有以"圆熟"纠正"老硬"的用意。最值得注意的是他对"活法"定义的诠释,表面看来无非是老生常谈,即既不破坏规矩,又能变化不测,自由必须以艺术规律的遵循为基础,在艺术规律的容许之下,创造力有充分的自由活动。但在当时特有的诗学背景下,"活法"说的提出却有鲜明的倾向性和强烈的针对性。"规矩备具,而能出于规矩之外",这是黄氏"稍入绳墨乃佳"与"不可守绳墨令俭陋"的翻版;"变化不测,而亦不背于规矩",这又是苏轼"出新意于法度之中,寄妙理于豪放之外"的重申。活法之义,语广而意圆,要之可视为苏、黄诗学的合题,补裨江西末流拘泥句法之弊。

江西末流之弊大略有两端:一是为求新奇有意废弃前人作诗规矩,尤其是废弃唐代近体格律诗的声律偶对规则,如王庭珪(1080—

---

[1] 《王直方诗话》即以谢朓之语与苏轼这两句诗并举,以为"诗贵圆熟"之例。

1172)指出:"近时学诗者悉弃去唐、五代以来诗人绳尺,谓之江西社,往往失故步者有之。"(《跋刘伯山诗》)破弃声律,解构偶对,本为黄庭坚"句法"内容之一,但江西末流将此倾向推向极端,便使得诗歌"音节聱牙,意象迫切,且议论太多,失古诗吟咏性情之本意"①。二是将黄庭坚"覆却万方无准"的诗法,总结为种种具体的句法,如"夺胎换骨法"、"用事法"、"造语法"、"句中有眼"、"象外句"、"错综句法"、"影略句法"、"对句法"等等②,其结果使本来变化不测的句法,反而成为有迹可循的新套路。诗派中人以此种种句法相传,更使之成为凝定的死法,失去黄庭坚"句法"说的本意。对此弊病,南北宋之际的不少诗话著作都有批评,如叶梦得《石林诗话》卷中指出:"诗人以一字为工,世固知之,惟老杜变化开阖,出奇无穷,殆不可以形迹捕。……今人多取其已用字模仿用之,偃蹇狭陋,尽成死法。不知意与境会,言中其节,凡字可用也。"

吕本中与王庭珪、叶梦得同时代,对江西末流的这两种弊病当有认识,而他的"活法"说,显然是针对"弃法"与"死法"的现象提出来的。对于前者,他要求做到"毕精尽知,左规右矩",遵循艺术规则,以免失却"故步";对于后者,他要求做到"庶几至于变化不测",摆脱死句定法,出于规矩之外。作为黄庭坚的崇拜者,吕本中对"句法"说中包含的"变化开阖,出奇无穷"的精神深有会心;而作为江西诗派的倡导者和维护者,他对诗派创作经验的遭致误解与篡改深感不安。因为尽管黄庭坚诗学中充满了"有定法而无定法"的创造精神,但以"句法"二字来表述,便极易被视为一种语言的表达技巧或遣词造句的程式,从而凝固为一种机械的定法,而丧失其变化出奇的意义。吕本中以"活法"来取代"句法",正是有鉴于江西派诗人大谈句法而尽成死法的倾向。他在《童蒙诗训》中举了个例子:

潘邠老言:"七言诗第五字要响,如'返照入江翻石壁,归云拥

---
① 语见《后村诗话》后集卷二引游默斋(游九言)序张晋彦诗。
② 参见惠洪《冷斋夜话》、《天厨禁脔》等。

树失山村','翻'字、'失'字是响字也。五言诗第三字要响,如'圆荷浮小叶,细麦落轻花','浮'字、'落'字是响字也。所谓响者,致力处也。"予窃以为字字当活,活则字字自响。

潘邠老为《江西宗派图》中诗人,他所谈用字之法,固定"响字"的位置,正是"死法";所以吕本中特地拈出一"活"字,以救其失。"活字"之说鲜明地凸显了黄庭坚"覆却万方无准,安排一字有神"的内在精神,在江西派诗学体系中,具有正本清源的意义。

值得指出的是,"活法"虽与"句法"有很深的血缘关系,但其丰富的内涵已超越黄氏的藩篱。概念的变化标志着理论的发展,"活法"一方面涵盖着"句法"有关语言形式的正与变的内容,另一方面将"活"的精神推广到艺术思维层面,从而由粘滞字句的定法中挣脱而出,指向自由创造的诗心灵性。换言之,"活法"是连接"句法"与"妙悟"的桥梁,是连接法则与直觉的桥梁。

"活"字是南宗禅最重要的特征之一,强调悟道的随机性,行住坐卧,无非是道;纵横自在,无非是法。正如云门宗诗僧如璧诗云:"禅家妙用似孙吴,奇正相生非一途。"(《倚松诗集》卷二《送池州诸化士四首》之一)所谓"奇正相生"就是指变化与规矩的关系。如璧俗名饶节,是吕本中的师友,属江西派前期诗人,因而我们有理由认为吕本中的"活法"就受其启发。又如临济宗名僧大慧宗杲曾指教吕本中参禅①,主张"不用安排,不假造作,自然活鱍鱍地,常露现前"②,吕本中论诗重"活",显然与此思想有关。"奇正相生"的"活法"是黄庭坚不主故常、变化万方的"句法"的总结,而"不用安排,不假造作"的"活法"是苏轼冲口而出、任情直吐的"捷法"的引申。所以吕本中在向曾幾传授诗法时指出:作诗除了学杜甫、黄庭坚以知"法度所在"和"治择工夫"外,还须"波澜之阔"和"规模令大"。他说:

---

① 如《大慧普觉禅师语录》卷二八《答吕舍人书》云:"承日用不辍做工夫,工夫熟则撞发关捩子矣。"即其例。
② 见同上卷一九《法语示东峰居士》。

> 如东坡、太白诗,虽规摹广大,学者难依。然读之使人敢道,澡雪滞思,无穷苦艰难之状,亦一助也。要之,此事须令有所悟入,则自然越度诸子。(《苕溪渔隐丛话》前集卷四九引吕本中《与曾吉甫论诗第一帖》)

这样,"活法"不仅包括"法"与"妙"的内容,也牵涉到"参"与"悟"的问题。即如何通过杜、黄式的知法度所在的句法训练而达到"悟入"之后苏、李式的波澜壮阔、无所依傍的自然为文之境。黄庭坚"句法"论的三个阶段,由于是在不同场合谈及的,因而易遭致断章取义的理解,而吕本中的"活法",定义清晰,阐释周详,由法入妙、由参及悟的途径指示分明,不容歧误。所以,南宋初的江西诗派隐然以吕本中为宗,大有以"活法"取代"句法"之势,其影响甚至波及整个诗坛。

除了总结苏、黄诗学阐释规矩与变化的辩证关系外,"活法"说的重要贡献至少还有两点:一是悟入之旨,标志着江西诗学由重句法研摹到重直觉体验的转型;二是弹丸之喻,标志着江西诗风由奇崛瘦硬向流转圆美的转型。曾几在《读吕居仁旧诗有怀其人作诗寄之》诗中对此颇有申说:

> 学诗如参禅,慎勿参死句。纵横无不可,乃在欢喜处。又如学仙子,辛苦终不遇。忽然毛骨换,政用口诀故。居仁说活法,大意欲人悟。常言古作者,一一从此路。岂惟如是说,实亦造佳处。其圆如金弹,所向若脱兔。风吹春空云,顷刻多态度。锵然奏琴筑,间以八珍具。人谁无口耳,宁不起欣慕。(《南宋群贤小集·前贤小集拾遗》卷四)

据曾几的理解,"活法"以"悟"为其过程,以"圆"为其结果,是诗歌创作中"法无定法"的表达方式的发现,是艺术实践中自然流畅的语言风格的回归。

先看悟入之旨。"活法"乃相对于"死法"而言。而"活"与"死"的关键在于学诗时能否有所悟入,悟则"活",不悟则"死"。吕本中说:"诗有活法,若灵均自得,忽然有入,然后惟意所出,万变不穷。"①因此他指责"近世江西之学者,虽左规右矩,不遗馀力,而往往不知出此,故百尺竿头,不能更进一步,亦失山谷之旨也"(《与曾吉甫论诗第二帖》)。借禅宗公案,阐明渐修与顿悟的关系,"百尺竿头"喻左规右矩的学力功夫,"更进一步"喻达到万变不穷的自由创造之境,是由"有定法"到"无定法"的关捩点。韩驹也说过类似的话:"学诗当如初学禅,未悟且遍参诸方。一朝悟罢正法眼,信手拈出皆成章。"(《陵阳先生诗》卷一《赠赵伯鱼》)而照曾季貍《艇斋诗话》的说法,江西派都讲悟入:

> 后山(陈师道)论诗说换骨,东湖(徐俯)论诗说中的,东莱(吕本中)诗说说活法,子苍(韩驹)论诗说饱参,入处虽不同,然其实皆一关捩,要知非悟入不可。

不仅江西诗派如此,两宋之际的叶梦得、吴可、范温、周紫芝等一批诗话作者也都把悟入作为学诗的条件和目的。然而,吕本中将"悟入"与"活法"联系起来,最鲜明地体现了宋诗学崇尚意趣自由的精神,同时也最典型地展示了禅宗随机悟道、思路活络的精神,在南北宋之际以禅喻诗的文化背景下尤其具有代表性。所以,自吕本中提出"活法"之后,"换骨"、"中的"、"饱参"诸说渐废。而宋诗学也因"悟入"与"活法"的结合,逐渐由重才学功力转向重自然天成,由重语言技巧转向重思维方式。所谓"禅道惟在妙悟,诗道亦在妙悟"(严羽《沧浪诗话·诗辩》),已无关乎炼字炼句的讨论。法则因为"悟入"而最终获得直觉的形式。

---

① 此据清张泰来《江西诗社宗派图录》引吕本中《诗社宗派图序》中语。南宋俞成《萤雪丛说》卷一"文章活法"条引吕本中语与之大同小异:"吕居仁尝序江西宗派诗,若言灵均自得之,忽然有入,然后惟意所在,万变不穷,是名活法。"当为张泰来所本。

再看弹丸之喻。以"流转圆美"为"活法",这多少受到禅宗"活团圞"之说的启示。"活团圞"是指圆无圭角,宛转无碍,自由自在,如珠走盘①,禅宗以比喻思维过程的"无住"、"无缚",不粘滞于任何外物而不断流动。与吕本中同时代的吴垌(1131年前后在世)似乎已见出诗家"弹丸"之喻与禅家"活法"的理论同构性:

> 六朝人论诗,谓好诗流转如弹丸;唐人谓张九龄谈论滔滔,如下坡走丸。虽觅句、置论立法不同,要之以溜亮明白为难事。释氏以有转身一路者为衲僧,似为此设也。(《五总志》)

活而能圆,即诗即禅。吴垌论诗主黄庭坚,与吕本中相近。然而,"弹丸"之喻却恰恰是对黄氏老硬诗风的背离。

"弹丸"之喻有这样几方面的内涵:其一,可喻规则与自由的关系,唐人杜牧论兵法曾说:"犹盘中走丸。丸之走盘,横斜圆直,计于临时,不可尽知,其必可知者,是知丸不能出于盘也。"(《樊川文集》卷一〇《注孙子序》)所以宋人王迈(1185—1248)这样理解:"笔有活法,珠走于盘而不出于盘。"②这正是"规矩备具,而能出于规矩之外;变化不测,而亦不背于规矩"的形象表述。其二,可喻表达方式的迅疾机敏,如"弹丸脱手","输写便利,动留无碍,然其精圆快速,发之在手"(《石林诗话》卷下)。这当然不同于黄庭坚的"文章必谨布置"或陈师道的"觅门觅句",而毋宁说接近苏轼"冲口出常言"的"捷法"。其三,可喻语言风格的流转自然,浏亮明白。"活法"所提倡的不是破弃声律、解构逻辑的硬语,而是句律流动、语义自然的机趣,它带着禅家思路活泼、宛转无碍的精神,而扬弃了公案棒喝峻厉、文脉断裂的形式。用周孚(1135—1177)的话来说,就是"句欲圆转字欲活"(《前贤小集拾遗》卷四周孚《洪致远屡来问诗作长句遗之》)。

正因弹丸之喻涵盖了"活法"的主要内容,所以后有人竟直接称之

---

① 见《禅宗辞典》,日本国书刊行社,第233页。
② 《翰苑新书》续集卷二载王迈《贺林直院》。

为"弹丸法"①。吕本中之后的江西派,亦多从"圆"的角度来理解"活法",如赵蕃说:"活法端知自结融,可须琢刻见玲珑。"(《淳熙稿》卷一七《琛卿论诗用前韵示之》)"玲珑"即圆转之义。赵蕃又说:"曷日仙能至,何时弹比圆?"(同上卷一〇《和折子明丈闲居杂兴十首》之八)前句是求悟入,后句是求圆活。诗人章甫也把圆活看作江西派的特征:"人入江西社,诗参活句禅。盘珠无滞迹,溪月有馀妍。"(《自鸣集》卷四《送谢王梦得监税借示诗卷兼简王金》)这种"活法"带着禅宗的精神因子,其影响已超出江西派,如刘克庄盛赞吕本中"弹丸之语",以为"天下之至言"②,严羽的《沧浪诗话·诗法》也主张"下字贵响,造语贵圆。"可见,由"悟入"而获"圆转",即用思维的灵动性来获取语言的随机性,从语言的参究出发而最终跳出语言的牢笼,实为南宋诗学的一个重要走向,而吕氏的弹丸之喻无疑是促使诗歌创作发生重大变化的首要依据之一。

"诗家活法类禅机,悟处功夫谁得知"(史弥宁《友林乙稿·诗禅》)? 当诗人用活泼泼的眼光去审视艺术时,一些传统的定法也获得了新的生命。于是,"活法"的精神被举一反三或郢书燕说式地推广到句法研讨中去:

> 文章一技,要自有活法。若胶古人之陈迹,而不能点化其句语,此乃谓之死法。死法专祖蹈袭,则不能生于吾言之外;活法夺胎换骨,则不能斃于吾言之内。斃吾言者,故为死法;生吾言者,故为活法。(俞成《萤雪丛说》卷一《文章活法》)
> 乍叙事,而间以理言,得活法者也。(姜夔《白石道人诗说》)
> 两句一意,乃诗家活法。(罗大经《鹤林玉露》乙编卷四"云日对")
> 杜诗:"风磴吹阴雪,云门吼瀑泉。""酒醒思卧簟,衣冷欲装

---

① 如方回《瀛奎律髓》卷四风土类吕本中《海陵杂兴》评语云:"其诗宗江西而主于自然,号弹丸法。"
② 见《后村先生大全集》卷九五《江西诗派吕紫微》。

绵。"此本是难解,乃是十字一意解……读者要当以活法求之。(陈模《怀古录》卷上)

同是借用前人的陈言,有一"活"字贯穿,便能夺胎换骨;同是句法安排,有一"活"字指导,便不粘皮滞骨。尤为值得注意的是张元幹对活法的解释,《跋苏诏君赠王道士诗后》云:

> 文章盖自造化窟中来,元气融结胸次,古今谓之活法。所以血脉贯穿,首尾俱应,如常山蛇势。又如风行水上,自然成文。又如优人作戏,出场要须留笑,退思有味。非独为文,凡涉世建立,同一关键。吾友养直,平生得禅家自在三昧,片言只字,无一点尘埃。宇宙山川,云烟草木,千变万态,尽在笔端,何曾气索?(《芦川归来集》卷九)

张元幹曾在大观年间参加过苏庠(养直)、吕本中等人的诗社活动,论诗接近江西诗派观点。这段话对"活法"的理解颇有参考价值:其一,从表现技巧层面看,"活法"与"优人作戏"相通,此即吕本中《童蒙诗训》所说:"东坡长句,波澜浩大,变化不测,如作杂剧,打猛诨入,却打猛诨出也。"此说本自黄庭坚"打诨出场"的诗法,其具体内容将在后面《诗艺篇》里论及,此不赘言。其二,从思维方式层面看,"活法"与"禅家自在三昧"相通,无拘无束,活泼无碍。它不仅仅指句法变化不测的"纸上之活法",而且表现为思路活络的"胸中之活法"[①]。吕本中所谓"胸中尘埃去,渐喜诗语活"(《东莱先生诗集》卷三《外弟赵才仲数以书来论诗因作此答之》),"笔头传活法,胸次即圆成"(同上卷六《别后寄舍弟三十韵》),即指一种不粘不滞、八面玲珑、自由创造的诗思。其三,从艺术本体层面看,胸中的"活法"本是天地元气的融结,与宇宙的生命同构。因而,诗中"活法"的运用亦

[①] 俞成《萤雪丛说》卷一"文章活法"云:"有胸中之活法,蒙于伊川之说得之;有纸上之活法,蒙于处厚、居仁、万里之说得之。"其实吕本中、杨万里都谈及"胸中之活法"。

如天地元气、宇宙精神的自由呈现，不假造作，不费安排，"如风行水上，自然成文"。这样，"活法"便将诗法接通自然之理，将诗思接通天地之心，将人格生命接通宇宙生命，从而包容着由技进乎道的思想因子。

事实上，"活法"只是吕本中诗学逻辑中最重要的一环，而非其最后的归宿。据张戒《岁寒堂诗话》记载：

> 往在桐庐见吕舍人居仁，余问："鲁直得子美之髓乎？"居仁曰："然。""其佳处焉在？"居仁曰："禅家所谓死蛇弄得活。"余曰："活则活矣，如子美'不见旻公三十年，封书寄与泪潺湲。旧来好事今能否？老去新诗谁与传？'此等句鲁直少日能之。'方丈涉海费时节，玄圃寻河知有无。桃源人家易制度，橘洲田土仍膏腴。'此等句鲁直晚年能之。至于子美'客从南溟来'、'朝行青泥上'，《壮游》、《北征》，鲁直能之乎？如'莫自使眼枯，收汝泪纵横。眼枯却见骨，天地终无情'，此等句鲁直能到乎？"居仁沉吟久之，曰："子美诗有可学者，有不可学者。"

吕本中所说的"死蛇弄得活"，即"活法"的另一形象的表述，然而尚属"技"的范畴。因此当张戒从"道"的角度拈出杜甫忧国恤民的诗篇，吕本中便语屈了，以为学杜可学到其技法，而难企及其精神境界。张戒的批评无疑使吕本中沉吟思考诗歌创作中比"活法"更为重要的因素，而这一点，在他的《夏均父集序》中已有清醒的认识。他在详细地阐释了"活法"的定义并树立了"豫章黄公"的典范之后，特意补充说道：

> 然余区区浅末之论，皆汉、魏以来有意于文者之法，而非无意于文者之法也。子曰："兴于诗"，"诗可以兴，可以观，可以群，可以怨，迩之事父，远之事君，多识于鸟兽草木之名。"今之为诗者，读之果可使人兴起其为善之心乎？果可使人兴观群怨乎？果可

使人知事父事君,而能识鸟兽草木之名之理乎?为之而不能使人如是,则如勿作。吾友夏均父,贤而有文章,其于诗,盖得所谓规矩备具,而出于规矩之外,变化不测者。后果多从先生长者游,闻人之所以言诗者,而得其要妙,所谓无意于文之文,而非有意于文之文也。

可见,所谓"死蛇弄得活"、"规矩备具,而出于规矩之外,变化不测"、"有定法而无定法,无定法而有定法"等等,都属于有意为文者之法,并未超越"技"的范畴。吕本中所谓的"无意为文",已完全摆脱"技"和"法"的考虑,纯粹着眼于诗的政治功能(事父事君)、道德功能(兴起其为善之心)和认识功能(识鸟兽草木之名之理)。这里的"无意为文"已非黄庭坚所谓的"无所用智"的智性消解和直觉表现,而是指摒弃技巧之后儒家政治伦理内容的朴素呈露,即无意于"文"而有意于"道",与后来朱熹的"真味发溢"说颇为接近。

吕氏由技进道的思路与苏、黄一致,而其实质却颇有不同。这可以从文化背景的差异上找原因。苏、黄处于北宋末文网森严、诗祸频仍的时代,故将陶渊明"无所用智"的态度视为生活与艺术的极境;吕本中处于南宋初社稷危亡、战乱频仍的时代,故对杜甫事父事君之类的政治伦理内容格外倾心。这是我们理解宋人"无意为文"之说所特别要注意的。

四、无法:"学诗须透脱,信手自孤高"

循着"活法"理论的进一步发展,江西诗派也随之演变分化。可以说,南宋中兴时期有成就的作家,能跳出以黄、陈为代表的江西诗派的窠臼而各自树立,均有得于"活法"说的启示。

就异军突起的爱国诗人作家群而言,几乎都谈及过"活法"与诗文创作的关系,由学江西派入,而由反江西诗派出。如张元幹曾从江西诗人徐俯问"句法",而后悟得"活法",便主张"风行水上,自然成文"。

张孝祥(1132—1170)曾为"江西后社"的鼓吹者①,以为"为文有活法,拘泥者窒之,则能今不能古"(《于湖居士文集》卷二八《题杨梦锡客亭类稿后》),其作诗"以天才胜",而非"以人力胜",与黄、陈作诗大异其趣②。辛弃疾(1140—1207)的词中也有"诗句得活法,日月有新功"的说法③。最典型的是陆游,他是江西派诗人曾幾的及门弟子,其《赠应秀才》诗云:"我得茶山(曾幾)一转语,文章切忌参死句。"(《剑南诗稿》卷三一)禅宗有口诀:"须参活句,勿参死句。"也是悟"活法"之意。陆游后来对江西诗派颇致不满,《读近人诗》云:"琢雕自是文章病,奇险尤伤气骨多。君看大羹玄酒味,蟹螯蛤柱岂同科。"(同上卷七八)前代论诗家多以此诗批评江西诗派,而这种反戈一击,正体现了活法精神。

陆游等人所理解的"活法",大抵倾向于天成自得的精神,而非规矩变化的关系;倾向于"胸中之活法",而非"纸上之活法";倾向于"得于天才之自然者",而非"资于学问而成之者"④。不必考虑格律句法的出奇制胜,不必关心结构布置的变化曲折,只凭兴之所至,一挥而就,所谓"文章本天成,妙手偶得之"(《剑南诗稿》卷八三《文章》),或是"诗情随处有,信笔自成章"(同上卷六四《即事》)。由此而解脱规矩技巧,一任慷慨之气自由表达,人格生命自由舒放。论者往往称南宋爱国诗人为"豪放派",正是指他们的作品中情感内容对于形式技法的解放。由"活法"而至"豪放",是宋诗学内在规律的逻辑发展。

就幽默风趣的杨万里"诚斋体"而言,也被公认为实践并发展了吕本中的活法思想。杨氏的朋友周必大称"诚斋万事悟活法"(庐陵《周益国文忠公集·平园续稿》卷一《次韵杨廷秀待制寄题朱氏涣然书院》之二),张镃(1153—?)更直接称诚斋体为"活法诗"(《南湖集》卷七《携杨秘监诗一编登舟因成二绝》之二)。刘克庄甚至认为,只有杨

---

① 张孝祥《于湖居士文集》卷四〇《与黄子默书》称子默诗"浑然天成,风行水波,偶人声律",可作"江西后社"的"社头"。
② 见《于湖居士文集》卷首谢尧仁《张于湖先生集序》。
③ 见《稼轩词编年笺注》卷五《水调歌头·赋松菊堂》。
④ 见《于湖居士文集》卷首韩元吉《张安国诗集序》。

万里的诗才算真正实践了活法:"后来诚斋出,真得所谓活法。所谓'流转完美如弹丸'者,恨紫微公不见及耳。"(《后村先生大全集》卷九五《江西诗派·总序》①)不过,尽管杨万里诗中充满了"活"的精神,但从他自己诗论和创作的具体内容来分析,诚斋"活法"与紫微"活法"不尽相同,也与豪放派理解的"活法"大有区别。吕氏的"活法"主要在于诗歌创作中变化与规矩的关系,侧重于语句灵活与意脉贯通,以矫正黄、陈语境跳跃、意脉断裂的生涩老硬②。张孝祥、陆游等人的"活法",主要在于以充沛的感情的自由抒写取代句法奇正相生的人工安排。但他们自身的创作基本上未超越已有的传统风格的范畴。而诚斋的"活法"却造就出中国古代诗坛上罕见的极有个性的新风格,这是因为它不仅重视机智的语言选择,在句法结构上不拘一格,变化万方,而且特别强调到大自然中去获取灵感天机,强调胸襟的透脱无碍和思维的活跃自在,强调性灵的发现和艺术的独创。总之,"活"的精神不只是贯穿于语言安排的层面,也从观物见性、构思表达的艺术创作的全过程中体现出来。

杨万里的诗学最可注意的是"透脱"二字。他在《和李天麟二首》之一中写道:

> 学诗须透脱,信手自孤高。衣钵无千古,丘山只一毛。句中池有草,字外目俱蒿。可口端何似? 霜螯略带糟。(《诚斋集》卷四)

何谓"透脱"?"透脱"就是不呆板,不拘泥。这一术语出自禅宗语录,如《古尊宿语录·题南泉和尚语要》:"王老师真体道者也,所言皆透

---

① 此处引文《四部丛刊》初编本《后村先生大全集》有讹误,据马端临《文献通考》卷二四九(清浙江书局本)、裴君弘《西江诗话》卷四(《续修四库全书》本)、雍正年间修《江西通志》卷一三六(《四库全书》本)等校正。
② 如《诗人玉屑》卷六"意脉贯通"条引《小园解后录》云:"'汴水日驰三百里,扁舟东下更开帆。……茫然不悟身何处,水色天光共蔚蓝。'此韩子苍诗也。人问诗法于吕公居仁,居仁令参此诗以为法。""意脉贯通"即吕氏活法"流转圆美"之注脚,与黄氏诗"中亘万里,不相联属"(方东树《昭昧詹言》卷一二)的风格大异其趣。

脱，无毫发知见解路。"称赞南泉禅师的语句摆脱了逻辑理性（知见解路）的束缚，灵活自由。又如《五灯会元》卷一九《昭觉克勤禅师》："问：'有句无句，如藤倚树，如何得透脱？'师曰：'倚天长剑逼人寒。'"可见，"透脱"就得如利剑斩断言句的葛藤，洞见（透）佛理，而解脱（脱）言筌。宋人爱用此语来形容读书、修养所达到的境界，以指不拘书本，不囿于物，思路灵活，事事无碍，如陈善云："见得亲切，此是入书法；用得透脱，此是出书法。"（《扪虱新话》上集卷四）作诗也是如此，先得"熟参"古人，从古而入；然后"透脱"无碍，从古而出。所以，杨万里也如江西派诗人一样主张"遍参诸方"（韩驹语）、"遍考前作"（吕本中语）。我们注意到，杨万里曾经"参"过很多风格不同的诗人和流派，研讨琢磨过各种各样的"句法"：

晚因子厚识渊明，早学苏州得右丞。忽梦少陵谈句法，劝参庾信谒阴铿。（《诚斋集》卷七《书王右丞诗后》）

不分唐人与半山，无端横欲割诗坛。半山便遣能参透，犹有唐人是一关。（同上卷八《读唐人及半山诗》）

受业初参且半山，终须投换晚唐间。《国风》此去无多子，关捩挑来只等闲。（同上卷三五《答徐子材谈绝句》）

要知诗客参江西，政似禅客参曹溪。不到南华与修水，于何传法更传衣。（同上卷三八《送分宁主簿罗宏材秩满入京》）

然而，"参"的途径虽大同小异，"悟"的结果却千差万别，用严羽的话来说，有"一知半解之悟"，也有"透彻之悟"。不少宋诗人一般是悟到前人的句法技巧、构思命意的妙处，了不起是从各家风格的比较中悟到一种审美鉴赏力。因而，虽然韩驹说什么"一朝悟罢正法眼，信手拈出皆成章"，但宋人的实际写作情况往往是："信手拈出皆陈章"，或是所谓"不求与古人合而不能不合"（姜夔《白石道人诗集》自序之二）。这与杨万里的"透脱"之义尚隔一层。杨氏论"参"古人诗有一重要精神，即"参透"精神，所谓"见得亲切"，"用得透脱"。在他的"参"的过程中,树立了若干典范,先是江西派诗人,然后是王安石,接下来是唐人,最后是《国风》,按照宋释慧开《无门关》的说法,"参禅须透祖师关",杨万里正是在学习掌握了一个个大诗人的诗法后超越了他们,当他最后超越《国风》这一关时,便进入了纵心所欲的自由王国。正如《无门关》所指出的那样:

> 大道无门,千差有路。透得此关,乾坤独步。

这样,也就不必将某一大师的作品当作学诗的不二法门,甚至也不必将流转圆美如弹丸的"活法"视为作诗的不二法门。诗之道亦如佛法,正如西谚所云:"条条道路通罗马。"诗人若悟及此,则处处洞开方便之门,又何必粘滞于定法或拘泥于弹丸呢?

所以,杨万里的"参"后之"悟"是放逐了前人,找回了自我,刮掉了古书蒙在眼睛和心灵上的那层膜,恢复了耳目观感的天真状态,重新发现新鲜活泼的真实世界。这才是真正的"透彻之悟"。用张紫岩(浚)的话来说:"廷秀(杨万里)胸襟透脱矣!"(见《鹤林玉露》甲编卷四"透脱")用杨氏自己的话来说:"春花秋月冬冰雪,不听陈言只听天。"(《诚斋集》卷四〇《读张文潜诗》)于是,"胸襟透脱"的诗人便有了不同于江西"句法"、紫微"活法"的新诗法——"无法":

> 问侬佳句如何法?无法无盂也没衣。(同上卷三八《酬阁皂山碧崖道士甘叔怀赠美名人不及佳句法如何十古风》之二)

禅宗称"无门为法门"、"无法可说,是名说法"①,可见,佛法的最高境界是"无法","无法"中包含着最深邃的哲理,最自由的创造。诗法亦如此,解脱了一切规矩、技术、理路、言筌之后,自然会契合天地宇宙之心,返回生命的本原。杨万里常常以禅喻诗,对禅宗的"无法"精神当

---

① 参见《宗镜录》卷五七、《顿悟入门要道论》卷上。

有相当的了解。他的诗友葛天民称他是"赵州禅在口皮边,渊明诗写胸中妙"(《葛无怀小集·寄杨诚斋》),准确地揭示了他的禅学渊源和诗学特点。杨万里在《和李天麟二首》之二中写道:

> 句法天难秘,工夫子但加。参时且柏树,悟罢岂桃花?(《诚斋集》卷四)

首句中的"句法"相当于"诗法"之义。"句法天难秘"是由禅宗思想生发出来的。禅宗认为佛教教义并无奥妙,人们一旦揭开幻象之纱幕,就再无神秘可言。正如佛祖灵山拈花、传法迦叶之事,唐代禅师道膺评论道:"汝若不会,世尊有密语;汝若会,迦叶不覆藏。"[①]佛教教义的玄秘与否,在于参禅者的会与不会——悟与不悟。作诗也如此,只要长期参究,一旦悟入,诗法也就不再是神秘玄妙的东西。"参时且柏树"两句,用了两则著名的禅宗公案:一是有僧问赵州从谂禅师:"如何是祖师西来意?"答曰:"庭前柏树子。"二是灵云志勤禅师见桃花而悟道[②]。有如参禅悟道不必执著于柏树或桃花一样,学诗也不须死死拘泥于江西派或晚唐体的各种句法。这就是"透脱",这就是"无法"。

"参时且柏树"提供了杨万里"赵州禅在口皮边"的证据,而"渊明诗写胸中妙"也能在《诚斋集》中找到佐证。杨氏不仅"晚因子厚识渊明",而且特别欣赏陶诗"雕空那有痕,灭迹不须扫"的风格(《诚斋集》卷二二《读渊明诗》)。从规矩模仿的角度看,陶诗是不宜学的,陈师道就认为"渊明不为诗,写其胸中之妙尔"(《后山诗话》),换言之,陶诗无迹可学,无法可学。然而,杨万里喜欢陶诗正在于此,他自己的诗亦如陶诗,只是无拘无束地自由表达胸中的感受体验而已。

杨万里的"无法"说可从这几方面来理解:

其一,无师法的独创。所谓"衣钵无千古,丘山只一毛",正如衣钵

[①] 见《景德传灯录》卷一七《洪州云居山道膺禅师》。
[②] 分别见《五灯会元》卷四《赵州从谂禅师》、《景德传灯录》卷一一《福州灵云志勤禅师》。

相传不能代替佛法心印一样①,学诗者模仿前人句法也不能代替诗心灵性的继承。只有抛弃偶像,丢开衣钵,才能举丘山如一毛,如意自在。所以杨万里一再说:"传派传宗我替羞,作家各自一风流。黄陈篱下休安脚,陶谢行前更出头。"(《诚斋集》卷二六《跋徐恭仲省干近诗》之二)"于是辞谢唐人及王陈江西诸君子皆不敢学,而后欣如也"(同上卷八○《诚斋荆溪集序》)。从模仿中解放出来,创造出自己的风格。

其二,无定法的新变。照江西诗派的观点,每个诗人都各有其独特的"句法",即所谓"体"或"风格"(style)。由于杨万里不愿附属于任何一种前人"句法",因而他把作诗当作不断发展的过程来看待。每当他对某种风格感到厌倦,就渴望转向另一种新风格。他在《诚斋南海诗集序》中说道:

> 予生好为诗,初好之,既而厌之,至绍兴壬午予诗始变。予乃喜,既而又厌之。至乾道庚寅予诗又变。至淳熙丁酉予诗又变……潮阳刘涣伯顺为清远宰时,尝为予求所谓《南海集》四百首者。至再见于中都,伯顺复请不懈,乃克与之。嗟乎!予老矣,未知继今诗犹能变否?延之尝云予诗每变每进,能变矣,未知犹能进否?他日观此集,其羡也乎,其亦厌也乎?(《诚斋集》卷八○)

后来,他在《诚斋朝天续集序》中又写道:

> 余大儿长孺举似于范石湖、尤梁溪二公间,皆以为余诗又变,余亦不自知也。(同上卷八一)

在《诚斋集》中,我们可看到一种永远锐意进取、力求变化的躁动精神,

---

① 见《六祖坛经》,禅宗六祖慧能拒绝传衣给门徒,"据先祖达摩大师付授偈意,衣不合传"。以为传衣钵不足以代表传佛法。

不但超越前人，而且超越自己，决不止息于任何一种"句法"之下。

其三，无技法的活法。吕本中曾称赞黄庭坚作诗是"死蛇弄得活"，不过，黄氏似乎只给"死蛇"装了些机关，安排布置成常山蛇阵，有"活"之形，而无"活"之气；有"活"之用，而无"活"之体。真正能当得上"死蛇解弄活鲅鲅"的是"诚斋体"①，它给"死蛇"来了个"夺胎换骨"，完全换上新鲜的肌体，成了真正有生命的东西。因为这"蛇"不再是前人的陈言，而是充满生机的自然万象。无须再用"丛林活句"或"弹丸法"去舞弄陈言，而是以透脱的心灵去感受活泼的审美物象，并将其转化为活泼的审美意象。正如张镃所说："造化精神无尽期，跳腾踔厉即时追。目前言句知多少，罕有先生活法诗。"（《南湖集》卷七《携杨秘监诗一编登舟因成二绝》之二）诚斋"活法"实已超越形式技法层面，而是精神层面活泼泼的物我交感，天机呈露。

其四，无秘法的简易。前举杨万里诗句云："《国风》此去无多子，关捩挑来只等闲。"《国风》是杨氏参诗的最后一关。"无多子"一词见于禅宗公案：临济宗创建者义玄在黄檗禅师手下学道时，三次问及佛法大意，三次被打。但他在悟后对大愚说："佛法也无多子。"②即佛法也并无多少神秘之处。同样，杨万里参透《国风》之后也发现，挑开关捩，一切原来是如此简单容易。所以，他于悟后写道："涣然未觉作诗之难也。"事实也如此，他在短短十四个月内，就"得诗四百九十二首"（见《诚斋荆溪集序》）。正因佛法并不困难或神秘，所以悟者的活动与普通人的活动并无二致。禅师们说："行住坐卧，无非是道。"对于杨万里来说，则"行住坐卧，无非是诗"。诗和禅一样，其"神通并妙用"，本来就存在于"运水及搬柴"这样的世俗生活之中，达到至境的诗人无需搜奇猎怪，只需在寻常事物中发现诗题。禅宗"平常心是道"的精神在这里改造为"平常心是诗"。于是，悟后的诚斋便生活在一个充满诗意的世界，"万象毕来，献予诗材"（《诚斋荆溪集序》），"好诗排闼来寻我，一字何曾拈白须"（《诚斋集》卷三七《晓行东园》），"老夫不是寻

---

① 《葛无怀小集·寄杨诚斋》云："参禅学诗无两法，死蛇解弄活鲅鲅。"
② 见《景德传灯录》卷一二《镇州临济义玄禅师》。

诗句,诗句自来寻老夫"(同上卷二九《晚寒题水仙花并湖山》)。此时,作诗乃是诗人自己不能控制的自然行为。

其五,无意于文者之法。吕本中承认自己的"活法"是"汉、魏以来有意于文者之法,而非无意于文者之法"。而诚斋"活法"则以其自然天成的创作态度近乎"无意于文者之法"。他论诗特别强调"出乎天"的感兴:

> 大抵诗之作也:兴,上也;赋,次也;赓和,不得已也。我初无意于作是诗,而是物是事适然触乎我,我之意亦适然感乎是物是事,触先焉,感随焉,而是诗出焉,我何与哉!天也。斯之谓兴。(《诚斋集》卷六七《答建康府大军库监门徐达书》)

"有意于文者之法"随时要考虑"变化不测,而亦不背于规矩",而"无意于文者之法"才真正进入绝对的自由创造之境,彻底摆脱各种诗歌定法的束缚,透脱无碍,笔端有口,信手拈来,而妙趣盎然。这就是张镃评"诚斋体"所说的"妙悟奚烦用力追"(《南湖集》卷六《诚斋以南海朝天两集诗见惠因书卷末》)。

由"活法"而至"透脱",而至"无法",是宋诗学内在规律的另一逻辑发展。"无法"的价值在于诗的本质的呈现,主体精神的回归。杨万里同时代的诗人也注意到这一点,如赵蕃《诗法》一诗说:

> 问诗端合如何作,待欲学耶毋用学。今一秃翁曾总角,学竟无方作无略。欲从鄾律恐坐缚,力若不加还病弱。眼前草树聊渠若,子结成阴花自落。(《诗人玉屑》卷一《赵章泉诗法》)

又张镃《诗本》一诗说:

> 诗本无心作,君看蚀木虫。旁人无鼻孔,我辈岂神通!风雅难齐驾,心胸未发蒙。吾虽知此理,恐堕见闻中。(《南湖集》

卷四）

大旨是说参禅作诗,如草树结子,其花自落,如蠹虫蚀木,偶成文字,一切出之自然无心,无须学问,无须见闻,不为诗法禅法所缚,便是好诗,便能顿悟。

值得指出的是,南宋诗学中的无意于诗事实上有两种倾向,一种是理学家的观点,指性情义理的自然流露,如魏了翁言:"古之为文皆以德盛仁熟流于既溢之馀,故虽肆笔脱口,而动中音节,非特歌诗为然也。"(《鹤山先生大全文集》卷六二《跋胡复半野诗稿》)以此他们普遍反对以声律为文,而推崇古诗选体。一种是诗人的观点,以自然无心的创作态度"捐书以为诗",由才学议论而转向妙悟兴趣,进一步倡导作诗"如羚羊挂角,无迹可求"。以此他们开始反对以江西诗派为代表的主气格、重理趣、讲句法的诗学,而推崇唐人的气象兴趣。戴复古和严羽是这一思潮的代表人物。不过,"兴趣"这一概念已非属于本章所讨论的范畴了。

丙 编

诗 格 篇

第一章　艺术质素的辨析

　　文学理论总是随着文学的进步而发展的。自汉魏以来，辨析文学的性质日益成为一个重要的理论问题。于是，在汉代有了文学（学术）与文章（文学）之分①，南北朝更有了文笔之辨，文学以其"事出于沉思，义归乎翰藻"的审美特征自觉地与学术分道扬镳。唐人承六朝文论，更进一步以"诗"与"笔"对举，显示出对诗歌与散文不同特征的初步认识②。

　　如果说汉魏六朝的文论基本上解决了文学与非文学之间的区别的话，那么宋代文论则更进一步通过诗与其他文学艺术形式的比较确定了诗的性质。一方面，由于文学作品的大量积累，宋人可以比前人更充分地总结文学现象，从而更深刻地认识文学艺术各种形式不同的艺术质素，发现各相近文体或姊妹艺术之间细微而根本的差别。另一方面，由于宋代文人多兼具儒林、文苑传统，同时多兼擅诗、词、文、书法、绘画等文艺形式，因此便有一种以道贯艺的哲学眼光，便有种种打通艺术各门类的美学思考。基于此，宋人由道而至艺，比前人更深入地探讨了诗与其他文艺形式相互渗透的意义。

　　正因如此，我们在宋诗学中会发现一对似乎针锋相对的反题：一是强调"当行本色"，严守文体或媒体的界限；一是提倡整合融会，相通互补，超越文体或媒体的界限。事实上，这是一对辩证的合题，从"异"与"同"两个侧面揭示出诗这门艺术的独特性质。

---

① 参见郭绍虞《照隅室古典文学论集》上编《文学观念与其含义之变迁》，上海古籍出版社，1983年版。
② 参见启秀山堂本《学海堂集》卷七刘天惠等《文笔考》。

一、当行本色：审美特征的强调

　　魏晋时代是文学的自觉时代，其重要的一点表现为讲求文体的划分和文体风格的探讨。曹丕在《典论·论文》中首先提出："夫文本同而末异，盖奏议宜雅，书论宜理，铭诔尚实，诗赋欲丽。"文章(广义的文学)基本规则相同，而具体的体制和表现手法有别。这种文体的划分和辨析，在魏晋南北朝蔚然成风。稍后于曹丕的陆机，在其《文赋》中对各文体风格的描述更为细腻："诗缘情而绮靡，赋体物而浏亮，碑披文以相质，诔缠绵而凄怆，铭博约而温润，箴顿挫而清壮，颂优游以彬蔚，论精微而朗畅，奏平彻以闲雅，说炜晔而谲诳。"而同时代的挚虞更著有《文章流别论》，不仅区分文体，而且考察其源流，分析其特征。

　　关于不同媒体的艺术性质的辨析，也肇端于这个时代。陆机最早分析诗与画的异同："丹青之兴，比雅颂之述作，美大业之馨香。宣物莫大于言，存形莫善于画。"① 只是这时的画主要是政治或宗教的宣传工具，或为忠臣烈士的肖像画，或为劝善惩恶的故事画，还缺乏文学、尤其是"缘情"之诗那样的艺术自觉意识，因而诗与画之间尚无对等的可比性。甚至到了唐代，绘画大发展，人们仍未留意诗画的关系，包括身兼"词客"、"画师"的王维，致使陆机那几句话直到五百多年后的晚唐还被张彦远的《历代名画记》视为有关诗画性质的权威性评语。

　　不过，魏晋时代文体风格的广泛探讨和媒体性质的权威评论，大多还停留在外在形式层面，诗区别于其他文体和媒体的审美特性尚未被真正抉发出来。如果我们因魏晋时代文学批评的繁荣而将其称为"文学的自觉时代"的话，那么，宋代则可因其诗歌批评的发达而无愧于"诗的自觉时代"的称号，而其重要的一点表现为对诗在文体和媒体意义上的审美特性的强烈关注。

　　宋人关于诗之文体意义的探讨，可分为三个层面：其一是诗歌类

---

① 见于唐张彦远《历代名画记·叙画之源流》。

别的划分和定义的解释；其二是诗、词、文各体特征和界限的强调；其三是诗在思维方式、表达形式、美学效果等方面与散文、史传的区别。而这些探讨中最重要的主题词是"当行本色"和"别材别趣"。

与魏晋时代的文体划分相比，宋诗学中文体辨析更具有纯文学的意义，也就是说，宋人在前人区分"文"与"笔"的基础上，进一步在"文"的内部、特别是"诗"这一门类中辨析各诗体的差别，"诗体流别论"取代"文章流别论"成为宋代文论的重要话题。出于对继承与革新问题的关心，宋代批评家普遍较重视诗歌发展的历史和现状，因而讨论各种诗体的起源、定义、演变情况的论述比比皆是：

> 凡所谓古与近体，格与半格，及曰叹，曰行，曰歌，曰曲，曰谣之类，皆出于作者一时之所寓，比方四诗，而强名之耳。方其意有所可，浩然发于句之长短，声之高下，则为歌；欲有所达，而意未能见，必遵而引之，以致其所欲达，则为行；事有所感，形于嗟叹之不足，则为叹；千歧万辙，非诘屈折旋则不可尽，则为曲；未知其实，而遽欲骤见，始仿佛传闻之得，而会于必至，则为谣。篇者，举其全也；章者，次第陈之，互见而相明也。近体见于唐初，赋平声为韵，而平侧协其律，亦曰律诗。由有近体，遂分往体，就以赋侧声为韵，从而别之，亦曰古诗。格如律，半格铺叙抑扬，间作俪句，如老杜《古柏行》者。（李之仪《姑溪居士文集》卷一六《谢人寄诗并问诗中格目小纸》）

> 刺美风化，缓而不迫，谓之风；采摭事物，摘华布体，谓之赋；推明政治，庄语得失，谓之雅；形容盛德，扬厉休功，谓之颂；幽忧愤悱，寓之比兴，谓之骚；感触事物，托于文章，谓之辞；程事较功，考实定名，谓之铭；援古刺今，箴戒得失，谓之箴；猗迁抑扬，永言谓之歌；非鼓非钟，徒歌谓之谣；步骤驰骋，斐然成章，谓之行；品秩先后，叙而推之，谓之引；声音杂比，高下短长，谓之曲；吁嗟慨叹，悲忧深思，谓之吟；吟咏情性，总合而言志，谓之诗；苏李而上，高简古澹，谓之古；沈宋而下，法律精切，谓之律。此诗之语众体

也。(张表臣《珊瑚钩诗话》卷三)

守法度曰诗,载始末曰引,体如行书曰行,放情曰歌,兼之曰歌行,悲如蛩螀曰吟,通乎俚俗曰谣,委屈尽情曰曲。(姜夔《白石道人诗说》)

这些论述不仅依循诗歌发展的事实正确指出古体和近体(或曰律)的区别,而且对同属古体的歌行诸体作了更细致的辨析。这些辨析显然超越了语言形式的层面,而涉及到各体的抒情表意的功能以及富有特征的文体风格。这就意味着宋人对诗歌各体的定义并非只从句式、格律等纯形式的角度来认识,而是将其视为一种积淀着观念、情感的"有意味的形式"(Significant Form)①。这种"有意味的形式"是通过古代诗人长期的实践而逐渐形成的,各有其包含着内容与形式、感性与理性相统一的审美特征。如同为古体诗,"歌"的浩然放情与"吟"的悲忧低叹就大异其趣。

宋人对这种"有意味的形式"的表述是所谓"本色"或"当行",即每一种文体和其他文体相比较,都有属于自己的形式与内容相统一的审美特征。与此相联系,每一种文体也就各有其擅场的领域和艺术局限。正是从这一点出发,宋代文论有一种"尊体"的强烈倾向,不少批评家强调保持各诗体、文体的"本色",特别是要严守文、诗、词之间的界限。如南宋诗人陈造(1133—1203)说:"文章自有体,豫章翁语学者法也。不见春华众木乎?红白色香,洪纤秋淡,具足娟好。翁属思运笔类是,文而文,诗而诗,词而词,体不同而皆工,可法也。要自有体之言求之。"②这是以黄庭坚为例,正面肯定"有体"的价值,文章各体自有不可相互替代的"红白色香,洪纤秋淡"的审美特性。又如北宋诗人陈师道《后山诗话》说:"退之以文为诗,子瞻以诗为词,如教坊雷大使之舞,虽极天下之工,要非本色。今代词手,惟秦七、黄九尔,唐诸人不

---

① 李泽厚《美的历程》改造贝尔(Glive Bell)的理论,以为美的形式是积淀了内容的"有意味的形式"(significant form),此借用其说。
② 见《江湖长翁集》卷二三《张使君诗词集序》。

迨也。"①这是以韩愈、苏轼为例,从反面否定"越体"的意义。在陈师道看来,韩、苏的诗、词固然美妙,但韩诗与散文的表现形式近似,苏词与诗的题材、境界无二,这就抹杀了各文体之间的界限,从而丧失了文、诗、词作为"有意味的形式"的美学意义。

那么,文、诗、词各自的"本色"究竟是什么呢?宋人的观点不外道德评价和美学评价两类。

道德评价的特点是将文、诗、词分为价值不同的三个等级,文为德之糟粕,诗为文之毫末,词为诗之馀绪②,文的功能是"载道",诗的功能是"言志",词的功能是"娱宾遣兴"③,实践这些功能的作品就可以说保住了"本色"。这种观点虽然相当保守,却是当时普遍的正统的思想。

与此相对立的是美学评价,强调诗或词作为"别是一家"的文体所独具的艺术价值。陈师道对韩、苏的批评就是从这个角度提出的。李清照对词与诗文的分别有更进一步的申说:

> 至晏元献、欧阳永叔、苏子瞻,学际天人,作为小歌词,直如酌蠡水于大海,然皆句读不葺之诗尔。又往往不协音律者,何邪?盖诗文分平侧,而歌词分五音,又分五声,又分六律,又分清浊轻重。且如近世所谓《声声慢》、《雨中花》、《喜迁莺》,既押平声韵,又押入声韵……王介甫、曾子固,文章似西汉,若作一小歌词,则人必绝倒,不可读也。乃知别是一家,知之者少。后晏叔原、贺方回、秦少游、黄鲁直出,始能知之。又晏苦无铺叙,贺苦少典重,秦即专主情致,而少故实,譬如贫家美女,虽极妍丽丰逸,而终乏富

---

① 参见《后山诗话》:"苏子瞻词如诗,秦少游诗如词。"似亦对苏、秦越体不满。
② 如苏轼《文与可画墨竹屏风赞》:"与可之文,其德之糟粕。与可之诗,其文之毫末。"又宋何士信有《草堂诗馀》四卷,收唐、五代、宋人词,可见宋人对词的看法。
③ 如周敦颐《周子通书》卷二八《文辞》云:"文所以载道也。"邵雍《伊川击壤集》卷一八《谈诗吟》:"诗者人之志,非诗志莫传。"陈世修《阳春集序》谓冯延巳词"所以娱宾而遣兴也",代表了宋人对词的一般看法。

贵态。黄即尚故实而多疵病,譬如良玉有瑕,价自减半矣。①

根据她的分析,词"别是一家"的"本色"是这样一些艺术质素:"协律"、"铺叙"、"典重"、"情致"、"故实",反对将词写成"不协音律"的"句读不葺之诗"。诚然,李清照批评以诗为词的观点在词学发展史上显得保守,但她对词"别是一家"的确认,揭示出词这一体裁所包含的、而诗无法具有的独特的审美价值,这对提高词的地位是有积极意义的。

同样,诗人也开始了对以文为诗的声讨,不愿让诗作为文的附庸。杨万里首先提出"诗非文比也,必诗人为之"的观点②,刘克庄更详尽地剖析了"诗人之诗"(或曰"风人之诗")与"文人之诗"的区别:

> 余尝谓以情性礼义为本,以鸟兽草木为料,风人之诗也。以书为本,以事为料,文人之诗也。世有幽人羁士,饥饿而鸣,语出妙一世;亦有硕师鸿儒,宗主斯文,而于诗无分者。(《后村先生大全集》卷一〇六《跋何谦诗》)
>
> 唐文人皆能诗,柳尤高,韩尚非本色。迨本朝则文人多,诗人少,三百年间虽人各有集,集各有诗,诗各自为体,或尚理致,或负材力,或逞辨博,少者千篇,多至万首,要皆经义策论之有韵者尔,非诗也。自二三巨儒及十数大作家,俱未免此病。(同上卷九四《竹溪诗序》)

诗以情性礼义为其意趣,以鸟兽草木为其形象,所以意象语言为诗的"当行本色"。而以书为本,以事为料,尚理致,负材力,逞辨博等等,乃是经义策论、学术文章的特色,与诗无涉。诗与文的区别不在于是否用韵,而在于内容与表现手法的根本差异,理学家作诗,有可能是"语

---

① 《苕溪渔隐丛话》后集卷三三引李清照《词论》。
② 见《诚斋集》卷七九《黄御史集序》。

录讲义之押韵者",古文家作诗,有可能是"经义策论之押韵者"。正如古希腊亚里斯多德所说:"诗人与历史家的差别不在于诗人用韵文而历史家用散文——希罗多德的历史著作可以改写成韵文,但仍旧会是一种历史,不管它是韵文还是散文。"①所以刘克庄主张诗人必须严守自己的界限,以诗人的而非文人的眼光心智去作诗。他进一步从批评角度提出"诗必与诗人评之"的主张,以为"诗非本色人不能评",反对"名节人"、"学问人"、"文章人"、"功名人"对诗歌的干预②。

事实上,作诗如"语录讲义之押韵者"的理学诗人邵雍,对诗的审美特征的认识却很高明。他在《诗史吟》中写道:

> 史笔善记事,长于炫其文;文胜则实丧,徒憎口云云。诗史善记事,长于造其真;真胜则华去,非如目纷纷。(《伊川击壤集》卷一八)

用诗来记叙事件,才能达到"真"的境界。这一点很接近亚里斯多德的看法,即诗比历史显出更高度的真实性。邵雍所说的"真",一方面是因为诗所记之事比历史更具普遍性,合乎可然律或必然律;另一方面也因为宋儒坚信中国诗以"思无邪"为其创作原则,修辞立其诚,与中国某些史书虚饰夸诞的写作风格相比,更具历史的真实。如杜甫诗敷陈时事,推见至隐,号为"诗史",就因为它比当时的史书更真实地反映了安史之乱时期社会各阶层的遭遇和隐衷。邵雍关于"史笔"文胜实丧的评语虽然有偏见,未注意到中国史学另有"不虚美、不隐恶"的优良传统,但他关于诗胜于历史的看法却无疑提高了诗的地位,对于理学家视诗为"闲言语"的做法有一定的告诫作用。

宋人在严守各文体、尤其是诗的"当行本色"时,已经意识到诗在思维方式、表达形式和美学效果等方面与散文、史传等的区别。"本

---

① 亚里斯多德《诗学》第九章,转引自朱光潜《西方美学史》上册第 73 页,人民文学出版社,1979 年版。
② 见《后村先生大全集》卷一〇九《刘澜诗集题跋》。

色"一词具有本行业、本专业的含义,因而,宋人在谈到诗须"本色人"为之的时候,实际上是在强调诗人必须有专门的艺术训练和独特的思维方式,必须具有写诗的才能和条件。诗人和文人,有时会隔行如隔山。北宋李之仪(1100年前后在世)说得好:

> 司马相如、扬雄之于词赋,司马迁、刘向之于叙事,李陵、苏武之于诗,是以其所长自得,而因其所自得者发之于言耳。主于离娄之视,不能代师旷之听;轮扁庖丁,不能互任其手。故能叙事者,未必工于诗;而善词赋者,未必达于叙事。盖各有所专,而于其他虽通,终不得而胜也。(《姑溪居士文集》卷三五《折渭州文集序》)

这段话说得最圆通,文人兼写诗,有如业余选手参加比赛,终不如专业选手懂规则,有技巧,因而难于与专业诗人抗衡。正如严羽在《沧浪诗话·诗辩》中说:"且孟襄阳学力下韩退之远甚,而其诗独出于退之之上者,一味妙悟故也。"

在宋人有关"当行本色"的论述中,严羽的认识最深刻,他指出:"惟悟乃为当行,乃为本色。"(《沧浪诗话·诗辩》)也就是说,"悟"是诗人区别于名节人、学问人、文章人、功名人的独特思维方式,它近似于直觉(intuition),而非知性(know)。这就是他所说的"诗有别材,非关书也",与学问无关。"别材"是诗人的禀赋,但并非天生具有,而是来源于"熟参"大量风格不同的诗篇后的"自然悟入",这是一种深刻领悟到诗的最本质审美特征的艺术直觉。诗人具备这种"别材",自然就能写出"当行本色"的作品。而诗的"当行本色"即严羽所说的"诗有别趣,非关理也",这以盛唐诸诗人的作品为其典范:"盛唐诸人,惟在兴趣,羚羊挂角,无迹可求。故其妙处,透彻玲珑,不可凑泊,如空中之音,相中之色,水中之月,镜中之象,言有尽而意无穷。"(同上)可见,"别趣"就是"兴趣",它是诗所特有的审美趣味,诗所用的表达方式是暗示(suggest)而非叙述(state),因而它获得的美学效果是含蓄的而非显露的,如空中之音、相中之色一样无法用理性抽绎剖析,如水中之月、镜中之象一样既隐约又鲜明,既真实又虚幻。这种暗示获得的趣味不着思辨的痕迹,已超出语言的字面意义之外。诗以此"别趣"和散文区别开来,所以《沧浪诗话·诗法》特别提到"须是本色,须是当行",就是要求诗人坚守"尚意兴"或重"兴趣"的作诗原则。

严羽对诗的艺术特质的辨析,其意义不仅仅在于廓清了诗与文之间的界限,或者发现诗与散文在语言形式上的差异,而更在于揭示出诗心灵性与学问智性的区别,或曰形象思维与逻辑思维的区别,揭示出诗所特具的超越语言局限的艺术魅力。他对"近代诸公"(苏、黄等人)的批评,正是维护诗的审美价值的体现。由于他始终以"别材别趣"来衡量诗,所以他对苏黄的批评能击中要害。时至今日,学术界仍将"尚理"、"以文字为诗,以才学为诗,以议论为诗"视为宋诗的特点,可见严羽的分析是有美学的穿透眼光的。

宋人关于诗之媒体意义的辨析,也较魏晋时代进了一大步。值得一提的是邵雍的两首诗,一首是《史画吟》:

> 史笔善记事,画笔善状物。状物与记事,二者各得一。诗史善记意,诗画善状情。状情与记意,二者皆能精。状情不状物,记意不记事。形容出造化,想像成天地。体用自此分,鬼神无敢异。诗者岂于此,史画而已矣。(《伊川击壤集》卷一八)

历史善于记叙客观事件,绘画善于描写客观事物,而诗史(偏重记叙的诗)却善于记叙事件中所蕴藏的意义,诗画(偏重描写的诗)却善于摹状事物中所蕴藏的感情。诗中的历史是形容出来的历史,诗中的图画是想象而成的图画,诗以其主观虚构的特点与史的客观叙述、画的客观摹仿区别开来。亚里斯多德有句名言:"历史家描述已发生的事,而诗人却描述可能发生的事。"[①]这句话讲的是希腊史诗与历史的区别,

---

① 亚里斯多德《诗学》第九章,转引自朱光潜《西方美学史》上册第 73 页,人民文学出版社,1979 年版。

然而,史诗是叙述性、摹仿性的文学,与中国传统诗歌的暗示性、表现性迥然不同。事实上,邵雍的《史画吟》判别诗、史、画的差异,更符合中国传统诗歌的实际。此外,邵雍用"记事"和"状物"来概括史、画的特点,意味着他懂得二者之间所用的媒介各有其特殊功用和限制,史只宜于表现时间上相承续的事件,画只宜表现空间上相并列的事物,二者各得一端,不能兼擅。这里史和画的区别,接近于莱辛《拉奥孔》里阐发的诗画异质说,因为莱辛所举例大多为荷马史诗,在"记事"上与史同功①。

邵雍的另一首《诗画吟》更是直接辨析诗画的异质:

> 画笔善状物,长于运丹青;丹青入巧思,万物无遁形。诗画善状物,长于运丹诚;丹诚入秀句,万物无遁情。(《伊川击壤集》卷一八)

画以"丹青"为其媒介,善于描摹外在事物的形象(form),偏重于外来印象之再现(representation);诗以"秀句"(语言)为其媒介,偏重于内在感情的表现(expression),即使是状物,也使万物皆着我之色彩,表现出万物的情趣(feeling)。这和《史画吟》中的观点是一致的。我们前面探讨过的宋诗对象世界人文化的倾向,即与此诗人的"丹诚"投射"万物"有关。显然,邵雍的诗画异质说与莱辛讨论的重点完全不同,这是因为中国传统诗歌以"言志"、"缘情"为基本规则,其本质是一种抒情诗(lyric),与西方史诗传统大异其趣。因此,邵雍探讨的诗画异质,与其说是两种媒体物质形式的差异,不如说是它们蕴含的精神内容的悬殊,即画是客观的摹仿,诗是主观的表现。一旦诗失去"形容"、"想象",失去"记意"、"状情",不过是"史画而已矣",媒体的区别也就无足轻重了。

其实,在邵雍的时代,人们对诗与画在媒体功能上的区别已有相

---

① 莱辛(Lessing)在《拉奥孔》中阐发的论绘画和诗的界限,所分析正是希腊史诗中拉奥孔故事与拉奥孔雕像的区别。

当深刻的认识。比如《唐国史补》里有个传说:"客有以按乐图示王维,维曰:'此《霓裳》第三叠第一拍也。'客未然,引工按曲,乃信。"沈括就一针见血批驳了这个无稽之谈:"此好奇者为之。凡画奏乐,止能画一声。"[1]显然他已悟出作为空间艺术的绘画只能表现一刹那内的景象[2]。画不能表现时间的延续,同样,诗也无法表现空间的形体,正如黄庭坚所说:"断肠声里无形影,画出无声亦断肠。"(《山谷外集诗注》卷一五《题阳关图二首》之一)诗或者乐不能绘形,而画却不能绘声,黄氏已意识到诗作为听觉艺术与画作为视觉艺术的区别。

宋人虽承认诗歌和绘画各有独到之处,但普遍相信诗的表现面比绘画广阔得多,或绘画表现力更受媒体的局限。与邵雍的观点类似,欧阳修似乎也认为画只宜状物,不宜状情,他指出:

> 萧条淡泊,此难画之意。画者得之,览者未必识也。故飞走迟速,意浅之物易见;而闲和严静,趣远之心难形。若乃高下向背,远近重复,此画工之艺尔,非精鉴者之事也。(《欧阳文忠公文集》卷一三〇《鉴画》)

对于作画者来说,难于表现"萧条淡泊"的氛围和"闲和严静"的情调,难于表现主体的"意"和"心";对于观画者来说,易于欣赏"高下向背、远近重复"的构图,或是"飞走迟速"的物之形态,却难于领悟画家的"趣远之心"。换言之,绘画在状情方面受到传达和交流的双重局限。所以王安石在诗中一再说:"意态由来画不成"、"丹青难写是精神"[3]。其实,岂但情调的气氛,即使是物色的气氛也很难画出,如司马光的父亲司马池(980—1041)有一首著名的《行色》诗:"冷于陂水淡于秋,远

---

[1] 见《梦溪笔谈》卷一七《书画》。
[2] 莱辛《拉奥孔》认为画叙述动作只能通过物体来暗示,只能在动作发展的直线上选取某一点或动作期间的某一顷刻。参见伍蠡甫主编《西方文论选》上卷莱辛《拉奥孔》,上海译文出版社,1979年版;钱钟书《七缀集·读拉奥孔》,上海古籍出版社,1985年版。
[3] 参见《临川先生文集》卷四《明妃曲二首》之一、卷二五《读史》。

陌初穷到渡头。赖是丹青不能画,画成应遣一生愁。"①画难于绘声、绘情,甚至难以绘"色"——行色、日色、月色②。就连倡言"诗中有画,画中有诗"的苏轼,也承认诗歌的画难于转化为物质的画,他记诗友参寥语:"老杜诗云:'楚江巫峡半云雨,清簟疏帘看弈棋。'此句可画,但恐画不就尔。"③诗善状物,或曰"诗中有画",但非画所能表达,这在宋代已成老生常谈④。

如果说通过诗歌与散文、史传、学术文章的比较,宋人确认了诗的思维特点是"妙悟"(直觉)、语言特点是"不可凑泊"(暗示)、审美特征是"兴趣"(言有尽而意无穷)的话,那么,通过诗歌与绘画的比较,宋人更自觉地认识到诗作为语言艺术所独具的时间性、听觉性、想象性、抒情性等特殊性质。这些比较和辨析,显示出宋代文学观念的进步,在中国美学史上具有重要的价值。

二、出位之思:媒体界限的超越

宋代学术贯穿着一种理性精神,即视"道"(或"理")为万物唯一的原理或整体,因而重视各学科之间的整会融合。"道"既可以是"人生之道"(The Way of Life),可以是"自然之道"(The Way of Nature),也可以是"艺术之道"(The Way of Art),正如千江之月,实为一月。宋诗学也具有这种形而上理论的倾向,所以依循以道贯艺的精神,强调诗与其他文艺形式的相融相通。尽管宋代不少诗人和批评家已意识到艺术各门类的"当行本色",但他们仍有意打通各种壁垒,不管所谓"别是一家",超越文体甚至媒体的界限。

这种提倡不同文体或媒体相融相通的观点,借用德国美学术语来

---

① 见《苕溪渔隐丛话》后集卷二二引张文潜说。
② 如苏轼《和文与可洋川园池三十首·溪光亭》云:"决去湖波尚有情,却随初日动檐楹。溪光自古无人画,凭仗新诗与写成。"又如《苕溪渔隐丛话》后集卷三七载僧仲殊《减字木兰花》词云:"一般奇绝,云淡天高秋夜月。费尽丹青,只这些儿画不成。"
③ 见《苏轼文集》卷六八《书参寥论杜诗》。
④ 参见钱钟书《七级集·读拉奥孔》。

说，叫作"出位之思"（Andersstreben）①。它本指一种媒体欲超越其本身的表现性能而进入另一种媒体的表现状态的美学，此处也借指同一媒体中不同体裁或类别的文艺形式的相互越界，如诗与文（同属语言艺术）、书与画（同属造型艺术）相通。虽然，这种观点东西方美学者提出来讨论者甚多，但在宋代，它是作为"理一分殊"的哲学思潮的艺术引申而出现的，因而显示出鲜明的时代性和民族性。同时，这种"出位之思"也与总结诗歌创作经验、摆脱诗歌定型化困境的需求分不开。

宋诗学有一重要命题，即"文中有诗，诗中有文"。众所周知，宋诗最受后人诟病的特点之一就是"以文为诗"，然而，这种特点在不少宋人那里却得到相当的理解甚至赞赏。比如在北宋治平年间（1064—1067），沈括、吕惠卿（1032—1111）等人同在史馆谈诗，沈括说："韩退之诗，乃押韵之文耳，虽健美富赡，而终不近古。"吕惠卿却认为："诗正当如是，我谓诗人以来，未有如退之也。"②欧阳修的看法亦近似吕惠卿，他在《六一诗话》中称赞韩愈"资谈笑，助谐谑，叙人情，状物态，一寓于诗，而曲尽其妙"，就颇有为"以文为诗"张目的味道。事实上，有相当多的宋人承认诗文是相通的，可以相生互补。那么，诗与文到底在什么意义上、什么程度上或什么角度上可以相通呢？考察宋人的言论，不外以下几种认识。

其一，诗文中贯穿着同一哲学精神，诗与文承担着同样的道德功能。如戴复古所说："诗文虽两途，理义归乎一。"（《石屏诗集》卷一《谢东倅包宏父》）严格说来，这并没有涉及"出位之思"的问题，但宋人的诗文相通的思考大抵以此为出发点。

其二，诗与文都是作者不得已而发于外的心声，外在形式的差异并不影响其内在性质的相同，如谢谔（1121—1194）在《卢溪文集序》中说：

---

① 参见叶维廉《中国诗学·"出位之思"：媒体及超媒体的美学》，三联书店，1992年版。
② 参见魏泰《临汉隐居诗话》。

李杜诗多于文,韩柳文多于诗。世之不知者便谓多者为所长,少者为所短。此殆拘牵之论,而非圜机之士。夫贤哲之于世,学以为主,用之则行,其发而为言有所谓不得已者,其将激于中而发于外者乎!即是而为诗,即是而为文,文即无韵之诗,诗即有韵之文。所以《三百篇》之美刺,即十二公之褒贬,盖本一致。如此则李杜可名长于文,韩柳可名长于诗,又奚可以一偏观耶?(《卢溪文集》卷首)

中国文学传统中有"有韵为诗,无韵为文"的概念,着眼于音律形式,但事实上,柳宗元的山水游记比那些玄言诗、理学诗更具有诗的性质。在谢谔看来,诗和文仅有形式的区别,文即是(有韵之)诗,诗即是(无韵之)文,"盖本一致"。这"本"就是诗文共具的抒情性、表现性特征。同时,我们也可发现,谢谔所谓"本",也包括诗文所共具的政治功能——"美刺"即是"褒贬"。道德评价和美学评价的交错,构成宋人对诗文共性的认识。

其三,诗与文的艺术手法或语言形式可以相互借鉴,相生互补。陈善之说最为雄辩:

韩以文为诗,杜以诗为文,世传以为戏。然文中要自有诗,诗中要自有文,亦相生法也。文中有诗,则句语精确;诗中有文,则词调流畅。谢玄晖曰:"好诗圆美流转如弹丸。"此所谓诗中有文也。唐子西曰:"古人虽不用偶丽,而散句之中,暗有声调,步骤驰骋,亦有节奏。"此所谓文中有诗也。前代作者皆知此法,吾谓无出韩、杜。观子美到夔州以后诗,简易纯熟,无斧凿痕,信是如弹丸矣。退之《画记》,铺排收放,字字不虚,但不肯入韵耳。或者谓其殆似甲乙帐,非也。以此知杜诗韩文,阙一不可,世之议者,遂谓子美无韵语殆不堪读,而以退之之诗但为押韵之文者,是果足以为韩、杜病乎?文中有诗,诗中有文,知者领予此语。(《扪虱新话》上集卷一)

若依"当行本色"的观点,韩愈以文为诗,所以其诗只能称为"押韵之文";杜甫以诗为文,所以其文(无韵语)不可卒读。然而,依陈善的观点,诗与文的语言形式之间是一种辩证的关系,互相依赖于对方而存在,或者互相包容着对方的因子。文中无诗,则语言散漫而乏味;诗中无文,则语言雕琢而晦涩。反言之,文中有诗,一可使语句精确简练,二可使语言节奏富有韵律感;诗中有文,一可使语调流畅圆美,二可使句法自然清新,无堆砌之病。杜诗和韩文之所以有极高的成就,就在于他们善于在诗和文之间,寻求其审美因素的融合和互补。同理,杜文和韩诗的价值也该如此来认识。在承认诗文性质不同的前提下,陈善并未严守其界限,而是提倡二者的"相生"甚至"越体"。这种观点极富理论价值,它已超越道德评判而进入纯文学形式的范畴,其中包蕴着对不同文体之间某种相互认同的质素的发现,包蕴着对不同文体之间的"互文性"(intertextuality)的理解,甚至包蕴着对诗歌语言形式的"陌生化"(defamiliarizatism)的追求①。宋人对"以文为诗"的默许或赞赏,大抵基于这种认识。所以,黄庭坚教人学诗,每每以韩愈《原道》一文作示范②,正取其相生互补之意。

其四,从文人兼诗、诗人兼文的角度,说明诗文相通。如赵蕃《有怀子肃读其诗卷因成数语》诗云:

> 退之以文鸣,馀事尤长诗。名家贾、孟流,未必逾于斯。渊明工五言,亦有《归来辞》。乃知意到处,百发无一亏。(《淳熙稿》卷一)

对于陶渊明、韩愈这样的大作家来说,专业或"当行本色"的界限是不

---

① "互文性"是符号学的重要概念,认为构成本文的每个语言符号都与本文之外的其他符号相关联。"陌生化"是俄国形式主义文评的重要概念,施克洛夫斯基(V. Shklovsky)在《作为技巧的艺术》中指出:"艺术的技巧就是使对象陌生,使形式变得困难。"变习见为新知,化腐朽为神奇。参见张隆溪《二十世纪西方文论述评》第75页,三联书店,1986年版。案:文的形式在诗中出现,能产生陌生化的效果,可参本书戊编第一章第二节关于"造散语"的论述。
② 范温《潜溪诗眼》云:"山谷言文章必谨布置,每见后学,多告以《原道》命意曲折。"

存在的,陶之于文,韩之于诗,均以业馀选手的身份取得了比职业选手(名家贾、孟流)更好的成绩。赵蕃这番话显然是针对"诗须本色人为之"的观点而发的,从思维方式上肯定诗与文的内在一致性——"乃知意到处,百发无一亏"。所以,有的批评家虽承认诗文各有"本色",但对"非本色"之作仍然充分肯定,如曾季貍《艇斋诗话》云:

> 东坡之文妙天下,然皆非本色,与其他文人之文、诗人之诗不同。文非欧、曾之文,诗非山谷之诗,四六非荆公之四六,然皆自极其妙。

这段话可和前引陈师道《后山诗话》评韩诗、苏词一段对读。陈氏强调的是严守"本色",曾氏推崇的是"自极其妙"。换言之,陈氏评判作品成就的高低以是否合乎文体特征为标尺,曾氏评判作品则以是否具有高度的艺术性(极其妙)为准绳。相比较而言,后者的看法更符合宋代文学发展的实际,更代表宋代文学革新的思潮。刘辰翁的看法更激进:

> 后村谓文人之诗与诗人之诗不同,味其言外似多有所不满,而不知其所乏适在此也。吾尝谓诗至建安,五七言始生,而长篇反复,终有所未达,则政以其不足为文耳。文人兼诗,诗不兼文也。杜虽诗翁,散语可见。惟韩、苏倾竭变化,如雷霆河汉,可惊可快,必无复可憾者,盖以其文人之诗也。诗犹文也,尽如口语,岂不更胜!彼一偏一曲,自擅诗人,诗局局焉、靡靡焉,无所用其四体,而其施于文也,亦复恐泥,则亦可以瞶然而悯哉!(《须溪集》卷六《赵仲仁诗序》)

这里有几点值得注意:一是公开对刘克庄批评"文人之诗"的观点提出质疑,以为诗中无文正是诗的缺憾;二是认为文人之作中兼有诗,而诗人诗中不能兼有文,所以诗人有时得靠散语表达诗所不能表达的思想;三是指出"文人之诗"最具表现力,从而为韩、苏"以文为诗"的倾向大唱赞歌;四是提出"诗犹文也"的概念,反对作诗拘泥于"一偏一曲",以诗体为限,划地为牢。

综上所述,在一部分宋人眼里,诗与文不仅在哲学精神、道德功能方面完全一致,而且在艺术手法、思维方式甚至语言形式方面都可彼此借鉴,相互移植,因此,文、诗、词之间尽可以自由穿越界线,不必死守"当行本色"。事实上,宋代不少大作家都是文、诗、词兼擅的,从未将某一文体视为自己的专业,因而在创作过程中,他们常常会有意无意地将甲文体的题材、内容、结构、句法、情调等等移植到乙文体中去。虽然这种作法有时会损害乙文体的"有意味的形式"所独具的美感,但是在移植的过程中,一种新的"有意味的形式"会随之产生,比如文对诗的"入侵"形成中国诗歌史上别具一格的"宋调",诗对词的"入侵"形成中国词史上独树一帜的"豪放派"。

我们注意到,严守诗文区别的人,往往都是"唐音"的提倡者,如杨万里、刘克庄、严羽等,只是有学晚唐与学盛唐的差异。而主张诗文相通的人,则都是苏、黄的追随者和崇拜者。前者接近于文苑传统,而后者更具有儒林本色,因而更能体现宋诗学的时代精神。不可否认,诗文在任何时代都有各自的疆域和功能,如骈赋之于律诗,毕竟还有"诗缘情而绮靡,赋体物而浏亮"的不同。然而,同样不可否认,诗与文都是时代精神的产物,在中国历史上各个时代,诗与文都有某种同步对应关系或相互影响关系,如南北朝时期的骈赋、骈文和"永明体"诗,其词藻、对偶和声律之讲究,都如出一辙,文的骈俪化,即一种诗化和辞赋化。中唐韩愈等人倡导古文,反对骈偶,作诗也喜用古体,表现出一种"以文为诗"的倾向。晚唐的李商隐、北宋的西昆体,其律诗和骈文之间的联系也有迹可寻。显然,文体作为一种"有意味的形式",并非一成不变,它不仅具有文体风格上的意义,而且表现为一种时代风格。换言之,对诗与文风格的定位,决定于横向和纵向两条轴。从横向轴来看,诗与文各有其艺术特质;从纵向轴来看,不同时代的诗文亦各有其艺术特质。

大体上说来，倡言学唐诗的人，是从横向轴上来强调诗与文的分离，认为诗"别是一家"，另有一套不同于散文或日常语言的形态特征，语序与意脉脱钩，具有含蓄朦胧的象征意味。倡言学韩、苏诗的人，则从纵向轴上强调宋诗对唐诗的超越，认为诗的语言形态可以和散文甚至"口语"相通，语序与意脉可以结合，诗可以像文一样具有叙述表达功能。"以文为诗"因受到理学家的支持而在宋代更有势力，如张栻提倡的"学者之诗"，魏了翁提倡的"理明义精"自然"文从字顺"①，与所谓"文人之诗"并无二致。在这股诗学思潮里，我们不仅可以看到对诗歌语言的"陌生化"追求，而且可以发现对诗歌意义价值的有意识提升，即由文苑传统向儒林、理学传统的靠拢。

宋诗学中的另一重要命题是"诗中有画，画中有诗"。这一概念产生的背景是宋代绘画艺术的高度发展，朝野上下弥漫着嗜画的热潮。一方面是宋代文人大量参与绘事，或创作，或鉴赏，或批评；另一方面是宋代职业画家往往具有深厚的文学修养，善赋诗作文。换言之，宋代的诗人和画家即便不是身兼二艺，也往往是同一圈子里的朋友，具有大致相同的审美趣味和艺术眼光。在创作和欣赏的过程中，他们能切身体会到诗与画这两种媒体各自的局限性和优越性，因而产生出一种超越媒体、相互认同的强烈愿望，试图通过填平诗画之鸿沟来达到扩大各自表现力的目的。

苏轼也许是中国第一个提出诗画相通的人。在《书鄢陵王主簿所画折枝二首》之一诗中，他明确指出："诗画本一律，天工与清新。"在《书摩诘蓝田烟雨图》文中，他更举出诗画媒体界限可以超越的实例：

味摩诘之诗，诗中有画；观摩诘之画，画中有诗。

这几句话在中国诗论史和画论史上常常被当作经典性的评语而引用。

---

① 据元盛如梓《庶斋老学丛谈》卷中下记载，张栻欣赏"学者之诗"，不喜"诗人之诗"，参见本书甲编第一章第四节。魏了翁《鹤山先生大全文集》卷六《跋康节诗》谓"理明义精，则肆笔脱口之馀，文从字顺，不烦绳削而合。"

事实上，苏轼的功劳仅在于把当时已相当流行的诗画相通的观念明确表述出来而已。苏轼的师长欧阳修、文同都论及过诗画互照，苏轼的朋友也有大量类似的意见。因此，可以这样说，在中国，诗画相通的概念是在苏轼的时代（北宋中叶）才发展完善的。在此之前，人们虽然承认诗画同源，但却以为二者性质相异。唐人只说："书画异名而同体"（张彦远《历代名画记》卷一《叙画之源流》），那容易理解，书与画都属造型艺术，或曰空间艺术，媒体大致相类。至于诗与画，唐人却同意陆机的辨异："记传所以叙其事，不能载其形；赋颂所以咏其美，不能备其像；图画之制，所以兼之也。故陆士衡云：'丹青之兴，比雅颂之述作，美大业之馨香。宣物莫大于言，存形莫善于画。'此之谓也。"（同上）因而，宋人的"诗画一律"说，其理论贡献远较其诗画辨体（如邵雍的《诗画吟》等）为大，影响也更为深远。可以说，今人凡论及中国诗画观与西方诗画观的比较，都无法回避宋人、尤其是苏轼的"诗画一律"说，正如无法回避莱辛的"诗画异质"说一样。

那么，宋人是从哪些方面来认识"诗画一律"的呢？

其一，功能相同。尽管人物画与诗的颂美教化功能相一致，花鸟画对应于诗多识于鸟兽草木之名的功能，然而，宋人更强调的是诗与画"适意"的功能。如北宋山水画家李成（960年前后在世）"寓兴于画，精妙初非求售，唯以自娱于其间耳。故所画……一皆吐其胸中而写之笔下，如孟郊之鸣于诗，张颠之狂于草，无适而非此也"。他曾拒绝权贵的邀请，自称："吾本儒生，虽游心艺事，然适意而已。"（见《宣和画谱》卷一一《山水二》）又如北宋大画家李公麟也表示："吾为画如骚人赋诗，吟咏情性而已。"（同上卷七《人物三》）显然，诗与画都是"高尚之士怡性之物"，宋人更看重的是其心理功能，而非鉴戒教化的政治功能。宋代佛道宗教画和人物故事画的衰退，山水花鸟画的勃兴，正与宋诗政治功能让位于心理功能同步。

其二，观照方式相同。此就山水诗和山水画而言。中国古人有登高作赋的传统，画家的观照也受此传统影响。诗人兼画家文同就在诗中形象地描写过这种登高望远的观照方式，如"见山楼迥倚晴虚，看展终南百幅图"(《丹渊集》卷一三《寄永兴吴龙图给事》之二),观者如坐在环形电影银幕前,终南山的百幅如画风景随着他视角的转移而层层铺开。又如《长举》:"山色满西阁,到江知几层?峰峦李成似,涧谷范宽能。阔外晴烟远,深中晚霭凝。无由画奇绝,已下更重登。"(《丹渊集》卷一七)诗中实已暗含中国山水画"三远"的取景方法,"几层"近似"高远","阔外"就是"平远","深中"即为"深远"。中国山水画为何以散点透视处理,与这种观照方式很有关系。沈括认为:"大都山水之法,盖以大观小,如人观假山耳。"(《梦溪笔谈》卷一七《书画》)其实,"以大观小"不外是诗人"会当凌绝顶,一览众山小"的概括表述。这种观照方式背后是儒家"登泰山而小天下"的抱负、道家"独与天地精神相往来"的襟怀,以及佛教"梵我合一"、"心即宇宙"的立场,含有深刻的文化内容。从某种意义上说,中国山水画最终没采用"仰画飞檐"的焦点透视方法,正得力于诗赋传统的渗透,著名画家宋迪(1070年前后在世)的实践是最好的证明:"性嗜画,好作山水,或因览物得意,或因写物创意,而运思高妙,如骚人墨客登高临赋。"(《宣和画谱》卷一二《山水三》)

其三,表现对象相同。这主要指自然山水,既是画家描绘的对象,也是诗人吟咏的对象,宋人每见到优美的景色,常常是同时和画笔、诗笺联系起来:

人间最佳景,窗户供远纳。……吟笺摘奇胜,画笔写纷杂。(《丹渊集》卷一四《子骏邅使八咏堂·会景亭》)

有逢即画元非笔,所见皆诗本不言。(洪炎《西渡集》卷上《四月二十三日晚同太冲表之公实野步》)

村村皆画本,处处有诗材。(陆游《剑南诗稿》卷四一《舟中作》)

既然诗与画表现的对象相同,所以读一首诗也就如同看一幅画:"凡是山胜绝,钩罥付它匠。驱联以大语,句度实奔放。豁若展图画,压纸千

万嶂。"(《丹渊集》卷一八《彦思示望南山诗因答》)

其四,思维方式相同。苏轼指出:"古来画师非俗士,摹写物象略与诗人同。"(《苏轼诗集》卷六《欧阳少师令赋所蓄石屏》)又云:"古来画师非俗士,妙想实与诗同出。"(同上卷三六《次韵吴传正枯木歌》)具体说来,作诗与作画均需观察对象,在头脑中形成各种表象,但这种表象不是对外部世界照相式的反映,而是渗入了主体的"妙想"的复合表象。对于诗人和画家来说,由"眼中之竹"化为"胸中之竹"这一步是相同的,相异之处只是在各自用不同的媒体将"胸中之竹"化为"纸上之竹"。换言之,诗人和画家在介乎世界与作品之间有一种共同的"中心的表现",当其存在于想象里时,无需迁就于任何一种媒体。这就是所谓的形象思维方式,对于诗人来说是"寂然凝虑,思接千载,悄焉动容,视通万里"(《文心雕龙·神思》);对于画家来说是"迁想妙得"(《历代名画记》卷五)、"澄怀味像"(宗炳《画山水序》)。诗与画的想象过程大致相同。进一步而言,赋诗作画均捕捉灵感,画家须"急起从之,振笔直遂,以追其所见,如兔起鹘落,少纵则逝矣"(《苏轼文集》卷一一《文与可画筼筜谷偃竹记》),诗人亦须"作诗火急追亡逋,清景一失后难摹"(《苏轼诗集》卷七《腊日游孤山访惠勤惠思二僧》)。如画家孙知微作画,诗人陈师道得句,急遽仓黄之状,可谓异曲同工[①]。

其五,构思立意相同。诗与画在塑造形象与表达情感方面颇有共同规律,所以宋人往往从构思立意处发现二者的相似点。黄庭坚《题摹燕郭尚父图》云:

凡书画当观韵。往时李伯时为余作李广夺胡儿马,挟儿南驰,取胡儿弓引满,以拟追骑。观箭锋所直,发之,人马皆应弦也。伯时笑曰:"使俗子为之,当作中箭追骑矣。"余因此深悟画格。此

[①] 苏轼《画水记》云:"始,知微欲于大慈寺寿宁院壁作湖滩水石四堵,营度经岁,终不肯下笔。一日,仓皇入寺,索笔墨甚急,奋袂如风,须臾而成。"《后山诗注补笺》卷首引叶梦得云:"世言陈无己每登览得句,即急归,卧一榻,以被蒙首,恶闻人声。谓之吟榻。"

与文章同一关纽,但难得人入神会耳。(《豫章黄先生文集》卷二七)

故事画需要选择最富于生发性的顷刻,不能挑选顶点或最后的景象①;同样,诗歌亦需"言有尽而意无穷",不要把最后的结果和盘托出,如姜夔所说:"词意俱不尽者,不尽之中,固已深尽之也。"(《白石道人诗说》)黄庭坚由此悟出书画文章皆需"观韵",所以他作诗往往在到达顶峰前戛然而止,"断句辄旁入他意"②,似与此"画格"有关。画家李公麟却从杜甫的"诗格"中学到绘画的立意。据《宣和画谱》卷七记载:"大抵公麟以立意为先,布置缘饰为次。……盖深得杜甫作诗体制,而移于画。如甫作《缚鸡行》,不在鸡虫之得失,乃在于注目寒江倚山阁之时。公麟画《陶潜归去来兮图》,不在于田园松菊,乃在于临清流处。甫作《茅屋为秋风所拔叹》,虽衾破屋漏非所恤,而欲大庇天下寒士俱欢颜;公麟作《阳关图》,以离别惨恨为人之常情,而设钓者于水滨,忘形块坐,哀乐不关其意。"公麟所悟之意,正是宋人化解悲哀、控持激情的诗学精神。以上两例,我们也可以看出诗人和画家从双向试图打通诗画壁垒的不懈努力。

其六,意识指向相同。宋人吟诗作画均有内倾化现象,偏重于内心的体验。在心物二元关系上,他们更强调主体意识的决定作用。画家范宽(1000年前后在世)宣称:"吾与其师于人者,未若师诸物也;吾与其师于物也,未若师诸心。"(《宣和画谱》卷一一《山水二》)这和诗人主张"反求于志"、"不徒倚外物"的观点完全一致。所以,宋人论诗有"言志乃诗人之本意,咏物特诗人之馀事"的说法,论画也同样强调"取其意气所到",甚至认为"古画画意不画形"③。苏轼首先提出"士人画"(文人画)的概念,以与"画工画"相区别,而文人画的意识指向

---

① 这一点黄庭坚与莱辛《拉奥孔》的看法相同。
② 参见陈长方《步里客谈》卷下。
③ 欧阳修《盘车图诗》云:"古画画意不画形,梅诗咏物无隐情。忘形得意知者寡,不若见诗如见画。"

和宋诗的精神完全相通①。诗与画在"尚意"这个层次统一起来。

其七,审美特征相同。诗与画都具有超越于媒体之上的审美特征,黄庭坚称之为"韵",沈括称之为"神",严羽称之为"兴趣"。沈括说:

> 书画之妙,当以神会,难可以形器求也。世之观画者,多能指摘其间形象、位置、彩色,瑕疵而已,至于奥理冥造者,罕见其人。如彦远《画评》言王维画物,多不问四时,如画花往往以桃、杏、芙蓉、莲花同画一景。予家所藏摩诘画《袁安卧雪图》,有雪中芭蕉。此乃得心应手,意到便成,故造理入神,迥得天意,此难可与俗人论也。(《梦溪笔谈》卷一七"书画")

这里不仅揭示出中国画虚构性、表现性的特征,而且强调在画的形象、位置、色彩之外,另有一种难以形器求的神理。这和严羽《沧浪诗话》对诗之"兴趣"的解释可谓不谋而合。在宋人看来,画不可以线条色彩求之,正如诗不可以语言文字求之。正是在媒体界限之上,诗与画具有一种相互认同的质素,一种内在的艺术精神的对应。黄庭坚所说的书画之韵与文章同一关纽,也是指这种从不同媒体中抽象出来的共同艺术质素。

其八,艺术风格相同。由于诗与画都具有一种超越于媒体之上的内在精神,因而二者呈现出来的艺术风格也就存在着相对应的可能性。换言之,从"神理"、"兴趣"或"韵"的角度去欣赏诗与画,就会对二者的艺术风格提出相同的要求。如苏轼所言:

> 论画以形似,见与儿童邻。赋诗必此诗,定非知诗人。诗画

---

① 《苏轼文集》卷七〇《又跋汉杰画山二首》之二云:"观士人画,如阅天下马,取其意气所到。乃若画工,往往只取鞭策皮毛槽枥刍秣,无一点俊发,看数尺许便倦。汉杰真士人画也。"又同卷《跋蒲传正燕公山水》云:"燕公之笔,浑然天成,粲然日新,已离画工之度数,而得诗人之清丽也。"

本一律,天工与清新。边鸾雀写生,赵昌花传神。何如此两幅,疏淡含精匀。谁言一点红,解寄无边春?(《苏轼诗集》卷二九《书鄢陵王主簿所画折枝二首》之一)

这里阐述的观点与沈括所论相近,反对诗追求"着题"(切题),画追求"形似"。边鸾的"写生"和赵昌的"传神",苏轼均有所不满,而欣赏王主簿的"疏淡含精匀",在"一点红"之象外,传达出"无边春"之意来。这也就是苏轼在《王维吴道子画》中所推崇的"摩诘得之于象外,有如仙翮谢笼樊",摆脱媒体的拘束,从有限中追求无限。诗与画的共同规律就在于,必须创造一种"天工与清新"的风格,让人忘记人工技巧和媒体界限的存在,获得画外、诗外之意。所以苏轼认为王维之画比吴道子高明,就因为其画"亦若其诗清且敦",不只是技巧绝妙而已。这里必须指出的是,宋代的画风与诗风在很大程度上表现出同一性,于画是水墨意韵的追求,于诗是平淡境界的提倡,将感性经验化为心灵的妙悟,不须丹青而墨分五色,不借丽辞而淡有至味,清新而夺天工,疏淡而含精匀,质而实绮,癯而实腴。九方皋相千里马不问牝牡雌黄的故事,成了宋人论画、论诗文最恰当的比喻①。顺便说,学界曾有人分析中国诗画的异趣,以为画的"水墨为上"与诗的"摛衷五色"正好对立②,其实,稍微多接触宋人的诗作和诗论,便不难驳倒这一结论,因为"水墨为上"和"摛衷五色"与其说是画风与诗风的区别,不如说是宋与六朝、唐代诗画风格的差异③。

值得指出的是,宋人的"诗画一律"说,并非抹煞诗画的界限,将诗画完全混为一谈,而是强调诗与画的异质而同趣。诗是听觉艺术,以声韵为其传媒;画是视觉艺术,以造型为其特征。有声与无声之间、有

---

① 如陈与义《和张矩臣水墨梅五绝》之四云:"意足不求颜色似,前身相马九方皋。"陈善《扪虱新话》下集卷一云:"知九方皋相马法,则可以观人文章。"
② 见萧驰《中国诗歌美学》第九章《中国诗画创作比较观》,北京大学出版社,1986年版。
③ 如六朝谢赫《古画品录》图绘"六法"之一为"随类赋彩",谢灵运作诗"弃淳白之用,而骋丹艧之奇"(明焦竑《谢康乐集题辞》),唐代的金碧山水与唐诗的色泽鲜艳,多有一致之处。而宋画崇尚水墨意趣亦与宋诗崇尚平淡风格相对应。换言之,六朝唐画风、诗风均倾向于"摛衷五色",而宋画风、诗风均倾向于"水墨为上"。

形与无形之间本不可逾越,但其艺术精神却相通,所以无声的画可以是"无声诗"(或"有形诗"),无形的诗可以是"无形画"(或"有声画")。宋人于此论述极多:

> 少陵翰墨无形画,韩幹丹青不语诗。(《苏轼诗集》卷四八《韩幹马》)
>
> 诗是无形画,画是有形诗。(张舜民《画墁集》卷一《跋百之诗画》)
>
> 李侯有句不肯吐,淡墨写作无声诗。(《山谷内集诗注》卷九《次韵子瞻子由题憩寂图二首》之一)
>
> 烦公有声画,相我无弦琴。(《宋诗纪事》卷三七王安中《王摩诘钓鱼图》)
>
> 终朝诵公有声画,却来看此无声诗。(《宋诗纪事》卷五九钱鍪《次袁尚书巫山十二峰二十五韵》)
>
> 更如前人言:"诗是无形画,画是有形诗。"哲人多谈此言,吾人所师。(郭熙《林泉高致》,人民美术出版社《画论丛刊》本)
>
> 宋迪作八境,绝妙,人谓之无声句。演上人戏余曰:"道人能作有声画乎?"因为之各赋一首。(惠洪《石门文字禅》卷八《潇湘八景》诗题)
>
> 龙眠解说无声句,时向烟云一倾吐。(《宋诗纪事》卷九二善权《王性之得李伯时所作归去来图并自书渊明词刻石于琢玉坊为赋长句》)
>
> 画以有声著,诗以无声名。有声者,道祖之所已知;无声者,道祖之所欲为而未能者也。(岳珂《宝真斋法书赞》卷一三《薛道祖白石潭诗帖赞》)

在宋代,"无声诗"、"有形诗"和"有声画"、"无形画"几乎成为谈诗说画的口头禅,甚至歇后语,所以南宋孙绍远编辑唐宋题画诗,干脆取名《声画集》,宋末画家杨公远(1228—?)自编诗集也题作《野趣有声画》,可见这类概念在宋代的广泛流行。

从表面上看,宋人关于诗画的对比与西方传统的诗画对比,用意差不多。古希腊诗人西蒙尼德斯(Simonides)说过:"诗为有声之画,画为无声之诗。"罗马诗论家贺拉斯(Horace)说过:"画如此,诗亦然。"西塞罗(Cicero)亦说:"正如诗是说话的画,画该是静默的诗。"[①]但是,宋人的口头禅和歇后语不仅在于揭示诗画这两门艺术的异同,更在于提倡这两门艺术之间的相互借鉴和相生互补。当宋人称画为"无声诗"或"有形诗"时,意味着他们发现画中具有诗的质素;反之亦然,以诗为"有声画"或"无形画"时,意味着他们注意到诗中所具有的画的质素。换言之,这些口头禅和歇后语要求人们除了从甲媒体本身的表现性能去欣赏外,还必须从乙媒体的表现角度去理解品评。所以宋人进一步而言诗画之互补:

> 丹青吟咏,妙处相资,昔人谓诗中有画、画中有诗者,盖画手能状而诗人能言之。唐有《盘车图》,画重岗复岭,一夫驱车山谷间。欧阳赋诗:"坡长坂峻牛力疲,天寒日暮人心速。"又南唐画俗号《四畅图》,其一剔耳者曲肘仰面作挽弓势,一搔首者使小青理发趺坐俯首,两手置膝,作轮指状。鲁直题云:"剔耳压尘喧,搔头数归日。"且画工意初未必然,而诗人广大之,乃知作诗者,徒言其景,不若尽其情,此题品之津梁也。(蔡絛《西清诗话》)
>
> 画难画之景,以诗凑成;吟难吟之诗,以画补足,其意匠经营,亦良苦矣。(曹庭栋《宋百家诗存》卷三七杨公远《野趣有声画》吴龙翰序)

诗赋予画以情感,画赋予诗以形象,诗画互补,相得益彰。于是,诗与画在协作的基础上,各自摆脱了媒体本身的局限,获得了比传统诗画更大的艺术表现力。

[①] 参见《朱光潜美学文集》第二卷《诗论》第七章《诗与画——评莱辛的诗画异质说》,上海文艺出版社,1982年版。又见钱钟书《七缀集·读拉奥孔》。

"丹青吟咏,妙处相资"在宋代最突出的表现是题画诗的兴盛和诗意画的流行。题画诗出现于初唐,杜甫已有不少杰作,但直到北宋中叶,才蔚为一代文学大观,苏轼题画诗约一百四十六首,是唐人题画诗之冠杜甫的七倍,黄庭坚题画一百〇六首,也有杜甫的五倍之多。此外如文同、晁补之、晁冲之(1094年前后在世)、米芾、米友仁(1072—1151)、宋徽宗(1082—1135)诸家,皆以画家兼诗人创作题画诗,江西诗派诸公亦皆有题画诗传世。直接题写画面之诗,始自苏轼题文同《竹枝图》(见《式古堂画考》卷一一)。这种直接将诗题于画上的形式,把诗画相资的观念发挥到极致,于是诗画合璧,辉映成趣,"高情逸思,画之不足,题以发之",作为空间艺术的绘画因诗歌的加入而获得一种时间的延续,同时,作为再现艺术的绘画也因诗歌的渗透而获得一种表现性的功能。正如晁补之所说:"画写物外形,要物形不改;诗传画外意,贵有画中态。"(《鸡肋集》卷八《和苏翰林题李甲画雁二首》之一)题画诗不光是对画的补充、引申或再创造,而且也体现出诗人对绘画艺术的模仿和借鉴。一幅杰出的图画可以极大地刺激诗人的灵感和想象力。事实上,苏、黄的题画诗可能比他们的山水诗写得更好。因为正如我们前面已指出的那样,宋人对人文意象比对自然意象更感兴趣。

以诗意为绘画题材,自北宋中叶后也成为画坛的风气,郭熙作山水画,非常重视取诗中佳句为题材,以为"佳句好意","即画之主意",其子郭思(1100年前后在世)更遵从父训,旁搜广引"古人清篇秀句,有发于佳思而可画者",录之备用①。《宣和画谱》卷一一著录郭熙《诗意山水图》二幅,正是这种"画取诗意"理论的具体实践。至徽宗朝,画院试画工,多以唐宋诗中的佳句为题,如"野水无人渡,孤舟尽日横"、"乱山藏古寺"、"竹锁桥边卖酒家"、"踏花归去马蹄香"、"浓绿万枝红一点,动人春色不须多"、"蝴蝶梦中家万里"等等,宋人画史、笔记中颇有记载②。这种诗意画对绘画的文学化——"画中有诗"的形

---

① 参见郭思《林泉高致集·画意》。
② 参见邓椿《画继》卷一、卷六,俞成《萤雪丛书》卷一、陈善《扪虱新话》上集卷一等。

成,起了极大的推动作用。画家追求诗意的结果,化动为静,化情为景,以空间暗示时间,以个别反映一般,以形象表现动作,绘画超越自身媒体的界限而具有诗歌的审美效果。

不可否认,在唐人的诗与画里已能发现大量的"诗中有画,画中有诗"的例子,但那只是自发的实践。宋人酷嗜的题画诗与诗意画才将其升华为一种自觉的实践,一种有"诗画相资"的理论作指导的自觉实践。这种实践的意义在于,画家避过写实的细节而表现客体的气韵或主体的情思,诗人则避过概念的说明性而进入事物原真的境界,形象思维的境界。两者都要求超越媒体的界限而指向"美感状态"(神理、韵、兴趣)的共同领域。同时,这种实践的意义还在于诗法与画法的相互借镜,台湾学者张高评教授在其《宋诗之传承与开拓》一书中论之甚详①,兹不赘述。总之,无论是"诗中有画",还是"画中有诗",都要求艺术的创造者与欣赏者具有"出位之思",这既是对中国已有的诗画实践的总结,也是对中国未来诗画发展方向的期待。可以说,中国诗画艺术的民族特色——诗的兼具空间意味的绘画性、雕塑性、电影视觉性与画的兼具时间意味的抒情性、表现性、诗歌韵律感——在宋代才真正得以确立。

宋人的"出位之思"当然不只限于诗文相通、诗画相融,而且关涉到所有语言艺术(文、诗、词)和造型艺术(书、画、篆刻)之间的交流借镜,融会整合。在宋人的著述中,随处可见这样的观点:"文者无形之画,画者有形之文,二者异迹而同趋。"(孔武仲《宗伯集》卷一《东坡居士画怪石赋》)"书画用笔,同一三昧。……而丹青之妙,乃复如诗,当是书法三昧中流出也。"(葛立方《韵语阳秋》卷一四)"古人律诗亦是一片文章,语或似无伦次,而意若贯珠。……非唯文章,书亦如是。……故唐文皇称右军书云:'烟霏云敛,状若断而还连;凤翥龙

---

① 参见《宋诗之传承与开拓》下篇《宋代诗中有画之传统与创格》第二章第三节、第三章第二、三节、第四章第一、二、三节,台湾台北文史哲出版社,1990年版。其"诗中有画"之技法如"以大观小"、"化动为静"、"诗境淡远"、"以人点景"、"具体比拟"、"典型概括"、"侧笔见态"、"包孕丰富"、"化静为动"、"夸大特写"等等,不一而足。

盘,势如斜而反直。'与文章真一理也。"(范温《潜溪诗眼》)"夫书画文章,盖一理也。"(同上)从"同趣"、"同一三昧"、同"一理"的论说中,我们可以发现,宋人"出位之思"的艺术换位现象,企图超越表现材料的限制的尝试,乃基于对艺术各部类彼此间共相与规律的认识,而这种认识又与宋代"理一分殊"的哲学思潮密切相关。

  进一步而言,在宋人眼里,艺术之道既与自然之道同构,与天地精神相通,又与人之道对应,是人格的真实显现,所以诗文书画自有内在的一致性。一方面是如风行水上,自成文理,合于自然之道;一方面是"论书当论气节,论画当论风味"、"书画文章以韵为主"[①],合于人生之道。既然各艺术门类本质相同,规律相似,趣味相近,那么,它们彼此间的相互越界、相互渗透、相互认同也就天经地义了。中国艺术的走向融汇整合,特别是诗或文(题跋)与书、画甚至篆刻融为一体的形式,正是宋人这种以道贯艺的精神充分实现的最佳例证。

  以上我们讨论了宋诗学中两种不同的倾向,一种强调"当行本色"、"别是一家",另一种提倡"妙处相资"、"同一关纽"。二者表面上看来针锋相对,但实际上乃一体之二面。言"当行本色"者,着眼点在诗与其他文艺形式的"异迹";言"妙处相资"者,着眼点在诗与其他文艺形式的"同趣"。事实上,所谓"出位之思"正是产生于对艺术各本位之异的认识,有了对"位"之局限的认识,才有"出位"越体的强烈要求。总体而言,"出位之思"因与宋代"理一分殊"的哲学思潮同步而成为宋诗学的主要倾向。无论是"诗文相生"、"以文为诗"、"以诗为词",还是"诗画一律"、"诗书画一理",都开创了诗歌艺术的新领域,扩大了诗歌的表现力,宋诗优于唐诗者正在这里。然而,有时"出位"的结果未免忘掉本位,尤其是混淆诗文界限,以致诗歌变为"经义策论之押韵者",这也是毋庸讳言的。

[①] 参见费衮《梁溪漫志》卷六"论书画"。

第二章　审美范畴的传释

众所周知,中国古典美学术语往往具有模糊性和不确定性的特点,这给使用或阐释它们的人带来相对自由。因此,在中国古典诗学中,不仅批评术语的更新意味着诗学重心的转移,而且传统术语的沿用也可能意味着新的诗学观念的出现。在考察宋人的诗论时,我们一方面会发觉,唐诗学最常见的"风骨"、"兴寄"、"境象"等术语逐渐为宋诗学的"气格"、"气韵"、"馀味"、"奇趣"等所替代;另一方面会注意到,宋诗学中的"格"、"韵"、"味"、"趣"等概念,已与传统的审美范畴有很大的差异,具有不同于唐诗学的全新内容。

事实上,中国古典美学术语在历史上的使用过程就是一个"传释"过程,它们在流传中不断被人们引申、演绎甚至篡改,每一种新的阐释或"误解"都曲折地反映出不同的批评家、不同的流派以及不同的时代所特有的审美风尚和文化心理。正因如此,任何企图给中国传统批评术语下确切定义的努力都将是白费功夫,我们只能从动态的角度去分析这些术语在特定语境里的特殊内涵,并通过具体用例的串解来确定其在某一时代的大致美学趣向。对宋诗学中常用术语的考察,也当采用这种方法。

一、格:品位和力量的标准

宋诗学中有一个突出命题,即崇扬一种至大至刚、充实完善的人格力量。这种人格力量通过"治心养气"而获得,并通过"命意造语"而转化为一种诗歌的审美特质。这种审美特质就是宋人崇尚的"格",

或曰"气格"、"格力"。"格"作为一个审美范畴,在宋诗学中占有极为重要的地位,它是测定诗歌是否有价值的最根本的标准。所以梅尧臣说:"炼句不如炼字,炼字不如炼意,炼意不如炼格。"(《续金针诗格》)陈师道也说:"学诗之要,在乎立格、命意、用字而已。"(张表臣《珊瑚钩诗话》卷二引)宋末元初的方回甚至说:"诗以格高为第一。"(《桐江续集》卷三三《唐长孺艺圃小集序》)都把"格"视为诗歌的第一要素。

作为一个传统美学术语,"格"字早在汉代以来就进入社会领域,作为品评人物行为的一般标准,如《礼记·缁衣》:"言有物而行有格也。"《抱朴子·审举》:"夫衡量小器,犹不可使往往而有异,况士人之格可参差而无检乎?"后来,"格"字用来指人物的风度、仪态,如《世说新语·德行》:"李元礼风格秀整,高自标持,欲以天下名教是非为己任。"这种"风格"与"标持"相关,可见是由人物行为美的标准演化而来。大约在南北朝时期,"格"字进入文学领域,用以评论诗文,如《颜氏家训·文章》:"陆平原多为死人自叹之言,诗格既无此例,又乖制作本意。"《文心雕龙·议对》:"亦各有美,风格存焉。"这一时期"格"字的使用,泛指诗文的格式、体例或艺术特色。

到了唐代,"格"字在诗文批评中的使用更为频繁,并成为评判作品的审美标准之一。排比唐人"格"字的用法,不外乎三个含义:一是格式,指某种体裁或某类作品写作的法则、程式,如王昌龄《诗格》、齐己《风骚旨格》以及晚唐五代类似的诗格著作,都取"格式"之意,所以皎然的著作名叫《诗式》,"式"就是"格"。《诗式》中有"跌宕格"、"淈没格"、"调笑格"等,其意晦涩难明,但亦是诗法的示范。二是品格,指作品的品第高下,《诗式》卷二序云:"古人于上格分三品等,有上上逸品。今不同此评,但以格情并高可称上,上品不合分三。"上格、中格、下格即上品、中品、下品。于是有格高格卑之说,如郑谷《自贻》诗:"诗无僧字格还卑。"三是风格,或曰体格,指作品呈现出来的审美风貌,如《诗式》卷一"辨体有一十九字"条称"体格闲放曰逸"。孙光宪《白莲集序》:"格清无俗字,思苦有苍髭。"

值得注意的是,唐代还出现了"格"字的合成词"气格"、"格力"

等。皎然《诗式》卷一"邺中集"条:"语与兴驱,势逐情起,不由作意,气格自高。"裴度《寄李翱书》:"文之异,在气格之高下,思致之浅深,不在其磔裂章句,髎废声韵也。"元稹《唐故工部员外郎杜君墓系铭》:"宋、齐之间,教失根本,士以简慢歙习舒徐相尚,文章以风容色泽、放旷精清为高,盖吟写性灵、流连光景之文也,意义格力无取焉。"又《上令狐相公诗启》:"然以为律体卑瘵,格力不扬,苟无姿态,则陷流俗。"以上几条说明这样两个倾向:一是唐人开始把"气格"、"格力"视为与章句、声韵、格律等语言形式相对待的精神内容范畴;二是唐人开始把"意气格力"视为与"风容色泽"相对待的一种更为重要的审美标准。

尽管中唐的裴度、元稹等人已标举意气格力,但在晚唐五代并未得到多少人的响应。贞元、元和年间的文化理想、政治热忱,在宦官擅权、藩镇割据的残酷社会现实面前,已化为幕僚的青袍之悲,禅客的寒伧僧态,举子的落第愁吟,浪子的青楼残梦与游子的思古幽情。晚唐的士人阶层已被从政治权力中心逐出,成为社会的多馀人,不得已借诗而作为无聊痛苦生活的镇定剂,所谓"唐祚至此,气脉浸微,士生斯时,无他事业,精神伎俩,悉现于诗,局促于一题,拘挛于律切,风容色泽,轻浅纤微,无复浑涵气象"(俞文豹《吹剑录》)。士人萎靡的精神、沮丧的心态在诗中表现为才思窘薄,志气卑弱,视野狭窄,语意浮浅。所以,就唐诗学、尤其是晚唐诗学的主流来看,"诗格"仍属于体例、法则、程式之类的艺术形式美的范畴,与人格无关。正如《蔡宽夫诗话》所说:"唐末五代,流俗以诗自名者,多好妄立格法,取前人诗句为例,议论锋出,甚有师子跳掷、毒龙顾尾等势,览之每使人抃掌不已。大抵皆宗贾岛辈,谓之贾岛格,而于李、杜诗特不少假借。"

综上所述,在汉魏六期,"格"字主要指人物行为、品格美的标准;在唐五代,"格"字主要指诗歌形式、风格美的标准。而在宋代,"格"字不仅被当作衡量诗歌价值的美的标准,而且被视为诗歌创作所应追求的标准的美,前者表述为格高、格卑之说,后者表述为有格、无格之论。宋诗学中的"格"已超越形式层面,甚至超越风格层面,而成为宋代士人精神风貌的艺术结晶。大体说来,宋人所言之"格"已具价值论

的内涵,成为根本区别于唐诗的一项重要标准。正因如此,宋人言"格",大抵都以晚唐诗为对立面而立论:

> 同自学诗,尝患唐人风格历五代,遂浅弱无意绪,不入人省览。(赵湘《南阳集》卷末附文同《南阳集跋》)
> 五季文章堕劫灰,升平格力未全回。(《苏轼诗集》卷二八《金门寺中见李西台与二钱唱和四绝句戏用其韵跋之》之四)
> 晚唐诗失之太巧,只务外华,而气弱格卑,流为词体耳。(吴可《藏海诗话》)
> 唐末人诗,虽格致卑浅,然谓其非诗则不可。(《诗人玉屑》卷一六引《室中语》)
> 唐诗外物长,内性弱,故格卑气弱。(叶适《习学记言序目》)

以上是对晚唐诗总体风貌的批评,具体落实到作家、作品的批评也总以"格"字来衡量:

> 许氏世工诗,浑、棠格力微。(梅尧臣《宛陵先生集》卷五五《许仲途屯田以新诗见访》)
> 郑谷诗名盛于唐末……其诗极有意思,亦多佳句,但其格不甚高。(欧阳修《六一诗话》)
> 东坡言郑谷诗"江上晚来堪画处,渔人披得一蓑归",此村学中诗也。子厚云:"千山鸟飞绝,万径人踪灭。孤舟蓑笠翁,独钓寒江雪。"信有格也哉!殆天所赋不可及也。(《洪驹父诗话》)
> 今太白诸集犹兼行,独彦谦殆罕有知其姓名者,诗亦不多,格力极卑弱,仅与罗隐相先后。(《蔡宽夫诗话》)
> 唐王建《牡丹》诗云:"可怜零落蕊,收取作香烧。"虽工而格卑。(陆游《老学庵笔记》卷一〇)

由此可见,宋诗学的标举气格,乃是出于创造一种根本区别于晚唐诗的宋诗特质的自觉要求。

宋人普遍相信,言为心声,诗品即人品的体现,晚唐诗格卑气弱,实与诗人的人格乃至整个时代的精神形态相关。晚唐五代士气衰杀极甚,诚如欧阳修《新五代史·杂传》感叹:"得全节之士三,死事之臣十有五,而怪士之被服儒者以学古自名,而享人之禄、任人之国者多矣。"宋初诗风卑弱,也与此士风的延续相关。所以,要提高诗歌的品格,必须首先着眼于士风的改造。换言之,宋诗学要矫正晚唐五代以来"悲哀为主"的诗格,就必须改造"文人无行"的人格。宋人尚"格"的深层动机正在于此,而"格"字作为论诗的首要标准,在宋诗学里也有了全新的意义和丰富的内涵。

首先,"格"字在宋诗学里常和"气"字并举或结合成"气格"一词,这就意味着宋人把"格"视为气的凝聚,即人的气质禀赋与道德精神本体的凝聚。"气"这一概念,是古文最重要的审美特征,韩愈曾说过:"气盛则言之短长与声之高下皆宜。"(《答李翊书》)而韩愈擅长的七言古诗,亦以"气盛"取胜。宋人于诗标举"气格",正有意仿效韩愈,将古文的审美特征移植于诗中。正如吴之振《宋诗钞·欧阳文忠诗钞》小引云:"其诗如昌黎,以气格为主。昌黎时出排奡之句,文忠一归之于敷愉,略与其文相似也。"无论诗还是文,气盛则格高,气衰则格卑,所以宋人以"治心养气"为学诗文的首要条件。

其次,"格"字作为诗歌的一种审美特质,与气势、力量、能力等"力"的因素密切相关。宋人所说的"气格",往往指诗中表现出来富有气势、刚健雄豪的美感力量。如叶梦得《石林诗话》卷上云:

> 蜀人石昪,黄鲁直黔中时从游最久。尝言见鲁直自矜诗一联云:"人得交游是风月,天开图画即江山。"以为晚年最得意,每举以教人,而终不能成篇,盖不欲以常语杂之。然鲁直自有"山围燕坐图画出,水作夜窗风雨来"之句,余以为气格当胜前联也。

"山围"一联之所以"气格当胜",正在于富有动感力度。叶氏感叹"七言难于气象雄浑,句中有力,而纡徐不失言外之意"(同上卷下),前两句正是对"气格"的准确说明。"气格"或"格力"有时也指一种深厚宏博、无施不可的艺术能力。杜甫诗"气格超胜",表现为艺术上举重若轻,工巧精微,而似"未尝用力"(同上卷下);而晚唐诗人"格力微",不仅指人格卑微而乏刚健的骨力,也指才思苦涩而乏艺术创造力。

其三,"格"字是人品与诗品的统一体。宋诗学标举"气格"正好与宋儒学崇尚人格修养同步。宋初王禹偁《送丁谓序》云:"去年得富春生孙何文数十篇,格高意远,大得六经旨趣。"这与晚唐郑谷所言"诗无僧字格还卑"之"格"相较,已化寒俭僧态为高远旨趣。到了仁宗朝,以范仲淹、欧阳修为代表的新一代进士们以复兴儒学、改革政治为己任,奋厉当世,挺立士风,更以"气格"相尚。其时为人为诗,都追求一种矫拔世俗的力量,如范仲淹称道友人胡则"少而倜傥,负气格"[1],欧阳修称道友人石曼卿"自少以诗酒豪放自得,其气貌伟然,诗格奇峭"[2]。后人也以"气格"称许这一时代的人物和诗歌,陆游仰慕石介(守道)、李觏(泰伯)的"气格相上下"[3],叶梦得评价欧阳修作诗"专以气格为主"[4],"气格"的追求体现了范、欧时代的诗人们对主体人格的张扬和艺术格局的开拓,从而极大地提高了宋诗的精神品位。

其四,"格"字具有崇雅反俗的内涵。欧阳修《归田录》卷三云:"昌花写生逼真,而笔法软俗,殊无古人格致。"黄庭坚在《跋书柳子厚诗》中称友人王观复"作诗有古人态度","气格已超俗"。可见,宋人追求的"格致"、"气格"是一种不求世售、追配古人的精神风貌,一种高峻古朴、超尘脱俗的艺术气质。苏轼《红梅》诗云:"怕愁贪睡独开迟,自恐冰容不入时。故作小红桃杏色,尚馀孤瘦雪霜姿。寒心未肯随春态,酒晕无端上玉肌。诗老不知梅格在,更看绿叶与青枝。"诗中赞赏的"孤瘦雪霜姿"的"梅格",正是宋人推崇的"诗格"的绝佳象

---

[1] 见《范文正公集》卷一二《兵部侍郎致仕胡公墓志铭》。
[2] 见《六一诗话》。
[3] 见《渭南文集》卷一三《答陆伯政上舍书》。
[4] 见《石林诗话》卷上。

征①。苏轼在《评诗人写物》文中说:"若石曼卿《红梅》诗云:'认桃无绿叶,辨杏有青枝,'此至陋语,盖村学中体也。"不知"梅格"之高雅,故有"诗格"之浅俗。

其五,"格"字是精神内容与艺术形式的统一体。《珊瑚钩诗话》卷二引陈师道论学杜诗之要说:"(杜甫)《冬日谒玄元皇帝庙》诗,叙述功德,反复伸(原作"外",据仇兆鳌《杜诗详注》卷二所引校正)意,事核而理长;《阆中歌》辞致峭丽,语脉新奇,句清而体好,兹非立格之妙乎?"由此可知陈师道所说的"立格",既有内容方面的"事核而理长",又有形式方面的"辞致峭丽"、"语脉新奇"、"句清而体好"。诗歌若只有精神内容的高尚,仍不免"格卑"之讥。这以宋人对白居易诗的评价最为典型,张戒《岁寒堂诗话》卷上指出:

> 世言白少傅诗格卑,虽诚有之,然亦不可不察也。元、白、张籍诗,皆自陶、阮中出,专以道得人心中事为工,本不应格卑,但其词伤于太烦,其意伤于太尽,遂成冗长卑陋尔。比之吴融、韩偓俳优之词,号为格卑,则有间矣。若收敛其词,而少加含蓄,其意味岂复可及也。

高雅脱俗的内容,须借助于收敛含蓄、盘马弯弓的语言张力,才能转化为高古的诗格。白诗之失,正在于平铺直叙,缺乏峭丽与新奇。魏泰在《临汉隐居诗话》中说:"盖诗欲气格完邃,终篇如一,然造句之法亦贵峻洁不凡也。"足见气格亦关乎语言风格问题。

值得注意的是,尽管宋人普遍把"格"作为论诗的首要标准,但在不同时期的诗人那里强调的侧重点仍有差异。庆历年间,欧阳修等人追求的"气格",是以"开口揽时事,论议争煌煌"的豪迈气魄为其底蕴的,而这种气魄是外向的,"发扬感动"的,是一种"豪放之格"。欧阳修以李白、韩愈为诗学的典范,正在于从李诗豪迈飞扬、韩诗横放崅厉的精神气概中吸取挺立士风、矫卑拔俗的力量。欧阳修对苏舜钦诗风

---

① 如陈善《扪虱新话》下集卷一云:"诗有格有韵……格高似梅花,韵胜似海棠花。"

的描绘,可以说是对"气格"内涵最形象的揭示:"子美气尤雄,万窍号一噫。有时肆颠狂,醉墨洒霶霈。譬如千里马,已发不可杀。盈前尽珠玑,一一难拣汰。……苏豪以气轹,举世徒惊骇。"(《欧阳文忠公文集》卷二《水谷夜行寄子美圣俞》)其时诗坛的任务,乃在于矫正西昆体末流之弊,西昆体以"包蕴密致"的律诗为其特点,所以欧、苏等人有意识以纵横自由的古体诗相对抗,唯意气之所至,不复更为涵蓄。

熙宁年间,王安石等人倡言的"格力",倾向于对艺术能力的崇拜。欧阳修在《李白杜甫诗优劣说》中认为:"杜甫于白,得其一节,而精强过之,至于天才自放,非甫可到也。"(《欧阳文忠公文集》卷一二九)这是以"气格"为标准,因而认为杜甫不如李白之处,在于缺少"天才自放"的气概。王安石则把欧阳修的"李杜优劣说"彻底颠倒过来:"白之歌诗,豪放飘逸,人固莫及。然其格止于此而已,不知变也。至于甫,则悲欢穷泰,发敛抑扬,疾徐纵横,无施不可,故其诗有平淡简易者,有绮丽精确者,有严重威武若三军之帅者,有奋迅驰骤若泛驾之马者,有淡泊闲静若山谷隐士者,有风流蕴藉若贵介公子者。盖其诗绪密而思深,观者苟不能臻其阃奥,未易识其妙处,夫岂浅近者所能窥哉?此甫所以光掩前人,而后来无继也。元稹以谓兼人所独专,斯言信矣。"(《苕溪渔隐丛话》前集卷六引《遯斋闲览》)认为李白诗只有豪放飘逸一格,缺乏杜诗变化百态、包容众作的风格,这正是"白之才格词致不逮甫"之处。值得一提的是,王安石所赞同的元稹,恰恰是以"意气格力"称许杜诗的第一人。王安石同时代的王令(1032—1059)赞扬杜诗"镌镵物象三千首,照耀乾坤四百春",稍后的苏轼称"诗至于杜子美","而古今之变,天下之能事毕矣",秦观称杜诗"积众家之长"、"集诗之大成",或赞其陶钧万物的力量,或推其熔铸众长的才能,从而惊叹其"格力天纵"[①]。这种对"格力"的推崇,显示出宋人对单纯追求"豪放之格"的反省。将矫拔流俗的人格力量凝聚为沉着

[①] 参见《王令集》卷一一《读老杜诗集》、《苏轼文集》卷七〇《书吴道子画后》、《淮海集》卷二二《韩愈论》。《苏轼文集》卷六九《跋唐氏六家书后》评颜真卿书法艺术"雄秀独出,一变古法,如杜子美诗,格力天纵,奄有汉、魏、晋、宋以来风流,后之作者殆难复措手"。

深厚的艺术力量,这是熙宁后宋诗发展的新动向。

绍圣以后,随着党派倾轧、诗祸文网的进一步加剧,诗人大都失却了奋厉当世、致君尧舜的豪情,"格"的含义也由外发的"气格"转为内敛的"格致",一种孤高傲世、淡泊自甘的人格精神与风骨高峻、刚健朴拙的艺术品格的统一。由苏轼发起、黄庭坚响应的学陶运动,其声势规模简直可以与学杜思潮平分秋色。作为一代诗学典范,陶渊明闲淡平和的风格竟得到宋人最高的评价——"格高"的美誉,甚至被目为古今"格高"诗人之首,与"诗圣"杜甫齐名①。这时的"格",仍以主观精神力量为其底蕴,却将感激豪宕的气势转化为贞静古穆的风神。而正是在这转化的关头,宋诗学中"韵"这一术语翩然而至。

二、韵:深沉而简远的境界

欧阳修等人提倡的"气格",一是与强调诗的政治功能相关,二是与有意于以文为诗的风尚相一致。而到了北宋后期,诗的政治功能因诗祸频仍而幻灭,以文为诗的艺术缺陷也充分显露,诗人便普遍将豪放外发之气收敛为含蓄深沉之致,所谓"潜气内转","气格"一变而为"气韵",发扬感激的政治呼号逐渐为优游不迫的人生情调所代替。至大至刚、充实完善的人格力量,不再表现为"学海波中老龙,圣人门前大虫"的杜默式的豪气②,而转化为"超然邈出宇宙之外"的陶渊明式的襟怀③。

北宋诗学由气格向气韵的转变,是诗的政治功能向道德、心理功能转变的结果,也是诗人对诗歌本质的认识深化的产物。"格"虽然仍

---

① 如陈善《扪虱新话》下集卷一云:"如渊明诗,是其格高。"又如方回《桐江续集》卷三三《唐长孺艺圃小集序》云:"诗以格高为第一。……而又于其中以四人为格之尤高者,鲁直、无己上配渊明、子美为四也。"
② 《苏轼文集》卷六八《评杜默诗》云:"石介作《三豪》诗,略云:'曼卿豪于诗,永叔豪于文,杜默字师雄者豪于歌也。'永叔亦赠云:'赠之三豪篇,而我滥一名。'默之歌,少见于世,初不知之。后闻其篇,云'学海波中老龙,圣人门前大虫',皆此等语,甚矣介之无识也。……吾观杜默豪气,正是京东学究饮私酒食瘴死牛肉饱后所发者也。作诗狂怪,至卢仝、马异极矣,若更求奇,便作杜默。"而杜默之为石介、欧阳修所欣赏,亦时代精神使之然。
③ 见《苕溪渔隐丛话》前集卷三引《蔡宽夫诗话》评陶语。

被强调,但须和"韵"结合,才能臻于诗的最高境界。王安石的创作实践提供了由气格转向气韵的典型,正如叶梦得《石林诗话》卷上所说:

> 王荆公少以意气自许,故诗语惟其所向,不复更为涵蓄。如"天下苍生待霖雨,不知龙向此中蟠",又"浓绿万枝红一点,动人春色不须多","平治险秽非无力,润泽焦枯是有材"之类,皆直道其胸中事。后为群牧判官,从宋次道尽假唐人诗集,博观而约取,晚年始尽深婉不迫之趣。

"以意气自许","直道其胸中事",便是"气格"的准确写照,"深婉不迫之趣",便是"气韵"的大致说明。与此同时,苏轼晚年也在对少壮时期诗风的反思中表达了对"高风绝尘"的"远韵"的向往,《书黄子思诗集后》集中体现了他对"韵"的理解:

> 予尝论书,以谓钟、王之迹,萧散简远,妙在笔画之外。至唐颜、柳,始集古今笔法而尽发之,极书之变,天下翕然以为宗师,而钟、王之法益微。至于诗亦然。苏、李之天成,曹、刘之自得,陶、谢之超然,盖亦至矣。而李太白、杜子美以英玮绝世之姿,凌跨百代,古今诗人尽废,然魏、晋以来高风绝尘,亦少衰矣。李、杜之后,诗人继作,虽间有远韵,而才不逮意,独韦应物、柳宗元发纤秾于简古,寄至味于澹泊,非馀子所及也。唐末司空图,崎岖兵乱之间,而诗文高雅,犹有承平之遗风。其论诗曰:"梅止于酸,盐止于咸。饮食不可无盐、梅,而其美常在咸、酸之外。"盖自列其诗之有得于文字之表者二十四韵,恨当时不识其妙。予三复其言而悲之。(《苏轼文集》卷六七)

苏轼早年诗学刘禹锡,语多怨刺,后又学李白,失之粗豪[1],晚年政治上

---
[1] 参见《后山诗话》。

不得志,对"崎岖兵乱之间"的司空图的诗论开始产生共鸣。这里的"高风绝尘"不是指某种具体的风格,而是诗歌所应具备、诗人所应追求的审美特质。这种审美特质表现为两点:一是"妙在笔画之外","美在咸酸之外",即超越于具体艺术形象或思想内容之上的艺术境界,一种只可意会、不可言传的美感状态。二是"发纤秾于简古,寄至味于澹泊",将丰富深刻的美感内容寄寓于平淡古朴的艺术形式之中,即一种含光内敛的艺术境界。

苏轼的诗论已基本涉及"韵"的内涵,但在宋代把"韵"作为各门艺术最高审美标准的当首推黄庭坚。黄氏论韵之说甚多,兹举数例如下:

> 陈元达,千载人也,惜乎创业作画者,胸中无千载韵耳。(《豫章黄先生文集》卷二七《题摹锁谏图》)
>
> 凡书画当观韵。……此与文章同一关纽。(同上《题摹燕郭尚父图》)
>
> 故人物虽有佳处,而行布无韵,此画之沉疴也。(同上《题明皇真妃图》)
>
> 如季海笔,少令韵胜,则与稚恭并驱争先可也。季海长处正是用笔劲正而心圆。若论工不论韵,则王著优于季海,季海不下子敬;若论韵胜,则右军、大令之门,谁不服膺?(同上卷二八《书徐浩题经后》)
>
> 论人物要是韵胜为尤难得,蓄书者能以韵观之,当得仿佛。(同上《题绛本法帖》)
>
> 东坡简札,字形温润,无一点俗气。今世号能书者数家,虽规摹古人自有长处,至于天然自工,笔圆而韵胜,所谓兼四子之有以易之,不与也。(同上卷二九《题东坡字后》)

黄庭坚所谓的"韵",既指艺术创造主体的精神境界,即胸中之韵,也指艺术本体的审美特质,即行布之韵。关于后者,黄氏在《题摹燕郭尚父图》中曾借李伯时之画予以说明。伯时画李广夺胡儿马,引满弓拟射追骑,他选取的动作,是故事发展到顶点前的最富于包孕性的顷刻,给人留下丰富的想象馀地。这是书画之韵,也是诗文之韵,要求在"行布"之时含蓄收敛,切勿将笔势、画旨、文义、诗意发露无遗。

自苏、黄拈出"韵"之后,以"韵"论诗一时蔚为风气。李廌(1059—1109)认为:"凡文章之不可无者有四:一曰体,二曰志,三曰气,四曰韵。……文章之无韵,譬之壮夫,其躯干枵然,骨强气盛,而神色昏瞢,言动凡浊,则庸俗鄙人而已。"(《济南集》卷八《答赵士舞德茂宣义论宏词书》)李廌出自苏门,以"韵"说艺颇得其师旨,这段关于"壮夫"的譬喻,可以和苏轼评杜默豪气"正是京东学究饮私酒食瘴死牛肉饱后所发者"一段相对读。有"气"而无"韵",仍不免鄙俗之讥。稍后的叶梦得在《石林诗话》中批评欧阳修"专以气格为主,故其言多平易疏畅,律诗意所到处,虽语有不伦,亦不复问,而学之者往往遂失于快直,倾囷倒廪,无复馀地";批评韩愈诗"意与语俱尽";又批评王安石早年诗"不复更为涵蓄",喜其晚年诗得"深婉不迫之趣",均倾向于对"韵"的强调。陈善更把"以气为主"明确改为"以气韵为主",《扪虱新话》上集卷一云:

> 文章以气韵为主,气韵不足,虽有辞藻,要非佳作也。乍读渊明诗,颇似枯淡,久之有味。东坡晚年酷好之,谓李、杜不及也。此无他,韵胜而已。

他不仅祖述苏轼观点,以陶诗为"韵胜",而且将"风韵"的美誉赠予有"押韵之文"嫌疑的韩愈之诗,并自称"予每论诗,以陶渊明、韩、杜诸公皆为韵胜"(《扪虱新话》下集卷一)。可见在他眼里,"韵胜"是对诗歌创作成就的最高评价。对黄庭坚颇有微词的批评家张戒,虽然在最高典范的选择上不同于众人,但亦以"韵胜"为诗歌的最高境界:

> 阮嗣宗诗,专以意胜;陶渊明诗,专以味胜;曹子建诗,专以韵

胜;杜子美诗,专以气胜。然意可学也,味亦可学也。若夫韵有高下,气有强弱,则不可强矣。此韩退之之文,曹子建、杜子美之诗,后世所以莫能及也。(《岁寒堂诗话》卷上)

以"气胜"许文,以"韵胜"许诗,所以杜诗终逊曹诗一筹。

尽管自北宋后期以来,"韵"字成了诗界的流行术语,然而真正对这一向来模糊含混的概念加以明确界定的只有范温一人。范温论韵的文字首先由钱钟书先生《管锥编》一八九自《永乐大典》卷八〇七中拈出,详见于郭绍虞《宋诗话辑佚》上册第372—375页增订《潜溪诗眼》。其文洋洋千五百馀言,不仅勾勒出"韵"由论乐而推及论书画、进而推及论诗文的演变过程,而且阐明了以苏、黄为代表的宋人所理解的"韵"的主要内涵。范温这篇宏论,按其内容可分为四部分。第一部分辨析古今关于"韵"的定义,并提出"有馀意之谓韵"的中心命题:

> 王偶定观好论书画,常诵山谷之言曰:"书画以韵为主。"予谓之曰:"夫书画文章,盖一理也。然而巧,吾知其为巧,奇,吾知其为奇;布置关〔？开〕阖,皆有法度;高妙古澹,亦可指陈。独韵者,果何形貌耶?"定观曰:"不俗之谓韵。"余曰:"夫俗者,恶之先;韵者,美之极。书画之不俗,譬如人之不为恶。自不为恶至于圣贤,其间等级固多,则不俗之去韵也远矣。"定观曰:"潇洒之谓韵。"予曰:"夫潇洒者,清也。清乃一长,安得为尽美之韵乎?"定观曰:"古人谓气韵生动,若吴生笔势飞动,可以为韵乎?"予曰:"夫生动者,是得其神;曰神则尽之,不必谓之韵也。"定观曰:"如陆探微数笔作狻猊,可以为韵乎?"余曰:"夫数笔作狻猊,是简而穷其理;曰理则尽之,亦不必谓之韵也。"定观请余发其端,乃告之曰:"有馀意之谓韵。"定观曰:"余得之矣。盖尝闻之撞钟,大声已去,馀音复来,悠扬宛转,声外之音,其是之谓矣。"

所谓"不俗"、"潇洒"、"生动"、"简而穷理"等定义,大致是六朝以来人们对"韵"的理解。而在范温看来,这些超尘脱俗、萧散清远、生动传神、简约达理等特质,仅得"韵"之一端,仅为美之一种,不足以与"美之极"、"尽美"之"韵"相提并论。总之,"韵"不是某种具体的艺术风格,而是超越于风格之上的最高艺术境界。这个境界的特征不是形象之生动,而是馀音之悠远。这一定义既是对传统的"气韵"之说的改造①,也是对"韵"的原初语义的回归。《说文》训"韵"为"和也",即和谐的乐音。中国古代雅乐以和谐为美,以为和谐之音最能给人以悠长的精神感受,所以孔子称《韶》乐"尽美矣,又尽善也"(《论语·八佾》),并且"在齐闻《韶》,三月不知肉味,曰:'不图为乐之至于斯也'"(《论语·述而》)。由此,和谐乐音又引申为悠远的乐音。如蔡邕《琴赋》:"繁弦既抑,雅韵乃扬。"这里的"韵"就是异于"繁弦"的优雅轻扬、富于遗响的乐音。王偁所谓"声外之音"就是"韵",可以说抓住了"韵"的基本特征,因而范温称他"得其梗概",并认为韵"生于有馀"。

第二部分,范温叙述了"韵"这一美学范畴的发展历史:

> 自三代秦汉,非声不言韵;舍声言韵自晋人始;唐人言韵者,亦不多见,惟论书画者颇及之。至近代先达,始推尊之以为极致。凡事既尽其美,必有其韵,韵苟不胜,亦亡其美。

这段描述基本合乎事实。秦汉以韵论乐;晋代以韵品人品画,如《世说新语》推誉人之"韵度",《古画品录》标举画之"气韵";唐代以韵论书画,如《历代名画记》申述"气韵"、"神韵"。虽然,以韵论诗始自南朝,如《文心雕龙·丽辞》:"丽句与深采并流,偶意共逸韵俱发。"梁简文帝《劝医论》:"又若为诗,则多须见意……然后丽辞方吐,逸韵乃生。"

---

① 谢赫《古画品录》序云:"六法者何?一气韵,生动是也。"张彦远《历代名画记》卷一"试论"六法云:"至于台阁、树石、车舆、器物,无生动之可拟,无气韵之可侔,直要位置向背而已。……至于鬼神人物,有生动之可状,须神韵而后全。若气韵不周,空陈形似,笔力未遒,空善赋彩,谓非妙也。"可见传统"气韵"之定义即形象生动之谓。

但这时的"逸韵"与"丽辞"(辞藻)、"偶意"(对仗)并举,显然是指韵律,属于诗歌的感性特征。直到唐初,"韵"才指诗文的精神特质,如李延寿《北史·杨素传》:"素尝以五言诗七百字赠番州刺史薛道衡,词气颖拔,风韵秀上,为一时盛作。"然而,唐人以韵论诗,并不多见,且只将"韵"视为一般审美标准,如皎然《诗式》卷一"取境"条:"诗不假修饰,任其丑朴。但风韵正,天真全,即名上等。予曰:不然,无盐阙容而有德,曷若文王太姒有容而有德乎?"认为诗如果只讲"风韵",而"不假修饰",仍不能算上等作品。只是到了宋代,尤其是苏、黄等近代先达,才将"韵"推为美的极致,艺术的最高境界。所谓"凡事既尽其美,必有其韵,韵苟不胜,亦亡其美",乃是范温以"声外"之"馀音",推衍到一切人物、书画、诗文之美,这和古印度说诗主"韵"一派,以"韵"(dhvani,sound,echo,tone)暗示意蕴(suggested sense),并以之为诗的灵魂(Dhvani is definitely posed the "soul" or essence of poetry)的观点完全一致①。就范温而言,以"韵"通论书、画、诗、文、人品,不光基于通感上的联系,而更出于"理一分殊"的哲学上的认识。

接下来在第三部分里,范温详细地阐释了"韵"这一美学范畴的具体内涵以及它在各种艺术中的表现和要求:

> 夫立一言于千载之下,考诸载籍而不缪,出于百善而不愧,发明古人郁塞之长,度越世间闻见之陋,其为有〔?能〕包括众妙、经纬万善者矣。且以文章言之,有巧丽,有雄伟,有奇,有巧,有典,有富,有深,有稳,有清,有古。有此一者,则可以立于世而成名矣。然而一不备焉,不足以为韵;众善皆备而露才用长,亦不足以为韵。必也备众善而自韬晦,行于简易闲澹之中,而有深远无穷之味,观于世俗,若出寻常。至于识者遇之,则暗然心服,油然神会。测之而益深,究之而益来,其是之谓矣。其次一长有馀,亦足以为韵。故巧丽者发之于平淡,奇伟有馀者行之于简易,如此之

---

① 参见钱钟书《管锥编》第四册第1359页。

类是也。自《论语》、六经,可以晓其辞,不可以名其美,皆自然有韵。左丘明、司马迁、班固之书,意多而语简,行于平夷,不自矜衒,故韵自胜。自曹、刘、沈、谢、徐、庾诸人,割据一奇,臻于极致,尽发其美,无复馀蕴,皆难以韵与之。惟陶彭泽体兼众妙,不露锋芒,故曰:质而实绮,癯而实腴,初若散缓不收,反复观之,乃得其奇处。夫绮而腴,与其奇处,韵之所从生;行乎质与癯,而又若散缓不收者,韵于是乎成。《饮酒》诗云:"荣衰无定在,彼此更共之。"山谷云:此是西汉人文章,他人多少语言,尽得此理?……一时之意,必反复形容;所见之景,皆亲切模写。如"孟夏草木长,绕屋树扶疏","日暮天无云,春风扇微和",乃更丰浓华美。然人无得而称其长。是以古今诗人,惟渊明最高,所谓出于有馀者如此。

至于书之韵,二王独尊,唐以来颜、扬〔？杨〕为胜。……夫惟曲尽法度,而妙在法度之外,其韵自远。近时学高韵胜者,唯老坡。诸公尊前辈,故推蔡君谟为本朝第一,其实山谷以谓不及坡也。坡之言曰:苏子美兄弟大俊,非有馀,乃不足,使果有馀,则将收藏于内,必不如是尽发于外也。又曰:美而病韵如某人,劲而病韵如某人。……至于山谷书,气骨法度皆有可议,惟偏得《兰亭》之韵。或曰:"子前所论韵,皆生于有馀,今不足而韵,又有说乎?"盖古人之学,各有所得,如禅宗之悟入也。山谷之悟入在韵,故关〔？开〕辟此妙,成一家之学,宜乎取捷径而径造也。如释氏所谓一超直入如来地者,考其戒、定、神通,容有未至,而知见高妙,自有超然神会,冥然吻合者矣。是以识有馀者,无往而不韵也。

这段话从三个层次上阐释了"韵"的内涵。其一,"备众善而自韬晦"可称之为"韵"。这就要求作者既具备包容各种艺术风格的能力,又注意韬光晦彩,隐匿才华。这是最高层次的"韵",范温认为,只有陶渊明的诗"体兼众妙,不露锋芒",才足以当此"韵",所以古今诗人中,惟陶渊明最高。事实上，范温所论这一层次的"韵"，应包括杜甫和陶渊明两位诗人，所谓"包括众妙、经纬万善"、"众善皆备"、"体兼众妙"之类的评语，宋人向来是用来称誉杜诗的，陶诗似不足以当此。因此，最高层次的"韵"应是杜的"体兼众妙"和陶的"不露锋芒"的互补。正如黄庭坚《赠高子勉四首》之四云："拾遗句中有眼，彭泽意在无弦。"任渊注："谓老杜之诗，眼在句中，如彭泽之琴，意在言外。"（《山谷内集诗注》卷一六）可见"句中眼"亦具"言外意"，杜、陶的最高艺术境界是相通的。又如惠洪《冷斋夜话》卷五载山谷评荆公、东坡诗曰："此皆谓之句中眼，学者不知此妙语，韵终不胜。"足见"句中眼"与"韵"的关系。正是在这个意义上，标举"韵胜"的黄庭坚才对杜甫表示出无限崇拜，而范温的《潜溪诗眼》也才以学杜为诗学的旨归。书法艺术也如此，范温以苏轼书法为宋朝第一，就在于苏书能"曲尽法度，而妙在法度之外"，能兼诸家之妙，而不尽发于外。

其二，"一长有余"也可称之为"韵"。虽然不能兼备众善，只有"一长"，然而在表现中能使其"有余"，留下艺术的空白，给人想象的余地，如"巧丽者发之于平淡"，"奇伟有余者行之于简易"，也称得上有"韵"。就诗歌而言，曹、刘、沈、谢、徐、庾诸人，各将一长发挥到极致，不留余地，风格虽绮丽多姿，但缺乏余蕴。就书法而言，苏舜钦兄弟才华横溢，但露才用长，乃是学力不足的表现。因此，如果将艺术上的"一长"收敛于内，不必尽发于外，仍可收到"有余"或"韵胜"的效果。苏轼评韦、柳诗"发纤秾于简古，寄至味于澹泊"，就是"一长有余"这一层次的"韵"的最好注脚。

其三，识见有余，亦可称之为"韵"。如黄庭坚的书法，在"气骨"、"法度"等艺术表现等方面虽不尽美，但善于领会王羲之《兰亭》的神韵，即领会王氏书法的内在艺术精神，所以能在艺术境界上与王氏"超然神会，冥然吻合"。这就是说，在艺术技巧方面尽管有所不足，但只要具有高度的审美鉴赏力和艺术感受力，即"识有余"，仍可以臻于"韵胜"的境界。所以范温转述黄庭坚的观点说："故学者先以识为主，禅家所谓正法眼，直须具此眼目，方可入道。"（《潜溪诗眼》）又说：

"识文章者,当如禅家有悟门。"(同上)这样,范温论"韵"又与宋诗学中关于学养与识见的论述有相通之处,同时进一步开启了宋代以禅喻诗的法门。

在第四部分中,范温更把"韵"这一审美范畴从艺术推衍到人生:

> 然所谓有余之韵,岂独文章哉!自圣贤出处、古人功业,皆如是矣。孔子德至矣,然无可无不可,其行事往往俯同乎众人,则圣有余之韵也,视伯夷之清、柳下惠之和,偏矣。圣人未尝有过,其曰"丘也幸,苟有过,人必知之",圣有余之韵也,视孟子反复论辨、自处于无过之地者,狭也。回也"不违如愚",学有余之韵也,视赐辨由勇,浅矣。汉高祖作《大风歌》,悲思泣下,念无壮士,功业有余之韵也,视战胜攻取者,小矣。张子房出万全之策以安太子,其言曰:"此亦一助也。"若不深经意而发未必中者,智策有余之韵也,视面折廷争者,拙矣。谢东山围棋毕曰:"小儿已复破贼。"器度有余之韵也,视喜怒变色者,陋矣。然则所谓韵者,亘古今,殆前贤秘惜不传,而留以遗后之君子欤?

"韵"不仅是艺术的最高境界,也是人生的最高境界,是一种大智大勇的人格生命的体现。正如朱熹所说:"真正大英雄人,却从战战兢兢、临深履薄处做将出来,若是气血粗豪,却一点使不着也。"(见《鹤林玉露》丙编卷一)这就是圣贤出处、古人功业的"有余之韵"。由此可见,范温论韵乃以宋代的人生哲学为其诗学的底蕴和旨归。

范温对"韵"的阐释无疑是整个宋诗学中最具有包容性的论题。它既涉及宋人的和谐诗学观,又与宋人的内倾态度相联系,既体现了宋人淡泊简易的审美趣味,又与宋人重学养深厚的精神相关。

宋人论诗重和谐,反对"不平则鸣",以为"置心平易始知诗"。黄庭坚不满《楚辞》的"涧水之声",而以"动而中律"的"金石丝竹之声"——《国风》、《雅》、《颂》——为诗美的极致,实际上正是对"和谐"之声的强调(参见本书甲编第二章第三节论述)。考虑到"韵"字

的音乐性语源("韵,和也"),我们似乎可以把黄氏下面的论述也看作对"韵"的一种解释:

> 予友生王观复作诗,有古人态度,虽气格已超俗,但未能从容中玉珮之音,左准绳、右规矩尔。(《豫章黄先生文集》卷二六《跋书柳子厚诗》)

这段话尽管可以理解为黄氏强调作诗的法度,但由于他提出比"气格超俗"更高的标准,我们有理由认为"从容中玉珮之音"就是"动而中律"的诗美的极致——"韵"。这样理解正照应了我在前面所说的北宋后期诗坛由"气格"向"气韵"转变的观点。

宋人论诗重视内心体验,又强调保持内心的平静,因而主张情感的内敛,摆脱对词采意象、音调色泽的依赖。尤其在北宋后期,随着社会文化环境的改变,士大夫的内倾态度更由主体人格的张扬踔厉转向主体人格的收敛退避,因而,那个曾被欧阳修等人奉为典范的豪气外放的韩愈,越来越招致批评和冷落。《后山诗话》云:"退之于诗,本无解处,以才高而好尔。"《王直方诗话》云:"山谷于退之诗,少所许可。"这种不满,正出于重"韵"的考虑。南宋理学家提倡的心性修养功夫更使内敛之美倍受青睐,正如包恢所说:"凡其华彩光焰,漏泄呈露,烨然尽发于表,而其里索然绝无馀蕴者,浅也;若其意味风韵,含蓄蕴藉,隐然潜寓于里,而其表淡然若无外饰者,深也。……先儒谓水晶精光外发而莫掩,终不如玉之温润中存而不露。"(《敝帚稿略》卷五《书徐致远无弦稿后》)玉之美可谓"韵"的绝佳写照。

"韵"既出于"有馀",所以需要博极群书,遍考前作,体兼众妙。苏轼曾说"读破万卷诗愈美",意味着学问宏富方能游刃有馀,臻于"韵"的境界。范温称苏轼"学高韵胜",正有见于此。换言之,"韵"是一种渊雅宏博的艺术实力的体现,它不是空灵缥缈的镜花水月,而是韫玉藏珠的蓝田沧海。

事实上,范温所论之"韵"已超越了艺术美学的范畴,而与宋人的人生哲学接轨。"备众善而自韬晦","行于简易闲澹之中",与其说是艺术观,莫如说是人生观,与其说是追求美的方法,莫如说是处人寰、观世俗的态度。"韵"的内涵已突破了艺术本体的命题意义,而指向了艺术创造主体的生命存在。"韵"不仅显示出宋人对艺术审美特质的深刻认识,而且体现了宋人对完美的生命存在方式的独特理解。"深沉似康乐,简远到安丰"(黄庭坚《次韵高子勉》之六),这是论艺,又是论道,艺术境界与人格境界完全融为一体。

范温论"韵"的包容性还在于,它不仅是苏、黄艺术理论的精彩总结和发挥,而且是宋代理学精神的美学体现,宋儒修养所追求的境界即为"韵"的境界。正因如此,范温论"韵"不仅因其融贯综赅而使明清陆时雍、王士禛辈难以继美,而且"韵"的内涵亦与王士禛诸人简淡之画意和清远之乐意相统一的"神韵"大异其趣。苏、黄、范之"韵",是一种沉静笃实而又真力弥满的人文境界,简淡的外表下包孕着深厚的人文精神——学养识见、出处大节,它是主体人格生命的内敛,是一种"有我之境",而非主体人格生命消解的"无我之境",宋人选择了陶、杜作典范,而未象"神韵派"那样选择王、孟,根本原因正在这里①。

必须指出的是,宋诗人对"韵"的强调,并非是对"气格"否定,而毋宁说是一种补充或改造。相对而言,"格"近于阳刚之美,而"韵"近于阴柔之美;"格"偏重于道德评价,"韵"偏重于美学评价。宋人意识到,"诗有格高,有韵胜"(陈善《扪虱新话》下集卷一)。而诗的最佳境界,应是"格高"和"韵胜"的结合。苏轼论诗首以"格"、"韵"并举,如评黄庭坚诗"格韵高绝"(《苏轼文集》卷六八《书黄鲁直诗后》),又评曹希蕴"虽格韵不高,然时有巧语"(同上《书曹希蕴诗》)。其后以"格韵"论诗者甚多,尤其是张表臣(1126年前后在世)在《珊瑚钩诗话》卷一中提出的诗"以气韵清高深眇者绝,以格力雅健雄豪者胜"的观点,更是宋人的共识,甚至在清王士禛等人的《师友诗传录》中得到共鸣。

---

① 拙作《中国禅宗与诗歌》第四章《空灵的意境追求》认为王士禛推崇的"神韵"是王维、孟浩然那些"字字入禅"的"无我"甚至"无人"的诗境。

三、味：微妙而隽永的美感

在中国古典美学理论中，与"韵"相类似的概念是"味"。尽管"韵"出自于音乐，"味"生发于烹饪，在对象上有声音和饮食的不同，在美感上有听觉和味觉的区别，但仍不妨二者之间有很多相通的审美特质，仍不妨中国古人常将二者相提并论。

以"味"喻音乐，自先秦以来，已是老生常谈，如汉王褒《洞箫赋》谓箫声使人"哀悁悁之可怀兮，良醰醰而有味"。晋陆机《文赋》也以"味"与音乐对举："阙大羹之遗味，同朱弦之清汜。"以"韵"论风味、滋味，自唐宋以来，亦屡见诸典籍，如陆游《谢郭希吕送石洞酒》诗："瑞露颇疑名太过，橐泉犹恨韵差低。"又宋朱翼中《北山酒经》：宋刻本）卷上："酒以投多为善，要在曲力相及，醲酒所以有韵者，亦以其再投故也。"以"韵"称誉酒之味。诚然，以"味"论音或以"韵"论味都开始于一种比喻，即味觉快感与听觉美感之间的互喻，然而这种比喻的建立却自有其内在的深刻原因。

首先，中国古人认为，"声"与"味"都是宇宙元气的表现："天有六气，降生五味，发为五色，徵为五声。"：《左传·昭公元年》）因此，在本体论的意义上"声"与"味"原本相同，五味与五音，自可一一对应，"韵"与"味"相通，亦属当然。

其次，中国古人论音乐，标举"八音克谐"；论烹饪，主张"调和鼎鼐"，均以和谐为极致。"韵"和"味"作为美学范畴而出现，最初当与此和谐观念相关。正如春秋时政治家晏婴所说："和如羹焉。水火醯醢盐梅以烹鱼肉，燀之以薪。宰夫和之，齐之以味，济其不及，以泄其过。君子食之，以平其心。……声亦如味，一气，二体，三类，四物，五声，六律，七音，八风，九歌，以相成也。清浊，小大，短长，疾徐，哀乐，刚柔，迟速，高下，出入，周疏，以相济也。君子听之，以平其心。心平德和。"：《左传·昭公二十年》）在"声亦如味"的比喻里，我们可看出二者所共同拥有的在对立中求统一的"相成"、"相济"的和谐精神。

其三，中国作为一个烹饪大国，具有源远流长的饮食文化。烹饪艺术的高度发展，已超越实用的需要，而具有某种审美的性质。同时，"味"不同于饱，它虽生发自饮食，但是过程而非目的，是审美而非实用。饿时吃东西会产生一种快感，但这是低级的生理性的快感；而不饿时饮美酒，则可以体会到高级的精神性的愉快，这种愉快就类似于听音乐所获得的超功利的美感。与黑格尔等西方美学家贬低味觉的观点不同，中国古人很早就把味觉快感同审美联系在一起。《说文》训"美"为"甘也，从羊大，羊在六畜主给膳也"，不管这种解释是否符合"美"字的语源，却无疑保存了起源较早的以味为美的观念。正是由于味觉快感和听觉快感一样具有超功利的审美性质，所以音乐可以有"味"，而美酒也可以有"韵"。

其四，"韵"与"味"的联系还建立在通感之上。中国古人向来把人的感觉器官视为一个有机的系统，因而在审美活动中，总是有各种感觉的综合参与。特别是味觉，因积淀着中国深厚的饮食文化心理而在审美活动中显得尤为敏感活跃。心理学告诉我们：与视觉、听觉相比，味觉是最迟钝的感受，非液体的物质必须先溶解于唾液才能发生刺激。同理，维持受刺激的时间亦以味觉为最长。因此，遗留于舌尖的绵邈的滋味与回荡于空中的悠扬的音响，在深远无穷方面是完全相通的。正如李廌所说："如朱弦之有馀音，太羹之有遗味者，韵也。"（《济南集》卷八《答赵士舞德茂宣义论宏词书》）

"味"作为文学批评术语，出现于魏晋南北朝时代。继陆机《文赋》以"遗味"评文之后，刘勰《文心雕龙·宗经》和《隐秀》二篇，都提到"馀味"问题，强调"辞约而旨丰，事近而喻远"的言外之意。不过，最能代表这一时代的艺术趣向的要数钟嵘《诗品》中提出的"滋味说"。钟嵘认为五言诗是各类诗体中最"有滋味者"，因为它"指事造形，穷情写物，最为详切"。尽管"滋味说"已注意到文与意、风力与丹采即形式与内容的统一，但其根本趋向在于注重诗的感性特征，追求形象（巧似）与语言（词采）给人耳目感官的快适，肯定美丽辞句构筑的富艳精工的客体世界给人的审美愉悦。我曾经在一篇文章中把

《选》体诗(魏晋南北朝诗)称为情志依附于感官经验的"物感型"诗歌①,钟嵘的"滋味说"可以说正是这一时代以感性为审美中心的诗歌的理论代表。

正如"韵"的发展历史一样,"味"的内涵也经历了由感性体验到心灵领悟的过程。诗味最初是重词采、尚巧似的甘腴之味,如《文心雕龙·总术》所说"视之则锦绘,听之则丝簧,味之则甘腴,佩之则芬芳","味"是一种耳目感官、言语感官愉悦的美感,有如与"丽辞"、"偶意"并举的"逸韵"。直到晚唐司空图提出"辨于味而后可以言诗"的原则,追求咸酸之外的醇美,文词之外的旨趣,诗味才由感性的体验变为精神的体验,由文词绮美的快适变为意蕴深永的回味。

必须指出的是,人们习惯上将司空图的诗论称为"韵味说",其实这是一种不准确的简化。司空图在《与李生论诗书》中明确表示诗歌应追求"韵外之致","味外之旨",而非"韵"和"味"本身。因为在他看来,诗句之"韵"和咸酸之"味"都是感官所能感受的(司空图所谓"韵",即苏轼在《书黄子思诗集后》所言"自列其诗之有得于文字之表者二十四韵"之"韵",亦即司空图在《与李生论诗书》中所列其二十四联诗句),而超越于感官和物质、超越于言词和语义之上的意味、旨趣或意境才是难以把握、难以辨析和难以企及的。换言之,司空图虽然建立了崇尚言外之美的新的审美理论,但"韵"和"味"这两个术语本身在他的诗学体系中仍指诗的感性特征,与钟嵘的"滋味"近似。

在宋代,"味"继续作为一个重要的美学范畴在诗论中出现,但已经被历史赋予了新的内涵。

苏轼首先推举司空图"美在咸酸之外"的观点,并将其"韵外之致"、"味外之旨"的说法概括为"味外味"(稗海本《东坡志林》卷一②)。宋人论"味",大抵指味外之"味",即浮漾于重词采、尚巧似等感性特征的"滋味"之上的富于联想、诉诸心灵、只可意会、不可言传的"风味"。它是司空图理论的引申演绎,是钟嵘诗味说的扬弃超越。杨

---

① 参见拙作《中国古典诗歌的三种审美范型》,《学术月刊》1989年第9期。
② 又《苏轼文集》卷六七《书司空图诗》亦云:"司空图表圣自论其诗,以为得味于味外。"

万里在《江西宗派诗序》中对"味"的内涵作了极精彩的说明:

> 江西宗派诗者,诗江西也,人非皆江西也。人非皆江西而诗曰江西者何?系之也。系之者何?以味不以形也。东坡云江瑶柱似荔子,又云杜诗似太史公书。不惟当时闻者哑然,阳应曰诺而已,今犹哑然也,非哑然者之罪也,舍风味而论形似,故应哑然也。形焉而已矣,高子勉不似二谢,二谢不似三洪,三洪不似徐师川,师川不似陈后山,而况似山谷乎?味焉而已矣,酸咸异和,山海异珍,而调腼之妙,出乎一手也。似与不似,求之可也,遗之亦可也。(《诚斋集》卷七九)

江瑶柱和荔枝,给人的具体味觉感受虽有不同,但引起的超凡脱俗的微妙快感却颇有共通性。杜诗和《史记》,语言形式相去甚远,却都给人一种雄深雅健的审美感受。同样,江西宗派诗人的个体风格虽如"酸咸异和,山海异珍",但在"有待而未尝有待"方面却"出乎一手",因而具有重渊源、尚根柢、反流俗、讲活法等共同的流派风格①。显然,杨万里关于"形似"与"风味"的对照是对钟嵘尚"巧似"的"滋味说"的彻底翻转,同时,这种对照还暗示出,真正的诗"味"是飘逸出诗的形式层面的形外之味,只可直觉领悟而难以准确限定或理性说明。这种形式虽有差异、风味不妨相通的观点,与宋人的"出位之思"有内在关系,所谓九方皋相马,于牝牡骊黄之外识其神骏,正是辨析诗味的绝佳象征。

在宋人眼里,诗中的"味"是比语词、甚至意义更深层的审美特质。杨万里在《颐庵诗稿序》中提出,善诗者"去词"、"去意"而仍有诗在,而诗所在就在"味"。那么,这玄妙的"味"究竟指什么呢?杨万里举例说:

---

① 参见拙作《江西诗派风格论》,《文学遗产》1987年第2期。

> 昔者暴公谮苏公,而苏公刺之,今求其诗,无刺之之词,亦不见刺之之意也。乃曰:"二人从行,谁为此祸?"使暴公闻之,未尝指我也,然非我其谁哉?外不敢怒,而其中愧死矣。(《诚斋集》卷八三)

显然,"味"是一种暗示、象征或隐喻传达出来的意义,它无法通过表面语词的意义来解释,无法依靠形象的直接感受来寻绎。词义易得,诗味难求。所以,尽管宋代已出现当代诗集的注本,释事兼释义,但宋人仍承认诗味的精微要妙是无法说明的。诚如许尹(1140年前后在世)为任渊(1120年前后在世)的《黄陈诗集注》而作的序所言:

> 予尝患二家诗兴寄高远,读之有不可晓者。得君之解,玩味累日,如梦而寤,如醉而醒,如痿人之获起也,岂不快哉!虽然,论画者可以形似,而捧心者难言;闻弦者可以数知,而至音者难说。天下之理,涉于形名度数者,可传也;其出于形名度数之表者,不可得而传也。……今子渊既以所得于二公者,笔之于书矣。若乃精微要妙,如古所谓味外味者,虽使黄、陈复生,不能以相授,子渊尚得而言乎!(《山谷内集诗注》卷首)

就本质而言,诗的艺术本体是超绝语言名相的,"词"、"意"不过是诗的外壳,"味"才是诗的精髓。因此,作品的欣赏应以诗味的悟入为旨归,南宋诗人徐鹿卿(1189—1250)为我们提供了宋人读诗的典范:

> 余幼读少陵诗,知其辞而未知其义。少长,知其义而未知其味。迨今则略知其味矣。(《清正存稿》卷五《跋黄瀛父适意集》)

正如味觉是最迟钝的感觉,诗味的获得也需要长久的时间。但与"知辞"、"知义"相比,"知味"无疑是诗歌审美感受中最为蕴藉深永的过程,而诗歌的艺术魅力正在于此。

宋人对"味外味"的调和,也有很好的意见,如梅尧臣所谓"状难写之景如在目前,含不尽之意见于言外"(见《六一诗话》引),就是使作品有味的最好办法之一,要求用语言表达生动而具体的感性形象,让思想感情从艺术形象上浮现出来。姜夔对"味"的理解是"语贵含蓄",并认为"若句中无馀字,篇中无长语,非善之善者也;句中有馀味,篇中有馀意,善之善者也"(《白石道人诗说》),将蕴藉深永视为比简约准确更高的审美标准。

尽管宋人论"味"多是由司空图诗论引申出来,但"味"的内涵已包容着新的文化精神和审美趣向。宋人尚理性、重内省、崇人文的文化心理也给诗味打上鲜明的时代烙印,使得宋人所嗜之"味"与六朝人、唐人甚至包括司空图本人所嗜之"味"大不相同。以下试分别而言之。

首先,宋人欣赏的是平淡之味。欧阳修在诗中屡称"辞严意正质非俚,古味虽淡醇不薄"(《读张李二生文赠石先生》)、"子言古淡有真味,大羹岂须调以齑"(《再和圣俞见答》),认为质朴的语言形式最能传达深邃的思想内容。这种"古淡"是为矫正西昆体的"雕章丽句,脍炙人口"而提出来的,与实现诗歌的政治、道德功能是相一致的。显然,欧阳修提倡的"辞严意正"的"古味",不仅与钟嵘称道的"词采葱茜,音韵铿锵"、"咀嚼英华,厌饫膏泽"的文词绮美不同,而且也有别于司空图欣赏的"蓝田日暖,良玉生烟"的朦胧隐约的意境美,它是一种摒弃了甘酸肥美的古朴淡雅,是一种不依赖于词采和意象的精神境界。宋人论诗文,颇爱以大羹玄酒为喻,其精神正有得于儒家的礼乐制度,《礼记·乐记》云:"大飨之礼,尚玄酒而俎腥鱼,大羹不和,有遗味者矣。"所谓大羹,乃不和五味的肉汁;所谓玄酒,乃古代当酒用的水。大羹玄酒,虽无味觉的快感,却因其合于礼而具有深永的精神内蕴。换言之,大羹玄酒之味,就在于抛弃感性形式而直契理性内容。宋人在这一喻义上论诗时,常常是针对形形色色的唯美主义或形式主义的诗风而发的。如陆游《读近人诗》:"琢雕自是文章病,奇险尤伤气骨多。君看大羹玄酒味,蟹螯蛤柱岂同科。"(《剑南诗稿》卷七八)就是对江西派末流诗人的针砭。姚勉在《汪古淡诗集序》中的一段话颇能代表宋人的审美趣味:

> 虽然,诗而已哉!有道味,有世味,世味今而甘,道味古而淡,今而甘不若古而淡者之味之悠长也。食大羹,饮玄酒,端冕而听琴瑟,虽不如烹龙炰凤之可口,俳优郑卫之适耳,而饫则厌,久则倦矣。淡之味则有馀而无穷也。为今之人,甘可也,欲为古之人,其淡乎!惟古则淡,惟淡则古。周子曰:"淡则欲心平。"子欲追古人之淡,夫苟无欲则于道庶几矣。(《雪坡舍人集》卷三七)

这种古淡之味与嗜欲之心相对立,是超世俗的古典精神境界。它不仅是"道"的内化,也是"道"的审美化,在以理节情和以理节欲中实现诗的道德和心理功能。"道味"二字,体现了宋代诗学和理学的融合,最能显示宋人欣赏平淡之味的内在原因。

其次,宋人欣赏的是苦涩之味。自汉魏六朝以来,人们所嗜之味一直以甘腴为主。《说文》训"美"为"甘也",说明中国古代"美"的定义是由味觉的快感生发出来的。两汉的"味有五变,甘其主也"(《淮南子·墬形》)、"甘酒醴不酷饴蜜,未为能知味也"(《论衡·别通》)都表明这种时代的烹调风尚。刘勰论诗文,标榜"味之则甘腴",江淹谓时贤,"莫不论甘而忌辛"(《杂体诗三十首序》),与钟嵘的"滋味说"如出一辙。唐人的趣味,大抵亦如此。司空图追求"味外之旨","旨"即甘味,美味。当代学者缪钺先生论唐、宋诗之区别云:"唐诗如啖荔枝,一颗入口,则甘芳盈颊;宋诗如食橄榄,初觉生涩,而回味隽永。"(《诗词散论·论宋诗》)可谓善于取譬。而橄榄之喻恰巧是宋人对诗歌审美特征的自觉追求。欧阳修评梅尧臣"近诗尤古硬,咀嚼苦难嚼,初如食橄榄,真味久愈在"(《水谷夜行寄子美圣俞》),这种审美特征是苦涩中的反复回味,审美过程因"咀嚼"而延长。宋人所嗜的橄榄诗味,是有意识对唐人荔枝诗味的改造。就欧、梅等人而言,受唐诗别调韩愈作品的影响，表现琐屑题材，描写险怪形象，凡唐人以为不能入诗或不宜入诗的材料，往往写入诗中，而唐人所善写宫怨闺愁、伤春悲秋的情感，往往逐出诗外。非诗以为诗，不美以为美，力求异于唐诗的"陌生化"效果。到黄庭坚和江西诗派那里，在题材之开辟、语词之选择、典故之使用、句法之烹炼等方面，更有意识避熟趋生。所以，宋人虽也强调诗味，但既非六朝词情的膏腴，也非唐人意境的甜美，而是一种"诗到无人爱处工"的超脱凡近的苦后馀甘。黄庭坚《谢王子予送橄榄》诗："方怀味谏轩中果，忽见金盘橄榄来。想共馀甘有瓜葛，苦中真味晚方回。"自注云："戎州蔡次律家，轩外有馀甘，余名之曰味谏。"任渊注："味谏，言馀甘初苦而终有味。"(《山谷内集诗注》卷一五）橄榄的别称"馀甘"、"味谏"是宋人审美趣味的极佳暗示，"馀甘"意味着诗人在直接的感性美中力求造语形象的朴拙生涩，而在间接的心灵感受中却追求诗意的隽永甘甜。"味谏"则意味着宋人欣赏的诗歌是对社会人生具有讽谏作用的倾向于实用性的诗歌。杨万里曾这样比喻《诗经》的讽谏作用："尝食夫饴与荼乎？人孰不饴之嗜也，初而甘，卒而酸；至于荼也，人病其苦也，然苦未既，而不胜其甘。诗亦如是而已矣。"(《颐庵诗稿序》）这种苦后之甘，就是"《三百篇》之遗味"。总之，宋人所嗜的橄榄型（包括荼、茶等）诗味，在形式上和内容上都是对唐人诗味的翻转和超越。正如从少年人嗜饴糖到中老年人嗜茶或橄榄，是人的味觉完善进化的表现一样，宋人的诗味说对朴拙生涩的欣赏也表明诗人审美能力的完善进化，尽管在创作上所谓"以文为诗"、"以俗为雅"、"不美之美"、"非诗之诗"曾付出"味同嚼蜡"的惨重代价。

其三，宋人欣赏的是复合的至味。这种复合的至味是各种风格的辩证统一体，正如苏轼所说："咸酸杂众好，中有至味永。"(《送参寥师》）这种观念来自上文所引晏婴的"相成"、"相济"思想。苏轼论味，略异于欧阳修，也略异于理学家，他更多的是从艺术的、美学的角度，而非政治的、伦理的角度来欣赏"至味"的，他追求的是"枯"与"膏"、"纤秾"与"简古"、"质"与"绮"、"癯"与"腴"、"清"与"敦"、"清"与

"雄"、"刚健"与"婀娜"等风格的对立统一①,而非出于政治或伦理需要的"辞严意正"的质朴。苏轼发展了司空图"美在咸酸之外"的思想,认为至味产生于咸酸众味的调和,多种审美趣味的有机组合。心理学告诉我们:味觉是一种复合感觉,它不仅包括酸、咸、甜、苦、辣几种感觉,而且联系着嗅觉、温度觉和对于食物质地的肤觉。苏轼借"至味"表达诗歌中各种风格的化合给人以涵蓄、复义、深永的审美感受的特征,是颇为贴切的。

最后,宋人还欣赏独特的异味。异味乃相对于正味、常味而言,指一种异于典范的、传统的审美风尚的诗味。唐人韩愈作诗文,已表现出对异味的偏嗜,柳宗元曾在《读韩愈所著毛颖传后题》中为之辩护,认为大羹玄酒,固然是味之至,但不妨有人嗜好"奇异小虫、水草、楂梨、橘柚,苦咸酸辛",从而推演出"尽六艺之奇味以足其口"的结论。宋人力图在唐人之外开辟新的诗歌境界,更对"异味"采取了一种理解的态度。宋人评诗以橄榄、茶、荼为喻,已异于唐人,又欣赏蝤蛑、江瑶柱、霜螯等各种"异味"②,无非是提倡一种在意象选择、遣词造句、谋篇布局、声律偶对等各方面异于唐人的诗歌。苏诗之"新"、黄诗之"奇",都是追求异味的结果。而到了南宋中叶,当苏、黄风格已凝固为江西诗派传统之时,宋人所嗜"异味"又花样翻新,唐诗(尤其是晚唐诗)作为否定之否定的历史规律的结果,又得到尚新变的宋人的青睐。杨万里在陆龟蒙诗中发现"晚唐异味"的魅力(《读笠泽丛书》三首之一),又认为"《三百篇》之遗味","惟晚唐诸子差近之"(《颐庵诗稿序》)。他推崇的"晚唐异味",主要是司空图诗论的回归,即所谓"味外之味"(参见《习斋论语讲义序》)。徐鹿卿在《跋杜子野小山诗》中也从味的角度为晚唐诗辩护:

言天下之美,至于同而止。五谷,天下之正味,其美不待赞

---

① 参见莫砺锋《苏轼的风格论》,《成都大学学报》1986年第1期。
② 如苏轼称黄庭坚诗"如蝤蛑、江瑶柱,格韵高绝"(《书黄鲁直诗后》);杨万里欣赏的诗味是"霜螯略带糟"(《诚斋集》卷四《和李天麟二首》)。

也。至于水草之蓛,陆海之产,亦得以擅美焉。何也?以夫人所同嗜也。……"短长肥瘦各有态,玉环飞燕谁敢憎",要当作如是观。若夫五谷以主之,多品以佐之,则又在吾心自为持衡。少陵,五谷也;晚唐,多品也。学诗,调味者也;评诗,知味者也。(《清正存稿》卷五)

这虽为江西、江湖二诗派的调停之说,但对非"正味"的晚唐"多品"表示了相当的欣赏。这似乎意味着宋诗学在否定之否定后达到了一个新的理论高度。

与钟嵘、司空图的诗味说相比较,宋人的诗味说更具一种自觉的哲学意识。一方面,"味"渗透着儒家的理性精神,如欧阳修评"世好竞辛咸,古味殊淡泊"(《送杨辟秀才》),姚勉论"道味"、"世味"的区别,都站在儒学复古的立场。另一方面,"味"也沾上了佛老的玄虚色彩,许尹所谓"形名度数之表"的"味外味",显然出自《庄子·天道》中轮扁斫轮的寓意。苏轼所谓"外枯而中膏,似淡而实美"的"至味",乃有得于佛说"如人食蜜,中边皆甜"的启发(《评韩柳诗》)。而杨万里形外之味的观点,也与禅宗关于终极真理只可直觉、不可言传的思想有某种血缘关系。

此外,由于接受的哲学意识有儒释道的不同,宋人论"味"也有家数的区别。简言之,提倡"古味"者,多强调诗的思想内容,而相对忽视艺术形式。提倡"至味"、"异味"者,多注意诗的各种审美要素给人的美感,在语言形象之外,在间接的心灵感受之中,追求意蕴的微妙与隽永。欧阳修以"辞严意正"为醇厚的古味,而在魏泰看来,这恰恰是乏味的表现,他指出:"余谓凡为诗,当使挹之而源不穷,咀之而味愈长。至如欧阳永叔之诗,才力敏迈,句亦健美,但恨其少馀味耳。"(《东轩笔录》卷一二)

在宋诗学里,"味"和"韵"虽有相通之处,但毕竟是不同的概念。"韵"是人格美和艺术美相统一的最高审美境界,而"味"则只是唤起欣赏者悠长的艺术美感的审美特征。"韵"之美在于含光内敛,丰厚深沉;"味"之美在于精妙玄远,回味隽永。相对而言,"味"是"韵"的外在表现,而"韵"之深层内涵非"味"字可尽。如张戒《岁寒堂诗话》就以"韵胜"为比"味胜"更高的境界,姚勉《再题俊上人诗集》提出"夫诗有意、有味、有韵"的说法,亦视"韵"为诗歌最深层的审美特征(《雪坡舍人集》卷三七)。在中国古代文学理论研究领域流行着"韵味说"这一概念之时,我们指出宋诗学中"韵"与"味"的差别也许是有必要的。

四、趣:机智与理性的魅力

南宋魏庆之(1240年前后在世)《诗人玉屑》卷一〇有"诗趣"之目,下列"天趣"、"奇趣"、"野人趣"、"登高临远之趣"数条,这表明宋人已自觉将"趣"作为诗歌的重要审美范畴。其中特别是"奇趣"一条,引东坡语:诗"以奇趣为宗,反常合道为趣",更为诗"趣"下了明确定义。

"趣"这一概念在文艺批评中出现甚早,主要有两方面的含义:一是指创作主体的审美情趣,包括其意识指向以及对艺术美的认识、欣赏、要求等。如《文心雕龙·章句》:"是以搜句忌于颠倒,裁章贵于顺序,斯固情趣之旨归,文笔之同致也。"二是指艺术品的意旨或情味,它是创作主体审美情趣的物化。如《文心雕龙·体性》:"子政简易,故趣昭而事博。"此指意旨。又如南朝姚最《续画品·沈粲》:"专工绮罗屏障,所图颇有情趣。"此指情味。这种情味之"趣"是作者主观之"趣"在其作品的艺术特色和美感效果方面的表现,因而,后人以"趣"论诗,多指这一含义。而在这一层含义上,"趣"和"味"有相通之处,都指作品包孕的能引起读者美感愉悦的审美特征。古人往往以"趣"与"味"组合成词,如司空图《与王驾评诗书》称"右丞(王维)、苏州(韦应物)趣味澄夐,若清风之出岫"。

不过,在宋以前,以"趣"论诗并不多见,而且"趣"乃泛指美感效果,没有具体的含义。直到苏轼提出"反常合道为趣",这一概念才有了明确的定义,并和诗的创作方法联系起来。何谓"反常合道"?苏轼在阐释"奇趣"时引用了柳宗元的一首诗《渔翁》,为我们的理解指出了门径。柳诗云:"渔翁夜傍西岩宿,晓汲清湘燃楚竹。烟消日出不见人,欸乃一声山水绿。回看天际下中流,岩上无心云相逐。"烟消日出,本当为渔翁形象出现之时,却曰"不见人",此乃"反常";然而,青山绿水中传来欸乃摇橹之声,暗示渔翁已与大自然融为一体,此乃"合道"。全诗不作议论,但其中却表现出一种任运自然的深刻哲理,语浅而道深,这就是"奇趣"。

苏轼在评陶渊明诗时,为我们提供了另一个理解"奇趣"的依据:"东坡尝云:'渊明诗,初视若散缓,熟视有奇趣。'"(《冷斋夜话》卷一)这句名言,广为《潜溪诗眼》、《苕溪渔隐丛话》、《诗人玉屑》等所称引,可视为宋人的共识。那么,陶诗的"奇趣"在哪里呢?陈正敏《遯斋闲览》云:

> 荆公在金陵,作诗多用渊明诗中事,至有四韵诗全使渊明诗者。又尝言其诗有奇绝不可及之语,如"结庐在人境,而无车马喧,问君何能尔,心远地自偏",由诗人以来,无此句也。然则渊明趣向不群,词彩警拔,晋、宋之间,一人而已。(《苕溪渔隐丛话》前集卷三引)

试以王安石称赏的四句诗为例,"结庐"二句可谓"反常";"问君"二句,却又"合道",正合于苏轼关于"奇趣"的定义。王安石称陶诗"奇绝不可及",又称其"趣向不群",似乎也着眼于"反常合道"之处。概言之,"奇趣"是指诗歌超越常情识解而合于义理大道的艺术趣味。"反常"故能戛戛独造,"合道"故能平易近人。宋释惠洪在《天厨禁脔》中把"奇趣"摆在各诗趣之首,并举例示范:

> 《田家》:"高原耕种罢,牵犊负薪归。深夜一炉火,浑家身上衣。"江淹《效渊明体》:"日暮巾柴车,路暗光已夕。归人望烟火,稚子候檐隙。"此二诗脱去翰墨痕迹,读之令人想见其处,此谓之

奇趣也。

这是对苏轼之说的进一步引申,视"奇趣"为摆脱语词束缚的浑然无迹的高远情趣。

由苏轼的"奇趣"说出发,我们可以沿流而下寻绎出宋人论"趣"的两种主要走向:一种是追求"谐趣",探究如何使用"反"与"合"对立统一的艺术辩证法来获得幽默新颖的美学效果;另一种是追求"理趣",探究如何使人生审美化,使哲学诗意化,力图创造出融化了道德感受、哲学认识的艺术境界。而这两种"趣"之间,又往往有由艺进道、由道返艺的相通。

"谐趣"的追求出自宋人艺术心理中幽默机智的内在机制,而这种内在机制基于儒、佛、道三教合一从而使真与俗参融的生活态度和创作思想。苏轼评价黄庭坚的书法特点说:"鲁直以平等观作敧侧字,以真实相出游戏法,以磊落人书细碎事,可谓三反。"(《苏轼文集》卷六九《跋鲁直为王晋卿小书尔雅》)这段话亦可移用来评价黄诗,而且概括了宋诗的部分创作特点。所谓"三反",即创作方法上的三种"反常合道"。从诗法角度来理解,"以平等观作敧侧字"就是"侧笔以显正"。苏轼所谓"赋诗必此诗,定非知诗人"(《书鄢陵王主簿所画折枝二首》之一),实即主张正面题目从侧面、反面做;黄庭坚、陈师道之诗被宋人喻为"不犯正位,切忌死语"的曹洞宗禅法,亦有此特点①。"以真实相出游戏法"就是"戏言而近庄"。"真实相"是佛家所谓"实相",指宇宙万物的真相,"游戏法"是禅宗不执着于任何观点的禅法。禅师总是以戏言让人破除迷执,悟入真谛。宋人借此思维方式,发明出诗中"打诨"的方法,黄庭坚首先提出:"作诗正如作杂剧,初时布置,临了须打诨,方是出场。"(《王直方诗话》引)吕本中也指出:"东坡长句,波澜浩大,变化不测,如作杂剧,打猛诨入,却打猛诨出也。"(《童蒙诗训》)打诨正是获得诗中谐趣的主要方法②。"以磊落人书细碎事"就

---

① 参见拙作《中国禅宗与诗歌》第五章《机智的语言选择》第四节《不犯正位,切忌死语》。
② 参见同上第三节《打诨通禅》。

是"俗题以见雅"。宋人常于琐碎俗滥的题目翻出新意，别具一番高雅情趣，以游戏的态度，把人事和物态的丑拙鄙陋当作一种有趣的意象去欣赏。黄庭坚云："若以法眼观，无俗不真，若以世眼观，无真不俗。"（《题意可诗后》）宋人正是以此以俗为真的人生观引申出以俗为雅的艺术观，从而创造出宋诗特有的充满机智的谐趣。

到南宋杨万里那里，这种谐趣更被明确表述为"风趣"。据袁枚《随园诗话》卷一记载，杨万里自己曾说："从来天分低拙之人，好谈格调而不解风趣，何也？格调是空架子，有腔口易描；风趣专写性灵，非天才不办。"这段话虽不见于《诚斋集》，但肯定符合杨万里的诗学观点。不过，杨氏言下的"性灵"主要指透脱灵动的智者巧慧与活泼诙谐的生活情趣，与后来袁枚的"性灵"多指性情颇有不同。杨万里倡导的"风趣"，仍是宋人以俗为真的人生观的产物，从日常无聊的生活琐事和寻常景物中，发现谐谑幽默的诗材，从而超越人生存在的困境，获得深刻的宇宙人生之感悟。杨万里的作品如《重九后二日同徐克章登万花川谷月下传觞》就是表现这种"风趣"的典范，在借酒谐谑的荒唐形态下，渗透着关于人生宇宙的哲人式的思考①。

当"谐趣"、"风趣"由艺术手法层面"向上一路"翻进时，便自然走向对"理趣"的追求。苏轼给"趣"下的定义，除了"反"与"正"的乖谬和对立所引起的幽默感外，更主要规定了"趣"须"合道"的原则，也就是说"趣"须具有理性的特征。苏轼以陶渊明诗为有"奇趣"，他的学生晁补之也称陶诗"悠然忘情，趣闲而意远"（《鸡肋集》卷三三《题陶渊明诗后》），而在葛立方看来，苏、晁所欣赏的陶诗，恰巧是"谈理之诗"，"皆以为知道之言"（见《韵语阳秋》卷三）。可见，"趣"与"理"在陶诗中原是不可分割的。所以南宋理学家魏了翁极为推崇陶诗"悠然自得之趣"（《费元甫陶靖节诗序》），因为这"趣"中有"随所遇而皆适"、"以物观物而不牵于物"的人生哲理存在，合乎真德秀所谓"讽咏之间，悠然得其性情之正"的"义理"（见《文章正宗纲目·诗赋》）。

---

① 参见韩经太《论宋诗谐趣》，《中国社会科学》1993 年第 5 期。

"理趣"一词正是在南宋理学盛行的背景下提出的。理学家袁燮(1144—1224)指出:"古人之作诗,犹天籁之自鸣耳。……魏、晋诸贤之作虽不逮古,犹有舂容恬畅之风,而陶靖节为最,不烦雕琢,理趣深长,非馀子所及。"(《絜斋集》卷八《题魏丞相》)稍后理学家包恢也说:

> 古人于诗不苟作,不多作。而或一诗之出,必极天下之至精,状理则理趣浑然,状事则事情昭然,状物则物态宛然,有穷智极力之所不能到者,犹造化自然之声也。(《敝帚稿略》卷二《答曾子华论诗》)

同时代的李塗(1147年前后在世)在《文章精义》中亦指出:

> 《选》诗惟陶渊明,唐文惟韩退之,自理趣中流出。故浑然天成,无斧凿痕。

以上诸人对"理趣"这一美学概念的表述主要包括这几方面:一,"理趣"具有浑化无迹的特点,亦即"理"在诗中表现为"趣",不见说理议论的痕迹。二,"理趣"意味深长,是作品达到最高境界的重要因素,陶诗、韩文非他人可及,正由于富有理趣。三,"理趣"出自天籁自鸣,不假雕琢。耐人寻味的是,以上三位使用"理趣"一词的人,都与理学有各种瓜葛。

宋代理学影响于诗歌最普遍、最直接者为"以理为诗",以致常常使诗成为"语录讲义之押韵者",从而遭致来自诗人阵营的猛烈攻击。然而,正如我们前面所说,宋诗人的主流乃兼具文苑、儒林乃至理学的传统,尚理乃宋诗人最普遍的创作心态,"学诗如学道"乃宋诗学最响亮的创作口号。因此,诗人反对的"语录讲义之押韵者",只是反对部分陷于说理而兴味索然的性理诗,并不反对在诗中表现各种哲理。"理趣"概念的提出,与其说是对濂洛风雅之弊的针砭,莫如说是对"以理为诗"的辩护。换言之,"理趣"之说既反对诗中无趣,而成"理障";更反对诗中无理,流于肤浅。事实上,濂洛中人是颇懂"理趣"之义的,如程颢的《秋日偶成》诗中所云"道通天地有形外,思入风云变态中",便是对"理趣"一词的绝妙说明。"形而上者谓之道",所以"道"出于有形之外,无迹可求,然而,"道"又无处不在,所以可借"风云变态"而显现之。寓理于形象之中,见道于形象之外,借用黑格尔的话来说,这是一种感性显现的理念(Idee)①。

不过,"理趣"一词的内涵不只是理念的形象化,从宋人反复推崇陶诗的"理趣"来看,这一概念还应指人生的审美化。宋人对陶诗中"奇趣"或"义理"的理解,主要集中在其"悠然自得之趣"上,借用海德格尔的话来说,即一种"诗意地栖居"的人生态度。"采菊东篱下,悠然见南山",这是何等富有诗意的人生智慧!在一己生命与宇宙生命的自然交流中,进入超功利的审美境界。这样,"义理"的申说不再是严肃的讨论,而是诗意的显现,"理"的内核化为"趣"的形态。

同时,"理趣"在某种意义上也指思理的风趣化。李塗称陶诗、韩文"自理趣中流出",而陶诗、韩文恰巧有诙谐幽默的一面②,可见"理趣"亦可化为"谐趣"。试看杨万里《过松源晨炊漆公店》诗之五:"莫言下岭便无难,赚得行人错喜欢。政入万山圈子里,一山放出一山拦。"此诗当然有理趣,正如韩经太先生所说:"理趣所在,正是一种人生如被围困的哲学感悟。……然而,在杨万里的笔下,沉重的困扰却变成了轻松的幽默。"③事实上,活泼泼的谐趣能在丑陋中见出美感,在失意中见出安慰,在紧张中得到放松,在执著中得到解脱,不仅是对痛苦的超越,而且是对命运的征服,因而本身就具有"反常合道"的深刻哲理。可见,"谐趣"亦可升华为"理趣"。如黄庭坚《戏答陈季常寄黄州山中连理松枝二首》之二:"老松连枝亦偶然,红紫事退独参天。

---

① 参见钱钟书《谈艺录》第230-231页。
② 如《苕溪渔隐丛话》前集卷三引山谷云:"陶渊明《责子诗》曰:'白发被两鬓……且尽杯中物。'观渊明此诗,想见其人慈祥戏谑可观也。"又如柳宗元《读韩愈所著毛颖传后题》借《诗经》语称韩文"善戏谑兮,不为虐兮"。所以胡适《白话文学史》欣赏陶的风趣,而美国汉学家詹姆斯·海陶玮亦撰写《幽默作家韩愈》(见《哈佛亚洲学报》第44卷第1期)。
③ 见《论宋诗谐趣》。

金沙滩头锁子骨，不妨随俗暂婵娟。"(《山谷诗集注》卷九)这首从诗题上就可看出的戏谑之诗，实际上表达了黄庭坚"俗里光尘合，胸中泾渭分"(同上卷七《次韵答王夤中》)的人生态度。从老松生连理枝这一"反常"的现象中，竟然生发出忌俗与随俗相统一的"合道"的人生哲理，这样，此诗的妙处就不仅在于使用曲喻的机智幽默，而更在机智中见出了悟人生的透彻和深刻。

值得指出的是，严羽在《沧浪诗话·诗辩》中提出"诗有别材，非关书也；诗有别趣，非关理也"的说法，正好从反面证明"理趣说"有为宋人"以理为诗"作辩护的倾向。严羽是不承认诗有"理趣"的，所以特别拈出"别趣"一词。所谓"别趣"，就是"诗之法有五"之一的"兴趣"。虽然，"兴趣"和"理趣"都要求无迹可求，但在"趣"的指向上却有本质的差别。"兴趣"与司空图所谓的"趣味澄复"为近，其核心在于标举情性意兴，提倡一种不可解析的既真实又虚幻的美境。正如钱钟书先生所言："曰非书，针砭江西诗病也；曰非理，针砭濂洛风雅也，皆时弊也。"(《谈艺录》第545页)所以，尽管严羽也承认"而古人未尝不读书、不穷理"，但他从根本上是反对诗中言理的，这一点使得"兴趣"不仅与"理趣"针锋相对，而且与"奇趣"也大相径庭。

综上所述，宋诗学中的"趣"的概念乃是与司空图的"趣味"和严羽的"兴趣"大异其趣的。它或表现为形象冲突、语境转换、逻辑乖离等造成的奇特的美感，或表现为悠然自得、活泼生动、轻松谐谑的人生情趣，或表现为全春是花、千江一月、思入风云的深刻哲理。总之，宋诗学所讨论、所追求的"趣"以幽默、机智、理性、巧慧为其特点，是宋人的尚理精神、自适心态和谐谑意识在诗歌中的结晶，并成为"宋调"最突出的特征之一。

第三章　理想风格的追求

任何一个民族的文学艺术风格，大致可分为这样三个层次：一是个人风格，二是流派风格，三是时代风格。古今中外皆然。就时代风格而言，欧洲艺术史上有十七世纪的巴洛克式(baroque)到十八世纪的洛可可式(rococo)的更替，同样，中国诗歌史上也有"选体"、"唐音"和"宋调"的区别。严羽《沧浪诗话·诗体》早就指出，以时而论，则有建安体、正始体、太康体、齐梁体、盛唐体、晚唐体、本朝体、元祐体、江西宗派体等等；以人而论，则有苏李体、曹刘体、陶体、谢体、徐庾体、沈宋体、少陵体、太白体、王右丞体、韩昌黎体、李商隐体、元白体、贾浪仙体、东坡体、山谷体、后山体等。当然，严羽的分法还不够科学，如以时而论一栏，元祐体属时代风格，而江西宗派体当属流派风格。不过，严羽特别列出"本朝体"，充分说明他已意识到宋代诗人千差万别的个人风格中，具有某种共同的素质。事实上，不管是褒是贬，历代宋诗研究者都能体味到这个时代的大部分诗人的作品中散发出来的"宋调"气息。

从某种意义上说，时代风格是某一时代人们的文化心理的艺术体现，反之，某一时代人们的文化心理也融入他们对理想风格的追求之中。因而，我们在这里不仅是要探讨宋人作品所具有的风格，而且要研究宋人追求什么样的理想风格，这些理想风格究竟具有哪些文学和文化上的意义。排比宋人论诗的资料，我们可以发现宋人一致推崇、共同欣赏的理想风格不外这三种：一是"雄健"或"雅健"，二是"古淡"或"平淡"，三是"老成"或"老格"。除去唐风笼罩的北宋初和唐风回归的南宋末之外，以上三种风格在宋代诗歌批评中长期受到青睐，这更使我们坚信这些风格包孕着极为丰富的文化心理内涵。

一、雄健和雅健

苏轼曾把杜诗比作《史记》①,其可比点在哪里呢?《新唐书·柳宗元传》:"韩愈评其文曰:'雄深雅健,似司马子长,崔、蔡不足多也。'"可见司马迁《史记》的风格,可用"雄深雅健"四字来概括。而这四字恰巧也是宋人对杜诗风格的评价。如张表臣称杜甫诗云:"'五圣联龙衮,千官列雁行','圣图天广大,宗祀日光辉',则又得其雄深而雅健矣。"(《珊瑚钩诗话》卷一)曾巩《孙少述示近诗兼仰高致》诗亦云:"少陵雅健才孤出,彭泽清闲兴最长。"(《元丰类稿》卷七)苏轼的比譬很可能就建立在《史记》与杜诗这种超越媒体的内在风格的相同之上,因为在他的眼中,杜诗的特点正是"才力富健",远远超过司空图之流"寒俭"的作品,尽管这并不妨碍他欣赏司空图的"味外味"之说(见《书司空图诗》)。

司马迁的《史记》以其雄深雅健的风格被视为古文运动的理想典范,杜甫的诗也以同样的风格成为宋诗学崇拜的对象。这一现象不仅显示出宋人有关诗文相通的观念,即文的理想风格可以成为诗的理想风格,而且体现出宋人崇雅尚健的普遍文化心理。

中国传统诗学中,本来就有尚气质、重风骨、求雄浑的基本观念。但作为一种文体风格,"雄深雅健"一向属于散文,很少用指诗歌。杜甫在《戏为六绝句》中虽称赞"庾信文章老更成,凌云健笔意纵横",但那主要是指庾信的赋的风格,有如稍后的韩愈用"雄深雅健"来评《史记》和柳宗元的文风。并且,从"今人嗤点流传赋"的叙述中,我们可以看出"健笔"是不符合唐人审美观念的。事实上,杜甫即因其尚健而多少被唐人视为别调。换言之,在宋以前,人们一般认为"健"字是散文尤其是单行散句的古文的典型风格。此外,宋以前的诗歌批评即使

---

① 参见《苕溪渔隐丛话》前集卷一一、《诚斋集》卷七九《江西宗派诗序》。

偶尔使用"健"字，也仅将其视为诗之一体，而并不推为理想风格，如皎然《诗式》卷一"辨体有一十九字"中有一体曰"力"，定义是"体裁劲健曰力"，即使"力"等于"健"，在这十九种风格中也被排到第十七位了。至于司空图《二十四诗品》中有"劲健"一品，但据今人考证，《二十四诗品》是明人伪作，已不能代表司空图的观点①。

"雄深雅健"尤其是"雅健"或"健"大规模用于诗歌风格批评，大约出现于北宋中叶。如欧阳修《释秘演诗集序》："夫曼卿诗辞清绝，尤称秘演之作，以为雅健有诗人之意。"（《欧阳文忠公文集》卷四一）又《谢氏诗序》："景山尝学杜甫、杜牧之文，以雄健高逸自喜。"（同上卷四二）同时代的曾巩、释契嵩（1007—1072）也以"雅健"评诗，曾巩评杜甫以前，契嵩在《山游唱和诗集叙》中说："公济之诗赡，冲晦之诗典，如老丽雅健，则其气格相高焉。"（《镡津文集》卷一二）欧阳修和契嵩曾在排佛崇佛的问题上进行过辩论，但于诗都提倡雅健的风格，足见"雅健"二字已成为北宋中叶诗人的一种重要审美风尚。

欧阳修的诗友苏舜钦也追求着同样一种风格，他在《大理评事杜君墓志》中指出："效杜子美作诗，其劲峭严密，指事泛情，时时复至绝处。"（《苏舜钦集》卷一五）劲峭即雄健有力，严密即深刻细致，这是"雄深雅健"的另一表述。他评论石曼卿的诗"劲语蟠泊"、"气横意举"（同上卷一三《石曼卿诗集叙》），也是同样的意思，即追求一种强有力的诗风。

总之，从欧阳修的时代开始，宋代诗学中出现的这股尚健的思潮，逐渐成为整个时代的审美理想，并凝定为宋诗学一脉相承的传统。"雄深雅健"的关键字在于"健"，就宋代诗论中常见的术语而言，"健"的合成词有雄健、雅健、劲健、瘦健、爽健、矫健、峭健、峻健、老健等等，近义词则有劲峭、瘦劲、古硬等等。"健"字的语义无非刚强和有力二义，而其内含却涉及宋代的儒学背景、古文传统以及宋人的人格意识。

"健"首先是儒学倡导的刚强有力的人格精神的体现。《周易·

---

① 参见《中外文化与文论》第1辑《司空图〈二十四诗品〉真伪问题讨论述要》，四川大学出版社，1996年版。

乾卦·象传》云："天行健,君子以自强不息。"人道取法天道,是儒家学说的根源。所谓"天行健",就是大自然充沛的生命创造力,"四时行焉,百物生焉"(《论语·阳货》);"逝者如斯夫!不舍昼夜"(《论语·子罕》);"鸢飞戾天,鱼跃于渊"(《诗·大雅·旱麓》)。儒学君子从大自然蓬勃旺盛、生生不息的生命现象中,体悟到自强向上的人生哲理。这是中国士大夫重要的生命哲学意识。然而,在魏晋南北朝时代,这种"行健"精神却受到老庄和佛禅的双重冲击,日趋空寂无为。盛中唐时期的儒学复古运动虽有过排佛老的呼叫,但由于未能真正解决安身立命的大问题,所以后来仍有晚唐五代士风的衰飒。宋代士大夫以儒学为安身立命的根基,尤其是道学家,全心探索生命哲学问题,先秦儒学的"行健"精神不仅得到恢复,而且更进一步被强化。这具体表现为"治心养气"的学说的风行。所谓"养气",是指培养一种至大至刚的浩然之气,即一种与宇宙生命同构的精神。"行神如空,行气如虹。巫峡千寻,走云连风。饮真茹强,蓄素守中,喻彼行健,是谓存雄。天地与立,神化攸同。期之以实,御之以终"。《二十四诗品·劲健》中的形容,揭示出"劲健"诗品与养气之关系,即"健"之根源,乃为生命中与天地并立的刚大之气。宋人的尚健正与此密切相关。惠洪《冷斋夜话》卷一论"换骨夺胎法"云:

> 如郑谷《十月菊》曰:"自缘今日人心别,未必秋香一夜衰。"此意甚佳,而病在气不长。西汉文章雄深雅健者,其气长故也。曾子固曰:"诗当使人一览语尽而意有馀,乃古人用心处。"所以荆公《菊》诗曰:"千花万卉凋零后,始见闲人把一枝。"

"夺胎换骨"的意义,不仅在于原型的点化转易,更在于诗中人格力量的改造提升。归根结底,"健"是气长的体现,是儒家推崇的人格精神的体现。换言之,宋人尚健的诗学观乃植根于深厚的儒学土壤,在于以自强不息、刚直不挠的精神取代空虚寂灭、感伤沮丧的态度。雅健的提倡与儒学的复兴正好同步,绝非偶然。

其次，"健"是古文传统向诗学领域渗透的体现，或者说是古文特征向诗歌横向移植的结果。一般说来，古文以议论、叙事为其主要功能，重直截，尚典重，或以盘曲排奡见长，或以纵横捭阖取胜，所谓"文以气为主"，表现为风格特征即是"文以健为主"，追求命意造语的气势和力量。而诗则以言志、抒情为其主要功能，重含蓄，尚委曲，或以清新空灵见长，或以浑融深婉取胜，追求命意造语的韵味和情调。诗与文各有其不同的文体风格，这是传统的看法，甚至在一部分宋人眼里，"健"字也只是文的优点。如沈括就认为"韩退之诗，乃押韵之文耳，虽健美富赡，而终不近古"。魏泰也指出："欧阳永叔之诗，才力敏迈，句亦健美，但恨其少馀味耳。"（两条均见《东轩笔录》卷一二）严辨文体的严羽有段话最具眼光：

> 我叔《诗说》……又谓盛唐之诗"雄深雅健"，仆谓此四字但可评文，于诗则用"健"字不得。不若《诗辩》"雄浑悲壮"之语为得诗之体也。毫厘之差，不可不辨。坡、谷诸公之诗，如米元章之字，虽笔力劲健，终有子路未事夫子时气象。盛唐诸公之诗，如颜鲁公书，既笔力雄壮，又气象浑厚，其不同如此。只此一字，便见我叔脚根未点地处也。（《答出继叔临安吴景仙书》）

这里有两点值得注意：一是"雄深雅健"只可评文，不可评诗；二是苏、黄二诗虽可用"劲健"评价，但已堕入魔道，与盛唐气象相去万里。严羽反对以"健"论诗，与他反对"以议论为诗"的观点是一致的。事实上，当宋人以"健"评诗时，多少是站在诗文相通的立场，将理想的散文风格视为理想的诗歌风格。从创作实践上看，则通过种种以文为诗或其他表现手法，追求诗歌的陌生化效果，将"健"的风格移植入诗中。这种风格的移植，使得宋诗具有不同于"选体"、"唐音"的新面貌。严羽崇尚盛唐，严守"浑"与"健"之辨，正透出个中消息。

必须指出的是，在不少宋人那里，"健"字并非只是诗歌之一体，而是超越于其他风格之上的。如陈善《扪虱新话》下集卷三云：

> 陶渊明诗:"采菊东篱下,悠然见南山。"采菊之际,无意于山,而景与意会,此渊明得意处也。而老杜亦曰:"夜阑接软语,落月如金盆。"予爱其意度闲雅,不减渊明,而语句雄健过之。

这是以雄健称许杜诗。又如张嵲(1096—1148)《读梅圣俞诗》:

> 圣俞长于叙事,雄健不足而雅淡有馀。然其淡而少味,令人无一唱三叹之意,盖有愧古人矣。(《紫微集》卷三三)

这是以雄健不足批评梅诗。以"健"论诗者在宋人别集、诗话、笔记中比比皆是,如以下数则:

> 终朝诗赋道仍郁,老去文章健更成。(晁冲之《晁具茨先生诗集》卷一三《答韩君表》)
> 语新格健意有馀,风骨峭硬中含腴。(韩元吉《南涧甲乙稿》卷二《李编修器之惠诗卷》)
> 德符诗名一代,书则未之见也。观此编中字,瘦健有神采,亦类其诗。(陆游《渭南文集》卷二六《跋崔正言所书书法要诀》)
> 欧公云:古诗时为一对,则体格峭健。(吴可《藏海诗话》)

可以说,尚健的诗学观已非一时一地一流派的看法,而是弥漫于两宋诗坛的诗学主潮。其中尤以江西诗派追求拗峭劲健,最典型地体现了宋诗的时代风格①。

然而,单纯尚健颇易导致粗豪怒张,过分追求力量与气势,往往会丧失韵味和情调。宋人也深知这一点,所以常在"健"之前加一"雅"字作限定,有一"雅"字,"健"便获得了一种诗的素质。换言之,"雅"在审美趣向上对"健"作出了规范,使之最终不脱离诗的范围。

---

① 参见拙作《江西诗派风格论》,《文学遗产》1987年第2期。

正如"健"一样,"雅"也是宋代诗论中常见的术语,并有雅致、雅洁、高雅、渊雅、醇雅、博雅、风雅等等诸多合成词。雅的主要语义有标准、正统、文明、高雅等,在宋代诗学中有非常重要的地位,与很多诗学观密切相关。它不仅是一种艺术趣味,也是一种价值取向。

首先,雅具有规范和正统的意思。《诗大序》云:"言天下之事,形四方之风,谓之雅。雅者,正也。"宋人站在儒学的立场,论史讲正统,论学讲道统,论文讲文统,既是标榜传统,也是树立规范。诗学中对雅之风格的推崇,就是这种正统思想的折射。所以如前面甲编第二章所说,宋人于《诗》取《雅》、《颂》而不取《风》、《骚》,或取《诗经》而不取《楚辞》,正是崇雅的结果。黄庭坚反复推崇杜诗为"大雅"[1],也是标榜杜诗为规范和正统之意。

其次,雅具有文明的意思,所谓儒雅、文雅。宋人的功业在翰墨书斋,不在沙场马背,尚文而不尚武,醉心于人文产品的创造、研究和欣赏。与唐诗人相比,宋诗人少了几分英雄气、游侠气,却多了几分书卷气、学术气。书斋之熏染,翰墨之浸淫,艺术之陶冶,凝结为一种儒雅的气质,而这种气质欣赏的无疑会是一种文明的诗学境界,即雅的境界。

再次,雅有高尚优美的意思,即所谓高雅、典雅。与之相对应的是"俗"。宋诗人普遍认为"俗"为诗之大病,务必除之。严羽《沧浪诗话·诗法》特别提出:"学诗先除五俗:一曰俗体,二曰俗意,三曰俗句,四曰俗字,五曰俗韵。"俗有二义,一是民间文学的俚俗、粗俗,二是文人作品的陈俗、庸俗。大凡有柔媚、绮靡、凡近、粗鄙、浅直、熟烂、雕饰之习,都可称为"俗";有秀才的头巾气、和尚的酸馅气、闺阁的脂粉气、市井的尘俗气,亦可称之为"俗"。一方面,宋人在精神形态上严守"雅俗之辨",如苏轼、黄庭坚常以"无一点尘俗气"褒奖友人,且以"不俗之人"自期、自许,而忌流俗更是江西诗派的重要主题[2]。另一方面,宋人在艺术形式上又最善于"雅俗之变",如梅尧臣、苏轼、黄庭坚、

---

[1] 参见《豫章黄先生文集》卷一七《大雅堂记》。
[2] 参见拙作《江西诗派风格论》,《文学遗产》1987年第2期。

杨万里等人津津乐道的"以俗为雅",主要就在于将俚俗的或非诗的体类、题材、语言转化为高雅的、新颖的、超凡脱俗的风格。也就是说,宋诗人善于将民间文学中素朴的东西提纯、净化,即"雅化",以对抗文人作品中因陈词滥调之充斥而日益"俗化"的倾向。

最后,雅作为一种诗歌传统风格是对"健"这一传统散文风格的互补与调和。韩愈之诗健有馀而雅不足,虽于宋诗面目的呈现有开启之功,但终因缺乏诗之深厚韵味而日益为宋人所抛弃。宋人需要的是既有韩诗的劲健格力,又无其快直发露的风格形态,因而最终选择了杜甫。杜诗之美不仅在于力度,在雄健,而且在典雅,在深邃。宋诗最终未和宋文混为一体,正在于"雅"字的发扬。

总之,"雅"对"健"的限定,不只是审美情趣的协调,而且具有道德规范和价值提升的意义。这样,宋诗人所追求的"雅健",便不同于唐人意气风发的从军出塞,而在于温文尔雅的端直自守,具有外柔内刚的特色。所以,"雅健"的含义已不只是力量与气势,同时包容典正与厚重。如朱熹评黄庭坚、陈师道诗说:

> 后山雅健强似山谷,然气力不似山谷较大,但却无山谷许多轻浮底意思。(《朱子语类》卷一四〇)

这充分说明,"雅健"并非仅以"气力"大小来判定,而毋宁说是对"轻浮"的反抗,对典重的提倡。

"雅健"作为宋人推崇的理想风格,是重气格的产物。它与传统的"风骨"有内在联系,但多少抽去"风"之情感兴发,而着重强调"骨"的刚健硬朗。选体、唐音也有风骨高峻的一面,但往往与兴象华妙相结合,所以带有强烈的感情色彩。而"雅健"的宋诗却显示出冷峻和坚贞,具有某种理性的色彩。简而言之,"雅健"不同于慷慨悲歌的建安风骨,不同于豪迈雄壮的盛唐风骨,乃是儒雅君子外柔内刚、独立不惧的人格力量的显现,是宋代士大夫生命哲学、道德意识、学术气质、人文精神的结晶,富于宋代特有的人文风范。因而,作为一种理想风格,

"雅健"并不属于中国古典诗歌的整个传统,而只属于宋代以及与之相似的理性的时代。

二、古淡和平淡

在中国古典诗歌传统中,平淡作为一种理想风格而确立,并成为一种理论的自觉,应该说是始自宋代。纵观两宋的诗话诗论,崇尚平淡是比追求雅健更为普遍的倾向,不仅在观念形态上受到高度重视,而且在艺术实践上也得到充分体现。

平淡的诗观是作为"雕章丽句"、"铺锦列绣"的西昆体诗观的反面而提出来的。欧阳修及其诗友苏舜钦、梅尧臣最先大张旗鼓提倡"古淡"和"平淡"。在前一章第三节论"味"时,我们已引证过欧阳修这样一些尚"古淡"的诗句:"世好竞辛咸,古味殊淡泊。"(《送杨辟秀才》)"辞严意正质非俚,古味虽淡醇不薄。"(《读张李二生文赠石先生》)"子言古淡有真味,大羹岂须调以齑。"(《再和圣俞见答》)苏舜钦虽以"气尤雄"著称,却颇能欣赏"淡泊"之趣,如《赠释秘演》云:"不肯低心事镌凿,直欲淡泊趋杳冥。"(《苏舜钦集》卷二)又《诗僧则晖求诗》云:"会将趋古淡,先可镇浮嚣。"(同上卷八)欧氏以"淡泊"与"辛咸"对举,苏氏以"淡泊"与"镌凿"、"古淡"与"浮嚣"对举,都显示出反对形式华丽的西昆诗风的倾向。如果说欧、苏的尚健是为了矫正晚唐体的卑弱之风,那么他们的尚淡则是有意洗涤西昆体的浮靡之习。不过,真正在诗学上始终倡导平淡并付诸实践的要首推梅尧臣。梅氏论诗一再说:

> 作诗无古今,唯造平淡难。(《宛陵先生集》卷四六《读邵不疑学士诗卷……》)
>
> 诗本道情性,不须大厥声。方闻理平淡,昏晓在渊明。(同上卷二四《答中道小疾见寄》)
>
> 中作渊明诗,平淡可拟伦。(同上卷二五《寄宋次道中道》)

　　　　因吟适情性,稍欲到平淡。(同上卷二八《依韵和晏相公》)

而梅氏自己的诗风也"以深远闲淡为意"(欧阳修《六一诗话》语)。因而作为平淡理想的实践者,梅尧臣在宋诗发展进程中更具有开辟境界的意义。正如宋人龚啸所言:"去浮靡之习超然于昆体极弊之际,存古淡之道卓然于诸大家未起之先。"(《宛陵集》附录)

　　也许是一种巧合,欧阳修所言"古淡"均是站在儒学立场,所谓"大羹"、"古味",都具有复兴先王古道的意味。苏舜钦却两次在赠给僧人的诗中提及"古淡"和"淡泊",并连带欣赏"趋杳冥"之诗,似乎暗示出淡泊诗风与禅宗之关系。而梅尧臣反复推举陶渊明的平淡,并宣称"淡泊全精神,老氏吾将师"(《宛陵先生集》卷四六《依韵和邵不疑以雨至烹茶观画听琴之会》),意味着淡泊出自于老庄的清净无为。这种巧合既是一种象征,也是宋人平淡诗观形成的事实。换言之,宋诗学尚淡观念之根基乃在于儒、释、道三家审美理想的交融渗透。

　　所谓"淡",指味不浓,色不深,情不热,简易、素朴、平和、清净、冷漠、超然。儒家的"大羹玄酒"(《礼记·乐记》),在于口味之清淡;"素以为绚"、"绘事后素"(《论语·八佾》),在于色彩之淡;"箪食瓢饮"(《论语·雍也》)、"饭疏食饮水,曲肱而枕之"(《论语·述而》)的"孔颜乐处",在于嗜欲之淡。禅宗更奉行一种虚融淡泊的人生哲学,无论是它那澄澈宁静的观照方式,还是无心无念的生活态度,都造就一种绝不激动、平静淡泊的心境。禅门大德说:"道人之心……譬如秋水澄渟,清净无为,澹泞无碍。"(《景德传灯录》卷九《沩山灵祐禅师》)至于道家哲学,亦以淡泊无欲、清净自守为其旨,《老子》所言"大音希声,大象无形"已有崇尚平淡美的雏形,其清净无为的思想更导致心灵上的恬淡。《庄子·应帝王》云:"汝游心于淡,合气于漠。"又《庄子·知北游》云:"澹而静乎!漠而清乎!"显然以淡漠为人生最高的理想。总而言之,儒、释、道三家的精神境界都趋向于淡泊,尽管其间的内涵各不相同。

　　然而,在中国古典诗歌的传统中,平淡的审美理想却出现很晚。

如果说《诗经》中尚有几分朴质的古淡的话,那么,在《楚辞》那里已完全为浪漫的瑰丽所取代。两汉文学继承楚文化传统,除了少量乐府诗,文人作品走的都是铺张扬厉的一路,扬雄所谓"诗人之赋丽以则,辞人之赋丽以淫"(《法言·吾子》),曹丕所谓"诗赋欲丽"(《典论·论文》),就是其时尚丽观念的体现。魏晋时期虽然玄学大盛,但其时诗坛的审美趣味却并不平淡。或是建安诗歌的激昂,"观其时文,雅好慷慨";或是太康诗歌的文采,"结藻精英,流韵倚靡";甚至连写"玄言精理"的玄言诗,也是"澹思浓采",语言多藻饰;更不用说南朝"情必极貌以写物,辞必穷力而追新"的诗歌了(参见《文心雕龙·时序》、《明诗》)。这一时期诗歌理论以"诗缘情而绮靡"为中心,常讨论情采、物色、丽辞的问题,即便是标举"自然英旨"或"初日芙蓉",也是指语言的清丽自然而文采风流,并不意味着平淡。唐代诗坛情况略有改变,"自从建安来,绮丽不足珍"(李白《古风》),显示出唐人审美理想的转移,日益抛弃绮丽浮靡的齐梁诗风格,由繁富雕缋转向明朗清新。但平淡仍未被作为理想风格而为诗人所自觉追求。杜甫喜欢"掣鲸碧海"的壮美和"翡翠兰苕"的纤美,韩愈欣赏"巨刃摩天扬"的雄奇和"刺手拔鲸牙"的险怪,岑参的瑰丽豪壮,李贺的光怪陆离,李商隐的恻艳缠绵,旨趣都不在淡。李白虽标榜过"清水出芙蓉,天然去雕饰",但绿水红蕖,心境色调又何曾"淡"呢?

  当然,在上千年的诗歌发展过程中,也出现过陶渊明、王维、孟浩然、韦应物、柳宗元这样的风格平淡的诗人,但他们的艺术价值却长期未能得到真正的认识。钟嵘《诗品》只将陶诗列为中品,刘勰《文心雕龙》干脆不提陶氏,杜甫《遣兴》诗说:"陶潜避俗翁,未必能达道。观其著诗篇,颇亦恨枯槁。"甚至将平淡视为陶诗一病。同时,唐人欣赏王维的是"词秀调雅,意新理惬,在泉为珠,着壁成绘"(殷璠《河岳英灵集》卷上),而不在其冲淡。司空图似乎颇推崇淡远的风格,但他树立的典型是王维、韦应物,其风格特征是"澄澹"而且"精致"(见《与李生论诗书》),或是柳宗元的"搜研之致,亦深远矣"(见《题柳柳州集后序》),而非"枯槁"的陶渊明。

可以说,中国古典诗歌的平淡理想风格是通过陶诗价值的发现而树立起来的。从梅尧臣开始,宋代诗坛的各家各派无不推尊陶渊明。在唐代,陶渊明还常和谢灵运一道被人称为"陶谢",而在宋代,对二人的评价已大有轩轾。北宋诗坛四大领袖欧、王、苏、黄的意见几乎一致,《遯斋闲览》云:

> 六一居士推重陶渊明《归去来》,以为江左高文,当世莫及。涪翁云:"颜、谢之诗,可谓不遗炉锤之功矣;然渊明之墙数仞,而不能窥也。"东坡晚年,尤喜渊明诗,在儋耳遂尽和其诗。荆公在金陵,作诗多用渊明诗中事,至有四韵诗全使渊明诗者。又尝言其诗有奇绝不可及之语,如"结庐在人境……"由诗人以来,无此句也。(《苕溪渔隐丛话》前集卷三引)

他们有取于陶诗之处或许不同,但都以平淡为旨归。王安石晚年作诗悟"深婉不迫之趣"(《石林诗话》卷中),"悲壮即寓于闲淡之中"(吴之振《宋诗钞》)。苏轼酷嗜陶诗,乃"贵其淡而适也"(《袁宏道集笺校》卷三五《叙呙氏家绳集》)。而黄庭坚诗也被人誉为"气和而真力壮,音淡而古意完,此所以为高也"(王柏《鲁斋集》卷一三《跋东村山谷诗轴》)。

此外,江西诗派、理学诗派甚至江湖诗派中人都对陶诗的平淡境界表示出无限向往。如江西诗人谢逸《读陶渊明集》云:

> 意到语自工,心真理亦邃。何必闻虞《韶》,读此可忘味。(《溪堂集补遗》)

理学家杨时《龟山语录》云:

> 渊明诗所不可及者,冲淡深粹,出于自然;若曾用力学,然后知渊明诗非著力之所能成也。(《苕溪渔隐丛话》后集卷三引)

南宋诗人赵善括(1169年前后在世)《赵清献帖跋》亦云：

> 陶彭泽之诗,发言古淡,诵其言,则知其忘机械,脱风尘,邈乎其远矣。(《应斋杂著》卷四)

与此相关的是各家各派对清淡诗风的崇尚,此类论述甚多,不胜枚举。

此外,宋人还从一些唐诗人那里发现平淡的价值,如苏轼评柳宗元诗"外枯而中膏,似淡而实美"(《评韩柳诗》),黄庭坚评杜甫诗"句法简易","平淡而山高水深"(《与王观复书三首》之二),这与唐人的评价显然大不相同,这种差异只要看看司空图的《题柳柳州集后序》和韩愈《调张籍》便可知道。值得玩味的是,杜甫的诗风并不平淡,黄庭坚的评价与杜甫诗风的实际状态之间有一个阐释差距,而这一阐释差距恰巧是宋人尚淡的审美心理的极佳证明。

既然中国传统的儒、释、道三家的理想精神境界都趋向于淡泊,那么,中国古典诗学平淡美的理想风格为什么到宋代才占统治地位呢？有论者指出,平淡风格的提倡与文人的野逸兴趣密切相关,梅尧臣推崇隐逸诗人林逋,以在野派疏淡清远的诗风反对在朝西昆体华靡精巧的诗风,野逸兴趣是"唯造平淡"的诗学理想的审美基础[①]。此说颇具新意。然而,中国古代隐逸之风并不始于宋,且不以宋为高峰。在晚唐、五代、北宋初,有一群相当大的隐逸队伍,他们虽然有野逸兴趣,但其创作却以苦吟为主,诗风清苦寒俭[②]。这批隐逸诗人,既未能形成真正平淡的风格,也未提出鲜明的尚淡要求。即使是林逋的"平淡邃美",也有待梅尧臣的发现。因而,很难说野逸兴趣是平淡理想的审美基础。论者又指出,宋代的诗祸决定了讽谕精神内转为平淡深远之境,因而平淡理想乃与文人怵惕心理有关[③]。此论颇有道理,即我在前

[①] 参见韩经太《论宋人平淡诗观的特殊指向与内蕴》,《学术月刊》1990年7月。
[②] 参见拙著《中国禅宗与诗歌》第三章第三节《贾岛时代》与第五章第一节《苦吟者的困惑》,上海人民出版社,1992年7月版。
[③] 参见韩经太《论宋人平淡诗观的特殊指向与内蕴》,《学术月刊》1990年7月。

面申说的诗之政治功能幻灭后转向道德、心理功能，从而导致平和的"自持"与"自适"。然而，直接把平淡理想与文人怵惕心理联系起来，尚欠说服力。因为怵惕心理完全可以转化为阮籍《咏怀》式的隐晦遥深或李商隐《无题》式的朦胧绵邈，以华丽的词藻、含蓄的暗示象征委婉传达旨意，并不一定转为平淡之境。可见，平淡审美理想的形成另有其更深刻的文化心理和艺术规律诸方面的原因。

首先，尚淡是宋代儒家思想复归、强化并影响诗坛的产物。照理说，中国诗学精神本与哲学精神相通，诗学与儒学的理想境界亦该相对应才是。但是，中国士大夫自两汉以来就出现文苑与儒林分流的现象，文人尚藻饰，儒者尚古朴，文质迥殊，渐成格局。这种分流，既造成儒家思想对文苑影响的相对淡化，也使得文人在审美理想方面与儒家思想的价值取向有了一定差异。特别在"文学的自觉时代"魏晋时期，文人创作更形成追求藻绘的心理定势，一吟诗作赋，便自然会"事出于沉思，义归乎翰藻"（萧统《文选序》），这就必然与儒家尚淡的理想相乖离。唐代以诗赋取进士，实则仍然保存了尚藻绘的文苑传统。因而，中国古代哲学尽管有源远流长的尚淡精神，但却未能相应地在文苑得到发扬。

这种状况在宋代得到改变。儒学的复兴使得儒林传统大规模渗入文苑，影响文苑。更多的宋人意识到，文学的价值不在藻绘的包装形式，而在质朴的实际内容。如梅尧臣就尖锐地批判"烟云写形象，葩卉咏青红，人事极谀诣，引古称辨雄，经营唯切偶，荣利因被蒙"的形式主义诗风，而主张恢复"因事有所激，因物兴以通，自下而磨上，是之谓国风，雅章及颂篇，美刺道亦同"的"圣人"诗歌传统（见《宛陵先生集》卷二七《答韩三子华韩五持国韩六玉汝见赠述诗》）。王安石的看法亦相近，他在《上人书》中指出："所谓辞者，犹器之有刻镂绘画也。诚使巧且华，不必适用；诚使适用，亦不必巧且华。要之以适用为本，以刻镂绘画为之容而已。"（《临川先生文集》卷七七）此虽论文，实通于诗，精神脱胎于儒家"绘事后素"的尚质的观点。如果说梅、王的论点在政治实用性上和儒林传统一致的话，那么，理学家邵雍等人的诗学观则主要在道德精神上与儒家的理想境界相通。邵雍不仅提倡"真胜则华去"的诗歌(见《伊川击壤集》卷一八《诗史吟》),而且他本人作诗就极力追求平易晓畅,尽管不免直露乏味。值得玩味的是,邵雍那些阐发儒家义理的诗作,正好被人誉为"其音纯,其辞质,如茹大羹,啜玄酒,而有馀味焉"(《伊川击壤集》卷首附《击壤集引》)。而大羹玄酒之味,恰好以感性的淡薄和理性的深永为其特色。因而,无论是欧阳修标举"辞严义正"的古淡之味,还是苏舜钦以"古淡"与"浮靡"对举,都显示出平淡美理想最初是作为与"甜美"相反的"实用"的——讽谏与教化——诗歌风格提出来的。它并非产生于诗祸频仍而引起的怵惕心理,而毋宁说生发于恢复去华返实的先王古道的强烈愿望,因为,"平淡"的提出恰巧是在宋诗人强调诗歌的政治、道德功能的时代。

其次,尚淡是儒、释、道生命哲学与宋诗人心灵相契合的产物。魏晋玄学影响士大夫,主要还表现为外在的言谈举止、相貌风度,所谓名士风流。而内心污浊者大有人在,"志深轩冕,而泛咏皋壤;心缠几务,而虚述人外"(《文心雕龙·情采》)。齐梁佛教的盛行,却反而刺激或影响了宫体诗的发展[1]。唐代的隐逸之风较盛,但隐逸常常是仕宦的"终南捷径"[2]。中唐儒学复古运动提倡的"道",也主要是一种外在化的道,如韩愈本人就性格褊狭,缺乏内在的冲淡心境。只有一部分习禅的诗人旨在追求内心的平淡宁静,如王维诗"我心素以闲,清川淡如此"(《青溪》),韦应物诗"道心淡泊对流水"(《寓居澧上精舍寄于张二舍人》)。然而,王、韦诸人还未在理论上将淡泊的心境和淡泊的诗风自觉联系起来。简而言之,在宋以前,儒、释、道的生命哲学还未真正化为自觉的人心和诗心。

宋代思想的一大特质,即将形而上之"道",落实在人心的自觉性

---

[1] 参见张伯伟《禅与诗学·宫体诗与佛教》,浙江人民出版社,1992年版。
[2] 唐刘肃《大唐新语·隐逸》记载:卢藏用举进士,隐居终南山中,以冀征召,后果以高士名被召入仕,时人称之为随驾隐士。司马承祯尝被召,将还山,藏用指终南山曰:"此中大有嘉处。"承祯徐曰:"以仆视之,仕宦之捷径耳。"此种隐逸方式在唐代颇为典型。可参见罗联添《从两个观点试释唐宋文化精神之差异》一文,见香港中文大学编《唐宋史研究》。

之上。学诗与学道,在心性根源上相互证悟,融会贯通①。宋儒的性命之学,其特点在于援佛老以入儒,可以说是儒家的中庸思想与老庄的清净观念、禅宗的心性证悟的精致结合。苏轼固不必说,他不仅将"点瑟既希"的儒家闲适情怀、"昭琴不鼓"的道家无为境界通于佛家的安禅"趺坐"(《十八大阿罗汉颂》),而且将道教的内丹修炼、佛家的摄心正念归之于儒家的"思无邪"(见《思无邪丹赞》、《思无邪斋铭》)。就是理学大师朱熹也吸取不少佛老的思想因子,不仅讲学每以禅理相发明,如《朱子语类》卷一一八,借禅偈"云在青天水在瓶"以说义理;而且常以无欲无念的萧散情怀评论文艺,如《答巩仲至书》以为"更洗涤得尽肠胃间夙生荤血脂膏",然后能"漱六艺之芳润,以求真淡"(《晦庵先生朱文公文集》卷六四)。同时,宋儒的性命之学还特别表现为内省功夫的细密化,因而,儒释道杂糅的思想不再是一种学术的标帜,而成为一种内在的人格修养境界,一种心灵的自觉契合。这种境界有儒家的中和静穆,道家的冲虚简淡,释家的清净空寂,由感官愉悦而至心灵领悟,进而至于理性的直觉;由物质追求、向外开拓转向精神满足、向内退避。这种平和闲淡的心境决定宋人倾向于欣赏同样平和闲淡的诗境,因为在宋诗学里,诗与道、诗品与人品原是统一的。正如罗大经所说:"张宣公诗闲澹简远,德人之言也。"(《鹤林玉露》甲编卷三)又如魏了翁所说:"(黄庭坚)阅理益多,落华就实,直造简远。……诵其遗文,则虑澹气夷,无一毫憔悴陨获之态。"(《黄太史文集序》)或如陆游所说:"心平诗淡泊,身退梦安闲。"(《剑南诗稿》卷六七《闲趣》)"身闲诗简淡,心静梦和平。"(同上卷六九《幽兴》)正因如此,平淡诗风作为宋人心性境界的外化,也就不只是一两个流派的艺术趣味,而是在宋代哲学与诗学交融的广泛的文化背景上产生的审美理想,在宋诗学中极具普遍性和包容性。

再次,尚淡是宋人对诗歌艺术规律深刻认识的结果。文学的发展

---

① 参见胡晓明《中国诗学之精神》内编第三章第二节《心性境界之证悟》,江西人民出版社,1991年5月版。

进程是一个由"椎轮"而至"大辂"的过程,所谓"踵其事而增华,变其本而加厉"(萧统《文选序》)。文学技巧的发展,无疑赋予诗人以"陶冶万物"、"巧斫天骨"的能力,即赋予主体以客体化、对象化的能力。然而,美的实践在本质上是不可重复的,从而决定美在本质上也就不是积累的,因而艺术技巧的增华加厉,并不意味着美的增加,反而时时剥夺了主体的审美自由,使之成为繁复的技巧的奴隶。同时,文学作品本是"文"与"质"、形式与内容的统一体,因而,单方面发展艺术技巧,就可能导致"文"胜"质"或形式遮蔽内容的结果。

在宋人眼里,唐人已把古典诗歌的艺术技巧发挥到登峰造极、无以复加的地步:"诗至于杜子美,文至于韩退之,书至于颜鲁公,画至于吴道子,而古今之变,天下之能事毕矣。"(《苏轼文集》卷七〇《书吴道子画后》)然而,"能事毕矣"的后果却是原真素朴的古典境界的失落,正如苏轼所说:

> 予尝论书,以谓钟、王之迹,萧散简远,妙在笔画之外。至唐颜、柳,始集古今笔法而尽发之,极书之变,天下翕然以为宗师,而钟、王之法益微。至于诗亦然。苏、李之天成,曹、刘之自得,陶、谢之超然,盖亦至矣。而李太白、杜子美以英玮绝世之姿,凌跨百代,古今诗人尽废,然魏晋以来高风绝尘,亦少衰矣。(《苏轼文集》卷六七《书黄子思诗集后》)

显然,要超越以李、杜为代表的"能事毕矣"的"英玮绝世之姿",便只有回到以陶渊明为代表的"高风绝尘"的境界,即一种剥落了词采意象、音调风容的"平淡"的境界。苏轼认为,在唐诗人中,唯有韦应物、柳宗元"发纤秾于简古,寄至味于澹泊",接近于古典原真的"高风绝尘"。李、杜的艺术成就诚然高不可及,但就审美主体本质而言,陶渊明式的"无所用智"的绝假纯真才真正实现了审美的自由。因而,"平淡"是比"能事"、"英玮"更难企及的境界。对苏轼颇有微词的朱熹也这样评诗:"(张公子)好为歌诗,精丽宏伟,至其得意,往往亦造于闲淡。"(《晦庵先生朱文公文集》卷八一《跋张公予竹溪诗》)"叔通之诗不为雕刻篡组之工，而其平易从容不费力处，乃有馀味。"(同上卷八三《跋刘叔通诗卷》)认为"闲淡"乃是比"精丽宏伟"更为得意之处，"平易从容"乃是比"雕刻篡组"更加富有馀味。

事实上，宋诗人崇尚平淡体现了对唐诗艺术表现定势的有意识超越，唐诗尚注重形象的渲染、外境的烘托、音律的和谐、色彩的鲜艳，而宋人却一再强调剥落浮华，返见真实，直造内心，展示真性情、真抱负、真感受。从更广泛的意义上来看，"平淡"诗风的提倡，在于力求克服形式技巧对艺术主体(诗人)的异化以及对艺术本体(诗意)的遮蔽，所谓"豪华落尽见真淳"，其实就是异化的复归和遮蔽的消解。黄庭坚有诗云："皮毛剥落尽，惟有真实在。"任渊注曰："山谷与王子飞书亦云：老来枝叶皮肤，枯朽剥落，惟有心如铁石，盖厌俗文密而意疏也。"(《山谷内集诗注》卷一四《次韵杨明叔见饯十首》之七)在一切外在形式技巧的摆脱之后，诗人和诗意的本真才能得到鲜明的凸现。

无论是出于哲学上的考虑，心灵上的契合，还是出于艺术上的要求，宋诗人的诗学观都一致指向平淡的审美理想，或是色彩的清淡，或是感情的恬淡，或是语言的平淡，或是韵味的古淡。尚淡是宋诗学中涵盖面极大的概念，既关乎诗的心理功能"自持"与"自适"，也关乎诗的道德功能"明心"与"见性"，甚至关乎诗的政治功能"教化"与"讽谏"。因而，宋人的平淡理想乃有家数的不同，内涵的区别。试分别而言之。

一是梅尧臣式的"平淡"，与晚唐体有联系。韩愈称赞贾岛诗："奸穷怪变得，往往造平淡。"(《送无本师归范阳》)梅尧臣作诗亦与之相似，经过苦吟极炼而至于平淡，所以平淡中总有点斧凿痕和幽僻怪奇的特点。欧阳修称他的诗是"古淡"、甚至"古硬"，他自己也承认："因吟适情性，稍欲到平淡。苦辞未圆熟，刺口剧菱芡。"(《依韵和晏相公》)有几分苦涩和乏味。他的一些讽谏诗也往往有质而俚的特点。

二是黄庭坚式的"平淡"，与杜甫诗有联系。黄氏指出："但熟观杜子美夔州后古律诗，便得句法简易，而大巧出焉。平淡而山高水深，似欲不可企及,文章成就更无斧凿痕,乃为佳作耳。"(《豫章黄先生文集》卷一九《与王观复书三首》之二)他将"句法"与"平淡"相提并论,意味着他的诗学内部的矛盾统一,即由法则入手,最终进入直觉状态,由"拾遗句中有眼",而最终合于"彭泽意在无弦"。这样,技巧就不再是遮蔽诗意的屏障,而是拆除屏障、消除"斧凿痕"的有效手段,黄氏称之为"大巧"。根据《老子》"大巧若拙"的原理,"句法"便可通过"简易"的形式返朴归真,臻于"平淡"之境。黄庭坚称赞友人诗"醇淡而有句法"(《豫章黄先生文集》卷一九《答何静翁书》),也是这个意思。

三是苏轼式的"平淡",与柳宗元有关系。苏轼认为:"大凡为文,当使气象峥嵘,五色绚烂,渐老渐熟,乃造平淡。"(周紫芝《竹坡诗话》引)这种"平淡"由"峥嵘"、"绚烂"转化而来,平淡的形式中包含着不平淡的内容。苏轼称赞柳宗元诗"外枯而中膏,似淡而实美"(《评韩柳诗》)、"发纤秾于简古,寄至味于淡泊"(《书黄子思诗集后》),就是指这种境界。这与黄庭坚所说的"平淡而山高水深"意义相近,但黄氏似指书卷涵养的深厚广博,而苏轼则倾向于指风容词采的绚丽纤秾,并且将黄氏的"句法"换为"气象"。而柳宗元的平淡事实上是陶、谢的矛盾统一体,即用谢灵运的雕琢手段去获得陶诗那种简淡。正如元好问所说:"谢客风容映古今,发源谁似柳州真。"(《遗山先生文集》卷一一《论诗三十首》)苏轼欣赏柳诗的淡泊至味,其实是各种风格的辩证统一体。

四是理学家式的"平淡",与陶渊明颇有关系。杨时、朱熹等人都认为陶诗的平淡"出于自然",不在"著力"。借用魏了翁的话来说,就是出之于"肆笔脱口之馀"(参见《鹤山先生大全集》卷五四《裴梦得注欧阳公诗集序》、卷五六《攻媿楼宣献公文集序》)。这种"平淡"风格在创作实践上的代表是邵雍。魏了翁在《费元甫注陶靖节诗序》中说:"风雅以降,诗人之词乐而不淫,哀而不伤,以物观物,而不牵于物;吟咏情性,而不累于情,孰有能如公者乎?"(同上卷五二)这里评论陶诗所用的观点、语言,完全出自邵雍的《伊川击壤集序》,这就意味着理学家心目中的陶诗,近似于邵雍那种平易浅切的风格。事实上,邢恕在

《康节先生伊川击壤集后序》中就把陶诗和邵诗相提并论:"余尝读阮籍、陶潜诗,爱其平易浑厚,气全而致远。二人之学,固非先生(邵雍)比,然皆志趣高邈,不为时俗所汩没,事物所侵乱。其胸中所守者完且固,则为诗不烦于绳削而自工,又况于正声大雅之什,不为陶、阮者乎?"(《伊川击壤集》附录)可见,理学家更多地把"平淡"与心性联系在一起,视为"真味发溢"的产物,从而具有某种艺术取消论的倾向。

尽管宋人的平淡理想内涵甚广,但其基本审美趣味却大致相同。宋诗虽有古拙、平易、生涩、新奇、流丽等语言风格的差异,但却贯穿着一种平和清淡的内在意蕴,一种优游不迫、气和趣远的精神境界。如果说选体与唐音主要奉行的是"诗缘情而绮靡"的话,那么可以说宋调则主要走的是"诗言志而平淡"的路子,这又是诗学上一对有趣的反题。

就宋诗学内部而言,"平淡"与"雅健"构成宋诗风格的两大基本形态,一表现为阴柔之美,一表现为阳刚之美。两种风格所表现的人文精神,一为出世的旷达冲夷,一为入世的积极刚健;一为冲淡的襟抱,一为执着的情怀。这两种风格虽异趣然而并不对立,毋宁说是辩证的统一,诗学上的互补。

三、老成和老格

作为审美范型,"唐体"和"宋调"的确具有某种超越时代的内在美学结构①。然而,它们又毕竟是不同时代的产物,其风格的形成毕竟是和时代的文化精神、审美风尚分不开的。因此,在唐宋诗歌史上,唐诗人至晚节而仍为"唐体",宋诗人自少年而已染"宋调",乃是最为普遍的现象。李白一生,豪气昂扬,直至晚年,而不稍减,如《永王东巡歌》之二:"三川北虏乱如麻,四海南奔似永嘉。但用东山谢安石,为君谈笑静胡沙。"此诗写于安史乱后,而少年意气,跃然纸上。黄庭坚则

---

① 参见拙作《中国古典诗歌的三种审美范型》,《学术月刊》1989年9月。

似乎天生老成,七岁作《牧童》诗云:"骑牛远远过前村,吹笛风斜隔陇闻。多少长安名利客,机关用尽不如君。"①俨然思虑深沉,冷峻超悟,童稚学语,已是老气横秋。事实上,风格不仅关乎年龄心理,而且受时代文化心理的制约。古人常说文章关乎"气运",大致就是这个意思。

值得注意的是,如果说唐人的才气发扬只是时代精神的自发呈现的话,那么宋人的思虑深沉却将时代精神化为一种理论的自觉。换言之,宋人在诗论中自觉提倡一种老年之诗、晚年之诗。所谓老年之诗,其实有两种不同的含义:一是认为诗人晚年之诗方臻极境;二是提倡如老年极境那样深沉厚重的风格。这两种含义都从杜诗生发而来,前者就是杜甫所谓"庾信文章老更成"(《戏为六绝句》),即老而有所成就;后者就是杜甫所谓"毫发无遗憾,波澜独老成"(《敬赠郑谏议十韵》),即辞章功力深厚。尽管"老更成"与"老成"是不同的概念,但二者都共同体现了宋诗人追求思虑深沉之诗的审美趣向。

"老更成"是宋诗学里的一个极为流行的观念。黄庭坚一再教人"观杜子美到夔州后诗,韩退之自潮州还朝后文章"、"熟观杜子美到夔州后古律诗",就因为其"文章成就","不烦绳削而自合"(参见《豫章黄先生文集》卷一九《与王观复书三首》之二)。令人玩味的是,"老更成"的杜、韩,恰巧是唐人中而具"宋调"者,可见,"宋调"与老年之诗的确有某种内在的联系。而黄庭坚特别推崇杜、韩晚年之作,正显示出他以老为美的诗学倾向。黄氏的说法为宋诗学提供了一个颇有代表性的"老更成"的批评模式,其后宋人评诗,几乎视之为一条理所当然的艺术规律,并不断用各种例子佐证:

> 荆公定林后诗,精深华妙,非少作之比。(《苕溪渔隐丛话》前集卷二五引《漫叟诗话》)
>
> 余观东坡自南迁以后诗,全类子美夔州以后诗,正所谓老而严者也。(《苕溪渔隐丛话》后集卷三〇)

---

① 参见《桐江诗话》,《宋诗话辑佚》上册,中华书局,1980年版。

> 余读《豫章先生传赞》云:"山谷自黔州以后,句法尤高,笔势放纵,实天下之奇作。自宋兴以来,一人而已矣。"(同上卷三二)
> 逮其晚岁,笔力老健,出入众作,自成一家,则已稍变此体矣。(《晦庵先生朱文公文集》卷八四《跋病翁先生诗》)

无论是王、苏、黄这样的诗坛领袖,还是病翁之类的一般诗人,都在实践着"老更成"的共同规律。

中国古代的文学观念普遍认为,诗文以气为主,人老而气衰,气衰而才退,"江郎才尽"之类的传说就是这种文学观念的折光。然而,宋人以"治心养气"为本,讲天长日久的工夫,因而认为无论学道还是学诗,晚年都是人生历程中最辉煌的阶段。这是人格最完美的时期,是学养最丰厚的时期,是思理最深邃的时期,也是诗艺最纯熟的时期。诚如刘克庄所说:

> 虽然,文以气为主,少锐老惰,人莫不然。世谓鲍照、江淹,晚节才尽。予独以气为有惰,而才无尽。子美夔州、介甫钟山以后,所作岂以老而惰哉?……圻父幸在世,故胶扰之外,为事物忧患之所怨,养气益充,下语益妙,它日余将求续集而观老笔焉。(《后村先生大全集》卷九四《刘圻父诗序》)
> 自昔文人鲜不以壮老为锐惰,江文通晚有景纯索笔、景阳取锦之梦。余谓非二景果有灵也,乃文通气索才尽之兆尔。竹溪所编视前二编且数倍,老气盛于壮,近制高于旧,其笔锦乃天授,岂资于人哉!(同上卷九六《山名别集序》)

这两段对"少锐老惰"传统观念的翻案,最典型地代表了宋诗人对"才"与"气"的新认识。在宋人看来,"才"与"气"无关乎激情想象,无关乎生理年龄,老人因其学识修养的深厚,"养气益充,下语益妙",因此能做到"老气盛于壮,近制高于旧"。于是,宋人进一步提出了与"少锐老惰"针锋相对的命题——"老而诗工"。孙奕(1190年前后在

世)《履斋示儿编》卷一〇有"老而诗工"条,集中体现了宋人的观点:

> 客有曰:"诗人之工于诗,初不必以少壮老成较优劣。"余曰:殆不然也。醉翁在夷陵后诗,涪翁在黔南后诗,比兴益明,用事益精,短章雅而伟,大篇豪而古,如少陵到夔州后诗,昌黎在潮阳后诗,愈见光焰也。不然,少游何以谓《元和圣德诗》于韩文为下,与《淮西碑》如出两手,盖其少作也。

这在宋诗学里几乎是和"穷而后工"一样广泛流行的观点,如刘克庄《赵孟侁诗题跋》云:"诗必穷始工,必老始就,必思索始高深,必锻炼始精粹。"(《后村先生大全集》第一〇六)俨然视之为铁定的规律。正是基于这样的认识,宋诗人常常有悔其少作的行为,如黄庭坚自编诗断自退听堂,不取少作(参见《宋黄文节公全集》卷首洪炎《豫章黄先生退听堂录序》);杨万里承认,"余少作有诗千馀篇,至绍兴壬午七月皆焚之,大概江西体也"(《诚斋集》卷八〇《诚斋江湖集序》);陆游也如此,不仅焚少作,而且多次检讨,"我昔学诗未有得,残馀未免从人乞"(《剑南诗稿》卷二五《九月一日夜读诗稿有感走笔作歌》)。

那么,宋人为什么会一致认为"老而诗工"呢?分析宋代诗论资料,可以发现这样一些理由。

其一,老而心境淡泊,遗声利,冥得丧,超然物外,悠然自得,摒弃浮华,返朴归真,因而诗风易臻于"平淡"的极境。如魏了翁称黄庭坚晚节之诗"落华就实,直造简远","虑澹气夷,无一毫憔悴陨获之态","恢广而平实,乐不至淫,怨不及怼"(《鹤山先生大全文集》卷五三《黄太史文集序》)。也就是说,诗人到晚年对个体的生命存在更有一种超然了悟,从而易挣脱形式技巧的束缚,获得审美主体的相对自由,同时易采用平和的理性心态去化解激动的伤感情绪。

其二,老而义理精深,知天命,识人事,明物理,道通天地,思入风云。宋人既主张"学诗如学道",所以特别青睐义理深邃的晚节之诗。如吴子良评叶适诗云:"水心诗早已精严,晚尤高远。古调好为七言八句,语不多而味甚长,其间与少陵争衡者非一,而义理尤过之。"(《荆溪林下偶谈》卷四)又如王应麟评黄庭坚诗:"山谷诗,晚岁所得尤深,鹤山称其以草木文章发帝机杼,以花竹和气验人安乐。"(《困学纪闻》卷一八"评诗")诗人晚年思虑深沉,正与宋诗学崇尚理性的意识指向相一致。

其三,老而学问深厚,书卷富,经典熟。宋诗学从总体上来说倾向于提倡一种"学者之诗",诗人的成就须凭借学术功底,而非才气发扬。但学术功底的培养,乃天长日久之事,于是宋人相信,学力的增长与年龄的增长成正比,也与诗艺的进步成正比。所以江西派诗人谢逸如此评价友人之诗:"绿发工词章,白头困州县。老气吞儿曹,胸中书万卷。"(《溪堂集补遗·和王闲叟见赠兼简李商老》)又如叶梦得评王安石诗:"王荆公少以意气自许,故诗语惟其所向,不复更为涵蓄。……后为群牧判官,从宋次道尽假唐人诗集,博观而约取,晚年始尽深婉不迫之趣。乃知文字虽工拙有定限,然亦必视初壮,虽此公,方其未至时,亦不能力强而遽至也。"(《石林诗话》卷中)

其四,老而阅历丰富,经磨难,历坎坷,洞明世事,练达人情,无论是对社会的了解、自然的体味,都较年轻人更为深刻。如楼钥评论陈与义诗:"参政简斋陈公,少在洛下,已称诗俊,南渡以后,身履百罹,而诗益高,遂以名天下。"(《增广笺注简斋诗集》卷首《简斋诗笺叙》)又刘克庄评其诗:"及简斋出,始以老杜为师。《墨梅》之类,尚是少作。建炎以后,避地湖峤,行路万里,诗益奇壮。"(《后村诗话》前集卷一)宋人评苏轼、黄庭坚晚年之作也往往着眼于此。其实,"身履百罹"自会"穷而后工","行路万里"乃得"江山之助",在"老而诗工"的观念里,包蕴着宋诗人对社会阅历、自然体验的重视和强调。

其五,老而诗艺纯熟,句法高,诗律细。《论语·为政》云:"七十而从心所欲,不逾矩。"宋人论诗谈艺对此精神颇有领会。杜甫有两句诗,一曰"晚节渐于诗律细"(《遣闷戏呈路十九曹长》),一曰"老去诗篇浑漫与"(《江上值水如海势聊短述》)。这两句诗似矛盾,实统一,意味着诗人晚年由艺术的必然王国走向自由王国,随心所欲地"浑漫与"，仍能做到"诗律细"而不逾矩。《苕溪渔隐丛话》后集卷三〇引吕丞相《跋杜子美年谱》云："考其笔力，少而锐，壮而肆，老而严，非妙于文章，不足以至此。"又引苏辙《子瞻和陶渊明诗集引》云："东坡谪居儋耳，独喜为诗，精炼华妙，不见老人衰惫之气。"又蔡絛《西清诗话》云："鲁直自黔南归，诗变前体。……如少陵渊蓄云萃，变态百出，虽数十百韵，格律益严谨，盖操制诗家法度如此。"均认为诗人晚年之作艺术更加精湛高妙。而这一切并非出自心极神劳的苦吟，而是所谓"不烦绳削而自合"，出于无意于文的艺术直觉。

　　"老更成"的诗学观决定宋人必然把诸大家晚年的诗风视为典范，从而形成与之相关的审美风尚，即推崇"老成"的风格，或简称"老格"。

　　"老成"或"老格"并非指某种具体风格，而是指贯穿于各种不同风格中的一种共同的艺术精神或人文精神，其总体倾向是反对少年的浮华轻薄之习。黄庭坚提倡"老成"风格不遗馀力，他称赞谢景回"年未二十，文章绝不类少年书生语"（《豫章黄先生文集》卷二六《书邢居实南征赋后》）；欣赏青年诗人徐俯之诗"词气甚壮，笔力绝不类年少书生"（同上《题所书诗卷后与徐师川》）；并醉心于外甥洪刍之诗"语意老重，数过读不能去手"（同上卷一九《答洪驹父书》）。最有代表性的是，黄氏点化杜诗"老更成"来称赞青年诗人邢居实："诗到随州更老成。"（《山谷内集诗注》卷一〇《忆邢惇夫》）由"老更成"而换为"更老成"，这就意味着"老成"的审美趣味是由"老更成"的诗学观转化而来。要使诗歌做到"老成"，除了必备的艺术修养外，更重要的是要培养一种"老成"的内在精神气质，所以黄庭坚一再勉励后学"二三子，舍幼志，然后能近老成人；力学，然后切问；问学之功有加，然后乐闻过；乐闻过，然后执书册而见古人"（《豫章黄先生文集》卷一六《洪氏四甥字序》）；"意其行己读书，皆当老成解事"（同上卷二六《题所书诗卷后与徐师川》）；"今观吾子学问自将出入乡党，有老成忠厚之气，开慰不可言也"（同上卷一九《与胡秀才书》）。可见，所谓"老成"指性格忠厚，思想深沉，学问扎实，也就是具有"治心养气"、"博极群书"、"研味前作"的基本功。所以,要使诗歌摆脱浮华轻薄之习,必须首先使诗人成为"老成人"。

黄庭坚尚老成的观点对江西诗派影响很大,江西派诗人谢逸诗云:"酒酣诵新诗,老气激衰惰。"(《溪堂集》卷二《陈倅席上分韵得我字》)晁冲之诗云:"赋多转遒劲,语老愈深厚。"(《晁具茨先生诗集》卷四《和十二兄五首》)陈师道《后山诗话》提出的"宁拙毋巧,宁朴毋华,宁粗毋弱,宁僻毋俗"的原则,其精神也指向老成。自此之后,"老"字进一步由江西诗派的流派风格推广为整个宋诗学公认的理想风格,比如推举四灵诗派的叶適在评诗时欣赏的是"格愈老,字愈嫩,语益近,趣益远"(《水心文集》卷二九《题拙斋诗稿》);江湖派领袖刘克庄也颇赞赏"老苍苦硬语"(《后村诗话》新集卷四评孟郊语)、"歌行中悲愤慷慨、苦硬老辣者"(《后村先生大全集》卷一〇一《赵戣诗卷题跋》),或是"黜落葩艳,而骨干老苍"(同上《王元邃诗题跋》)。总之,"老成"、"老格"、"老苍"、"老辣"、"老硬"、"老健"、"老重"、"老气"、"老语"、"老拙"、"老怪"、"老练"之类的词语,在宋人的诗歌评论中频频出现,成为宋人赞扬或奉承他人之诗的口头禅。诚如刘辰翁所说,世人评诗,"凡讳嫩欲称老"(《须溪集》卷六《胡二叔诗序》),可见,"尚老"已是风行整个宋诗坛的审美趣味。

不仅诗坛如此,艺苑也追求着同样的老格,如郭若虚(1080年前后在世)《图画见闻志》卷四称董赟画"学志精勤,毫锋老硬";称侯封画"始学许道宁,不能践其老格";称阎士安"工画墨竹,笔力老劲"。又如楼钥称苏轼画:"东坡笔端游戏,槎牙老气横秋。"(《攻媿集》卷五《题杨子元琪所藏东坡古木》)宋代士人喜欢的古木怪石、瘦竹寒梅,也都充满一种"老"的意味,摆脱秾葩艳卉,剥落繁枝茂叶,枝干苍老而瘦骨铮铮。"老"作为一种艺术精神,可以说是成熟的人格生命的象征,苏轼在《墨君堂记》中曾对此种精神有形象的说明:"稚壮枯老之容,披折偃仰之势。风雪凌厉以观其操,崖石荦确以致其节。得志,遂茂而不骄;不得志,瘁瘠而不辱。群居不倚,独立不惧。"(《苏轼文集》卷一一)这就是所谓的"老气横秋",它与"叹老嗟卑"之"老"不可同日而语。

事实上,苏轼论诗也有尚老的倾向,他评张先云"诗笔老健,歌词乃其馀波"(《苕溪渔隐丛话》前集卷三七),又认为大凡作诗"渐老渐熟,乃造平淡"(《竹坡诗话》),把"老"与"健"、"淡"的理想风格联系起来。洪迈《容斋三笔》卷六有"东坡诗用老字"条,罗列苏诗中人名用"老"字的现象,也能从侧面说明苏轼尚老的心态。

"老树着花无丑枝"(《宛陵先生集》卷四三《东溪》),梅尧臣的这句名句,可以说是宋诗精神风貌的绝佳象征,也是宋人对老成诗风的形象的礼赞。"老成"作为宋人的理想风格,已超越了杜诗"波澜独老成"的原初意义,它不只是辞力深厚的表现,而是思想深刻、学问厚实、人格坚贞、阅历丰富、心境平和等多种因素的结晶,它是诗中表现出来的对人生和艺术透彻了悟后所达到的境界。从更广阔的背景上看,"老成"风格的提倡,不仅反映出宋人审美趣味的变化,而且标志着由唐至宋文化心理的转型,由少年式的浪漫热情转为老年式的深沉静默,由少年人的"为赋新词强说愁"而变为老年人的"欲说还休,却道天凉好个秋"。因而,"思虑深沉"的宋调,无关乎生理年龄的"少年"、"晚节",而毋宁说取决于时代的文化精神,这一点可以从江西诗派的一大群少年老成的诗人那里得到证明。

丁编

诗思篇

第一章　构思："其身与竹化，
　　　　　　无穷出清新"

美国学者艾布拉姆斯(M. H. Abrams)在其名著《镜与灯》(The Mirror and the Lamp)中指出，任何一件艺术品总要涉及作品、作者、世界、欣赏者四个要素[1]。而在整个艺术过程中，艺术品的四个要素必须依靠艺术思维才能相互联系起来。同时，艺术思维也因为与这四个要素的关系而可分为三个方面：一是构思，即世界与作者的关系，世界影响、感发作者，作者对之作出反应；二是表达，即作者与作品的关系，作者因对世界的反应而创作出作品，而作品反映出作者的心灵；三是欣赏(或阐释)，即作品与欣赏者的关系，作品影响欣赏者，使之因作品的经验而对世界的反应有所调整改变，同时欣赏者根据自己有关世界和个人的经验来理解评判作品。

艺术思维理论在中国文学批评史上占有重要的地位。早在魏晋南北朝时期，构思理论如感物、神思，表达理论如言意之辨，欣赏理论如知音、品第等，就已得到人们的广泛关注[2]。到了宋代，由于心性之学的流行，禅宗思想的影响，人们对艺术思维的认识更加深刻精妙。特别是禅宗的观照、机锋、参悟等思维方式的渗入，使得这种认识从形象、情感、想像的一般特征深入到非逻辑的直觉特性、瞬时性、整体性、

---

[1] 见《镜与灯》第一章《导论：批评理论的总趋向》，中译本第5—6页，北京大学出版社，1989年版。
[2] 构思理论如陆机《文赋》中的"收视反听，耽思旁讯，精骛八极，心游万仞"，"应感之会，通塞之纪，来不可遏，去不可止"；如刘勰《文心雕龙·神思》中的"寂然凝虑，思接千载；悄焉动容，视通万里"等等。表达理论如《文赋》中的"恒患意不称物，文不逮意"；《文心雕龙·神思》中的"意翻空而易奇，言征实而难巧"、"意授于思，言授于意"等等。欣赏理论如《文心雕龙·知音》中的"观文者披文以入情"、钟嵘《诗品》以品论诗等等。

本质性和深层特性的把握。如果说艺术思维理论在六朝得以成为诗学中独立的一翼的话,那么宋代则是它的发展成熟的高峰期。

毛泽东同志在《给陈毅同志谈诗的一封信》中指出:"又诗要用形象思维,不能如散文那样直说,所以比兴两法是不能不用的。……宋人多数不懂诗是要用形象思维的,一反唐人规律,所以味同嚼蜡。"①其实,仅就诗歌理论而言,宋人对形象思维有相当深刻的认识,比如著名的反逻辑思维的"以禅喻诗"就是宋代批评家提出来的,并成为一时风尚。这种形象思维已超越了引譬连类、因物斯感的比兴层次,而具有更广阔、更富包容性的思维空间。此外,宋代诗学还特别注意到逻辑思维对形象思维的制约问题,这在表达阶段的"意与言会"和欣赏阶段的"亲证"等论述中表现得尤为充分。总之,宋人并非不懂诗是要用形象思维的,他们有时所反的只是唐人式的形象思维,事实上,形象思维是个包容极广的概念,就诗歌而言,也决非只有"比兴"一途或"唐人规律"一途。

宋代诗论中有关艺术思维的论述极为丰富,其中有些观点继承了六朝和唐诗论,稍加演绎引申,或援例佐证,而另一些观点却显示出宋人的独特理解,颇有"一反唐人规律"之嫌。因此,对于宋人庞杂的艺术思维理论必须采用具体问题具体分析的办法,以确定各自的内涵和价值。换言之,我们有必要把宋人的诗思理论分成构思论、表达论和欣赏论三部分,再具体研究这三部分中形形色色的观点的贡献或失误以及它们和宋代文化心理的关系。

构思是艺术创作过程中的非常重要的一环。这一环主要在作者的大脑中进行,有相当大的个体差异,所以显得特别玄妙。作者对于世界的反应大致可分为"观"、"想"、"悟"三个阶段,然而,由于宋人世界观和艺术观的多样性,或超然,或参与,或消极,或积极,或被动,或主动,因此,"观"也就有了"静观"与"活观"的不同,"想"也就有了"精思"与"冥想"的区别,"悟"也就有了"感兴"与"妙悟"的差异。同

---

① 转引自钱钟书《宋诗选注·序》,人民文学出版社,1979年版。

时,由于宋人的文化心理具有某种共同性,因此,宋人的构思论从总体上显露出异于六朝、唐诗论的时代特征。

一、静观与活观

诗人与世界的关系首先是通过观察事物而建立起来的。换言之,诗人首先要使"外界之竹"成为"眼中之竹",再化为"胸中之竹"。这就是所谓审美观照。

宋代诗人大多有几分哲学家的气质,与纯粹的文人有所不同,这就决定了他们主张的审美观照具有理性和静穆意味,反对情绪的介入以及感性的触发。也就是说,宋代大多数批评家主张在观察事物时持一种宁静的态度。然而,宋人的"静观论"无论是其哲学渊源还是具体方式都有家数的区别,不可混为一谈。

第一种为禅定式的静观。北宋诗人晁迥(951—1034)在《法藏碎金录》中声称:"太白《夜怀》有句云:'宴坐寂不动,大千入毫发。'潘祐《独坐》有句云:'凝神入混茫,万象成虚空。'予爱二子吐辞精敏之力,入道深密之状,合而书之,聊资己用。"这种寂然静坐而观照世界的方式最初是作为参禅的手段而受到晁迥青睐的。而胡仔在《苕溪渔隐丛话》中几次转述《法藏碎金录》的观点[①],这就意味着胡仔已把《法藏碎金录》的言论视为"诗话",把"宴坐寂不动"的参禅方式借为诗人的观照方式。

虽然禅宗南宗主张直指人心,见性成佛,反对坐禅,但事实上禅定的方式流行于整个禅宗发展史的始终。尤其是南宋初曹洞宗的天童正觉(1091—1157)禅师提倡"默照禅",更恢复了早期禅宗的坐禅传统。宋代耽于禅悦的士大夫不胜枚举,其中不少人都有过默坐静观的经历,因而非常熟悉禅定式的思维方式。他们意识到,诗人的观照与禅定的观照颇有相通之处,如苏轼在《送参寥师》诗中就明确指出:

---

① 见《苕溪渔隐丛话》后集卷四、卷三七等。

"欲令诗语妙,无厌空且静。静故了群动,空故纳万境。"(《苏轼诗集》卷一七)空和静就是一种禅定状态,排除一切外在干扰的空心澄虑的静默观照,世界万物呈现眼前,景象不知不觉进入脑中,没有理智和逻辑的介入,这就是诗思的状态。南宋有两首"以禅喻诗"诗对此也有透彻的说明。一首是史浩(1106—1194)的《赠天童英书记》:

> 学禅见性本,学诗事之馀。二者若异致,其归岂殊途。方其空洞间,寂默一念无。感物赋万象,如悬镜太虚。不将亦不迎,其应常如如。向非悟本性,未免声律拘。(《鄮峰真隐漫录》卷一①)

另一首是张汝勤的《戏徐观空》:

> 学诗如学禅,所贵在观妙。肺肝剧雕镂,乃自凿其窍。冥心游象外,何物可供眺?空山散云雾,仰日避初照。旷观宇宙间,璀璨同辉耀。但以此理参,而自足诗料。持以问观空,无言但一笑。(《宋诗纪事补遗》卷八〇)

在寂默无念的状态下"感物赋万象",人的大脑如空明的镜子,外部世界形成的各种表象纷至沓来,但这种表象已不是对外部世界照像式的反映,而是渗入了主体潜意识和无意识的复合表象。同时由于这种观照排除了情绪的干扰,所以能避免所谓"意图谬误",直契事物的原初本真。

必须指出的是,宋人所说的"儒悬镜太虚"之"镜",绝不同于艾布拉姆斯所说的"模仿"之"镜"(Mirror),而是一面"旷观宇宙"的巨大"心镜"②,即禅宗《六祖坛经》所说:"心量广大,犹如虚空。……世界虚空,能含万物色像,日月星辰,大地山河,泉源溪涧,草木丛林。"正因

---

① 《四库全书》本《鄮峰真隐漫录》"如悬"作"儒悬",今据《全宋诗》引缪荃孙抄本校改。
② 如《苏轼诗集》卷一七《次韵僧潜见赠》:"道人胸中水镜清,万象起灭无逃形。"曾几《茶山集》卷一《赠空上人》:"乃知心镜中,万象纷往还。"

如此，宋人提倡的禅定式的观照，已非指肉眼的观察，而是心灵对世界的接纳和包容。这种观照是站在"心即宇宙"的立场，以一种更超越的方式审视世界。由于这种观照采用的是自由的视点，因此它不是对现实世界的直接模仿，而毋宁说是对现实世界的折射或虚拟。当然，对于采用禅宗观物方式的诗人来说，正是这面折射或虚拟的"心镜"，避免了"不识庐山真面目，只缘身在此山中"的尴尬。

这种观照方式还体现为对现实世界利害关系的超越。苏轼吸取佛禅的动静观，主张从静的立场观照万物的动态："处静而观动，则万物之情毕陈于前。"（《苏轼文集》卷三六《朝辞赴定州论事状》）"幽居默处，而观万物之变，尽其自然之理。"（同上卷四八《上曾丞相书》）并由此静观而推导出旁观的立场："夫操舟者常患不见水道之曲折，而水滨之立观者常见之，何则？操舟者身寄于动，而立观者常静故也。弈棋者胜负之形，虽国工有所未尽，而袖手旁观者常尽之。何则？弈者有意于争，而旁观者无心故也。"（同上卷三六《朝辞赴定州论事状》）这种旁观的态度就是一种超功利的审美态度。由于摆脱与具体事物的利害关系，观照者才能客观地发现事物的真理，发现事物非实用的美之所在。佛教所谓"观照"，指静观世界而以智慧照见事理，苏轼的观点正是受此启发。

第二种是道家式的静观。苏轼《书晁补之所藏与可画竹三首》之一云："与可画竹时，见竹不见人。岂独不见人，嗒然遗其身。其身与竹化，无穷出清新。庄周世无有，谁知此疑神。"（《苏轼诗集》卷二九）这首诗描写的文与可的观物过程，与庄子所提倡的观物方式大致相同。一是"疑神"，将主体的注意力集中在客体上面，亦即"凝神"，聚精会神。《庄子·达生》记载"痀偻承蜩"的故事，说明痀偻丈人捕蜩时，天地虽大，万物虽多，而他心目中却只有蜩翼。庄子称此为"用志不分，乃凝于神"。文与可画竹，"见竹不见人"，全神凝注在审美对象"竹"上，忘却他人他物，与"痀偻承蜩"的态度如出一辙。这种"凝神"是审美观照的首要条件。二是"吾丧我"，在观照中完全忘记主体自我的存在。《庄子·齐物论》称南郭子綦"荅焉（即嗒然）似丧其耦","形如槁木,心如死灰",而南郭子綦自称此为"吾丧我"。所谓"吾丧我",照成玄英的解释,就是"境智两忘,物我双绝"的状态,由忘我而进一步忘却物与我的分别。文与可画竹"岂独不见人,嗒然遗其身",正是由"凝神"而进入"吾丧我"的状态。三是"物化",在忘我的状态中,主体不自觉地混同物与我的界限,感到自己的精神与物的属性完全契合,化为一体。《庄子·齐物论》云:"不知周之梦为蝴蝶与?蝴蝶之梦为周与?周与蝴蝶,则必有分矣:此之谓物化。"苏轼借此来说明凝神静观而达到的物我同一的境界:"其身与竹化,无穷出清新。"这种"物化"接近于把人的情感移注到物里去分享物的生命的移情现象,我身即竹,竹即我身。事实上,苏轼在《墨君堂记》中正是称赞文与可之于竹"可谓得其情而尽其性矣"(见《苏轼文集》卷一一)。

由"凝神"、"丧我"而到"物化",是道家式观物的一般过程。它在虚静方面与禅定式观照有相通之处。但禅定式的观照是"不将亦不迎",任"万象自往还",如明镜,如古井,如澄潭,更宁静,更超然,更客观;而道家式的观照是凝神于物,"其身与竹化",或是"其神与万物交"(《苏轼文集》卷七○《书李伯时山庄图后》),相对显得投入、参与、主动一些。如果说禅定式的观照接近于审美的"心理距离"(Psychical distance)的话,那么,道家式的观照多少有几分审美的"移情作用"(empathy)的意味①。就宋代而言,前者多见于诗论,后者多见于画论。

第三种是儒家式的静观。儒家经典《礼记·大学》有"格物致知"之说,宋儒特别拈出,作为认识论的重要命题之一。"格物致知"的前提是"观物"。邵雍指出:"夫所以谓之观物者,非以目观之也,非观之以目而观之以心也,非观之以心而观之以理也。"(《皇极经世·观物内篇十二》)这种观物论的主旨,在于通过"观物"的修养工夫,开示心性境界,发现万物之理。而观物的态度,仍和佛、道一样主于虚静。不过,宋代理学家虚静的观物方式,却明显可以分为两种类型,并且各自对诗歌艺术思维产生了不同的影响。这分别以邵雍和程颢为代表。

---

① 参见《朱光潜美学文集》第一卷《文艺心理学》第二、三章,上海文艺出版社,1982年版。

邵雍首先将其哲学上的观物方式推衍到诗歌创作中来,他在《伊川击壤集序》中主张的"因闲观时,因静照物",是指一种忘情的观照方式,即所谓"以物观物,而两不相伤,盖其间情累都忘去尔",主张扫除一切情感的蔽障,超于物而不累于物,认为泯灭感情,诗人才能从即物即真的体验中把握天机,从物原如此的真实呈露中发现天道,从而做到"人和心尽见,天与意相连"(《谈诗吟》)。这是一种不带情感的理智的直觉,最终在对天道的体认中获得审美愉悦。邵雍这种"以物观物"的方式对宋代诗论有一定的影响。如魏了翁在《邵氏击壤集序》和《费元甫注陶靖节诗序》中一再引说邵雍的观点,并在后者中把陶渊明视为"以物观物,而不牵于物,吟咏情性,而不累于情"的典型。林希逸(1252年前后在世)更在《跋静观小稿》中为友人的"静观"正名:

> 《静观小稿》,余友人傅子渊所作也。其词清放而意闲适,余方得而喜之。客有过余而见之者,曰:"子渊之诗美矣,其自名者奈何?"余曰:"太极一图所主者静,夫子言《诗》曰'可以观'。子渊学圣门而濂洛者,意以是名之。"客曰:"情动于中而形于言,歌之不足,至于舞蹈,观奚静?窈窕寻壑,崎岖经丘,登高而啸,临流而诗,此渊明得于游观者,静奚观?"余曰:"不然。'柳月梧风',先天翁《击壤》诗也。伊川尝以'非风非月'美之,而翁之自叙则'因闲观时,因静照物,因物寓言,因言成诗'。子渊之静,其得于康节照物者;子渊之诗,其得于康节观时者,子奚疑?"(《竹溪鬳斋十一稿续集》卷一三)

值得玩味的是,儒家论诗的传统并不主静,正如"客"所言。然而,林希逸却认为友人的"静观"不仅可以合于先儒邵雍(康节)的"因静照物"之说,而且植根于宋儒"太极图主静"的哲学认识论基础之上。这充分说明,宋诗人观物主静的倾向实与宋代理学的濡染有极大关系。

程颢主张的"静观"则是另一种类型。他在《秋日偶成》中写道:

"闲来无事不从容,睡觉东窗日已红。万物静观皆自得,四时佳兴与人同。道通天地有形外,思入风云变态中。富贵不淫贫贱乐,男儿到此是豪雄。"(《二程全书·文集》卷三)在静穆的观照中将自己的生命与宇宙生命打成一片,从万物的生机中获得一份生命的欣悦。这是一种积极的、存情的物我交感,不同于邵雍消极的、忘情的"以物观物"。程颢的观物方式受周敦颐(1017—1073)启示,他极欣赏周氏玩窗前草的态度:"周茂叔窗前草不除去,问之,云:'与自家意思一般。'"(参见《宋元学案》卷一二《濂溪学案》下)程颢自己也如此。据张九成《横浦心传录》云:"明道书窗前有茂草覆砌,或劝之芟,曰:'不可,欲常见造物生意。'又置盆池,畜小鱼数尾,时时观之。或问其故,曰:'欲观万物自得意。'"这本是一种理学家的"格物致知"方式,但由于强调观物过程中"自家意思"与"造物生意"的契合,即主体和客体的生命的共感,因此从本质上来说是一种诗化的证道方式,与审美的移情现象并无二致。这比道家的"物化"更积极、更主动,更多一份生命的热情与快乐。濂洛中人也为这种"静观"找到儒家经典的依据,称之为"与曾点事一般"①。

事实上,程颢诸人津津乐道的"静观",充满了一种"生生之谓易"的活泼精神,从大化生机中证悟人的心性。因此,这种"静观"其实是一种"活观",即罗大经所说的"活处观理":

> 古人观理,每于活处看。故《诗》曰:"鸢飞戾天,鱼跃于渊。"夫子曰:"逝者如斯夫,不舍昼夜。"又曰:"山梁雌雉,时哉时哉!"孟子曰:"观水有术,必观其澜。"又曰:"源泉混混,不舍昼夜。"明道不除窗前草……欲观其自得意,皆是于活处看。故曰:"观我生,观其生。"又曰:"复其见天地之心。"学者能如是观理,胸襟不患不开阔,气象不患不和平。(《鹤林玉露》乙编卷三)

---

① 《论语·先进》载孔子问曾点之志,对曰:"莫春者,春服既成,冠者五六人,童子六七人,浴乎沂,风乎舞雩,咏而归。"宋儒以之为重要的人生方式。如《上蔡语录》称程颢"看他胸中,极是好,与曾点事一般"。

这种"活观"的目的就是从大自然充沛的生命创造力中体悟到一种自强不息与和谐自然的精神,也就是《周易·乾卦》所谓"天行健"的生命哲学意识。这种"活观"其实和诗人的观物方式完全相通。就其观的方式而言,它注意的是宇宙生生不息的精神,活泼泼的生机。鸢飞鱼跃,草长水流,物之生意与人之灵气相融合,于是,在物我交感的过程中完成了自然与心灵的异质同构,天人合一,道心化为诗心。这是一种充满创造力的艺术思维方式。俞成(1150年前后在世)在《萤雪丛说》卷一中更由此生发出"文章活法",他指出:

> 伊川先生尝说《中庸》:"鸢飞戾天",须知天上更有天,"鱼跃于渊",须知渊中更有地,会得这个道理,便活泼泼地。吴处厚尝作《剪刀赋》,第五格对:"去爪为牺,救汤王之旱岁;断须烧药,活唐帝之功臣。"当时屡窜易"唐帝"上一字不妥贴,因看游鳞,顿悟"活"字,不觉手舞足蹈。吕居仁尝序江西宗派诗,若言:灵均自得之,忽然有入,然后惟意所在,万变不穷,是名活法。杨万里又从而序之,若曰:学者属文,当悟活法,所谓活法者,要当优游厌饫。是皆有得于活法也如此。吁!有胸中之活法,蒙于伊川之说得之;有纸上之活法,蒙于处厚、居仁、万里之说得之。

儒家"活处观理"的方式,启示诗人以一种透脱的心灵去观照世界,并用同样透脱的语言去表现世界。吕本中、杨万里与理学关系极深,因而借鉴理学家"活处观理"的思维方式而创立"活法",乃顺理成章之事。尤其是杨万里的"诚斋活法",其观照常常是在"征行"中进行,并且采用一种活泼的体察,化静为动,更鲜明地体现了诗人心灵与自然生命的共振。

以上我们探讨了宋人"静观论"的不同内涵,不过,需要指出的是,以上几种观物方式的区别只是相对的,它们之间更多的是相通的共性:一方面,儒、道的静观都具有移情的意味,禅宗也有"透网金鳞"式的精进活力,因而禅定式的静观亦有转化为"活观"的可能,事实上,吕本中、杨万里的"活法"就有禅的因子。另一方面,儒、道、禅的静观都具有以审美判断的方式去体道的色彩,从而注重的是对象世界的精神本质,而非感性形象,所谓"观万物之变","尽万物之理","观万物自得意",无非是通过非理性的直觉而最终获得更深刻的理性。

二、冥想与感兴

宋人各家观照方式的差异造成其构思理论的区别。一般说来,倡禅定式的"静观"倾向于重视主体与外界隔绝的沉思冥想,而倡儒家式的"活观"则倾向于主体心灵对外界的感应。

当诗人在禅定状态下用"心镜"去朗照世界时,实际上已进入"冥心游象外"的艺术构思过程。这是一种超越于"眼中之象"之外的心灵的自由联想,诗人大脑中的印象、幻觉构成的"森罗万象"纷纷登场,意识之流翻腾于无边无际的思想与感情的莽原之上。这种冥想类似于一种白日梦,它不是对观照之物的反映复制,而是主体任意的虚拟悬想。正因如此,禅定式的"静观"尽管排斥情绪的介入,但其观照的结果却并未走向冷静的"模仿",反倒进入"浮想联翩"的思维活跃状态。江西诗派诗人晁冲之的《送一上人还滁州琅琊山》一诗对此有极精彩的描述:

> 上人法一朝过我,问我作诗三昧门。我闻大士入词海,不起宴坐澄心源。禅波洞澈百渊底,法水荡涤诸尘根。迅流速度超鬼国,到岸舍筏登昆仑。无边草木悉妙药,一切禽鸟皆能言。化身八万四千臂,神通转物如乾坤。山河大地悉自说,是身口意初不喧。世间何事无妙理,悟处不独非风幡。群鹅转颈感王子,佳人舞剑惊公孙。风飘素练有飞势,雨注破屋空留痕。惜哉数子枉玄解,但令笔墨空腾骞。(《晁具茨先生诗集》卷三)

艺术思维正如禅定状态下的沉思冥想,"不起宴坐澄心源"的结果是人的形象思维最活跃的运行,无边草木、山河大地,森然呈现,大跨度联想,突破时间、空间界限。于是,艺术家长期积淀的创造潜能在联想中被充分调动起来,群鹅转颈、佳人舞剑幻化为水墨线条的飞动之势,风飘素练、雨注破屋幻化为山水涧谷的生动之形。沈括《梦溪笔谈》卷一七曾记载画家宋迪的构思之法:

> 往岁,小窑村陈用之善画,迪见其画山水,谓用之曰:"汝画信工,但少天趣。"用之深伏其言,曰:"常患其不及古人者,正在于此。"迪曰:"此不难耳。汝先当求一败墙,张绢素讫,倚之败墙之上,朝夕观之。观之既久,隔素见败墙之上,高平曲折,皆成山水之象,心存目想,高者为山,下者为水,坎者为谷,缺者为涧,显者为近,晦者为远。神领意造,恍然见其有人禽草木飞动往来之象,了然在目,则随意命笔,默以神会,自然境皆天就,不类人为,是谓活笔。"用之,自此画格大进。

这种"写生"的方法之所以未选择真山水为对象,就在于它强调的是"心存目想"、"神领意造"。艺术家所要获得的不是客观物体的表象,而是直觉状态下的艺术幻觉。败墙之上能看出山水之形,这已非目击所能,而全凭心灵的自由想像,这是何等神秘而富有创造力的"神领意造"啊!画家米芾介绍过类似的经验:"老境于世海中,一毛发事泊然无着染,每静室僧趺,忘怀万虑,与碧虚寥廓同其流。"(《跋自画云山图》)这是更彻底的面壁虚构。诚然,澄心静虑的冥想有脱离现实的危险,但在肯定主体的艺术思维的自由创造性方面,却有极大的启示意义。

晁冲之在其《送一上人还滁州琅玡山》诗中从艺术思维的角度描述了诗、书、画、禅冥想的共通性,特别强调将书画的艺术幻觉移植于诗,即以虚构联想作为写诗的主要途径。后来不少诗人"以禅喻诗",都继承了这一观点。如南宋诗人杨梦信(1230年前后在世)为诗僧绍嵩亚愚《江浙纪行集句诗》题词:"学诗元不离参禅,万象森罗总现前。

触著见成佳句子,随机钌铊便天然。"(《南宋群贤小集》第二十三册)又如江西派诗人曾幾《赠空上人》诗:"四壁淡相对,安身一蒲团。玲珑六窗静,竟日心猿闲。时从禅那起,游戏于笔端。当其参寻时,恣意云水间。松风漱齿颊,萝月入肺肝。……乃知心镜中,万象纷往还。皆吾所现物,摹写初不难。"(《茶山集》卷一)显然,这与宋迪、米友仁介绍的绘画构思经验完全相通。

当然,在魏晋南北朝时期已有了关于艺术思维的理论,如陆机《文赋》的"精骛八极,心游万仞"、刘勰《文心雕龙·神思》的"寂然凝虑,思接千载,悄焉动容,视通万里"这样的强调沉思冥想的构思论,但其时创作重心仍停留在"物感"或"感物"上,联想因而也处于较简单直接的层次上。到了唐代,随着禅宗的兴盛,习禅的诗人日趋众多,艺术思维明显从粗糙走向精微。特别是到了中唐,佛禅思想直接导致诗学意境理论的成熟,而意境理论由"缘境"、"取境"到"造境"的转移,标志着部分习禅诗人日益注重心境的表现,观物日益演化为观心[1]。然而,唐代的意境理论最终终结于司空图的"思与境偕"(《司空表圣文集》卷二《与王驾评诗书》),即外境和内心的双向交流,相互契合,外境始终是内心观注的对象。

宋人沉思冥想的构思论无疑更强调主体的直觉体验、艺术想象的能力,更强调心灵自由无羁的联想空间。沈括在《梦溪笔谈》卷一七曾谈及画家的想象虚构问题:

> 书画之妙,当以神会,难可以形器求也。世之观画者,多能指摘其间形象位置、彩色瑕疵而已;至于奥理冥造者,罕见其人。如彦远《画评》言王维画物,多不问四时。如画花往往以桃杏、芙蓉、莲花同画一景。予家所藏摩诘画《袁安卧雪图》,有雪中芭蕉,此乃得心应手,意到便成,故造理入神,迥得天意,此难可与俗人论也。

---

[1] 参见拙作《中国禅宗与诗歌》第四章第四节。

艺术想像已突破生活现象的限制。相对于书画,诗歌的虚拟悬想特性更为突出,诗僧惠洪说得好:"诗者,妙观逸想之所寓也,岂可限以绳墨哉!"(《冷斋诗话》卷四)所谓"妙观逸想",就是静观冥想,心灵因此思维方式而超越常形常理,自由创造。

事实上,这种思维方式不仅受禅宗的影响,也与宋儒的心性之学有关,总之,是宋人特有的内省精神的产物。南宋初年,天童正觉禅师倡导"默照禅",主张摄心静坐,潜神内照,所谓"默默忘言,昭昭现前,鉴时廓尔,体处灵然"(《默照铭》),在无思虑的直觉状态中彻见诸法本源。这其实就是晁冲之所谓在宴坐的冥想中,万象现前,草木禽鸟俱显神通,山河大地皆念佛法,恍然领悟到永恒的佛性无处不在,心灵与世界泯然化合,悠然心会,妙谛无言。学诗如参禅,这已是宋人老掉牙的话题,尽可置而不论。值得注意的是,视佛教为异端的宋代理学家,竟然在思维方式上与禅宗不谋而合,如程颐所说:"寂然不动,万物森然已具在,感而遂通,感则只是自内感,不是外面将一物来感于此也。"(《二程遗书》卷一五)这种来自《周易·系辞》的方式,与"默照禅"如出一辙。所谓"感而遂通",也就是前面晁冲之诗中所云"世间何事无妙理,悟处不独非风幡",内感于万象而最终悟道。禅宗与理学的交通,在南宋陆九渊心学一派那里表现得更为明显。陆氏的弟子包恢曾这样描述过心灵的自由联想:

> 密莫密于此心。此心之神,倏然在九天之上,倏然在九地之下,又倏然在八极之外,往来不测,莫知其乡,则又非远而远也。不以远为远,而以不远为远,斯真知远矣。此斋虽小,中具宇宙,此斋非近,宇宙非远。于此斋而鼓琴,将眇宇宙皆琴声也;于此斋而赋诗,将眇宇宙皆诗句也。(《敝帚稿略》卷四《远斋记》)

如果说"此心之神"一段不过是陆机、刘勰"神思论"的翻版的话,那么,"此斋虽小,中具宇宙"却打上宋代心学的鲜明烙印,并由此而必然推导出"心具宇宙"的宋诗学构思论。包恢要求的"反求于志"(《答曾子华论诗书》),"不徒倚外物"(《与留通判书》),正可见出其冥想与陆机的"瞻万物而思纷"、刘勰的"神与物游"大异其趣。同时,他的"心具宇宙"的思维方式,又可见出南宋心学与禅学的殊途同归。

宋人常将学诗比作学禅或学道。当今学者已对诗思与禅思的关系表示出极大的研究兴趣,但对理学修养方式对诗思的影响却显然未曾留意。事实上,不仅"学诗如学禅"的提法涉及沉思冥想的内容,而且"学诗如学道"的口号也同样可以从艺术思维的角度去理解。理学家的修养工夫在某种意义上近似于禅定,亦主张排斥内心的杂念,抵抗外界的干扰,将"静中置心"视为冥想的首要前提。朱熹论诗认为,人们之所以做不出好诗,就是因为"心里闹,不虚静之故"。他指出:"不虚不静,故不明;不明,故不识。若虚静而明,便识好物事。虽百工技艺,做得精者,也是他心虚理明,所以做得来精。心里闹,如何见得。"(《晦庵诗说》)这种虚静的心态,使得诗人的艺术幻觉最终走向冷静清醒,与天道泯然契合。所以,宋人论诗思,反对冲动迷狂,兴酣落笔,而主张"静中置心,真与见闻无毫末隔碍"(叶寘《爱日斋丛钞》),主张"灵府清寒要作诗"(黄庭坚《戏答荆州王充道烹茶四首》之一),以虚静理智的"茶神"精神取代唐人感发激动的"酒神"精神①。

当然,学禅与学道并非仅指向心游碧落的冥想和神领意造的内感,禅宗既有"境不自生,由心故现"之语,又有"心不孤起,托境方生"之说(见《禅源诸诠集都序》上之二),如果说前者被宋人引申为独坐静室虚拟悬想的思维方式的话,那么后者则被宋人改造为另一种构思理论,即艺术思维必须依赖于诗人对现实世界的经验。比如苏轼,他虽一再提倡"空且静"的构思理论,但却始终主张"阅世走人间",保持与现实世界的关系,据曾季貍《艇斋诗话》记载:"东坡论作诗,喜对景能赋,必有是景,然后有是句。若无是景而作,即谓之'脱空'诗,不足贵也。"黄庭坚有类似的看法,据《王直方诗话》记载:"山谷论诗文不可凿空强作,待境而生,便自工耳。"陆游的说法更明确,他在《题庐陵

---

① 参见拙作《中国禅宗与诗歌》第七章第四节。

萧彦毓秀才诗卷后》引申黄氏观点说:"法不孤生自古同,痴人乃欲镂虚空。君诗妙处吾能识,正在山程水驿中。"(《剑南诗稿》卷五〇)所谓"脱空"、"凿空"、"镂虚空"之诗,是指那种完全脱离现实、面壁虚构、闭门造车的作品。即使是陈师道那种幽居书斋的"闭门觅句",还是以"登览得句"为前提,而非"凿空强作"①。

诗人毕竟不同于四大皆空的僧人,他们所借鉴的只是澄心静虑的禅定方式,而不是佛教万法虚妄的世界观和弃世主义哲学。我们注意到,诗人在谈及静观冥想时,往往是借用僧人熟悉的思维方式来讨论诗思,其讨论对象往往是诗僧,如苏轼的《送参寥师》、晁冲之的《送一上人还滁州琅玡山》、曾几的《赠空上人》等等。其实,禅宗内部对禅定方式持批判态度者也大有人在,和江西诗派关系密切的一代名僧大慧宗杲(1089—1163)就对正觉的"默照禅"大加挞伐,将"静坐观心默照"诋之为"一向闭眉合眼,做死模样"(《大慧普觉禅师语录》卷二〇《示真如道人》)。与此相对应,宗杲的同门友、江西诗人徐俯在谈及作诗构思过程时说:"即此席间杯桮、果蔬、使令以至目力所及,皆诗也。君但以意剪裁之,驰骤约束,触类而长,皆当如人意,切不可闭门合目,作镂空妄实之想也。"(曾敏行《独醒杂志》卷四)显然,徐俯反对的正是像"默照禅"一样的思维方式。

当诗人站在儒学入世的立场,用"活观"的态度来观照世界时,往往更倾向于提倡一种感兴的理论。总结"活处观理"规律的罗大经恰巧是"诗兴"的鼓吹者:"诗莫尚乎兴,圣人言语,亦有专是兴者。如'逝者如斯夫,不舍昼夜','山梁雌雉,时哉时哉',无非兴也,特不曾檃括协韵尔。盖兴者,因物感触,言在于此,而意寄于彼,玩味乃可识,非若赋之直言其事也。"(《鹤林玉露》乙编卷四)②"兴"当然是一种表现方法,但从思维的角度考察,它指的是主体的情绪对外物的感应。

---

① 《后山诗注补笺》引叶梦得语:"世言陈无己每登览得句,即急归,卧一榻,以被蒙首,恶闻人声。谓之吟榻。家人知之,即猫犬皆逐去,婴儿稚子,亦抱寄邻家。徐待诗成,乃敢复常。"
② 罗大经所引圣人言语专是兴者,正与其"活处观理"条所引孔孟语完全相同,可证活观与感兴理论之间的关系。

关于这一点,杨万里解释得更为清楚:

> 大抵诗之作也:兴,上也;赋,次也;赓和,不得已也。我初无意于作是诗,而是物、是事适然触乎我,我之意亦适然感乎是物、是事。触先焉,感随焉,而是诗出焉,我何与哉?天也!斯之谓兴。或属意一花,或分题一草,指某物课一咏,立某题征一篇,是已非天矣,然犹专乎我也,斯之谓赋。至于赓和,则孰触之?孰感之?孰题之哉?人而已矣。出乎天,犹惧笺乎天;专乎我,犹惧弦乎我。今牵乎人而已矣,尚冀其有一铢之天,一黍之我乎?盖我未尝觌是物,而逆追彼之觌;我不欲用是韵,而抑从彼之用,虽李、杜能之乎?而李、杜不为也。(《诚斋集》卷六七《答建康府大军库监门徐达书》)

杨氏根据感物的标准把诗的表达方式分为三个等级:第一等为"兴",指一种依照自然感发、不费力、非人为的方式;第二等为"赋",指一种人为的、有意识的以外物为对象的方式;第三等为"赓和",指一种追随他人的感受而构思的方式。显然,他说的"兴"不仅指"比兴"的表现手法,而且指"感兴"的艺术思维。这就是他在《诚斋荆溪集序》中所说的"万象毕来,献予诗材,盖麾之不去,前者未雠,而后者已迫,涣然未觉作诗之难"的创作状态(《诚斋集》卷八〇)。"兴"的关键在"触先焉,感随焉",它来自登山临水时心与物的自然接触与交流,而非依靠静室书斋里的沉思冥想。

众所周知,早在六朝的诗论里,"物感说"就已是处于中心地位的重要论题。陆机、刘勰、钟嵘等人明确指出外物的感发是诗歌创作的基础:"人禀七情,应物斯感,感物吟志,莫非自然。"(《文心雕龙·明诗》)"气之动物,物之感人,摇荡性情,形诸舞咏。"(《诗品序》)杨万里的观点仿佛是六朝诗论的回归和强化。然而,我们注意到,在他激进的感物主义观点中,仍带有宋代诗学的影子。其一,诗人并非被动地依赖外物的感发,诗人主体的精神人格在感物中起主导作用,正如他在《应斋杂著序》中所说："至其诗皆感物而发,触兴而作,使古今百家、景物万象皆不能役我而役于我。"(《诚斋集》卷八三)正因如此,"杨诚斋体"诗中的自然物不再是人心境的泛我象征或即物即真的体现,而是具有强烈的主体感情色彩以及拟人主义的倾向,与宋人"对象世界的人文化"趋势是一致的。关于这一点,还可证之以包恢的诗论:"天下山水之佳处也,非身亲履,目亲见,安能知其真实,若直坐想而卧游,是犹观图画于纸上尔。然真实岂易知者。要必知仁智合内外,乃不徒得其粗迹形似,当并与精神意趣而得。境触于目,情动于中,或叹或歌,或兴或赋,一取而寓之于诗,则诗亦如之,是曰真实。"(《敝帚稿略》卷五《书吴伯成游山诗后》)也就是从客观的山水形态中发现与主体人格、情感同构的精神意趣,从而最终使物我交感的诗思转化为"言志"而非"咏物"。其二,诗人的感兴是自然的自我冲动(天),不同于有意识的自我冲动(我),因此,这种感兴非冥搜苦索者所能致。杨万里这一观点显然与苏轼、黄庭坚等人向往的"无意为文"、"无所用智"的精神境界是相通的。一方面,诗思源于外物的触发;另一方面,诗人又应"不徒倚于外物"。于是,感兴便只能产生于无意间的心与境会。这正如南宋诗人方岳所说:"林庐暇日,花蝶怡情,宜有见于篇章者。往往精睨始能逼真,而闲淡之气易至偏失,要在不相谋而两得也。"(《深雪偶谈》)"精睨"者固然能逼真,但由于有"留意于物"之嫌,反而失去闲淡的生命自得意。显然,杨万里的"感兴"理论中又隐然有宋诗学尚"自适"的影子。如他的《闲居午夏初睡起》诗:"梅子留酸软齿牙,芭蕉分绿与窗纱。日长睡起无情思,闲看儿童捉柳花。"其师友张浚评曰:"廷秀胸襟透脱矣!"(见《鹤林玉露》甲编卷四)"透脱"就是不拘泥,不执著,一个"闲"字透出"寓意于物,而不留意于物"的心态。借用黄庭坚的话来说:"观水观山皆得妙,更将何物污灵台。"(《题胡逸老致虚庵》)

照以上的描述,宋诗学中似乎存在着两种针锋相对的构思理论:一是建立在禅宗避世主义精神之上的主观虚妄的艺术幻想——"冥想",一是建立在儒家入世主义精神之上的体验生活的艺术冲动——

"感兴",前者表现为静室趺坐的"闭门觅句",后者表现为山程水驿的"征行有诗"。因而,与之相联系,宋代似乎也该存在着旗帜鲜明的两派诗人,一派主张前一种构思方式,一派主张后一种构思方式。然而事实上,在江西派诗人中,就既有主张"不起宴坐澄心源"、"乃知心镜中,万象纷往还"的晁冲之、曾幾,又有主张"待境而生",反对"镌空妄实之想"的黄庭坚、徐俯。至于陈师道则更是在一次创作过程中同时实践以上两种构思方式,先是登览有得,再回家闭门沉思冥想。在苏轼、包恢等人的诗论中,我们也可以看到对这两种方式表示同等的赞赏。其实,正如"心不孤起,托境方生,境不自生,由心故现"是禅家辩证法一样,"冥想"与"感兴"也是宋人诗思的一体之二面,本是并存而且互补的。冥想因感兴的经验而不致于"脱空",感兴亦可借助冥想而得以深化。尽管不同的诗人在创作中或理论上对某一种构思方式有所偏爱,但纵观有宋一代,这两种探索诗歌的方式都相当自由地并行不悖地流行。

三、精思与妙悟

宋人既认为诗的本质为宇宙的逻辑同构,因此总是相信有一种名叫"诗"的东西,蕴于天地混茫之中,藏于寂寞杳冥之境。这种"诗"人们可以通过两种途径从"无形"中获得,一是精思而致,一是无心而遇。总之,两者都离不开所谓的"悟"。

"悟"字在宋诗学中是一个外延甚广的概念。尽管宋代(特别是南宋)的各个诗派、众多诗人都好以禅悟论诗,但其内容却五花八门,千差万别[1]。禅悟作为东方思维中的一种特有的表现方式,它关系到哲学、心理学中常说的直觉、体验、灵感、想像等等,但却非其中任一概

---

[1] 参见拙作《中国禅宗与诗歌》第八章第四节:"或者是对'悟'的理解不同,或者是谈'悟'的角度不同,'悟'在宋人诗论中并非同一层次的概念;有的是指'悟'的过程,有的是指'悟'后的境界,有的是指对艺术技巧的融汇贯通的透彻掌握,有的是指对微妙的艺术意蕴会心的领悟理解。"所以我在本书乙编第四章第三节和丁编第三章第二节都涉及"悟"的问题。

念所能涵盖。禅悟与艺术思维有共通性。日本学者铃木大拙指出："禅如果没有悟,就像太阳没有光和热一样,禅可以失去它所有的文献、所有的寺庙以及所有的行头,但是只要其中有悟,就会永远存在。"(《禅与生活》第四章)同样,在宋诗人看来,诗的思维也离不开悟。没有悟性的诗人,就像没有翅膀的鸟,所以严羽《沧浪诗话》指出："禅道惟在妙悟,诗道亦在妙悟。"

就艺术构思而言,无论是观照冥想还是感触兴发,最终都是为了获得"妙悟"。悟使诗人心花怒放,茅塞顿开,左右逢源,纵横自在,悟使诗人捕捉到混茫中杳冥的诗思,使诗人感受到自己本心的创造灵感。"悟"标志着艺术构思过程的最终圆满完成。那么,悟是怎样产生的？并具有什么样的特性呢？

在宋人的眼里,悟的产生具有偶然性、神秘性和瞬时性的特点。以下这些诗论都指出这一点：

学诗真似学参禅,水在瓶中月在天。夜半鸣钟惊大众,斩新得句忽成篇。(王庭珪《卢溪文集》卷二四《赠曦上人二绝句》之一)

诗本无形在窈冥,网罗天地运吟情。有时忽得惊人句,费尽心机做不成。(戴复古《石屏诗集》卷七《……论诗十绝……》之八)

觅句先须莫苦心,从来瓦注胜如金。见成若不拈来使,箭已离弦怎么寻。(张镃《南湖集》卷九《觅句》)

这很容易使我们想起禅家公案里那些悟道的故事,如《五灯会元》卷九香岩智闲禅师："一日,芟除草木,偶抛瓦砾,击竹作声,忽然省悟。"显然,禅悟具有突发性和偶然性的特点,在出其不意的瞬间突然领悟到佛性的永恒和普遍。诗悟也如此,在瞬间领悟到无形窈冥或瓶水天月中普遍存在的诗意；并且瞬间生成与此诗意相对应的审美意象或语言形象。这近似艺术思维中的灵感现象。

宋人对灵感现象有极深刻的认识,如葛立方发现,灵感之来,"卒然遇之而莫遏";而灵感之去,"有物败之则失之矣"(《韵语阳秋》卷二),把灵感视为一种情绪性的心理状态,冲动勃发时不可遏止,而遭到外物干扰则马上无影无踪,所谓"思难而败易"(同上)。照心理学的观点来看,灵感是诗人大脑皮层高度兴奋的产物,它是一种非理性非逻辑的冥想状态。因此,一旦诗思受到干扰,兴奋被抑制,冥想被打断,灵感便一时很难以再恢复,如惠洪的《冷斋夜话》卷四所载江西派诗人潘大临《答谢逸书》就是一个极佳的例子:"秋来景物,件件是佳句,恨为俗氛所蔽翳。昨日闲卧,闻搅林风雨声,欣然起,题其壁曰:'满城风雨近重阳。'忽催租人至,遂败意,止此一句奉寄。"正如葛立方所说:"昔人言覃思、垂思、抒思之类,皆欲其思之来,而所谓乱思、荡思者,言败之者易也。"(《韵语阳秋》卷二)同时,灵感具有瞬时迸发和不可捉摸的特点,如电光石火,稍纵即逝,所谓"忽有好诗生眼底,安排句法已难寻"(陈与义《春日二首》之一)。一个有经验的诗人就在于善于捕捉这瞬间生成的诗思,并尽快将其转化为诗歌意象,所以苏轼在游孤山之后回家,抓住"恍若梦蘧蘧"的灵感,"作诗火急追亡逋",以免"清景一失后难摹"(《腊日游孤山访惠勤惠思二僧》)。

必须指出的是,宋人诗论中的"悟"虽涉及灵感现象,但与灵感并非同义词。仅就艺术构思而言,"悟"也比灵感的含义更宽泛且更深刻。诗悟是构思过程中的恍然大悟与豁然贯通,尽管它像灵感一样瞬间迸发和不可捉摸,但绝不像灵感那样稍纵即逝。它是迷惑的清醒,膈膜的消除,通过直觉的形式在瞬间领悟理性的内容,并随之完成构思过程的一切细节。可以说,悟是诗人之思由必然王国走向自由王国的一次神秘的飞跃。所以悟后的诗人,诗思不会马上消失,而是化为一种艺术创造能力。

从诗思的角度谈"悟",宋人大约有两种意见,一种认为"悟"是冥搜苦索的产物,一种认为"悟"是无所用意的结果。试分别而言之。

倾向于体物的诗人往往主张精思而后悟。叶适曾经指出:"魏、晋名家,多发兴高远之言,少验物切近之实。"(《水心文集》卷一七《徐道晖墓志铭》）而要做到"验物切近"，就必须通过细致观察，冥思苦想，方能以最准确的诗歌意象切近事物的形象。所以叶适称赞四灵诗人徐照"斫思尤奇"（同上）。其实，不仅徐照如此，而且整个四灵诗派以及与之作风相近的诗人都有此倾向，我们在他们的作品中常能见到类似贾岛那种"苦吟"的自供状："从来苦吟思，归赋若多篇。"（翁卷《送徐灵渊永州司理》）"昨来曾寄茗，应念苦吟心。"（徐照《访观公不遇》）精思的最终目的是为了"悟"，诚如江湖诗人方岳所言："'吟安一个字，捻断数茎髭'，诗可以苦而攻；'学诗如学仙，时至骨自换'，不可以苦而悟也。"（《方秋崖先生全集》卷四二《跋竹所主人所藏余诗》）因此，精思所达到的最后境界是天机自合，而非雕章棘句。换言之，精思最终能迸发出神秘的灵感，在直觉状态中完成构思的全过程。吕本中解释这种现象说："专意此事，未尝少忘胸中，故能遇事有得，遂造神妙。"（《苕溪渔隐丛话》前集卷四九引吕本中《与曾吉甫论诗第一帖》）可谓一语中的。这样，宋人所言"冥搜"便不同于晚唐诗人那种"才吟五字句，又白几茎须"的苦涩（方干《赠喻凫》），而常常是伴随着"鬼神送与天成句，不道思多呕出心"的愉悦（叶适《水心文集》卷八《题方武成诗卷》）。

杨万里的感兴理论本来是对冥搜苦索的反动，但在言及诗悟的产生时，他的主张似乎更近于叶适的观点。如他的《拟汲古得修绠诗》：

学子研终古，难将短浅求。汲深欣得得，操绠要修修。远酌源千载，长缫思万周。初如泉眼隔，忽若井花浮。意到言前达，词于笔下流。昌黎感秋句，圣处极冥搜。（《诚斋集》卷二四）

诗中形象地描绘了艺术思维受阻（初如泉眼隔）的苦恼以及豁然融会贯通（忽若井花浮）的惊喜。然而，"意到言前达，词于笔下流"这样纵横自在的境界，却是通过"思万周"、"极冥搜"而达到的。可见，在杨万里的诗论中，"信手自孤高"的透脱与"工夫子但加"的精勤原是不可分割的（见《诚斋集》卷四《和李天麟二首》）。周必大颇能理解杨氏的创作精神,称他"五十年之间,岁锻月炼,朝思夕维,然后大悟大彻。笔端有口,句中有眼,夫岂一日之功哉"(《庐陵周益国文忠公集》卷九《跋杨廷秀石人峰长篇》)。这虽说是关乎诗人艺术修养的理论,但完全可用来说明杨氏的构思过程。

宋诗学中更占主流的观点是主张无所用意之悟。苏轼评陶渊明诗"采菊东篱下,悠然见南山"两句曰:"采菊之次,偶然见山,初不用意,而境与意会,故可喜也。今皆作'望南山'……便觉一篇神气索然也。"(《苏轼文集》卷六七《书诸集改字》)陶诗的佳处就在于构思过程中的"初不用意",心与境自然相遇,诗思从而产生。这一观点由于得到禅宗观念的印证而在宋诗学中颇有市场。叶梦得进一步指出:

"池塘生春草,园柳变鸣禽。"世多不解此语为工,盖欲以奇求之耳。此语之工,正在无所用意,猝然与景相遇,借以成章。不假绳削,故非常情所能到。诗家妙处,当须以此为根本。而思苦言难者,往往不悟。(《石林诗话》卷中)

这是谈诗悟发生的偶然性。它使我们想起大慧宗杲禅师的教导:"第一不得存心等悟。若存心等悟,则被所等之心障却道眼。"(《大慧普觉禅师语录》卷三〇《答汤丞相进之》)禅悟和诗悟都重触机。何谓触机?无心遇之,偶然得之。吕本中曾在一首诗中描写自己的作诗经验:

终日题诗诗不成,融融午睡梦频惊。觉来心绪都无事,墙外啼莺一两声。(《东莱先生诗集》卷一《睡》)

诗人不是用准确的概念去描述世界,而是以直接的体验拥抱世界。执著于推敲字句的诗人常常陷入语言的牢笼,被句法、格律的理性之网套住手脚,被"存心等悟"的冥思苦想之心障却诗眼。禅家语有道是"悟则直下便悟,拟思则差",终日题诗、午睡频惊正是堕入"拟思"的魔道。午睡醒来,放却作诗之念,自由自在,无所用心,则墙外春色,莺啼声声,都有盎然的诗意。"觉来"既是午睡之觉,也是心灵之觉,当诗人心绪处于无事状态,即悟到"平常心"之时,才能在真实坦露的世界面前领略到诗的真谛。这就是无意得之,偶然悟之。它与宋人追求的消解智性的"无所用智"的诗法精神是一致的,同时也与宋人"寓意于物,而不留意于物"的审美态度是相通的。

相比较而言,精思而致的理论往往相信人巧可夺天工,认为诗人的艺术思维可以摄取大自然的形貌精神,所谓"穿天心,透月窟",心与物不免处于分离的形态。无心而遇的理论则认为天工即是人巧,相信只有放弃思索的直觉才能真正进入"天人合一"的境界,才能契合并呈现世界的原始本真。

不过,在宋诗学中,两种观点并非截然对立,而常常在一个诗派或至一个人的言论中同时并存。如吕本中就有"终日题诗"和"心绪无事"的两种经历,那么,到底是前一种经历还是后一种经历最终使诗人发现诗美呢?答案当然是后者,但是若没有前面"终日题诗"的心理准备,即"专意此事,未尝少忘胸中",又怎会体悟到声声莺啼的神妙诗意呢?显然,是精思和无心二者共同造成"悟"的产生。所以吕本中指出:"或励精潜思,不便下笔;或遇事因感,时时举扬,工夫一也。"(《苕溪渔隐丛话》前集卷四九引《与曾吉甫论诗第一帖》)在杨万里、叶适等人的诗论中,我们也可以看到对两种诗思的欣赏。江西诗派的殿军方回不仅有"思诗夜无寐,佳句招不来;不思忽有得,清晨视空阶"这样与吕本中类似的经验(《桐江续集》卷二《秋晚杂书三十首》之六),而且同样认为诗思是精思和无思的辩证统一:

> 满眼诗无数,斯须忽失之。精深元要熟,玄妙不因思。默契如神助,冥搜有鬼知。平生天相我,得句匪人为。(《桐江续集》卷二八《诗思十首》之四)

一方面承认"要熟"才能达到"精深",另一方面却主张"玄妙"并非来自思索,一方面渲染"冥搜"之苦,另一方面却标榜"得句"之易。因此,精思与无思在宋诗学里与其说是构思理论的一对对立范畴,不如说是同一构思过程的两个阶段,即由思索安排到感发直觉。这与宋诗学中的诗法理论由"有意为文"到"无意为文"、由法则到直觉的学诗过程具有内在的对应关系。换言之,由精思到无思是宋人由技进道的观念在构思理论中的显现,它和整个宋诗学的精神是一致的。

当然,由无思之悟更向上一路,便走向理学家的悟道方式。包恢的观点最为典型,他在《答曾子华论诗》中把诗分为三等,第一等诗为"天机自动,天籁自鸣,鼓以雷霆,豫顺以动,发自中节,声自成文,此诗之至也";第二等诗为"未尝为诗而不能不为诗,亦顾其所遇如何耳。或遇感触,或遇扣击,而后诗出焉";第三等诗为"本无情而牵强以起其情,本无意而妄想以立其意,初非彼有所触而此乘之,彼有所击而此应之者"。值得注意的是,杨万里诗论中"触先焉,感随焉"的第一等"兴",在包恢的系统中只居于第二等。这就意味着在理学家的心目中,最佳的诗不仅应是无思的,而且应是无感的,它出自天人合一的神秘领悟,或是道德充盈的自然流露,诚如邵雍所说:"久欲罢吟诗,还惊意忽奇。坐中知物体,言外到天机。"(《伊川击壤集》卷一七《罢吟吟》)这种理论显然与"真味发溢"说是一脉相通的。然而事实上,真正的好诗不可能出自无思无感,即便是理学家诗人那些"天机自动"或"真味发溢"之诗,也是作者思维的产物,只不过在文学的形象思维中加进了更多的哲学的思辨色彩。从实践上看,"天机自动"常常造成艺术上的粗制滥造。即使我们赞赏这种哲人式的灵感,但对类似《伊川击壤集》的"讲义语录之押韵者"实在不敢恭维。这正如一个缺乏音乐素养的人心血来潮唱卡拉OK,尽管我们相信他是"天籁自鸣",但只会觉得"呕哑嘲哳难为听",而绝不会给他戴上"声之至也"的桂冠。

为了论述的方便,我将宋人的构思论分为"观"、"想"、"悟"三个阶段。但事实上,在诗人的构思过程中,这三者原是密不可分的。由物象到表象,再化为艺术形象,是一个有机的神秘过程,或如电光石火,兔起鹘落,或如瓜熟蒂落,水到渠成,它受制于诗人与世界的诸多复杂关系。

第二章　表达："风吹春空云，顷刻多态度"

思维的产物必须通过语言文字或形象才能表达出来,而只有用语言文字或形象表达出来的思维才能进行交流。所谓表达,就是要将"胸中之竹"转化为"纸上之竹",将作者对世界的反应转化为作品,并由此而影响欣赏者。表达无疑是整个艺术思维过程中处于中心的最重要的环节。对于文学创作而言,表达的关键问题在于如何处理"意"与"言"之间的关系,或者说如何建立世界、自我与语言之间的关系。

宋人在继承传统思想的基础上,提出了一系列富有时代特色的新表达理论,对诗人与诗歌、世界与语言、自然与艺术等问题作了深入的探讨,留下了不少有价值的诗论。首先,宋人立足于儒学"天人合一"的观念,并受道家"道法自然"、禅宗唯心任运思想的影响,鲜明提出崇尚自然的诗学观,不仅将"自然"作为至高无上的美学境界,而且将"自然"视为一种最佳表达方式。其次,宋人发展了孔子的"辞达"说,将其改造为"求物之妙"、"了然于手与口"的理论,对言与意、与物的关系重新作阐释,要求用最精确的语言表达对象的审美特征和内心的体验感受。再次,宋人接受了老子"道可道,非常道,名可名,非常名"的观念以及禅宗"羚羊挂角,无迹可求"的证道方式的影响,认为诗的表达应是非解析性、非逻辑性或非技巧性的,因而提倡诗意的浑然天成。最后,与儒家温柔敦厚的诗教相联系,宋人提出"兴托深远"的表达方式,由内容上反对直刺怨怼而生出艺术上主张含蓄不露,实际上已牵涉到诗歌要用形象思维的问题。

一、自然："万斛泉源"与"一江春水"

中国古人确信，人文与天文、地文、物文同属"自然之文"的性质，因而文学世界与自然世界之间有对应或同构的关系，所谓"日月叠璧，以垂丽天之象；山川焕绮，以铺理地之形，此盖道之文也"（《文心雕龙·原道》）。这种基于人文自然性的信念，导致了以自然为参照尺度阐释文学的方法，即认为文学是自然的摹仿或表现。

宋人的表达论正是建立在这种自然的艺术本体观上的。值得注意的是，汉语的"自然"一词和英语的 nature 一样，实际上有这样两个含义：一是指自然界、自然现象或自然规律，与人类的文明创造相对待；二是指非矫揉造作、非人工雕琢的天真状态。因此，崇尚"自然"的诗学理论也有两种不同的倾向：一种如神韵派标举的"自然"，主要提倡非理性的直觉与客观物象的天然契合，以自然自身呈露的方式呈露自然，不依赖隐喻或象征，也不作议论说明，只是尽可能按物象原样显现。一种如性灵派标举的"自然"，主要强调主观审美意识的自由无拘束的表达，顺应内在于心灵的自然，反对任何人为的规范、外在的格套或前人的成法。前者以"俯拾即是，不取诸邻"的即物即真的态度而接近于对外界自然的摹仿，后者则以"独抒性灵，不拘格套"的唯心任运的态度而接近于对内在自然的表现。如果说神韵派的"自然"总结了盛唐王、孟一派的审美境界，性灵派的"自然"反映了晚明公安三袁的审美趣味的话，那么宋诗学的"自然"恰巧是由盛唐的"无我之境"（自然呈露）到晚明的"有我之境"（自我表现）的中转站，因而，宋人崇尚"自然"的诗学理论也体现出自我表现与自然呈露相契合的鲜明特色。"如风吹水，自成文理"的形象比喻正是宋人自然诗学观最精彩的概括。

这个比喻最初见于宋初文学家田锡（940—1003）的《贻宋小著书》："若使援毫之际，属思之时……随其运用而得性，任其方圆而寓理，亦犹微风动水，了无定文，太虚浮云，莫有常态。"（《咸平集》卷二)大致是说行文本无固定格式,应依据表现对象的审美特征而定,也就是所谓"随物赋形"。这里包含的"自然成文"的思想后来演化为宋人重要的诗学观。苏洵(1009—1066)在《仲兄字文甫说》一文中进一步使用风水相遭的隐喻阐释了"自然之文"的定义:

> 兄尝见夫水之与风乎?油然而行,渊然而留,渟洄汪洋,满而上浮者,是水也,而风实起之;蓬蓬然而发乎太空,不终日而行乎四方,荡乎其无形,飘乎其远来,既往而不知其迹之所存者,是风也,而水实形之。……故曰"风行水上涣",此亦天下之至文也。然而此二物者,岂有求乎文哉?无意乎相求,不期而相遭,而文生焉。是其为文也,非水之文也,非风之文也,二物者非能为文,而不能不为文也。物之相使而文出于其间也,故此天下之至文也。今夫玉非不温然美矣,而不得以为文;刻镂组绣非不文矣,而不可与论乎自然。故夫天下之无营而文生之者,唯水与风而已。(《嘉祐集》卷一四)

这段文字包含的内容可作多方面的阐释,如郭绍虞认为水是"比喻创作的源泉和艺术修养",风是"比喻创作冲动而不能已于言的一种状态",风水相遭比喻"槃深的根柢与淋漓的兴会交相为用"(《中国历代文论选》第 2 册第 270 页)。敏泽认为苏洵"强调创作是主、客观两方面因素在一定条件下的统一"(《中国文学理论批评史》上册第 505 页)。这些说法当然有一定的道理,但我认为苏洵的主要倾向在于提倡一种自然的表达方法,即如何将心灵的自然转化为文理的自然。风行水上,水起波纹,既是天然无心的,又是富有文采的,它是"自然成文"的艺术表达论的绝佳象征,即主体"无意乎相求"的自然无心的表达,完全可以生出最美的文理。也就是说,主观审美意识的自由无拘束的表达,与客观物象的自然之文完全是对应的。这种"无营而文生"的观念,源于宋人对文学的自然本源的认识,由于心有澄怀虚谷的功能,能自我澄明而去日常之蔽,当诗人处于"无心"之时,便摆脱人为的思虑而进入天真状态,从而洞观自然之道。这样,人文与物文、内在的自然和外在的自然便在本真呈现的过程中融为一体,既是摹仿的,又是表现的,既唯心任运,又即物即真。

宋人既以诗文为宇宙精神同构,故能从自然的启示中悟出摛文赋诗之道。自苏洵以后,"如风吹水,自成文理"几乎成为宋人论写作的口头禅。如苏轼称赞和尚辩才作诗"如风吹水,自成文理",自愧己作"乃如巧人织绣耳"(《苏轼文集》卷六八《书辩才次韵参寥诗》)。张元幹主张所谓"文章活法"应如"风行水上,自然成文"(《芦川归来集》卷九《跋苏诏君赠王道士诗后》)。楼钥论文主张平易自然,认为"水之性本平,彼遇风而纹,遇壑而奔。浙江之涛,蜀川之险,皆非有意于奇变,所谓湛然而平者,固自若也"(《攻媿集》卷六六《答綦君更生论文书》)。

水作为一种隐喻性的意象蕴藏着宋人自然之思的多重含义。除了风行水上之喻外,在宋人诗论中还可以见到诸如古井、源泉、江河之类与诗文创作的类比。尤其是苏轼,特爱以水的各种形态来比喻写作,或是主张诗思如宁静澄明的"古井水",反映本真自然;或是主张诗思如随处迸涌的"万斛泉源",表现心灵的自然;或是主张诗思如流动曲折的溪涧,摹仿外在的自然。下面一段话,最集中地体现了苏轼关于"自然成文"的观点:

> 吾文如万斛泉源,不择地皆可出,在平地滔滔汩汩,虽一日千里无难。及其与山石曲折,随物赋形,而不可知也。所可知者,常行于所当行,常止于不可不止,如是而已矣。其他虽吾亦不能知也。(《苏轼文集》卷六六《自评文》)

从这段话中,既可以发现表现论的倾向,又可以找到摹仿论的影子。然而,不同于艾布拉姆斯(M. H. Abrams)的是,苏轼的表现论和摹仿论并不以"镜"与"灯"的形态相对立,而是通过"水"的双重喻义有机地统一起来。换言之,水作为不择地皆可出的万斛泉源时,是指主观审美意识尽情地流露;而当水作为与山石曲折、随物赋形的溪流时,则是对客体审美特征的真实显现。因此,一方面诗人有充分的自由表达自己的个性情感,"在平地滔滔汩汩,虽一日千里无难";另一方面诗人又必须顺应表现对象的特征和艺术创作的一般规律,"常行于所当行,常止于不可止"。我的"自然"之意与物的"自然"之理就这样如水一样沟通融会在一起。于是,苏轼的表现论就不是如"灯"一样激情燃烧,而是如"泉"一样自然流露;他的摹仿论也就不是如"镜"一样真实复印,而是如"溪"一样自然成形。

在宋诗学中,江河之水作为"自然成文"的象征而与人工成文相对应。不少批评家都注意到江河之水的奇异之美,但同时指出这种奇异乃天然形成,非人工造就:

> 江河淮海之水,理达之文也,不求奇而奇至矣。激沟渎而求水之奇,此无见于理,而欲以言语句读为奇之文也。(张耒《张右史文集》卷五八《答李推官书》)
>
> 扬子云之文,好奇而卒不能奇也,故思苦而词艰。善为文者,因事以出奇,江河之行,顺下而已。至其触山赴谷,风抟物激,然后尽天下之变。(陈师道《后山诗话》)
>
> 波澜开阖,如在江湖中,一波未平,一波已作。(姜夔《白石道人诗说》)

由于力图保证写作的自然性,张耒主张"满心而发,肆口而成,不待思虑而工,不待雕琢而丽",将人为性降低为零,一切任"天理之自然"(见《张右史文集》卷五一《贺方回乐府序》)。姜夔在《白石道人诗说》中提出诗有四种高妙,其极致是"自然高妙":"非奇非怪,剥落文采,知其妙而不知其所以妙。"陈师道虽然作诗有"苦吟"的倾向,但在理论上却坚决反对人为之奇,甚至对他尊崇的黄庭坚也略有微词:"(鲁直)过于出奇,不如杜之遇物而奇也。三江五湖,平漫千里,因风石而奇尔。"(《后山诗话》)总之,尽可能取消人工雕琢,尽可能采取无心的态度,是宋诗学的重要取向。

尽管"自然之文"是中国传统文化中一个非常古老的观念,但在宋以前的文学批评中,人们更多强调的是人文与物文的对应,而非无所用心的自然态度。比如刘勰虽然承认物文如"云霞雕色,有逾画工之妙;草木贲华,无待锦匠之奇;夫岂外饰,盖自然耳",但同时承认人文却是作者有意识地对物文的募仿,是人为的而非天然的:"公旦多材,振其徽烈,剬诗缉颂,斧藻群言。至夫子继圣,独秀前哲,熔钧六经,必金声而玉振;雕琢情性,组织辞令。"(《文心雕龙·原道》)所谓"剬缉"、"斧藻"、"熔钧"、"雕琢"、"组织"等等,都是人工行为。换言之,文学世界与自然世界的对应,是通过非自然的人工技巧而达到的。尤其是唐代韩、孟派诗人更主张"笔补造化天无工"(李贺《高轩过》),欣赏"刿目鉥心,刃迎缕解,钩章棘句,掏擢胃肾,神施鬼设,间见层出"的写作态度(韩愈《贞曜先生墓志铭》),追求"横空盘硬语,妥帖力排奡"的表达方式(韩愈《荐士》)。至于晚唐的苦吟派诗人,更完全放弃了"取法自然"的态度,将人工的推敲发展到了极端。

此外,在宋以前的文学批评中,"自然"主要是指外在于心灵的自然。因而,即使是反对雕琢的批评家,也主要强调自然物象的天然呈现,如钟嵘《诗品序》中所言"自然英旨",大抵是指"既是即目"、"亦惟所见"、"羌无故实"、"皆由直寻"等耳目所接之自然的直接描述。所谓"初发芙蓉,自然可爱"、"清水出芙蓉,天然去雕饰"之类的评语,也倾向于对自然的直接感发,不同于主体情绪、意念、思想的自然流露。

与前代文学批评相比较,宋人崇尚自然的诗学观有两个非常鲜明的特色。

其一,强调无为的自然,认为人文与物文的对应无须人工的介入。苏轼指出:"且夫自然而然者,天地且不能知,而圣人岂得与于其间而制其予夺哉?"(《苏轼文集》卷六《易解》)这虽是论《易》,其实也通于诗文,苏轼的"如风吹水,自成文理"的比喻正合于这种"自然而然"的精神。这显然有别于刘勰的观点,刘勰认为圣人之文有"斧藻"、"雕琢"之功,而苏轼则认为一切出于自然而然,圣人也不得"制其予夺"。

正如包恢所说,"诗之至"出于"天机自动,天籁自鸣","发自中节,声自成文","有穷智极力之所不能到者"(《答曾子华论诗》)。也许比较唐人和宋人的两句诗更能说明问题,韩愈诗曰:"规模背时利,文字觑天巧。"(《答孟郊》)陆游诗曰:"文章本天成,妙手偶得之。"(《文章》)以韩愈为代表的唐人的观点,虽也承认"文字"(文学世界)可合于"天巧"(自然世界),但一个"觑"字就足见这种契合是通过窥伺、探寻之类的人为的有意的行为达到的。而以陆游为代表的宋人的观点,则认为"文章"(文学世界)本来就是自然世界的显现,作者只不过是在无意之间偶然拾得而已①。以人为与自然相对应,为宋诗学中一股重要思潮,罗大经批评唐人呕出心肝的人巧之诗,特别引杨诚斋之语"古人之诗,天也;后世之诗,人焉而已矣",认为"此论得之"(见《鹤林玉露》乙编卷三),颇能见出宋诗学的立足点与唐人相异之处。杨万里在《读张文潜诗》中表达了类似的观点:"晚爱肥仙诗自然,何曾绣绘更雕镌。春花秋月冬冰雪,不听陈言只听天。"他之所以认为"兴"是比"赋"更高等的表现方式,就因为前者是"天"的产物,是一种自然的创作冲动,而后者是"我"的产物,是一种自我有意识的创作冲动。

其二,强调心灵的自然,主张自由表达自我的情绪、意念和思想。这一点和宋人不囿于物的内省态度相关,因而与钟嵘"皆由直寻"的感物式的"自然英旨"大异其趣。宋人既认定诗是"言志"的,是"写意"的,那么文学世界就不只是自然世界的显现,更重要的是心灵世界的表现,袁燮的说法颇有代表性:

> 古人之作诗,犹天籁之自鸣尔。志之所至,诗亦至焉。直己而发,不知其所以然,又何暇求夫语言之工哉!故圣人断之曰:"思无邪。"心无邪思,一言一句,自然精粹,此所以垂百世之典刑也。……故东坡苏公言,渊明不为诗,写其胸中之妙尔。(《絜斋

---

① 如彭乘《续墨客挥犀》卷四:"东坡尝对欧公诵文与可诗曰:'美人却扇坐,羞落庭下花。'欧公笑曰:'与可无此句,此句与可拾得耳。'"又如杨万里《诚斋集》卷三〇《送马庄父游金陵》:"江山拾得风光好,杖屦皈来句子新。"

集》卷八《题魏丞相诗》)

内在于心灵的自然其实就是一种无邪思的心态。对于诗人而言,是一种排除了功利目的或利害关系的创作心态;对于理学家而言,是一种悠然自得或诚心正意的心性境界;对于禅和子而言,是一种如意自在、不住不著的"平常心"。所以,宋人无论是从诗学、理学还是禅学的立场出发,都提倡一种自由自在的表达方式。由儒入佛的诗僧文珦(1211—1287?)曾这样描写自己的作诗态度:

> 吾学本经纶,由之契无为。书生习未忘,有时或吟诗。兴到即有言,长短信所施。尽忘工与拙,往往不修辞。唯觉意颇真,亦复无邪思。事物皆寓尔,又岂存肝脾。(《潜山集》卷四《哀集诗稿》)

这种态度既与诗人苏轼、张耒等人提倡的"冲口出常言"、"满心而发,肆口而成"相类似,又与理学家朱熹等人标榜的"真味发溢"、"天籁自鸣"相一致,同时也与诗僧寒山的"天然本色"如出一辙。正如刘克庄所说:"余每谓寒山子何尝学为诗,而诗之流出于肺腑者数十□首,一一如巧匠所斫,良冶所铸。"(《后村先生大全集》卷九八《勿失集序》)我们注意到,当宋人强调诗歌是心灵世界的表现时,常常使用"流"、"溢"一类的字眼,将心灵视为创作取之不尽的源泉,所谓"要以写吾心,出语如流泉"(赵孟坚《彝斋文集》卷一《诗谈》)。显然,这种内在流溢而出的泉水(作为心灵世界的自发表现的象征)与外在天然生长的芙蓉(作为自然世界的自然呈现的象征)所喻的表达方式是不一样的。

"自然"一词在中国传统文学理论中具有极广泛的外延。它犹如一条上、中、下游各有其不同形态的大河,发源于中国古老的原始自然崇拜,但由于沿途各条支流的加入,不断增添新的内涵。在汉代,它建构于儒学"天人感应"的本体论;在魏晋,它融会了玄学"道法自然"的方法论。而在宋诗学里,它不仅包含了前代所有的内容,而且染上了理学"悠然自得"的心性论以及禅宗"唯心任运"的行为论的色彩。因此,透彻地弄清主观的自然与客观的自然、共性的自然与个性的自然、道家的自然与儒家的自然、理学的自然与禅学的自然、本体论的自然与方法论的自然之间的关系与区别,是阐释传统诗学中"自然"这一概念的首要前提。

二、精妙:"意与言会"与"写物之功"

"自然之文"的说法极易导向神秘之途。"自然"的表达理论只说明一种态度和倾向,而并未真正涉及表达过程本身。因为对于诗歌而言,无论多么自然的表达,归根结底都要涉及言与意的关系问题。因此,宋诗学中更有价值的表达理论,是关于诗歌语言表意功能的探讨。

苏轼在《与谢民师推官书》中提倡一种自然之文:"大略如行云流水,初无定质,但常行于所当行,常止于所不可不止,文理自然,姿态横生。"主张创作应有充分的表达自由,打破一切格套。但更值得重视的是他在这篇文章中对孔子"辞达说"的新解释:

> 孔子曰:"言之不文,行而不远。"又曰:"辞达而已矣。"夫言止于达意,即疑若不文,是大不然。求物之妙,如系风捕影,能使是物了然于心者,盖千万人而不一遇也,而况能使了然于口与手者乎?是之谓辞达。辞至于能达,则文不可胜用矣。(《苏轼文集》卷四九)

孔子有两种貌似矛盾的观点,一则要求言词有文采,以为若无文采,就传播不远;一则认为文辞只要能达意就够,不必过求文采。苏轼则认为,假如文章能充分表达作者的思想(达意)和客观事物的特征(求物之妙),就已经是很高的艺术境界了(文不可胜用矣)。所以,在苏轼看来,言能达意,就算得上言之有文了,孔子的说法并非自相矛盾。在这里,苏轼检讨了文学创作中令人困惑的言、意、物的关系问题,一是意与物的关系,主观意念如何才能正确反映客观事物,即所谓"了然于心";二是言与意的关系,言辞如何才能完全表达主观意念,即所谓"了然于口与手"。事实上,苏轼对"辞达说"的新解释已远远超越了儒家文论的范畴,它所牵涉到的问题是如此之多,以至于我们可视之为研究宋诗学表达理论的一大关键。

显然,苏轼关于"千万人而不一遇也"的慨叹,很容易使我们想起传统诗学的"言不尽意论"。早在战国时代,人们就已经发现语言与思想的联系和差别。《周易·系辞上》有"书不尽言,言不尽意"之说,《庄子·天道》等篇也一再强调"意之所随,不可以言传"。魏晋玄学的言意之辨打破汉代经学阐释的神话①,同时也使诗学摆脱经学的束缚而得以大大发展。诗是言志的、缘情的,如何用语言将情志完美地表达出来,是诗歌理论必须回答的一个问题。由于"言不尽意论"说出了诗人们在创作中深切体验过的一种苦恼,自然很容易被人们移植到诗歌理论中来。陆机《文赋序》云:"恒患意不称物,文不逮意。盖非知之难,能之难也。"认为思维与存在,语言与思维之间始终都有距离。刘勰在《文心雕龙·神思》中也同样感叹:"方其搦翰,气倍辞前,暨乎篇成,半折心始。何则?意翻空而易奇,言征实而难巧也。"特别是诗学中的"意",已不仅指思想、概念、鉴识、理数,更多的是指印象、情绪、想像、感觉等属于形象思维范畴的东西,更难用言辞完美表达出来,所以刘勰指出:"至于思表纤旨,文外曲致,言所不追,笔固知止。"(同上)

到了唐代,玄学的"言不尽意论"因受到"不立文字"的禅宗宗旨的支持,对诗学产生了更广泛的影响。诗僧皎然在《诗式》中反复称扬诗歌"可以意冥,难以言状"、"但见情性,不睹文字"的妙处;禅宗信徒司空图也一再标榜"味外之旨"、"韵外之致"、"象外之象,景外之景"。刘禹锡在《董氏武陵集纪》中对言意关系作了极精辟的论述:"诗者,

---

① 参见《汤用彤学术论文集·魏晋玄学论稿·言意之辨》,中华书局,1983年版。

其文章之蕴邪！义得而言丧,故微而难能;境生于象外,故精而寡和。"诗歌正因为义存于言外,境存于象外,是极其精微的,才产生艺术魅力。总之,言不尽意的遗憾在唐代诗论里转化为言有尽而意无穷的喜悦。换言之,唐诗人正是利用语言表意功能的局限,积极调动了语言的暗示和象征功能,从而通过埋没意绪的张力与含蓄朦胧的意境,使诗歌获得多义性解释的可能。戴叔伦、司空图推崇的"蓝田日暖,良玉生烟"的诗景与李商隐那首众说纷纭的《锦瑟》的意境正相一致,足以说明这一点。

苏轼的观点与传统诗论的关系非常微妙,一方面他承认言难以尽意,意难以尽物,这一点同于陆机;但另一方面,他又坚信"辞达"的可能,"了然于心"、"了然于口与手",都是通过努力可达到的境界①,这一点又与陆机有异。体味苏轼的意思,似乎只要作者对所描写的事物有充分的认识,只要作者有高度的艺术表现能力,言辞达意是完全可能的。同时我们注意到,苏轼所说的两个"了然",显然意味着这样的看法,即意念是可以反映事物的,语言是可以表达意念的,并且这种反映表达是清楚明白的,与唐诗人追求的含蓄朦胧大异其趣。

苏轼的"辞达说"在宋诗学中很有代表性,其重要特点在于,对语言的表意功能持一种乐观主义的态度。正如魏晋玄学、隋唐佛学在言意问题上对其时诗学发生的影响一样,宋代儒学的复兴也多少改变了诗人对言意关系的看法。相比较而言,儒学比玄学和佛学稍相信言可达意,并积极企求言能尽意。《周易·系辞上》尽管承认"书不尽言,言不尽意",但同时认为"圣人立象以尽意,设卦以尽情伪,系辞焉以尽其言"。汉儒的解经也建立在言尽意观念的基础之上。宋儒治经虽重在义理,不同于汉儒重在章句,但其理性主义的内在精神却有相通之处。不仅苏轼的"辞达说"是儒家文论的引申,邵雍的《论诗吟》也是儒家诗论的演绎:

---

① 如苏轼在《文与可画筼筜谷偃竹记》中所谓"得成竹于胸中",即"了然于心",是通过"执笔熟视,乃见其所欲画者"的观想过程达到的;所谓"心手相应",即"了然于口与手",是通过"操之熟"的掌握艺术规律的过程达到的。

> 何故谓之诗？诗者言其志。既用言成章，遂道心中事。不止炼其辞，抑亦炼其意。炼辞得奇句，炼意得馀味。(《伊川击壤集》卷一一)

显然，邵雍是从言与意关系的角度来重新阐释诗学纲领"诗言志"。既然诗的本质是言志，那么"言"就不仅应该，而且理所当然能够道出"心中事"。诗人的任务就是通过炼辞、炼意，最终达到言与志的统一。

宋代流行的文字禅也反映了人们对语言的积极看法。本来，佛教经典和祖师语录一再申说"无有文字语言，是真入不二法门"(《维摩诘经·入不二法门品》)，"才涉唇吻，便落意思，尽是死门，终非活路"(《五灯会元》卷一二)，强调语言文字的局限性和更深刻的"道"的不可言说性。而到了宋代，禅宗各派却普遍出现了以文字为禅的倾向，特别是诗僧惠洪，不仅明目张胆地打出《石门文字禅》的旗号，而且对禅的文字倾向作了理直气壮的辩护：

> 心之妙，不可以语言传，而可以语言见。盖语言者，心之缘，道之标帜也。标帜审则心契，故学者每以语言为得道浅深之候。(《石门文字禅》卷二五《题让和尚传》)

语言尽管难以传达内心的神秘体验，但语言至少可以作为心灵的桥梁，真如的标帜，人们可以通过语言来表现心灵，认识真如。北宋另一诗僧景淳(1080年前后)，在其《诗评》中表达了类似的认识：

> 诗之言为意之壳，如人间果实，厥状未坏者，外壳而内肉。如铅中金，石中玉，水中盐，色中胶，皆不可见，意在其中。(《格致丛书》本)

这段比喻相当深刻，它将语言视为思想的外壳，认为语言与思想有同一性，是不可分割的。佛教认为语言是符号，文字相是一种虚无的假象,"应物现形,如水中月",但又因真空与假有是统一的,所以它与那个唯一真实存在的"实相"也有同一性。诗中"言"与"意"的关系,犹如文字与实相的关系。

总而言之,对言意关系的新认识,使宋人建立起一种信心,即完全可以通过精心的语言选择来建立诗人与世界、诗歌与自然的联系。欧阳修《六一诗话》载梅尧臣语曰:"诗家虽率意,而造语亦难,若意新语工,得前人所未道者,斯为善也。必能状难写之景如在目前,含不尽之意见于言外,然后为至矣。"这段话至少有两点表现了宋人的新观念,其一,主张思想之新,语言之妙,特别是强调"造语"在状物和写意方面至关重要的作用,把作诗落实到语言上;其二,从积极方面理解"言不尽意",认为通过"造语",不尽之意可以从言外获得,因而主张尽可能发挥语言表意的潜能。那么,宋人是希望怎样来建立"言"、"意"、"物"之间的联系的呢?纵观宋诗话,大约可总结出两点:

一是要求"意与言会",强调主体意念的准确传达。叶梦得《石林诗话》卷上指出:

> 王荆公晚年诗律尤精严,造语用字,间不容发。然意与言会,言随意遣,浑然天成,殆不见有牵率排比处。如"含风鸭绿鳞鳞起,弄日鹅黄袅袅垂",读之初不觉有对偶;至"细数落花因坐久,缓寻芳草得归迟",但见舒闲容与之态耳。而字字细考之,若经檃括权衡者,其用意亦深刻矣。

王安石晚年诗歌的尝试,代表着宋诗学的一个重要倾向,即对"意新语工"的追求。他的用意深刻之处在于,比前代诗人更注意为特殊现象和事件唤起的准确感受去严格地寻找恰当的语言。值得注意的是"意与言会"四字,说明在叶梦得心目中,诗人的主观意念是完全可以与语言相契合的,即意与言完全可以达到同一,而不至于有言不尽意的遗憾[1]。

---

[1] 叶梦得《石林诗话》卷上又称欧阳修诗"玉颜自古为身累,肉食何人与国谋"两句为"言意所会,要当如是,乃为至到",亦是认为言与意可以完全契合。

这虽然"千万人而不一遇",但毕竟有人做到了,并为诗人树立了典范。苏轼评陶渊明诗"采菊东篱下,悠然见南山",以为"见"字可喜,而诸本作"望",神气索然(《书诸集改字》),一字之差,精粗顿异。可见苏轼对语言的写意功能,有极清醒的认识。更重要的是,苏轼把陶渊明"采菊之次,偶然见山,初不用意,而境与意会"的自适心态,与"见"、"望"二字的判别联系起来,说明宋诗学的"自然之文"最终走向了语言之途。

"意与言会"的要求与宋人的尚意诗观颇有联系。我们知道,宋诗学是作为唐代缘情诗观的反题出现的。因而宋人的尚意主要是"言志"。这"意"或"志"包括观念、意志、认知、直觉、心绪等多种精神性内容,它倾向于平和而非激动,倾向于清醒而非迷狂,倾向于明晰而非朦胧。这"意"或"志"不同于唐人那种不可言说的微妙印象和感受,而更多的是主体的理性认识。显然,相对于纯粹的印象和感受而言,这种理性认识可以通过严格的语言选择较精确地传达出来。葛兆光把唐诗(近体诗)称为表现感受与印象、埋没意绪的"表现"型诗歌,把宋诗称为表达情感与意义、语序完整、意脉清晰的"表达"型诗歌[1],是很有见地的。

二是要求"写物之功",强调客体形神的准确刻画。苏轼在《评诗人写物》中指出:

> 诗人有写物之功。"桑之未落,其叶沃若。"他木殆不可以当此。林逋梅花诗云:"疏影横斜水清浅,暗香浮动月黄昏。"决非桃、李诗。皮日休《白莲》诗云:"无情有恨何人见,月晓风清欲堕时。"决非红莲诗,此乃写物之功。若石曼卿红《梅诗》云:"认桃无绿叶,辨杏有青枝。"此至陋语,盖村学中体也。(《苏轼文集》卷六八)

---

[1] 参见葛兆光《从宋诗到白话诗》,《文学评论》1990 年 4 期。

"沃若"二字，准确传达出桑树叶片茂盛丰润之神，"疏影"、"暗香"二句，准确刻画出梅花孤傲幽雅之神，"月晓风清"的意境，准确暗示出白莲清丽婀娜之神。这些词句，表现的是个别，而不是一般；表现的是美的本质，而不是外在形相。石曼卿的红梅诗，不是抓住红梅给人感受最强烈的神态和内在意蕴，而仅仅从形态上对红梅和桃杏进行植物分类学似的比较，类似儿童谜语。因此，所谓"写物之功"，实质上就是"求物之妙"，用语言准确表现客观事物在诗人审美观照下最富有特征的性质。

陆机"恒患意不称物，文不逮意"的困惑，在宋人那里常常为"曲尽形容之妙"的乐观态度所取代。在宋诗话中，我们常可看到这样的夸赞：

退之笔力，无施不可……其资谈笑，助谐谑，叙人情，状物态，一寓于诗，而曲尽其妙。（欧阳修《六一诗话》）

"日出雾露馀，青松如膏沐"，予家旧有大松，偶见露洗而雾披，真如洗沐未干，染以翠色，然后知此语能传造化之妙。……其本末立意遣词，可谓曲尽其妙，毫发无遗恨也。（范温《潜溪诗眼》）

杜诗"丹霞一缕轻"，《渔父词》"茧缕一钩轻"，胡少汲诗"隋堤烟雨一帆轻"；至若骚人于渔父则曰"一蓑烟雨"，于农夫则曰"一犁春雨"，于舟子则曰"一篙春水"，皆曲尽形容之妙也。（俞成《萤雪丛说》卷一"诗随景物下语"）

显然，在不少宋人心目中，语言是完全可以准确传达客观事物的审美特征的。

正如宋代禅宗被人称为"文字禅"一样，典型的宋诗也被人称为"以文字为诗"。从梅尧臣提出"意新语工"到黄庭坚主张"句中有眼"，从江西诗派句法的锤炼到四灵诗人字句的推敲，宋诗人比前朝任何诗人都更重视语言的明晰准确，为表达一个观念或描写一件事物寻找一个恰如其分的字眼,乃是宋诗话经常讨论的主题。在《诗人玉屑》中,有句法、造语、下字、锻炼等专门讨论诗歌语言的章节,足可见出宋诗学表达理论的语言学倾向。

由于强调辞以达意,宋人特别注意语言指涉的精确性和特殊性。宋诗话中对某些诗病的嘲笑,其笑柄正在于语言的歧义性:

> 诗句义理虽通,语涉浅俗而可笑者,亦其病也。如有《赠渔父》一联云:"眼前不见市朝事,耳畔惟闻风水声。"说者云患肝肾风。又有《咏诗者》云:"尽日觅不得,有时还自来。"本谓诗之好句难得耳。而说者云:此是人家失却猫儿诗。人皆以为笑也。(欧阳修《六一诗话》引梅尧臣语)

> 程师孟知洪州,于府中作静堂,自爱之,无日不到,作诗题于石曰:"每日更忙须一到,夜深常是点灯来。"李元规见而笑曰:"此无乃是登溷之诗乎!"(魏泰《东轩笔录》卷一五)

诗语的锤炼不仅应有"他木殆不可当此"的准确,传达出诗人意念感受的独具个性的特征,而且应是优美典雅的,与浅俗的事物无缘,传达出诗人意念感受的超功利的品格。避免浅俗可笑的途径,就是要做到表达的精确高妙。苏轼曾说:"子由之文,词理精确有不及吾,而体气高妙,吾所不及。……至于此文,则精确高妙,殆两得之,尤为可贵也。"(《苏轼文集》卷六六《书子由超然台赋后》)"精确"是对表现客观事物之特征而言,即对所谓"传神"而言;"高妙"是对表现文学家的主观精神而言,即对所谓"写意"而言。传神的精确和写意的高妙相统一,最为可贵,这不仅是苏轼个人的美学思想[①],也是整个宋诗学表达理论的共同观念。

必须指出的是,宋人提倡的精确高妙,以自然的态度为前提,而宋人崇尚的自然之文,又以语言的"了然"明白为结果。一方面,"缘情

[①] 参见拙文《写我尽意,体物传神——苏轼美学思想札记之一》,《四川大学学报丛刊》第15辑《古典文学论丛》。

体物,自有天然工妙"(《石林诗话》卷下),不需费力;另一方面,"觅句置论立法","要以溜亮明白为难事"(吴坰《五总志》)。自然与精妙的关系,实质上是道与艺相互依存、相互制约的关系。自然的提倡,旨在批判心极神劳的苦吟诗人;精妙的追求,旨在反驳味同嚼蜡的理学之诗。宋诗学的主脉正在于自然与精妙的持衡。

三、浑成:"天球不琢"与"气象混沌"

应当承认,以"意新语工"和"辞以达意"为口号的宋诗实践,在充分发挥语言表意功能的同时,也出现了两种偏差:一是缺乏自然的态度,二是缺乏浑融的意味。宋人自己也意识到这一点,因而从北宋后期开始,宋诗学中出现了对本朝诗人表达方式的自赎性反思,并逐渐形成尚"浑成"的观念。

"浑成"或曰"浑然天成",是指天然形成的整体,不见雕琢的痕迹。英国浪漫主义诗人华滋华斯(W. Wordsworth)在其名作《劝友诗》(The Tables Turned)中说过这样的话:

> 大自然给人的知识何等清新;
> 我们混乱的理性
> 却扭曲事物优美的原形——
> 剖析无异于杀害生命。

意思是说自然和艺术的美都是有机的整体,一经冷静的理性剖析,便遭破坏而了无生气。这是浪漫主义时代十分普遍的观念。而这种观念在中国诗论中更为常见且源远流长,宋诗学中"浑成"的概念,正是这种观念的产物。

众所周知,中国古人思维方式的特征重整体把握,直观领悟。因而古人心目中的世界,是一个浑然天成、不可解析的整体,世界的形而上的本质是"道"。据《老子》说:"有物混成,先天地生。……字之曰道。"道就是自然。《庄子·应帝王》中有"日凿一窍,七日而浑沌死"的寓言,大旨是说自然本是一种混沌状态,无须人为穿凿,穿凿"无异于杀害生命",虽然儒家"道"的思想主要在于道德和社会意义,将其视为一种生活方式甚至一种人生之道,但他们仍把"道"看作是与"自然之道"相一致的,即这种"道"具有浑然天成的性质。《礼记·礼器》中有所谓"大圭不琢"之语,《尚书·顾命》中有列在东序的"天球"这样的贡品,以天然生成的美玉为极品,都体现了儒家崇尚浑成的审美观点。

禅宗的思维方式更尚直观,更反对理性分析。禅家有类似于庄子的说法,大抵也是说佛性是不可解析的,有如混沌:"直截根源佛所印,摘叶寻枝我不能。"(永嘉玄觉《证道歌》)用这种方式来认识事物,既是直观体验的,又是完整浑成的。正如当代日本禅学大师铃木大拙所说:

> 禅的方法则是按生命的本来样子来生活,而不是把它劈成碎片,再用知性的方式企图复合出它的生命,或用抽象的方法把碎片粘合在一起。禅的方式是把生命保存为生命,而不是用外科手术刀去触及它。(《禅宗与精神分析》中译本第18页,贵州人民出版社,1988年版)

这种反对"劈碎"生命的看法,与道家反对凿开浑沌、儒家主张"大圭不琢"的观念可谓殊途同归。

宋人对此观念当然极为熟悉而且信奉。彭乘的《续墨客挥犀》记载了这样一个故事:南方有一奇树,会应时而发出琴声。某达官以此树做了一把琴,很珍惜。此琴会随四季变化而发出不同琴声。达官之子对此大感不解,遂剖开此琴,未见有异,再将琴粘合。而琴木从此不再发声。一个有机的生命被宰杀,就像开凿浑沌,七日而浑沌死。这个宋代寓言表明,宋人从道、儒、禅那里接受的天然生成而又完整统一的"道"之本体观是何等的根深蒂固!

这种本体观当然很容易转化为一种诗学观念。诗的本体也是一种"道",是心灵感受到的难以言说的东西。诗之不可解析,如浑沌,如木琴,如大圭,如天球。"闷于无声,诗之精;宣于有声,诗之迹"(文天祥《罗主簿一鹗诗序》),无声之诗是本质,是内容;有声之诗是现象,是形式。既然无声之诗是不可解析的体验,那么,要达到内容与形式的统一,有声之诗也应该做到浑然无迹。这就要求诗人在表达过程中尽可能减少人为的雕琢因素。

这显然是一个悖论。一方面,诗歌作为一种语言艺术,必然以追求语言的精妙为主要目的,"言之无文,行而不远",何况"诗为文之精"者。正如陈善所说:"大抵文以精故工,以工故传远。……唐人多以小诗著名,然率皆句锻月炼,以故其人虽不甚显,而诗皆可传,岂非以精故耶!"(《扪虱新话》上集卷三)另一方面,诗歌作为一种"道"的体现,"句锻月炼"的理性语言选择必然造成对诗的自然生命的宰杀。正如张表臣所言:"篇章以含蓄天成为上,破碎雕锼为下。如杨大年西昆体,非不佳也,而弄斤操斧太甚,所谓七日而混沌死也。"(《珊瑚钩诗话》卷一)

然而,诗歌由自然天成走向人工雕琢乃是一条艺术发展的必由之路,正如人类文明进程一样不可逆转。宋人对诗歌语言的精确高妙的追求,无疑是艺术的进步,但这进步往往以自然和谐的牺牲为代价,甚至得不偿失。正如张戒所批评的那样:"自汉魏以来,诗妙于子建,成于李、杜,而坏于苏、黄。……子瞻以议论作诗,鲁直又专以补缀奇字,学者未得其所长,而先得其所短,诗人之意扫地矣。"(《岁寒堂诗话》)以议论作诗乃为求达意的明白,补缀奇字乃为求言辞的精妙,但"魏晋以来高风绝尘,亦少衰矣"(苏轼《书黄子思诗集后》)。事实上,宋人在实践梅尧臣的"意新语工"和苏轼的"辞达说",即"了然于口与手"的同时,就已经开始用理性之斧开凿浑沌或用语言之手术刀宰杀生命了。

这种宰杀出现于北宋中叶的诗文革新运动,此时意象密集、意脉含糊的"表现型"诗歌西昆体为语序完整、意脉清晰的"表达型"诗歌古文诗体(以欧阳修为代表)所逐渐取代,正如朱熹所说:"杨大年(西昆领袖杨亿)虽巧,然巧之中犹有混成底意思,便巧得来不觉。及至欧公,早渐渐要说出来。"(《晦庵诗说》)"说出来"之诗就是所谓"以议论为诗",这种诗基于理性的思维方式,并采用分析或推理的语言,物质世界的浑融感、内心世界的朦胧感都消失了,一切都显得清晰明了。这种"说出来"之诗与当时对诗的政治功能的要求相关,当北宋后期诗人从政治漩涡中退出来之后,便有意将"说出来"之诗改造为"不犯正位、切忌死语"的韬晦之诗。于是,黄庭坚和江西诗派专在句法格律上下功夫,即所谓"以文字为诗"。这种诗充分运用奇字、侧笔、曲喻、僻典,使直白变为含蓄,但由于过分注重语言技巧,不免丧失了诗歌天然真淳的本色。魏泰一针见血地指出:"黄庭坚喜作诗得名,好用南朝人语,专求古人未使之事,又一二奇字,缀葺而成诗,自以为工,其实所见之僻也。故句虽新奇,而气乏浑厚。"(《临汉隐居诗话》)

显然,"以议论为诗"和"以文字为诗"都有悖于宋人的诗道本体观。因此,当宋诗的基本特征刚刚定型之时,宋人便开始了有意识的自赎性反思。反思的焦点在于,如何在追求明白畅达的同时,保持浑融含蓄;在追求精工新颖的同时,保持自然和谐,从而做到既"曲尽其妙",又"浑然无迹"。值得注意的是,"浑成"这一古老的本体观直到宋代才作为一个诗歌批评术语而在以语言分析批评见长的宋诗话中被频繁使用,这足以说明尚"浑成"的表达理论是宋人对理性的语言选择的局限性自觉反思的必然结果。

自赎性反思从王安石开始。王安石早年作诗好议论,"诗语惟其所向,不复更为涵蓄","皆直道其胸中事",这种诗虽明白畅达,却未免直露乏味。所以他晚年转学唐人律绝,"始尽深婉不迫之趣"。王安石的自赎表现为"造语用字,间不容发"与"言随意遣,浑然天成"的高度统一(见《石林诗话》卷上)。这种实践上的自赎也有其理论上的反思脉络可寻。王安石曾从艺术角度这样评价杜诗:

盖其诗绪密而思深,观者苟不能臻其阃奥,未易识其妙处,夫

岂浅近者所能窥哉？此甫所以光掩前人，而后来无继也。(《苕溪渔隐丛话》前集卷六引《邂斋闲览》)

所谓思深、绪密，就是指构思命意的深刻细致，脉理格律的精密严整，这是杜诗尤其是其律诗的特点。这显然与"直道其胸中事"的表达方式不同。当然，"思深"、"绪密"不免具有理性思维的倾向或人工雕琢的行为，与"浑然天成"尚隔一层。不过，一个艺术巨匠的伟大之处，在于他能在艺术过程的终结之时，使人不见斧凿之痕，他的"思深"、"绪密"的结果凝聚成一个浑然完整的艺术有机体，仿佛天然生成。杜甫给人的启示正在这里。叶梦得指出：

> 老杜"细雨鱼儿出，微风燕子斜"，此十字殆无一字虚设。雨细著水面为沤，鱼常上浮而淰，若大雨则伏而不出矣。燕体轻弱，风猛则不能胜，唯微风乃受以为势，故又有"轻燕受风斜"之语。至"穿花蛱蝶深深见，点水蜻蜓款款飞"，"深深"字若无"穿"字，"款款"字若无"点"字，皆无以见其精微如此。然读之浑然，全似未尝用力。(《石林诗话》卷下)

杜甫在诗歌方面树立了"精微"与"浑然"相统一的典范，其诀窍在于，将深刻细致的构思和精密严整的格律化为一种平易和谐的语言形式，从而消灭了创作过程中理性思考和人工雕琢的痕迹。正如张耒所说："老杜语韵，浑然天成，无牵强之迹。"(《明道杂志》)杜甫的创作成就为宋人提供了从语言之途重返自然之道的可能，而王安石的自赎正是将这种可能变成了现实，不仅他的近体诗造语"精切"而"不见有牵率排比处"(叶梦得语)，而且他的集句诗《胡笳十八拍》也被挑剔的批评家严羽誉为"浑然天成，绝无痕迹，如蔡文姬肺肝间流出"(《沧浪诗话·诗评》)。

黄庭坚也选择了杜甫的道路。他在晚年发现杜甫到夔州后古律诗的价值，深切体会到"文章成就，更无斧凿痕，乃为佳作"(《与王观复书》三首之二)。然而,无斧凿痕并不意味着不要斧凿,在黄庭坚看来,通过"句法"的研炼,完全可以达到浑然无迹的"大巧"。在诗歌语言方面,黄氏并不寻求明白畅达,而更多是精巧新颖。这当然不同于"说出来"的古文诗体。于是,他在反思古文诗体的弊病之后,对"巧之中犹有混成底意思"的西昆体的艺术技巧发生了兴趣。关于这一点,朱弁曾有详细说明:

> 李义山拟老杜诗云:"岁月行如此,江湖坐渺然。"直是老杜语也。……然未似老杜沉涵汪洋笔力有馀也。义山亦自觉,故别立门户成一家。后人把其馀波,号西昆体,句律太严,无自然态度。黄鲁直深悟此理,乃独用昆体工夫,而造老杜浑成之地,今之诗人少有及者。此禅家所谓更高一着也。(《风月堂诗话》卷下)

西昆体的特征是格律精工,辞藻华丽,而语序错综,意脉含混,它与杜甫诗的思深、绪密有某些相似点。黄庭坚的诗有时就有意识通过语境的跳跃和意脉的断裂来传达深刻的思致,在一定程度上造就了浑融的意味。如他的名作《寄黄几复》中的"桃李春风一杯酒,江湖夜雨十年灯"一联,确为公认的浑然天成的佳句。此外,针对西昆体"句律太严,无自然态度"的倾向,黄庭坚有时也有意识使用一些不拘声律的自然语言作诗,从而达到"如金石未作,钟声和鸣,浑然天成,有言外意"的效果(《王直方诗话》引张耒语)。

显然,黄庭坚的表达理论近乎人为的自然,而非无为的自然。朱弁(?—1144)评论黄氏学诗途径这样说:"古语云:大匠不示人以璞,盖恐人见其斧凿痕迹也。"(《曲洧旧闻》卷四)由于黄庭坚达到浑成之境的手段是"句法"、"工夫",是一种人工的语言选择行为,因而难免暴露刀斧的痕迹。所以尽管他赞美"天球不琢中粹温"(《送谢公定作竟陵主簿》),但实际上这"天球"上已留下他加工时费力勉强的刀印。所以黄诗以及江西派诗常成为宋人自赎性反思的主要对象之一。不仅魏泰、张戒等人以"浑厚"为尺度指责黄诗,而且出自江西派的陆游也一再反戈而击:"锻炼之久,乃失本旨;斫削之甚,反伤正气。"(《渭南文集》卷三九《何君墓表》)"琢雕自是文章病,奇险尤伤气骨多。"(《剑南诗稿》卷七八《读近人诗》)宁愿采取一种无为的自然的态度。

　　苏轼晚年的自赎性反思找到了另一条路,即"苏、李之天成,曹、刘之自得,陶、谢之超然"(《书黄子思诗集后》)。这是一种更本色的"浑成"。如果说杜甫的"浑成"是通过思深绪密的智性功夫而达到的话,那么,陶、谢们的"浑成"则是整体把握,直观领悟的结果。前者是璞玉的雕琢者,"虽巧而不见刻削之痕"(《石林诗话》卷下);后者是天球的发现者,"不假铅华,不待雕镂,而态度浑成"(林希逸《竹溪鬳斋十一稿续集》卷一三《跋赵次山云舍小稿》)。显然,陶、谢的表达方式更接近诗之本体那种自然混沌的状态。

　　按照崇尚"浑成"的诗学观念,最优秀的诗应是完整有机、天然淳朴的统一体,字、词、句融通和谐,情、景、理不可分割。如陶渊明的《饮酒诗》,虽近于说理诗,但就目之所见,心之所想,不经意娓娓道来,一切如同未经智性选择的随意呈现,诗人的天真和诗歌的天真得以最完美的保留。李塗说得好:"选诗惟陶渊明……自理趣中流出,故浑然天成,无斧凿痕。"(《文章精义》)事实上,对于宋人而言,陶渊明诗永远是一个高不可及的范本,以他为代表的"天成"之诗是魏晋时代的现实存在,有着那个时代无可复归的社会形态和文化心理的依据。随着社会的进化和诗歌的发展,混沌必会打破,天真亦会消亡。尽管魏晋时代的"高风绝尘"具有永恒的艺术魅力,而苏轼的《和陶诗》却永远达不到那样的境界。

　　南宋的江西诗派和理学诗人都从苏轼的自赎中得到共鸣,以陶诗为理想的典范。值得注意的是,陶诗虽然浑然天成,却仍然属于"表达型"诗歌,这样,宋人就有可能在做到气象混沌的同时,仍保持与"表现型"唐诗的异质。换言之,宋人在对自身诗歌发展失误的反省中,找到了一种既明白畅达、又浑融含蓄的表达方式,从而实现了宋诗的现实需求和艺术个性。

　　选诗中的二谢,虽然诗中的情、景、理常有分离的情况,但他们即

目直寻的态度,往往能造就浑成的艺术形象。正如葛立方所说:

> 灵运在永嘉,因梦惠连,遂有"池塘生春草"之句;玄晖在宣城,因登三山,遂有"澄江静如练"之句。二公妙处,盖在于鼻无垩,目无膜尔。鼻无垩,斤将曷运? 目无膜,篦将曷施? 所谓混然天成、天球不琢者与?(《韵语阳秋》卷一)

大自然送给人如此好的句子,难道还有必要操理性之斤斧、技巧之篦刀? 二谢正因这种"把生命保存为生命"的浑成表达方式,在苏、黄和江西派的仿效榜样中占有一席之地。

从北宋后期到整个南宋,"浑成"成了各家各派作诗的共同准则。贺铸(1052—1125)学诗,从前辈处得八句要诀,其一是"格见于成篇,浑然不可镌"(见《王直方诗话》),即要求全诗浑然一体,不见雕琢痕迹。姜夔论诗有"气象欲浑厚"之语(《白石道人诗说》),也是这个意思。他如四灵诗风的鼓吹者叶適勉励友人作诗:"若由此进而不已,浑脱圆成,继两大家,真为盛矣。"(《水心文集》卷二七《答刘子至书》)以"诚斋体"著称的杨万里表彰友人之诗:"浑成雅健,使山谷见之,犹应击节。"(《诚斋集》卷一〇五《答枣阳虞军使》)都可以看出这条自赎性反思的思路。尤其是"浑成雅健"四字值得玩味,我曾指出,"健"字是古文特征在诗中的体现,筋骨毕露,脉理清晰,而"浑"则有一种含混感,朦胧感,"健"可分析,而"浑"则不可解剖。因而,"浑成雅健"可看作两种表达方式的调和,在重整体直观、自然和谐的情况下,坚持走"意新语工"、"辞达"之路。应该说,这是宋人超越唐人而不失诗之本色的最恰当的选择,而宋诗中的佳作也正是具有这样的特点。

我们注意到,在宋诗发展过程中,随着"表达型"诗歌在理论上的确立及其在实践上的成型,一股回归唐诗的潜流也悄然出现。其最显著的表现就是"雄浑"观念的提出。叶梦得在《石林诗话》中首次指出:"七言难于气象雄浑,句中有力,而纡徐不失言外之意。"宋人论诗崇尚"雅健",然而"健"易伤于直露,"意与语俱尽"。而"雄浑"既有

"健"的气势和力量,又避免了"健"的快直的缺憾。陆游在对江西诗派反省清算之后,也意识到"雄浑"的价值。他在《读宛陵先生诗》中称赞梅尧臣:"欧、尹追还六籍醇,先生诗律擅雄浑。"(《剑南诗稿》卷一八)当然,梅诗不足以"雄浑"称之,但这种阐释差距足以说明陆游的艺术追求之所在。曾登陆游之门的戴复古,进一步视"雄浑"为诗家的极致,《……论诗十绝……》之三曰:"曾向吟边问古人,诗家气象贵雄浑。雕锼太过伤于巧,朴拙惟宜怕近村。"(《石屏诗集》卷七)以"雄浑"为标准,对当时诗坛流行的"雕锼"的唐律(四灵等)和"朴拙"的派家(江西诗派)各打五十大板。

严羽的《沧浪诗话》把宋人的自赎性反思推向极点,甚至走向反面。严羽无疑是"浑成"这一古老观念最真诚的信奉者。《沧浪诗话·诗辩》指出:"诗之法有五:曰体制,曰格力,曰气象,曰兴趣,曰音节。"这五法中,体制、格力、音节属于形式层面,尽管是"有意味的形式",而气象、兴趣接近于诗的本体。或者说,前三者是诗之"迹",后二者是诗之"精"。在严羽看来,诗的本体和禅的本体一样,"不涉理路,不落言筌",决非理性的语言选择所能真正传达。它使我们想起德国哲学家康德所说的审美观念:

> 我所了解的审美观念就是想象力里的那一表象,它生起许多思想而没有任何一特定的思想,即一个概念能和它相切合,因此没有言语能够完全企及它,把它表达出来。人们容易看到,它是理性的观念的一个对立物(Pendent),理性的观念是与它相反,是一概念,没有任何一个直观(即想象力的表象)能和它相切合。(《判断力批判》上卷160页,商务印书馆,1964年版)

当然,对于诗歌而言,审美观念必须通过语言才能传达出来。不过,为了保持诗中审美观念的直观性,诗人应尽量使用非理性分析的语言来接近天然的直觉状态,使人看不出思索安排的痕迹,感觉不到语言的存在。为此,严羽树立了两种诗歌典范:一是"汉魏古诗,气象混沌,难以句摘",或"建安之作,全在气象,不可寻枝摘叶",或"汉魏之诗,词理意兴,无迹可求"(《沧浪诗话·诗评》);二是"盛唐诸人,惟在兴趣,羚羊挂角,无迹可求"(同上《诗辩》),或"盛唐诸公之诗,如颜鲁公书,既笔力雄壮,又气象浑厚"(《答吴景仙书》)。在这里,人们只体味到诗之精,而不可睹诗之迹,诗中呈现的只是"气象"、"兴趣",而"词理意兴,无迹可求"。这是一个何等浑融朦胧而又直观完整的艺术世界啊!刀斧不施,浑沌未凿,不求词语选择的精工,不求句法安排的严谨,一切只是不经意地道出,而诗人的审美观念得到最真实最自然同时也是最直接的体现。

事实上,与其把《沧浪诗话》看作自赎性反思,不如把它视为严羽对整个宋诗的清算和否定。宋诗的主流是"以文字为诗,以才学为诗,以议论为诗",或用朱熹的话来说是"说出来"之诗,而严羽的总倾向"就是以'不说出来'为方法,想达到'说不出来'的境界"(钱钟书《宋诗选注》第297页,人民文学出版社,1979年版)。严羽的观点既深刻又片面,一方面他的确把握住中国传统诗学的艺术精髓,但另一方面又将这种精髓凝定为盛唐诗歌模式,从而阻碍了中国诗学在语言学上的探索创新。

四、含蓄:"兴托深远"与"命意曲折"

宋诗学的根基建立在儒家诗论之上,所以宋人论诗,每每主张恢复风雅传统。所谓"风雅传统",当然包括美刺比兴原则,即政治讽谕精神。这是以天下为己任的宋代士人的政治关怀和忧患意识的必然体现。梅尧臣论诗有言:"因事有所激,因物兴以通。自下而磨上,是之谓《国风》。《雅》章及《颂》篇,刺美亦道同。"(《答韩三子华韩五持国韩六玉汝见赠述诗》)称述《诗三百篇》的美刺传统,与中唐诗人白居易《与元九书》的论点大旨相同。我在甲编第二章"政治关怀:教化与讽谏"一节对此曾有详细阐发,此不赘述。

照理说,白居易的乐府诗"救济人病,裨补时阙"的精神,符合宋人教化与讽谏的要求,其"道得人心中事"的特点,又符合宋人"言志"与"辞达"的原则,理应受到宋人的青睐才是。但实际上,除了宋初有部分达官追慕他的闲适诗以及张耒等几个诗人学过他的乐府诗外,白居易在宋诗学中的地位总体说来是很低的。陈师道《后山诗话》云:"学杜不成,不失为工。无韩之才与陶之妙,而学其诗,终为乐天尔。"几乎视白诗为学诗不成的鉴戒。这种观点在宋代很有代表性。为什么坚持风雅传统的白诗在恢复风雅传统的宋人那里会遭受冷遇呢?魏泰《临汉隐居诗话》中的一段话可解除我们的困惑:

> 诗者述事以寄情,事贵详,情贵隐,及乎感会于心,则情见于词,此所以入人深也。如将盛气直述,更无馀味,则感人也浅,乌能使其不知手舞足蹈,又况厚人伦,美教化,动天地,感鬼神乎?"桑之落矣,其黄而陨。""瞻乌爰止,于谁之屋。"其言止于乌与桑尔,及缘事以审情,则不知涕之无从也。……至于魏晋南北朝乐府,虽未极淳,而亦能隐约意思,有足吟味之者。唐人亦多为乐府,若张籍、王建、元稹、白居易以此得名。其述情叙怨,委曲周详,言尽意尽,更无馀味。及其末也,或是诙谐,便使人发笑,此曾不足以宣讽。诉之情况,欲使闻者感动而自戒乎?甚者或谲怪,或俚俗,所谓恶诗也,亦何足道哉?①

显然,问题并不在于是否坚持美刺原则,而在于美刺之时采用一种什么样的表达方式。魏泰在这里指出作诗的基本艺术原则,"事贵详,情贵隐"或是"隐约意思",亦即委婉含蓄的表达方式。正是在这一点上,白诗和宋人的追求完全乖离错位。

事实上,风雅传统里除美刺比兴的原则外,还有温柔敦厚的诗教,

---

① 如苏辙《栾城第三集》卷八《诗病五事》云:"如白乐天诗,词甚工,然拙于纪事,寸步不遗,犹恐失之。此所以望老杜之藩垣而不及也。"又如张戒《岁寒堂诗话》卷上云:"意非不佳,然而词意浅露,略无馀蕴。元、白、张籍,其病正在此,只知道得人心中事,而不知道尽则又浅露也。"看法均与魏泰相近。

对美刺的性质、方式作了种种界定。宋人对此有充分的了解，并根据时代的需要，将风雅传统里的讽谕精神逐渐化为兴托深远的委婉情调。就儒家诗论的范围而言，宋人尚含蓄的诗观大致基于这样几个原因：

其一，政治上的需求。汉儒讲讽谕，提出"主文而谲谏"的方式，使"言之者无罪，闻之者足以戒"（《诗大序》）。"主文谲谏"，即一种委婉的讽谏，不明言君王之失，不明言时政之衰，不明言礼俗之弊，而借用比兴手法达到讽谏的效果。这实际上是汉代士人以文化力量抗衡帝王专制而创造出的一种批评政治的方式，它出自封建社会专制制度下特有的政治压力感，具有无可奈何的苦衷隐曲。虽然，宋代政治制度扭转了秦汉以来"士贱君肆"的现象，皇权削弱，相权加重，形成所谓"文官政治"，但各政治集团之间斗争倾轧仍使士人普遍感受到沉重的政治压力。因此，宋人在恢复风雅传统的同时，自然极易接受"主文谲谏"的方式。司马光《温公续诗话》透露出这种倾向：

> 《诗》云："牂羊坟首，三星在罶。"言不可久。古人为诗，贵于意在言外，使人思而得之，故言之者无罪，闻之者足以戒也。近世诗人，惟杜子美最得诗人之体，如"国破山河在，城春草木深。感时花溅泪，恨别鸟惊心"。山河在，明无馀物矣；草木深，明无人矣；花鸟，平时可娱之物，见之而泣，闻之而悲，则时可知矣。他皆类此，不可遍举。

值得注意的是，"意在言外"的艺术追求，乃是以"言之者无罪，闻之者足以戒"的政治需要为前提。《温公续诗话》还载了一条宋人为诗的实例：

> 熙宁初，魏公（韩琦）罢相，留守北京，新进多陵慢之。魏公郁郁不得志，尝为诗云："花去晓丛蜂蝶乱，雨匀春圃桔橰闲。"时人称其微婉。

韩琦(1008—1075)曾三朝为相,有定策之功,熙宁初,为王安石新党所排挤。韩琦诗中以"蜂蝶"喻新进,以"桔槔"喻自己,虽有"乱"的讥刺,"闲"的牢骚,但以"雨匀春圃"四字喻天下太平,政敌也就找不到攻击的把柄了。换言之,"微婉"的表达方式乃是诗歌批评政治的必要手段之一。

其二,道德上的制约。《礼记·经解》:"其为人也,温柔敦厚,《诗》教也。"孔颖达疏:"温,谓颜色温润;柔,谓情性和柔。《诗》依违讽谏,不指切事情,故云温柔敦厚,是《诗》教也。"据孔疏,"温柔敦厚"之"依违讽谏,不指切事情",似与"主文谲谏"相通。但前者实本于性情,后者乃主于技术。因此,"温柔敦厚"的指向主要在纲纪人伦,教化性情,其目的不在政治批判。用黄庭坚的话来说,就是"诗者,人之情性也,非强谏诤于庭,怨忿诟于道,怒邻骂座之为也"(《山谷全书正集》卷二五《书王知载朐山杂咏后》)。如果说汉儒将《诗经》原典改造为政治性谏书的话,那么宋儒则更多地将《诗经》视为道德教科书。杨万里的《诗论》最有代表性:"天下之善不善,圣人视之甚徐而甚迫。甚徐而甚迫者,导其善者以之于道,矫其不善者以复于道也。……迫之者,矫之也,是故有《诗》焉。《诗》也者,矫天下之具也。"(《诚斋集》卷八四)所以宋人理解的风雅传统,与宋理学精神颇有相通之处,在于性情之和,义理之正。这样,《诗》或诗的道德教化就不应是耳提面命的直斥,而应是温润和柔的婉陈,即宋人所言"圣人之道,《礼》严而《诗》宽"(见杨万里《诗论》)。由温柔敦厚的诗教,自然易引申出温和委婉的表达方式,宋人对杜甫的赞赏往往基于这一点,如张戒《岁寒堂诗话》卷上所云:

如放归鄜州,而云"维时遭艰虞,朝野少暇日。顾惭恩私被,诏许归蓬荜";新婚戍边,而云"勿为新婚念,努力事戎行","罗襦不复施,对君洗红妆";《壮游》云"两宫各警跸,万里遥相望";《洗兵马》云"鹤驾通宵凤辇备,鸡鸣问寝龙楼晓":凡此皆微而婉,正而有礼。

从这里可看出道德上"正而有礼"与艺术上"微而婉"的关系。

其三，心理上的自律。根据诗的美刺比兴原则，诗既可以作为政治斗争的工具，"上以风化下，下以风刺上"，又可能成为政治迫害的罪证，"引颈以承戈，披襟而受矢"。白居易那些言词激切、深中时弊的讽谕诗，虽令人"不悦"、"变色"、"扼腕"、"切齿"，被人"号为沽名，号为诋讦，号为讪谤"（见《与元九书》），但毕竟未直接因诗得罪，更未造成文字狱。而宋人的处境就很不同了，尤其是北宋后期，政治集团间的斗争倾轧，造成了社会上的告讦成风，"时俗好藏去交亲尺牍，有讼，则转相告言，有司据以推诘"（《宋史·陈升之传》），"近时学士大夫相倾竞进，以善求事为精神，以能讦人为风采"（《宋史·陆佃传》）。于是，士人以写诗作文罹祸遭贬者，不可胜数。罗大经指出："近世蔡持正（蔡确）数其罪恶，虽两观之诛，亦不为过，乃以《车盖亭》绝句谓为讥刺，贬新州。夫小人摘抉君子之诗文以为罪，无怪也，君子岂可亦摘抉小人之诗文以为罪乎？"（《鹤林玉露》乙编卷四）无论是新党还是旧党，是"小人"还是"君子"，士大夫均以攻讦政敌之诗文作为打击政敌的手段。这种险恶的政治环境，使诗人产生强烈的怵惕心理，如洪迈所说："唐人歌诗其于先世及当时事直辞咏寄，略无避隐。至宫禁嬖昵，非外间所应知者，皆反复极言，而上之人亦不以为罪……今之诗人不敢尔也。"（《容斋续笔》卷二"唐诗无讳避"）苏轼的行为和遭遇给宋人心理上留下的阴影最深，罗大经《鹤林玉露》乙编卷四记载：

> 东坡文章，妙绝古今，而其病在于好讥刺。文与可戒以诗云："北客若来休问事，西湖虽好莫吟诗。"盖深恐其贾祸也。乌台之勘，赤壁之贬，卒于不免。观其狱中诗云："梦绕云山心似鹿，魂飞汤火命如鸡。"亦可哀矣。然才出狱便赋诗云："却对酒杯疑是梦，试拈诗笔已如神。"略无惩艾之意，何也？晚年自朱崖量移合浦，郭功父寄诗云："君恩浩荡似阳春，海外移来住海滨。莫向沙边弄明月，夜深无数采珠人。"其意亦深矣。

文同、郭祥正(1078年前后在世)的劝诫反映出当时人们普遍的怵惕心理,其实,苏轼何尝无惩艾之意、畏祸之心?据陈善《扪虱新话》上集卷一记载,苏轼尝自言:"性不慎语言,与人无亲疏,辄输写肝脏,有所不尽,如茹物不下,必吐尽乃已。而世或记疏以为怨咎。"特别是"乌台诗案"之后,诗人批判现实的讽谕精神更为明哲保身的畏祸心理所取代,如黄庭坚、陈师道告诫后学勿学苏诗"好骂"、"多怨刺",吕希哲(1100年前后在世)告诫后学作诗勿"诋及时事"①,都与文同、郭祥正等人的恐惧如出一辙。这种心理上的对诗祸的怵惕造成诗人创作上的自律,即所谓"不犯世故之锋"、"文章不犯世故锋"或"藏锋避世故"②。这种自律则决定诗人所选择的表达方式必然是"不迫不露"的微婉,而非"直辞咏寄"的痛快。黄庭坚在《书王知载朐山杂咏后》中关于"诗之旨"的思考以"诗之祸"为基点,正透露出其中消息。这样,宋人风雅传统中的美刺比兴也就转化为藏锋内敛的道德涵泳。

总而言之,儒家诗教传统与宋代社会现实都对诗歌表达方式提出微婉含蓄的要求,而这要求又逐渐形成相对独立的艺术原则。以黄庭坚为例,由反对"讪谤侵陵",而主张"兴托深远"(《胡宗元诗集序》),由"恭俭而不迫,忧思而不怨"(《上苏子瞻书》)的敦厚,而生出"言近而旨远"(《论作诗文》)、"语约而意深"(《答何静翁书》)的含蓄,其间由儒家的文化心理转化为审美观念的思想脉络分明可见。激烈抨击黄庭坚作诗方法的魏泰、张戒等人也具有黄氏同样的诗观。如魏泰《临汉隐居诗话》在提出"诗主优柔感讽,不在逞豪放而致怒张"的同时,主张"凡为诗,当使挹之而源不穷,咀之而味愈长";张戒《岁寒堂诗话》在提倡"咏物之为工,言志之为本"的风雅之义的同时,标榜"其词婉,其意微,不迫不露"的含蓄之"韵"。这实际上意味着宋人的风雅诗观是托物言志的比兴原则与含蓄蕴藉的意味风韵的统一体。杨万里推崇的"《三百篇》之遗味"更能说明问题。杨氏指出,所谓诗之

---

① 见《豫章黄先生文集》卷一九《答洪驹父书》、《后山诗话》、《吕氏童蒙训》卷下。
② 见《豫章黄先生文集》卷一九《答晁元忠书》、《鸡肋集》卷一二《复用前韵呈刑部杜丈君章》、卷四《饮酒二十首同苏翰林先生次韵追和陶渊明》。

"味",就在于诗中"无刺之之词,亦不见刺之之意"(《颐庵诗稿序》),它是无法通过文词构成的意义来把握的。那么,诗人应怎样才能得此"味"呢?这就是要做到"句中池有草,子外目俱蒿"(《诚斋集》卷四《和李天麟二首》其一),状"池塘生春草"这样的难写之景,如在目前,含"蒿目其忧世之患"这样的不尽之意,见于言外。于是,风雅的讽谕精神便只存在于作者但求自释而闻者最好自愧的设想中。杨万里以为"《三百篇》之遗味","近世惟半山老人得之",欣赏的是王安石晚年具有"深婉不迫之趣"的绝句,正是这个意思。

这无疑是诗歌批判现实功能的某种消解,然而,诗歌的艺术性因此而得到更鲜明的突现。当"微而婉,正而有礼"的表达方式化为一种含蓄不露的普遍创作原则时,它也就对宋诗"平易疏畅"、"失于快直"(叶梦得语)的弊病具有重要补救意义。事实上,从纯粹的表达理论角度看,这是宋人的又一种自赎性反思的必然结果。《漫斋语录》指出:

> 诗文要含蓄不露,便是好处,古人说雄深雅健,此便是含蓄不露也。用意十分,下语三分,可几《风》、《雅》;下语六分,可追李、杜;下语十分,晚唐之作也。用意要精深,下语要平易,此诗人之难。(《诗人玉屑》卷一〇引)

以"含蓄不露"解释"雄深雅健",便是一种新发明,体现出宋人以诗的韵味调和文的气势的良苦用心。

对于诗歌而言,所谓"含蓄不露"一是指诗人情志的不露,二是指诗歌意脉不露。因而,在表达方式上为做到含蓄不露,宋人选择了两条道路:一条是"兴托深远",另一条是"命意曲折"。

"兴托深远"是中国最古老的诗歌表现手法,宋人要恢复风雅传统,自然会以比兴相号召。《诗人玉屑》卷九有"托物"、"讽兴"、"规诫"三个子目,正反映出宋人重"兴托"的倾向。罗大经《鹤林玉露》乙编卷四"诗兴"条指出:

盖兴者,因物感触,言在于此,而意寄于彼,玩味乃可识,非若赋比之直言其事也。故兴多兼比赋,比赋不兼兴,古诗皆然。今姑以杜陵诗言之,《发潭州》云:"岸花飞送客,樯燕语留人。"盖因飞花语燕,伤人情之薄,言送客留人,止有燕与花耳。此赋也,亦兴也。若"感时花溅泪,恨别鸟惊心",则赋而非兴矣。《堂成》云:"暂止飞鸟将数子,频来语燕定新巢。"盖因鸟飞燕语,而喜己之携雏卜居,其乐与之相似。此比也,亦兴也。若"鸿雁影来联塞上,鹡鸰飞急到沙头",则比而非兴矣。

这里对"兴"的分析非常精到,可见宋人并非"不懂诗是要用形象思维的"(毛泽东语)。"言在于此,而意寄于彼",则诗人情志因此而"不露",诗歌意蕴亦因此而"深远"。北宋刘攽(1023—1089)《中山诗话》、魏泰《临汉隐居诗话》等对杜甫的诗句有类似的分析,并特别欣赏其"含蓄深远"。苏轼、黄庭坚对此亦有充分的认识。苏轼有一句著名的口号:"赋诗必此诗,定非知诗人。"(《书鄢陵王主簿所画折枝二首》之一)其实就是"兴托"精神在宋代诗学背景下的新发展。关于这句口号,宋人特别推崇,阐述甚多,略举数则如下:

东坡曰:善画者画意不画形,善诗者道意不道名。故其诗曰:"论画以形似,见与儿童邻。作诗必此诗,定知非诗人。"(《诗人玉屑》卷五引《禁脔》)

作咏物诗不待分明说尽,只仿佛形容,便见妙处。如鲁直《酴醾诗》云:"露湿何郎试汤饼,日烘荀令炷炉香。"……东坡诗云:"赋诗必此诗,定知非诗人。"此或一道也。鲁直作咏物诗,曲当其理。如《猩猩笔》诗:"平生几两屐,身后五车书。"其必此诗哉?(吕本中《童蒙诗训》)

此言可为论画作诗之法也。世之浅近者不知此理,做月诗便说"明",做雪诗便说"白",间有不用此等语,便笑其不着题。此风晚唐人尤甚。(费衮《梁溪漫志》卷七)

文章要须于题外立意,不可以寻常格律自窘束,东坡尝有诗曰:"……作诗必此诗,定知非诗人。"此便是文章关纽也。(陈善《扪虱新话》下集卷四)

虽然各家理解稍异,但都抓住了"不待分明说尽"、"言在此而意在彼"的兴托精神。其实黄庭坚标榜的"兴托深远"在艺术上与此完全相通,正如胡仔《苕溪渔隐丛话》前集卷四七所说:"苏、黄又有咏花诗,皆托物以寓意,此格尤新奇,前人未之有也。"如苏轼贬谪黄州时所作《寓居定惠院之东,杂花满山,有海棠一株,土人不知贵也》一诗,中有句云:"江城地瘴蕃草木,只有名花苦幽独。嫣然一笑竹篱间,桃李漫山总粗俗。也知造物有深意,故遣佳人在空谷。自然富贵出天姿,不待金盘荐华屋。"这首冠绝古今的海棠诗,"纯以海棠自寓,风姿高秀,兴象微深"(纪昀批注《苏文忠公诗集》卷二一)。

然而,"兴托深远"一途,在宋代已显得荆棘横生。少数诗格类著作,专以"兴托"解诗,如梅尧臣《续金针诗格》解杜诗"旌旗日暖龙蛇动,宫殿风微燕雀高"两句,以为"'旌旗'喻号令,'日暖'喻明时,'龙蛇'喻君臣,言号令当明时,君所出,臣奉行也。'宫殿'喻朝廷,'风微'喻政教,'燕雀'喻小人,言朝廷政教才出,而小人向化,各得其所也"。张商英(1043—1121)的《律诗格》、惠洪(觉范)的《天厨禁脔》也持论相同①。美刺比兴之精神在此已成为穿凿附会之指南,正如黄庭坚《大雅堂记》所言:"彼喜穿凿者,弃其大旨,取其发兴于所遇林泉人物草木鱼虫,以为物物皆有所托,如世间商度隐语者,则子美之诗委地矣。"(《豫章黄先生文集》卷一七)而这种"商度隐语"式的读诗法,极有可能进一步成为政敌罗织罪名、深文周纳的武器。所以,宋人感叹道:"自古工诗未尝无兴也,睹物有感焉则有兴。今之作诗者以兴近乎讪也,故不敢作,而诗之一义废矣。"(李颀《古今诗话》)视"兴托"为畏途。于是,"宋人诗体多尚赋而比兴寡"(刘壎《隐居通议》卷七),宁愿

---

① 梅尧臣、张商英、惠洪等人的诗格著作拾晚唐五代之馀绪,胡仔《苕溪渔隐丛话》后集卷三四详载其说,并讥之曰:"余谓论诗若此,皆非知诗者。"

取"兴"那种不着题、不说尽的手法,而不取其托物讽兴的精神。

"命意曲折"是宋人对赋这一"直言其事"的手法的改造。宋人总想在诗中传达自己的"意"或"志",不像唐代近体诗那样往往只表现某种印象和感受。换言之,宋人总想把自己的意念"说出来",使诗的意脉清楚,让人理解接受,并避免穿凿者的告讦。但意脉清楚极易造成直露乏味,如姜夔《白石道人诗说》所言:"血脉欲其贯穿,其失也露。"因此,如何隐藏意脉而非放弃意脉乃是重"辞达"的宋诗所必须解决的问题。于是,"命意曲折"成为宋诗学的重要论题之一。与前代诗人相比,宋人作诗较少用比兴手法。而要使"敷陈其事而直言之"的赋做到"含蓄不露",就必须对叙述的脉络作精心的设计安排,所谓"拙而无委曲,是不敷衍之过也"(《白石道人诗说》)。所以,《诗宪》讨论诗法将"布置"与"含蓄"相提并论:

> 布置者,谓诗之全篇用意曲折也。《诗眼》云:"山谷尝言文章必谨布置。每见后学,多告以《原道》命意曲折。尝以概考古人法度,如《赠韦左丞诗》,前贤录为压卷,盖布置最得正体。《原道》与《书》之《尧典》盖如此。其他皆为变体。"含蓄者,言不尽意也。《冷斋夜话》云:"有句含蓄者,如'勋业频看镜,行藏独倚楼'。有意含蓄者,如'天街夜色凉如水,卧看牵牛织女星'。有句意含蓄者,如'明年此会知谁健,醉把茱萸仔细看'。"

黄庭坚之诗就是以"命意曲折"而隐藏意脉的典范,试看《次韵仲车为元达置酒四韵》:

> 射阳三万家,莫贵徐公门。谁能拜床前,况乃共酒尊。惟此醉中趣,难为醒者论。盗卧月皎皎,鸡鸣雨昏昏。(《山谷内集诗注》卷一七)

抛开用典不论,单是诗的结构就令人费解。前六句是论说性文脉,最后两句却出现断裂,一条情感性文脉在断裂中产生。这种文脉的断裂跳跃,使意脉得以深藏,"盗卧"、"鸡鸣"的意象,耐人咀嚼回味,据任渊注,"盗卧"句指"自晦于酒","鸡鸣"句指"胸中了了,自有常度"。显然,诗人通过结构的"布置",而最终取得意义的"含蓄"。江西派尤其精于此道,陈师道诗的特点更突出。任渊指出:"读后山诗,大似参曹洞禅,不犯正位,切忌死语,非冥搜旁引,莫窥其用意深处。"(《后山诗注目录序》)试看其《送苏公知杭州》诗曰:"平生羊荆州,追送不作远。岂不畏简书,放麑诚不忍。"时苏轼知杭州,道经南京(今商丘),陈为徐州教授,越法出境至南京送苏轼。羊荆州(羊祜)喻苏轼,放麑之典出自《韩非子》,是说孟孙获麑,秦西巴不忍而放之,遭孟孙斥逐。陈师道用此典的含义如任注所说:"观过(指越法的过错)可以知仁,后山越法出境以送师友,亦放麑之类也。"(《后山诗注》卷二)问题不仅在于用典,而且在于前后文语境的跳跃,任注"放麑"句曰:"此句与上句若不相属,而意在言外,丛林(禅宗)所谓活句也。"(同上)在熟悉典故、精通禅法的读者眼里,这种"丛林活句"的运用使诗歌具有极大的"张力",于是,生硬变成了耐嚼,深藏变成了含蓄,中断的视境得到连续的延伸。在宋诗表达技巧的发展过程中,禅宗的思维方式尽了卓越的天职,关于这一点,我在《中国禅宗与诗歌》第五章中有详细的阐发,兹不赘述。

在宋代特有的文化环境下,"命意曲折"是比"兴托深远"更为广阔的道路。诗人可以通过"句法"安排而将含蓄的韵味与清晰的意脉统一起来,从而使风雅传统的微婉比兴手法化为一种机智的"丛林活句"。它既保持了儒学的温厚精神,又带上了禅宗的玄妙色彩。宋诗中赋的手法也因此变得意味深长,所以论诗力主含蓄的姜夔会以苏、黄为榜样:"语贵含蓄。东坡云:'言有尽而意无穷者,天下之至言也。'山谷尤谨于此。清庙之瑟,一唱三叹,远矣哉!"(《白石道人诗说》)这意味着"以文字为诗,以才学为诗,以议论为诗"的宋人作品同样有可能达到"句中有馀味、篇中有馀意"的艺术境界。

第三章　欣赏:"参时且柏树，
　　　　　　悟罢岂桃花"

　　每一位诗人都希望通过语言来表达自己的情志,都希望自己的作品能找到"知音",被人理解和欣赏。可是,作品一旦写成之后,就不再可能由作者控制,诗中的信息将怎样被人理解和处理,在很大程度上要视信息的接受者即读者而定。表达过程的终结就是欣赏(或阐释)过程的开始。欣赏过程在读者与作品之间进行,每一位读者都希望通过阅读寻求作品的意义。然而,读者对作品的理解,实在与其性情、修养甚至心绪都很有关系,也必然会因人而异,因时而异,甚至因地而异。

　　中国传统诗学中有两种重要的欣赏理论,一种是孟子的"以意逆志"说,《孟子·万章上》:"故说诗者,不以文害辞,不以辞害志;以意逆志,是为得之。"相信读者只要设身处地,用自己的思想(意)去揣度作者的思想(志),就能透过作品文辞的面纱,窥视出作者的本意[①]。另一种是董仲舒提出的"诗无达诂"说,《春秋繁露·精华》:"《诗》无达诂,《易》无达占,《春秋》无达辞。"董氏根据先秦用《诗》的断章取义,汉儒解《诗》的歧说互见,发现《诗》不可能有肯定确切的解释。《易》与《春秋》亦如此,任何阐释都具有相对性,正如《周易·系辞上》所言:"仁者见之谓之仁,知者见之谓之知。"阐释的差距和差异都将始

[①] 关于孟子的"以意逆志"说,清吴淇解释为:"以古人之意求古人之志,乃就诗论诗。"(《六朝选诗定论》卷一《六朝选诗定论缘起》)王国维亦持近似观点(《观堂集林》卷一九《玉谿生诗年谱会笺序》)。此取汉赵岐、宋朱熹的观点,因为中国传统诗学长期作如此理解,已成为一种重要理论。

终存在。这两种似乎针锋相对的理论却在宋诗学中得到同等的回响，宋人兼收并蓄，改造发挥，提出了一系列颇富创见的观点。

宋人欣赏理论的特色在于，一方面继承了儒家传统阐释学的态度和方法，另一方面吸取了当代禅宗参禅悟道的方式和理学格物致知的精神，从而注意充分发挥读者在欣赏过程中的积极作用。就读诗的方式而言，宋人大约有这样三种观点：一是"悬解"，结合孟子"以意逆志"说和禅宗内心体验说，力求通过读者与作者的心灵对话，透彻领悟诗的本来意义；二是"活参"，强调读者的主体能动性，受禅宗"但参活句，莫参死句"的启示，视作品本文为"活句"，以读者的"自得之悟"为欣赏的目的；三是"亲证"，强调读者的亲身体验在欣赏过程中的重要作用，用读者的经历与前人作品相印证，在玩味古典中完成意境的重现。虽然从总体上说，宋人的欣赏理论并不太丰富，但其中一些简短话语，却提供了很深刻的思路，如吉光片羽，弥足珍视。

一、悬解：透彻的领悟

欣赏的过程就是玩味、领悟、阐释作品的过程。作者通过作品传意，读者通过作品释意。读者的思境到底能不能和作者的思境融为一体？这一直是现代阐释学（Hermeneutics）所要回答的问题。

按照儒家"诗言志"的观点，诗歌作品中必然蕴藏着作者的思想，不管是显豁还是隐晦，是用赋的手法还是比兴的手法表达的。因此，读者的目的就是循着"文辞"、"章句"去发掘作品的"意"，从而最终理解作者的"志"。既然"言"可以达"志"，说明"言"与"志"即语言与思想之间存在同一性，那么反之，透过对"言"的解读，读者也可重新复现作者之"志"。宋人有时就有这种同一性的幻想。如司马光在《薛密学田诗集序》中指出：

> 扬子《法言》曰："言，心声也；书，心画也。"声画之美者无如文，文之精者无如诗。诗者，志之所之也。然则观其诗，其人之心

可见矣。今人亲没则画像而事之。画像,外貌也,岂若诗之见其中心哉?(司马光《传家集》卷六九)

这里虽然是说观诗可见人的品性,显示出宋人关于诗品与人品相统一的观念,但根据上下文,人之"心"亦可解作人之"志"(思想),在司马光看来,观诗就可以深入到诗人的思想中去。

这种同一性的幻想尤其是在对孟子"以意逆志"的阐发中表现出来。汉代赵岐注《孟子》,认为"以意逆志"就是"以己之意逆诗人之志"。宋儒普遍同意这个看法,认为"意"是指"说诗者"自己的意。如孙奭(962—1033)疏曰:"以己之心意而逆求知诗人之志,是为得诗人之辞旨。"又如朱熹《孟子集注》曰:"当以己意迎取作者之志,乃可得之。"那么,怎样逆求诗人之志呢?这就是要根据自己的心理经验去推测诗人本意。《孟子·万章下》在"以意逆志"后举例说:"《云汉》之诗曰:'周馀黎民,靡有孑遗。'信斯言也,是周无遗民也。"孙奭这样阐释:"人如说诗者,但以歌咏之辞为然,而不以己之意而求诗人志之所在,而为得诗人之旨而已矣,则《云汉》之篇有云:'周馀黎民,靡有孑遗。'信此言也,是周无遗民矣。殊不知此《云汉》之诗,其诗人之志,盖在忧旱灾,以其多有死亡者矣。今其馀民,无有单子得遗脱不遭旱灾者,非谓无民也。"如果说孙奭、朱熹的观点只是孟子、赵岐阐释理论的宋代翻版的话,那么,姚勉下面一段精彩的论述则完全可以视为宋人的专利:

孟子曰:"说诗者,不以文害辞,不以辞害志,以意逆志,是为得之。"文之为言,字也;辞之为言,句也。意者,诗之所以为诗也。在心为志,发言为诗。诗者,志之所之也。《书》曰:"诗言志。"其此之谓乎?古今人殊,而人之所以为心则同也。心同,志斯同矣。是故以学诗者今日之意,逆作诗者昔日之志,吾意如此,则诗之志必如此矣。《诗》虽三百,其志则一也。虽然,不可以私意逆之也。横渠张先生曰:"置心平易始知诗。"夫惟置心于平易,则可以逆志

矣。不然,凿吾意以求诗,果诗矣乎!(《雪坡舍人集》卷三七《诗意序》)

虽然,这段话从孟子那里生发出来,但已加进了宋人的新观点:其一,认为古今之人都有共同的心理结构,"心同,志斯同矣",因而,读者完全可以将自己的思境和作者的思境融为一体,根据自己的设想揣测,重现作诗者"昔日之志"。其二,指出"吾意"与"私意"的区别,所谓"私意",是个人的、偏袒的"意",缺乏客观性、公正性,要重现作诗者之"志",必须摒除读诗者的"私意"。这种对孟子"意"的限定性说明,在姚勉看来,是避免但凭一己之意穿凿附会的必要前提。其三,借用张载的话,提出"置心平易"的读诗方法。所谓"置心平易",就是要摒除个人主观成见,使心平如明镜,不带杂念,从而能客观呈现作者的本意,不受读诗者自己情绪的干扰。姚勉的读诗法很容易使我们想起美国批评家赫施(E. D. Hirsch)的观点。赫施在其《阐释的有效性》(Validity in Interpretation)一书中提出这样的理论,认为文辞作品是作者思想与意图的表达,所以阐释者必须让自己设身处地,进入作者的思境里去重新经历创作的过程。作者与读者,无论有多大差异的看法,都因某种共同的人性、某种共同的心理结构,而得以联系。赫施认为,意义不可能是个人的,不同的人可以共有某一类型的意义。用胡塞尔现象学的术语来说,就是"(在不同时候)不同的意向行动可以指向同一意向目的";在实际批评中,这意味着批评家应当消除自我,完全以回到作者本意为目的[①]。显然,姚勉的观点与赫施有不少重合之处,"心同,志斯同",即赫施所谓"意义类型";"以学诗者今日之意,逆作诗者昔日之志",即赫施所谓"心理重建";"不可以私意逆之",即赫施所谓"阐释的客观性"(Objective Interpretation)。在中国传统文论中,姚勉的话可以说是对阐释学的一个十分精彩的表述,它不仅提出

[①] 参见张隆溪《神·上帝·作者:评传统的阐释学》,《二十世纪西方文论述评》,三联书店,1986年版;叶维廉《与作品对话——传释学初探》,《中国诗学》,三联书店,1992年版。

了阐释的方法,而且指明了阐释的目标,希望超越"古今人殊"的时空距离,与诗人的本意合一。

宋人提出的回到作者原意的另一种方法是,越过语言文字的字面意义,而发掘作者的创作意图。这是对孟子"不以文害辞,不以辞害志"的发挥。理学家杨时指出:"学诗者不在语言文字,当想其气味,则诗之意得矣。"(《龟山先生语录》卷一)苏轼的读诗方法与之大体相同:

> 夫诗者,不可以言语求而得,必将深观其意焉。故其讥刺是人也,不言其所为之恶,而言其爵位之尊,车服之美,而民疾之,以见其不堪也。"君子偕老,副笄六珈","赫赫师尹,民具尔瞻"是也。其颂美是人也,不言其所为之善,而言其冠佩之华,容貌之盛,而民安之,以见其无愧也。"缁衣之宜兮,敝,予又改为兮","服其命服,朱芾斯皇"是也。(《苏轼文集》卷二《既醉备五福论》)

然而事实上并非所有诗歌都有明确的创作意图,苏轼在研究《诗经》时就发现"兴"和"比"两种创作方法的区别,"比"诚然是诗人有意识取物来表意,而"兴"则是一种无意识偶然触物有感,"意有所触乎当时,时已去而不可知,故其类可以意推,而不可以言解也"(《苏轼文集》卷二《诗论》)。换言之,由于"兴"的文字并无表达诗人创作意图的功能,因而对"兴"的阐释就只能以己意推测,而无法通过言辞来分析。不过,苏轼仍然相信,只要弄清"兴"与"比"的区别,不强作附会,以求合当时之事,"则夫《诗》之意,庶乎可以意晓而无劳矣"。因为根据"理无不同,志无不通"的原理,"意推"仍能完成作者诗意的重现。

儒家传统诗观的"言志"说,使得读诗者把寻绎、挖掘(常常是穿凿)诗中之"志"视为阐释和评价的旨归。中国现代文学批评中还常常有希望从形式中找出内容的模式,大概就是"诗以言志"、"文以载道"这种古老观念的苗裔。然而,诗的意义决非一个"志"可以概括,据英国批评家瑞恰慈(I. A. Richards)分析,一首诗起码可分出下列四种意义：文义（sense）、情感（feeling）、音调或口气（tone）、意图（intention）①。宋代诗人也多少认识到诗的多重意义，如苏轼所说"不可以言语求"，就指文义，而"深观其意"，就指意图。杨时的认识又多一层"气味"，接近于瑞恰慈的"情感"。事实上，诗中还有"韵"、"味"、"气"、"格"、"兴"、"趣"、"理"等等多种因素，已非作诗者所能自觉控制，也非读诗者所能重建复制。正如邓允端《题社友诗稿》所说：

> 诗里玄机海样深，散于章句敛于心。会时要似庖丁刃，妙处应同靖节琴。（《江湖后集》卷一五）

诗的意义是非常玄妙神秘甚至模糊的，它蕴藏于语言章句之中，而读者全凭心领神会，要像庖丁一样以神遇而不以目视，像陶渊明一样解识无弦的奥妙。

这样，"以意逆志"的客观阐释也就化为一种神秘的内心体验。正如梅尧臣所言："作者得于心，览者会以意，殆难指陈以言也。虽然，亦可以略道其仿佛。"（欧阳修《六一诗话》引）作者与读者之间的关系，就像所谓"世尊拈花，迦叶微笑"一样，是"心有灵犀一点通"，是无言的心灵对话。由于诗意的复杂性，"览者"再不敢声称"吾意如此，则诗之志必如此"，自视为权威的阐释者，而只敢小心翼翼地承认"略道其仿佛"。欧阳修还记载了与梅尧臣的另一次谈话：

> 余尝问诗于圣俞，其声律之高下，文语之疵病，可以指而告余也；至其心之得者，不可以言而告也。余亦将以心得意会，而未能至之者也。圣俞久在洛中，其诗亦往往人皆有之。今将告归，余因求其稿而写之。然夫前所谓心之所得者，如伯牙鼓琴，子期听之，不相语而意相知也。余今得圣俞之稿，犹伯牙之琴弦乎？（《欧阳文忠公文集》卷七三《书梅圣俞稿后》）

---

① 瑞恰慈《实践的批评》（*Practical Criticism*）第 179—188 页，伦敦，1929 年版。

这里显然意识到诗作为欣赏对象的多层意义,文语的(sense)、声律的(tone),还有"不可以言而告"的(significance, feeling,意、味、韵、趣、气等等)。读者所能阐释的是"文语"、"声律"之类表面的东西,而真正微妙的感受只能自我欣赏,无法传达给他人。这使我们想起历史上关于"伊挚不能言鼎,轮扁不能语斤"的著名故事,同时也想起禅宗大师"如人饮水,冷暖自知"的悟道名言。这是"言不尽意"论在欣赏过程中的体现,任何语言都无法表达作诗者之意,同样任何语言也无法穷尽读诗者的体验。

从本质上来说,诗人和读者的美感意识不仅是个体的,也是非逻辑的,它在于心灵对事物的直接感受。这一点,它很像禅宗所谓"妙悟"。《涅槃无名论》说:"玄道在于妙悟,妙悟在于即真。"宋人从禅宗的证道方式"妙悟"中受到启示,将"以意逆志"说那种单向的本意(intention)重建改造为复杂微妙的诗意玩味。正如构思阶段诗人离不开"妙悟"一样,欣赏阶段透彻的理解也有待"妙悟"来完成。苏轼晚年援佛入儒之时,发明了禅宗式的读诗方法。他在读李之仪诗时说:"暂借好诗消永夜,每逢佳处辄参禅。"(《夜直玉堂携李之仪端叔诗百馀首读至夜半书其后》)"参禅"大约就是排除杂念,以平静之心去默会领悟作者之心。南宋方岳《深雪偶谈》称苏轼读历代作家之诗的方法是"潜窥沉玩,实领悬悟",可以说是对其欣赏方式的极好概括。

自苏轼以后,以禅宗思维方式比拟读诗方式的人越来越多,如下面这些"以禅喻诗"的说法,都是针对欣赏而言的:

说诗如说禅,妙处要悬解。(张扩《东窗集》卷一《括苍官舍夏日杂书》之五)

凡作(读?)诗如参禅,须有悟门。少从荣天和学,尝不解其诗云:"多谢喧喧雀,时来破寂寥。"一日于竹亭中坐,忽有群雀飞鸣而下,顿悟前语。自尔看诗,无不通者。(吴可《藏海诗话》)

文章有皮有骨髓,欲参此语如参禅;我从诸老得印可,妙处可悟不可传。(徐瑞《松巢漫稿》卷二雪中夜坐杂咏》十首之五)

"悬解"就是透彻的理解,对诗之奥秘的理解。怎样才能"悬解"？这就是要找到"悟门"。宋人所说的"悟门"虽然玄妙,但亦有迹可寻,一种是依靠直觉的体验、自由的理解与随意的联想,去追寻诗歌那只可意会不可言传的妙处;一种是根据亲身经历的触发,"顿悟"诗意,从而找到证悟所有诗歌的钥匙;还有一种是抛开诗歌表面文义,悬想揣测诗人深刻的用心,发现诗人艺术构思的精妙之处。正如黄庭坚所说:"学者若不见古人用意处,但得其皮毛,所以去之更远。"(范温《潜溪诗话》引)这里的"用意"已不光是指创作意图,即孟子所说的"志",而且包括作者的构思技巧,甚至"句法"安排等因素在内。黄氏的学生范温说得更明白:

> 识文章者,当如禅家有悟门。夫法门百千差别,要须自一转语悟入。如古人文章,直须先悟得一处,乃可通其他妙处。向因读子厚《晨诣超师院读禅经》诗一段,至诚洁清之意,参然在前,"真源了无取,妄迹世所逐,微言冀可冥,缮性何由熟"？真妄以尽佛理,言行以尽薰修,此外亦无词矣。"道人庭宇静,苔色连深竹",盖远过"竹径通幽处,禅房花木深"。"日出雾露馀,青松如膏沐",予家旧有大松,偶见露洗而雾披,真如洗沐未干,染以翠色,然后知此语能传造化之妙。"澹然离言说,悟悦心自足",盖言因指而见月,遗经而得道,于是终焉。其本末立意遣词,可谓曲尽其妙,毫发无遗恨者也。(《潜溪诗眼》)

这段话是对"见古人用意处"的精彩发挥。但更值得玩味的是,根据范温对柳宗元诗作的具体阐释,我们可以发现他的"悬解"不仅"可悟"而且"可传"。当他宣称柳诗"至诚洁清之意,参然在前"、"其本末立意遣词,可谓曲尽其妙,毫发无遗恨者也"之时,实际上意味着他相信自己已抓住了作者的本意,并且他的阐释也同样"毫发无遗恨"。进一步而言,范温的悟门显示出诗意玩味与本意重建的结合,直觉体验与理性分析的结合,禅宗的证道方式与儒家的读诗方式的结合。事实上,范温同时代的禅门大德圆悟克勤(1063—1135)撰写《碧岩录》,就将雪窦重显(980—1052)的"颂古百则"加上"垂示"、"著语",评讲赏析①。不可言之禅和不可言之诗就这样都成了"以意逆志"的阐释对象。所以,当我们看到江西派诗人大谈"学诗如参禅"之时,切莫忘记这些参悟最终都将落实到"句法"上,并非真如他们宣称的那样玄妙神秘。

二、活参:能动的解读

以回到作者原意为理想目标的"以意逆志"阐释学,实际上是希望把握住永远不变的、准确而有绝对权威的意义。苏轼的态度很典型,他总是在"潜窥沉玩,实领悬悟"之后,相信自己真正得到作者的苦心,而将偏离自己理解意义的一切阐释都视为误解。有时,为了证明自己理解的权威性,他甚至抬出作者托梦之事为后盾:

> 仆尝梦见一人,云是杜子美,谓仆:"世多误解予诗。《八阵图》云:'江流石不转,遗恨失吞吴。'世人皆以谓先主、武侯欲与关羽复仇,故恨不能灭吴,非也。我意本谓吴、蜀唇齿之国,不当相图,晋之所以能取蜀者,以蜀有吞吴意,此为恨耳。"此理甚近。然子美死近四百年,犹不忘诗,区区自明其意者,此真书生习气也。(《苏轼文集》卷六七《记子美八阵图诗》)

尽管苏轼声称这是杜甫本人通过托梦方式传达的作品原意,但明眼人都能看出这不过是苏轼自己"以意逆志"的结果。即使我们相信苏轼的叙述属实,那也不过是他一厢情愿的梦想而已。何况不同的读者会做不同的梦,证明自己与诗人的本意合一,那么又有什么客观的办法来证明那真是属于杜甫本人而非属于苏轼的"我意"呢?事实上,正如

---

① 参见拙著《中国禅宗与诗歌》第二章第二节《宗门第一书》,上海人民出版社,1992年版。

苏轼这个故事所象征的那样,任何希望超越千百年之上的时空距离,身历其世、面接其人而与作者的自我合而为一的理想,都只能是一个梦想。

按照德国哲学家海德格尔(Matin Heidegger)的观点,任何存在都是在一定时间空间条件下的存在,超越自己历史环境而存在是不可能的。存在的历史性决定了理解的历史性:我们理解任何东西,都不是用空白的头脑去被动地接受,而是用活动的意识去积极参与,也就是说,阐释是以我们意识的"先在结构"为基础①。尽管"以意逆志"的目的是重新回到作者本意,但由于"意"是读者自己的,而读者生活在一定的历史环境中,因而对作品的理解必然具有历史性。正如一个人不能提着自己的头发离开地面一样,无论怎么"置心平易",一个读者都不可能逃脱历史环境的影响和制约,不可能做到纯粹的客观接受。且不说对过去作品的理解,就是处在同一历史环境中,要对作者本意完全理解也非易事。欧阳修就承认,即使是朋友的作品,要相互理解也相当困难:

> 昔梅圣俞作诗,独以吾为知音。吾亦自谓举世之人知梅诗者莫吾若也。吾尝问渠最得意处,渠诵数句,皆非吾赏者。以此知披图所赏,未必得秉笔之人本意也。(《欧阳文忠公文集》卷一三八《唐薛稷书跋》)

可见,即便是引为知音的诗友,也未必就能把握住"秉笔之人本意",更何况数百年之后的梦想揣测。理解的差异性不仅在朋友之间存在,而且就是同一个人对同一个作品的理解也前后有别,如黄庭坚谈读陶渊明一首诗的感受:

> 血气方刚时读此诗,如嚼枯木。及绵历世事,如决定无所用智,每观此篇,如渴饮水,如欲寐得啜茗,如饥啖汤饼。今人亦有

---

① 参见海德格尔《存在与时间》(*Being and Time*)英译本,纽约,1962年版。转引自张隆溪《仁者见仁,智者见智:阐释学与接受美学》,见《二十世纪西方文论述评》。

能同味者乎？但恐嚼不破耳。(《山谷题跋》卷七《书陶渊明诗后寄王吉老》)

随着读者年龄、教养、经历、环境的改变，作品的意义也发生改变。这充分说明，理解和阐释永远只是相对的，永远不可能完美无缺，具有绝对的权威。

姚勉以为"私意"是产生误解和偏见的根源，妨碍我们认识的客观性。然而，根据现代阐释学的观点，无论多么澄明的理解，都会有"凿吾意以求诗"的嫌疑，都摆脱不了"阐释的循环"[①]。比如苏轼解释李商隐的名篇《锦瑟》诗，据黄朝英《缃素杂记》载：

山谷道人读此诗，殊不晓其意，后以问东坡。东坡云："此出《古今乐志》，云：锦瑟之为器也，其弦五十，其柱如之，其声也，适、怨、清、和。案李诗'庄生晓梦迷蝴蝶'，适也；'望帝春心托杜鹃'，怨也；'沧海月明珠有泪'，清也；'蓝田日暖玉生烟'，和也。"(《苕溪渔隐丛话》前集卷二二引)

苏轼的分析正是"阐释的循环"的极佳例子，他先以《古今乐志》的说法为理解的前提，对《锦瑟》诗中四句诗的具体形象分别作出解释，而这些解释又反过来证明和支持对全诗"适、怨、清、和"的主旨的解释。因而在古往今来关于《锦瑟》的众多解释中，很难说苏轼的说法最客观。

其实，即使读者完全知道作者的创作意图，即使以作者本意为准绳完全可以做到，这对于诗歌的欣赏和批评也没有多大的意义。南宋洪咨夔曾说过一句精彩的话："诗无定鹄，会心是的。"(《平斋文集》卷

[①] "阐释的循环"(der hermen utische zirkel)是德国哲学家狄尔泰在《阐释学的形成》中提出的观点："一部作品的整体要通过个别的词和词的组合来理解，可是个别词的充分理解又假定已经先有了整体的理解为前提。"整体与局部互相依赖，互为因果，形成循环，这是构成一切阐释都摆脱不了的主要困难。参见《二十世纪西方文论述评》第177页。

一〇《易斋诗稿跋》）意思是诗歌一旦写成之后，就如同离弦之箭，不再属于作者之弓，它落在什么标靶上，获得什么意义，全靠读者寻绎。换言之，诗歌的意义是不确定的，它不受制于作者的"本意"，而取决于读者的"会心"。欣赏过程是一次诗意的再创造过程，形象大于思想，读者完全可以根据诗歌本身提供的形象而非作者的创作意图来阐释、接受。宋人深刻地认识到这一点，从而在欣赏活动中把一己之私意看作比作者之本意更为重要的因素，强调读者的能动创造性。他们从禅宗"但参活句，莫参死句"的证道方式中得到启发，总结出一种"活参"的读诗原则。

"活"是南宗禅最重要的特征之一，其含义大旨是指无拘无束的生活态度或自由灵活的思维方式，不执著，不粘滞，通达透脱，活泼无碍。禅宗悟道，最反对执著于佛典权威教义，而主张自己任凭本心的随机悟解。德山缘密禅师提出"参活句"的规律：

> 上堂："但参活句，莫参死句。活句下荐得，永劫无滞。一尘一佛国，一叶一释迦，是死句。扬眉瞬目，举指竖拂，是死句。山河大地，更无渗漏，是死句。"时有僧问："如何是活句？"师曰："波斯仰面看。"曰："恁么则不谬去也。"师便打。（《五灯会元》卷一五）

"一尘一佛国"等语句之所以是"死句"，就因其符合佛教经典教义，有固定的、合理路的意义。"波斯仰面看"之所以是"活句"，就因其毫无道理可言，可以横说竖说。那个问话的和尚却用正常逻辑思维去理解，去执著追求佛教教义，这就叫"参死句"，所以该挨打。真正的"参活句"应该是用直觉去体验，不拘于字面意思，自由理解，任意联想，而在这一过程中自然会顿悟本心，从而认识到万物本空、心生万物的佛教真谛。

"参活句"是宋代公案禅、看话禅的一条基本原则，其主旨在于破除对佛教教义的僵死理解。根据这个原则，任何佛教经典文本的意义都是活动的或灵活的,参禅者无须执著于任何一种解释,而全凭自己心念间的顿悟。在宋人看来,一心想追溯作者本意的人,必然会把文本的意义圈死不变,这正如参禅者的"死于句下"。所以江西派诗人曾几提出:

> 学诗如参禅,慎勿参死句。纵横无不可,乃在欢喜处。(《南宋群贤小集·前贤小集拾遗》卷四《读吕居仁旧诗有怀其人》)

他的学生陆游也转述说:

> 我得茶山一转语,文章切忌参死句。(《剑南诗稿》卷三〇《赠应秀才》)

与"悬解"相比,"活参"更加强化了诗歌欣赏接受过程中"纵横无不可"的感受联想体会,从而否定了对作品永远不变的、准确而有绝对权威的意义的追寻。同时,"活参"的意义还在于强调阅读过程中接受者的主动参与,诚如当代德国美学家姚斯(Hans Robert Jauss)所言:"审美经验不仅仅是在作为'自由地创造'的生产性这方面表现出来,而且也能从'自由地接受'的接受性方面表现出来。"①"活参"的结果,欣赏者与创作者在审美经验层次(而非语义层次)得到沟通,诗歌艺术的自由感和超越性功能得以充分发挥。

当宋人以"活参"的态度对待作品时,显然使作品的意义成为一个开放性的系统,在不同历史环境的观照参究下,不断衍变,不断生长,甚至不断转移。杨万里有两句诗形象地概括了这种"活参"过程:"参时且柏树,悟罢岂桃花?"(《和李天麟二首》之二)参究柏树而不执著于柏树,悟后桃花已非原来的桃花,作者之用心未必然,读者之用心何必不然。这是一种创造性的"误读",强调读者接受的自由,在文学欣

---

① 参见姚斯《审美经验与文学解释学》"导言",转引自胡经之主编《西方文艺理论名著教程》第388页,北京大学出版社,1989年版。

赏中极有意义。正是这种不拘于作者创作意图的自由联想的阅读态度,大大拓展了诗意的空间,丰富了作品的意蕴,扩充或改变了作者原来的构思立意。中国传统的"诗无达诂"的消极说法因"参活句"的提出而转化为一种积极的欣赏手段。就文学作品的阐释而言,这意味着承认读者的积极作用,承认作品的意义和价值并非作品本文所固有,而是阅读过程中读者与作品相接触时的产物。

虽然宋代诗学中从未出现过像罗兰·巴尔特(Roland Barthes)那种"作者(上帝)已死"的激进口号[1],但正如禅宗提倡"丈夫皆有冲天志,莫向如来行处行"一样,宋代批评者也逐渐无视作者创作意图的权威性。南宋几位批评家阅读杜诗的态度就与苏轼有很大的不同。苏轼曾抬出杜甫本人(尽管是荒谬的托梦)来证明自己阐释的权威性,而这一点在罗大经的阅读中已变得毫无意义,罗大经指出:

> 杜少陵绝句云:"迟日江山丽,春风花草香。泥融飞燕子,沙暖睡鸳鸯。"或谓此与儿童之属对何以异。余曰:不然。上二句见两间莫非生意,下二句见万物莫不适性。于此而涵泳之,体认之,岂不足以感发吾心之真乐乎!大抵古人好诗,在人如何看,在人把做甚么用。如"水流心不竞,云在意俱迟","野色更无山隔断,天光直与水相通","乐意相关禽对语,生香不断树交花"等句,只把做景物看亦可,把做道理看,其中亦尽有可玩索处。大抵看诗,要胸次玲珑活络。(《鹤林玉露》乙编卷二"春风花草"条)

这段话相当深刻而雄辩,从阐释学的角度看,它显然包含了这样一些新思路:1. 一首好诗包含有不同层次的意义,为读者的不同解释提供了可能,"把做景物看"、"把做道理看"均可;2. 作品的意义并不是作者给定的原意,而是由读者的阅读态度决定的,"在人如何看,在人把

---

[1] 参见罗兰·巴尔特《作者之死》(*The Death of the Author*),见希思(S. Heath)选译《形象——音乐——本文》(*Image-Music-Text*),纽约,1977年版。

做甚么用";3. 任何作品都有赖于读者的主动参与,在"涵泳"、"体认"、"玩索"中获得意义;4. 诗歌作品没有客观的、唯一的意义,每个读者都可以按自己的方式作出解释;5. 读诗的目的不是为了"得作者之苦心",而是为了"感发吾心之真乐";6. 读诗必须"胸次玲珑活络",自由联想生发,不必拘执于作者的原意或作品的字面义。在这里,罗大经充分肯定了读者对意义的创造作用。姚勉所要摒除的"私意"成了理解的前提,苏轼所要避免的"误解"成了有价值的独创。阐释的权威性由作者完全转交给读者,包括诗圣杜甫在内的作者之"志"完全被搁置一旁,阐释活动完全围绕着读者的需要而展开。值得注意的是,"胸次玲珑活络"的欣赏方式,很容易使我们想起罗氏提倡的"活处观理"以及吕本中等人提倡的"活法",它们显然都脱胎于禅宗灵活透脱的思维方式。

宋末刘辰翁对读者的创造性"误读"有更好的阐述,并为"断章取义"的阅读方法作了有力的辩护,他指出:

> 凡大人语不拘一义,亦其通脱透活自然。旧见初寮王履道跋坡帖,颇病学苏者横肆逼人,因举"不复知天上,空馀见佛尊"二语。乍见极若有省,及寻上句,本意则不过树密天少耳。"见"字亦宜作"现"音,犹言现在佛。即"见"读如字,则"空馀见",殆何等语矣。观诗各随所得,别自有用。因记往年福州登九日山,俯城中,培塿不复辨。倚栏微讽杜句:"秦山忽破碎,泾渭不可求。"时彗见,求言。杨平舟栋以为蚩尤旗见,谓邪论,罢机政。偶与古心叹惜我辈如此。古翁云:"适所诵两言者得之矣。"用是此语本无交涉,而见闻各异,但觉闻者会意更佳。用此可见杜诗之妙,亦可为读杜诗之法。从古断章而赋皆然,又未可訾为错会也。(《须溪集》卷六《题刘玉田选杜诗》)

这是对作者原意的进一步放逐。刘辰翁举了两个读杜诗的例子:其一,"不复知天上,空馀见佛尊"本意为"树密天少",王履道以之针砭学苏者"横肆逼人";其二,"秦山忽破碎,泾渭不可求"本为杜甫登慈恩寺塔所见景象,刘辰翁以之类比登福州九日山所见景象,古心以之比喻动乱的时局。刘辰翁由此而得出读诗的基本方法:"观诗各随所得,别自有用。"读者对诗的理解阐释,可以和原作者之意"本无交涉",不同的读者可以"见闻各异",而这些无交涉的理解可以"会意更佳"。这种读诗方法源于春秋时期赋《诗》的断章取义,《左传·襄公二十八年》:"赋诗断章,余取所求焉。"杜预注:"譬如赋诗,取其一章而已。"这种方法是只截取作品的片段而不顾全文和原意。诚如清沈德潜《古诗源·例言》所言:"《诗》之为用甚广。范宣讨贰,爰赋《摽梅》;宗国无鸠,乃歌《圻父》。断章取义,原无达诂也。"断章取义无疑是对作品本意的背离,是对作者权威的蔑视,是造成"诗无达诂"的罪魁祸首。这种读诗方式把理解和阐释看成一种随意性的活动,因过分强调读者的作用而否认批评和认识的客观基础。但另一方面,正是因为把作者原意暂时搁置一边,读者才能充分发挥想象力,不断挖掘出作品新的意义。事实上,在阅读中有意识的误读有时比忠实原意的阐释更有价值。从这个意义上说,"断章取义"可以说是中国古人发明的一种创造性读诗方法,这种方法极大地拓展了诗意的空间,拓展了诗歌的文化功能和审美价值。正因如此,"诗无达诂"的现象不仅无须避免,而且值得肯定。刘辰翁正是在这个意义上为断章取义作了有力的辩护:每一种阐释只要能有得于心,自圆其说,即使是"语本无交涉",也"未可訾为错会"。与罗大经一样,刘辰翁的"观诗各随所得,别自有用"的方法也受禅宗思维方式的影响,所谓"不拘一义"、"通脱透活自然",完全就是"但参活句,莫参死句"在诗学上的投影。

"活参"的阅读方法是宋人对传统的"以意逆志"法的修正。它在某种程度上打破了本文客观性的幻想,把作品从圈定不变的意义下解放出来。于是,理解作者原意不再是阅读的主要目的,读者的"自得之悟"、"各随所见"成为关注的中心。这是一种中国式的读者反应批评,其理论价值应引起我们足够的重视。

三、亲证：实践的印可

必须指出，宋人肯定读者的积极参与，并非只表现为对作者原意的蔑视和误读，而更多的是对作者原意的理解与认同。宋人相信，作者把自己捕捉到的关于世界与个人的感受融入作品中，因而读者通过作品，可以接触到作者的心灵，并捕捉到作者对世界的反应。而这种理解与认同，即对作者之意的逆向追寻，不能只凭"以意逆志"的悬想揣测，更重要的是要靠"身临其境"的实践亲证。换言之，读者只有在亲自体验过作品中所写的情景之后，才能真正进入作者的心灵，理解作品的意义。用惠洪的话来说，叫做"亲证其事然后知其义"（《冷斋夜话》卷六）。这种"亲证"的读诗方法，是宋人的一大发明，显示出宋诗学的鲜明特色。

首先，"亲证"是宋代的体验诗学在欣赏阶段的体现。陆游曾经说过："纸上得来终觉浅，绝知此事要躬行。"（《剑南诗稿》卷七八《冬夜读书示子聿》之三）这既是创作经验，也可以说是读诗体会。书斋里的阅读只能弄懂纸上（文字上）的意义，无论怎样意推悬解难免有隔膜之感，这正如创作一样，"闭门觅句非诗法"，读者只能依赖于自己的"躬行"（即有关世界和个人的亲身经验）去反应作品，才能深入作品诗意的内核。正如陆游另一首诗所说："君诗妙处吾能识，正在山程水驿中。"（《剑南诗稿》卷五〇《题庐陵萧彦毓秀才诗卷后》之二）不仅好诗出自"山程水驿"的体验，而且"山程水驿"的体验才能识得诗的好处。对于欣赏和对于创作一样，现实生活的体验是极为重要的。苏轼对此说得更明白：

陶靖节云："平畴返远风，良苗亦怀新。"非古之偶耕植杖者，不能道此语；非余之世农，亦不能识此语之妙也。（《苏轼文集》卷六七《题渊明诗二首》之一）

如果作者的诗歌是对真实生活的反映,那么,读者必须有与作者同样的体验才能理解诗歌描写生活的真实性。所以,要真正读懂原诗,有必要重新体验作者经历过的生活。正如张邦基(1131 年前后在世)《墨庄漫录》卷二所说:

> 蔡絛约之《西清诗话》云:"人之好恶,固自不同。杜子美在蜀作《闷》诗,乃云:'卷帘惟白水,隐几亦青山。'若使予居此,应从王逸少语:'吾当卒以乐死',岂复更有闷乎?"予以谓此时约之未契此语耳。人方忧愁亡聊,虽清歌妙舞满前,无适而非闷。子美居西川,一饭未尝忘君,其忧在王室,而又生理不具,与死为邻,其闷甚矣。故对青山,青山闷,对白水,白水闷,平时可爱乐之物,皆寓之为闷也。约之处富贵,所欠二物耳。其后窜斥,经历崎岖险阻,必悟此诗之为工也。

蔡絛对杜诗的隔膜,就在于人生经验的差异,他理解的只是杜诗表面的意义,而"未契"杜诗内在的情感。在张邦基看来,蔡絛对杜诗真正理解,有待于亲自经历杜甫一样的艰难险阻的生活。

其次,"亲证"关乎宋诗学中的实践理性精神。宋儒强调"格物致知",往往把诗歌看成是"格物致知"、认识世界的产品。正如陆游所说:"诗岂易言哉!一书之不见,一物之不识,一理之不穷,皆有憾焉。"(《渭南文集》卷三九《何君墓表》)对于作诗如此,对于读诗亦如此。有时,见闻的贫乏常常造成对诗人的误解。如南宋费衮承认:

> 东坡《食荔支》诗有云:"云山得伴松桧老,霜雪自困楂梨粗。"常疑上句似泛,此老不应尔。后见习闽广者云:"自福州古田县海口镇,至于海南,凡岸上木,松桧之外,悉杂植荔子,取其枝叶荫覆,弥望不绝。"此所以有"伴松桧"之语也。(《梁溪漫志》卷四"东坡荔支诗")

特别是阅读杜甫、苏轼这样的经历丰富、善于体物的大诗人的作品,"非亲至其处,洞知曲折,亦未易得作者之意"(《增广笺注简斋诗集》卷首楼钥《简斋诗笺叙》)。诗意的理解常常需要读者的"格物致知",而"亲至其处,洞知曲折",无疑是最权威的、最可靠的理解。唐诗人柳宗元有诗云:"海上尖峰若剑铓,秋来处处割愁肠。"苏轼从密州到登州,沿海而行,发现"道旁诸峰,真若剑铓","诵柳子厚诗,知海山多尔"(《苏轼文集》卷六七《书柳子厚诗》)。诗中世界证实了客观世界的物理,而客观世界也反证了诗中世界的真实与精妙。

再次,"亲证"体现了宋人对诗歌表达的精确性的强烈要求。宋诗学常讨论诗人"写物之功"的问题,而"功"除了修辞的巧妙之外,主要是指形容的准确。宋代的诗人往往也是批评家,所以能同时站在作者和读者的双重立场来看待问题。作为读者,他们所关注的和作者所追求的一样,即一首诗中情景理的表达是否精工、贴切或真实。最著名的例子是关于"半夜钟"的争论[1]。欧阳修《六一诗话》最先挑起争端:

> 诗人贪求好句,而理有不通,亦语病也。……唐人有云:"姑苏台下寒山寺,半夜钟声到客船。"说者亦云,句则佳矣,其如三更不是打钟时。

欧阳修以理评诗诚然符合宋诗学的基本精神,但他的失误在于缺乏客观的依据。一石激起千重浪,宋诗话一时对此争论不休,欧阳修的说法几成众矢之的。《王直方诗话》以唐人于鹄、白居易诗中的"半夜钟"证明"恐别有说";《潜溪诗眼》引证《南史》中景阳楼三更钟、丘仲孚吴兴读书至半夜钟、今佛寺定夜钟,认为"于义皆无害";《学林新编》引《南史·文学传》证明"半夜钟固有之";《复斋漫录》引唐人皇甫冉、陈羽诗证明"半夜钟不止于姑苏"。我们注意到,这场争论的正反

---

[1] 胡仔《苕溪渔隐丛话》前集卷二三、后集卷一五均有"半夜钟"条,搜罗若干条诗话。又吴曾《能改斋漫录》卷三及《辨误录》上有"夜半钟"条,王楙《野客丛书》卷二六亦有"半夜钟"条。宋人诗话笔记中有关论述甚多,不胜枚举。

双方的结论虽然不同,但所持的评判标准则一致,即"半夜钟"到底合不合乎事实。不过,以上对欧阳修的驳斥都是引经据典,难免有"纸上得来终觉浅"之嫌,因此,最雄辩的应是《石林诗话》与《遯斋闲览》两条。《石林诗话》卷中云:"欧阳文忠公尝病其夜半非打钟时,盖公未尝至吴中,今吴中山寺,实以夜半打钟。"《遯斋闲览》的说法更具权威性:"渠尝过苏州,宿一寺,夜半闻钟声,因问寺僧,皆云:分夜钟,曷足怪乎?寻闻他寺皆然。始知夜半钟,惟姑苏有之。"批评者以其亲身经历证实了诗人的作品,不仅精妙,而且真实,这是"未尝至吴中"的欧阳修所无法反驳的。由此可见,一首诗是否做到了"写物之功",常常有赖于读者的实践印证。苏轼特别强调这一点:

"两边山木合,终日子规啼。"此老杜云安县诗也。非亲到其处,不知此诗之工。(《苏轼文集》卷六七《书子美云安诗》)

司空图表圣自论其诗,以为得味于味外。……云:"棋声花院静,幡影石坛高。"吾尝游五老峰,入白鹤院,松荫满庭,不见一人,惟闻棋声,然后知此句之工也。(同上《书司空图诗》)

孟东野作《闻角》诗云:"似开孤月口,能说落星心。"今夜闻崔诚老弹《晓角》,始觉此诗之妙。(同上《题孟郊诗》)

认为读者只有在亲身体验过诗中所写之事,或亲身游历了诗中所写之地以后,才能理解诗歌的"写物之功"。这种说法在宋诗话中极为常见。

最后,"亲证"与宋诗人的人文旨趣密切相关。前面说过,宋人与自然的关系往往是通过文艺作品或其他人文产品建立起来的。作为诗人,他们常把前人的境界融入自己的作品;作为读者,他们常在观山观水的体验中想起前人的作品。从诗歌欣赏的角度来看,这种人文旨趣使得读者将自己所历之事与前人的描写相印证,从而在把自然对象人文化的同时,完成诗歌意境的重建。如周紫芝《竹坡诗话》云:

余顷年游蒋山,夜上宝公塔,时天已昏黑,而月犹未出,前临大江,下视佛屋峥嵘。时闻风铃,铿然有声。忽记杜少陵诗:"夜深殿突兀,风动金琅珰。"恍然如己语也。又尝独行山谷间,古木夹道交阴,惟闻子规相应木间,乃知"两边山木合,终日子规啼"之为佳句也。又暑中濒溪,与客纳凉,时夕阳在山,蝉声满树,观二人洗马于溪中。曰:此少陵所谓"晚凉看洗马,森木乱鸣蝉"者也。此诗平日诵之,不见其工,惟当所见处,乃始知其为妙。

又如张表臣《珊瑚钩诗话》卷一云:

东坡称陶靖节诗云:"'平畴交远风,良苗亦怀新。'非古之耦耕植杖者,不能识此语之妙也。"仆居中陶,稼穑是力。秋夏之交,稍旱得雨,雨馀徐步,涉风猎猎,禾黍竞秀,濯尘埃而泛新绿,乃悟渊明之句善体物也。

这当然可以说是以亲身体验证明"写物之功",但同时也意味着宋人善于在现实生活中发现古典意境,从而获得玩赏的欣悦。读者既因体验生活而重新认识作品,同时也因阅读作品的经验而对世界的反应有所调整改变。

从阐释学的角度来看,"亲证"的目的乃是为了重新回到作者的本意。由于这种阅读方法强调的是重新经历作者的创作过程,因而避免了"悬解"的纯粹主观推测和"活参"的理解的随意性,读者的思境和作者的思境在相同的体验中合而为一。"亲证"的另一个好处是,它能够使读者在特定的氛围里领悟到诗歌字面以外的丰富含义,从而真切地理解到作者的感受以及语言选择的妙处,并产生一种强烈的共鸣。

所谓"亲证其事然后知其义",这"义"字是指诗人关于这种体验的"义",内含甚丰,或指思想意志,或指情绪感觉,或指韵味情调,或表现为鲜明的创作意图,或表现为巧妙的艺术构思,或表现为优美的艺术境界。这些"义"的获得,有时必须借助于读者的体验印证。例如,叶梦得《石林诗话》卷上记载,他初读黄庭坚诗"马龁枯萁喧午梦,误惊风雨浪翻江"两句,不解风雨翻江之意。"一日,憩于逆旅,闻旁舍有澎湃鞑鞯之声,如风浪之历船者,起视之,乃马食于槽,水与草龃龉于槽间,而为此声,方悟鲁直之好奇"。叶梦得自信他经历了和黄庭坚一样的体验,因而真正理解了作者的构思过程,理解了"风雨翻江"的真正喻义。有时,作品中的"义"是诗人丰富体验的高度浓缩,读者的亲证就可能重新复现诗"义"的丰富内容。罗大经曾谈及他的读诗体会:

> 唐子西诗云:"山静似太古,日长如小年。"余家深山之中,每春夏之交,苍藓盈阶,落花满径,门无剥啄,松影参差,禽声上下。午睡初足,旋汲山泉,拾松枝,煮苦茗啜之。随意读《周易》、《国风》、《左氏传》、《离骚》、《太史公书》及陶杜诗、韩苏文数篇。从容步山径,抚松竹,与麇犊共偃息于长林丰草间。坐弄流泉,漱齿濯足。既归竹窗下,则山妻稚子,作笋蕨,供麦饭,欣然一饱。弄笔窗间,随大小作数十字,展所藏法帖、墨迹、画卷纵观之。兴到则吟小诗,或草《玉露》一两段。再烹苦茗一杯,出步溪边,邂逅园翁溪友,问桑麻,说杭稻,量晴校雨,探节数时,相与剧谈一晌。归而倚杖柴门之下,则夕阳在山,紫绿万状,变幻顷刻,恍可人目。牛背笛声,两两来归,而月印前溪矣。味子西此句,可谓妙绝。(《鹤林玉露》丙编卷四"山静日长")

作者把复杂具体的生活细节提炼为简洁精炼的典型形象(意象),而读者在阅读中根据自己的经验把典型形象重新还原为复杂具体的生活细节。罗大经的叙述使我们意识到,"山静似太古"两句诗中竟可能包含如此丰富的内容。而缺乏山居经验的人显然无法领会诗句的真正意义:"彼牵黄臂苍,驰猎于声利之场者,但见衮衮马头尘,匆匆驹隙影耳,乌知此句之妙哉!"(同上)

必须指出的是,尽管"亲证"的读诗方式在理解作者的原意方面有了现实生活的依据,但它仍然无法证明其为排除了读者"私意"的客观批评,无法证明读者和作者的本意完全合一。比如,叶梦得虽然自称亲闻马食于槽而明白黄庭坚诗的立意,但他显然没有理解这句诗中的江湖之念。黄氏原诗题为《六月十七日昼寝》,全诗如下:"红尘席帽乌靴里,想见沧洲白鸟双;马龁枯萁喧午枕,梦成风雨浪翻江。"任渊注曰:"闻马龁草声,遂成此梦也。……言江湖念深,兼想与因,遂成此梦。"(《山谷内集诗注》卷一一)所谓"想",指心中之情欲、忆念;所谓"因",指体中之感觉受触。正如钱钟书所说:"沧洲结想,马啮造因,想因合而幻为风雨清凉之境,稍解烦热而偿愿欲。"(《管锥编》第二册第489页)叶氏的"亲证"只涉及"因",而未涉及"想",似乎不如任渊更接近作者原意。至于罗大经对唐子西诗句的"亲证",更是已经超越了意义的阐释,而成为一种生命的体验,而这种体验显然是原诗的膨胀扩充,是一种新的诗意创造。其实就是提倡"亲证其事然后知其义"的惠洪,也在叙述自己的亲证经历时无意间否定了理解的同一性:

  智觉禅师住雪窦之中岩,尝作诗曰:"孤猿叫落中岩月,野客吟残半夜灯。此境此时谁得意?白云深处坐禅僧。"诗语未工,而其气韵无一点尘埃。予尝客新吴车轮峰之下,晓起临高阁,窥残月,闻猿声,诵此句,大笑,栖鸟惊飞。又尝自朱崖下琼山,渡藤桥,千万峰之间闻其声,类车轮峰下时,而一笑不可得也。但觉此时字字是愁耳。老杜诗曰:"感时花溅泪,恨别鸟惊心。"良然真佳句也。亲证其事然后知其义。(《冷斋夜话》卷六)

惠洪曾在新吴车轮峰下和朱崖琼山之间两度闻猿声,诵智觉禅师诗,而先后一喜一悲。那么,这两次"亲证其事"他到底知道了诗的什么"义"呢?是喜义还是悲义?惠洪的经历只能证明理解的历史性,即作品的意义不是作者给定的,而总是由解释者自己的历史环境所决定的。因此,凭借"亲证",不可能真正实现洞见作者之意的梦想。

  此外,"亲证"对于诗意欣赏的局限也是显而易见的。它那种寸步不遗的经验主义方法,有可能折断读者自由联想的翅膀。它只能印证那些倾向于写实的缘情体物之诗的妙处,而永远无法企及那些充满奇思幻想的浪漫主义的理想境界。

戊编

诗艺篇

第一章 结构的张力

"道向虚中得,文从实处工。"(《剑南诗稿》卷四四《示友》)陆游这两句简单的话道出一个深刻的真理:"道"是抽象的,形而上的,可以通过玄虚的妙悟而得;"文"却是具体的,形而下的,必须依赖于实在的语言锤炼。换言之,对于诗歌创作来说,诗人的道德涵养、人格精神(道)必须转化为具体的语言形象(文)。与此相关,诗歌的一切审美特质如格、韵、味、趣等,也无不附着于具体的语言艺术之中。正基于这种"由道返艺"的认识,所以宋人在大谈"治心养气"、"学诗如学道"的同时,也对各种诗歌艺术手法的探讨表现出极为强烈的兴趣。

诗歌说到底是一种语言艺术,因此,对诗歌的结构、语词、声律等方面的艺术技巧的分析研究,理应成为诗歌理论的主流。法国著名学者让·絮佩维尔(Jean Suberville)给诗学下的定义是:"诗学即作诗的技巧或作诗的总的方法论。"[1]这个定义在我们看来虽然不免显得狭窄,但至少说明作诗的技巧研究应是诗学中相当重要的内容。从这个角度看,宋诗学中最具有价值的是那些关于"诗体"、"句法"、"命意"、"造语"、"下字"、"用事"、"压(押)韵"、"属对"等问题的论述[2]。

然而,中国学者历来喜欢空灵的印象式批评,津津乐道诗的兴象、韵味、意境、性情,或是醉心于诗的社会功能批评,大谈特谈诗的美刺、讽谏、教化、抒愤,而向来缺少具体的艺术形式批评的传统。因此,甚至现代中国学者撰写的几部中国文学批评史专著,凡是涉及诗歌理论部分,都是大而化之,从不留心古人有关诗法诗律的具体论述。与此

---

[1] 参见让·絮佩维尔《法国诗学概论》中译本第2页,四川文艺出版社,1990年版。
[2] 参见魏庆之《诗人玉屑》卷二、卷三、卷六、卷七。

相联系,以讨论句法诗病为主要内容的宋诗话因其琐屑细碎、无关宏旨而为人们所普遍忽视,甚至被斥之为"形式主义的歧路"[①]。显然,正是这种思维方式和批评态度阻碍了对中国诗学中最重要的艺术形式问题的深入探讨。事实上,宋诗话的价值恰巧在于数量极为丰富的有关诗法诗律的寻绎阐释。它使得中国传统诗学从社会学的外部研究进入诗歌的内部研究,从浮游于语言之上的印象式批评转向从语言出发的艺术技巧分析上来,从而创立了中国文学批评史上一种以语言结构为中心的独特的形式主义诗论。

一种新的批评模式的出现,总是与一定的艺术实践相关的。宋诗的实践主要追寻着两个目的:一是力图表现雅健的人格力量和淡泊的人生情怀,剥落浮华,摆脱色相,摒弃藻绘,返朴归真;二是力图打破唐诗(尤其是唐代近体格律诗)已有的艺术模式或高度成熟的格律系统,从而超越唐诗的艺术经验领域。于是我们看到,诸如"宁拙毋巧,宁朴毋华,宁粗毋弱,宁僻毋俗"之类的创作法则,成为宋诗话的艺术批评的核心。特别是江西诗派及其影响下的诗人,不仅在实践中追求"诗到无人爱处工"的生新瘦硬的艺术风格,而且从理论上解释了这种风格与诗歌的结构、语词、声律等形式因素的关系。这样,宋人既有效地把玄虚的格、韵、味、趣落实到具体的诗法格律的安排上,同时又成功地揭橥了如何超越唐诗人、保持诗歌新鲜的艺术生命力的秘密。

诗歌的结构是宋人最关注的问题之一。所谓结构,宋人常称之为"句法",它包括诗歌的章法、句式和偶对。中国古典诗歌艺术发展到唐代,各种诗体在章法、句式和对偶方面都形成一套相对严密完整的结构系统。然而,这套结构系统一旦凝结为固定的模式,成为诗人遵循的规范,就难免走向陈腐平庸。处在唐诗巨大艺术成就的阴影之下的宋诗人和批评家,面临的正是这样一种窘境。显然,走出窘境的出路只有一条,这就是破坏唐诗的旧"句法",创造自己的新"句法"。所以,宋诗话中出现了种种与唐诗工稳和谐的艺术结构相左的创作法

[①] 参见钱仲联《宋代诗话鸟瞰》,载《古代文学理论研究》第3辑,上海古籍出版社,1981年版。

则,在章法、句式和对偶上有意追求一种对立、冲突和紧张。这些创作法则不仅能在诗艺层面获得新鲜生动的效果,而且隐藏着对价值范畴的诗道的承诺。

一、章法:对立冲突的辩证结构

诗歌的章法是指全篇各诗句的布置安排。一般说来,唐诗(尤其是近体格律诗)的章法注重均衡和谐,全篇形成一个浑然圆满的整体。然而这种均衡和谐的进一步发展很容易导致艺术上的圆熟平庸,特别是到了晚唐,诗人普遍崇尚精巧工稳,更丧失了诗歌的新奇效力,正如吴可《藏海诗话》所说:"老杜句语稳顺而奇特,至唐末人,虽稳顺,而奇特处甚少,盖有衰陋之气。"所以宋人常常指责晚唐诗"虽工而格卑"①。

显然,要避免诗歌的"衰陋之气",就必须改变"稳顺"的章法结构。宋人充分意识到这一点,因而他们提倡的章法,不是追求对立中的和谐,而是强调对立因素的冲突,即诗中工与拙、精与粗、顺与逆、断与连、雅与俗、奇与正、实与虚、境与意等等因素的对举,试图通过诗歌的诗性与非诗性、逻辑性与非逻辑性、常规性与非常规性、具象性与抽象性的对抗来获得一种紧张效果,即所谓"张力"(tension)②。

"工拙相半"是宋诗话中提出的一条重要结构法则。范温《潜溪诗眼》指出:

> 老杜诗凡一篇皆工拙相半,古人文章类如此。皆拙固无取,使其皆工,则峭急而无古气,如李贺之流是也。然后世学者,当先学其工者,精神气骨,皆在于此。如《望岳》诗云:"齐鲁青未了。"

---

① 如蔡居厚《诗史》云:"晚唐诗句尚切对,然气韵甚卑。"吴可《藏海诗话》:"晚唐诗失之太巧,只务外华,而气弱格卑,流为词体耳。"如此指责甚多,不胜枚举。
② "张力"(tension)是新批评派退特(Allen Tate)创用的术语。此借用来指诗中对立因素冲突所形成的紧张效果。

《洞庭》诗云:"吴楚东南坼,乾坤日夜浮。"语既高妙有力,而言东岳与洞庭之大,无过于此。后来文士极力道之,终有限量,益知其不可及。《望岳》第二句如此,故先云:"岱宗夫何如?"《洞庭》诗先如此,故后云"亲朋无一字,老病有孤舟"。使《洞庭》诗无前两句,而皆如后两句,语虽健,终不工。《望岳》诗无第二句,而云"岱宗夫何如",虽曰乱道可也。今人学诗多得老杜平慢处,乃邻女效颦者。

所谓"工拙相半",意即一首诗应包含有优美的、精致的诗的成分和朴陋的、粗糙的非诗的成分。范温举例说,杜甫的《望岳》以平易散漫的"岱宗夫何如"作为起句,而对之以雄奇整炼的"齐鲁青未了";《洞庭》以壮阔高妙的"吴楚东南坼"两句作颔联,而接之以朴拙衰颓的"亲朋无一字"两句,这就是工拙相半的典型章法。在有诗歌修养的读者眼中,"岱宗"句和"亲朋"两句是不美的、非诗的,而"齐鲁"句和"吴楚"两句是优美的、诗化的。这种工与拙的对举,其艺术之张力显然大于规则工稳的结构式样,因为它能在完美与不完美的对立冲动中取得平衡。苏轼作诗,深通此理,如他的《白鹤峰新居欲成夜过西邻翟秀才》二首之一,首联"林行婆家初闭户,翟夫子舍尚留关",朴拙俚俗,而接下来两联"连娟缺月黄昏后,缥缈新居紫翠间。系闷岂无罗带水,割愁还有剑铓山",优美典雅。叶梦得分析这首诗,以为首联"入头不怕放行,宁伤于拙",并得出"诗终篇有操纵,不可拘用一律"的结论(见《石林诗话》卷上)。宋人对苏轼诗"精粗互见"的现象普遍持一种理解的态度,如吴可《藏海诗话》记载:"东坡诗不无精粗,当汰之。叶集之云:'不可,于其不齐不整中时见妙处为佳。'"这种看法显然与"工拙相半"的法则相一致。

无独有偶,西方现代新批评派提出所谓"不纯诗"(impure poetry)和"包容诗"(poetry of inclusion)的概念,也认为诗应有"纯"与"不纯"、"诗"与"非诗"的成分并存。瑞恰慈认为,只有包容诗才能使对立的冲动取得平衡,而"对立冲动的平衡是最有价值的审美反应的基础"①。维姆萨特(William K. Wimsatt)在论及如何取得美(和诗)的统一和秩序时指出:"我们要求的这种统一只能靠分歧而取得——只能靠某种斗争。"②虽然异域不同时,而且"工拙"与"纯诗"、"不纯诗"的内涵有别,但在宋诗学与新批评派之间,仍似有一种深刻的默契,即对诗歌内在审美机制的把握。

"断句旁入他意"是宋人总结的又一条具体章法。陈长方(1108—1148)《步里客谈》卷下云:

> 古人作诗断句,辄旁入他意,最为警策。如老杜云"鸡虫得失无了时,注目寒江倚山阁"是也。黄鲁直作《水仙花》诗,亦用此体,云:"坐对真成被花恼,出门一笑大江横。"至陈无己云"李杜齐名吾岂敢,晚风无树不鸣蝉",则直不类矣。

王楙(1151—1213)《野客丛书》卷二五"诗人断句入他意"条进一步举例说:"仆谓鲁直此体甚多,不但《水仙》诗也。如《书酺池寺》诗:'退食归来北窗梦,一江风月趁渔船。'《二虫》诗:'二虫愚智俱莫测,江边一笑无人识。'词曰:'独上危楼情悄悄,天涯一点青山小。'皆此意也。"这种章法的特点是一首诗的结尾两句前后之间没有任何直接的联系,从而在句意之间留下一个空白。如杜甫诗"注目寒江"的描写与"鸡虫得失"的议论毫不相干,又如黄庭坚诗临江的豪情和观花的烦恼了不相涉。至于陈师道诗,"鸣蝉"是作诗的隐喻,与"李杜齐名"有意义上的联系,所以与这种章法"直不类矣"。"断句旁入他意"即黄庭坚、徐俯(师川)所谓"作诗要当无首无尾"③,在结尾句有意切断和上文的意义联系,造成诗歌脉络的不连贯性和结构的不完整性。它一方面激起读者强烈的参与补充的欲望,使得读者必须运用自己的全部经

---

① 参见赵毅衡《新批评——一种独特的形式主义文论》第54页,中国社会科学出版社,1986年版。
② 参见赵毅衡著第52页。
③ 参见吴可《藏海诗话》。

验来寻求断裂两极间的联结点,从而使诗歌获得更加丰富的审美外延;另一方面,它使诗歌的意脉从对主题的执着中解脱出来,以"不窘于题"的潇洒表现出一种艺术的自由以及精神的超越,从而传达出某种生命了悟的感受,如"注目寒江"、"出门一笑"等句,都表现出对人情世故冷峻的超脱。

与此相类似的是江西诗派所热衷的"打诨出场"的章法。黄庭坚最先提出这条诗法:

> 作诗正如作杂剧,初时布置,临了须打诨,方是出场。(《王直方诗话》引)

"打诨"源于魏晋以来的参军戏。表演时由参军(角色名)先发出种种痴呆可笑的形状举动和语言,这就叫"打猛诨入";苍鹘(角色名)以挞瓜击打并责问,于是参军作出一个出乎寻常意料之外的回答,这就叫"打猛诨出","出"就是所谓"出场"(退场)[①]。这种手法在宋代杂剧中也保留下来。"打诨"是角色故意以莫名其妙的语言与出人意料的解释,来造成一种幽默诙谐的效果。在诗歌中,所谓"打猛诨入"是指诗的前面部分的描写使人无从领会,与诗题似不相干;"打猛诨出"则是在结尾继之以出乎意料的话题,使读者在前后对比中恍然大悟。据《王直方诗话》分析,黄庭坚之所以揭示出这条诗法,"盖是读秦少章诗,恶其终篇无所归也"。它如同杂剧出场(退场)前的打诨,据宋人总结,其功能有二:一是"切题可笑"(陈善《扪虱新话》下集卷一),紧扣题目而充满谐趣,使读者在笑声中恍然领悟题旨。二是使人"退思有味"(张元幹《芦川归来集》卷九《跋苏诏君赠王道士诗后》),在"打猛诨入"和"打猛诨出"完全背离的语境中,获得一种尝橄榄似的"苦过味方永"的审美快感。

"打诨出场"的章法在某种意义上可视为极大地延展了比喻幅度

[①] 参见王季思《玉轮轩曲论·打诨参禅与江西诗派》。

的特殊比喻性结构,"打猛诨入"是喻依,"打猛诨出"是喻旨,或者刚好相反。这种比喻性结构从分属两种迥异的经验领域的喻依和喻旨之间,挑出一种超乎人们意义联想和逻辑判断之外的关系。试以黄庭坚、苏轼的诗为例,看看这种章法的妙处。元祐年间,黄庭坚在京城试院评阅试卷,闲时观画题诗,写下《题伯时顿尘马》一诗:

竹头抢地风不举,文书堆案睡自语。忽看高马顿风尘,亦思归家洗袍袴。(《山谷内集诗注》卷九)

前两句写"竹头"、"文书"等物,完全与题画马无关,这是"打猛诨入";后两句切入正题,看到骏马抖落身上风尘的画面,联想到自己也应归隐故山,洗净衣裤上的污浊,即所谓"京洛之尘",这是"打猛诨出"。细细品味,才知前两句原来是用俳谐的笔调描写文职官员沉闷乏味的生活,以喻官场的"风尘"。苏轼也爱用这种章法。据何薳(1077—1145)《春渚纪闻》卷六记载,黄州营妓李琪向苏轼求诗,苏轼先写下"东坡七岁黄州住,何事无言及李琪"两句,随即掷笔袖手,与客谈笑。李琪又拜请,苏轼大笑道:"几忘出场。"于是接着写下两句:"恰似西川杜工部,海棠虽好不留诗。"所谓"出场",就是黄庭坚说的"临了须打诨,方是出场"。显然,后两句的比喻顿时使前两句的平庸变得精彩,它使无意义的变得有意义,无逻辑的变得合逻辑。可见,"打诨出场"以其语境的大跨度跳跃和逻辑关系的超乎常规而获得一种"反常合道"的"奇趣",它与宋人追求的审美趣味是一致的。

关于诗歌全篇结构的布置问题,宋人普遍提倡一种"语断意连"的基本原则。苏辙在《诗病五事》中指出:

《大雅·绵》九章,初诵太王迁岐,建都邑,营宫室而已。至其八章乃曰:"肆不殄厥愠,亦不陨厥问。"始及昆夷之怨,尚可也。至其九章乃曰:"虞芮质厥成,文王蹶厥生。予曰有疏附,予曰有先后,予曰有奔奏,予曰有御侮。"事不接,文不属,如连山断岭,虽

相去绝远,而气象联络,观者知其脉理之为一也。盖附离不以凿枘,此最为文之高致耳。(《栾城第三集》卷八)

范温在《潜溪诗眼》中表达了类似的观点:"古人律诗亦是一片文章,语或似无伦次,而意若贯珠。"费衮《梁溪漫志》卷四亦指出:"东坡教人读《檀弓》,山谷谨守其言,传之后学。《檀弓》诚文章之模范……或数句书一事,或三句书一事,至有两句而书一事者,语极简而味长,事不相涉而意脉贯穿,经纬错综,成自然之文,此所以为可法也。"宋人既提倡一种"表达型"之诗,因而特别注意表达的艺术,重视对叙述脉络的安排。为了避免平铺直叙丧失诗美,宋人在"命意曲折"之时发明了一种"活句",将正常的文理有意识切断,把推理的、连贯的叙述脉络改造为联想的、跳跃的暗示脉络。如前面所举任渊注陈师道《送苏公知杭州》诗"放麑"句云:"此句与上句若不相属,而意在言外,丛林所谓活句也。"(《后山诗注》卷二)这种"活句"旨在解构正常逻辑,扩大思维空间,在文理断裂之处形成一个张力场,不仅使意义含蓄深藏,容纳奇思妙想,而且给读者提供了"活参"的各种可能。更重要的是,表层文理的欠通并不妨碍深层意脉的连贯,所谓"烟霏云敛,状若断而还连"(《潜溪诗眼》引唐文皇语),语无伦次之处,正是意若贯珠之时,它与宋人"辞达"的目的并不矛盾。黄庭坚的诗歌最爱采用这种"语断意连"的手法,清人方东树指出:"山谷之妙,起无端,接无端,大笔如椽,转折如龙虎,扫弃一切,独提精要之语。每每承接处,中亘万里,不相联属,非寻常意计所及。"(《昭昧詹言》卷一二)评价大致是精当的。其实,苏轼教人读《檀弓》,也深知此法的妙处,他的诗歌"波澜浩大,变化不测,如作杂剧,打猛诨入,却打猛诨出"(吕本中《童蒙诗训》语),似乎也得益于"语断意连"的结构。

宋诗话中还有一种"奇正相生"的诗法,其目的也在追求"对立冲动的平衡"。范温解释说,诗的"正体","如官府甲第厅堂房室,各有定处,不可乱也";诗的"变体","如行云流水,初无定质,出于精微,夺乎天造,不可以形器求也"。他认为,诗的结构"要之以正体为本,自然法度行乎其间。譬如用兵,奇正相生,初若不知正而径出于奇,则纷然无复纲纪,终于败乱而已矣"(《潜溪诗眼》)。"正"与"奇"(变)的关系就是规则与无规则的关系。姜夔《白石道人诗说》更强调"奇"的一面:

> 波澜开阖,如在江湖中,一波未平,一波已作。如兵家之阵,方以为正,又复是奇;方以为奇,忽复是正。出入变化,不可纪极,而法度不可乱。

真正的好诗不在于结构的工整规则,而在于合常规与反常规、合形式与非形式等多种对立因素的辩证统一,如杜甫诗一样,"稳顺"而"奇特"。具体说来,在律诗当用对偶处,出之以散体,在绝句不当用对偶处,又出之以骈体。古体诗本不拘对偶,但欧阳修认为:"古诗时为一对,则体格峭健。"(《藏海诗话》引)①对偶句在古诗散体句的背衬下显得格外引人注目,并与散体句之间形成一种张力,即所谓"峭健"。又如诗的语脉文理,以顺序连接为正体,而陈造却认为:

> 古人妙于文,惟妙故健。文有顺而健,有逆置而弥健。迁、固多得此法。"必我也,为汉患者";"必汤也,令天下重足而立,侧目而视"。"必我也"、"必汤也"置之于上,其语弥健而法。作文至此,妙矣。《吴芮赞》曰:"庶有以夫,著于甲令而称忠也。"亦此法。后山用之于诗:"独无樽酒为君寿,政使秋花未肯黄。"(《江湖长翁集》卷二九《文法》)

逆置作为变体,似不合文理,但在顺接的正体的衬托下,却显得奇特不凡。所谓"健"或"峭健",就是捷克形式主义批评家穆卡洛夫斯基(Jan Mukarovský)所说的"诗歌语言"必有"突出处"(foregrounding),

---

① 陈善《扪虱新话》上集卷一亦载欧阳修语,文字小异:"欧公尝言,古诗中时作一两联属对,尤见工夫。"

而这种"健"有待于常规语言的"背衬"(background)①。这是宋人谈艺的一大关键,举凡句式、对偶、造语、下字、用事、格律、声韵都追求此背衬的突出处,以达到雅健的美学效果。

关于章法问题,宋人还有一些零散的论述,大抵也包含着对立中求统一的基本思路。例如:

"顿挫法"。陈善《扪虱新话》上集卷一云:"予因学琴,遂得为文之法。文章妙处,在能掩抑顿挫,令人读之亹亹忘倦。韩退之《听颖师琴》诗曰:'昵昵儿女语,恩怨相尔汝,划然变轩昂,勇士赴敌场。浮云柳絮无根蒂,天地阔远相飞扬。喧啾百鸟群,忽见孤凤凰。跻攀分寸不可上,失势一落千丈强。'此顿挫法也。""顿挫"本指声调之高低抑扬,此借指诗的章法应有舒展,有紧凑,诗的情调应有低沉,有高昂。这种"顿挫法"使诗避免了平直单调。

"诗文相生法"。陈善《扪虱新话》上集卷一云:"文中要自有诗,诗中要自有文,亦相生法也。文中有诗,则句语精确;诗中有文,则词调流畅。"我曾在本书丙编第一章"出位之思"中从诗文相通的角度讨论过陈善的观点。事实上,诗中有文,不仅可以使语调流畅圆美,句法自然清新,而且可以因文与诗的异质语言的冲突而产生"陌生化"的新奇效果。

"轻清"与"典重"。吴可《藏海诗话》云:"'细数落花因坐久,缓寻芳草得归迟。''细数落花'、'缓寻芳草',其语轻清。'因坐久'、'得归迟',则其语典重。以轻清配典重,所以不堕唐末人句法中。盖唐末人诗轻佻耳。"这是谈语言风格的搭配问题。王安石诗学唐人,但仍保留着宋诗的肌质,这种"轻"与"重"的并举,避免了晚唐诗的卑弱。

"实下"与"虚成"。范公偁(1147年前后在世)《过庭录》指出:"小宋(宋祁)旧有一帖论诗云:'杜子美诗云云,至于实下虚成,亦何可少也。'……此盖为《缚鸡行》之类,如'小奴缚鸡向市买'云云,是实

---

① 参见钱钟书《谈艺录》第532页,中华书局,1984年版。又见张隆溪《二十世纪西方文论述评》第82页。

下也;末云云'鸡虫得失无了时,注目寒江倚山阁',是虚成也。"据此分析,"实下"似指扣题的写实部分,"虚成"似指离题的暗示部分。诗中"实"与"虚"相生互补,扩大了艺术表现力。

"形似之语"与"激昂之语"。范温《潜溪诗眼》云:"形似之语,盖出于诗人之赋……激昂之语,盖出于诗人之兴……余游武侯庙,然后知《古柏》诗所谓'柯如青桐根如石',信然,决不可改。此乃形似之语。'霜皮溜雨四十围,黛色参天二千尺。云来气接巫峡长,月出寒通雪山白',此激昂之语,不如此则不见柏之大也。文章固多端,警策往往在此两体耳。""形似之语"是写实之词,"激昂之语"是夸张之词,范温以杜甫《古柏行》为例,说明一首诗的警策就在此两端的交相为用。这个观点很深刻,已超越章法结构,而涉及诗歌中现实主义与浪漫主义创作方法(或曰"赋"与"兴"的手法)相结合的问题。

"境句"与"意句"。释普闻(1140年前后在世)《诗论》云:"天下之诗,莫出于二句,一曰意句,二曰境句。境句易琢,意句难制,境句人皆得之,独意句不得其妙者,盖不知其旨也。所以鲁直、荆公之诗出于流辈者,以其得意句之妙也。何则?盖意从境中宣出,所以此诗作。荆公集中之眼者,妙在斯耳。"将诗分为"境句"与"意句",是普闻的一大发明。境本是具象的,意本是抽象的,但普闻强调的是"意从境中宣出",化抽象为具体。他分析黄庭坚《寄黄几复》诗中颔联"桃李春风一杯酒,江湖夜雨十年灯"说:"大凡颔联皆宜意对,春风桃李但一杯,而想象无聊,屡空为甚;飘蓬寒雨十年灯之下,未见青云得路之便,其羁孤未遇之叹具见矣。其意句亦就境中宣出。桃李春风、江湖夜雨皆境也。昧者不知,直谓境句,谬矣。"(《诗论》)普闻的意思大致是这样,纯粹描写具象的诗句很容易成"境句",即只表现出诗人对客体世界的感受和印象,而黄诗的高明之处就在于通过具象描写传达了抽象的思想,使写"境"之句成为"意句"。而这"意句"的形成,显然与此诗的首联"我居北海君南海,寄雁传书谢不能"中"我"作为行为主语有关,而这"我"字的出现,是黄庭坚"桃李春风"一联之所以有别于唐人同样采用意象叠加手法的"境句"的前提。由"境句"向"意句"的转化,是唐代近体诗向宋代近体诗转化、即由"表现"感受和印象的诗向"表达"情感和意义的诗转化的重要关纽,这一问题,当另作申说,此不赘述。

宋诗话中各种关于诗歌章法的探讨显示出宋人对艺术辩证法的深刻理解。当然,唐诗人也深谙艺术辩证法,但多用于意象选择,在对立中求和谐[1];而宋诗人则多用于语言结构的安排,在对立中求紧张。更重要的是,宋代批评家把唐诗人自发的实践上升为一种理论的自觉,用于指导创作。在唐作为别调的杜诗,在宋成为仿效的典型。宋人的多种章法从杜诗中总结而来,在杜甫或是偶一为之,对宋人却是不传之秘。尤其是江西派诗人,常常醉心于杜甫的"变体",而致力于一种冲突(语境的完全背离)、跳跃(语境的陡然转换)、断裂(切断逻辑关系)的诗歌结构。如果说唐诗的结构(主要指律诗)以其完美和谐使人们的"完形需要"(借用格式塔心理学之说)得到满足的话,那么,宋诗却有意用不规则、不完美的结构来使人们的"完形需要"处于一种亢奋状态。许尹读黄庭坚诗,自称:"玩味累日,如梦而寤,如醉而醒,如痿人之获起也,岂不快哉!"(《山谷内集诗注序》)描绘的就是这种诗歌给人带来的审美快感。

二、句式:逻辑的引进与打破

诗歌语言形式不同于散文,这不仅在于分行、押韵或平仄、对仗,更重要的是异于常规的语法结构。在愈益精严的格律规定下,诗歌只有突破常规语言和线性思维的桎梏,不断探寻自身的传达方式,才能最大限度地包容诗人多方面的生活感受,表现诗人复杂隐微的、通常的语言逻辑无法呈示的感受和情绪。"文不能言之者,诗或能言之",就在于诗歌具有一种特殊的表现性语象结构。诗歌"语法"的形成过程,是一个逐渐与散文的语言规范相分离的"非逻辑"过程。汉魏古诗

---

[1] 参见拙作《对立中求和谐——唐诗艺术手法之一种》,载《江淮论坛》1981年第6期。

主要以常规的逻辑和语序构成,六朝诗歌的骈偶化日益取消句式的逻辑关系。到了唐代,近体格律诗逐渐定型,并渐占统治地位,意象的密集化和语序的省略更成为诗人们普遍采用的句法结构,它使诗歌语言获得了极大的弹性,其表现意味也由此获得成倍的丰富。

然而,当中国古典格律诗在盛中唐诗人手里日臻完美圆熟之后,很多诗人就不由自主地陷入这种定型的语言形式之中,划地为牢,冥搜苦吟。而末流诗人更是把近体诗尤其是五律写成了一套死板呆滞的语言填空格式。试看《诗人玉屑》卷三中罗列的唐人送别"警句":

> 九江春水阔,三峡暮云深。
> 塞草连天暮,边风动地秋。
> 杨柳北归路,蒹葭南渡舟。
> 落叶淮边雨,孤山海上秋。

句式大同小异,平行呈列的共时性凸现取代了日常语言中的直线排列的历时性描写,感觉构架取代了逻辑构架,完全遵循的是"实字叠用,虚字单使"的套路。这类句式虽然异于日常语言,但它在唐人近体诗的大量实践中已显得不再新鲜,失去艺术的张力。同时,日常语言逻辑的消失使诗人对语言外在形态更加注意,而相对忽略了形式所要凸现的意义,为了"吟成五字句",而不惜"用破一生心"(方干语),于是,诗道之狭与诗格之卑也就不可避免了。

宋人显然不满于晚唐五代这种"虽工而格卑"的诗风。他们一方面强调诗歌的"言志"功能,有意识用语序完整、类似散文的语言形式取代意象并置、语序省略的语言形式,以鲜明表达作者之"意";另一方面重视诗歌"陌生化"的审美效果,有意识破坏唐诗工稳和谐已成定势的句法结构,以矫正晚唐五代卑弱之格。这样,宋人的任务不仅是要超越常规的散文语言,而且要超越常规的诗歌语言。因此,宋代批评家所热衷的句法有二:一是造散语,以文为诗,引进散文的语法逻辑;二是造硬语,破坏意象之间的语义逻辑,造成一种

"反逻辑"的结构,一种既有别于散文语义、又有别于唐诗语义的"非诗之诗"。

先看造散语。前面曾说过,宋代有相当一部分批评家主张诗文相通、诗中有文或是以文为诗。如沈括批评韩愈诗"乃押韵之文",吕惠卿却认为:"诗正当如是,我谓诗人以来,未有如退之者。"(魏泰《临汉隐居诗话》)在他们看来,诗歌只有使用散文一样自由的语言,才能真正做到"辞达",如赵蕃评韩愈诗所说:"乃知意到处,百发无一亏。"(《有怀子肃读其诗卷因成数语》)或如刘辰翁评韩、苏诗所说:"倾竭变化,如雷霆河汉,可惊可快,必无复可憾者,盖以其文人之诗也。诗犹文也,尽如口语,岂不更胜?"(《赵仲仁诗序》)显然,宋人提倡以文为诗有两个理由:一是因为散文语言(甚至口语)比埋没意绪的诗歌语言更能明白详尽准确地抒情、说理、叙事、状物,"百发无一亏"、"无复可憾"或是"曲尽其妙"(欧阳修语);二是因为散文语言在诗歌语言的背衬下显得突出和陌生,令人"可惊可快",从而避免了工整稳顺的平庸。

基于第一个理由,宋诗人主张"理明义精"、"文从字顺"(魏了翁语),注重诗歌句式的逻辑关系或语序的日常化。试以几首宋人的近体格律诗为例,如欧阳修《戏答元珍》:

春风疑不到天涯,二月山城未见花。残雪压枝犹有橘,冻雷惊笋欲抽芽。夜闻啼雁生乡思,病入新年感物华。曾是洛阳花下客,野芳虽晚不须嗟。

这是一首整饬的七律,但意象的平行组合方式在这里已发生了变化,而成为历时性的意义凸现的线性结构。"春风疑不到天涯"两句是因果复句,"残雪压枝犹有橘"是转折复句,最后一联的转折把全诗的思想推向一个高潮。诗中有"疑"、"犹"、"欲"、"曾是"、"虽"等非标示物象的语助词,使全诗显得疏朗流畅,意脉也变得显豁而连贯。又如苏轼《和子由渑池怀旧》:

人生到处知何似？应似飞鸿踏雪泥。泥上偶然留指爪，鸿飞那复计东西。老僧已死成新塔，坏壁无由见旧题。往日崎岖还记否？路长人困蹇驴嘶。

整首诗动荡明快，不仅有"偶然"、"那复"、"无由"这样表关系的语助词，而且有两处自问自答的句式。尤其是在律诗中不避重字，如"人"、"似"、"飞"、"鸿"、"泥"等字各出现两次，更显示出以日常散漫语言代替唐诗精工语言的倾向。范季随（1147年前后在世）记韩驹语云：

大概作诗，要从首至尾，语脉联属，如有理词状。古诗云："唤婢打鸦儿，莫教枝上啼。啼时惊妾梦，不得到辽西。"可为标准。（《诗人玉屑》卷五引《室中语》）

韩驹自己的七律《夜泊宁陵》正是实践了这一诗法：

汴水日驰三百里，扁舟东下更开帆。旦辞杞国风微北，夜泊宁陵月正南。老树挟霜鸣窣窣，寒花承露落毿毿。茫然不悟身何处，水色天光共蔚蓝。

采用的完全是"语脉联属"的线性描写，句式非常接近日常语言。吕本中教人"参此诗以为法"（见《诗人玉屑》卷六引《小园解后录》），正可以看出宋人对句式散文化的重视。

基于第二个理由，宋诗人有意识在诗中加进一些散文句式，主张以经史子集中的散语入诗，用语助词使诗歌语言变为散文语言，从而使诗歌变得反常新颖。《王直方诗话》云：

山谷尝谓余云："作诗使《史》、《汉》间全语为有气骨。"后因读浩然诗，见"以吾一日长"，"异方之乐令人悲"及"吾亦从此逝"，方悟山谷之言。

黄庭坚认为,诗中使用《史记》、《汉书》里的现成散句,可以使诗显得有气势和骨力。比如孟浩然《送洗然弟进士举》诗云:

> 献策金门去,承欢彩服违。以吾一日长,念尔聚星稀。昏定须温席,寒多未授衣。桂枝如已擢,早逐雁南飞。

"以吾一日长"是《论语》里的成句,也有如此妙用,它在其他句子诗歌语言的映衬下变得非常突出和陌生,从而使整首诗因诗与非诗语言的对立而具有张力。黄庭坚自己也作过尝试,如《德孺五丈和之字诗韵难而愈工辄复和成可发一笑》中的"且然聊尔耳,得也自知之"一联,纯用散语,有意破常示异,不惜乖违诗歌语言长期形成的基本规则。杨万里《诚斋诗话》表达了相似的看法:

> 有用文语为诗句者,尤工。杜云:"侍臣双宋玉,战策两穰苴。"盖用如"六五帝,四三王"。

"双宋玉"、"两穰苴"是古代文言散文特有的句法,即以数词活用为动词,意谓与宋玉、穰苴并列为二。这种句法进入诗歌领域就显得很新奇。除了主张在诗中偶用散句外,宋诗人有时刻意破坏唐人意象罗列的句式,全篇使用散句写作。如吕本中《童蒙诗训》云:

> 或称鲁直"桃李春风一杯酒,江湖夜雨十年灯",以为极至。鲁直自以此犹砌合,须"石吾甚爱之,勿使牛砺角。牛砺角尚可,牛斗残我竹",此乃可言至耳。

"砌合"是黄庭坚对意象叠加方式的贬称,若以唐诗为标准,"桃李"一联可谓极至。若从宋人的审美标准来看,"石吾甚爱之"数句才真正"可言至耳"。据范季随所说,宋人喜欢黄庭坚"石吾甚爱之"这首诗,是因其"体致新巧,自作格辙"。尽管韩驹指出其句式模仿李白诗《独漉篇》"独漉水中泥,水浊不见月。不见月尚可,水深行人没"①,但黄诗"石吾甚爱之"一句,无疑更接近散语,且李诗的句式是自发的,黄诗的句式是自觉的,因而更鲜明地表现了"我不为牛后人"的有心立异。

再看造硬语。所谓"硬语",是扞格难通之语,不仅反常于标准语言,而且也反常于一般诗歌语言。在宋诗话中,一些句法变形的诗句被视为"诗家语"的范例而一再受称扬。最著名的是杜甫《秋兴》八首中的"香(红)稻啄馀鹦鹉粒,碧梧栖老凤凰枝"一联。本来,按照日常语言、甚至一般诗歌语言的语法,"鹦鹉啄馀香稻粒,凤凰栖老碧梧枝"才是合语义逻辑的叙述方式。杜甫将"鹦鹉"与"香稻"、"凤凰"与"碧梧"的位置互换(这种互换无关诗的平仄问题),显然是以主宾关系的舛误而造成对语言习惯的破坏。值得注意的是,杜甫的倒装,本是偶然为之,并且从属于表意目的。正如有的学者指出的那样,这一联中,杜甫描写的中心是"香稻"与"碧梧",并非叙述鹦鹉、凤凰之事,两句的逻辑是:香稻乃鹦鹉啄馀之粒,碧梧乃凤凰栖老之枝。然而,宋人却从中得到启示,将这种"反逻辑"结构当作典范的句法,并总结出诗歌造句的规律。如沈括《梦溪笔谈》卷一四云:

> 韩退之集中《罗池神碑铭》有"春与猿吟兮秋与鹤飞。"今验石刻,乃"春与猿吟兮秋鹤与飞"。古人多用此格。如《楚词》"吉日兮辰良",又"蕙肴蒸兮兰籍,奠桂酒兮椒浆"。盖欲相错成文,则语势矫健耳。杜子美诗"红稻啄馀鹦鹉粒,碧梧栖老凤凰枝",此亦语反而意全。韩退之雪诗"舞镜鸾窥沼,行天马度桥",亦效此体,然稍牵强,不若前人之语浑成也。

"秋鹤与飞"、"辰良"、"蕙肴蒸"都是倒装句,与"春与猿吟"、"吉日"、"奠桂酒"语序相反,由此而打破结构的平衡。"红稻"、"舞镜"两联与之相近,也都用倒装句。惠洪《天厨禁脔》将这种句式概括为"错综

---

① 《诗人玉屑》卷八引"室中语"。

句法":

> 老杜云："红稻啄残鹦鹉粒,碧梧栖老凤凰枝。"舒王(王安石)云："缫成白雪桑重绿,割尽黄云稻正青。"郑谷云："林下听经秋苑鹿,江边扫叶夕阳僧。"以事不错综,则不成文章。若平直叙之,则曰："鹦鹉啄残红稻粒,凤凰栖老碧梧枝。"以"红稻"于上,以"凤凰"于下者,错综之也。

孙奕《履斋示儿编》卷一〇亦认为这种倒装句法最能"出奇":

> 杜诗只一字出奇,便有过人处。……以至倒用一字,尤见工夫。如"蜀酒禁愁得,无钱何处赊","客睡何曾著,秋天不肯明","只作披衣惯,长从滤酒生","红稻啄馀鹦鹉粒,碧梧栖老凤凰枝",凡倒著字,句自爽健也。

王得臣(1036—1115?)的一段话在宋人中颇有代表性,《麈史》卷中云:

> 杜子美善于用事,及常语多离析,或倒句,则语峻而体健,意亦深稳。如"露从今夜白,月是故乡明"是也。白乐天工于对属,寄元微之曰:"白头吟处变,青眼望中穿。"然不若杜云:"别来头并白,相见眼终青。"尤佳。

所谓"语峻",是用空间形象的陡峭形容这类句法在诗中的"突出处";而所谓"体健"则用生命的活力气势来形容其乖离常规的"张力"。杜诗比白诗高明之处就在于,他把"白头"、"青眼"、"白露"、"明月"这类极为常见的词语离析并倒装,消解其静止的意象形态,使其在新的语言关系中获得运动的活力。同时,这种离析和倒装由于背离人们读诗已形成的语法习惯而使阅读变得困难,用西方格式塔心理学的说法,这种对习惯的背离可以造成更大的"完形压强",产生更强的心理刺激力。

宋人对此句式所产生的张力、活力和刺激力极有会心,一概称之为"健"、"矫健"、"爽健"。王安石曾亲自将王仲至题试馆绝句中的"日斜奏罢长杨赋"改为"日斜奏赋长杨罢",又将杜荀鹤雪诗中的"江湖不见飞禽影,岩谷惟闻折竹声"一联,改为"禽飞影"、"竹折声",并认为"诗家语,如此乃健"①。他所说的"诗家语"其实是有别于唐诗意象语言的"硬语"。他离析"长杨赋",倒装"飞禽"、"折竹",都是有意识破坏语词的意象形态。这种刻意破常立异的语言,引入逻辑而破坏逻辑,以"反逻辑"的形式构成诗歌语言的非规范形态,使得陈腐的意象也因新的语言关系变得陌生起来。如果说"非逻辑"的句法使唐诗的语词浑涵朦胧,突出了意象自身的表现性的话,那么,"错综句法"和"倒著字句"则是以语序的反常强化诗歌语言句式本身的肌质。

宋代批评家们从杜诗语言艺术分析中推衍出来的这种句法,成为宋诗尤其是江西诗派获取诗歌语言张力的重要途径之一。江西诗派爱造硬语,用浓缩、省略、倒装、离析、错综、词汇活用等手段,打破正常语法的配合规则和唐诗意象罗列的习惯,如黄庭坚的"眼中故旧青常在,鬓上光阴绿不回"(《山谷别集诗注》卷上《次韵清虚》),陈师道的"发短愁催白,颜衰酒借红"(《后山集》卷五《除夜对酒赠少章》),离析并倒装"青眼"、"绿鬓"、"白发"、"红颜"等词语,都是以造硬语而产生"健"之效果的极佳例子。苏轼也有类似的尝试,如《汲江煎茶》"雪乳已翻煎处脚,松风仍作泻时声"一联,即类似杜甫"红稻啄馀鹦鹉粒,碧梧栖老凤凰枝"的句法。杨万里《诚斋诗话》将苏轼这一联称为"此倒语也,尤为诗家妙法",其观点亦与王安石"诗家语,如此乃健"的看法如出一辙。

三、对偶:语境的远距异质原则

近体诗的对仗是中国文学骈偶化发展到极端的产物。众所周知,

---

① 参见《诗人玉屑》卷六"倒一字语乃健",又见陈善《扪虱新话》下集卷一。

对仗是律诗的必要条件,五律和七律的中间两联必须讲求对仗。所谓对仗,据王力《龙虫并雕斋文集·语言与文学》说:"对仗,就是名词对名词,动词对动词,形容词对形容词,数量词对数量词,虚词对虚词。"这个定义简洁易懂。不过,它说明的只是对仗最起码的条件,最宽泛的范围。事实上,在中国诗歌走向骈偶化的过程中,人们追求的是更工整严格、即所对之词范畴更小的对仗。早在初唐,就已有"六对"、"八对"的基本规则出笼:

> 唐上官仪曰:诗有六对:一曰正名对,天地日月是也;二曰同类对,花叶草芽是也;三曰连珠对,萧萧赫赫是也;四曰双声对,黄槐绿柳是也;五曰叠韵对,彷徨放旷是也。六曰双拟对,春树秋池是也。又曰:诗有八对:一曰的名对,送酒东南去、迎琴西北来是也;二曰异类对,风织池间树、虫穿草上文是也;三曰双声对,秋露香佳菊、春风馥丽兰是也;四曰叠韵对,放荡千般意、迁延一介心是也;五曰联绵对,残河河若带、初月月如眉是也[①];六曰双拟对,议月眉欺月、论花颊胜花是也;七曰回文对,情新因意得、意得逐情新是也;八曰隔句对,相思复相忆,夜夜泪沾衣,空叹复空泣、朝朝君未归是也。(《诗人玉屑》卷七)

在名词中又分出"正名"、"同类"、"的名"、"异类"等区别、在形容词中又分出"连珠"、"叠韵"等种类,对仗范畴更小。规则更严。唐代的律诗大抵循着这个方向而日趋走向工整,并进一步形成一些不成文的法则,如天文对、地理对、时令对、宫室对、器物对、衣饰对、形体对、人事对、人伦对、方位对、颜色对、数目对、干支对、人名对、地名对等等若干门类[②]。到了晚唐,"尚切对"更成为一时风尚,如郑綮《山居》云:"童子病归去,鹿麂寒入来。"自谓"铢两轻重不差"(见《诗人玉屑》卷七引

---

① "残河"两句,原文作"残河若带、初月如眉,"为四言诗,误,今据《类说》卷五一《诗苑类格》引上官仪语校改。
② 参见王力《汉语诗律学》第一章第十四节《对仗的种类》,上海教育出版社,1962年版。

《诗史》)。

在对偶问题上宋人要和唐诗抗衡,只有两条路可走:一是变本加厉,在贴切精巧、工整严密方面超越唐人;二是改弦易辙,化切对为宽对,解构唐诗过分工整的对偶结构。

王安石走的是第一条道路。他的近体诗主要学唐人,但由于书卷宏富、学力深厚,他的属对远较唐人更为精工。《雪浪斋日记》云:

> 荆公诗:"草深留翠碧,花远没黄鹂。"人只知翠碧黄鹂为精切,不知是四色也(按:"翠碧"即翠鸟,"鹂"为黑色)。又以"武丘"对"文鹢","杀青"对"生白","苦吟"对"甘饮","飞琼"对"弄玉",世皆不及其工。小杜以"锦字"对"琴心",荆公以"带眼"对"琴心",谢夷季以"镜约"对"琴心",此荆公为最精切。(《苕溪渔隐丛话》前集卷三五引)

又叶梦得《石林诗话》卷中云:

> 荆公诗用法甚严,尤精于对偶。尝云:用汉人语,止可以汉人语对,若参以异代语,便不相类。如"一水护田将绿去,两山排闼送青来"之类,皆汉人语也。此法惟公用之不觉拘窘卑凡。如"周颙宅在阿兰若,娄约身随窣堵波",皆以梵语对梵语,亦此意。尝有人面称公诗"自喜田园安五柳,但嫌尸祝扰庚桑"之句,以为的对。公笑曰:"伊但知柳对桑为的,然庚亦自是数。"盖以十干数之也。

王安石属对精工之处在于,他不仅把对仗的范畴缩小到最细的词类之内,而且属对的词语常常在多重层次上形成对偶。如"翠碧"和"黄鹂"既是鸟类对,又是颜色对;"飞琼"和"弄玉"既是人名对,琼和玉又都属于珍宝部;"护田"和"排闼"既是动宾结构相对,又都用《汉书》里的词语;尤其是"五柳"对"庚桑,既是人名对(五柳先生对庚桑楚),又是数目对和草木对。其他佳对如"含风鸭绿粼粼起,弄日鹅黄袅袅垂","鸭绿"和"鹅黄"均是借代词,指水和柳,同时鸭、鹅同属禽鸟,绿黄并是颜色,二者无论字面义、借代义都属对精当。王氏的这种对偶可称为"多重工对",较一般唐诗称斤掂两的"单纯工对"更显出构思的精巧和美感的丰富,它不是天平两边"铢两不差"的砝码,而是建筑物复杂均衡的结构,门窗、梁柱、装饰等的形状、线条、色彩一一对称。在宋人看来,王安石的对偶显然较晚唐人更胜一筹,如《雪浪斋日记》就认为,它和小杜(杜牧)的属对相比,"最为精切"。这种精切与其说是晚唐"尚切对"作风的继承发展,毋宁说是宋人对晚唐的智力竞技的胜利。

无疑,律诗的"工对"(或曰"的对"、"切对")最能显示汉语语法词汇独特的魅力,它使诗歌语言结构具有一种均衡对称的建筑美,在美学上是有价值的。然而,物极必反,过分工整的对仗容易导致语境的狭窄,使得思想没有回旋的馀地。唐人律诗的对仗一般以相似语境为上下联,诸如天地对日月、花叶对草芽、黄槐对绿柳之类,上下联的语词形象是同类的,对仗范畴较小。但是有的诗由于对仗的语境距离过近,以至有"合掌"之病。所谓"合掌",是指诗文中对偶词句的意义相同或相类,即上下联语境之间没有意义的空隙。宋人意识到这一点,因而对六朝诗和唐诗提出这样的批评:

> 晋宋间诗人造语虽秀拔,然大抵上下句多出一意。如"鱼戏新荷动,鸟散馀花落"、"蝉噪林逾静,鸟鸣山更幽"之类,非不工矣,终不免此病。其甚乃有一人名分而用之者,如刘越石"宣尼悲获麟,西狩泣孔丘",谢惠连"虽好相如达,不同长卿慢"等语,若非前后相映带,殆不可读,然要非全美也。唐初馀风犹未殄,陶冶至杜子美,始净尽矣。(《蔡宽夫诗话》)

事实上,杜甫以后的大历诗人、晚唐诗人的对仗也时有此病。如明谢榛《四溟诗话》卷一云:"耿湋《赠田家翁》诗:'蚕屋朝寒闭,田家昼雨闲.'此写出村居景象。但上句语拙,'朝'、'昼'二字合掌。"又如清纪昀评《文心雕龙》说:"《丁卯》(唐许浑诗集)、《浣花》(唐韦庄诗集)诗格之卑,只为正对多也。"《文心雕龙》称"正对者,事异义同者也",可见许浑、韦庄有不少近似"合掌"的诗句。正如宋人指出的那样:"晚唐诗句尚切对,然气韵甚卑。"(《诗人玉屑》卷七引《诗史》)宋人对六朝唐诗的批评,既含有对诗歌对立冲突结构的张力的重视,也包括对对仗的语境过近而缺乏联想空间的指责。

正因如此,黄庭坚和江西诗派走上了与唐诗抗衡的第二条路,试图以"不工"之对化"稳顺"为"奇特"。吴可《藏海诗话》中的一段话代表了这种倾向:"凡诗切对求工,必气弱。宁对不工,不可使气弱。"所谓"气弱",大致是指上下联之间语境太近、结构过分均衡而造成的语言形态的平板呆滞。所谓"不工",是指律诗对偶词语分属不同范畴,上下联不仅形象迥不相侔,而且语义了不相属。由于这种"不工"打破了均衡与和谐,在上下联语境之间形成一种强大的张力,因而能成为医治"气弱"的特效药。"宁对不工"的观点很容易使我们联想到英美新批评派关于比喻的远距异质原则。I. A. 瑞恰慈指出:如果我们要使比喻有力,就需要把非常不同的语境联在一起[①]。C. D. 刘易士(C. Day Lewis)也认为:"诗歌的真理是来自形象的冲突(Collision),不是靠他们的共谋(collusion)。"[②]在他们看来,比喻两端的语境距离越远,形象冲突越剧,比喻越有力量。这种比喻原则实际上可视为获取诗歌生命力的普遍规律。宋诗人对此早有认识,他们不仅在修辞上爱使用喻依和喻旨远距异质的曲喻手法(conceit)[③],而且在结构上提出对仗"两句意甚远"的原则。

惠洪《冷斋夜话》卷四对王安石和苏轼几联诗的比较品评,表达了江西诗派的普遍看法:

---

① 参见赵毅衡著第142页。
② 参见赵毅衡著第143页。
③ 曲喻(conceit)是一种喻旨和喻依之间大跨度的远距比喻,江西诗派精于此道,如黄庭坚《又和黄斌老二首》之一中的"西风鏖残暑,如用霍去病",即是典型的曲喻。但由于宋诗话未论及此修辞手法,故本书暂不讨论。

> 对句法，诗人穷尽其变，不过以事以意，以出处备具，谓之妙。如荆公曰："平昔离愁宽带眼，迄今归思满琴心。"又曰："欲寄荒寒无善画，赖传悲壮有能琴。"乃不若东坡征意特奇，如曰："见说骑鲸游汗漫，亦曾扪虱话辛酸。"……又曰："龙骧万斛不敢过，渔舟一叶从掀舞。"以鲸为虱对，以龙骧为渔舟对，小大气焰之不等，其意若玩世，谓之秀杰之气，终不可没者，此类是也。

王诗不如苏诗奇，就在于"离愁"和"归思"、"善画"和"能琴"属于同类词语，语境距离较近。而苏诗中的形象大小气焰悬殊，差近于"把异质的东西用暴力枷栲在一起"的原则。陈岩肖（1147年前后在世）《庚溪诗话》卷下也表示了对"小大为对"的赞扬：

> 宋景文（宋祁）有诗曰："扪虱须逢英俊主，钓鳌岂在牛蹄湾。"以小物与大为对，而语壮气劲可嘉也。而东坡一联曰："闻说骑鲸游汗漫，亦尝扪虱话悲辛。"则律切而语亦奇矣。

值得注意的是，惠洪和陈岩肖都提及"小大为对"与"语奇"、"气劲"的关系，说明他们对形象冲突的"诗歌真理"有充分的认识。

其实，苏诗的对仗还不算真正的异质，"鲸"与"虱"大小虽殊，毕竟同属虫鱼类；"龙骧"与"渔舟"气焰不等，毕竟同属舟船类。宋人更欣赏的是跨越事类的完全异质，语脉断裂的真正远距。如吴沆《环溪诗话》卷上指出：

> 或问杜诗之妙，环溪云："杜诗句意，大抵皆远，一句在天，一句在地。如'三分割据纡筹策'，即一句在地；'万古云霄一羽毛'，即一句在天。如'江汉思归客，乾坤一腐儒'，即上一句在地，下一句在天。……惟其意远，故举上句，即人不能知下句。

杜甫诗以其对仗的"句意皆远"再次成为宋人效法的典型。葛立方

《韵语阳秋》卷一指出：

> 律诗中间对联，两句意甚远，而中实潜贯者，最为高作。如介甫《示平甫》诗云："家世到今宜有后，士才如此岂无时。"《答陈正叔》云："此道未行身有待，古人不见首空回。"鲁直《答彦和》诗云："天于万物定贫我，智效一官全为亲。"《上叔父夷仲》诗云："万里书来儿女瘦，十月山行冰雪深。"欧阳永叔《送王平甫下第》诗云："朝廷失士有司耻，贫贱不忧君子难。"《送张道州》诗云："身行南雁不到处，山与北人相对愁。"如此之类，与规规然在于媲青对白者，相去万里矣。鲁直如此句甚多，不能概举也。

相比较而言，王安石两联诗对仗还算工整，如"有后"与"无时"、"未行"与"不见"、"身"与"首"等词都属工对的范围，而黄庭坚的"万里书来儿女瘦"一联，却上句言人事，下句言景物，事类毫不相干，形象异质而且语境远距，才真正"与规规然在于媲青对白"的晚唐诗"相去万里矣"。这种"两句意甚远"的对仗由黄庭坚有意规摹老杜而得，并成为江西诗派的不传之秘。如陈师道《次韵春怀》中的一联："老形已具臂膝痛，春事无多樱笋来。"方回评论道："以一句情对一句景，轻重彼我，沉着深郁中，有无穷之味，是为变体。"（《瀛奎律髓》卷二六"变体类"）又如陈与义《对酒》诗中间两联："官里簿书无日了，楼头风雨见秋来。是非衮衮书生老，岁月匆匆燕子回。"方回评论道："此诗中两联俱用变体，各以一句说情，一句说景，奇矣。"（同上）这种对仗的"变体"不仅能有效医治因媲青对白而造成的语态平庸，而且能在不违背对仗的基本原则的情况下，最大限度地发挥诗歌语言的表意功能。因此，可以说"两句意甚远"的对偶原则是宋人"尚意"的诗学观在诗律方面的体现之一。

与此相联系，宋人对律诗中的"偏枯对"也表示了相当的理解与赞赏。所谓"偏枯对"指律诗对句字面相对而实际有偏失。如杜甫诗"手自栽蒲柳，家才足稻粱"，是以一草木对二草木；"燕王买骏骨，渭老得熊罴",是以一鸟兽对二鸟兽;"吾老甘贫病,荣华有是非",是以二字对一意;"冰雪莺难至,春寒花较迟",是以二景物对一景物;"友于皆挺拔,公望各端倪",是以歇后语对正语;"往还时屡改,川水日悠哉",是以实对虚(见孙奕《履斋示儿编》卷九"偏枯对")。总之"偏枯对"是指对句语词指称的多寡、词性的虚实失去平衡,有如天平两边的砝码轻重不一。一般说来,"诗贵于的对,而病于偏枯"(同上),但既然"大手笔如老杜"可以犯规,就很难保证"后学不可效尤",因为在艺术面前应该人人平等。更何况,"偏枯对"正好可用其打破平衡的结构来救治晚唐诗"铢两不差"的"气弱"之病。罗大经曾对此作过辩解:

> 杜陵诗云:"桑麻深雨露,燕雀半生成。"后山诗云:"辍耕扶日月,起废极吹嘘。"或谓虚实不类。殊不知生为造,成为化,吹为阴,嘘为阳,气势力量,与日月字正相配也。(《鹤林玉露》甲编卷三"生成吹嘘")

"雨露"对"生成"就是偏枯对,但罗氏分析出其气势力量的相配。刘辰翁进一步认为,偏枯失对之处,正是诗的佳妙所在:

> 作诗如作字。凡一斋第一类欲以少许对多多许,然气骨适称,识者盖深许之。"桑麻深雨露,燕雀半生成",以"生成"对"雨露",字意政等,怨而不伤。使皆如"青归柳叶"、"红入桃花",上下语脉无甚惨黯,即与村学堂对属何异?后山识此,故云"功名不朽聊通袖,海道无违具一舟",几无一字偶切。简斋识此,故云"一凉恩到骨,四壁事多违",此今人所谓偏枯失对者,安知妙意政在阿堵中。作诗如作字,横眉竖鼻,所差几何,而清俗相去远甚。尝与客言老杜"亲朋尽一哭,鞍马去孤城",客言近世戴式之亦云"此行堪一哭,何日见诸君",余笑曰:"俗矣。"因又举诚斋《高安赋》云:"江西个是奇绝处,天下几多虚得名。"中对著此横绝,气盖宇宙。客言即某人云"天下有楼无此高"。余笑曰:"又俗矣。"

即同言同意,愈近愈不近,诗至是难言耳。(《须溪集》卷六《刘孚斋诗序》)

偏枯对不仅无须回避,而且大可仿效,阿堵妙意,正在避"俗"。据刘辰翁叙述,这种偶对,初由陈师道、陈与义摹杜而得,至杨万里发扬光大,实为江西诗派的重要"句法"之一。

宋人还津津乐道律诗的"假对"。"假对"有两种情况,一种是假义,利用词语多义的性质,假借某词的另一意义和对句中相应的词成为工对;另一种是借音,多见于颜色对,假借颜色字的同音字和对句中相应的颜色字成为工对。吴聿(1147年前后在世)《观林诗话》云:

> 杜牧之云:"杜若芳洲翠,严光钓濑喧。"此以杜与严为人姓相对也。又有"当时物议朱云小,后代声名白日悬",此乃以朱云对白日,皆为假对,虽以人姓名偶物,不为偏枯,反为工也。如涪翁"世上岂无千里马,人中难得九方皋",尤为工致。

从字面上看,"杜若"与"严光"、"白日"与"朱云"、"千里马"与"九方皋"对仗工整,人姓对人姓,颜色对颜色,数目对数目,铢两不差。而实际上,"杜若"并非姓杜,"朱云"并非"红云","九方皋"并非九方之皋。因此,这几联对偶分别是草名对人名,人名对天文,兽名对人名,其实际语境距离甚远。这是"假义对"。"假音对"与此艺术效果相近,如惠洪《天厨禁脔》所举"因寻樵子径,偶到葛洪家","残春红药在,终日子规啼","子"借为"紫","洪"借为"红"。这样,"红"对"紫"就成为工对。不管哪种假对,都是在形式上保持律诗对偶的完整,在意义上,却是以不相容的性质结合在一起的。可以说,假对这种形式在对仗的"工"与"不工"之间寻找到最佳权衡点。所以,就连指责"偏枯对"的孙奕也承认:"诗律有借对法,苟下字工巧,贤于正格也。"(《履斋示儿编》卷九"假对")

宋代批评家固然欣赏王安石的对偶在与唐诗人竞技中的胜利,但出于对"雅健"的审美理想的追求,他们更宁愿矫正律诗对偶过分工稳圆熟的倾向。因为工整的对偶不仅使思想缺少回旋的馀地,使写意受到局限,而且其语境距离必定较近,丧失了应有的艺术张力。《王直方诗话》就直接用"力"字来说明语境距离与艺术张力的关系,认为如果在对偶上刻意求工,"虽可以对,而句力更弱耳"。黄庭坚选择的"宁对不工,不可使句弱"的道路,代表了宋诗人立异于唐人的新变意识,从而成为宋诗学的重要取向之一。这种倾向在江西派诗人中发展到极点,正如葛立方指出的那样:"近时论诗者,皆谓偶对不切,则失之粗;太切,则失之俗。如江西诗派所作,虑失之俗也,则往往不甚对。是亦一偏之见尔。"(《韵语阳秋》卷一)这些诗人忘记了远距异质艺术功能的有效范围,一味求粗,走向另一极端。显然,完全不切偶对与太切偶对的弊端是一样的,都取消了语言的张力。

　　以上我们探讨了宋诗话总结的关于诗歌结构的种种"句法"。但必须指出的是,这些"句法"只是诗人创作的参照系数,而并非一成不变的铁定法则。宋诗人固然在追求一种"不纯诗"或"不工之诗",但这种追求常常必须服从于一个更高的原则,即"活法"——"盖有定法而无定法,无定法而有定法"(吕本中《夏均父集序》)。由法入妙,由智性到直觉,从而真正超越唐人律诗的固定模式,摆脱唐诗影响的巨大阴影。

第二章　语词的活力

唐代近体诗不仅具有和谐工稳的高度格律化的结构方式,而且拥有一套异于日常语言的高度典雅化的语词系统。刘昭禹有这样的譬喻:"五言如四十个贤人,着一个屠沽不得。"(黄彻《䂬溪诗话》卷五引)这不啻为对唐诗典雅精致的诗化语言的生动说明。然而,谙熟唐诗的读者已习惯于用超常的眼光去读近体诗,对于这套语词系统已建立起相应的"期待视野"[①]。这样,高度诗化的语词沿袭使用,必将趋向平庸陈腐。因而,宋人不仅需要在语法结构上立异于唐诗,而且需要替换唐诗相对凝固的语词系统,尤其是要改造唐诗的意象语言。

诗歌的语词(或意象语言)有如七巧板,诗人可以根据不同的组合方式,而构成不同的意境。然而,假若不同的诗人根据大致相同的结构方式来组合相近的语词,意境的重复雷同就不可避免。晚唐五代尚"五言"的诗人,正力图以苦吟冥搜的态度走出这一窘境。只是他们仍不愿放弃"四十个贤人"的造语准则,终不免"吟安一个字,捻断数茎须"(卢延让《苦吟》),堕入语言的牢笼。宋人深知这一点。如果说宋诗话中总结发明的种种"句法"只是改变了唐诗七巧板的组合方式的话,那么,宋人在造语、下字、用典方面的努力,则是把唐诗精致的七巧板换为杂糅的魔方。不仅仅是"鹦鹉"、"香稻"的置换,"青眼"、"绿鬓"的离析,而且语词(或意象语言)本身就是全新的、陌生的和鲜活

[①] "期待视野"是德国美学家姚斯(Hans Robert Jauss)在接受美学中提出的概念。姚斯认为,如果读者在阅读中的感受与自己的期待视野一致,读者便感到作品缺乏新意和刺激力而索然寡味。相反,作品意味大出意料之外,超出期待视野,便感到振奋,这种新体验便丰富和拓展了新的期待视野。参见胡经之主编《西方文艺理论名著教程》第392页,北京大学出版社,1989年版。

的。如何使语言处于新鲜生动的状态,始终是宋诗话关心的重要问题之一。

一、造语:语词的陌生化效力

语言是思想的载体,并反映出一定的社会习惯和文化心理。六朝诗人有两个特点:一是处于贵族文化形态之中,二是立于儒林文化传统之外。因而六朝诗人有自己一套独特的语词系统,高雅而华丽。唐代门阀世族仍有相当的势力,文苑与儒林仍各有其"话语"。虽然,唐诗语言脱掉了六朝的富丽藻绘,但仍多少保留了贵族的典雅与文苑的精致。宋代的科举制度革除了"昔者科名多为势家所取"的弊病[1],"释耒耜而执笔砚"的庶族士人登上了政治和文化的舞台[2],这使得宋诗人比六朝、唐诗人更具一种平民心态。同时,宋代儒学传统向文苑传统的渗透,使得宋诗人比六朝、唐诗人更具一种学术气质。这种平民心态和学术气质制约着宋诗人的语言选择,后者带来"以故为新"的要求,前者带来"以俗为雅"的取向。

北宋诗坛的三个巨擘梅尧臣、苏轼、黄庭坚都提倡"以故为新,以俗为雅"的原则,并在宋诗话中得到广泛的认同[3]。正如我在本书乙编第三章中讨论过的那样,"以故为新,以俗为雅"是涵盖面极广的口号,可以理解为宋人师古与创新、承传与开拓的总原则,所谓"百战百胜,如孙吴之兵;棘端可以破镞,如甘蝇飞卫之射,此诗人之奇也"(《山谷内集诗注》卷一二《再次韵·序》)。不过,当梅尧臣首次提出此八个字时,似乎主要是针对语词的使用而言。《后山诗话》记载:

---

[1] 《宋史·选举志一》载宋太祖对近臣语:"昔者科名多为势家所取,朕亲临试,尽革其弊矣。"殿试遂为常制。
[2] 《苏轼文集》卷四九《谢范舍人书》云:"于是释耒耜而执笔砚者,十室而九。"此种现象,当不仅限于蜀中。
[3] 如葛立方《韵语阳秋》卷三:"山谷尝与杨明叔论诗,谓以俗为雅,以故为新,百战百胜,如孙吴之兵;棘端可以破镞,如甘蝇飞卫之射。捏聚放开,在我掌握。"吴可《藏海诗话》:"陈子高诗云:(略)乃转俗为雅,似《竹枝词》。"杨万里《诚斋诗话》:"有用法家吏文语为诗句者,所谓以俗为雅。"又:"皆用古人句律,而不用其句意,以故为新,夺胎换骨。"

"闽士有好诗者,不用陈语常谈。写投梅圣俞,答书曰:'子诗诚工,但未能以故为新,以俗为雅尔。'""故"者,"陈语"也;"俗"者,"常谈"也。可见,就诗歌的造语而言,"以故为新,以俗为雅"其实就是指古人陈言和方俗常言的使用。

所谓使用前人的陈言,我在阐释"点铁成金"的理论价值时曾经提及。但在此,我不再讨论其"旧瓶装新酒"的意义,而主要探讨其在诗歌语词系统中的美学效果。唐人作诗,也使用成语典故,但大都是在历代诗人的沿用剔择中达到高度艺术抽象的、成为一定情感和意义的表征的诗化语象,如王孙芳草、巫山云雨、油壁香车之类的语象。而宋人"以故为新"所提倡并使用的常常是被摒弃于唐诗语词系统之外的陈言,尤其是一些非诗化的成语和冷僻的典故。这些陈言有:

(一)经史语 即儒家经典中的词语。这类词语典重朴质,正好救治文苑诗风的华而不实。杨万里《诚斋诗话》指出:

> 诗句固难用经语,然善用者,不胜其韵。李师中云:"夜如何其斗欲落,岁云暮矣天无情。"又:"山如仁者寿,风似圣之清。"又:"诗成白也知无敌,花落虞兮可奈何。"

所谓"不胜其韵",是指一种沉静笃实而又真力弥满的人文境界。经语的使用,正体现了诗人的学养识见,出处大节,包孕着浓厚的人文精神。不过,使用经语应当与自己的语调融为一体,如《漫斋语录》所说:

> 大率诗语出入经史,自然有力。然须是看多做多,使自家机杼风骨先立,然后使得经史中全语作一体也。如是自出语弱,却使经史中全语,则头尾不相勾副,如两村夫舁一枝画梁,自觉经史中语在人眼中,不入看也。(《诗人玉屑》卷七引)

在宋人的眼中,经史语以其载道的功能比诗语要高一档次,因此,诗中加进经史中全语,价值似乎得以提升,力量也似乎得以增强。当然,这还得有赖于诗人自家"风骨先立",使经史语成为自家的体骨。《王直方诗话》引黄庭坚语:"作诗使《史》、《汉》间全语为有气骨。"也是这个意思。

(二)禅语　即禅宗偈颂、语录、传灯录或佛典中的语词。禅家机锋讲究以口应心,随问随答,不假修饰,自然天成,具有浓郁的平民色彩,正好可与六朝、唐诗典雅精致的贵族化语词系统相对抗。正如江西派诗人韩驹所说:"古人作诗多用方言,今人作诗复用禅语,盖是厌尘旧而欲新好也。"(《诗人玉屑》卷六引《室中语》)黄庭坚在这方面很典型,他不仅喜欢王梵志的"翻著袜"诗和"土馒头"诗,而且爱使用语录中全语。如胡仔指出:

　　《正法眼藏》云:"石头一日问药山,曰:子近日作么生?山曰:皮肤脱落尽,惟有真实在。"鲁直《别杨明叔》诗云:"皮毛剥落尽,惟有真实在。"全用药山禅语也。(《苕溪渔隐丛话》前集卷四八)

即使如钱钟书《谈艺录》注山谷诗以为是用寒山诗句,也仍属于禅语的系统。

(三)稗官小说语　前人作诗,即使偶然用及小说,也主要是《汉武故事》、《西京杂记》等具有野史性质较为雅正的书,而苏、黄却常用一些不登大雅之堂的小说。许尹《黄陈诗集注序》称黄庭坚、陈师道写诗是"虞初稗官之说,隽永鸿宝之书,牢笼渔猎,取诸左右"。

以上这些出自经、史、子(小说、佛典)部的非诗语词,不仅本身运载着丰富的意义,而且因其侵入典雅的诗歌语词系统,立即带来一种陌生新奇的效果。因为尽管它们在学术领域为人习见,但当其以诗的语言形态出现或在诗化语言的背衬下出现时,人们不得不放弃惯常的理解逻辑而用读诗的态度对待它们。由于打破唐诗语词系统并跨越两种不同经验的领域——学术与诗歌,这类非诗化的陈言反而造就诗歌"不胜其韵"的魅力和充满力度的"气骨"。

诗歌语言的"以俗为雅"更是宋人津津乐道的话题。在宋以前,历代诗人都严于雅俗之辨,《阳春》、《白雪》与《下里》、《巴人》,形同水火。如晋张协《杂诗》之五云:"不见鄀中歌,能否居然别。《阳春》无和者,《巴人》皆下节。"又如唐李白《古风五十九首》之二十一云:"郢客吟《白雪》,遗响飞青天。徒劳歌此曲,举世谁为传?试为《巴人》唱,和者乃数千。吞声何足道,叹息空悽然。"这种"曲高和寡"的自我标榜,除了表现出诗人精神上的孤独感之外,也折射出六朝至唐诗人特有的高雅的贵族心态。宋人虽也主张趋雅避俗,但雅与俗已非处于对立状态,而成为可以相互转化的范畴。宋人与前人相比较,生活态度和审美态度都趋于世俗化,士人不是回避俗世,而是身处俗世能获得精神上的超越。于是,在宋诗中,《下里》、《巴人》亦可升华为《阳春》、《白雪》。所谓"以俗为雅","以俗"是手段,"为雅"是目的,即通过诗人的艺术构思使"俗"的原料结晶为"雅"的成品。从另一个角度看,由于历代诗人都追求高雅,使得《阳春》、《白雪》反而成为"国中属和者数千人"的流行曲,从而变得通俗甚至陈俗。相反,俚俗的《下里》、《巴人》则有可能因其在诗坛的稀少,而成为"曲高和寡"的高雅音乐。也就是说,"俗"的原料本身即具有"雅"的效果。这样,宋人把前人的雅俗之辨转换为雅俗之变,以俗为不俗,以常为反常,充分利用艺术的辩证法来发挥俗语言的活力,以救治贵族化高雅语词系统特有的贫血病。

宋诗话提倡的"以俗为雅",大致包括这样几种情况:

(一)采用方言俗语 从汉魏六朝到隋唐五代,除了杜甫等少数人之外,诗人是不允许俗字俚语进入诗歌殿堂的。最典型的例子是刘禹锡,他在重阳日作诗不敢用俚俗的"糕"字,因为六经中无此字[①]。尽管宋人也主张"每下一俗间言语,无一字无来处"(陈长方《步里客谈》引章宪语),但已将"来处"的范围放得无比宽泛。如杨万里指出:"诗固有以俗为雅,然亦须曾经前辈取镕乃可因承尔。如李之'耐

---

① 见唐韦绚《刘宾客嘉话录》。

可'、杜之'遮莫'、唐人之'里许'、'若个'之类是也。"(《诚斋集》卷六六《答卢谊伯书》)这段话是为初学诗者而发的,自然是以正面"雅"的教育为主,即便如此,俗语的来处已大大超出六经的范围。事实上,杨万里自己诗中的俗字俚语已成为极重要的诗歌语言,非"前辈取镕"所能范围。总而言之,到了宋代,刘禹锡式的作诗用字的禁锢已被冲破。甚至连受西昆体影响很深的诗人宋祁都嘲笑刘禹锡:"刘郎不敢题糕字,虚负诗中一世豪。"(《九日食糕》)所以在宋诗话中,随处可见以下这样的主张:

> 《西清诗话》言:王君玉谓人曰:"诗家不妨间用俗语,尤见工夫。雪止未消者,俗谓之'待伴'。尝有雪诗:'待伴不禁鸳瓦冷,羞明常怯玉钩斜。'待伴、羞明皆俗语,而采拾入句,了无痕颣,此点瓦砾为黄金手也。"余谓非特此为然,东坡亦有之:"避谤诗寻医,畏病酒入务。"又云:"风来震泽帆初饱,雨入松江水渐肥。"寻医、入务、风饱、水肥,皆俗语也。又南人以饮酒为"软饱",北人以昼寝为"黑甜",故东坡云:"三杯软饱后,一枕黑甜馀。"此皆用俗语也。(《苕溪渔隐丛话》前集卷二六引黄朝英《缃素杂记》)
>
> 世间故实小说,有可以入诗者,有不可以入诗者,惟东坡全不拣择,入手便用,如街谈巷说,鄙俚之言,一经坡手,似神仙点瓦砾为黄金,自有妙处。(朱弁《风月堂诗话》卷上)
>
> 李端叔尝为余言,东坡云:"街谈市语,皆可入诗,但要人镕化耳。"(周紫芝《竹坡诗话》)
>
> 方言可以入诗,吴中以八月露下而雨,谓之淋露;九月霜降而云,谓之护霜。竹坡周少隐有句云:"雨细方淋露,云疏欲护霜。"方言又有"勃姑"、"鸦舅"、"槐花黄,举子忙"、"促织鸣,懒妇惊"之类,诗人皆用之,大抵多吴语也。(费衮《梁溪漫志》卷七"方言入诗")

方言俗语入诗,无疑极大地补充了诗歌所需的语言材料,扩展了诗歌语言的表意能力。然而,在宋人看来,它的意义远不止于此。其一,俗语可使诗歌产生谐谑的趣味。如黄庭坚《乞猫》诗云:"闻道狸奴将数子,买鱼穿柳聘衔蝉。""衔蝉"指猫,是当时俚语。陈师道《后山诗话》称此诗"虽滑稽而可喜,千载而下,读者如新"。其二,俗语可在雅语的背衬下,以其非诗化的形态带来一种新鲜的刺激力。正如惠洪所说:"句法欲老健有英气,当间用方俗言为妙。如奇男子行人群中,自然有颖脱不可干之韵。老杜《八仙诗》序李白曰:'天子呼来不上船。'方俗言也,所谓襟纫是也。"(《冷斋夜话》卷四)杜诗中"船"是方言,意指襟纫(衣纽)。作诗间用方言,就好比在一群谦谦揖让的君子之中,突然出现一个披发左衽的狂士,这狂士反而显得超凡脱俗。显然,惠洪所谓"间用方言",并非主张诗歌语言的通俗化,而是将其理解为使诗歌充满力量(老健)和生命(英气)的有效手段。其三,俗语可使诗歌剥落浮华的辞藻,获得古朴高雅的意味。张戒《岁寒堂诗话》卷上云:"世徒见子美诗多粗俗,不知粗俗语在诗中最难,非粗俗,乃高古之极也。"也就是说,粗俗语是诗歌返朴归真、重臻古典境界的必要条件之一。所以,不仅苏轼、黄庭坚公然号召"街谈市语皆可入诗",受其影响的陈师道诗"亦多用一时俚语",仅庄绰《鸡肋编》卷下指出的就有二十一例,还只是俗谚,不包括俗字①。在杨万里手里,方言俗语更成为构筑诗歌殿堂的重要材料,以至于后人这样说:"用俗语入诗,始于宋人,而莫善于杨诚斋。"(李树滋《石樵诗话》卷四)

(二)采用歇后语或借代语 这两类语词具有民间文学的性质,亦可属于"俗"的范畴。歇后语是一种熟语,运用时隐去后文,以前文示意。如叶梦得《石林诗话》卷中所例示:"彦谦《题汉高庙》云:'耳闻明主提三尺,眼见愚民盗一抔。'虽是著题,然语皆歇后。""三尺"后略去"剑"字,"一抔"后略去"土"字。据《石林诗话》卷中记载,苏轼、黄庭坚对歇后语入诗都有兴趣,苏诗有"买牛但自捐三尺(剑),射鼠何劳挽六钧(弓)"、"已遭乱蛙成两部(鼓吹),更邀明月作三人"之句。

---

① 庄氏所举如"巧手莫为无面饼"即俗谚"巧媳妇做不得无面怀饦","谁能留渴须远井"即俗谚"远水不救近渴"。参见拙作《中国禅宗与诗歌》第七章第二节《语言的通俗化》。

而据陈岩肖《庚溪诗话》言:"山谷之诗,清新奇峭,颇造前人未尝道处,自为一家,此其妙也。至古体诗,不拘声律,间有歇后语,亦清新奇峭之极也。"直把歇后语视为黄诗清新奇峭风格之形成的因素之一。

借代词的使用更为宋人所注意。惠洪从王安石、苏轼、黄庭坚的诗中总结出这样一条经验:

> 用事琢句,妙在言其用不言其名耳。此法唯荆公、东坡、山谷三老知之。荆公曰:"含风鸭绿鳞鳞起,弄日鹅黄袅袅垂。"此言水柳之用,而不言水柳之名也。东坡《别子由》诗:"犹胜相逢不相识,形容变尽语音存。"此用事而不言其名也。山谷曰:"管城子无食肉相,孔方兄有绝交书。"又曰:"语言少味无阿堵,冰雪相看有此君。"又曰:"眼见人情如格五,心知世事等朝三。"格五,今之蹙融是也。(《冷斋夜话》卷四)

以事物的功能作用或形象性质等来代替事物的名称。就惠洪所举例子而言,或是以喻依代喻旨,或是以谜面代谜底,或是以具体代抽象,典故、廋词、歇后、熟语一齐用上。惠洪总结的这种诗法,在宋人中很有市场,如《漫叟诗话》引陈本明语云:

> 前辈谓作诗当言用,勿言体,则意深矣。若言冷,则云"可咽不可漱";言静,则云"不闻人声闻履声"之类。(《诗人玉屑》卷一〇引)

江西派诗人吕本中也表述过相近的意思:

> "雕虫蒙记忆,烹鲤问沉绵",不说作赋,而说雕虫;不说寄书,而说烹鲤;不说疾病,而云沉绵。"颂椒添讽味,禁火卜欢娱",不说岁节,但云颂椒;不说寒食,但云禁火。亦文章之妙也。(《苕溪渔隐丛话》前集卷一二引《吕氏童蒙训》)

使用借代词的习气古代文人早已有之,但在宋人那里变化更多,且更具理论的自觉。那么,"言用不言名(体)"的"妙"处究竟何在呢?根据惠洪等人所举的例子,借代词大致有这样一些艺术效果:其一,避免直接描写,使语义显得隐晦曲折,如以"可咽不可漱"言冷,迂回包抄,烘云托月,体现了宋人含蓄不露的诗观。其二,言简意丰,给读者以联想的空间,如"格五"是一种博戏,于棋局中各用五子,其法"以己常有馀,而致敌人于险"(见葛立方《韵语阳秋》卷一七)。"人情如格五",显然是指人情间险恶的角斗。"朝三"是朝三暮四的歇后语,"世事等朝三"意谓世事翻云覆雨,变化无常。这两个简略的借代字概括了人事社会极为丰富复杂的内容,可令人细细回味。其三,以形象代替名称,以具象代替抽象,使描写对象更具视觉效果,同时更具鲜活的生命力,如以"鸭绿"代水,"鹅黄"代柳,艺术形象的生动性显然更胜一筹。其四,使无生命者化为有生命,如以"管城子"代笔,"孔方兄"代钱,"阿堵"代钱,"此君"代竹,将错而遽认真,坐实以为凿空,借代而兼曲喻、拟人,符合宋人"以物为人"的人文旨趣。其五,借代语因其置换人们熟悉的名词,而获得陌生新奇的效果。如黄庭坚《题竹石牧牛》诗:"野次小峥嵘,幽篁相倚绿。阿童三尺棰,御此老觳觫。"有意以"小峥嵘"代石,"老觳觫"代牛。这与俄国形式主义批评提出的文学的"陌生化"手法如出一辙。施克洛夫斯基在分析托尔斯泰的创作时说:"故意不说出熟悉物品的名称,使熟悉的也变得似乎陌生了。他描绘的物品好像是第一次看见这一物品,描绘一事件就好像这事件是第一次发生的那样。"[1]这不啻为宋人"妙在言其用不言其名"的绝妙注脚。"小峥嵘"和"老觳觫"使得读者从一个全新的陌生的角度去重新观察熟悉的石和牛。

(三)采用官府公文中的套语 这些套语为民间所稔熟,其性质也就略同于熟语甚至俗语。这方面,苏、黄也作过大胆尝试。如苏轼《七月五日》二首之一有句云:"避谤诗寻医,畏病酒入务。"施注:"法

---

[1] 见施克洛夫斯基(V. Shklovsky)《作为技巧的艺术》,转引自张隆溪《二十世纪西方文论述评》第 79 页,三联书店,1986 年版。

令所载,'寻医'为去官,'入务'乃住理,诗中所用盖出此。"王注:"诗寻医,谓不作诗也。酒入务,谓止酒不饮也。"赵与虤(1231年前后在世)《娱书堂诗话》云:"诗有以法家吏文语为对者。如东坡云'避谤诗寻医,畏病酒入务';先子亦有云:'架阁酒无债,编修诗未工。'"(见《苏轼诗集》卷一四)又如黄庭坚《赠李辅圣》诗中有"旧管新收几妆镜"之句,任渊注云:"旧管新收,本吏文书中语,山谷取用,所谓以俗为雅也。"(《山谷内集诗注》卷一五)杨万里《诚斋诗话》亦把"用法家吏文语为诗句者"称之为"以俗为雅"。这些吏文语本是些熟语常谈,而一旦侵入诗坛领地,却变得活泼新奇,并在诗的语境里得到雅化。这种尝试或许包括文字游戏的因素,但更应看作宋人寻求语言革新的有机部分。

无论是使用"陈语"还是"常谈",宋人造语都主要集中于追求"陌生化"的效果。江西派诗人韩驹说过一番很有代表性的话:

> 韩子苍言:作诗不可太熟,亦须令生。近人论文,一味忌语生,往往不佳。东坡作《聚远楼》诗,本合用"青山绿水"对"野草闲花",此一字太熟,故易以"云山烟水",此深知诗病者。予然后知陈无己所谓"宁拙毋巧,宁朴毋华,宁粗毋弱,宁僻毋俗"之语为可信。(《诗人玉屑》卷六引《复斋漫录》)

忌熟求生,一语道破宋诗人力图在语言上立异于唐诗的竞技心态。最能说明这种心态的例子是宋人创立的"白战体"。所谓"白战体"就是作诗禁用体物语。欧阳修知颍州时,与客赋雪于聚星堂,要求作咏雪诗不能使用玉、月、梨、梅、练、絮、白、舞、鹅、鹤、银等体物语。后四十年,苏轼守颍州,与客会饮聚星堂,继欧阳修作《聚星堂雪》诗,其诗有"当时号令君听取,白战不许持寸铁"之句,以空手作战不用兵器喻咏物而不用体物语①。其后魏庆之《诗人玉屑》卷九将"禁体物语"称之

---

① 参见胡仔《苕溪渔隐丛话》前集卷二九。

为"白战"。程千帆、张宏生将"白战体"视为诗歌从体物到禁体物的尝试和开拓①,似有道理。但根据苏轼《聚星堂雪》诗引,"赋诗禁体物语",其目的乃在"于艰难中特出奇丽"(《苏轼诗集》卷三四)。可见,"白战"的规则是不能使用前人咏物诗中常见而成套话的诗歌语言,诗人必须在赤手空拳、无所凭依的艰难情况下,自选奇字、生字、难字,创造出奇丽的境界,从而表现出"出入纵横,何可拘碍"的艺术功力②。值得注意的是,欧、苏的咏雪诗,虽禁体物语,但并未禁体物,二者不可混淆,欧诗如"驱驰风云初惨淡,炫晃山川渐开阔",苏诗如"模糊桧顶独多时,历乱瓦沟裁一瞥",都描形摹状,绘声绘色,不可谓之"禁体物"。事实上,"白战"体的精神乃在造语的避熟就生,通过非传统咏物语言的使用,"使对象陌生,使形式变得困难"③,并"因难而见巧"④。这是对唐诗经验的超越。宋初进士许洞约九僧作诗,出一纸,要求不得犯纸上一字,其字乃山、水、风、云、竹、石、花、草、雪、霜、星、月、禽、鸟之类,于是诸僧纷纷搁笔(见欧阳修《六一诗话》)。这个故事一方面说明九僧诗歌语言的贫乏,另一方面暗示了欧阳修等人决心超越常见意象语言的新思路。"白战体"正是这一思路的产物。

如果说唐诗的语言是对日常语言的否定的话,那么这种否定已因诗人的反复使用而变得不再新鲜。宋人因此而力图以一种生新的语言来完成对唐诗语言的否定之否定。尽管对"陈言"的爱好与宋人的学术气质有关,对"俗语"的垂青与宋人的平民心态相联,但"以故为新、以俗为雅"并非要将诗拉回学术语言或日常语言的形式,而是以"陌生化"的语词运用来强化诗的超常性质。陈言俗语"间用"于诗中之所以能如"灵丹一粒,点铁成金",就在于诗化语言的映衬,它能因其

---

① 参见程千帆等《被开拓的诗世界》之《火与雪:从体物到禁体物》,上海古籍出版社,1990年版。
② 叶梦得《石林诗话》卷下:"诗禁体物语,此学诗者类能言之也。欧阳文忠公守汝阴,尝与客赋雪于聚星堂,举此令,往往皆阁笔不能下。然此亦定法,若能者,则出入纵横,何可拘碍?"
③ 见施克洛夫斯基《作为技巧的艺术》,转引自张隆溪《二十世纪西方文论述评》第75页。
④ "因难见巧"是宋人极推崇的诗艺。如黄庭坚《豫章黄先生文集》卷一六《胡宗元诗集序》云:"至于遇变而出奇,因难而见巧,则又似予所论诗人之态也。"苏轼所云"于艰难中特出奇丽"也是此意。其所包涵当不止造语一端。参见本编第三章第二节。

非诗的常规而获得一种创造性变形的艺术效果,在陌生和困难的审美感觉中,诗歌语言找回了它的新鲜感和刺激力。

二、下字:意象的力的式样呈示

中国古典诗歌以抒情为重要特征,而以意象为其生命的主要元素。所谓意象,是指蕴含着某种特定意念的语言形象。它的内核是艺术表象,而语言外壳实际上就是一些名词或名词性词组,它是能唤起读者的感觉与印象的主要媒介。一般说来,唐诗人比较注重意象的排列组合,爱用蒙太奇式的意象罗列手法创造意境。唐诗中,像"浮云游子意,落日故人情"、"雨中黄叶树,灯下白头人"、"鸡声茅店月,人迹板桥霜"、"深秋帘幕千家雨,静夜楼台一笛风"这样全用意象(即名词)组成的诗句并不少见。纯粹的意象堆叠可创造意境,但这种堆叠只能组成静态的画面,句式显得平板堆砌,而且长此以往,诗歌意象会因大量反复使用而趋于老化,难免造成意境的重复。

同时,中国古典诗歌中常见的意象经历了一个由个别具象走向艺术抽象的过程。到了唐代,不少意象的再现写实功能逐渐让位于比喻象征功能,比如,唐诗中的云、月、柳、雁等等往往不再是"某一个",而是"某一类",成为某种情感意味的稳定符号。如"云"这个意象在中唐以后诗中出现,已成为禅意的象征[①];如"雁"这个意象,也不是一只自然的鸟,而是代表一种远人之思的鸟。描述性意象向隐喻性意象的转化,使得诗歌日益丧失细节的真实,变得朦胧而抽象,它唤起的是愈益直接的现成思路,而不是鲜活的生活感受。意象之路充满了陷阱和危机。如晚唐诗人方干《湖心寺中岛》云:"雪折停猿树,花藏浴鹤泉。"而《寄越上人》又云:"窗接停猿树,岩飞浴鹤泉。"《于使君诗》云:"月中倚棹吟渔浦,花底垂鞭醉凤城。"而《送伍秀才诗》又云:"倚棹寒吟渔浦月,垂鞭醉入凤城春。"显然,"停猿树"、"浴鹤泉"、"渔浦月"、

---

① 参见葛兆光《禅意的云》,载《文学遗产》1990 年第 3 期。

"凤城春"之类的意象已近似于成为作诗手册中的词目。"观其语言重复如此,有以见其窘也"(葛立方《韵语阳秋》卷二)。这与其说是方干的才思钝窄,不如说是意象老化带来的窘迫。

宋诗人清醒地认识到这一点,因而力图利用结构的变换来改换意象的组合方式,或在语言上"以故为新,以俗为雅"以扩大意象的范围。但他们只能部分改造这套语词系统,而不可能从根本上重建一套全新的表情达意的意象体系。这样,宋代批评家不得不把创新的重点从意象本身的选用转移到非意象语词的锻炼上来,这就是黄庭坚所说的"安排一字有神"(见《荆南签判向和卿用予六言见惠次韵奉酬四首》之三),即将最富于表现力的字安排到诗中最关键的位置上,使陈旧的意象变得生动有神。

这条诗法得到宋人最广泛的赞同,在宋诗话中,关于下字、用字、炼字的论述比比皆是,炼字几乎被抬到和命意同样重要的地位,如陈师道说:"学诗之要,在乎立格、命意、用字而已。"(《珊瑚钩诗话》卷二引)张表臣说:"诗以意为主,又须篇中炼句,句中炼字,乃得工耳。"(《珊瑚钩诗话》卷一)范温说:"世俗所谓乐天《金针集》,殊鄙浅,然其中有可取者。'炼句不如炼意',非老于文学不能道此。又云'炼字不如炼句',则未安也。好句要须好字。"(《潜溪诗眼》)黄庭坚赞赏的"拾遗句中有眼",本关乎诗韵,在此诗学背景下也被传释走形,"眼"被人们视为诗句中以一目尽传精神的关键字——句眼。所谓炼字,就是指对"句眼"的选择斟酌或布置安排。

不可否认,唐诗人也重视炼字,特别是晚唐苦吟派"吟安一个字,撚断数茎须",留下许多炼字的佳话。但同样是锤炼字句,宋人的注意点仍和唐人不同。钱钟书指出:"唐人诗好用名词,宋人诗好用动词。"(《谈艺录》第244页)这种特点也表现在炼字方面,如唐诗僧皎然改一僧诗句"此波涵圣泽"之"波"字为"中"字(《唐子西文录》),郑谷改齐己《早梅》诗"数枝"为"一枝"(《五代史补》卷三《齐己》),所改都是名词或名词性词组。在反映晚唐五代诗观的诗格类著作中,也可看到这种特点:

冥搜意句,全在一字包括大义。贾岛诗:"秋江待明月,夜语恨无僧。"此"僧"字有得也。(文彧《诗格》)

诗有眼。贾生《逢僧》诗:"天上中秋月,人间半世灯。""灯"字乃是眼也。又诗:"鸟宿池边树,僧敲月下门。""敲"字乃是眼也。(保暹《处囊诀》)

不仅仅注意动词的推敲,而重要的是把"僧"、"灯"这样的名词视为诗"眼"。可见,直至晚唐,诗人的注意力仍放在意象的选择上。宋人的趣尚则大不相同,举凡宋诗话中关于炼字的讨论,几乎找不到一条是围绕名词展开的。宋人关心的是如何调整意象之间的关系,如何使意象重新具备传神体物的功能和生动有力的态势。因此,宋人醉心的炼字,几乎全是有关修饰、限制、联结、说明意象的"联系字"的烹炼,即动词、形容词、副词、连词等的选择与安排。甚至化名词为动词,以实字为虚字。如陈善《扪虱新话》下集卷一载王安石改杜荀鹤诗"飞禽影"为"禽飞影","折竹声"为"竹折声",变偏正结构为主谓结构,弱化了意象的功能,而强化了"飞"和"折"的动词功能。又如杨万里《诚斋诗话》云:"诗有实字,而善用之者,以实为虚。杜云:'弟子贫原宪,诸生老伏虔。''老'字盖用'赵充国请行,上老之'。""贫"和"老"本为形容词,此处用为动词,即以原宪为贫,以伏虔为老。范温《潜溪诗眼》有云:"句法以一字为工,自然颖异不凡,如灵丹一粒,点铁成金。"视意象为铁,视"联系字"为点铁成金的灵丹,这可以说是宋人的共识。

如果说唐人注意的是意象与人类情感相对应的性质的话,如云与禅意,雁与远人之思,那么,宋人更倾向于注意这种对应性质的深层结构,借用完形心理学的话来说,即这种性质与人的某种心理力同构的张力倾向或"力的式样"[①],而"联系字"的择用最能使这种"力的式样"得到鲜明的凸现。罗大经曾总结过这样一条下字经验:

---

① 参见完形心理学家阿恩海姆《艺术与视知觉》中译本,中国社会科学出版社,1984年版。

作诗要健字撑拄,要活字斡旋,如"红入桃花嫩,青归柳叶新","弟子贫原宪,诸生老伏虔"。"入"与"归"字,"贫"与"老"字,乃撑拄也。"生理何颜面,忧端且岁时","名岂文章著,官应老病休"。"何"与"且"字,"岂"与"应"字,乃斡旋也。撑拄如屋之有柱,斡旋如车之有轴。文亦然。诗以字,文以句。(《鹤林玉露》甲编卷六"诗用字")

这是宋诗学的一个重大发现。我们有理由相信,正如宋人用"老健"、"气骨"、"句力"来说明语词的陌生化效力一样,罗大经的这段话表明了宋人这样深刻的认识:即意象的生命力存在于由联系字构成的"力的式样"之中。所谓"健字"、"活字"是对联系字意义功能的准确概括,"撑拄"和"斡旋"是对联系字构成的"力的式样"的最佳形容,而"屋之有柱"、"车之有轴"则是对联系字与意象之间的深层结构的绝妙比喻。事实上,宋诗话讨论的炼字,正好可分为"健字"与"活字"两大类型。

"健字"指句中刚硬有力之字,据罗大经例示,似都指动词。然而,并非诗中的动词都能成为"健字"。唐诗中也有不少动词,但给人印象更深的是唐诗的意象。唐诗论的重点亦放在"假象见意"之上[①]。换言之,唐人对动词的使用只是作为一般语法需要来使用,而宋人却将其视为"句中之眼"或"关门之键"。平常陈旧的意象因为动词的致力而获得全新的"力的式样"。因此,这个动词必须具有"撑拄"意象的砖木使之成为全新的意境大厦之能力。"健字"就是具有此"撑拄"能力的动词。

英国意象派诗人休姆曾指出:诗的语言不是筹码,而是视觉上的具体语言。这就是意象语言。然而,诗歌语言的视觉性不光是对客观

---

① 如皎然《诗式》卷一云:"江则假象见意。"又《试议》云:"采奇于象外。"王昌龄《诗格》云:"搜求于象,心入于境,神会于物,因心而得。"刘禹锡《董氏武陵集纪》云:"境生于象外。"虚中《流类手鉴》云:"善诗之人,心含造化,言合万象。"司空图《与极浦书》云:"象外之象,景外之景,岂容易可谭哉?"。

视觉形象的还原,而且要揭示视觉形象中唤起和打动我们心理情绪的内在结构。正如完形心理学家阿恩海姆所说:

> 不管对象本身是运动的,还是静止的,只有当它们的视觉式样向我们传导出"具有倾向性的张力"或"运动"时,才能知觉到它的表现性。(《艺术与视知觉》,中译本616页)

"健字"发挥的正是这种传导意象"具有倾向性的张力"或"运动"的功能。最典型的是范温对杜诗用字的分析:

> 陈舍人从易偶得杜集旧本,至《送蔡都尉》云:"身轻一鸟",其下脱一字。陈公因与数客各以一字补之,或曰疾,或曰落,或曰起,或曰下,莫能定。其后得一善本,乃是"身轻一鸟过"。陈公叹服,一过字为工也。(《潜溪诗眼》)

这是宋诗话广泛称引的用字范例,晁补之亦云:"诗以一字论工拙……过与下、与疾、与落,每变而每不及,易较也。"(《鸡肋集》卷三三《题陶渊明诗集》)如果将这句诗还原成形象性画面,那么"下"、"疾"、"落"虽也描绘了身轻如鸟的动态,却缺乏"过"字那种身影如鸟倏忽掠过的视野的艺术效果,即在读者心里唤起运动性的视觉效果。所以宋人以为"非过字不能形容"。又如王安石评杜诗"暝色赴春愁"说:"下得'赴'字大好,若下'起'字,此即小儿言语。"(严有翼《艺苑雌黄》引)这是因为自然的暝色聚合和诗人的春愁郁积两者之间异质同构的"倾向性张力",通过"赴"字得到非常生动准确的展现。

作为"健字"的动词,其传达审美对象的视觉式样或力的式样之"健"的效果,主要从三方面表现出来:一曰精确,二曰新奇,三曰有力。试分别而言之。

首先,"健字"能精确展示意象之间的力的式样。宋人既主张意新语工,因此比前代任何诗人更关心如何为特殊的现象和事件唤起的准确感受去严格寻找恰当的语言,尤其是注意严格寻找一个贴切的字眼。如范温评杜甫诗"轻燕受风斜"句,"以谓燕迎风低飞,乍前乍却,非'受'字不能形容也"(《潜溪诗话》)。燕与风之间的关系,风对燕的作用,燕在风中的形态,通过一个"受"字表现得淋漓尽致。又如《唐子西文录》云:

> 东坡作《病鹤》诗,尝写"三尺长胫瘦躯",缺其一字,使任德翁辈下之,凡数字。东坡徐出其稿,盖"阁"字也。此字既出,俨然如见病鹤矣。

在"长胫"和"瘦躯"之间置一"阁"(搁)字,使病鹤意象的病弱无力、不胜其躯的力的式样"俨然如见"。这种精确效果是"三尺长胫瘦躯"的意象罗列所无法达到的。宋人尤注重相近字眼的比较选择,如下面几则诗话云:

> 王平甫诗云:"山月入松金破碎。"其流盖出于退之"竹影金琐碎"之句。然斜阳映竹则交加乱射,若相锁然,故于"琐"字为宜。至于月华散漫,松影在地,则"破"字佳。诗人用字皆不苟也。(费衮《梁溪漫志》卷七"诗人用字")

> 吴申李诗云:"潮头高卷岸,雨脚半吞山。"然头不能卷,脚不能吞,当改"卷"作"出"字,"吞"作"倚"字,便觉意脉联属。(吴可《藏海诗话》)

> 诗人喜荆公"缲成白雪桑重绿,割尽黄云稻正青"之句,莫不极口称诵,而不知其有斧凿痕。窃谓雪不成缲,云不可割,请易"缲"为"卷",易"割"为"收",则丝麦自见,而非但意语天出,用字不露。(孙奕《履斋示儿编》卷一〇"白雪黄云")

前一则讨论的是为了捕捉物质世界的自然本色而正确地选用某个独特的字眼,"琐碎"与"破碎"虽只有一字之差,却分别表现出日中竹影和月下松影的微妙区别。后两则讨论的是如何使用正确的字眼而使逻辑联系与联想意义完美配合的问题。改后之字,如"出"与"潮头"、"倚"与"雨脚"、"卷"与"白雪"、"收"与"黄云"之间,均兼顾了语言的外延与内涵。这两则诗话可谓精彩地说明了形象思维必须以逻辑思维为其维系环节的问题。

其次,"健字"能表达诗人对世界独特的感受,从而产生出人意表的新奇效果。宋人寻求的是怎样烹炼出一个不平常的字眼来修饰意象,使人们脱离现成思路,消除因意象沿袭而带来的思维惰性。吴可《藏海诗话》指出:

> "便可披襟度郁蒸。""度"字又曰"扫",不如"扫"字奇健。盖"便可"二字少意思,"披襟"与"郁蒸"是众人语,"扫"字是自家语。自家语最要下得稳当,韩退之所谓"六字寻常一字奇"是也。

在一句七言诗中,如果六字都是"少意思"的"众人语",那么,另一个字必须使用"奇健"的"自家语"。相对而言,意象语言很难独创,因此,"一字奇"一般都是指动词或形容词。如黄庭坚诗句"云黄觉日瘦,木落知风饕"(《劳坑入前城》),其中云日木风都是极常见的意象,但加进"瘦"、"饕"二字,常见的意象就组成全新的力的式样,产生了一种令人震撼之美。又如《藏海诗话》所云:

> 老杜诗云:"行步欹危实怕春。""怕春"之语,乃是无合中有合。谓"春"字上不应用"怕"字,今却用之,故为奇耳。

古典诗歌中常用"赏春"、"爱春"、"伤春"、"惜春"、"寻春"之类的词组,因为春天是美好的,令人留连怀念,而杜诗却用"怕春",看似无理,实则多情,所谓"无合中有合",所谓"奇",就是苏轼欣赏的"奇趣",即"反常合道曰趣"之意。

再次,"健字"能以其特有的动词功能使意象具有一种张力或运动的倾向,并由此而体现出一种劲健的生命力量。宋人炼字之论,指斥柔弱无力之字,如江西派诗人汪革(信民)不满"荆公诗失之软弱,每一诗中,必有'依依'、'袅袅'等字"(见曾季貍《艇斋诗话》),而推崇刚健有力之字,如何元章论苏轼诗"天外黑风吹海立,浙东飞雨过江来",谓"立字最为有力,乃水涌起之貌"(见马永卿《嬾真子》卷五)。这种有力之字,能"唤起一篇精神",如俞文豹(1240年前后在世)《吹剑录》云:"《禹庙诗》'云气生虚壁,江声走白沙',一'生'字、'走'字,古庙顿有神气。""生"和"走"二字,使无生命的云气、江声具有生命力量,从而静态的古庙也充满了"神气"。吕本中在《童蒙诗训》中也谈到这个问题:

  潘邠老言:"七言诗第五字要响,如'返照入江翻石壁,归云拥树失山村','翻'字、'失'字是响字也。五言诗第三字要响,如'圆荷浮小叶,细麦落轻花','浮'字、'落'字是响字也。所谓响者,致力处也。"予窃以为字字当活,活则字字自响。

潘大临(邠老)的"字响"之说,借用声音的响亮对听觉的刺激来形容奇字对欣赏心理的刺激;吕本中的"字活"之说,则强调字眼"力"的传导给意象注入的新鲜生命。其要点,均把联系意象的动词视为健朗活泼的生命力量之源。

  "活字"指句中转折斡旋之字,据罗大经例示,主要是指非标示物象、动作或性质的虚词,如副词、连词、介词等等。这些"活字"虽不能直接表现对象的审美特征,但能够调整意象之间的关系,能传达出复杂微妙的情感以及曲折丰富的意义。宋人崇尚"辞达",追求一种表达型诗歌,注重"文从字顺",又讲究"命意曲折",因此特别留心"活字"的使用。叶梦得《石林诗话》卷中已注意到这个问题:

  诗人以一字为工,世固知之,惟老杜变化开阖,出奇无穷,殆不可以形迹捕。如"江山有巴蜀,栋宇自齐梁",远近数千里,上下数百年,只在"有"与"自"两字间,而吞纳山川之气,俯仰古今之怀,皆见于言外。《滕王亭子》"粉墙犹竹色,虚阁自松声",若不用"犹"与"自"两字,则馀八言凡亭子皆可用,不必滕王也。

这里的"一字为工",已非"世固知之"的精当的动词,而是极为平常的"有"、"自"、"犹"几个虚词。由于这几字带有强烈的咏叹色彩,故能鲜明地表达作者吞纳山川之气和俯仰古今之怀,其表意功能显然非动词所能替代。范晞文说得更详细:

> 虚活字极难下,虚死字尤不易,盖虽是死字,欲使之活,此所以为难。老杜"古墙犹竹色,虚阁自松声"及"江山有巴蜀,栋宇自齐梁",人到于今诵之。予近读其《瞿塘两崖》诗云:"入天犹石色,穿水忽云根。""犹"、"忽"二字如浮云著风,闪烁无定,谁能迹其妙处。他如"江山且相见,戎马未安居"、"故国犹兵马,他乡亦鼓鼙"、"地偏初衣裌,山拥更登危"、"诗书遂墙壁,奴仆且旌旄",皆用力于一字。(《对床夜语》卷二)

范氏论诗提倡"不以虚为虚,而以实为虚,化景物为情思"(同上),似主张采用意象堆叠的手法,尽管如此,他仍承认虚字的活用是最难的,其妙处非实字所能及。范氏这种"死字使之活"的观点实际上是暗中接受了江西诗派理论的影响。按照江西诗派的看法,意象是"死蛇",而虚字可以将其"弄活"①;意象是"画龙",而虚字可以为其"点睛"。江西诗派殿军方回曾说过一番极精彩的话:

> 凡为诗,非五字、七字皆实之为难,全不必实,而虚字有力之为难。"红入桃花嫩,青归柳叶新",以"入"字、"归"字为眼;"冻

---

① 如张戒《岁寒堂诗话》卷上:"往在桐庐见吕舍人居仁(本中),余问:'鲁直得子美之髓乎?'居仁曰:'然。''其佳处焉在?'居仁曰:'禅家所谓死蛇弄得活。'"又葛天民《葛无怀小集·寄杨诚斋》:"参禅学诗无两法,死蛇解弄活鲅鲅。"

泉依细石,晴雪落长松",以"依"字、"落"字为眼;"榉柳枝枝弱,枇杷树树香",以"弱"字、"香"字为眼。凡唐人皆如此。贾岛尤精,所谓"敲门"、"推门",争精微于一字之间是也。然诗法但止于是乎?惟晚唐诗家不悟,盖有八句皆景,每句中下一工字以为至矣,而诗全无味。所以诗家不专用实句、实字,而或以虚为句,句之中以虚字为工,天下之至难也。后山曰:"欲行天下独,信有俗间疑。""欲行"、"信有"四字是工处。"剩欲论奇字,终能讳秘方","剩欲"、"终能"四字是工处。简斋曰:"使知临难日,犹有不欺臣。""使知"、"犹有"四字是工处。他皆仿此。且如此首"宵征江夏县,睡起汉阳城",又与"气蒸云梦泽,波动岳阳城"不同。盖"宵征"、"睡起"四字应"接浙"之意,闻命赴贬,不敢缓也。与老杜"下床高数尺,倚杖没中洲"句法一同。(《瀛奎律髓》卷四三"迁谪类"黄庭坚《十二月十九日夜中发鄂渚晓泊汉阳亲旧载酒追送聊为短句》)

宋诗与唐诗用字之差异被分析得鞭辟入里。据此,则不仅唐诗爱用名词,宋诗好用动词,而且唐诗以动词为眼,宋诗更以虚词为眼。唐诗有八句皆景,专用实句实字,而宋诗有以虚为句,句中以虚字为工。即使是黄庭坚的"宵征江夏县,睡起汉阳城"一联,虽与唐人孟浩然的"气蒸云梦泽,波动岳阳城"一联结构近似,但句法仍不相同。这是因为黄诗这一联与首联"接浙报官府,敢违王事程"相应,意脉联属,异于孟诗的共时平列结构。显然,在一首诗中,虚字起到了贯穿意脉的逻辑作用,使全诗形成一个有机的整体,"救首救尾,如常山之蛇"(见《豫章黄先生文集》卷一九《答王子飞书》)。同时,虚字的使用更加突出了诗歌的"言志"而非"咏物"的功能,并体现了由唐诗"境句"向宋诗"意句"的转型。

"活字"也具有力的式样,但不同于"健字"那种意象的力的式样,而是语态意脉的力的式样,它和诗人的情感脉络相对应。它以虚为用,能使"堆积窒塞"的实字变得含蓄空灵,如棋之眼,龙之睛;它以活为用,能使"截然不通"的死句变得活络飞腾,如车之轴,门之键①。从创作实践上看,"活字"比"健字"更能显示宋诗意义之曲折、层次之丰富、语脉之联属的特点。

相对而言,唐诗人注重意象的比喻象征功能,宋诗人更关心意象的张力与运动。基于此,宋诗人才把组织意象的字眼、而不是意象本身看得更为重要,才把"句中之眼"(语言之活力)而不是"象外之象、景外之景"(意象之神韵)作为批评的中心。至于方回提出"未有名为好诗而句中无眼者"②,将其视为诗歌生命之所在,可以说代表了宋人的普遍看法。

三、用事:典故的多重美感内涵

典故作为一种凝聚着浓厚的历史文化内涵和哲理性美感内涵的艺术符号,在中国古典诗歌的语言形式构成中占有举足轻重的地位。它能使诗歌在简练的形式中包含丰富的、多层次的内涵,使诗歌显得渊雅富赡,精致含蓄。中国古代诗人,只有用典的多寡精粗之不同,而罕有全然不用典者。不仅陶渊明、李白这样自然天真的诗人出入于六经,甚至寒山这样的墙头诗人、通俗歌手,仍难改用事之习气③。显然,要全面研究中国诗学理论,典故是一个难于回避的重要问题。

早在魏晋南北朝时期,文学批评中就已有了对"用事"问题的讨论。挚虞《文章流别论》云:"古诗之赋,以情义为主,以事类为佐。"刘勰《文心雕龙·事类》云:"事类者,盖文章之外,据事以类义,援古以

---

① 宋人炼字,每取喻于"眼"、"轴"、"键"等。如《诗人玉屑》卷八:"古人炼字,只于眼上炼,盖五字诗以第三字为眼,七字诗以第五字为眼也。"围棋有眼则活,诗句中有眼亦活。又如罗大经《鹤林玉露》卷六云:活字"斡旋如车之有轴"。《老子》第十一章:"三十辐共一毂,当其无,有车之用。"此可喻活字之用。又如黄庭坚《跋高子勉诗》云:"用一事如军中之令,置一字如关门之键。"亦取其斡旋运转之意。
② 见《瀛奎律髓》卷一〇"春日类"王安石《宿雨》评语。
③ 如《全唐诗》卷八〇六寒山诗:"弟兄同五郡,父子本三州。欲验飞凫集,须征白兔游。灵瓜梦里受,神橘座中收。乡国何迢递,同鱼寄水流。"八句中六句用典。

证今者也。"用事的目的在于引用古事故实以类比事理和情义,其功能在于类比,而非隐喻,所以典故和情义处于分离状态,有如这一时期诗歌写景与抒情、咏物与言志的分离①。这种分离状态的进一步发展,就造成了"以事类为主,以情义为辅"甚至"据事而忘义"的现象。正如钟嵘所指责:"颜延、谢庄,尤为繁密,于时化之。故大明、泰始中,文章殆同书抄。近任昉、王元长等,词不贵奇,竞须新事,尔来作者,寖以成俗。遂乃句无虚语,语无虚字,拘挛补衲,蠹文已甚。"(《诗品序》)用典繁复成为齐梁诗歌的重要特征,以至于古事故实的华藻丽辞淹没了诗歌吟咏情性的功能。正是有鉴于此,钟嵘才提出"观古今胜语,多非补假,皆由直寻"的著名论断。然而钟嵘也承认"自然英旨,罕值其人",因此,对于诗人来说,"词既失高,则宜加事义,虽谢天才,且表学问,亦一理乎"(《诗品序》)!

隋唐之际,诗文沿袭六朝,用事之风变本加厉,虞世南撰《北堂书钞》、欧阳询编《艺文类聚》、徐坚等纂《初学记》,即一时风气之反映。类书编纂的目的,欧阳询说得很明白:"俾夫览者易为功,作者资其用,可以折衷古今,宪章坟典云尔。"(《艺文类聚序》)将古代典故分门别类编排,便于作者根据诗题需要翻检引用,同时便于读者读诗时根据诗题查阅理解。不过,初唐人用典往往有滥用古人姓名之嫌,如杨炯作诗文,就被时人称为"点鬼簿",王勃、骆宾王等亦有类似毛病②。盛唐之后,用事之风稍减,但采集事类、博闻强记仍是诗人的基本功。如李白自称"十岁观百家",杜甫自诩"熟精《文选》理",韩愈有"窥陈编以盗窃"之招供,白居易有《白氏六帖》之撰作③。用典技巧日益进步,

---

① 参见拙文《中国古典诗歌的三种审美范型》,载《学术月刊》1989年第9期。
② 唐张鷟《朝野佥载》卷六:"时杨(炯)之为文,好以古人姓名连用,如'张平子之略谈,陆士衡之所记','潘安仁宜其陋矣,仲长统何足知之'。号为点鬼簿。"骆宾王亦好用古人名,如《帝京篇》"灰死韩安国,罗伤翟廷尉"、"马卿辞蜀多文藻,扬雄仕汉乏良媒"、"汲黯薪逾积,孙弘阁未开"等句。此乃初唐之风气。
③ 李白语见《上安州裴长史书》,杜甫语见《宗武生日》,韩愈语见《进学解》。《白氏六帖》又名《白氏经史事类六帖》,原三十卷,宋孔传续撰三十卷,称《后六帖》,南宋末两书合为一编,称《白孔六帖》。

"征古"不光是堆砌故实,类比事理,而且具有"比兴"的隐喻功能①。特别是李商隐之诗,虽"多检阅书史,鳞次堆集左右,时谓为獭祭鱼"(见吴坰《五总志》),但其用典能传达出朦胧微妙的感受,虽辞义晦涩而情韵绵邈,似非"书抄"可比。

同时,自中唐大历以还,钟嵘式的反用事诗观也日益占领市场,其间最著者有两次风潮,一次是大历诗风,一次是晚唐五代诗风。这两次风潮有某些共同点,即尚五言,重意象,用白描,主写景。明杨慎《升庵诗话》称晚唐两诗派"又忌用事,谓之点鬼簿,惟搜眼前景而深刻思之"。从诗歌批评来看,大历诗僧皎然在《诗式》"诗有五格"条中以"不用事第一",五代诗僧齐己在《风骚旨格》"诗有三格"中称"三曰下格用事",分别体现了这两次诗风"忌用事"的创作倾向。

宋初诗风沿袭晚唐五代,白体语言多得于容易,晚唐体语言多得于苦吟,大抵格局褊狭,"学贫才馁"②。真宗朝,杨亿、刘筠诸人学李商隐诗,倡为昆体,用事贴切,典丽繁缛,客观上反映出宋代大一统格局和文化全面繁荣的堂皇气象。不过,西昆体语言的弊病也是显而易见的,从宋诗话的批评来看,其弊有三:一是模仿李商隐痕迹太重,以致于有"挦扯义山"之讥(见刘攽《中山诗话》);二是用事太多,"语僻难晓"(见欧阳修《六一诗话》);三是只知堆砌故实,而"语意轻浅"(见魏泰《临汉隐居诗话》)。换言之,西昆体主要是通过用典来传达感受,营造气氛,而不是传达具体意义,自然是不符合宋人"尚意"的诗观。宋人所患者,是西昆体用事而未达意,而非用事本身。事实上,正是在用事的技巧方面,西昆体引起了包括批评者在内的人对它的同情。如李颀《古今诗话》辨"挦扯义山"之说,以为杨亿咏汉武帝诗"力

---

① 皎然《诗式》卷一"用事"云:"诗人皆以征古为用事,不必尽然也。今且于六义之中,略论比兴。取象曰比,取义曰兴,义即象下之意。凡禽鱼草木人物名数,万象之中义类同者,尽入比兴,《关雎》即其义也。如陶公以孤云比贫士,鲍照以直比朱弦,以清比冰壶。时人呼比为用事,呼用事为比。如陆机诗:'鄙哉牛山叹,未及至人情。爽鸠苟已徂,吾子安得停!'此规谏之忠,是用事非比也。如康乐公诗:'偶与张邴合,久欲归东山。'此叙志之中,是比非用事也。"

② 刘勰《文心雕龙·事类》:"学贫者,迍邅于事义;才馁者,劬劳于辞情。"实可移以评价晚唐苦吟诗人。

通青海求龙种"四句,"义山不能过也"。欧阳修《六一诗话》称杨亿《新蝉》诗"风来玉宇乌先觉,露下金茎鹤未知","虽用故事,何害其为佳句也"。更值得注意的是欧阳修对杨亿的这番称赞:

    盖其雄文博学,笔力有馀,故无施而不可,非如前世号诗人者,区区于风云草木之类,为许洞所困者也。

在《六一诗话》中,只有欧氏崇拜的韩愈享受过"笔力无施不可"这样高规格的赞语。而所谓"为许洞所困者",指晚唐体诗人九僧,作诗离不得山水风云竹石花草之类的字眼。《六一诗话》曾载许洞约诸僧不得犯以上字眼,诸僧纷纷搁笔之事。可见,欧阳修对杨亿"用故事"的佳句的欣赏,与其"禁体物语"的思路是一致的,即力图走出因晚唐体使用常见意象语言而陷入的困境。这番话显示出宋诗学的一个重要走向:即推崇资书用事,提倡"以才学为诗",而轻视白描写景,反对"烟云写形象"。

  王安石、苏轼、黄庭坚三大诗坛巨擘把宋人"以才学为诗"的习气推向顶点,并以其超越前代任何诗人的卓越用典技巧而博得宋诗话的频频喝彩。尤其是苏、黄,不仅以其大量的作品为宋人树立了用事的典范,而且在理论上打出"用事当以故为新,以俗为雅"、"无一字无来处"的旗号①。至此,用事既成为宋诗最鲜明的特点之一,也成为宋诗话所感兴趣的重要话题。

  需要指出的是,在宋诗学中,"用事"和"沿袭"是两个不同的概念②,尽管二者有相通之处。前者是指使用古书中的故事或有出处的词语,后者是指模仿、袭用或点化前人的诗句。"用事"也不尽同于"造语"中古人陈言的使用。它兼采语典与事典,兼采古老的故事及流传过程中积累的新义,是词与事、事与义的统一体,并兼有比喻、拟人、

---

① 苏轼《题柳子厚诗》:"诗须要有为而作,用事当以故为新,以俗为雅。"(《苏轼文集》卷六七)黄庭坚《答洪驹父书三首》之三:"老杜作诗,退之作文,无一字无来处。"(《豫章黄先生文集》卷一九)
② 如《诗人玉屑》卷七有"用事"类,卷八另有"沿袭"类。

借代等多种修辞功能。

典故作为一种艺术符号受到宋人的青睐,绝非偶然,它浓缩着丰富的历史文化内涵,是传统文化精神承传的重要纽带。崇尚用事,既与宋人重视人文资源、诗学传统的意识密切相关,也与宋人自觉立异于唐诗、超越唐诗的心态分不开。前面曾多次提到,宋诗学是作为唐诗尤其是晚唐诗的反题而出现的,这也在用事问题上充分反映出来。宋人力求从四方面改造六朝隋唐、五代宋初之诗风:其一,以广博富赡的用事来矫正晚唐五代的"学贫才馁"、"气弱格卑";其二,以用事的天然浑厚来矫正李商隐式的"用事僻涩"、"语僻难晓";其三,以用事的精确深密来矫正六朝初唐的"殆同书抄"、"堆垛死尸";其四,以用事的灵活变化来矫正西昆体诗的"挦扯义山"、"蹈袭前人"。宋诗学中有关用事的论述,大抵围绕着这四方面展开。

首先,宋人用事推崇广博富赡。宋初之诗沿袭五代,其特点是浅俗粗疏,所谓"贵白描而忌用事",与其说是提倡清新浅切的风格,毋宁说是宋初诗人文化素质低下的体现①。西昆体堆砌典故,固是一病,但其"雄文博学"、"丰富藻丽"毕竟反映出宋代文化积累而初步繁荣的"升平格力"②。所以田况(1005—1063)在《儒林公议》卷上称杨亿等人"以新诗更相属和,极一时之丽","五代以来芜鄙之气,由兹尽矣"。宋人对西昆体的"经营唯切偶"的精工浮艳虽有不满,而对其"雄浑奥衍"、"汇类古今"却表示出相当的赞赏③。事实上,随着宋代文化的全

---

① 《宋史·路振传》云:"淳化中举进士,太宗以词场之弊,多事轻浅,不能该贯古道。因试《厄言日出赋》,观其学术。时就试者凡数百人,咸聘睐忘其所出,虽当时驰声场屋者亦有难色。""厄言日出",语出《庄子·天下篇》,而就试者数百人,皆不知其出处,足见宋初士人文化素质之低下,此即白体、晚唐体流行的土壤。

② 苏轼《金门寺中见李西台与二钱唱和四绝句戏用其韵跋》之四:"五季文章堕劫灰,升平格力未全回。故知前辈宗徐庾,数首风流似《玉台》。"(《苏轼诗集》卷二八)李西台即李建中,二钱指钱惟演、钱易,均属西昆诗人。苏轼意谓昆体虽未完全挽回"升平格力",但已大不同于五代的"文章堕劫灰"。以"风流"称昆体,其意亦在褒其文采。

③ 不仅宋祁在《石中立墓志铭》中称"杨亿以雄浑奥衍革五代之弊",在《石中立行状》中称"杨工文章,彩缛闳肆,汇类古今,气象魁然","而五代之气尽矣",而且欧阳修在《与蔡君谟帖》中也认为"先朝杨、刘风彩,耸动天下,至今使人倾想",在《六一诗话》中推崇其"雄文博学"。王安石晚年喜李商隐诗(见《蔡宽夫诗话》、《石林诗话》卷下),黄庭坚如杨亿一样喜欢唐彦谦诗"用事精巧"(见《石林诗话》卷中),并"用昆体工夫而造老杜浑成之境(见朱弁《风月堂诗话》卷上),透露出其中消息。

面繁荣,以博学相尚成为社会风气,宋诗的用事之风愈演愈烈。而用事之博赡成为检验诗人之"才学"的重要标准。苏轼批评孟浩然诗"韵高而才短,如造内法酒手,而无材料"(见《后山诗话》),表示出对缺乏书卷气的诗人的鄙薄。而在这一点上,他和西昆体、王安石诗有惊人的一致。正如黄彻所说:

> 李商隐诗好积故实,如《喜雪》云:"班扇慵裁素,曹衣讵比麻。鹅归逸少宅,鹤满令威家。"又"洛水妃虚妒,姑山客漫夸。联辞虽许谢,和曲本惭巴"。一篇中用事者十七八。尝观临川《咏枣》止数韵:"馀甘入邻家,尚得馋妇逐。赘享古已然,《豳诗》自宜录。"用"女贽枣脩","八月剥枣"。"谁云食之昏",用范晔"枣膏昏蒙"。"愿比赤心投,皇明傥予烛",用萧琛"陛下投臣以赤心,臣敢不报以战栗"。以是知凡作者,须饱材料。传称任昉用事过多,属辞不得流便。余谓昉诗所以不能倾沈约者,乃才有限,非事多之过。坡集有全篇用事者,如《贺人生子》,自"郁葱佳气夜充闾,喜见徐卿第二雏",至"我亦从来识英物,试教啼看定何如";《戏张子野买妾》,自"锦里先生自笑狂,身长九尺鬓眉苍",至"平生谬作安昌客,略遣彭宣到后堂",句句用事,曷尝不流便哉!(《碧溪诗话》卷一〇)

这种全篇用事的作法,莫砺锋称之为"博典",以为与苏诗为人称道的"博喻"很相似。"博喻"的目的是连用许多比喻多角度地显现所写对象的形象,"博典"的目的则是连用许多典故来多层次地揭示所写对象的性质[1]。黄彻所举苏轼二诗《贺陈述古弟章生子》、《张子野年八十五尚闻买妾述古令作诗》都是七律(见《苏轼诗集》卷一一),都是八句诗中用七个典故,前一首全用生子事,后一首全用张姓人风流事,淋漓尽致地表现了诗的题旨。值得指出的是,李商隐《喜雪》诗也句句用

---

[1] 见莫砺锋《苏轼札记四则·用典》,载《宋代文学研讨会论文集》,台湾成功大学中文系所主编,高雄丽文文化公司,1995年版。

典,但与苏轼相比,李诗之典是文苑中人常用的典故,范围大致不超出唐代类书。学李商隐的西昆诗人刘筠(970—1030)极爱初唐类书《初学记》,以为"非止初学,可为终身记"(见《温公续诗话》),正透露出其中消息。而苏轼所用之典,已扩展到稗官小说,非类书可查找,如"诗人老去莺莺在,公子归来燕燕忙",所使张姓事,皆前人所未曾拈出。

黄庭坚、陈师道作诗,用事之博更变本加厉。"山谷之诗与苏同律,而语尤雅健,所援引者乃多于苏"(钱文子《山谷外集诗注序》);"后山从其游,将寒冰焉"。任渊称黄、陈二家之诗,"一字一句有历古人六七作者。盖其学该通乎儒释老庄之奥,下至于医卜百家之说,莫不尽摘其英华,以发之于诗"(《黄陈诗集注序》)。甚至于"每下一俗间言语,无一字无来处"(陈长方《步里客谈》卷下)。用典的范围几乎扩大到宋人所能看到的所有书籍。如黄庭坚《林夫人欸乃歌与王稚川》第二首"从师学道鱼千里",任渊注以为用《齐民要术》载范蠡种鱼事(《山谷内集诗注》卷一),而张邦基《墨庄漫录》卷三则以为"鱼千里"三字出自《关尹子》①。相比较而言,黄、陈较苏轼更爱用僻典,在用事上亦主张"宁僻毋俗"。

值得注意的是,宋人普遍对苏、黄、陈诸家用事之该博怀有浓厚的探索兴趣,宋诗话中关于他们用事出处的讨论随时可见。更引人注目的是,由于他们的作品"搜猎奇书,穿穴异闻",令后生晚学"此秘未睹","苦其难知",竟引发了训诂学上的一场革命:"今人之文,今人乃随而注之,则自苏、黄之诗始也。"(钱文子《山谷外集诗注序》)事实上,严羽把"苏、黄、陈诸公"称为"元祐体"是很有眼光的,三人诗风虽有差异,但在"以才学为诗"方面却完全一致。特别是他们在元祐前后的唱和诗,诗友都是同一学术文化圈子里的人物,因而争奇斗险、夸富竞博成了这类诗的主要特征。典故在他们手中,不仅是一种艺术符号,而且是一种意义密码,这群博学多闻的作者和读者正是在费尽心机地编排密码(数典用事)和破译密码(释义、找出处)中获得一种极

---

① 参见钱钟书《谈艺录》第5页。按:黄诗中"鱼千里"事凡四使,张邦基所论者为"争名朝市鱼千里"。虽诗句不同,而典出一致。

大的乐趣。而这种乐趣是在"忌用事"的晚唐体诗中得不到的①。

然而,"博典"的使用极易导致意义的淹没,特别是李商隐及西昆体诗,好以典故营造气氛,烘托对象,而诗之旨意晦涩朦胧。宋人对此多有指责:

> 义山诗合处信有过人,若其用事深僻,语工而意不及,自是其短。世人反以为奇而效之,故昆体之弊,适重其失。(《蔡宽夫诗话》)
>
> 诗到义山,谓之文章一厄,以其用事僻涩,时称西昆体。(《冷斋夜话》卷四)
>
> 自《西昆集》出,时人争效之,诗体一变。而先生老辈,患其多用故事,至于语僻难晓。(《六一诗话》)

换言之,苏、黄、陈诸公诗虽用事该博,但事中有义在,所以密码可破译。而李商隐诗用事本是"混沌的心灵场"的反映,所以"诗家总爱西昆好,只恨无人作郑笺"②。

针对昆体之弊,宋人主张用事要天然浓厚,语意明白晓畅。在宋人看来,真正的大诗人不仅应学富五车,用典该博,而且能举重若轻,化难为易,属辞用事,无牵强斗凑之迹。典故是为达意服务的,因而须与诗意融合无间。典故的功能不在于类比,而在于描写,它本身就运载着意义。最高明的用事,是事与义的合一。蔡絛《西清诗话》指出:

> 杜少陵云:作诗用事,要如禅氏语"水中着盐,饮水乃知盐味"。此说,诗家秘密藏也。如"五更鼓角声悲壮,三峡星河影动

---

① 如许尹《黄陈诗集注序》谓"孟郊、贾岛之诗,酸寒俭陋,如虾蟹蚬蛤,一啖便了,虽咀嚼终日,而不能饱人",故远逊于"用事深密"的黄、陈之诗。苏轼《读孟郊诗二首》之一云:"初如食小鱼,所得不偿劳;又似煮彭蚏,竟日持空螯。要当斗僧清,未足当韩豪。"(《苏轼诗集》卷一六)也表现出一种读孟郊、贾岛诗之后的不满足感。事实上,贾岛之"清"与白描写景有关,韩愈之"豪"与博学用事有关。

② 参见王蒙《混沌的心灵场——谈李商隐无题诗的结构》,载《文学遗产》1995年第3期。

摇",人徒见凌铄造化之工,不知乃用事也。《祢衡传》:"挝渔阳掺,声悲壮。"《汉武故事》:"星辰动摇,东方朔谓民劳之应。"则善用事者,如系风捕影,岂有迹耶!

事融于义,如盐化于水,不可分离。善用事者,用事而使人不觉,典故不是外在于诗意的辞藻与学问,而是负载着诗意的具有多重美感内涵的符号。如杜诗"五更鼓角声悲壮"一联,不知典故的读者可以体味到诗之意境,而不觉隔膜,了解典故的(有认知能力的)读者则能更深地体会到"声悲壮"的象征意义和感情色彩。水中之盐,既喻示诗意的透明澄澈,又喻示诗味的绵邈悠长。这显然不同于李商隐式的语义晦涩。宋人特别佩服苏轼用事的高超技巧:

> 东坡最善用事,既显而易读,又切当。若《招持服人游湖不赴》云:"颇忆呼卢袁彦道,难邀骂座灌将军。"柳氏求书答云:"君家自有元和脚,莫厌家鸡更问人。"天然奇特。(《诗人玉屑》卷七引《漫叟诗话》)
>
> 诗之用事,不可牵强,必至于不得不用而后用之,则事词为一,莫见其安排斗凑之迹。苏子瞻尝为人作挽诗云:"岂意日斜庚子后,忽惊岁在己辰年。"此乃天生作对,不假人力。(《石林诗话》卷上)

用事而讲求"显而易读",乃针对西昆体"僻而难晓"而言;用事而主张"不假人力",乃针对西昆体"破碎雕镂"、"弄斤操斧太甚"而言。宋人的这些看法,既与"辞达说"的精神相符合,又与尚"浑成"观念有相系。这样,只要作者与读者处于相同的文化对应关系,典故便显得亲切自然,决不会妨碍诗意的通畅。事实上,西昆诗人的僻涩并非由于用典的博赡,这一点他们不及苏轼的学问富,而在于事与义的分离,语与意的断裂。

此外,宋人主张用事要精确深密。诗中的典故,归根结底是为抒情述志服务的,而非为了展览学问。宋人提倡一种"表达型"之诗,艺术上极易造成直露乏味,因而,如何使诗歌语言既能准确达意,又耐人咀嚼,一直是宋诗学关心的话题,而用事的精确深密正可满足这两方面的要求。它能在简练的形式中包含丰富的多层次的内涵,精当而又含蓄。因此单是博闻强记并不能做到这一点,还得需要精巧的艺术构思以及驱遣语言的能力,使原典的意义和诗歌所要表达之旨合若符契,从而达到以一当十的效果。总之,用事本身只是作诗的手段,而非作诗的目的。王安石、苏轼、黄庭坚等人对此深有认识,并以其的当妥贴、精妙稳密的用典与堆叠故实的"点鬼簿"、"獭祭鱼"区别开来。《蔡宽夫诗话》记载:

> 荆公尝云:诗家病使事太多,盖皆取其与题合者类之,如此乃是编事,虽工何益!若能自出己意,借事以相发明,情态毕出,则用事虽多,亦何所妨!

又《类苑》指出:

> 鲁直善用事。若正尔填塞故实,旧谓之点鬼簿,今谓之堆垛死尸。如《咏猩猩毛笔》诗云:"平生几两屐,身后五车书。"又云:"管城子无食肉相,孔方兄有绝交书。"精妙稳密,不可加矣。当以此语反三隅也。(《诗人玉屑》卷七引)

填塞故实者,如初唐杨炯辈固不必论,即如晚唐李商隐辈,亦不免"獭祭"之讥。试以李诗《泪》为例,全诗八句用了七个泪的故事,其间全无逻辑联系,纯粹是泪典的罗列,最后一句"未抵青袍送玉珂"虽略有身世之感,但已被前面的"编事"所湮埋。意义成了陪衬,故实成了重点,手段成了目的,真可谓喧宾以夺主,买椟而还珠。至于杨亿、刘筠的同题《泪》诗,更连个人的身世之感也一并取消了。再看黄庭坚的"平生几两屐,身后五车书",两句用四个典故,无一字无来处,但绝无填塞故实之弊,而是准确地刻画出猩猩爱着屐的性格和猩猩毛笔的功用,层次丰富,意义曲折。又如"管城子无食肉相"一联,亦用四个典故,而含蓄地传达出读书人的清贫生活。用典又与借代(管城子代笔、孔方兄代钱)、拟人(子、兄)手法结合,幽默风趣,生动活泼,令人回味无穷。更值得注意的是黄庭坚对"点鬼簿"的改造,《苕溪渔隐丛话》后集卷三一云:

> 前辈讥作诗多用古人姓名,谓之点鬼簿。其语虽然如此,亦在用之何如耳,不可执以为定论也。如山谷《种竹》云:"程婴杵臼立孤难,伯夷叔齐食薇瘦。"《接花》云:"雍也本犁子,仲由元鄙人。"善于比喻,何害其为好句也。

这种以典为喻的手法是黄诗的一大特色,可称之为"典喻"。它与"曲喻"很相似,黄诗常用来咏物。古人姓名及其有关故事使被比喻对象具有丰富的人文性内涵,从而体现了对象世界人文化的旨趣。

用事最精确深密者要数苏诗。清人赵翼指出:"宋人诗,与人赠答,多有切其人之姓,驱使典故,为本地风光者。"(《瓯北诗话》卷一二)这种做法苏轼用得尤为得心应手。朱弁《风月堂诗话》卷上云:

> 东坡知贡举,李豸方叔久为东坡所知,其年到省,诸路举子,人人欲识其面。考试官莫不欲得方叔也。……既拆号,十名前不见方叔,众已失色;逮写尽榜,无不骇叹。方叔归阳翟,黄鲁直以诗叙其事送之,东坡和焉。如"平生漫说古战场,过眼真迷日五色"之句,其用事精切,虽老杜、白乐天集中未尝见也。

唐人李华的《吊古战场文》是古文名篇,李程的《日五色赋》为甲赋佳作。据《唐摭言》卷八记载,吕渭知贡举,出题《日五色赋》,李程赋极佳,但仍遭黜落。苏诗不但以两位李姓之典切合李豸,而且表达了自己平日喜李豸古文,却未能拔擢李豸应举之赋的无限遗憾,用典之贴切,意义之丰富,语言之婉曲,无以复加。又如《太守徐君猷通守孟亨之皆不饮酒以诗戏之》:"孟嘉嗜酒桓温笑,徐邈狂言孟德疑。公独未知其趣尔,臣今时复一中之。风流自有高人识,通介宁随薄俗移。二子有灵应抚掌,吾孙还有独醒时。"(《苏轼诗集》卷二一)宋人对此篇亦极口称赞,如胡仔云:"东坡此诗,戏徐君猷、孟亨之皆不饮酒。不止天生此对,其全篇用事亲切,尤为可喜。皆徐、孟二人事。"(《苕溪渔隐丛话》前集卷九)仅就用事而言,苏轼在宋人心目中艺术技巧已超过杜甫。

最后,宋人主张用事要灵活变化,不可拘泥原典,不可沿袭前人。典故作为一种艺术符号,是为表达诗意服务的。当原典和诗意之间存在差异之时,到底是忠实于原典、寸步不移呢,还是照顾诗意、改造原典?宋人大抵主张选择后者,所谓"使事不为事使"。《蔡宽夫诗话》称赞王安石诗如"董生只被公羊惑,岂信捐书一语真"、"桔槔俯仰何妨事,抱瓮区区作此身"之类,"皆意与本处不类,此真所谓使事也"。于是,有人总结出一种"反用故事法",如严有翼(1126年前后在世)《艺苑雌黄》云:

  文人用故事,有直用其事者,有反其意而用之者。李义山诗:"可怜半夜虚前席,不问苍生问鬼神。"虽说贾谊,然反其意而用之矣。林和靖诗:"茂陵他日求遗稿,犹喜曾无封禅书。"虽说相如,亦反其意而用之矣。直用其事,人皆能之,反其意而用之者,非学业高人,超越寻常拘挛之见,不规规然蹈袭前人陈迹者,何以臻此!(《诗人玉屑》卷七引)

杨万里《诚斋诗话》将此法称为"翻案法"。"反用故事"的结果,意义更曲折、更深刻、更具独创性,它使典故的联想范围得到变化、扩大和转移。必须指出的是,所谓"反用",实际上是一种"活用",正如黄彻所说:"用事之法,盖不拘故常也。"(《䂬溪诗话》卷三)以新鲜活泼的自得之意去驱遣古老陈旧的事典语典,这与宋诗学中的"活法"精神是一致的。

宋人崇尚用事的诗学观的形成,既与宋代学术文化的全面繁荣密切相关,也是诗歌内部艺术发展规律的必然归宿之一。首先,宋人以言志为诗人本意,以咏物为诗人馀事。晚唐诗人忌用事,重白描,与其写眼前景的咏物态度有关,所谓"区区于风云草木之类",意象语言足以为用。而宋人要言志,要道得人心中事,如果仅用白描,极易出现"其词浅近"、"信口乱道"的现象。典故作为浓缩着丰富历史内容的符号,正可使诗人复杂的情感通过简练的形式表达出来,它本身的象征意义、情感色彩尤其是文化内涵对于"言志"的作用,是意象语言所无法达到的。例如前面所举苏轼送李豸下第诗,我们不能设想任何一种其他的白描手法能获得用李姓事这样的艺术效果。其次,宋诗尚赋体而寡比兴,这固然因为"兴近于讪",人不敢作,也因为比兴的运用已成为一种现成思路,"依《诗》取兴,引类譬喻,故善鸟香草,以配忠贞;恶禽臭物,以比谗佞;灵修美人,以媲于君;宓妃佚女,以譬贤臣;虬龙鸾凤,以托君子;飘风云霓,以为小人"(王逸《离骚经章句序》)。然而,只用赋的手法毕竟容易造成直露乏味,而用事正好在某种程度上取代了比兴的功能,既打破现成思路,又使诗意含蓄委婉。例如黄庭坚的《观王主簿酴醾》诗"露湿何郎试汤饼,日烘荀令炷炉香"一联,用美丈夫比花,不仅打破前人"若教解语应倾国,任是无情也动人"的以美女比花的套路,而且使用"典喻",在给人以丰富联想的同时又增加了诗句的历史文化内涵。特别是黄诗《种竹》中的"程婴杵臼立孤难,伯夷叔齐食薇瘦",既包含上述的所有美感内涵,还具有独特的人格力量的气韵,可见用典的艺术功能已非比兴所能局限。

当然,正如任何一种艺术手法一样,用典也既有所长,也有所短,它容易成为学问的炫耀展览,隐藏并埋没意义,导致诗歌的生硬晦涩。尤其是在文化背景完全改变的今天,典故更易造成一般读者读诗时的"视境中断",它曾经拥有过的生命活力渐化为僵死的躯体。

第三章 声律的魅力

　　声律是诗歌区别于散文的重要因素之一,因而理所当然地应成为诗学研究的重要对象。法国学者让·絮佩维尔在《法国诗学概论》中提出:"诗学是诗的总体的科学,它有三大分支:1.韵律学——关于元音与音节的音长的科学。2.格律学——关于诗的格律的科学。3.节律学——关于节律的科学。"①把韵律节奏的研究视为诗学最主要的内容。我们虽然不会赞同这个狭窄的定义,但是承认声律之于诗歌确实意义重大,不容回避。尤其是中国古典诗歌,从诞生之日起,就讲究韵律节奏,四言、五言、七言诗,无一不要求押韵。到了唐代近体诗的定型,押韵之外又有种种平仄粘对的声律规则。从某种意义上来说,声律是中国古典诗歌的生命,我们见过不少完全不讲格律甚至不讲押韵的现代自由诗,可是找不出一首完全无格律的近体诗或完全不押韵的古体诗。

　　中国古代诗论家很早就注意到诗歌的声律问题,陆机在《文赋》中已提出"暨音声之迭代,若五色之相宣"的观点,发现声律这种语言现象的客观存在。到了南朝齐永明年间,沈约首次明确提倡声律说:"欲使宫羽相变,低昂互节,若前有浮声,则后须切响。一简之内,音韵尽殊;两句之中,轻重悉异。"②诗歌的音节美被提到首要的地位,自然音律的奥秘被发现,而导致自觉的人为韵律的诞生。沈约等诗人创作的

---

① 参见《法国诗学概论》第5页,洪涛译,四川文艺出版社,1990年版。
② 见沈约《宋书·谢灵运传论》。又《南史·陆厥传》:"约等文皆用宫商,将平上去入四声,以此制韵,有平头、上尾、蜂腰、鹤膝。五字之中,音韵悉异,两句之内,角徵不同,不可增减。世呼为永明体。"参见郭绍虞《照隅室古典文学论集》上编《永明声病说》。

诗歌,讲究四声,回忌八病,世称"永明体"。初唐诗人沈佺期、宋之问更进一步把这种人为韵律制定为一套完整的规格,"回忌声病,约句准篇"(《新唐书·宋之问传》)。从此,掌握音韵声病知识,成为作诗的最起码条件。中唐日本名僧遍照金刚撰《文镜秘府论》,于"天卷"中首论"四声"、"七种韵"等,足见出声律之于唐诗的重要性。

宋诗话也充满了讨论格律和押韵的内容。但与六朝唐人相比,宋人关心的侧重点已发生转移。六朝唐的声律说只讨论诗歌的纯形式问题,而宋人却注意到声律与诗格的关系,意识到声律里面包含着的价值内涵。六朝唐的声律说提倡音韵的和谐协调,而宋人却有意识破坏这种和谐协调,下拗字,押险韵,力图超越唐诗完美的声律系统,以拗捩生涩的声韵来体现一种奇峭劲健的风格。

一、拗律:反心理预期的声律脉动

对语言与心理张力关系的认识,使宋人注意到诗歌音律的谐与拗问题。在中国古典格律诗中,声律作为重要的审美因素,占有特殊的地位。一方面,从六朝到唐代,诗歌格律从萌生逐渐走向完善;但另一方面,从唐代到宋代,经过两百多年诗人的创作实践,这种格律又从定型而逐渐变得僵化。特别是声律一项,由于规则的整一,形式的和谐,平仄的固定,使读者的欣赏过程变得舒适省力。平仄合律的诗歌能满足人们生理、心理的预期而产生快感。但是如果所有的律诗的平仄都能满足预期,则这种快感就会逐渐为重复单调的困倦感所代替。因此,如何使读者在诗歌吟咏中保持心理上的"完形压强",就成了宋人关心的一个重要问题。宋诗话中讨论颇多的拗律、拗句和拗字,正是旨在破坏读者的心理预期,使其在审美过程中始终保持一种高亢的好奇状态。

律诗中有意识地造拗句,最早起于杜甫。所谓"拗句",是指正常声律规则的解构。杜甫律诗,原有正体、变体之分。正体终篇声韵和谐,平仄合律,是其"晚节渐于诗律细"的结晶;变体即所谓"拗体",不拘声律,是其"老去诗篇浑漫与"的产物。在杜甫的时代,七言律刚刚定型,盛唐诸家之作,时有失粘失对者,因此,杜甫对七律的贡献,主要在于声律精严的正体,而非声律拗捩的变体。换言之,杜甫七律的意义,在于声律的建构,而非解构。所以在唐代,杜甫的拗律并未引起人们的重视。唐代近体诗的声律,基本上是和谐圆美的。至于韩孟诗派医治大历律诗的平庸,欧、苏等人对抗西昆律诗的整丽,都主要以古体诗作武器,对律诗本身并未作多少改造。

重新拾掇杜诗遗产而作拗体诗的首推黄庭坚。仅他所写的七律,拗体就有一百五十三首,相当于杜甫全部七律的数量。黄庭坚很欣赏自己的拗体诗,据《王直方诗话》记载:

> 山谷谓洪龟父云:"甥最爱老舅诗中何等篇?"龟父举"蜂房各自开户牖,蚁穴或梦封侯王"及"黄流不解浣明月,碧树为我生凉秋"①,以为绝类工部。山谷云:"得之矣。"

洪朋(龟父)是江西派诗人,他喜爱的这两联诗恰恰都是拗句,而且不是一般的拗中有救,"封侯王"、"生凉秋"已经犯了律诗的大忌——"三平调。"从这段记载中,不仅可看出黄诗的艺术特征,也可看出江西派诗人洪朋、王直方等的审美趣味,以及他们对杜诗变体七律的心慕神追。黄庭坚学杜而变本加厉,以致于把不拘平仄的古体句式融入律诗,有意追求预期不中的惊异感,并使生硬的音律与奇警的内容相一致。最典型的如《题落星寺》之一:

> 星官游空何时落?着地亦化为宝坊。
> 平平平平平平仄　仄仄仄仄平仄平
> 诗人昼吟山入座,醉客夜愕江撼床。
> 平平仄平平仄仄　仄仄仄仄平仄平

---

① 按,《宋诗话辑佚》本《王直方诗话》"黄流"误作"黄尘",今据《苕溪渔隐丛话》前集卷四七、《诗人玉屑》卷一八所引《王直方诗话》校改。

蜜房各自开牖户，蚁穴或梦封侯王。
仄平仄仄平仄仄　仄仄仄仄平平平
不知青云梯几级？更借瘦藤游上方。
仄平平平平仄仄　仄仄仄平平仄平

通篇无一句合律。第一句一气用了六个平声字，给人以高远轻灵的感觉，恰巧与"星宫"的意义一致；而一个"落"字，既是意义上的落，音韵上也随着落下来。第二句五个仄声字，仿佛给人一直下落的感觉，直到"坊"字出现，落的感觉才消失。"诗人昼吟"一句，在节奏重音上用两个舒缓的阳平声字描写吟诗的闲情；"醉客夜愕"一句，又用两个短促的入声字渲染江涛的威力。接下来四句，有"封侯王"这样的三平调，又有结句的拗救。这首诗想象新奇，夸张大胆，思路不凡，有曲喻，有僻典。其内容选择拗体形式，非常恰当。就连对黄诗非常挑剔的纪昀，也称赞这首诗"意境奇恣，此种是山谷独辟"（纪批《瀛奎律髓》卷二五）。可见黄庭坚使用拗律，是为了改变律诗拘忌声病、形式老化的状况，使音韵与所要表现的内容更自由更有效地配合。

虽然黄庭坚的拗体受杜甫影响，但由于时代诗学背景的差异，黄氏的仿效似乎比杜甫更具创新意义。这是因为杜甫的拗体出现在七律的格律尚待完善的时代，而黄庭坚的拗体却产生于声律已凝定且僵化的时代。正如张耒所说：

> 以声律作诗，其末流也，而唐至今诗人谨守之。独鲁直一扫古今，（直）出胸臆，破弃声律，作五七言，如金石未作，钟磬声和，浑然有律吕外意。近来作诗者，颇有此体，然自吾鲁直始也。（《苕溪渔隐丛话》前集卷四七引）

这种解释基本符合黄庭坚的创作目的。黄氏的"破弃声律"，乃是不满于妥帖严谨的声律形式对"唐至今诗人"的束缚，试图以自由抒写胸臆的方式重返唐以前声律未定的浑然天成的古典境界。黄庭坚曾说过一段话:"宁律不谐,而不使句弱;用字不工,不使语俗,此庾开府之所长也,然有意于为诗也。至于渊明,则所谓不烦绳削而自合者。虽然,巧于斧斤者多疑其拙,窘于检括者辄病其放。"(《豫章黄先生文集》卷二六《题意可诗后》)这里提出了"破弃声律"的两种创作态度和两种艺术效果:前一种是庾信式的有意不谐声律的态度,其艺术效果是句不弱,语不俗,即所谓"雅健";后一种是陶渊明式的无意于声律的态度,其艺术效果是拙与放的古朴,即所谓"平淡"。事实上,前一种作诗方式与其以庾信为代表,不如以杜甫为代表更合适,因为庾信时代声律初萌,"律不谐"尚无多少针对性,而杜甫的"律不谐"则有由正而变的自觉尝试。

尽管黄庭坚把陶渊明视为更高的艺术典范,但在实际创作中,陶诗全部是古体诗,未能提供改造律诗的具体范式。因此,黄庭坚"破弃声律"的拗体诗,只能是庾信、杜甫式的"宁律不谐,而不使句弱"的变体律诗的翻版。这样,就其拗体诗的实际艺术效果而言,它不是对唐以前诗歌自然音律的复归,回到"浑然有律吕外意"的汉魏气象、晋宋风度,而是使声律从汉魏晋宋的"天成"和隋唐五代的"工致"中摆脱出来,以一种人为的声律设计来解构唐诗声律系统,使诗歌的声韵本身进入"雅健"的姿势状态。

事实上,宋人正是从"宁律不谐,而不使句弱"的角度来认识拗体诗的艺术效果的。惠洪《天厨禁脔》指出:

> 鲁直换字对句法,如"只今满坐且尊酒,后夜此堂空月明"、"清谈落笔一万字,白眼举觞三百杯"、"田中谁问不纳履,坐上适来何处蝇"、"秋千门巷火新改,桑柘田园春向分"、"忽乘舟去值花雨,寄得书来应麦秋",其法于当下平字处,以仄字易之,欲其气挺然不群。前此未有人作此体,独鲁直变之。

诚然,如胡仔所说:"此体本出于老杜。"[①]但惠洪对拗句"欲其气挺然

---

① 见《苕溪渔隐丛话》前集卷四七。吴沆《环溪诗话》卷中亦认为山谷拗体出自杜诗。

不群"的认识无疑是深刻的。宋人大致持相同的观点,如吴沆《环溪诗话》卷中:"诗才拗则健而多奇,入律则弱为难工。"范晞文《对床夜语》卷二:"五言律诗,固要贴妥,然贴妥太过,必流于衰。苟时能出奇,于第三字中下一拗字,则贴妥中隐然有峻直之风。"所谓"挺然不群"、"健而多奇"、"峻直之风"语异而意同,大致是说诗律中拗字的运用能产生这样的艺术效果:由于平仄的异于常规使人感到陌生新奇,由于心理的预期不中而造成审美的紧张力,由于陌生和紧张消除了审美活动中的惯性和惰性。这样,拗折的语音因其陌生而显得"突出"、"挺然不群",因其紧张而显得"峻直"、"健"而有力。显然,声音的拗掖具有了某种价值内涵,与宋人崇尚的人格力量相吻合。

必须指出的是,虽然在唐代已能找出大量使用拗句的例证①,但"拗句"、"拗字"的概念和特点却是宋人总结出来的。杜甫拗体的意义在宋代才被真正发现,拗体律诗的美感在宋代才被真正认识。宋人对拗律的欣赏与其对诗歌语言和结构的总体要求——"宁拙毋巧,宁朴毋华,宁僻毋俗,宁粗毋弱"——是一致的。方回《瀛奎律髓》卷二五专列"拗字类",正是宋人重拗体的观念的集中反映。

也许有人认为,声律不过是诗歌的细枝末节,宋诗话留意于此,足见其琐屑细碎。然而,当宋人把拗体与"健"、"峻直"等概念相联系的时候,很容易使我们联想到新批评派评论家布拉克墨尔(R. P. Blackmur)提出的"姿势语"说(gestures of language)。诗歌除了文字的表面意义外,另有姿势意义,诗歌的音乐属性即是姿势②。合律的诗歌音调有一种平滑柔弱的姿势,而不规则的拗律则有一种生硬倔强的姿

---

① 如吴可《藏海诗话》:"苏州常熟县破头山有唐常建诗刻,乃是'一径遇幽处'。盖唐人作拗句,上句既拗,下句亦拗,所以对'禅房花木深'。"又王楙《野客丛书》卷一九"拗句格":"与杜同时如王摩诘亦多是句,如云'雨中草色绿堪染,水上桃花红欲燃',曰'劝君更尽一杯酒,西出阳关无故人',疑亦久矣。张说诗曰'山接夏空险,台留春日迟',此亦拗句格也。"又清人王士禛《分甘馀话》卷三:"唐人拗体律诗有二种,其一苍莽历落中自成音节,如老杜'城尖径仄旌旆愁,独立缥缈之飞楼'诸篇是也;其一单句拗第几字,则偶句亦拗第几字,抑扬抗坠,读之如一片宫商,如许浑之'溪云初起日沉阁,山雨欲来风满楼',赵嘏之'湘潭云尽暮山出,巴蜀雪消春水来'是也。"不可尽举。
② 见布拉克墨尔《现代诗歌中的形式与价值》(Form and Value in Modern Poetry,1952)参见赵毅衡《新批评——一种独特的形式主义文论》第 153—154 页。

势。诗歌不只是传达出文字意义,也不可避免地传达出姿势意义。在中国古典诗歌崇尚吟诵的时代,诗歌的音调"姿势"对于美感倾向尤其具有重要的影响。正如英国批评家瑞恰慈(I. A. Richards)所说:"在文字被理智地理解之前,在诗中的思想被抓住之前,词的运动和声音已经深深地影响我们的兴趣。"①所以,宋人既要矫正晚唐五代诗的气格卑弱,诗歌音调"姿势"的改变实为重要的一环。陈岩肖《庚溪诗话》卷下指出,山谷之诗"与唐世相亢",其中就有"不拘声律"一条;而后来学其诗者,"每有所作,必使声韵拗捩,词语艰涩,曰江西格"。不管得失如何,黄庭坚与江西诗派以拗捩的姿势语对抗唐诗声律的用心是可以肯定的。

二、险韵:因难见巧的智力竞技

中国学者讨论诗的音律,向来分声、韵两层来说。声指四声,指诗的平仄格律;韵指句尾押韵。诗与韵本无必然关系,日本俳句无所谓韵,古希腊诗全不用韵,只有中国古典诗歌(无论是古体诗还是近体诗)必须用韵②。四声八病、平仄粘对的规则兴起于齐梁以后,而押韵的原则却自中国诗诞生之日起就已存在了。因此,押韵之于中国诗较平仄更为重要,其涵盖面不仅包括近体格律诗,也包括所有形式的古体诗。从纯形式的意义上说,押韵是中国古典诗歌的生命。

中国诗的押韵也经历了由自然到人工的进化轨迹。《诗经》押韵最自由,用韵变化最多。汉魏古风用韵方法已渐窄狭,惟转韵仍甚自由,平韵与仄韵仍可兼用。齐梁声律风气盛行以后,隔句押韵,韵必平声,渐成律诗的定律。与此相对应,诗学著作中也出现了对用韵格式的专门讨论,如遍照金刚《文镜秘府论》天卷论及"七种韵",以为"凡诗有连韵、叠韵、转韵、叠连韵、掷韵、重字韵、同音韵"。经过有唐一代

---

① 见瑞恰慈《科学与诗》(Science and Poetry, 1926)第23页。参见赵毅衡《新批评———种独特的形式主义文论》第155页。
② 参见《朱光潜美学文集》第二卷第172—175页,上海文艺出版社,1982年版。

众多诗人的尝试实践,中国古典诗歌的各种押韵方式已基本具备①。

宋人在押韵方面似乎很难跳出如来的手心。但他们并不甘心认输,欧阳修在对韩愈诗用韵的礼赞中,就已发现一条可供宋人大显身手的创作道路,《六一诗话》云:

> 退之笔力,无施不可……其资谈笑,助谐谑,叙人情,状物态,一寓于诗,而曲尽其妙。此在雄文大手,固不足论,而余独爱其工于用韵也。盖其得韵宽,则波澜横溢,泛入旁韵,乍还乍离,出入回合,殆不可拘以常格,如《此日足可惜》之类是也。得韵窄,则不复旁出,而因难见巧,愈险愈奇,如《病中赠张十八》之类是也。余尝与圣俞论此,以谓譬如善驭良马者,通衢广陌,纵横驰逐,惟意所之。至于水曲蚁封,疾徐中节,而不少蹉跌,乃天下之至工也。

这段话的重要性不在于总结出韩愈用韵的特点,而在于提出了"因难见巧,愈险愈奇"的艺术原则。这个原则无疑启发了宋人在押韵方面欲"与唐世抗衡"的新思路,这就是凭借雄厚的学术涵养和艺术功力,在和韵尤其是和险韵方面超越唐人。

唐人唱和诗,最早是和意而不和韵。中唐元稹、白居易始创次韵诗,但除了晚唐皮日休、陆龟蒙等人以外,仿效者不多。直到宋初的《西昆酬唱集》,仍遵循着和意不和韵的老传统。和韵诗和险韵诗的大规模出现,是与宋人"以才学为诗"的创作倾向同步的。嘉祐二年(1057),欧阳修与韩绛、王珪、范镇、梅挚同知礼部贡举,辟梅尧臣为小试官,六人在试院作诗唱和,"欢然相得,群居终日,长篇险韵,众制交作"(见《归田录》卷二)。这次唱和活动对诗坛起了一种创作导向作用,嘉祐年间,王安石、苏轼兄弟等人正好在京城,当受其风气影响。此后,随着王安石、苏轼、黄庭坚等相继主持诗坛,次韵、险韵之风愈演

---

① 参见王力《汉语诗律学》第一章第四节《近体诗的用韵》、第二章第二十四、二十五、二十六节《古体诗的用韵》,上海教育出版社,1962年版。

愈烈。熙宁七年(1074),苏轼在密州写下《雪后书北台壁二首》诗:

其　　一

黄昏犹作雨纤纤,夜静无风势转严。但觉衾裯如泼水,不知庭院已堆盐。五更晓色来书幌,半夜寒声落画檐。试扫北台看马耳,未随埋没有双尖。

其　　二

城头初日始翻鸦,陌上晴泥已没车。冻合玉楼寒起粟,光摇银海眩生花。遗蝗入地应千尺,宿麦连云有几家。老病自嗟诗力退,空吟《冰柱》忆刘叉。

第一首的"尖"字和第二首的"叉"字,都是极难用于诗的韵脚,而苏轼却用得非常自然。这两首诗在当时就引起人们的极大兴趣,王安石作次韵诗,今集中存"叉"字韵六首①,苏辙作次韵"尖"、"叉"二首②,又有吕成叔次韵百篇③。为了答谢王安石次韵,苏轼又作《谢人见和二首》,其中"忍冻孤吟笔退尖"、"冰下寒鱼渐可叉",用"尖"、"叉"韵写雪后事,自然天成,不见牵强之迹,表现出极高的艺术造诣。如果说苏轼的原作用"尖"、"叉"韵尚出于咏物抒情之需要的话,那么,后来各家(包括苏轼自己)的次韵诗显然来自"更寻诗句斗新尖"(苏辙语)、"敢将诗律斗深严"(苏轼语)的意识,即一种智力竞技的意识。在"尖"、"叉"这两个困难的韵脚中比赛驾驭语言的能力。

这次唱和活动的贡献是独特的,影响是深远的。它首次将元、白的次韵形式和韩愈的"愈险愈奇"的用韵方法结合起来,树立了次险韵的典范,以致于"尖叉"成为险韵诗的代名词。它是欧阳修提倡的"因

---

① 见《临川先生文集》卷一八《读眉山集次韵雪诗五首》、《读眉山集爱其雪诗能用韵复次韵一首》。
② 见《栾城集》卷五《次韵子瞻赋雪二首》。
③ 参见《苏轼诗集》卷一二《雪后书北台壁二首》查注引陆放翁云。

难见巧"的艺术原则最典型的体现,唱和者首次承认次韵诗"斗新尖"、"斗深严"的创作追求,把竞技视为作诗的重要驱动力之一。由于唱和的主角是诗坛领袖,因此次韵诗这一形式成为士大夫趋之若鹜的仿效对象,在元祐前后年间,几乎占据诗坛的半壁江山。

押险韵更杰出的代表是黄庭坚。元祐二年(1087),苏轼作《送杨孟容》诗,据王注引赵次公言,"先生自谓效黄鲁直体"。黄庭坚次韵此诗,题为"子瞻诗句妙一世,乃云效庭坚体,盖退之戏效孟郊、樊宗师之比,以文滑稽耳。恐后生不解,故次韵道之"。所谓"黄鲁直体",就苏、黄这两首诗来看,押险韵是其最突出的特征。如苏轼《送杨孟容》诗云:

> 我家峨眉阴,与子同一邦。相望六十里,共饮玻璃江。江山不违人,遍满千家窗。但苦窗中人,寸心不自降。子归治小国,洪钟喧微撞。我留侍玉座,弱步敧丰扛。后生多高才,名与黄童双。不肯入州府,故人馀老庞。殷勤与问讯,爱惜霜眉厐。何以待我归,寒醅发春缸。

纪昀评此诗"以窄韵见长"(见《苏轼诗集》卷二八),岂但是窄韵,完全是险韵。此诗所押"江"韵是平声韵部中含字最少的,全诗共十韵,几乎用了"江"韵中半数以上的字,而且绝不旁入他韵,其中尤以"撞"、"扛"、"双"、"厐"等字极难押。黄庭坚次韵此诗,履险如夷,举重若轻,次韵而如己出,以致于这首次韵诗成为代表黄诗风格的名篇。就押韵的难度而言,这首诗超过了"尖叉"诗。

王、苏、黄把前人和韵的习气推向顶峰,并创立了诸多法门,不仅次韵友人之诗,而且赓和自己做的诗的原韵,称为"叠韵",并依韵和古人之诗。特别是苏轼的"和陶诗",依韵赓和陶渊明诗百馀篇。南宋更有陈晞颜变本加厉,依韵赓和陈与义整个诗集数百首诗,创造了次韵诗的奇迹①。值得注意的是,宋人不仅在实践上追步王、苏、黄等人,而

---

① 参见杨万里《诚斋集》卷七九《陈晞颜和简斋诗集序》。

且在理论上对次韵诗的争奇斗险表示相当的理解和赞赏。如费衮《梁溪漫志》卷七指出：

> 作诗押韵是一奇。荆公、东坡、鲁直押韵最工，而东坡尤精于次韵，往返数四，愈出愈奇。如作梅诗、雪诗，押"瞰"字、"叉"字，在徐州与乔太博唱和押"粲"字，数诗特工。荆公和"叉"字数首，鲁直和"粲"字数首，亦皆杰出。盖其胸中有数万卷书，左抽右取，皆出自然，初不着意要寻好韵，而韵与意会，语皆浑成，此所以为好。

在费衮看来，成功的次韵之作是韵与意的统一，是奇特精工与自然浑成的统一，它出自作者胸藏万卷的学术涵养和艺术修养。可见，次韵诗的风行是符合宋诗学的基本精神的。

唐人李德裕《文章论》批评沈约"以音韵为切，轻重为难"，以为"声律之为弊也甚矣"。宋人欧阳守道虽同意李德裕的看法，但仍为次韵诗作了有力的辩护，其《陈舜功诗序》云：

> 沈休文长于音韵，自谓灵均以来，此秘未睹。唐李德裕非之，以为古辞如金石琴瑟，尚于至音；今文如丝竹鞞鼓，迫于促节。大概谓韵局则句累，不若不韵之为愈也。夫自局于韵，犹病累句，况一用他人之韵，不局且累乎？唐人于诗，和意不和韵，亦曰和诗，固不必韵也。近世往往以和韵争工，甚则有追和古作全帙无遗，如东坡之于靖节翁者，语意天成，一出自然，不似用他人韵也。由此言之，才力有馀，虽用他人韵，亦复何局之有，况自用韵而自病其局乎！德裕之论正矣，亦未可以概评也。……诗固难于正，而又甚难于奇，奇不失正，非胸次有纵横出没变化之妙，岂易得此！（《巽斋文集》卷一二）

欧阳守道是个正统的道学家，但其看法显然比李德裕更通达合理，更富有艺术论的色彩。他认为,和韵争工而语意天成,乃是比不尚音韵更难以企及的艺术境界。对于"才力有馀"的人来说,即使用他人之韵,也丝毫不会受到束缚。反而正是这种"奇不失正"的艰难,方显出艺术大师的本事。诚如现代学者闻一多所说:"恐怕越有魄力的作家,越是要戴着脚镣跳舞才跳得痛快,跳得好。只有不会跳舞的才怪脚镣碍事;只有不会做诗的才感觉得格律的缚束。"(《诗的格律》)所以,宋诗人即使是批评"赓韵之体",也只是针对那些"不会跳舞"者的"局于韵",并非反对次韵诗本身。宋人中批评赓韵最激烈者无过杨万里[①],然而他也在《陈晞颜和简斋诗集序》中承认,诗人的争险出奇,完全可以做到"赓乎人者也,而非赓乎人者也;宽乎其不逼也,畅乎其不塞也"。事实上,次韵与造语、用事一样,都是宋人"以故为新"观念的产物,韵是他人的,词是自己的;韵是陈旧的,意是崭新的。尤其是和前人之诗,次前人之韵,更能产生一种"点铁成金"的艺术效果。正如杨万里所说:"今是诗也,韵听乎简斋,而词出乎晞颜■词出乎晞颜,而韵若未始听乎简斋者。"(《诚斋集》卷七九)对于有魄力的诗人来说,韵脚"镣铐"已不成其为一种束缚,毋宁是使舞蹈更加优美的必不可少的道具。

宋代的唱和诗大都发生在文人雅集的场合,唱和诗的作者和读者都是同一文化圈子的人物,因而唱和的目的就具有几分游戏和竞技的意味,有如博戏、行令、猜谜。而次韵诗无疑把这种智力竞技推向了极点。宋人从理论上普遍意识到次韵者的心态,所谓"以和韵争工"(欧阳守道语)、"以不胜人为耻"(费衮语)、"以与古人争险以出奇"(杨万里语)。从某种意义上来说,次韵诗作为一种智力游戏,它不仅是宋

---

① 如《诚斋集》卷六七《答建康府大军库监门徐达书》:"大抵诗之作也,兴,上也 ■赋,次也 ■赓和,不得已也。……至于赓和,则孰触之? 孰感之? 孰题之哉? 人而已矣。出乎天,犹惧笺乎天 ■专乎我,犹惧弦乎我。今牵乎人而已矣,尚冀其有一铢之天、一黍之我乎! 盖我未尝觌是物,而逆追彼之觌 ■我不欲用是韵,而抑从彼之用;虽李杜能之乎? 而李杜不为也。是故李杜之集无牵率之句;而元白有和韵之作。诗至和韵,而诗始大坏矣。故韩子苍以和韵为诗之大戒也。"又卷七九《陈晞颜和简斋诗集序》:"昔韩子苍答士友书,谓诗不可赓也;作诗则可矣。故苏黄赓韵之体不可学也。岂不以作焉者安、赓焉者勉故欤? 不惟勉也;而又困焉;意流而韵止;韵所有,意所无也。夫焉得而不困?"

人"与唐世相亢"的竞技心态的显示,而且是宋人对自身语言能力的挑战与确定自身价值的表现。同时,作为一种智力游戏,次韵诗具有"自适"的心理功能,可以在一定程度上化解忧愁,使生命诗意化,杨万里评价陈晞颜的次韵诗时说得好,"使晞颜不与简斋竞于险,以骞其奇,此其心必有所郁于中而不快,而其词必有所淳于蕴而不决也"。正是在这个意义上,反对赓和的杨万里也认为"晞颜与简斋争言语之险以出其奇,则韪矣"(《陈晞颜和简斋诗集序》)。

在宋诗学里,次韵诗还有其另外的价值。吴可《藏海诗话》云:

> 和平常韵要奇特押之,则不与众人同。如险韵,当要稳顺押之方妙。

这和欧阳修夸赞韩诗用韵的说法如出一辙。得韵宽,不妨泛入旁韵,造成奇崛恣肆的效果;得韵窄,反倒谨守本韵,在妥帖自然中显得游刃有馀。常中出奇,险中见稳,这就是宋人谙熟的艺术辩证法。不仅如此,吴可在这段话中透露出次韵的更高目的——"不与众人同"。姜夔《白石道人诗说》提示过这种心态:"人所易言,我寡言之;人所难言,我易言之,自不俗。"押险韵正是为了言人之所难言,所以"不俗"。换言之,"因难见巧"的最终目的是为了"求雅避俗",因而次韵诗也就具有矫正晚唐五代诗格才学卑浅的意义。

必须指出,宋人对次韵险韵的赞赏始终以"韵与意会"为前提,因而反对"拘于用韵"而"害一篇之意"。当韵与意冲突导致用韵牵强时,"则宁舍之,不以是而坏此篇之全意也"(费衮《梁溪漫志》卷七)。苏轼批评韩愈古诗,"凡七言者则觉上六字为韵设,五言则上四字为韵设"(见张耒《明道杂志》);欧阳守道称赞苏轼和陶诗"语意天成,一出自然,不似用他人韵"(见《陈舜功诗序》),从正反两方面强调韵与意的统一。可见,即使是提倡次韵险韵的宋诗人,也始终坚持着形式服从于内容或"文"服从于"道"的原则。

《沧浪诗话》的作者严羽敏锐感觉到唐宋诗审美特质的区别,认为评唐诗只能用"雄浑",而不能用"雄健"(见《答吴景仙书》)。这"浑"、"健"二字,的确是唐宋诗最基本的差异。唐人追求的是浑融的韵,朦胧而富有暗示性,以诗歌整体意境氛围的和谐取胜;宋人追求的则是劲健的力,新警而富有紧张感,以诗歌语言和结构本身产生的张力取胜。以"生新瘦硬"为特点的江西诗派在宋代出现是必然的,在宋诗话中能找到其深厚的理论基础。它的意义不在于创造了一种不同于前人的风格,而是在诗的语言结构上建立起一种全新的模式,即在语言层面寻求以陌生化手法给业已陈旧凝定的诗歌传达方式(句法、语词、声律)注入新的生机;在心理层面寻求以非和谐、不完全的"形"(格式塔)来重新唤起富于刺激的审美感受;最终在道德层面寻求由艺术张力激发的生命人格的"劲健"以及由消解技巧导致的返朴归真的"古拙"。事实上,当宋人在诗艺层面讨论"宁拙毋巧"之类经验时,已包含着"夫拙之所在,道之所存也"的诗道层面的深刻认识①。这样,由诗道返诗艺,又由诗艺进于诗道,宋诗学在理论上完成了一个富有逻辑的循环。

　　还值得一提的是,宋诗学为我国古代诗论提供了一种新的语言结构批评的模式。在此以前的诗论大都认为诗歌的特殊意味只可意会,不可言传,诗歌创作在于情性的流露,非关语言的选择,"诗格"一类的著作更多是玄虚的口诀。正是宋人把诗歌从神韵的缥缈天国拉回到语言的质实大地上来,从语言的选择与安排角度来揭示诗歌意味的奥秘。这种立足于语言分析、重视本文的批评,使中国古代诗歌批评走出了"得意忘言"理论的神秘纱笼。正如本编所讨论的那样,宋诗话的分析虽不免显得零乱琐碎,但在对诗歌内在肌质的认识上,它却几乎开掘了与西方现代新批评派同等的阐释深度。而在对道与艺相辅相

---

① 罗大经《鹤林玉露》丙编卷三"拙句"云:"作诗必以巧进,以拙成。故作字惟拙笔最难,作诗惟拙句最难。至于拙,则浑然天全,工巧不足言矣。……杜陵云:'用拙存吾道。'夫拙之所在,道之所存也,诗文独外是乎?"又包恢《敝帚稿略》卷五"书侯体仁存拙稿后"云:"文字觑天巧,未闻取于拙也。今侯体仁之诗文,第见其巧,未见其拙,而乃独以存拙名,何哉?予观圣贤矫周末文弊之过,故礼从野,智恶凿,野近于拙,凿穷于巧,礼智犹然,况诗文乎?尝闻之曰:江左齐梁,竞争一韵一字之奇巧,不出月露风云之形状。至唐末则益多小巧,甚至于近鄙俚,迄于今则弊尤极矣。体仁之存拙,岂非欲矫时弊乎?""宁拙毋巧"的意义正在于此。

成的辩证关系的理解上,它甚至比新批评派显得更高明。因此,对宋诗学批评模式的研究,将迫使我们不得不重新估价中国传统诗论的总体价值。

结　语

　　我们面对着的是一座巨大的诗歌理论宝库。宋人的诗论不仅包含在品种繁多的诗话、笔记、杂著之内，还散见于各种别集、总集的记序、题跋、书简、诗赋之中，甚至各种诗歌选本、注本的评语、注释之中。单从数量上看，宋代的诗论资料就足以超过以前历代诗论资料的总和。更不必说从质量上看，宋人提出许多精辟的诗学观点，至今仍闪耀着诗性智慧的光辉。

　　曾有一种说法曰："唐人不言诗而诗盛，宋人言诗而诗衰。"或曰："诗话作而诗亡。"仿佛宋代诗学的勃兴只是一种诗坛的罪过。与此相联系，诗话无系统、宋诗乏情韵也成为人们头脑中根深蒂固的看法。这种说法当然不值一驳，且不说唐人仍要言诗，王昌龄、皎然、司空图都有些无系统的印象式批评传世，而且宋人诗话作也并未导致宋诗的衰亡。事实上，宋诗也不曾有过真正的衰落，仅异于唐诗而已。"曾是洛阳花下客，野芳虽晚不须嗟"（欧阳修诗），"九死南荒吾不恨，兹游奇绝冠平生"（苏轼诗），在唐人的迁谪诗中，几曾有过这样乐观旷达的襟怀？"蜜房各自开户牖，蚁穴或梦封侯王"（黄庭坚诗），"断墙着雨蜗成字，老屋无僧燕作家"（陈师道诗），在唐人的写景诗中，几曾有过这样奇特新鲜的感觉？平易中见出奇崛，婉曲中显出睿智，执著而不失潇洒，幽默而时透悲怆，这就是宋诗的品格。本来，"情韵"并非是衡量诗歌优劣的唯一标准，诗歌不仅能运载感觉、情绪、想象和梦幻，也可以表达哲理、意志、观念和认知。在中外诗歌史上，都有过诗与哲学结合的现象，产生过不少诗歌精品。由此而言，宋诗之于唐，何衰亡之有！缪钺先生说得好："唐诗以韵胜，故浑雅，而贵酝藉空灵；宋诗以

意胜,故精能,而贵深折透辟。唐诗之美在情辞,故丰腴;宋诗之美在气骨,故瘦劲。"(《诗词散论·论宋诗》)

退一步说,即便宋诗在整体水平上比唐诗稍逊一筹,也并不妨碍宋诗学在理论上的突出贡献和重要地位。倘若"诗话作而诗亡"的说法还真有几分道理的话,那它也只能证明宋诗话具有超越宋诗创作的理论价值,更何况宋诗学的精华不只存在于诗话之中!那么,宋诗学到底具有哪些方面的理论价值呢?

首先,宋诗学总结了唐宋诗歌的创作经验,尤其是提供了宋诗如何超越唐诗的具体方法和途径。唐人诗论如王昌龄《诗格》、皎然《诗式》以及司空图的一些文章,虽提出过不少高明的见解,但与唐诗的辉煌成就远不相称,唐诗的创作处于一种缺乏理论指导和经验总结的自发状态。而且唐人诗论的理论形态是浑沌的、朦胧的,只可领悟,不可解析。因此,宋诗人要想超越唐诗,对唐诗成功经验的清醒分析自然必不可少。如意境、韵味的概念,唐人多是从其显现形态而非其构成机制来阐释,故不免玄秘浮泛。宋人梅尧臣提出"状难写之景如在目前,含不尽之意见于言外"的原则,显然比唐人之说更明晰精当。此外如苏轼对诗人"写物之功"的比较分析,范温对"韵"的内涵的阐发,杨万里对诗歌言、意、味层次的辨析,都见出理论的自觉性与明晰性。尤其是杜甫诗的艺术经验,完全算得上是宋人的新发现。宋人由学杜入手,总结杜甫诗法,举一反三,推而广之,夺胎换骨,点铁成金,在理论上建立了一整套和唐诗抗衡的艺术原则。事实上,宋代诗学研究和宋代诗歌研究的结论是基本平行的,足以说明宋诗学对宋诗创作具有某种指导意义。

其次,宋诗学全面揭示了诗的本质特征和基本规律,涉及诗学理论的各个层面和范畴。一方面,它进一步深化拓展传统诗论已有的命题,如关于诗思,在"感兴"的基础上提出"冥想",在"神思"的基础上提出"妙悟";又如论"格"、论"韵"、论"味"、论"趣"、论"江山之助"等等,都比前人进了一步。另一方面,它开拓了新的领域或提出新的论题,如关于诗的本质,在"言志"、"缘情"之外,又提出"诗为文之精"的说法;关于诗的功能,在"教化"、"讽谏"之外,别立"明道"、"见性";在"诗可以怨"、"不平则鸣"之外,另主"自适"、"自持";关于诗的继承创新,提倡"以故为新,以俗为雅";关于诗的表达,有种种"句法"、"活法"理论的涌现。更重要的是,宋诗学揭示出一些具有现代诗学精神的普遍原则,如"诗画一律"中透露出的"出位之思"(Andersstreben),"点铁成金"中蕴藏的"互文性"理论(intertextuality),"夺胎换骨"中包容的"原型"意识(archetype),"语不可熟"契合"陌生化"手法(defamilarization),"体格峭健"符合"突出"的概念(foregrounding),"工拙相半"暗合"张力"诗学(tension)。换言之,宋诗学不仅涵盖中国传统诗歌理论的各个层面,而且包孕着西方现代诗歌批评的某些因子,因而具有建构世界性的诗学理论的普遍意义。

其三,宋诗学充满了对宇宙人生的强烈关注,渗透着宋型文化浓厚的人文主义精神。宋人谈艺最终归结于谈道,论诗最终归结于论人,雅健诗格关乎浩然正气,平淡诗风关乎人生境界,"韵"是主体人格生命的凝结,"趣"是哲理诗意化的体现,"打诨参禅"源于处世态度的亦真亦俗,"透脱活法"本自思理心性的广大圆融。陶渊明、杜甫在宋代被推为诗坛至高无上的典范,与其说是诗艺上的意义,不如说是文化上的价值,与其说是精湛艺术的体现,不如说是理想人格的化身,在痛苦中承担道义责任,在旷达中安顿坎壈人生。宋人塑造了陶、杜的形象,也塑造了自己的诗学品格。可以说,相对于六朝和唐代诗论来说,宋诗学具有更普遍的文化和哲学上的意义。

鉴于宋诗学理论价值的特性,本书主要采用了三种研究方法。一是比较法,重在比较宋诗学与前代诗学、尤其是唐诗学的异同。这种比较是饶有兴趣的,它可以使我们避免纠缠于唐宋诗优劣之争,避免停留于唐宋诗表面风格形态的描述,而深入到造成唐宋诗差异的美学因素甚至文化因素之中。这种比较,或许能为中国古典诗歌研究者提供一个新视角。二是阐发法,借用西方文学理论的概念和术语,阐释宋诗学的理论内涵。力图通过阐释,发现宋诗学的精华,并将其纳入具有世界文化背景的现代诗学体系之中。这种阐发,或许能为中西诗学之间的对话提供一些新资料。三是建构法,将宏富浩繁而又琐屑零碎的宋人论诗话语编织成富有理论系统的诗学之网。就单本诗话或单篇文章来看,宋代还找不出一本像《文心雕龙》那样体大思精的文论专著,但如果集腋成裘,归类汇总,那么宋代诗论提出和研究的论题,显然比《文心雕龙》丰富多彩、透辟深入得多。南宋魏庆之《诗人玉屑》已显示出宋人建构系统化理论专著的自觉意识,但限于思维水平,该书的分类难免粗疏琐碎,远未呈现出宋诗论本身富有逻辑的理论框架。本书正是力图通过对宋诗论资料的整理研究,建构起既具有当代文艺科学理论色彩、又符合中国传统诗论范畴的诗学体系。这种建构,或许能为文学理论研究者提供一条新思路。

　　理论既是对以往实践的总结和抽象,更是对当前与未来行为的指导和规范。梳理完宋代诗学之后,我更深切地感受到二十世纪诗学所面临的危机。解构主义者的语言游戏消解了对艺术真善美的追求,遮蔽了人生的"韵"和"趣",本体栖居的诗意与艺术创造的"活法"最终在话语操作过程中被取消。而具有上述三方面理论价值的宋诗学与此恰形成鲜明对比。因而,在诗学的语言学转向的今天,在西方仍是中国当代诗学模仿和赶超的"他者"的今天,宋诗学不仅以其深厚的人文主义精神对当今世界诗学具有某种针砭作用,而且以其内在严密的理论体系使重建中国文论话语更具可能性与可操作性。从这个意义上说,宋诗学既属于历史,更指向当代,既出现于东方,更照耀着世界。

后　记

　　寒来暑往,窗外已是一片秋声。

　　近两年的艰难跋涉,总算告一段落。虽殚精竭虑,而脚印却有深有浅,或正或偏,每有不如人意之处。

　　学术研究的动力源于一种兴趣和热情。在大量阅读宋人诗文集的过程中,我每每为宋代那些大诗人身上体现出来的仁者情怀、智者风范和达者心态所感动,并进一步欣慕向往。我感到有必要把自己的体验奉献给读者,和大家一起分享宋诗学的思想精华,让情绪理性化,让生命诗意化,在令人紧张焦虑的现代社会中寻求一块心灵的憩园。我个人认为,现代先锋艺术的失误就在于它过分强化了现代人心灵的畸变和分裂,从而极易在疯狂中走向艺术的毁灭,乃至艺术家本人的毁灭。或许下个世纪的新诗人能从宋诗学的精神中重新找回久已丧失的理性的光芒,我期待着。

　　八年前,我与陈庄学友曾试图仿《诗人玉屑》之例合编一本宋代诗论资料集。我们做了大量的原始资料的收集整理工作,陈庄负责搞宋诗话,我负责搞别集、总集、笔记、类书、谱录等。这本题名为《宋诗学精华》的资料集最终流产了,但我研究宋诗学的兴趣却越发不可收拾。三年前,我申请到中华青年社科基金的资助,经过一年的准备工作,于去年三月开始正式撰写此书。

　　研究的困难在于视角的选择。我在过去虽发表过几篇有关宋诗学的论文,平时也有一些读书笔记,但如何建构宋诗学的理论体系却颇费一番踌躇。写作大纲数易其稿,章节题目屡经改动,最后我从中国传统的五行相生的观念中受到启发,以诗道、诗法、诗格、诗思、诗艺五编的有机联系构成宋诗学的理论肌体。"文章千古事,得失寸心知",虽检点全书,瑕疵不少,但披沙拣金,或有千虑之一得。

本书从写作到出版,得到不少学界前辈与专家的关心与支持。我要感谢杨明照、张志烈先生为本书作出的热情的评阅推荐意见,我要感谢巴蜀书社的杨宗义、王大厚先生为本书付出的辛勤劳动。我尤其要感谢业师项楚先生,他不仅一直关心着本书的写作出版,而且以其严谨的学风言传身教,使我获益匪浅。我还要满怀敬意地提到喜欢奖掖后学的傅璇琮先生,作为本书的评阅人,他慧眼独具,褒扬有加,使得本书最终能列入《中国传统文化研究丛书》。在学术著作出版难的今天,本书终于得以付梓,我不能不感谢国家古籍整理出版规划小组的慷慨资助,不能不感谢巴蜀书社对高品位学术专著的热情扶持!

我还要特别提到我的妻子陆萍。这几年来,她一直关心我的学术事业,鼓励我攻读博士学位,支持我撰写学术专著,而自己承担起家庭生活的重负。没有她的理解,本书要如此顺利地完成是不可能的。她为我创造了良好的学术心境,这使我永远铭感!无以为报,我只能默默奉献出自己在学术之途上一份真切的体验,笔耕不辍!

1995年10月于川大铮楼

再 版 后 记

十年前,"我"住江之头——《通论》由巴蜀书社推出;十年后,"君"住江之尾——《通论》由上海古籍出版社再版。这是一个隐喻:我无法再次跨过同一条河流。

本书初版之后,我就已随流而去。现在,它的再版似乎要把我拉回初次跨过的河流,而这一切,对于我来说已经很陌生。

写成的作品如同离弦之箭,一旦发射出去,就再也不属于作者的意图之弓,它落在什么箭靶上,获得什么意义,全靠读者的理解。从这个意义上说,我只不过拥有本书的著作权而已,已不再是它意图的主人。

"自者"成为"他者","此在"变为"彼在"。当一个作者重新回过头来阅读他以前所写书稿时,往往会产生出这种很奇怪的体验。但无论如何,第一次跨过河流的那一瞬间,已凝定为无法改变的历史。悔其少作,焚烧旧稿,对于涂改历史来说都无济于事。

尽管我已不是过去的我,或者说书已不是过去的书,我却不想再作修改。这是因为,一方面,出版社应读者的需要再版旧作,既然是旧作,就得尊重历史。另一方面,本书的整个体系和基本观点我依然认同,"自者"与"他者"、"此在"与"彼在"并无根本的冲突差异。当然,这不包括再版时必要的文字修订。至于十年来我在宋代诗学方面提出的新观点,只可视为另一个"他者"对本书研究的继承与延续。

如果读者希望了解这种继承与延续,可参考近年来拙撰系列论文:一、"诗道"方面,《游戏三昧:从宗教解脱到艺术超越》(《文学评论》丛刊第二卷第 1 期)进一步申说了获得心理平衡的"自适"。

二、"诗法"方面,《诗可以群:略谈元祐诗歌的交际性》(《社会科学研究》2001年第5期)在"社会的玉成"与"自然的馈赠"之外,增加了朋友的切磋。三、"诗格"方面,《法眼:理一分殊与出位之思》(《东方丛刊》1998年第1期)和《诗中有画:六根互用与出位之思——略论〈楞严经〉对宋人审美观念的影响》(《四川大学学报》2005年第4期),探讨了宋代诗画"媒体界限的超越"的哲学与宗教学背景。四、"诗思"方面,《悟入:文字形式中的抽象精神》(《文艺理论研究》1998年第3期)对"精思与妙悟"的内容有所补充。五、"诗艺"方面,《禅宗偈颂与宋诗翻案法》(《四川大学学报》1999年第2期)、《以俗为雅:禅籍俗语言对宋诗的渗透与启示》(同上2000年第3期)、《绕路说禅:从禅的诠释到诗的表达》(《文艺研究》2000年第3期)等文,分别讨论禅宗语言对宋诗章法结构、遣词造句等的影响。

此时之我无法跨越彼时之河。然而,却有很多流不走的东西,永久存留在我的记忆中,这就是前辈的教诲和朋辈的友谊。

从本书当年的选题写作,到后来的出版发行,再到今天的修订再版,其间得到不少学界前辈与专家的关怀和帮助。除去在初版《后记》中提到的诸位先生以外,在此我要满怀敬意地感谢程千帆先生对本书的肯定与鼓励。千帆先生在仙逝前四个月托人索书,得书后迅即回信赐教,既表彰拙著"处理宋诗别辟蹊径,思路往往突过古贤",又告之以"《中华大典·文学典》尚待三年始能卒业,未敢息肩,今但黾勉以求无负于国家耳",传薪续火之义,言之谆谆,使我铭感在心。

两位以道义学术相切磋的朋友给了本书以莫大的支持,一位是莫砺锋先生,十一年前,他认真审阅了本书书稿,在项目结题的鉴定结论中充分褒扬了本书的学术价值,令人既感动又惭愧。后来,尽管莫先生与我曾就"换骨夺胎法"的首创者是谁的问题发生过激烈的学术论争,但丝毫不影响我对他的尊重和钦慕。另一位是钱志熙先生,他在《文学遗产》上发表的书评,不仅揭示出本书善于在现代诗学语境中阐释古典诗学的优长,同时一针见血地指出其在历时性研究方面的不足。对于这两位学养深厚的诤友,我一直心怀感激之情,是他们的教海,使我在学术征途上不敢有所懈怠。

我要感谢中国宋代文学学会的全体同仁,参加这个学术氛围浓厚的学会使我获益匪浅,王水照先生、陶文鹏先生对本书的厚爱有加,更坚定了我从事宋代诗学研究的信心。还有日本大阪大学的浅见洋二先生、早稻田大学的内山精也先生以及日本宋代诗文研究会的学者,与他们的交往,我不仅开拓了研究视野,也受到严谨学风的熏陶。

在此我要特别感谢责任编辑奚彤云,没有她的热情关心和积极帮助,本书要想如此顺利地再版是不可能的。更要感谢上海古籍出版社高克勤先生,本书的再版与他对学术精品著作的热情扶持分不开。

还要提到上海财经大学的李贵先生,他为本书的修订主动提供了极为详细的校勘表以及合理的修改意见,纠正了初版中的一些低级错误。另有不少网友对本书的再版给予热情关注和支持,他们是王红(亭长)、吕肖奂(红尘而立)、罗宁(巴斯光年)、伍晓蔓(晚藤)、李瑄(一瓢山人)、侯体健(枕书庙人)等等,在此一并感谢。

逝者如斯,而未尝往也。盈虚者如彼,而卒莫消长也。是以为记。

丁亥仲春华阳梦蝶居士周裕锴
谨志于四川大学中国俗文化研究所

重 版 后 记

上海古籍出版社要再次出版拙著《宋代诗学通论》,常德荣先生嘱我写一篇重版后记,于情于理难以推脱,不得已写上几句。

翻看2007年《通论》的"再版后记",我才意识到弹指一挥间,就已经历了十二生肖的轮回,丁亥变为己亥,又一个猪年到来。日月如梭,但并未织就可捉摸可把握的时间之网,正如我在"再版后记"中所说:"本书出版之后,我就已随流而去。"而此刻的我,正在猪年的时间河流中挣扎着,力图使自己不要因老年痴呆而变为猪脑。

"诗无定鹄,会心是的",《通论》同样如此,它已不再属于作者本人的意图之弓,甚至也不再属于以前读者认定的靶的。它将在己亥年面对着不同于丁亥年的新读者,有可能在新生代"此在"的历史语境中获得重生或者死亡。一切皆有可能。它最好的命运就是成为新一代学者眼中陈旧而尚未过时的参考文献,犹如我在撰写《通论》时读到的前人文献。我希望它在十二年的轮回中赢得新生,这应和出版社的想法一致,否则就不会重版,然而这一切将取决于新生读者群。

《通论》的观点也许已经过时,但它大抵介绍了宋代诗学的主要观点。新读者或可从以下几方面获益:一是利用它提供的资料,采用拿来主义的态度,以作为构建自己文章的材料;二是利用它对宋代诗学现象的解读和总结,来处理相应的宋代诗歌作品的理解和解释的问题;三是抓住它理论框架平面罗列的缺陷,将其所列宋人诗论按历史演进的顺序重新排列,重新建构;四是直接将其作为商榷和批判的对象,从而提出全新的学术观点;五是可以带着看闲书的态度,顺带了解一下宋代文人的诗歌审美趣味。如果新读者能将《通论》作为自己学习进阶中的一块垫脚石的话,那么,我这个"曾经"拥有它的作者,也就聊以自慰了。

无独有偶,与"再版后记"写作时间相撞,这又是一个猪年的仲春,窗外,天府之国的海棠花正争相怒放。遥想北宋诗人苏东坡低吟"只恐夜深花睡去,高烧银烛照红妆",南宋诗人陆放翁高咏"为爱名花抵死狂,只愁风日损红芳",面对美好生命是何等的眷恋多情!宋代诗学当然算不上海棠,但我们对它似乎也可作如是观:理论是灰色的,生命之树常青!它将引领我们走向鲜活的诗歌之路。

再次感谢上海古籍出版社高克勤先生给予拙著重版的机会,感谢奚彤云女士一直以来的关心帮助,还要感谢责任编辑常德荣先生付出的辛勤劳动!

己亥仲春华阳梦蝶居士周裕锴谨志于成都江安花园锅盖庵

参考书目

（以汉语拼音为序）

A

爱日斋丛钞　　叶寘撰　　《守山阁丛书》本
艾轩集　　林光朝撰　　《四库全书珍本》初集本

B

白氏长庆集　　白居易撰　　《四部丛刊》本
白石道人诗说　　姜夔撰　　《历代诗话》本
白石道人诗集　　姜夔撰　　《四部丛刊》本
白话文学史　　胡适著　　商务印书馆本
宝真斋法书赞　　岳珂撰　　清《武英殿聚珍丛书》本
抱朴子　　葛洪撰　　《四部备要》本
北史　　李延寿撰　　中华书局1983年排印本
北堂书钞　　虞世南编　　《四库全书》本
被开拓的诗世界　　程千帆等著　　上海古籍出版社1990年版
本事诗　　孟棨撰　　《历代诗话续编》本
敝帚稿略　　包恢撰　　《四库全书》本
碧梧玩芳集　　马廷鸾撰　　《四库全书》本
步里客谈　　陈长方撰　　《墨海金壶》本

C

蔡宽夫诗话　　蔡启撰　　《宋诗话辑佚》本
沧浪诗话　　严羽撰　　《历代诗话》本

藏海诗话　　吴可撰　　《历代诗话续编》本
草堂诗馀　　何士信辑　　《四部备要》本
茶山集　　曾幾撰　　清《武英殿聚珍丛书》本
禅与生活　　铃木大拙著　　刘大悲译　　光明日报出版社 1988 年版
禅与诗学　　张伯伟著　　浙江人民出版社 1992 年版
禅宗与精神分析　　铃木大拙等著　　冯川等译　　贵州人民出版社 1988 年版
禅宗辞典　　日本国书刊行会
昌黎先生集　　韩愈撰　　《四部备要》本
昌谷集　　曹彦约撰　　《四库全书》本
朝野佥载　　张鷟撰　　《丛书集成初编》本
晁具茨先生诗集　　晁冲之撰　　《海山仙馆丛书》本
陈与义集　　陈与义撰　　中华书局 1982 年排印本
陈辅之诗话　　陈辅撰　　《宋诗话辑佚》本
诚斋集　　杨万里撰　　《四部丛刊》本
诚斋诗话　　杨万里撰　　《历代诗话续编》本
初学记　　徐坚等编　　中华书局 1962 年排印本
楚辞集注　　朱熹撰　　上海古籍出版社 1979 年排印本
处囊诀　　保暹撰　　《格致丛书》本
传家集　　司马光撰　　《四库全书》本
船山遗书　　王夫之撰　　太平洋书店重校刊本
吹剑录　　俞文豹撰　　古典文学出版社张宗祥校订本
春秋繁露　　董仲舒撰　　《四库全书》本
春渚纪闻　　何薳撰　　中华书局 1983 年排印本
淳熙稿　　赵蕃撰　　清《武英殿聚珍丛书》本
慈湖遗书　　杨简撰　　《四库全书》本
徂徕石先生全集　　石介撰　　中华书局排印本

D

大复集　　何景明撰　　《四库全书》本

大唐新语　　　刘肃撰　　　中华书局1984年排印本
大慧普觉禅师语录　　　释蕴闻编　　　《大藏经》第四十七卷
带经堂诗话　　　王士禛撰　　　人民文学出版社1962年版
丹阳集　　　葛胜仲撰　　　《常州先哲遗书》本
丹渊集　　　文同撰　　　《四部丛刊》本
叠山集　　　谢枋得撰　　　《四部丛刊续编》本
东观集　　　魏野撰　　　《四库全书》本
东里集　　　杨士奇撰　　　《四库全书》本
东轩笔录　　　魏泰撰　　　中华书局1983年排印本
东坡志林　　　苏轼撰　　　中华书局1981年排印本
东莱先生诗集　　　吕本中撰　　　《四部丛刊续编》本
东莱吕紫微师友杂志　　　吕本中撰　　　《十万卷楼丛书》本
东窗集　　　张扩撰　　　《四库全书珍本初集》本
东塘集　　　袁说友撰　　　《四库全书》本
洞天清禄　　　赵希鹄撰　　　《四库全书》本
独醒杂志　　　曾敏行撰　　　《知不足斋丛书》本
杜工部草堂诗话　　　蔡梦弼集录　　　《历代诗话续编》本
杜诗详注　　　仇兆鳌注　　　中华书局1979年排印本
蠹斋铅刀编　　　周孚撰　　　《四库全书》本
对床夜语　　　范晞文撰　　　《历代诗话续编》本
遯斋闲览　　　陈正敏撰　　　商务印书馆《说郛》本

E

二十世纪西方文论述评　　　张隆溪著　　　三联书店1986年版
二程全书　　　程颢、程颐撰　　　《四部备要》本
二程语录　　　程颢、程颐撰　　　《正谊堂全书》本

F

法言　　　扬雄撰　　　《诸子集成》本
法国诗学概论　　　让·絮佩维尔著　　　洪涛译　　　四川文艺出版社1990年版

法藏碎金录　　晁迥撰　　《四库全书》本
樊川文集　　杜牧撰　　《四部丛刊》本
范文正公集　　范仲淹撰　　《四部丛刊》本
范石湖集　　范成大撰　　上海古籍出版社1981年排印本
方舟集　　李石撰　　《四库全书》本
方秋崖先生全集　　方岳撰　　清刻本
汾阳无德禅师语录　　释楚圆集　　《大藏经》第四十七卷
风月堂诗话　　朱弁撰　　《宝颜堂秘笈》本
风骚旨格　　释齐己撰　　《历代诗话续编》本
佛果圜悟禅师碧岩录　　释重显颂古、克勤评唱　　《大藏经》第四十八卷

G

庚溪诗话　　陈岩肖撰　　《历代诗话续编》本
攻媿集　　楼钥撰　　《四部丛刊》本
碧溪诗话　　黄彻撰　　《历代诗话续编》本
姑溪居士文集　　李之仪撰　　《四库全书》本
古今诗话　　李颀撰　　《宋诗话辑佚》本
古灵集　　陈襄撰　　《四库全书》本
古诗源　　沈德潜辑　　中华书局1963年排印本
古尊宿语录　　《禅宗集成》本
乖崖集　　张咏撰　　《四库全书》本
观林诗话　　吴聿撰　　《历代诗话续编》本
观堂集林　　王国维撰　　中华书局1959年胶印本
管锥编　　钱钟书著　　中华书局1979年版
归田录　　欧阳修撰　　中华书局1981年排印本
龟山先生语录　　杨时撰　　《四部丛刊续编》本
国际宋代文化研讨会论文集　　四川大学出版社1991年版
过庭录　　范公偁撰　　《稗海》本

H

海德格尔选集　　孙周生选编　　上海三联书店1996年版

汉语诗律学	王力著	上海教育出版社1962年版
翰苑新书	不著撰人	《四库全书》本
河岳英灵集	殷璠编	《四部丛刊》本
河南程氏外书	程颢、程颐撰	《四部备要》本
河南程氏遗书	程颢、程颐撰	《四部备要》本
鹤山先生大全文集	魏了翁撰	《四部丛刊》本
鹤林玉露	罗大经撰	中华书局1983年排印本
横渠易说	张载撰	《四库全书》本
洪龟父集	洪朋撰	《四库全书》本
洪驹父诗话	洪刍撰	《宋诗话辑佚》本
宏智禅师广录	释集成等编	《大藏经》第四十八卷
后山集	陈师道撰	《四部备要》本
后山诗注	任渊注	《四部丛刊》本
后山诗话	陈师道撰	《历代诗话》本
后汉书	范晔撰	中华书局1965年排印本
后村先生大全集	刘克庄撰	《四部丛刊》本
后村诗话	刘克庄撰	中华书局1983年排印本
滹南诗话	王若虚撰	《历代诗话续编》本
画史	米芾撰	《津逮秘书》本
画继	邓椿撰	《津逮秘书》本
画墁录	张舜民撰	《丛书初集初编》本
怀古录	陈模撰	清刻本
淮南子	刘安撰	《诸子集成》本
淮海集	秦观撰	《四部丛刊》本
环溪诗话	吴沆撰	《丛书集成初编》本
皇极经世	邵雍撰	《四库全书》本
黄梨洲文集	黄宗羲撰	中华书局1959年排印本
挥麈录	王明清撰	《津逮秘书》本
晦庵先生朱文公文集	朱熹撰	《四部丛刊》本
晦庵诗说	朱熹撰	《谈艺珠丛》本

J

鸡肋集　　　晁补之撰　　《四部丛刊》本
鸡肋编　　　庄绰撰　　　中华书局1983年排印本
济南集　　　李廌撰　　　《四库全书》本
霁山文集　　林景熙撰　　《四库全书》本
嘉祐集　　　苏洵撰　　　《四部丛刊》本
稼轩词编年笺注　　邓广铭笺注　　上海古籍出版社1978年版
简斋诗外集　　陈与义撰　　《四部丛刊》本
剑南诗稿　　陆游撰　　　汲古阁本
江西诗社宗派图录　　张泰来撰　　《清诗话》本
江湖长翁集　　陈造撰　　《四库全书》本
江湖小集　　陈起辑　　　《四库全书》本
江湖后集　　陈起辑　　　《四库全书》本
絜斋集　　　袁燮撰　　　清《武英殿聚珍丛书》本
金石录　　　赵明诚撰　　雅雨堂本
金明馆丛稿二编　　陈寅恪著　　上海古籍出版社1980年版
荆溪林下偶谈　　吴子良撰　　《丛书集成初编》本
景德传灯录　　释道原撰　　《四部丛刊三编》本
镜与灯　　　艾布拉姆斯著　　郦稚牛等译　　北京大学出版社1989年版
静修集　　　刘因撰　　　《四库全书》本
九家集注杜诗　　上海古籍出版社1985年影印《杜诗引得》本
旧五代史　　薛居正等撰　　中华书局1986年排印本
旧唐书　　　刘昫等撰　　中华书局1986年排印本
郡斋读书志　　晁公武撰　　《四部丛刊三编》本

K

空同集　　　李梦阳撰　　《四库全书》本
困学纪闻　　王应麟撰　　《四部丛刊三编》本

L

嬾真子	马永卿撰	《儒学警悟》本
阆风集	舒岳祥撰	《四库全书》本
浪迹丛谈	梁章钜撰	中华书局1981年排印本
老子注	王弼注	《诸子集成》本
老学庵笔记	陆游撰	中华书局1979年排印本
乐全集	张方平撰	《四库全书珍本初集》本
冷斋夜话	惠洪撰	《四库全书》本
李文公集	李翱撰	汲古阁本
李文饶文集外集	李德裕撰	《四部丛刊》本
李希声诗话	李錞撰	《宋诗话辑佚》本
李清照集校注	王仲闻校注	人民文学出版社1979年版
濂洛风雅	金履祥编	《丛书集成初编》本
梁溪集	李纲撰	《四库全书》本
梁溪漫志	费衮撰	上海古籍出版社1985年排印本
林间录	惠洪撰	《四库全书》本
林和靖先生诗集	林逋撰	《四部丛刊》本
林泉高致	郭熙撰	人民美术出版社《画论丛刊》本
临川先生文集	王安石撰	《四部丛刊》本
临汉隐居诗话	魏泰撰	《历代诗话》本
陵阳先生诗	韩驹撰	清宣统庚戌刊江西诗派本
刘宾客嘉话录	韦绚撰	《四库全书》本
流类手鉴	释虚中撰	《格致丛书》本
柳河东集	柳宗元撰	上海人民出版社排印本
龙虫并雕斋文集	王力著	中华书局1980年版
卢溪文集	王庭珪撰	《四库全书》本
庐陵周益国文忠公集	周必大撰	清咸丰刊本
芦川归来集	张元幹撰	《四库全书》本
鲁斋集	王柏撰	《四库全书》本

六一诗话　　欧阳修撰　　《历代诗话》本
六祖大师法宝坛经　　释宗宝编　　《大藏经》第四十八卷
吕氏家塾读诗记　　吕祖谦撰　　《四部丛刊续编》本
履斋示儿编　　孙奕撰　　《丛书集成初编》本
栾城集　　苏辙撰　　上海古籍出版社1987年排印本
论语集解义疏　　何晏等注　　皇侃疏　　《四库全书》本
论衡　　王充撰　　《诸子集成》本

M

马克思恩格斯选集　　人民出版社1972年版
漫塘文集　　刘宰撰　　《四库全书》本
毛诗正义　　毛亨传　　郑玄笺　　孔颖达疏　　《十三经注疏》本
鄮峰真隐漫录　　史浩撰　　《四库全书》本
眉山唐先生文集　　唐庚撰　　《四部丛刊三编》本
美的历程　　李泽厚著　　文物出版社1981年版
美学　　黑格尔著　　朱光潜译　　人民文学出版社1958年版
美学原理　　克罗齐著　　朱光潜译　　外国文学出版社1982年版
扪虱新话　　陈善撰　　《丛书集成初编》本
孟子注疏　　赵岐注　　孙奭疏　　《十三经注疏》本
梦溪笔谈　　沈括撰　　《四部丛刊续编》本
明道杂志　　张耒撰　　《学海类编》本
洺水集　　程珌撰　　《四库全书》本
墨庄漫录　　张邦基撰　　《四部丛刊三编》本
默堂先生文集　　陈渊撰　　《四部丛刊三编》本
牟氏陵阳集　　牟巘撰　　《四库全书》本

N

南史　　李延寿撰　　中华书局1983年排印本
南阳集　　赵湘撰　　《四库全书》本
南涧甲乙稿　　韩元吉撰　　清《武英殿聚珍丛书》本

南湖集　　　张镃撰　　《四库全书》本
能改斋漫录　　吴曾撰　　中华书局 1960 年排印本

O

欧阳文忠公文集　　欧阳修撰　　《四部丛刊》本
瓯北诗话　　　赵翼撰　　人民文学出版社 1963 年版

P

潘子真诗话　　潘淳撰　　《宋诗话辑佚》本
判断力批判　　康德著　　宗白华译　　商务印书馆 1964 年版
平斋文集　　　洪咨夔撰　　《四部丛刊续编》本
萍洲可谈　　　朱彧撰　　《守山阁丛书》本
评论　　释皎然撰　　《诗学指南》本

Q

七修类稿　　　郎瑛撰　　中华书局 1959 年排印本
七缀集　　　　钱钟书著　　上海古籍出版社 1985 年版
齐东野语　　　周密撰　　中华书局 1983 年排印本
乾道稿　　　　赵蕃撰　　清《武英殿聚珍丛书》本
潜山集　　　　释文珦撰　　《四库全书》本
潜溪诗眼　　　范温撰　　《宋诗话辑佚》本
清正存稿　　　徐鹿卿撰　　《四库全书》本
秋声集　　　　卫宗武撰　　《四库全书珍本初集》
曲洧旧闻　　　朱弁撰　　《四库全书》本
全上古三代秦汉三国六朝文　　严可均辑　　中华书局影印本
全宋文（1—50 册）　　巴蜀书社排印本
全唐文　　中华书局 1983 年影印本
全唐诗　　中华书局 1960 年排印本
却扫编　　徐度撰　　《津逮秘书》本

R

日知录	顾炎武撰	《扫叶山房刻》本
日涉园集	李彭撰	《豫章丛书》本
容斋随笔	洪迈撰	《四部丛刊续编》本
儒林公议	田况撰	《丛书集成初编》本

S

山谷老人刀笔	黄庭坚撰	《纷欣阁丛书》本
山谷内集诗注	任渊注	《四部备要》本
山谷外集诗注	史容注	《四部备要》本
山谷别集诗注	史季温注	《四部备要》本
山谷题跋	黄庭坚撰	《津逮秘书》本
珊瑚钩诗话	张表臣撰	《历代诗话》本
上蔡语录	谢良佐撰	《四库全书》本
尚书正义	孔安国传 孔颖达疏	《十三经注疏》本
邵氏闻见后录	邵博撰	《丛书集成初编》本
深雪偶谈	方岳撰	《学海类编》本
升庵诗话	杨慎撰	《历代诗话续编》本
声画集	孙绍远编	《四库全书》本
师友诗传录	王士禛等撰	《清诗话》本
诗人玉屑	魏庆之撰	上海古籍出版社1978年排印本
诗式	释皎然撰	《诗学指南》本
诗论	释普闻撰	《说郛》本
诗词散论	缪钺著	上海古籍出版社1982年版
诗林广记	蔡正孙撰	中华书局1982年排印本
诗评	释景淳撰	《格致丛书》本
诗品	钟嵘撰	《历代诗话》本
诗品集解	司空图著 郭绍虞集解	人民文学出版社1963年版
诗纬含神雾	宋均注	《玉函山房辑佚》本

诗格	王昌龄撰	《诗学指南》本
诗格	释文彧撰	《格致丛书》本
诗宪	不知撰人	《宋诗话辑佚》本
石门文字禅	释惠洪撰	《四部丛刊》本
石林诗话	叶梦得撰	《历代诗话》本
石林燕语	叶梦得撰	中华书局 1984 年排印本
石屏诗集	戴复古撰	《四部丛刊续编》本
石樵诗话	李树滋撰	清道光十九年湖湘采珍山馆刊本
史记	司马迁撰	中华书局 1982 年排印本
世说新语	刘义庆撰	上海古籍出版社影印光绪思贤讲舍刻本
式古堂书画汇考	卞永誉撰	《四库全书》本
庶斋老学丛谈	盛如梓撰	《四库全书》本
水心文集	叶适撰	《四部丛刊》本
说文解字	许慎撰	中华书局 1979 年影印本
司空表圣文集	司空图撰	《四部丛刊》本
四溟诗话	谢榛撰	《历代诗话续编》本
松巢漫稿	徐瑞撰	《豫章丛书》本
宋元学案	黄宗羲撰	中华书局 1986 年排印本
宋史	脱脱等撰	中华书局 1977 年排印本
宋史纪事本末	冯琦撰	《四库全书》本
宋代文学研讨会论文集	台湾成功大学中文系所编	丽文文化公司 1995 年版
宋书	沈约撰	中华书局 1983 年排印本
宋百家诗存	曹庭栋辑	《四库全书》本
宋诗之传承与开拓	张高评著	台北文史哲出版社 1990 年版
宋诗史	许总著	重庆出版社 1992 年版
宋诗纪事	厉鹗辑撰	上海古籍出版社 1983 年排印本
宋诗派别论	梁昆著	商务印书馆 1938 年排印本
宋诗钞	吴之振等辑	中华书局 1986 年排印本
宋诗选注	钱钟书选注	人民文学出版社 1979 年版

宋景文集　　　宋祁撰　　　清《武英殿聚珍丛书》本
宋黄文节公全集　　黄庭坚撰　　清光绪义宁州署刻本
苏文忠公诗集　　　纪昀评点　　清刻本
苏轼文集　　　苏轼撰　　　中华书局1986年排印本
苏轼诗集　　　王文诰辑注　　中华书局1982年排印本
苏舜钦集　　　苏舜钦撰　　上海古籍出版社1981年排印本
隋书　　魏征、令狐德棻撰　　中华书局1973年排印本
随园诗话　　　袁枚撰　　　人民文学出版社1982年排印本
岁寒堂诗话　　　张戒撰　　《历代诗话续编》本

T

太仓稊米集　　　周紫芝撰　　《四库全书》本
谈艺录　　　钱钟书著　　　中华书局1984年版
汤用彤学术论文集　　汤用彤著　　中华书局1983年版
唐子西文录　　　强幼安撰　　《历代诗话》本
唐国史补　　　李肇撰　　　上海古籍出版社1979年排印本
唐摭言　　　王定保撰　　　古典文学出版社1957年排印本
陶渊明集　　　逯钦立校注　　中华书局1979年版
天厨禁脔　　　释惠洪撰　　中华书局1958年影印本
苕溪渔隐丛话　　胡仔撰　　　人民文学出版社1962年排印本
艇斋诗话　　　曾季貍撰　　《历代诗话续编》本
桐江集　　　方回撰　　　《宛委别藏》本
桐江续集　　　方回撰　　　《四库全书》本
童蒙诗训　　　吕本中撰　　《宋诗话辑佚》本
图画见闻志　　　郭若虚撰　　《四部丛刊续编》本

W

宛陵先生集　　　梅尧臣撰　　《四部丛刊》本
王令集　　　王令撰　　　上海古籍出版社1980年排印本
王国维遗书　　　王国维撰　　上海古籍书店影印本

王直方诗话　　王直方撰　　《宋诗话辑佚》本
王荆文公诗笺注　　李壁笺注　　中华书局1958年排印本
韦斋集　　朱松撰　　《四部丛刊续编》本
渭南文集　　陆游撰　　《四部丛刊》本
温公续诗话　　司马光撰　　《历代诗话》本
温国文正司马公文集　　司马光撰　　《四部丛刊》本
文山先生全集　　文天祥撰　　《四部丛刊》本
文中子　　王通撰　　《四部丛刊》本
文心雕龙注　　范文澜注　　人民文学出版社1978年版
文学理论　　韦勒克、沃伦著　　刘象愚等译　　三联书店1984年版
文选　　萧统编　李善注　　中华书局1977年影印本
文章正宗　　真德秀辑　　《四库全书》本
文章精义　　李塗撰　　人民文学出版社1960年排印本
文镜秘府论　　遍照金刚撰　　人民文学出版社1980年排印本
乌台诗案　　朋九万编　　《丛书集成初编》本
无门关　　释宗绍编　　《大藏经》第四十八卷
五代史补　　陶岳撰　　《豫章丛书》本
五灯会元　　释普济撰　　中华书局1984年排印本
五总志　　吴坰撰　　《四库全书》本
武夷新集　　杨亿撰　　《四库全书》本
武溪集　　余靖撰　　《四库全书》本

X

溪堂集　　谢逸撰　　《豫章丛书》本
西山先生真文忠公文集　　真德秀撰　　《四部丛刊》本
西方文论选　　伍蠡甫主编　　上海译文出版社1979年版
西方美学史　　朱光潜著　　人民文学出版社1979年版
西方文艺理论名著教程　　胡经之主编　　北京大学出版社1989年版
西昆酬唱集　　杨亿等撰　　《四部丛刊》本
西清诗话　　蔡絛撰　　台湾广文书局《古今诗话续编》本

西渡集　　　洪炎撰　　《四库全书》本
习学记言序目　　叶適撰　　《敬乡楼丛书》本
咸平集　　　田锡撰　　《四库全书》本
湘山野录　　　释文莹撰　　《四库全书》本
缃素杂记　　　黄朝英撰　　《守山阁丛书》本
象山先生全集　　陆九渊撰　　《四部丛刊》本
小畜集　　　王禹偁撰　　《四部丛刊》本
心理学与文学　　荣格著　　冯川等译　　三联书店1987年版
新五代史　　　欧阳修撰　　中华书局1974年排印本
新批评　　　赵毅衡著　　中国社会科学出版社1986年版
新唐书　　　欧阳修、宋祁撰　　中华书局1975年排印本
镡津文集　　　释契嵩撰　　《四部丛刊三编》本
休斋诗话　　　陈知柔撰　　《宋诗话辑佚》本
须溪集　　　刘辰翁撰　　《豫章丛书》本
徐骑省集　　　徐铉撰　　《四库全书》本
续金针诗格　　　梅尧臣撰　　《格致丛书》本
续画品　　　姚最撰　　《丛书集成初编》本
续墨客挥犀　　　彭乘撰　　《宛委别藏》本
宣和画谱　　　不知撰人　　《四库全书》本
学斋占毕　　　史绳祖撰　　《百川学海》本
雪坡舍人集　　　姚勉撰　　《豫章丛书》本
雪溪集　　　王铚撰　　《四库全书》本
巽斋文集　　　欧阳守道撰　　《四库全书》本

Y

颜氏家训　　　颜之推撰　　《四部丛刊》本
演山集　　　黄裳撰　　《四库全书》本
彦周诗话　　　许顗撰　　《历代诗话》本
阳春集　　　冯延巳撰　　《四印斋所刻词》本
养一斋诗话　　　潘德舆撰　　《清诗话续编》本

野老纪闻　　　王楙撰　　《四库全书》本
野客丛书　　　王楙撰　　《四库全书》本
野趣有声画　　杨公远撰　《四库全书》本
伊川击壤集　　邵雍撰　　《四部丛刊》本
彝斋文编　　　赵孟坚撰　《四库全书》本
遗山先生文集　元好问撰　《四部丛刊》本
倚松诗集　　　饶节撰　　《四库全书》本
艺文类聚　　　欧阳询编　上海古籍出版社1982年排印本
艺术与视知觉　阿恩海姆著　滕守尧等译　中国社会科学出版社1984年版
艺苑雌黄　　　严有翼撰　《宋诗话辑佚》本
隐居通议　　　刘壎撰　　《丛书集成初编》本
瀛奎律髓　　　方回编　　清乾隆间双桂堂刻本
萤雪丛说　　　俞成撰　　《儒学警悟》本
应斋杂著　　　赵善括撰　《豫章丛书》本
优古堂诗话　　吴开撰　　《历代诗话续编》本
友林乙稿　　　史弥宁撰　《四库全书》本
于湖居士文集　张孝祥撰　上海古籍出版社1980年排印本
语言的艺术作品　沃尔夫冈·凯塞尔著　陈铨译　上海译文出版社1984年版
寓简　　　　　沈作喆撰　《知不足斋丛书》本
玉林诗话　　　黄升撰　　《宋诗话辑佚》本
玉轮轩曲论　　王季思著　中华书局1980年版
豫章黄先生文集　黄庭坚撰　《四部丛刊》本
元氏长庆集　　元稹撰　　《四部丛刊》本
元宪集　　　　宋庠撰　　清《武英殿聚珍丛书》本
元丰类稿　　　曾巩撰　　《四部备要》本
原诗　　　　　叶燮撰　　《清诗话》本
袁宏道集笺校　钱伯城笺校　上海古籍出版社1981年版
筠溪集　　　　李弥逊撰　《四库全书》本

芸庵类稿　　李洪撰　　《四库全书》本
韵语阳秋　　葛立方撰　　《历代诗话》本

Z

增广笺注简斋诗集　　胡穉注　　《四部丛刊》本
张子语录　　张载撰　　《四部丛刊续编》本
张右史文集　　张耒撰　　《四部丛刊》本
张横渠集　　张载撰　　《丛书集成初编》本
昭昧詹言　　方东树撰　　人民文学出版社1961年排印本
照隅室古典文学论集　　郭绍虞著　　上海古籍出版社1983年版
正蒙　　张载撰　　《四部备要》本
中山诗话　　刘攽撰　　《历代诗话》本
中国文学理论批评史　　敏泽著　　人民文学出版社1981年版
中国历代文论选　　郭绍虞主编　　上海古籍出版社1979年版
中国丛书综录　　上海图书馆编　　上海古籍出版社1982年版
中国诗学　　叶维廉著　　三联书店1992年版
中国诗学之精神　　胡晓明著　　江西人民出版社1991年版
中国诗歌艺术　　刘若愚著　　芝加哥大学出版社1962年版
中国诗歌美学　　萧驰著　　北京大学出版社1986年版
中国禅宗与诗歌　　周裕锴著　　上海人民出版社1992年版
忠雅堂诗集　　蒋士铨撰　　清咸丰间蒋氏四种本
周子通书　　周敦颐撰　　《正谊堂全书》本
周易正义　　王弼、韩康伯注　　孔颖达疏　　《十三经注疏》本
朱子语类　　黎德靖编　　中华书局1986年排印版
朱光潜美学文集　　朱光潜著　　上海文艺出版社1982年版
朱自清古典文学论文集　　朱自清著　　上海古籍出版社1981年版
竹友集　　谢薖撰　　《四库全书》本
竹坡诗话　　周紫芝撰　　《历代诗话》本
竹溪鬳斋十一稿续集　　林希逸撰　　清刻本
麈史　　王得臣撰　　《知不足斋丛书》本

庄子集释	郭庆藩辑	中华书局1982年排印本
资治通鉴	司马光等撰	中华书局1982年排印本
紫柏尊者全集	释真可撰	《禅宗集成》本
紫微集	张嵲撰	《湖北先正遗书》本
紫薇诗话	吕本中撰	《历代诗话》本
自鸣集	章甫撰	《四库全书》本
宗伯集	孔武仲撰	《豫章丛书》本
宗镜录	释延寿集	《大藏经》第四十八卷